Une femme
dans la tourmente

Guy Saint-Jean Éditeur
3440, boul. Industriel
Laval (Québec) Canada H7L 4R9
450 663-1777
info@saint-jeanediteur.com
www.saint-jeanediteur.com

• • • • • • • • • • •

**Catalogage avant publication de Bibliothèque et Archives nationales du Québec
et Bibliothèque et Archives Canada**

Roberts, Nora
[Homeport. Français]
Une femme dans la tourmente
(Nostalgia)
Traduction de : Homeport.
ISBN 978-2-89455-937-6
I. Ganstel, Michel. II. Titre. III. Titre : Homeport. Français.
PS3568.O24865H6514 2015   813'.54   C2015-940482-7

• • • • • • • • • • •

*Nous reconnaissons l'aide financière du gouvernement du Canada par l'entremise
du Fonds du livre du Canada (FLC) ainsi que celle de la SODEC pour nos activités d'édition.*

Canada ♦♦ Patrimoine Canadian   SODEC
                canadien   Heritage   Québec ▦▦

Gouvernement du Québec — Programme de crédit d'impôt pour l'édition de livres — Gestion
SODEC

Titre original : *Homeport*
Publié initialement en langue anglaise par G.P. Putnam's & Sons, New York. Tous droits réservés.
© Nora Roberts, 1998.
© Nora Roberts, 1998, pour l'extrait de Sea Swept.
© Belfond, un département de Place des Éditeurs, 1998 pour la traduction en langue française,
2001 pour la présente édition.
© Guy Saint-Jean Éditeur inc., 2015, pour l'édition en langue française publiée en Amérique du Nord.

Traduction de l'américain : Michel Ganstel
Conception de la couverture : Rodéo
Photo de la page couverture : © Dollar Photo Club
Conception graphique et mise en pages : Olivier Lasser

Dépôt légal — Bibliothèque et Archives nationales du Québec, Bibliothèque et Archives
Canada, 2015
ISBN : 978-2-89455-937-6

Imprimé et relié au Canada
1ʳᵉ impression, mars 2015

ASSOCIATION NATIONALE DES ÉDITEURS DE LIVRES Guy Saint-Jean Éditeur est membre de
l'Association nationale des éditeurs de livres (ANEL).

NORA ROBERTS

Une femme dans la tourmente

ROMAN

*Traduit de l'anglais
par Michel Ganstel*

DANS LA MÊME COLLECTION

Les oiseaux se cachent pour mourir,
de Colleen McCullough

Le cercle des amies,
de Maeve Binchy

PREMIÈRE PARTIE

Le port d'attache

Le Beau est sa propre raison d'être.
EMERSON

1

U n vent humide et pénétrant glaçait jusqu'à la moelle des os. Les vestiges de la dernière tempête de neige s'amoncelaient en talus inégaux sur les bas-côtés de la route. Le ciel était d'un bleu acide. Dans l'herbe roussie par l'hiver, les arbres noirs et nus agitaient leurs branches décharnées, comme des poings brandis qui maudiraient le froid.

Un temps normal, en somme, pour un mois de mars dans le Maine.

Miranda régla le chauffage au maximum, programma le lecteur de CD sur *La Bohème* de Puccini et démarra dans un flot de musique.

Elle était enfin de retour. Au bout de dix jours d'une tournée de conférences qui l'avait ballottée d'hôtel en campus universitaire et d'aéroport en hôtel, Miranda avait plus que hâte de rentrer chez elle.

Son soulagement venait surtout de ce qu'elle détestait donner des conférences et souffrait le martyre chaque fois qu'elle devait affronter des rangées de visages inconnus, avides de boire ses paroles. Mais il était hors de question que la timidité ou le trac se mettent en travers de son Devoir – avec un D majuscule.

Car elle était le Dr Miranda Jones, une Jones de Jones Point, Maine, et n'avait pas le droit de l'oublier. Jamais.

La ville avait été fondée par le premier Charles Jones, qui voulait ainsi marquer le Nouveau Monde de son empreinte. Dès lors, Miranda le savait, les Jones se devaient d'apposer leur sceau sur tout ce qu'ils touchaient, de maintenir quoi qu'il arrive leur position de première famille de la région, d'apporter à la société une contribution décisive par principe, bref, de se montrer dignes en toute circonstance du comportement que chacun attendait des Jones de Jones Point, Maine.

Impatiente de s'éloigner de l'aéroport, elle écrasa l'accélérateur en s'engageant sur la route côtière. Conduire vite était un des petits plaisirs qu'elle s'octroyait. Par nature ennemie de la flânerie, elle aimait se rendre d'un point à un autre dans un minimum de temps et sans détours inutiles. Même quand elle n'était pas en mission commandée, elle en donnait l'impression. Une femme mesurant presque 1,80 mètre, à la chevelure d'un roux éclatant, passait rarement inaperçue, il est vrai. Pour ceux qui la voyaient se déplacer avec la précision d'un missile fonçant sur l'objectif, la prudence la plus élémentaire ordonnait de dégager sa trajectoire.

Un homme, que l'amour n'avait pas tout à fait rendu aveugle et sourd, avait naguère comparé sa voix à du velours enveloppé de papier de verre. Aussi compensait-elle ce qu'elle considérait comme un fâcheux caprice du destin par un débit d'une brièveté et d'une sécheresse frisant la morgue.

Si un guerrier celte de ses ancêtres lui avait légué sa stature, son visage était typiquement Nouvelle-Angleterre : étroit, impassible, avec un long nez droit, un menton tirant sur le pointu et des pommettes accusées. Sa bouche généreusement fendue gardait le plus souvent un pli sérieux, pour ne pas dire sévère. Ses yeux, aussi bleus qu'un ciel d'été, exprimaient en général une gravité de bon aloi.

Pourtant, tandis qu'elle se délectait à négocier les virages de la longue route sinueuse qui épousait les versants des collines enneigées, ses lèvres souriaient, et son regard brillait de gaieté. Au pied des falaises, l'océan gris acier moutonnait à perte de vue. Miranda adorait ses humeurs changeantes, capables tour à tour d'apaiser ou de faire frémir. À chaque courbe qui l'en rapprochait, elle entendait le grondement des lames venant s'écraser sur les rochers avant de se retirer pour mieux frapper à nouveau.

La froide lumière du soleil scintillait sur la neige, dont le vent soulevait çà et là des écharpes poudreuses qui balayaient la chaussée. Face au large, les arbres dénudés se courbaient comme des vieillards arthritiques, tordus par des décennies d'intempéries. Quand elle était enfant et encore fantasque, Miranda imaginait les doléances que ces végétaux échangeaient en ronchonnant, blottis les uns contre les autres pour résister aux assauts du vent. Maintenant qu'elle ne s'estimait plus fantasque et se défiait de son imagination, elle n'éprouvait pas moins d'affection pour les arbres alignés au sommet de la falaise, tels de vieux soldats perclus de douleurs mais toujours fidèles au poste.

La route montait, la terre allait en se rétrécissant, assaillie de chaque côté par les flots qui lui grignotaient les flancs avec une faim insatiable. La pointe se détachait du rivage, pareille à un doigt à demi replié au bout duquel la vieille demeure dominait l'horizon. Un peu plus loin, plantée comme une lance à l'endroit où le sol retombait vers la mer en cascades rocheuses, se dressait la silhouette blanche du phare qui veillait sur la côte.

Dans son enfance, la maison était à la fois son refuge et sa joie grâce à la personnalité de celle qui y vivait. Amelia Jones affichait un souverain mépris des traditions de la famille, vivait selon son bon plaisir, disait ce qu'elle pensait et réservait toujours dans son cœur la première place à ses deux petits-enfants. Miranda lui vouait une véritable adoration. La mort d'Amelia, éteinte dans son sommeil huit hivers auparavant sans prévenir ni déranger personne, avait constitué le seul réel chagrin de sa vie.

Amelia avait légué à Miranda et à son frère Andrew sa maison, son portefeuille boursier judicieusement constitué au fil du temps et sa collection d'œuvres d'art. Leur père, son fils, héritait du souhait qu'il serait enfin devenu un homme à peu près digne des espoirs qu'elle avait mis en lui lorsqu'ils se retrouveraient dans l'autre monde. Quant à sa bru, elle lui laissait un collier de perles, la seule chose qu'Elizabeth ait jamais approuvé concernant sa belle-mère. Les commentaires percutants dont elle avait émaillé son testament étaient de l'Amelia tout craché.

Miranda ne pouvait s'empêcher d'évoquer son souvenir chaque fois qu'elle abordait la longue allée tortueuse au bout de la route côtière. La grande maison de pierre, où sa grand-mère avait vécu seule pendant les dix années ayant suivi la mort de son mari, avait essuyé les outrages du temps et les assauts des tempêtes, subi les impitoyables gelées de l'hiver et les torrides fournaises de l'été. Maintenant, se disait Miranda non sans remords, elle survivait à la négligence distraite de ses occupants.

Ni Andrew ni elle ne trouvaient, semblait-il, le loisir d'y faire venir des peintres ou des jardiniers. La somptueuse demeure du temps de son enfance étalait désormais ses rides et ses plaies. Miranda ne lui trouvait cependant pas moins de séduction, celle d'une vieille dame encore belle n'ayant pas peur de paraître son âge. Avec une raideur quasi militaire, elle se tenait droite à l'extrémité de la pointe, consciente de la dignité de ses pierres grises et de la distinction que lui conféraient ses tourelles et ses gâbles.

Face au bras de mer, une pergola lui apportait une touche de charme et de fantaisie. La glycine accrochée aux piliers la recouvrait au printemps de floraisons odorantes. Chaque année, Miranda se jurait de prendre le temps de s'asseoir sur un des bancs de marbre, de profiter des parfums, de l'ombre, du silence. Mais le printemps faisait place à l'été qui cédait devant l'automne, et elle ne se souvenait de sa résolution qu'une fois les lianes torses dépouillées par l'hiver.

Il faudrait peut-être remplacer quelques planches de la grande véranda en façade. Les balustrades et les volets, jadis bleus et désormais grisâtres, exigeaient à coup sûr d'être décapés et repeints. La glycine de la pergola avait sans doute besoin d'un élagage, d'engrais ou des traitements que requièrent d'habitude les végétaux de ce genre.

Elle comptait bien s'y attaquer – un jour ou l'autre.

En attendant, les fenêtres scintillaient, les gargouilles accroupies au bord des toits grimaçaient des sourires. Aux quatre points cardinaux, de longues terrasses et des balcons étroits offraient jusqu'à l'horizon des vues imprenables sur la terre et la mer. Les cheminées crachaient de la fumée, quand quelqu'un s'était donné la peine d'allumer du feu. De vieux chênes montaient la garde alentour, et un épais rideau de pins maritimes élevait une barrière contre le vent du nord.

Son frère et elle avaient cohabité sans heurts notables, du moins tant qu'Andrew ne s'était pas remis à boire. Mais Miranda se refusait à y penser. Elle éprouvait pour lui une réelle affection, elle appréciait sa compagnie, de sorte que travailler ensemble et vivre sous le même toit représentaient, tout compte fait, un plaisir plutôt qu'une corvée.

À peine eut-elle mis pied à terre que le vent lui rabattit les cheveux sur les yeux. Agacée, elle les repoussa, plongea sur la banquette pour récupérer son ordinateur portable et son porte-documents, dont elle glissa les bandoulières sur son épaule. Puis elle alla ouvrir le coffre en fredonnant les dernières mesures de l'opéra.

Le vent qui s'obstinait à lui ramener les cheveux dans la figure lui arracha un soupir agacé – qui se termina par un cri étouffé : une main l'empoignait par les cheveux et lui tirait la tête en arrière avec une telle violence qu'elle vit littéralement trente-six chandelles. Désarçonnée par le choc, elle sentit se poser sur sa gorge la pointe d'une lame, froide et acérée.

Le hurlement de terreur jailli du tréfonds de ses entrailles n'eut pas le temps de monter jusqu'à sa bouche. Elle fut bousculée et jetée si brutalement contre la carrosserie de sa voiture que l'explosion de douleur dans sa hanche lui brouilla la vue et lui coupa les jambes.

La main qui ne l'avait pas lâchée la fit pivoter, et elle se retrouva face à un visage hideux qui ondoyait devant ses yeux, difforme, blafard, couturé de cicatrices. Il lui fallut plusieurs secondes pour surmonter son horreur et se rendre compte qu'il s'agissait d'un masque.

Elle ne lutta pas, elle en était incapable. Rien au monde ne pouvait lui inspirer une panique plus intense que cette lame de couteau, pointue, tranchante, pressée sous sa mâchoire à l'endroit le plus tendre, le plus sensible. Chacune de ses respirations lui causait un nouvel élancement de douleur, un nouveau sursaut de terreur.

L'homme était grand, large d'épaules, massif, avec un cou de taureau. Elle se força à noter les détails tandis qu'elle sentait son cœur palpiter dans sa gorge. Des yeux marron, couleur de boue, aussi froids et inexpressifs que ceux d'un requin. Elle ne distinguait rien d'autre à travers les fentes du masque.

La pointe de la lame s'enfonça à peine, glissa avec une précision délicate, lui déchira la peau. Elle éprouva une sensation de brûlure. Un filet de sang coula de l'estafilade sur le col de son manteau, l'encolure de son pull-over.

— Non !

Le mot lui échappa alors qu'elle tentait d'instinct de repousser la main qui tenait le couteau.

Puis ses pensées se brouillèrent lorsque, d'une pression de la pointe, l'homme lui releva la tête pour mieux offrir sa gorge au tranchant de la lame. Elle eut la vision de sa carotide sectionnée, crachant un flot de sang chaud qui fumait dans l'air froid. Elle allait mourir debout, égorgée comme un agneau.

— Non, de grâce ! J'ai trois cent cinquante dollars dans mon sac. Prenez-les.

Pourvu qu'il se contente de l'argent ! S'il la violait, elle lutterait de toutes ses forces, même en sachant qu'elle ne pourrait pas gagner. S'il voulait du sang, au moins que ce soit rapide.

— Prenez l'argent…

Elle parlait encore quand il la repoussa avec une force inouïe. À quatre pattes sur le gravier de l'allée, les paumes à vif, elle s'entendit gémir et maudit sa terreur, qui la rendait incapable de réagir autrement qu'en levant vers son bourreau un regard implorant, en fixant à travers ses larmes le couteau qui brillait au soleil. Son esprit lui criait de se battre ou de fuir, mais son corps refusait d'obéir et restait là, prostré, paralysé.

L'homme ramassa le sac et le porte-documents tombés à terre, tourna la lame de manière à lui envoyer un rayon de soleil dans l'œil avant de planter le couteau dans un pneu arrière. Quand il l'en retira et fit un pas vers Miranda, elle détala à quatre pattes en direction de la maison.

Elle s'attendait qu'il la poursuive, la rattrape, lui arrache ses vêtements, la poignarde dans le dos avec autant de brutalité désinvolte que lorsqu'il avait lacéré le pneu. Pourtant, elle continua de ramper dans l'herbe froide et coupante. Quand enfin elle atteignit le perron, elle se retourna…

Elle était seule.

La gorge et les poumons en feu, elle se hissa tant bien que mal sur les marches. Il fallait qu'elle s'échappe, qu'elle se réfugie à l'intérieur. Qu'elle verrouille la porte, avant qu'il revienne l'achever avec cet abominable couteau.

Ses doigts glissèrent une fois, deux fois sur la poignée. Quand elle réussit à la saisir et à la tourner, elle la trouva fermée, bien entendu. À cette heure-ci, il n'y avait personne à la maison. Personne pour lui venir en aide.

Un instant, elle demeura là, recroquevillée contre la porte, tremblante de peur et de froid sous le vent glacial.

Bouge! s'ordonna-t-elle enfin. Il faut remuer, trouver les clefs. Entrer. Appeler la police.

Elle regarda à gauche, à droite, comme un animal apeuré. Elle s'entendit claquer des dents. En s'appuyant à la poignée, elle parvint à se relever. Ses jambes flageolaient, son genou gauche meurtri par la chute protestait, mais elle dévala les marches en titubant et chercha son sac près de la voiture jusqu'à ce qu'elle se rappelle que l'homme le lui avait volé.

En bredouillant des mots inintelligibles, mi-prières, mi-jurons, elle ouvrit la portière, fouilla à tâtons dans la boîte à gants. Sa main se refermait sur son trousseau de clefs de secours lorsqu'un bruit derrière elle la fit sursauter. Les bras levés devant son visage en un geste de protection dérisoire, elle se retourna.

Il n'y avait rien. Rien que le vent qui sifflait dans les branches noires et nues.

Haletante, elle repartit vers la maison en boitillant, s'y prit à trois reprises pour introduire la clef dans la serrure, cria presque de soulagement quand elle y parvint. À peine à l'intérieur, elle claqua la porte derrière elle, tourna les verrous et s'adossa au lourd vantail de chêne. Les clefs lui glissèrent des doigts, tombèrent sur le dallage avec un cliquetis musical.

Ne voyant soudain que du gris autour d'elle, Miranda ferma les yeux. Son esprit, son corps, tout était engourdi. Elle devait agir, prendre des mesures concrètes, mais elle ne savait plus lesquelles. Ses oreilles tintaient, une nausée lui soulevait le cœur. Les dents serrées, elle fit un pas, puis un autre dans le vestibule qui tanguait.

Elle était presque arrivée au pied de l'escalier quand elle se rendit compte que ce n'étaient pas ses oreilles qui tintaient, mais la sonnerie du téléphone.

Machinalement, elle émergea du brouillard épais où elle baignait, pénétra au salon où tout redevint normal et familier. Elle décrocha, dit « Allô ? » d'une voix sourde, désincarnée, lointaine. Vacillant sur ses jambes, elle se força à fixer des yeux les dessins que traçaient sur le parquet les rayons du soleil en passant à travers les vitres.

— Oui... Oui, je comprends. J'y serai, mais j'ai...

J'ai quoi ? Miranda secoua la tête dans l'espoir de s'éclaircir les idées, de retrouver ce qu'il fallait dire.

— J'ai... Il y a certaines choses dont il faut d'abord que je m'occupe... Non, je partirai le plus tôt possible...

Un fou rire lui monta alors aux lèvres :

— D'ailleurs, ma valise est déjà faite !

Trop hébétée pour comprendre que l'hystérie la gagnait, elle riait encore en raccrochant. Elle riait toujours quand elle se laissa tomber dans un fauteuil, sans même avoir conscience que ses éclats de rire étaient déjà des sanglots.

La tasse de thé qu'elle serrait entre ses mains était pleine. Elle savait que si elle tentait de boire, elle tremblerait au point d'en répandre la moitié, mais elle appréciait le réconfort de la chaleur contre ses doigts engourdis par le froid et ses paumes à vif.

Dès qu'elle avait regagné un minimum de lucidité, elle avait téléphoné à la police et rapporté aux agents venus sur place l'agression dont elle avait été victime. Au moins avait-elle pu s'exprimer de façon intelligible. Il ne faut pas être incohérent au moment de porter plainte. On doit se montrer aussi calme et précis que s'il ne vous était rien arrivé. Mais maintenant que c'était fini et qu'elle se retrouvait seule, elle était hors d'état de conserver plus de dix secondes dans sa tête une pensée à peu près nette.

— Miranda !

Un éclat de voix, suivi par le fracas de la porte d'entrée claquant comme un coup de canon, signala l'arrivée d'Andrew.

Il se précipita au salon, jeta un regard horrifié au visage défait de sa sœur et s'accroupit à ses pieds en lui caressant la joue de ses longs doigts froids.

— Oh, mon Dieu ! Mon pauvre chou...

La maîtrise de soi qu'elle recouvrait à grand-peine menaça de voler en éclats.

— Ça va, ça va. Quelques écorchures, voilà tout. J'ai eu plus de peur que de mal.

Il remarqua son pantalon déchiré aux genoux ainsi que les gouttes de sang séché sur son pull-over.

— Le salaud ! gronda-t-il.

L'horreur fit soudain virer au noir ses yeux, un peu moins bleus que ceux de sa sœur. Ses mains étreignirent les siennes autour de la tasse de thé.

— Il ne t'a pas... il ne t'a pas violée, au moins ?

— Mais non, il ne voulait que de l'argent. Il m'a volé mon sac, c'est tout. J'ai eu tort de demander à la police de te prévenir, j'aurais dû le faire moi-même.

— Tu as eu raison, voyons. Mon pauvre chou...

Il lui ôta la tasse des mains, la posa sur un guéridon pour regarder ses paumes écorchées.

— Viens, reprit-il, je t'emmène à l'hôpital.

— Je n'ai pas besoin d'aller à l'hôpital pour de simples égratignures. Je n'en mourrai pas.

Pour la première fois, elle parvint à prendre une profonde inspiration sans éprouver de haut-le-cœur. Andrew l'avait souvent déçue, il avait parfois le don de l'exaspérer. Pourtant, aussi loin que remontaient ses souvenirs, il avait toujours été le seul à ne jamais la laisser tomber. À être là quand elle avait besoin de lui.

Andrew reprit la tasse de thé, la lui remit d'autorité entre les mains.

— Bois, cela te fera du bien.

Il fit les cent pas d'un bout à l'autre du salon, comme si déambuler avait le pouvoir de lui calmer les nerfs. Son long visage osseux s'accordait à sa silhouette quelque peu dégingandée. Il était roux comme Miranda, mais d'une teinte plus foncée tirant sur l'acajou.

— Si seulement j'avais été là, Miranda ! Bon sang, je m'en veux. J'aurais dû être à la maison.

— Tu ne peux pas être partout, Andrew. Personne ne pouvait prévoir que je serais attaquée devant ma porte. Je crois, la police le croit aussi, que l'individu s'apprêtait à cambrioler la maison, qu'il a été surpris par mon arrivée et s'est contenté de me dévaliser avant de s'enfuir.

— Il était armé d'un couteau, paraît-il…

Miranda caressa délicatement l'estafilade sur son cou.

— Oui. Et je peux te dire que je n'ai toujours pas surmonté ma phobie des couteaux. Un seul coup d'œil sur la lame a suffi à me paralyser de terreur.

— Qu'est-ce qu'il t'a fait au juste ? s'enquit Andrew avec douceur en se rasseyant près d'elle. Te sens-tu en état de m'en parler ?

— Je ne l'ai pas vu venir. Je sortais ma valise du coffre quand il m'a sauté dessus, m'a agrippée par les cheveux et m'a mis le couteau sur la gorge. J'ai d'abord cru qu'il allait me tuer, mais il m'a jetée par terre. Il a pris mon sac, mon porte-documents, et il a crevé les pneus de ma voiture avant de partir… Je ne m'attendais pas à ce genre d'accueil pour mon retour, conclut-elle en se forçant à esquisser un sourire.

— J'aurais dû être là, répéta Andrew.

— Ne culpabilise pas, je t'en prie. Tu es ici, maintenant, c'est l'essentiel. Mère a téléphoné, ajouta-t-elle.

— Hein ? Quand ?

— La barbe, grommela-t-elle en se massant les tempes, je n'ai pas encore les idées claires… Le téléphone sonnait quand j'ai réussi à ouvrir la porte… Il faut que je parte pour Florence demain matin.

— C'est absurde ! Tu rentres à peine de voyage, tu es blessée, traumatisée. Enfin, bon Dieu, comment a-t-elle le culot de t'ordonner de reprendre l'avion sitôt après avoir été agressée ?

— Je ne lui en ai pas parlé, j'étais incapable de penser. De toute façon, la convocation est impérative. Il faut que je réserve ma place dès ce soir.

— Tu ne vas nulle part ailleurs que dans ton lit !

— Bientôt, oui, dit-elle avec un pâle sourire.

Andrew fit la grimace résignée de celui qui doit avaler une potion particulièrement amère.

— Je vais l'appeler, lui expliquer…

— Mon intrépide chevalier servant ! l'interrompit-elle en l'embrassant sur la joue. Non, laisse, j'irai. Un bon bain chaud et une double dose d'aspirine me remettront sur pied. Et puis, après cette petite mésaventure, cela ne me fera pas de mal de me changer les idées. Mère, semble-t-il, veut que j'expertise un bronze. Elle ne me convoquerait pas de toute urgence pour une broutille.

— Standjo a déjà tous les experts qu'il lui faut !

« Standjo » était l'abréviation de l'Institut Standford-Jones. Elizabeth Jones, née Standford, avait veillé à ce que son nom figure en premier quand avait été créée la filiale de Florence qu'elle dirigeait en souveraine absolue.

— Exactement, approuva Miranda, avec un vrai sourire, cette fois. Elle ne me ferait donc pas venir s'il ne s'agissait de quelque chose d'énorme qu'elle veut garder dans la famille. Elizabeth Standford-Jones a besoin d'un expert en bronzes de la Renaissance italienne, mais surtout d'un expert qui porte aussi le nom de Jones. Je m'en voudrais de la décevoir.

Faute de places disponibles le lendemain matin, Miranda dut se contenter d'un vol du soir pour Rome avec correspondance vers Florence. Près de vingt-quatre heures de retard.

Elle allait le payer cher…

Tout en essayant de calmer ses douleurs dans un bain chaud, Miranda estima inutile d'appeler sa mère, à cause du décalage horaire. Elizabeth était déjà rentrée chez elle, et vraisemblablement couchée. Rien à faire pour ce soir, donc. Il serait toujours temps d'appeler Standjo le lendemain. Tout compte fait, une journée de plus ou de moins n'y changerait pas grand-chose. Même pour Elizabeth.

Elle prendrait un taxi pour aller à l'aéroport. Son genou gauche était enflé, et tellement douloureux qu'elle aurait du mal à conduire même si elle réussissait à faire remplacer à temps ses pneus crevés. Il lui suffisait donc de…

Elle se redressa si brusquement que la baignoire déborda.

Son passeport, son permis de conduire, sa carte d'accréditation de l'Institut ! Il lui avait pris son sac à main et son porte-documents avec toutes ses pièces d'identité.

Miranda lâcha un juron en se frottant le visage à deux mains. C'était le bouquet !

Elle tira avec rage la chaîne de vidange de la vieille baignoire. L'accès de colère qui lui donna la force de se lever d'un bond en tendant la main vers une serviette n'empêcha pas son genou, indigné d'un pareil traitement, de se dérober sous elle. Elle se rattrapa de justesse au mur et s'assit sur le bord de la baignoire, tandis que la serviette sombrait dans l'eau savonneuse qui s'écoulait avec lenteur.

Des larmes de dépit, de douleur, de frayeur aussi, lui piquèrent les yeux. Assise nue, tremblante, sur le rebord de la baignoire, elle parvint au prix d'un effort démesuré à ravaler ses larmes et à maîtriser les sanglots qui se formaient de nouveau au fond de sa gorge. Pleurer ne l'aiderait pas plus à récupérer ses papiers qu'à guérir ses douleurs ou à la faire partir pour Florence.

Elle repêcha la serviette, la tordit avant de la rependre au crochet, souleva délicatement ses jambes à deux mains pour les sortir l'une après l'autre de la baignoire. L'effort de se tenir debout couvrit tout son corps de sueurs froides. Flageolante, elle s'appuya au lavabo et s'observa dans le grand miroir fixé derrière la porte.

Ses bras étaient pleins de bleus – des marques de doigts. L'homme avait donc dû l'empoigner aussi par là, bien qu'elle ne s'en souvînt pas. Sa hanche, violacée et virant au jaune, lui faisait très mal quand elle l'effleurait. Elle avait les deux genoux écorchés, surtout le gauche, vilainement rouge et enflé. Ses paumes la brûlaient toujours.

Mais ce fut la vue de la longue estafilade en travers de sa gorge qui lui redonna un vertige doublé d'un haut-le-cœur. Fascinée et bouleversée à la fois, elle la tâta du bout des doigts. À un cheveu de la jugulaire, pensa-t-elle. À un cheveu de la mort.

S'il avait voulu la tuer, elle serait morte.

Et cela, c'était pire que les bleus, que les écorchures, que les courbatures.

Un inconnu avait tenu sa vie entre ses mains.

— Plus jamais ça, dit-elle à haute voix en se détournant du miroir pour prendre son peignoir. Je ne m'exposerai plus jamais à une situation pareille.

Frissonnante de froid, elle se drapa à la hâte dans le peignoir. Elle en nouait malhabilement la ceinture lorsqu'une ombre furtive derrière la fenêtre la fit sursauter.

Il était revenu !

Ses premiers réflexes auraient été de fuir, de hurler pour appeler Andrew à l'aide, de se rouler en boule derrière la porte. Pourtant, les dents serrées, elle s'approcha de la fenêtre et se força à regarder dehors.

Elle crut défaillir de soulagement : c'était Andrew, engoncé dans le gros blouson de bûcheron qu'il mettait pour se promener dans la campagne. Il avait allumé les lampes extérieures, de sorte qu'elle distinguait dans sa main un long objet brillant qu'il balançait en marchant.

Intriguée, elle se colla la figure au carreau.

Un club de golf ! Que pouvait bien fabriquer Andrew à la nuit tombée sur la pelouse enneigée avec un club de golf ?

Elle comprit soudain, et la vague de tendresse qui la submergea dissipa ses douleurs plus sûrement que tous les analgésiques dont elle s'était bourrée : son frère montait la garde, la protégeait. Des larmes lui revinrent aux yeux.

L'une d'elles ruisselait sur sa joue quand elle vit Andrew s'arrêter, prendre quelque chose dans sa poche – et boire au goulot une longue lampée d'alcool.

Oh, Andrew ! pensa-t-elle en fermant les yeux, le cœur serré. Nous sommes frais, toi et moi.

Un subit élancement au genou, pire que les précédents, la réveilla en pleine nuit.

Miranda alluma à tâtons, saisit les flacons posés sur sa table de chevet pour avaler une poignée de comprimés au hasard. Elle aurait dû suivre le conseil d'Andrew, aller à l'hôpital où un médecin compatissant lui aurait au moins prescrit des drogues plus efficaces.

Le cadran de son réveil lui apprit qu'il était trois heures du matin. Le cocktail d'anti-inflammatoires et d'aspirine ingéré à minuit lui avait donc accordé un répit de trois heures. C'était mieux que rien, mais maintenant qu'elle était réveillée et attendait que ses douleurs s'atténuent, autant en profiter pour prendre le taureau par les cornes. Avec le décalage horaire, Elizabeth serait à son bureau.

En étouffant un gémissement, elle se redressa sur ses oreillers et composa le numéro.

— Miranda ? J'allais justement laisser un message à ton hôtel. Tu arrives demain comme convenu, n'est-ce pas ?

— Non, je suis retardée de quelques jours.

— Retardée ?

Le ton était tranchant et glacial.

— Je regrette, mais...

— Je croyais pourtant t'avoir fait comprendre qu'il s'agit d'une opération prioritaire. J'ai pris auprès du ministère l'engagement de commencer les analyses aujourd'hui.

— J'envoie John Carter, il...

— Ce n'est pas John Carter que j'ai demandé, mais toi. Quel que soit le travail qui t'occupe en ce moment, délègue-le à quelqu'un d'autre. Je pensais avoir été assez claire sur ce point-là aussi.

Décidément, les comprimés seraient inopérants cette fois-ci. Mais la rage froide que Miranda sentit monter en elle ferait sans doute passer ses élancements au second plan.

— Tu l'as été, répliqua-t-elle. Aussi avais-je la ferme intention de venir comme convenu.

— Dans ce cas, pourquoi ne le fais-tu pas ?

— Parce que mon passeport et mes pièces d'identité m'ont été volés hier. Je compte les remplacer au plus vite, mais nous sommes vendredi et je doute de pouvoir les obtenir avant la semaine prochaine.

Elle est bien placée pour savoir comment fonctionnent les bureaucraties, pensa Miranda, elle en constitue une à elle seule.

— Il est pour le moins léger de ne pas fermer sa voiture à clef, même dans un lieu aussi calme que Jones Point.

— Les documents n'étaient pas dans ma voiture; mais sur ma personne. Dès que j'en aurai obtenu de nouveaux et que je connaîtrai le jour de mon départ, je vous en informerai, dit-elle sèchement. Ce retard est indépendant de ma volonté, mais soyez assurée que j'accorderai à l'expertise mes soins et mon attention habituels. Au revoir, mère.

Et Miranda s'accorda la satisfaction de raccrocher sans laisser à Elizabeth le loisir de placer un mot de plus.

Dans son élégant et vaste bureau à près de 5 000 kilomètres de là, Elizabeth fixa sur le combiné un regard où l'agacement le disputait à l'incompréhension.

— Un problème?

Elle leva les yeux vers son ex-belle-fille assise en face d'elle, un bloc-notes sur les genoux. Ses grands yeux verts exprimant la perplexité, un sourire attentif aux coins de ses lèvres sensuelles, Élise Warfield la dévisageait. L'échec de son mariage avec Andrew avait beaucoup déçu Elizabeth. Leur divorce n'avait toutefois pas altéré les rapports personnels et professionnels entre Élise et elle.

— Oui. Miranda arrivera en retard.

— Miranda en retard? Cela ne lui ressemble guère.

— Elle s'est fait voler son passeport et ses autres pièces d'identité.

— Oh! Quelle malchance!

Élise se leva. Petite, à peine un mètre soixante, elle donnait l'impression d'être menue et délicate en dépit des courbes voluptueuses de son anatomie. Avec son casque de cheveux ébène, ses cils de velours et son teint laiteux, elle avait l'allure d'une fée efficace et aguichante.

— A-t-elle été cambriolée ou attaquée? reprit-elle.

— J'ignore les détails. Le remplacement de ses papiers prendra peut-être plusieurs jours.

Élise allait lui demander si Miranda avait été blessée, mais elle se ravisa en voyant l'expression de son interlocutrice. Ou bien Elizabeth n'en savait rien, ou bien c'était le cadet de ses soucis. Les deux, sans doute.

— Je sais que vous voulez débuter les analyses dès aujourd'hui. Si vous le désirez, je peux réorganiser une partie de mon travail et les commencer moi-même.

Elizabeth quitta son fauteuil directorial pour se poster devant la fenêtre afin de réfléchir à la proposition. La vision de la ville lui rendait les idées plus claires.

Dès sa première visite, elle s'était sentie chez elle à Florence. Elle avait alors dix-huit ans et n'était qu'une jeune étudiante, passionnée d'histoire de l'art et secrètement assoiffée d'aventures. Elle était tombée éperdument amoureuse de cette cité aux toits roses et aux dômes majestueux, de ses rues étroites et de ses places grouillantes de vie.

Elle avait aussi eu le coup de foudre pour un jeune sculpteur qui, par son charme irrésistible, l'avait attirée dans son lit, nourrie de *pasta* et révélée à sa nature profonde.

Bien entendu, plus riche de passion que de lires, le trop séduisant sculpteur ne pouvait en aucun cas lui convenir. Ses parents l'avaient rapatriée à Boston en hâte dès qu'ils avaient eu vent de l'affaire. Point final...

Elizabeth s'ébroua, agacée d'avoir laissé son esprit divaguer dans cette direction. Depuis, elle avait fait ses choix, tous excellents, et ne s'en était jamais repentie.

Elle était maintenant à la tête d'un des centres de recherche artistique les plus importants et les plus prestigieux du monde. À ses débuts, Standjo n'avait été qu'un satellite de la planète Jones. Désormais, son nom comme sa personne même en occupaient la première place.

Sa silhouette, découpée contre la fenêtre, était celle d'une femme de cinquante-huit ans en pleine possession de ses moyens, mince et portant dix ans de moins que son âge. Un des meilleurs coiffeurs de Florence entretenait, avec une louable discrétion, le blond cendré de sa chevelure. Son goût irréprochable se reflétait dans le choix de son tailleur Valentino, d'une riche nuance aubergine rehaussée de boutons d'or mat et assortie à ses chaussures. Elle avait le teint clair, un visage régulier à peine altéré par les quelques rides qui avaient l'audace de s'y montrer. Ses yeux d'un bleu dur exprimaient une intelligence sans merci. Bref, elle donnait l'image d'une professionnelle aguerrie, au faîte de sa carrière et maîtresse d'elle-même comme de son entourage. Elizabeth n'aurait jamais transigé sur moins que cela.

De fait, elle n'avait jamais transigé sur rien : en tout, pour tout, elle ne se satisfaisait que du meilleur.

— Nous attendrons Miranda, dit-elle en se retournant enfin vers Élise. C'est son domaine, sa spécialité. Je prendrai contact avec le ministre en personne pour lui expliquer la cause de ce léger retard.

— Personne au monde ne comprend mieux les retards qu'un Italien, répondit Élise en souriant.

— C'est exact – hélas ! ajouterais-je. Nous verrons ces rapports un peu plus tard, Élise. Je voudrais appeler le ministre tout de suite.

— À votre guise.

— En effet. À propos, John Carter arrivera demain. Il fera partie de l'équipe de Miranda. Entre-temps, confiez-lui le travail que vous jugerez bon. Inutile qu'il reste à se tourner les pouces.

— John va venir ? Je serai ravie de le revoir. Nous pourrons toujours lui trouver de quoi s'occuper au labo. Entendu, je m'en charge.

— Merci, Élise.

Une fois seule, Elizabeth se rassit à son bureau, contempla le coffre-fort de l'autre côté de la pièce et réfléchit à ce qu'il contenait.

Miranda dirigerait l'opération. Sa décision avait été prise dès l'instant où son regard s'était posé sur le bronze. L'expertise serait menée de bout en bout par Standjo, avec un Jones à la barre. Elle l'avait prévu, planifié. C'est ce sur quoi elle comptait.

Et c'est ce qu'elle obtiendrait.

2

En retard de cinq jours, Miranda ne pouvait ni ne voulait perdre une minute de plus. Aussi est-ce au pas de charge qu'elle poussa la lourde porte médiévale de Standjo à Florence et entra dans le hall, où ses talons claquèrent comme un feu de salve sur les dalles de marbre blanc.

Tout en fixant au revers de sa veste le badge que la secrétaire d'Elizabeth lui avait expédié, elle contourna la fidèle reproduction d'un bronze de Cellini, *Persée brandissant la tête de Méduse,* qui se dressait au centre. Miranda s'était souvent demandé ce que le choix d'une telle œuvre pour orner l'entrée de l'Institut révélait sur la personnalité de sa mère. Se défaire de ses ennemis d'un coup décisif en constituait l'interprétation la plus vraisemblable.

Avant de prendre l'ascenseur, elle fit halte à la réception pour noter sur le registre *ad hoc* son nom et son heure d'arrivée. Elle avait choisi avec un soin particulier sa tenue, un tailleur de soie bleu roi d'une coupe quasi militaire, combinant la rigueur à l'élégance discrète. Elle savait que l'apparence joue un rôle capital pour qui doit affronter le directeur d'un des tout premiers laboratoires de recherche artistique du monde. Même si le directeur en question est votre propre mère.

Surtout, pensa-t-elle *in petto* en étouffant un ricanement, si ledit directeur est votre mère.

Elle pressa le bouton de l'ascenseur, attendit son arrivée en bouillant d'impatience. Ses nerfs lui tordaient l'estomac, lui chatouillaient la gorge, bourdonnaient dans sa tête, mais elle n'en laissait rien voir.

Dans la cabine, à l'abri des regards, elle se fit un raccord de rouge à lèvres. Un tube lui durait un an, parfois davantage, car elle ne sacrifiait aux corvées de cet ordre que lorsqu'elle ne pouvait les éviter. Ayant ainsi fait de son mieux, elle remit l'objet dans son sac et vérifia d'une main l'équilibre de son chignon, auquel elle estimait avoir déjà consacré un temps et des efforts excessifs.

Elle repoussait fermement quelques épingles indisciplinées quand la porte de l'ascenseur se rouvrit pour la déposer dans ce qu'elle baptisait l'Antichambre du Saint des Saints. La moquette gris perle, les murs ivoire, les sièges durs aux dossiers droits, tout y portait le sceau de sa mère, froid, élégant, impersonnel. La console design de la réceptionniste, équipée d'un ordinateur et d'un standard téléphonique dernier cri, n'était pas moins digne d'Elizabeth. Efficace et à la pointe de la technique.

Miranda s'en approcha et déclina avec concision l'objet de sa visite :

— *Sono la Dottoressa Jones. Ho un appuntamento con la Signora Standford-Jones.*

— *Si, Dottoressa. Un momento.*

Elle eut à peine le temps de se détendre en faisant par la pensée les cent pas sur le palier, que la réceptionniste revint et, d'un sourire, lui signifia qu'elle était attendue.

Miranda franchit la double porte de verre donnant accès au corridor blanc, aussi chaleureux qu'un couloir d'hôpital, au bout duquel se trouvait le sanctuaire de la *Signora Direttrice.* Arrivée devant la porte, elle frappa – nul au monde n'aurait osé ouvrir une porte d'Elizabeth sans y avoir d'abord tapé. La réponse vint aussitôt. Miranda entra.

Elizabeth était assise à son bureau, un Hepplewhite rare et hors de prix accordé à son allure aristocratique. Derrière elle, le panorama de Florence baignée de soleil déployait sa splendeur dans le cadre de la fenêtre.

D'un bout de la pièce à l'autre, les deux femmes se toisèrent d'un regard exercé.

— Comment s'est passé ton voyage ? s'enquit Elizabeth.

— Sans incident.

— Tant mieux.

— Vous avez bonne mine.

— Je me porte à merveille, merci. Et toi?

— Bien, merci.

Au garde-à-vous comme une jeune recrue soumise à l'inspection de l'adjudant, Miranda s'imagina en train d'exécuter une gigue endiablée autour du bureau.

— Veux-tu un café? Une boisson fraîche?

— Rien, merci. Vous ne m'avez pas demandé de nouvelles d'Andrew, ajouta-t-elle, un sourcil levé.

D'une main distraite, Elizabeth lui fit signe de s'asseoir.

— Eh bien, comment va ton frère?

Très mal, s'abstint-elle de répondre. Il boit comme un trou, il est déprimé, amer, il en veut au monde entier et plus encore à lui-même.

— Il va bien et vous envoie son affection, mentit-elle sans l'ombre d'un scrupule. Je suppose que vous avez averti Élise de mon arrivée.

Miranda étant restée debout, Elizabeth se leva.

— Bien entendu. Les chefs de service et collaborateurs concernés sont informés que tu travailleras ici un certain temps. L'expertise du bronze de Fiesole a priorité sur tous les travaux en cours. Tu disposeras sans restriction des laboratoires et des équipements nécessaires, ainsi que du personnel que tu souhaiteras intégrer à ton équipe.

— J'ai eu John au téléphone hier. Vous n'avez pas encore commencé les analyses préliminaires?

— Non. Ton retard nous a coûté un temps précieux, aussi je compte sur toi pour te mettre au travail sans délai.

— C'est bien dans cette intention que je suis venue.

Elizabeth inclina légèrement la tête.

— Je remarque que tu boites. Qu'as-tu donc à la jambe?

— J'ai été agressée. L'avez-vous oublié?

— Tu m'as appris qu'on t'avait volée, tu ne m'as pas dit que tu avais été blessée.

— Vous ne me l'aviez pas demandé.

Elizabeth laissa échapper ce que, chez toute autre personne, Miranda aurait considéré comme un soupir.

— Tu aurais pu me décrire de toi-même la nature de l'incident dont tu as été victime.

— Certes, mais je ne l'ai pas fait. Il était plus urgent, à mon sens, de vous informer du vol de mes papiers et du retard que cette perte entraînait. Je pensais avoir été assez claire sur ce point, conclut-elle en inclinant la tête de la même manière qu'Elizabeth un instant plus tôt.

— Je supposais…

Elizabeth s'interrompit et fit de la main un geste qui pouvait aussi bien exprimer l'agacement que la résignation.

— Assieds-toi, je te prie, reprit-elle. Je dois d'abord te donner quelques indications générales.

Miranda s'assit, croisa les jambes. Son agression était donc une affaire classée, comme elle s'y attendait.

— L'homme qui a découvert le bronze…, commença Elizabeth.

— Le plombier.

Pour la première fois, un sourire fugitif apparut sur les lèvres de sa mère.

— Oui, Carlo Rinaldi. Artiste dans l'âme sinon dans les faits, selon ce que nous savons de lui. Il n'a jamais pu vivre de sa peinture, mais le père de sa femme possède une affaire de plomberie, de sorte que…

— Sa vie privée nous intéresse-t-elle? l'interrompit Miranda sans cacher son étonnement.

— Seulement en ce qui concerne ses liens avec l'objet. À première vue, il n'y en aurait aucun. À ce qu'il paraît, il serait littéralement tombé dessus, caché sous une marche brisée dans la cave de la Villa della Donna oscura. Les vérifications ont confirmé ses dires.

— Y avait-il un doute à ce sujet? Était-il soupçonné d'avoir inventé l'histoire ou contrefait le bronze?

— La question s'est posée, mais le ministre est désormais convaincu que Rinaldi a dit la vérité. Il est toutefois exact que le fait de l'avoir découvert, soustrait en fraude de la villa dans sa boîte à outils et dissimulé chez lui un certain temps avant d'en avertir les autorités compétentes n'a pas été sans soulever, au début, certaines inquiétudes.

Tout en parlant, Elizabeth avait croisé les mains sur le bord de son bureau et s'était redressée avec raideur. Inconsciemment, Miranda adopta la même attitude, les mains croisées sur les genoux.

— Combien de temps l'a-t-il gardé ?

— Cinq jours.

— Pas de dégradations ? L'avez-vous examiné ?

— Oui, mais je préfère m'abstenir de tout commentaire tant que tu ne l'as pas vu toi-même.

— Eh bien, voyons-le.

En guise de réponse, Elizabeth alla ouvrir le placard qui abritait le petit coffre-fort.

— Vous conservez le bronze ici ? s'étonna Miranda.

— La sécurité de mon bureau est tout à fait adéquate. Trop de gens ont accès aux coffres des laboratoires, j'ai préféré limiter les risques. Je voulais également que tu procèdes à ton examen initial dans de bonnes conditions.

Elizabeth composa un code sur le clavier, puis un autre qui déclencha l'ouverture. Elle prit à l'intérieur un coffret métallique qu'elle revint poser sur son bureau. Après avoir soulevé le couvercle, elle en sortit un paquet oblong enveloppé d'un velours fané qu'elle posa sur le sous-main.

— Nous daterons également l'étoffe, ainsi que le bois de la marche brisée, précisa-t-elle.

— Cela va de soi, approuva Miranda. Il n'existe aucun document à son sujet, n'est-ce pas ?

Ses doigts la démangeaient. Elle se domina cependant et s'approcha du bureau sans manifester de hâte excessive.

— Aucun, jusqu'à présent du moins. Mais tu connais, je pense, l'historique de la villa dans ses grandes lignes ?

— Bien entendu. Elle a appartenu à une maîtresse de Laurent le Magnifique, Giulietta Buenodarni, surnommée la Dame noire. Après la mort de Laurent, elle est restée une familière des Médicis. Tout ce qui comptait en Toscane à l'époque a défilé chez elle, à un moment ou à un autre.

— Tu imagines donc le champ des virtualités.

— Je ne m'intéresse pas aux virtualités, répliqua Miranda.

— En effet. C'est pourquoi tu es ici.

— Vraiment?

— Oui. J'exige une compétence indiscutable et une discrétion absolue. Si la nouvelle de la découverte s'ébruitait trop tôt, elle déchaînerait les hypothèses les plus insensées, risque que Standjo ne peut ni ne veut assumer. Le ministère entend maintenir le secret absolu jusqu'à ce que le bronze soit daté et attribué avec certitude.

— Le plombier a déjà dû se vanter de sa trouvaille auprès de ses compagnons de beuverie.

Un sourire fugitif apparut de nouveau sur les lèvres d'Elizabeth.

— Je ne le pense pas. Ayant subtilisé le bronze dans un bâtiment du domaine public, il sait qu'il risque la prison s'il ne fait pas exactement ce qu'on lui dit.

— La peur du gendarme constitue un bâillon efficace.

— Certes, mais cela ne nous concerne pas. Nous sommes chargés d'expertiser l'œuvre afin de fournir au ministère tous les éléments d'appréciation que la science est en état de déterminer. Nous avons donc besoin du regard objectif d'un expert qui se fonde sur des faits plutôt que sur des hypothèses, si romanesques ou séduisantes soient-elles.

— La science n'accorde pas de place au romanesque, déclara Miranda à mi-voix.

Sur quoi, elle déroula soigneusement le velours.

La vue de la statue lui fit bondir le cœur. D'instinct, toutefois, elle étouffa son premier élan d'admiration sous un scepticisme raisonné.

— La conception et l'exécution sont irréprochables. À première vue, le style concorde avec celui d'œuvres de la Renaissance que nous connaissons...

Elle prit ses lunettes dans la poche de sa veste et les chaussa avant de soulever le bronze, dont elle estima le poids et la densité en le faisant tourner entre ses mains.

La perfection des proportions et la sensualité du sujet sautaient aux yeux. Les plus petits détails – ongles, mèches de cheveux, modelé des muscles – étaient représentés avec une extraordinaire précision. Mais c'était le sujet lui-même qui exerçait sur Miranda une véritable fascination.

Il émanait de cette femme, fière de son corps nu aux courbes harmonieuses, un sentiment de liberté, de plénitude, d'exaltation de son propre pouvoir. Elle levait les bras, non pour implorer mais en signe de triomphe. Dans son visage d'une beauté sans mièvrerie, aux yeux mi-clos par le plaisir, la bouche s'entrouvrait comme pour mieux jouir de ce plaisir. Elle se tenait sur la pointe des pieds, tendue, prête à bondir dans une eau tiède et parfumée – ou dans les bras d'un amant. La sensualité qui s'en dégageait était telle que Miranda, l'espace d'un instant, crut sentir le bronze palpiter entre ses mains, aussi souple et chaud qu'une chair vivante.

La patine semblait ancienne, mais Miranda ne voulut pas s'y fier – une patine se fabrique. Le style était si révélateur de l'identité de l'artiste qu'il la rendait improbable – un style s'imite ou se copie.

— Cette statuette représente la Dame noire, Giulietta Buenodarni, dit-elle enfin. J'ai trop souvent vu son visage dans des tableaux ou des sculptures de l'époque pour conserver le moindre doute. Je n'avais pourtant jamais entendu parler de ce bronze ni rien lu à son sujet. Je ferai des recherches, mais je ne crois pas que les documents éventuels le concernant m'aient échappé.

Elizabeth avait observé le visage de Miranda pendant qu'elle procédait à cet examen visuel. Elle avait noté sa

promptitude à maîtriser son premier mouvement d'admiration et d'enthousiasme. Exactement comme elle s'y
était attendue.

— Tu considères toutefois qu'il s'agit bien d'un bronze
de style Renaissance.

— Oui, ce qui ne suffit pas à affirmer que nous tenons
une œuvre disparue depuis le XVᵉ siècle, répondit Miranda
en tournant lentement l'objet entre ses mains. Tout élève
des Beaux-Arts digne de ce nom a dessiné ou recopié son
visage des dizaines de fois. Je l'ai fait moi-même...

De l'ongle, elle gratta légèrement la patine vert-de-
grisée du socle. La corrosion de surface semblait épaisse,
mais il lui fallait davantage pour être en mesure de se
prononcer. Bien davantage.

— Je m'y mets tout de suite, déclara-t-elle.

Un concerto de l'*Estro armonico* de Vivaldi résonnait en
sourdine dans le laboratoire aux murs peints en vert pâle,
au sol recouvert de linoléum d'un blanc immaculé. Une
netteté ascétique régnait aux postes de travail, équipés de
microscopes, de terminaux d'ordinateur, de râteliers
chargés de fioles, de tubes, de sachets d'échantillons. On
n'y voyait, en revanche, aucun objet personnel, photos,
fétiches ou souvenirs. Sous leurs blouses blanches, uni-
formément ornées du monogramme Standjo brodé sur la
pochette, les hommes portaient tous la cravate, les femmes
une jupe de longueur décente. Les machines bourdonnaient comme des horloges bien huilées. Les conversations, limitées au minimum indispensable, se déroulaient
à voix basse.

Elizabeth exigeait un ordre rigoureux et imposait une
discipline de fer que son ex-belle-fille savait faire respecter. La maison du Maine où Miranda avait grandi
offrait exactement la même atmosphère de froideur
stérile. Sinistre pour un foyer familial, mais efficace pour

un lieu de travail, pensa Miranda en balayant du regard le labo.

— Tu n'étais pas venue ici depuis un certain temps, lui dit Elizabeth. Si tu as oublié la disposition des locaux, Élise te rafraîchira la mémoire. Il va sans dire que tu pourras accéder librement à l'ensemble des installations. J'ai fait refaire tes clés magnétiques et recomposer tes codes spéciaux.

— Parfait.

Voyant Élise délaisser son microscope et s'avancer vers elle, Miranda esquissa un sourire poli.

— Bienvenue à Florence, Miranda, la salua son ex-belle-sœur d'un ton mesuré, susceptible d'exprimer une certaine sincérité chaleureuse si on lui en fournissait le prétexte.

— Je me réjouis d'y revenir. Comment vas-tu ?

— Bien. Toujours débordée, Dieu merci, répondit-elle en lui prenant la main avec un sourire dont l'éclat ne dépassait pas les cent watts. Et Drew, comment se porte-t-il ?

— Pas trop bien, mais il est très occupé lui aussi.

— J'en suis désolée pour lui, soupira Élise en libérant la main de Miranda. Voulez-vous guider la visite ou préférez-vous que je m'en charge ? ajouta-t-elle à l'adresse d'Elizabeth.

— Je n'ai pas besoin de visite guidée, affirma Miranda sans laisser à sa mère le temps de répondre. Tout ce qu'il me faut, c'est une blouse, un microscope et un ordinateur. Je devrai aussi prendre des photos et des radiographies.

— Ah ! Vous voilà ! fit une voix masculine.

John Carter s'approchait au grand trot. Dans ce temple de l'ordre et de l'efficacité, l'allure fripée de son chef de laboratoire à l'Institut du Maine enchanta Miranda. Sa cravate, décorée au pochoir de vaches au sourire béat, était déjà de travers. La pochette de sa blouse, déchirée par quelque poignée de porte ou de tiroir, pendait tristement, retenue par un fil. Son menton arborait une estafilade, témoin d'un coup de rasoir maladroit. Un bout de crayon mâchonné était calé sur une oreille, et des traces de doigts brouillaient les verres de ses lunettes. Miranda se sentit d'un seul coup chez elle.

— Alors, ça va mieux ? s'enquit-il en lui tapotant le bras avec affection. Et le genou ? Andrew m'a dit que votre voyou d'agresseur vous avait salement malmenée.

— Malmenée ? intervint Élise. Nous ne savions pas que tu avais été blessée.

— Un peu secouée, sans plus. Tout va bien.

— Il lui a mis un couteau sur la gorge, précisa Carter.

— Un couteau ! s'exclama Élise en portant la main à sa propre gorge. Mais c'est affreux ! C'est...

— C'est fini, l'interrompit Miranda. Il n'en voulait qu'à mon argent. Il nous a surtout coûté un temps précieux.

Elle avait dit ces derniers mots en regardant sa mère. Voyant dans ses yeux une lueur de défi, Elizabeth décida qu'il était inutile de s'apitoyer davantage.

— Je laisse à Élise le soin de t'installer. Voici ton badge de sécurité et tes clefs magnétiques, déclara-t-elle en lui tendant une enveloppe. Élise devrait être en mesure de satisfaire tes besoins et de répondre à tes questions. Sinon, tu as toujours la possibilité de t'adresser à moi. Je dois te laisser, maintenant, poursuivit-elle en consultant sa montre, j'ai un rendez-vous dans quelques instants. J'espère que tu pourras me soumettre un rapport préliminaire à la fin de la journée.

— Vous l'aurez, répondit Miranda.

Elizabeth s'éloignait déjà.

— Elle ne perd pas de temps, commenta Élise en souriant. Je suis vraiment navrée que tu aies subi une aussi pénible épreuve, mais le travail t'aidera peut-être à l'oublier. Je t'ai préparé un bureau. Le bronze de Fiesole passe en priorité absolue, tu peux choisir tes collaborateurs parmi tous ceux classés en code de sécurité A.

— Miranda !

Son nom, clamé avec un plaisir évident dans un accent italien plus chantant que nature, lui tira un sourire avant même qu'elle se fût tournée vers le nouvel arrivant, lequel lui saisit les mains avec effusion et les couvrit de baisers.

— Giovanni ! Vous n'avez pas changé.

De fait, le chimiste en chef était aussi outrageusement séduisant que dans son souvenir. Brun de peau, il avait les yeux couleur chocolat fondu et le sourire ravageur. Plus petit qu'elle d'une demi-tête, il parvenait néanmoins à lui donner l'impression d'être menue et féminine. Giovanni Beredonno nouait ses longs cheveux noirs en catogan, entorse aux règles qu'Elizabeth tolérait parce qu'il était beau à voir mais, surtout, parce qu'il était un génie dans sa branche.

— Vous, *bella donna*, vous avez changé : vous êtes plus ravissante que jamais ! Mais quelle est cette sombre histoire ? Vous avez été brutalisée, blessée ?

— Ce n'est plus qu'un mauvais souvenir.

— Voulez-vous que j'aille briser les os du monstre qui vous a fait cela ? dit-il en l'embrassant sur les deux joues.

— Puis-je vous prendre au mot un peu plus tard ?

— Giovanni ! Miranda a du travail.

— *Si, si, va bene...*

D'un geste dédaigneux, qui amena un nouveau sourire sur les lèvres de Miranda, l'interpellé balaya l'aigre rappel à l'ordre proféré par Élise.

— Je sais, reprit-il, une opération ultra-secrète et tout et tout. Si la *Signora Direttrice* fait venir d'Amérique une experte aussi renommée, ce n'est pas pour une broutille. Alors, *bellissima*, aurez-vous besoin de mes services ?

— Vous êtes le premier sur ma liste, Giovanni.

Feignant de ne pas remarquer l'air pincé d'Élise, il prit affectueusement Miranda par le bras.

— Quand commençons-nous ? demanda-t-il d'un air gourmand.

— Aujourd'hui même. Je voudrais les premières analyses des couches de corrosion et de la composition de l'alliage le plus vite possible.

Élise les entraînait déjà vers la porte. Au passage, elle tapa sur l'épaule d'un homme à la calvitie avancée, penché sur le clavier de son ordinateur.

— Richard Hawthorne te serait sûrement très utile, dit-elle à Miranda.

L'homme se tourna vers elle en clignant les yeux comme une chouette éblouie et enleva avec maladresse ses lunettes. Ses yeux d'un bleu délavé, son menton fuyant avaient quelque chose de vaguement familier, que Miranda ne parvint pas à situer. Mais son sourire juvénile le rendait sympathique.

— Docteur Hawthorne, le salua-t-elle courtoisement.

— Enchanté de vous revoir, docteur Jones, répondit-il. Nous sommes tous heureux et honorés de vous avoir parmi nous. J'ai lu votre essai sur les débuts de l'humanisme florentin. Remarquable. Tout à fait remarquable.

Miranda le reconnaissait, maintenant: il avait fait un bref passage à l'Institut du Maine quelques années auparavant. Après une courte hésitation – uniquement motivée, à vrai dire, par la recommandation d'Élise –, elle se laissa fléchir.

— Merci, docteur Hawthorne. Élise m'a préparé un bureau, je crois. Pouvez-vous vous joindre à nous un moment? J'aimerais vous montrer ce dont il s'agit.

— Avec plaisir.

Il remit ses lunettes sur son nez, pianota sur son clavier pour sauvegarder son travail et suivit les autres.

— Ce n'est pas très grand, mais c'était le seul local disponible, s'excusa Élise en ouvrant une porte. J'y ai mis l'équipement que je jugeais indispensable. Bien entendu, tu peux demander tout ce dont tu as besoin en plus.

D'un coup d'œil, Miranda fit l'inventaire de la pièce. L'ordinateur était du modèle le plus récent. Un microscope et un jeu de petit outillage étaient disposés sur un large comptoir blanc, ainsi qu'un magnétophone pour dicter ses observations à mesure. La pièce ne comportait pas de fenêtre et, à quatre, ils avaient à peine la place de se mouvoir. Mais il y avait un bureau, une chaise, un téléphone, des crayons bien taillés. C'est le strict minimum mais cela fera l'affaire, pensa-t-elle en posant son porte-documents et la boîte métallique sur le comptoir.

— J'aimerais connaître votre opinion, docteur Hawthorne. Sur un simple examen visuel, pour le moment, bien sûr.

— Très volontiers.

Miranda sortit le bronze de la boîte et entreprit de le déballer.

— On ne parle que de cela dans la maison depuis deux jours, intervint Giovanni. Ah! s'exclama-t-il en voyant la statue dévoilée. *Che bellezza! Bellissima!*

Hawthorne ajusta ses lunettes sur son nez et se pencha en clignant des yeux.

— Excellente exécution, commenta-t-il. Simple, fluide. Perfection dans la forme, précision des détails. Un modelé irréprochable…

— Et quelle sensualité! enchaîna Giovanni. La pose de cette femme frise la provocation.

Miranda lui lança un regard amusé avant de se tourner à nouveau vers Hawthorne.

— Vous la reconnaissez, je pense?

— Bien sûr, la Dame noire des Médicis.

— C'est aussi mon avis. Et le style?

— Renaissance, sans l'ombre d'un doute, répondit-il en effleurant timidement d'un doigt la joue de la statue. Je dirais que le modèle n'a pas posé pour incarner un personnage religieux ou mythologique, mais plutôt pour son portrait.

— Un portrait réaliste – je le suppose, du moins. L'artiste devait la connaître personnellement, voire intimement, mais nous ne disposons d'aucune documentation à ce sujet. C'est pourquoi votre assistance nous sera précieuse, docteur Hawthorne.

— Je serai trop heureux de vous apporter ma contribution. Parvenir à l'authentifier comme une œuvre capitale de l'époque Renaissance constituerait un grand succès à la fois pour Standjo et pour vous-même, docteur Jones.

Miranda y avait pensé, évidemment, mais elle se borna à esquisser un sourire modeste et désintéressé.

— Ma gloire personnelle n'entre pas en ligne de compte. Si, comme je le crois, ce bronze a séjourné dans le milieu corrosif où il a été découvert, la progression de la corrosion doit en refléter la durée. Les résultats d'analyse, ajouta-t-elle à l'adresse de Giovanni, ne permettront cependant pas d'établir la datation avec la précision souhaitable.

— Vous procéderez donc à des recoupements à l'aide de tests de thermoluminescence, intervint Hawthorne.

— Bien entendu. Nous analyserons aussi l'étoffe qui l'enveloppe et le bois de la marche d'escalier, mais c'est la documentation historique qui sera déterminante, je pense. Résumons-nous, poursuivit-elle en se perchant sur le coin du bureau. La statue a été trouvée dans la cave de la Villa della Donna oscura, cachée sous la dernière marche de l'escalier. Dès que j'aurai reçu le rapport détaillé, je vous le communiquerai, à vous trois et à Vincente. À personne d'autre. La directrice entend garder le secret absolu sur l'opération jusqu'à sa conclusion. Les collaborateurs dont vous requerrez l'assistance doivent bénéficier d'une qualification de sécurité maximale. Tant que les tests ne seront pas tous exécutés, vérifiés et recoupés, les données que vous serez amenés à leur confier se limiteront au minimum indispensable.

— Pour le moment, dit Giovanni avec un clin d'œil, elle est donc à nous.

— Non, à moi, le corrigea Miranda en souriant. Il me faut toutes les informations sur la villa comme sur la femme elle-même. Je veux les connaître dans les moindres détails.

— Je m'y mets tout de suite, affirma Hawthorne.

— Et nous, déclara Miranda en se tournant vers la statue, voyons de quoi elle est faite.

Quelques heures plus tard, Miranda se détendit dans son fauteuil en se massant le cou et les épaules. Devant elle, le bronze lui souriait d'un air goguenard. On n'avait décelé dans l'alliage aucune trace de cuivre, de silicone ni d'autres métaux ou matériaux qui n'aient pas été en usage à l'époque. La statue comportait le noyau d'argile conforme aux pratiques du temps. Les analyses des niveaux de corrosion donnaient une datation approximative de la fin du XVe siècle.

Pas de conclusion hâtive, s'ordonna Miranda. Ces tests préliminaires ne permettaient pas de se former une opinion valable. Elle ne disposait encore que d'éléments négatifs : pas d'anachronisme évident dans la composition de l'alliage, pas de marques d'outils ou de techniques inconnus à l'époque. Il lui fallait maintenant déterminer des éléments positifs.

La Dame noire était-elle authentique ? Ou n'était-elle qu'un faux habilement exécuté ?

Miranda s'octroya une pause, le temps de boire un café en grignotant les biscottes et le fromage qu'Élise lui avait procurés en guise de déjeuner. Ces troubles dus au décalage horaire se faisaient menaçants, mais le café, noir, puissant, parfumé comme seuls les Italiens savent le préparer, lui injecta une dose de caféine suffisante pour masquer sa fatigue et lui accorder un sursis. Elle s'écroulerait plus tard.

Elle entreprit de taper à l'ordinateur le rapport préliminaire promis à sa mère. Le style en fut plus sec et rébarbatif qu'un visage de vieille fille, et elle s'interdit toute fioriture, tout soupçon d'hypothèse, toute ombre de supposition. Si, pour elle, le bronze représentait un excitant mystère à résoudre, sa prose n'en trahit rien.

Le rapport achevé, elle l'achemina par le réseau à l'ordinateur d'Elizabeth, le sauvegarda sur le disque dur en le verrouillant par son mot de passe. Puis elle prit le bronze pour aller le soumettre au dernier examen de la journée.

La technicienne manifestant une révérence excessive envers la *Dottoressa*, fille de la *Signora Direttrice*, Miranda l'envoya lui chercher un nouveau café et préféra procéder seule aux tests de thermoluminescence.

Elle commença par le noyau d'argile de la statue, nota soigneusement les valeurs des radiations, recommença, vérifia. Elle soumit ensuite au même traitement les échantillons de terre prélevés dans la cave à l'endroit de la cachette, puis du bois de la marche et compara les résultats à ceux de l'argile. Ce n'était plus maintenant qu'une question de calculs. Si la méthode n'était pas à l'abri de l'erreur, elle participait au faisceau des convergences d'où une certitude finirait tôt ou tard par se dégager.

Mais Miranda n'en doutait plus : fin du XVe siècle.

Alors même que Savonarole fulminait contre la luxure et le paganisme dans l'art, cette œuvre lui faisait un pied de nez magistral, pensa-t-elle. Les Médicis régnaient sans partage sur Florence, et ils le feraient jusqu'à ce que le roi de France Charles VIII chasse de son trône l'incompétent Piero. La Renaissance s'éloignait de son âge d'or que Brunelleschi l'architecte, Donatello le sculpteur, Masaccio le peintre avaient instauré en révolutionnant la conception et la fonction de l'Art. La génération suivante annonçait déjà le XVIe siècle : Vinci, Michel-Ange, Raphaël, tous des individualistes non conformistes en quête d'originalité pure.

Le créateur de cette sculpture, Miranda le connaissait. Au plus profond d'elle-même, elle le sentait, elle le savait. Elle avait étudié, scruté, disséqué chacune de ses créations avec autant d'attention et de passion qu'une femme amoureuse observe le visage de son amant.

Mais un laboratoire n'est pas un lieu où la passion et l'instinct ont droit de cité. Ces tests, ces analyses, elle les recommencerait. Deux fois, trois fois. Elle compilerait toutes les formules des alliages de bronze connus à l'époque, les comparerait avec celle de la statue, analyserait encore et encore afin d'isoler ses plus infimes ingrédients. Elle harcèlerait Richard Hawthorne jusqu'à ce qu'il ait déniché et rassemblé une documentation exhaustive.

Alors, peut-être, aurait-elle une réponse à ses questions.

3

L e lever du soleil sur Florence offrait toujours un spectacle magique. La même lumière, tendre et frémissante, baignait déjà la ville du temps où les hommes y édifiaient leurs églises et leurs palais, qu'ils ornaient d'effigies de héros et de saints taillées dans le marbre des carrières voisines.

Les étoiles se fondaient une à une dans le ciel de velours qui virait au gris perle. Les ifs parsemant les pentes des collines de Toscane sortaient de l'ombre pour dévoiler leurs silhouettes élancées. Le jour hésitait avec coquetterie avant de déployer sa splendeur.

Et, tandis que le soleil entamait sa course au-dessus de l'horizon en saupoudrant l'atmosphère de paillettes d'or, la ville émergeait peu à peu de son silence assoupi. Les marchands de journaux relevaient avec fracas leurs rideaux de fer et se préparaient en bâillant à la journée nouvelle. De rares fenêtres brillaient çà et là de l'éclat des lampes.

L'une d'elles était celle de Miranda.

L'esprit tout entier occupé par son travail, elle s'habillait à la hâte, sans même accorder un regard au somptueux tableau qui se composait derrière la fenêtre de sa chambre d'hôtel. Accomplirait-elle des progrès aujourd'hui ? Quelle distance lui restait-il à parcourir pour toucher enfin au but ? Quoi qu'il en soit, elle s'en tiendrait aux faits avérés, même si la tentation de brûler les étapes et de sauter aux conclusions se faisait de plus en plus pressante. On ne pouvait pas toujours se fier à son instinct. À la science, si.

Ses cheveux sommairement retenus par une barrette, chaussée d'escarpins à talons plats assortis à son sobre tailleur bleu marine, elle fut vite prête. En arrivant au travail aussi tôt, elle profiterait de deux heures de tranquillité et de solitude. Car si elle appréciait de pouvoir disposer d'une équipe de spécialistes, elle considérait cependant que *La Donna oscura* lui appartenait en priorité. Chaque étape de l'expertise porterait sa marque personnelle.

Elle sonna à la porte vitrée, exhiba son badge. Le garde somnolent délaissa son café pour venir lui ouvrir.

— Vous êtes bien matinale, *Dottoressa* Jones.

— J'ai beaucoup de travail.

Le garde exhala un soupir. Les Américaines ne pensaient décidément à rien d'autre ! *Peccato...*

Pendant qu'elle signait le registre, l'arôme du café lui chatouilla délicieusement les narines. Elle en saliva presque en griffonnant son nom et son heure d'arrivée.

— *Grazie*, dit le garde qui étouffait des bâillements.

— *Prego*.

En se dirigeant vers l'ascenseur, elle décida de se préparer du café avant tout. Se lever à l'aube était une chose, être en pleine possession de ses moyens sans une bonne dose de caféine en était une autre. Il ne fallait quand même pas qu'elle exige d'elle-même l'impossible.

Arrivée à l'étage, elle ouvrit la porte palière avec sa clef électronique et composa son code secret afin d'accéder au labo. Les plafonniers fluorescents activés par l'interrupteur répandirent leur lumière froide sur la vaste pièce où régnait un ordre monastique. Elizabeth n'en attendait pas moins de ses employés – ainsi que de ses enfants, ajouta Miranda en haussant les épaules comme pour en faire glisser le fardeau de ses vieilles rancunes.

Un instant plus tard, dans le réduit qui lui tenait lieu de bureau, elle s'empressa de brancher la machine à café. Tandis que celle-ci remplissait son office en émettant des odeurs grisantes, elle alluma l'ordinateur et entreprit de transcrire sur le disque dur ses notes prises la veille au soir.

Nul n'était là pour entendre le gémissement de plaisir qui lui échappa en avalant sa première gorgée d'espresso. Personne non plus ne la vit se prélasser dans son fauteuil, les yeux clos et un vague sourire aux lèvres. Cinq longues minutes, elle s'octroya le luxe d'être une femme comme les autres, savourant un des minuscules plaisirs qui pimentent la routine quotidienne. Ses escarpins avaient d'eux-mêmes quitté ses pieds, ses traits perdu leur sévérité anguleuse. Pour un peu, elle aurait ronronné.

Si le garde l'avait observée, il aurait à coup sûr approuvé sa métamorphose.

Sa récréation terminée, Miranda se versa une nouvelle tasse de café, endossa sa blouse et se mit au travail. Pour la énième fois, elle mesura les radiations de la terre prélevée sur le lieu de la découverte et les compara à celles du noyau d'argile. Elle plaça quelques fragments de l'un et de l'autre sur des plaques de verre, des rognures de bronze sur une troisième, et les examina au microscope, en introduisant à mesure dans l'ordinateur les valeurs relevées. Elle collationnait les résultats quand les premiers membres du personnel commencèrent à arriver.

Giovanni la rejoignit, porteur d'une tasse de cappuccino frais et de viennoiseries encore chaudes.

— Dites-moi ce que vous voyez, lui demanda-t-elle en montrant sur l'écran des courbes et des spectres colorés.

— Je vois une femme qui ne sait pas se détendre, répondit-il en lui massant délicatement les épaules. Voyons, Miranda, vous êtes ici depuis une semaine, et vous n'avez pas pris une heure pour vous occuper de vous-même…

— Je vous parle des graphiques, Giovanni.

Il se pencha vers l'écran. Leurs têtes se frôlèrent.

— Ah, les graphiques… La ligne blanche continue représente la surface du bronze, n'est-ce pas?

— Oui.

— La corrosion est épaisse et s'étend en profondeur, ce qui est normal dans un bronze vieux de quatre siècles.

— Évidemment. Ce qu'il faut déterminer, c'est son taux de progression.

— Ce n'est pas facile. Le bronze était dans une cave humide, ce qui a accéléré la corrosion.

— J'ai tenu compte de la température et de l'humidité en établissant des moyennes. En tout cas, je n'ai jamais vu ni entendu dire que des taux de corrosion comparables à ceux-ci pouvaient être simulés.

— Peut-être, mais l'étoffe n'a pas plus de cent ans. Je dirais même une vingtaine de moins.

— Vous en êtes certain ? s'exclama-t-elle, agacée.

— Tout à fait. Vous l'analyserez vous-même si vous voulez, mais vous constaterez que j'ai raison. Cent ans au grand maximum, plus vraisemblablement quatre-vingts.

Elle se tourna de nouveau vers l'écran. Ce qu'elle y voyait, ce qu'elle savait était pourtant irréfutable.

— Admettons que le bronze ait été enveloppé dans ce velours et caché dans la cave il y a quatre-vingts ans. Il n'est pas moins vrai que le métal lui-même est considérablement plus ancien, toutes les analyses le démontrent.

— C'est possible. Prenez donc votre petit déjeuner.

Elle saisit le croissant qu'il lui tendait, en mordit distraitement une pointe.

— Voyons, quatre-vingts ans, l'époque de la Première Guerre mondiale. On cachait souvent les objets précieux, en temps de guerre...

— Exact.

— Mais où était-elle avant ? poursuivit Miranda. Pourquoi n'avons-nous jamais entendu parler d'elle ? Parce qu'elle avait déjà été cachée auparavant, peut-être même dès les premières guerres d'Italie, à l'arrivée des Français... Je comprends qu'on ait voulu la soustraire aux convoitises. Mais l'oublier pendant plus de quatre siècles ? C'est inconcevable ! Cette statue n'est pas un travail d'amateur, Giovanni. Elle est l'œuvre d'un maître, et un chef-d'œuvre ne disparaît pas sans laisser de traces.

Il doit exister des documents quelque part. Il faut que j'en apprenne davantage sur la villa, sur la femme elle-même. À qui a-t-elle légué ses biens ? Qui a habité la maison après sa mort ? A-t-elle eu des enfants ?

— Je suis chimiste, pas historien, lui fit-il observer en souriant. Adressez-vous plutôt à Richard.

— Est-il arrivé ?

— Sans doute, il est la ponctualité même. Attendez ! ajouta Giovanni en la retenant par le bras avant qu'elle s'éloigne. Je vous invite à dîner ce soir.

Elle lui pressa affectueusement la main pour l'inciter à lâcher prise.

— Impossible, Giovanni. J'ai trop à faire pour dîner en ville. Je suis très touchée que vous vous inquiétiez de mon sort, mais c'est inutile, croyez-moi.

— Vous travaillez trop et vous vous soignez très mal. Je suis votre ami, j'ai le devoir de veiller sur vous.

— Je me ferai servir un dîner pantagruélique dans ma chambre pendant que je travaillerai, je vous le promets.

En gage de ses bonnes résolutions, elle posait un amical baiser sur la joue de Giovanni quand la porte s'ouvrit. Élise se figea sur le seuil, la bouche pincée et la mine réprobatrice.

— Désolée de te déranger, Miranda, dit-elle sèchement. La directrice t'attend dans son bureau à 16 h 30 pour faire le point sur l'avancée de l'expertise.

— Bien. Sais-tu si Richard peut m'accorder un moment ?

— Nous sommes tous à ta disposition.

— C'est exactement ce que j'étais en train de lui dire, déclara Giovanni avec un large sourire avant de s'éclipser.

Élise entra, referma la porte derrière elle.

— Écoute, Miranda… J'espère que tu ne t'en formaliseras pas, mais je dois te mettre en garde au sujet de Giovanni.

L'embarras d'Élise était si comique que Miranda ne put que dissimuler son amusement sous un sourire innocent.

— Giovanni ?

— Oui. C'est un chimiste de premier ordre, son travail pour Standjo a une valeur inestimable ; mais, sur le plan personnel, c'est un... un incorrigible dragueur.

Miranda fit glisser ses lunettes sur le bout du nez pour darder sur Élise, par-dessus la monture, son regard le plus docte.

— Je ne suis pas de ton avis. Un vrai séducteur exploite. Giovanni donne.

— Peut-être. Il n'empêche qu'il flirte ou a flirté avec toutes les femmes de la maison.

— Même toi ?

Les sourcils d'Élise se rejoignirent en une ligne continue.

— Oui, à l'occasion, et je le tolère parce que cela fait partie de sa personnalité. Malgré tout, le labo n'est pas un lieu propice au badinage et aux baisers volés.

— Seigneur ! Je croirais entendre ma mère ! s'écria Miranda que rien n'aurait pu agacer davantage. Merci quand même de tes conseils, j'y penserai la prochaine fois que Giovanni et moi serons saisis par l'envie de nous adonner à la fornication sur une paillasse du labo de chimie.

Élise soupira d'un air contrit.

— Je t'ai froissée, je le vois bien. Pourtant, je souhaitais simplement... Que veux-tu, il déborde de tant de charme que j'ai moi-même failli m'y laisser prendre, à mon arrivée ici. J'étais si malheureuse, si déprimée...

— Vraiment ?

Cinglée par le ton glacial de Miranda, Élise se redressa de toute sa petite taille.

— Mon divorce d'avec ton frère ne m'a pas fait sauter de joie, tu sais ! Cela a été pour moi une décision difficile, pénible, douloureuse même. J'espère seulement ne pas m'être trompée en la prenant. J'aimais Drew, mais...

Sa voix se brisa, elle s'interrompit.

— Tout ce que je puis en dire, reprit-elle, c'est que c'était insuffisant. Pour lui comme pour moi.

Devant les larmes qui brillaient soudain dans les yeux d'Élise, Miranda eut honte de sa dureté.

— Pardonne-moi, déclara-t-elle à mi-voix. Tout s'est passé si vite... Je croyais que tu te moquais des conséquences.

— Pas du tout et j'en souffre encore. J'aurais préféré une autre solution, crois-moi, mais je n'ai pas eu le choix. Après tout, j'ai aussi ma vie à mener.

— Bien sûr. Mais Andrew a été si malheureux, vois-tu, que c'était plus facile pour moi de rejeter tout le blâme sur toi. Il est vrai que l'échec d'un mariage n'est jamais la faute d'un seul.

— Nous n'étions ni l'un ni l'autre doués pour la vie conjugale. Il nous a paru plus sensé, plus humain, d'en finir une bonne fois plutôt que de continuer à faire semblant.

— Comme mes parents, tu veux dire ?

— Oh, Miranda ! Je ne voulais pas...

— Si, tu as raison. Mes parents ne vivent plus sous le même toit depuis plus de vingt-cinq ans sans qu'aucun des deux ne se soit donné la peine de mettre un terme à cette comédie. Andrew en souffre peut-être mais, tout compte fait, je préfère ta méthode.

Elle l'aurait elle-même adoptée si elle avait commis l'erreur de se marier, s'abstint d'ajouter Miranda. Le divorce constituait une solution plus civilisée que le maintien hypocrite d'un mariage illusoire.

— Dois-je te présenter mes excuses d'avoir si mal pensé de toi depuis plus d'un an ? reprit-elle.

Élise esquissa un sourire.

— C'est bien inutile. Je comprends que tu aies pris le parti de Drew, je sais combien vous êtes proches l'un de l'autre. J'ai toujours admiré ta loyauté envers lui.

— Ensemble, nous tenons le coup. Désunis, nous nous précipiterions sur le divan d'un psy.

— Nous n'avons jamais été vraiment amies, toi et moi, soupira Élise. Nous étions collègues d'abord, parentes ensuite mais, malgré tout ce qui nous rapprochait, nous n'avons jamais réussi à développer une amitié entre nous. Nous en sommes peut-être incapables. Pourtant, je souhaiterais que nous restions au moins en bons termes.

— Je n'ai pas beaucoup d'amis, reconnut Miranda – sans préciser qu'elle avait toujours reculé devant ce risque d'aliéner ainsi sa précieuse intimité. J'aurais tort de refuser une amitié quand on me l'offre.

Élise rouvrit la porte, hésita sur le seuil.

— Je n'en ai pas beaucoup, moi non plus… Je suis heureuse de pouvoir te compter parmi eux, conclut-elle avant de s'éloigner.

Touchée, Miranda la suivit des yeux. Un instant plus tard, elle ramassa ses notes et ses échantillons, les mit en sûreté dans le coffre et sortit à son tour.

Elle trouva Richard Hawthorne enterré sous des montagnes de livres et de liasses de papiers, le nez sur les pages comme un chien de chasse flairant une piste.

— Alors, avez-vous trouvé quelque chose pour moi ? lui demanda-t-elle.

— La construction de la villa a été achevée en 1489, répondit-il sans lever les yeux. Laurent de Médicis a payé l'architecte et les entrepreneurs, mais le titre de propriété était au nom de Giulietta Buenodarni.

Miranda approcha une chaise, repoussa quelques papiers.

— Elle savait s'y prendre. Il n'était pas courant, pour une simple maîtresse, de se faire offrir une propriété d'une telle valeur.

— Détrompez-vous. Les femmes d'une grande beauté jouissaient d'un réel pouvoir, à l'époque. L'Histoire nous révèle aussi qu'elle était très intelligente.

— Que pouvez-vous m'apprendre d'autre à son sujet ?

— Peu de choses, malheureusement. Son nom est men-
tionné pour la première fois en 1487. Je n'ai rien trouvé
de certain sur ses origines, par exemple. Selon certaines
sources, elle aurait été une jeune cousine de Clarice
Orsini et présentée, à ce titre, à la cour des Médicis.

— Laurent a pris pour maîtresse la cousine de sa femme ?
Il avait l'esprit de famille, commenta Miranda en souriant.

Hawthorne se borna à acquiescer d'un signe de tête.

— Selon d'autres sources, elle aurait été la fille illégitime
d'un membre éminent de l'Académie néoplatonicienne
fondée par Laurent. Dans un cas comme dans l'autre, elle
était bien placée pour attirer son attention. Bref, ils se sont
connus, et elle s'est installée dans la villa en 1489. Tous les
textes s'accordent sur un point : elle était aussi passionnée
des arts que son protecteur et usait de son influence pour
attirer sous son toit les plus illustres artistes de son temps.
Elle est morte en 1530, pendant le siège de Florence.

Une autre période troublée, pensa Miranda, propice
elle aussi à la dissimulation d'objets précieux.

— Donc, sans être sûre que les Médicis conserveraient
le pouvoir, enchaîna-t-elle. Intéressant… A-t-elle eu une
descendance ?

— Je n'ai encore rien découvert à ce sujet.

— Je vais vous aider à chercher, décida-t-elle. Donnez-
moi quelques-uns de ces ouvrages.

Vincente Morelli était l'oncle que Miranda n'avait
jamais eu la chance d'avoir dans la réalité. Déjà familier
de ses parents bien avant sa naissance, il s'était longtemps
occupé de la publicité, de la promotion et de l'organisation
de diverses manifestations pour l'Institut du Maine.

Sa première femme étant tombée gravement malade, il
l'avait rapatriée à Florence et l'y avait enterrée douze ans
plus tôt. Après l'avoir pleurée trois ans, il s'était remarié à
la stupeur générale avec une starlette, plus réputée pour

son physique affriolant que pour ses dons d'actrice. Le fait que Gina ait eu deux ans de moins que sa fille aînée avait plongé sa famille dans la consternation et provoqué chez ses relations des sourires et des commentaires ironiques.

Vincente était un petit homme trapu, pourvu d'un coffre à la Luciano Pavarotti et de jambes aussi massives que des troncs de chêne, alors que sa séduisante épouse aurait pu rivaliser avec Sophia Loren dans la fleur de sa jeunesse. On ne la voyait pour ainsi dire jamais sans plusieurs kilos d'or et de pierreries scintillant et cliquetant à son cou, à ses poignets et à ses oreilles.

Ils étaient tous deux exubérants et tapageurs, au point de friser parfois la vulgarité. Miranda éprouvait pour eux une réelle affection, qui ne l'empêchait cependant pas de s'étonner qu'un couple aussi extraverti puisse continuer à entretenir des relations étroites avec sa mère.

— J'ai transmis à la direction une copie de tous mes rapports, dit Miranda à Vincente, dont l'envahissante personne emplissait son bureau. Ils te permettront, je pense, de suivre la progression des tests et des analyses, de manière à extrapoler les données brutes afin de rédiger les communiqués de presse le moment venu.

— Bien sûr, les faits sont simples à décrire. Mais ce qu'il me faut, *cara*, c'est ton opinion à toi. Tes sentiments. J'ai besoin de couleur.

— Mon opinion se résume à ceci : nous avons encore du travail devant nous.

— Miranda ! articula-t-il avec un sourire persuasif, en se balançant sur sa chaise qui fit entendre des craquements inquiétants. Ta charmante mère m'a lié les mains jusqu'à ce que – comment dit-elle, déjà ? – ah, oui ! jusqu'à ce que tous les points soient sur tous les *i*. Quand je pourrai enfin faire des révélations aux médias, il faudra y mettre de la passion, du romanesque, pour que la nouvelle ait de l'impact !

— Si le bronze est certifié authentique, la nouvelle aura de l'impact, je te le garantis.

— Il m'en faut davantage, voyons! La ravissante et talentueuse *Dottoressa* franchit l'Atlantique pour expertiser l'effigie d'une autre femme ravissante et talentueuse. Alors, de femme à femme, quels sentiments t'inspire-t-elle? Que vois-tu en elle?

Un sourcil levé, Miranda pianota sur son bureau.

— Je vois un bronze représentant une femme nue, haut de 30,4 centimètres et pesant 10 kilogrammes, énonça-t-elle en se retenant de sourire tandis que Vincente levait les yeux au ciel. Il présente les caractéristiques de style en usage vers la fin du Quattrocento. Les analyses et examens effectués jusqu'à présent indiquent qu'il aurait été fondu dans la dernière décennie du XVe siècle. Point.

— Tu ressembles trop à ta mère pour ton bien, *carissima*! s'exclama Vincente.

— Les injures ne te mèneront à rien avec moi, *caro zio*, répliqua Miranda en le gratifiant d'un sourire épanoui.

Vincente le lui rendit, puis affecta l'accablement.

— Tu ne me facilites pas la tâche, *cara*, soupira-t-il.

Mais il savait déjà que, le moment venu, il mettrait à sa façon de la vie et de la couleur dans les communiqués.

Elizabeth parcourut les rapports d'un regard auquel rien n'échappait. Miranda y manifestait une grande prudence dans l'exposé des faits, des chiffres, des formules; elle décrivait en détail chaque étape de chaque test. On sentait malgré tout dans quelle direction elle penchait, à quelles conclusions elle souhaitait aboutir.

— Tu es donc convaincue de son authenticité?

— Tous les examens concordent: la datation se situe dans une fourchette de quatre cent cinquante à cinq cents ans. Vous avez les copies des calculs, des photos traitées par ordinateur, des analyses chimiques.

— Qui les a effectués?

— Moi.

— Et la thermoluminescence?

— Moi.

— La datation par le style est aussi de toi. L'essentiel de la documentation procède de ta propre recherche. De même, tu as supervisé les analyses chimiques, l'étude de la patine, la composition de l'alliage et la comparaison des formules.

— N'est-ce pas la raison pour laquelle vous m'avez dit de venir?

— Certes, mais j'ai également mis une équipe d'experts à ta disposition. Je m'attendais à ce que tu fasses plus largement appel à leurs compétences.

— Si j'exécute les procédures moi-même, je les contrôle mieux et je minimise les risques d'erreur, déclara sèchement Miranda. Cette expertise entre dans mon domaine, je pense. J'ai déjà authentifié cinq œuvres de cette période, parmi lesquelles trois bronzes dont un Cellini.

— Le Cellini était abondamment documenté et faisait l'objet de comptes rendus de fouilles indiscutables.

Miranda refréna l'envie de brandir les poings et de laisser éclater sa fureur.

— J'ai toutefois soumis cette pièce-ci exactement aux mêmes examens afin d'éliminer toute ombre de doute sur son authenticité. J'ai consulté le Louvre, le Smithsonian, le Bargello. Quant à mes compétences, je les crois valables.

— Personne ne met en cause tes compétences ni tes références, répondit Elizabeth avec lassitude. Je ne t'aurais pas chargée de cette expertise si j'en avais douté.

— Dans ces conditions, pourquoi les contestez-vous maintenant que le travail est fait?

— Je ne les conteste pas, je m'étonne seulement de ton surprenant dédain à l'égard du travail d'équipe. Je m'inquiète aussi de ce que tu te sois formé une opinion dès l'instant où tu as eu ce bronze sous les yeux.

Pas plus que vous-même! s'abstint de rugir Miranda. Vous en avez vous aussi été persuadée au premier coup d'œil.

— J'admets avoir reconnu d'emblée le style, l'époque et la manière de l'artiste, répondit-elle d'un ton froid. J'ai néanmoins soumis l'œuvre à tous les examens d'usage et procédé à tous les recoupements, à toutes les vérifications requises. Selon les résultats obtenus, je m'estime donc en droit de former mon opinion et de considérer que le bronze se trouvant en ce moment dans ce coffre représente Giulietta Buenodarni, qu'il a été exécuté vers 1493 et qu'il est une œuvre de jeunesse de Michelangelo Buonarroti.

— Que le style soit de l'école de Michel-Ange, j'en conviendrais volontiers. Mais…

— Le bronze ne peut pas être de son école : il avait alors à peine vingt ans. Seul un génie pourrait reproduire avec la même perfection l'œuvre d'un autre génie.

— À ma connaissance, nous ne disposons d'aucun document permettant d'étayer cette attribution avec certitude.

— Ou bien la documentation n'a jamais existé, ou bien il nous reste à la découvrir. Nous disposons de documents concernant des œuvres disparues, pourquoi n'aurions-nous pas une œuvre dépourvue de documentation ? Ses cartons pour la fresque de *La Bataille de Cascina* sont perdus. Son bronze de Jules II a été détruit. Il a lui-même brûlé nombre de ses dessins avant de mourir.

— Nous savons toutefois qu'ils ont existé.

— *La Dame noire* existe, elle. La date et le style sont conformes à ce que nous savons de ses œuvres de jeunesse. À l'époque où ce bronze a été fondu, il avait déjà sculpté *La Vierge à l'escalier*, *Le Combat des Centaures et des Lapithes*. Son génie était unanimement reconnu.

Avec une patience qu'elle jugeait méritoire, Elizabeth se contenta d'acquiescer de la tête.

— N'ergotons pas. Ce bronze est d'une qualité remarquable et il évoque son style, soit. Mais cela ne prouve nullement qu'il soit de sa main.

— Michel-Ange logeait au palais des Médicis, et Laurent le traitait comme son fils. Il connaissait donc Giuletta, nous avons une ample documentation à ce sujet. Elle posait pour nombre de peintres et de sculpteurs, nous le savons aussi. Il aurait été pour le moins surprenant qu'elle n'ait pas posé pour lui. Vous le saviez d'ailleurs fort bien quand vous m'avez fait venir ici.

— Les hypothèses et les faits sont deux choses très différentes, Miranda. Comme tu l'as toi-même déclaré le jour de ton arrivée, les éventualités ne t'intéressent pas.

— Je ne vous parle en ce moment que de faits. La formule de l'alliage est conforme aux pratiques du temps, et les radiographies attestent que l'outillage est celui qui était en usage à l'époque. Le noyau d'argile et les rognures du bronze sont datés de la dernière décennie du XVe siècle, la patine et l'épaisseur de la corrosion le confirment. Tout ce qui manque, c'est la signature. Or, à l'exception de la *Pietà* de Rome, Michel-Ange ne signait pas ses œuvres. Me fondant sur une étude soigneuse et objective, je suis amenée à conclure que ce bronze est donc une œuvre de Michel-Ange.

— Je ne discute ni ta méthode ni les résultats de tes examens, Miranda. Ce sont tes conclusions qui m'inspirent de sérieuses réserves. Nous ne pouvons pas laisser ton enthousiasme faire pencher la balance à ce point. Je te demande de ne rien ébruiter de tout cela devant nos collaborateurs ni, à plus forte raison, en dehors du laboratoire. La moindre indiscrétion aurait des conséquences désastreuses.

— Vous ne m'imaginez quand même pas assez idiote pour téléphoner aux journaux en me vantant d'avoir authentifié un Michel-Ange oublié ! C'est pourtant le cas, j'en ai la certitude. Et vous finirez tôt ou tard par l'admettre.

— Rien ne me ferait plus de plaisir, je te le garantis. D'ici là, je compte simplement sur ta discrétion.

— Je ne travaille pas pour la gloire, grommela Miranda, qui pensait exactement le contraire.

— Nous travaillons tous pour la gloire, inutile de se prétendre des saints, la corrigea Elizabeth avec un sourire froid. Si ta théorie se vérifie, tu en recevras largement ta part. Mais dans le cas contraire, ta réputation en souffrira cruellement. La mienne aussi, bien entendu, comme celle de l'Institut tout entier. Et cela, je ne le permettrai pas. Tu vas donc poursuivre tes recherches de documentation.

— C'est bien ce que je comptais faire.

Sur ces mots, Miranda se leva, tourna les talons et sortit.

Elle emporterait une pile d'ouvrages à son hôtel, elle y passerait la nuit s'il le fallait, mais elle trouverait de quoi étayer cent fois son authentification !

Lorsque le téléphone sonna à trois heures du matin, elle était encore assise dans son lit, environnée de livres et de papiers. Le bruit strident l'arracha désagréablement à un demi-sommeil peuplé de visions bucoliques de collines ensoleillées, de cours dallées de marbre frais, de fontaines au doux murmure et de harpes mélodieuses.

— *Pronto !* bredouilla-t-elle.

— Miranda, je veux te voir dans les plus brefs délais.

La voix d'Elizabeth frémissait de rage froide.

— Mère ? Mais il est trois heures du matin !

— Je suis au courant de l'heure qu'il est. De même que le directeur de cabinet du ministre, réveillé il y a vingt minutes par un journaliste qui exigeait des détails sur la découverte d'un bronze inconnu de Michel-Ange.

— Quoi ? Mais...

— Je ne discuterai pas au téléphone. Tu n'as pas oublié, j'espère, comment venir chez moi ?

— Non.

— Je t'attends d'ici une demi-heure, lança Elizabeth avant de raccrocher.

Miranda fut chez elle en vingt minutes.

Elizabeth habitait une élégante maison d'un étage sur rez-de-chaussée, aux murs ivoire et au toit de tuiles roses typiquement florentins. Les fenêtres étaient pourvues de bacs à fleurs, religieusement entretenus par la domesticité. Quand Miranda arriva, la lumière s'en échappait à flots à travers les volets. La maison était spacieuse, idéalement conçue pour recevoir. Il ne serait pourtant jamais venu à l'esprit de la fille ou de la mère d'y cohabiter, ne serait-ce qu'une nuit, lorsque Miranda séjournait à Florence.

La jeune femme n'eut pas même le temps de sonner que la porte s'ouvrit à la volée. Elizabeth apparut sur le seuil, vêtue d'une robe d'intérieur couleur pêche, coiffée et maquillée comme en plein jour.

— Que s'est-il passé ? s'enquit Miranda.

Un évident effort de volonté retint Elizabeth de claquer la porte derrière elle.

— C'est précisément la question que je te pose. Si tu cherches par cette manœuvre à prouver que tu as raison, affirmer ta compétence ou compromettre ma réputation, tu n'as obtenu que ce troisième résultat.

— Je ne comprends pas un mot de ce que vous dites ! Vous parliez du ministre, d'un journaliste...

— C'est exact.

Raide comme la justice, Elizabeth tourna les talons et entra au salon. Les lampes se réfléchissaient de manière éblouissante sur le parquet ciré. Un vase de roses blanches constituait l'unique décoration. Il régnait dans la pièce comme dans toute la maison, pensa une fois de plus Miranda, l'atmosphère intime et chaleureuse d'une clinique de luxe.

— Le journaliste a refusé, bien entendu, de citer ses sources, ajouta sèchement Elizabeth. Il a toutefois fait état d'informations d'une remarquable précision.

— Vincente n'aurait jamais diffusé prématurément un communiqué à la presse !

— Il n'aurait pas commis une telle faute, en effet.

— Le plombier – comment s'appelle-t-il ? – aurait-il pu chercher à se faire valoir auprès d'un journaliste ?

— Le plombier ne lui aurait pas fourni des photos du bronze ni des copies de résultats d'analyses.

Les jambes soudain flageolantes, Miranda se laissa tomber sur une chaise dure.

— Quoi ? Mes analyses ?

— Les analyses de Standjo, la corrigea Elizabeth d'une voix sifflante. En dépit du fait que tu les aies effectuées toi-même, mon laboratoire et moi en sommes seuls responsables. C'est la sécurité de l'Institut qui a été violée.

— Mais enfin, comment… ?

Miranda s'interrompit, se releva, rouge de colère.

— Ainsi, vous croyez que c'est moi qui ai appelé ce journaliste ? Que c'est moi qui lui ai fourni les documents ?

Elizabeth se contenta de l'observer avec froideur.

— Eh bien ? L'as-tu fait ?

— Bien sûr que non ! s'exclama-t-elle. Me prenez-vous pour une imbécile ? Je n'aurais jamais commis la folie de compromettre une opération de cette importance ! C'est ma réputation à moi aussi qui est en jeu !

— Ta réputation aurait aussi pu profiter d'une fuite.

Dans le regard d'Elizabeth, Miranda comprit que son opinion était déjà faite.

— Allez au diable… !

— Le journaliste a cité textuellement des passages entiers de ton rapport.

— … Oui, au diable, vous et votre cher Institut ! enchaîna Miranda. Vous l'avez toujours considéré comme plus précieux que vos propres enfants !

— Mon précieux Institut t'a assuré une formation, un emploi et une chance de te hisser au sommet de ta profession. Maintenant, par ta précipitation, par ton entêtement, par ton orgueil, tu as non seulement porté préjudice à ma réputation mais peut-être définitivement ruiné la tienne. Le bronze sera confié tout à l'heure à un autre laboratoire qui procédera à une contre-expertise.

— Quoi ?

— Oui. Nous avons été congédiés…

Elizabeth décrocha le téléphone qui sonnait depuis une minute, répondit sèchement : « Pas de commentaires » et raccrocha.

— Encore un journaliste. Le troisième qui m'appelle sur ma ligne privée.

Miranda se força à recouvrer son calme.

— Peu importe, après tout, parvint-elle à dire d'un ton normal. Un laboratoire sérieux ne pourra que confirmer mon authentification.

— C'est justement par ce genre d'attitude arrogante que tu nous as mis dans le pétrin, répliqua Elizabeth avec un regard si chargé de rage froide que Miranda ne remarqua pas les cernes de fatigue autour de ses yeux. J'ai travaillé des années pour bâtir la réputation de ce laboratoire, en faire un des meilleurs et des plus respectés au monde.

— Ce qui arrive n'y changera rien. Des fuites se produisent dans les organismes les plus sérieux.

— Pas à Standjo ! Je vais tenter à présent de réparer les dégâts, ou au moins de les minimiser. Je te demande par conséquent d'éviter tout contact avec la presse et de rentrer aux États-Unis par le premier avion.

— Je ne partirai pas tant que cette affaire n'aura pas été complètement élucidée !

— Elle est terminée en ce qui te concerne. Standjo n'a plus besoin de tes services. Ton laissez-passer permanent et tes codes d'accès seront annulés à la première heure.

— Je vois: condamnée et exécutée sans jugement, n'est-ce pas? De votre part, plus rien ne m'étonnera.

— Ce n'est pas le moment de se vautrer dans le mélodrame.

Elizabeth alla ouvrir une cave à liqueurs et se versa une forte dose de cognac. Une sourde migraine à la base du crâne l'agaçait plutôt qu'elle ne la faisait souffrir.

— J'aurai du mal à remettre Standjo d'aplomb après un coup pareil, reprit-elle, le dos tourné. Les questions pleuvront de toutes parts, et il vaudrait mieux pour toi que tu ne sois pas là lorsqu'elles seront posées.

Miranda sentit la panique la saisir. On la renvoyait comme une domestique, on lui arrachait sa *Dame noire*. Sa compétence était mise en doute, son intégrité ternie.

— Je n'ai pas peur des questions! Je n'ai rien fait d'illégal ni de malhonnête. Je ne renierai pas un mot de mes rapports et je soutiendrai mon authentification, elle est tout ce qu'il y a de plus justifié.

— Je l'espère pour toi. La presse connaît ton nom, Miranda. Elle en usera et en abusera, crois-moi.

— Eh bien, qu'ils me citent! Je n'en rougis pas.

— Toujours cet orgueil! soupira Elizabeth. À l'évidence, tu ne tiens aucun compte du fait que tes actes rejaillissent aussi sur moi, personnellement et professionnellement.

— Vous le saviez lorsque vous m'avez demandé de vérifier ce dont vous vous doutiez déjà! Vous avez beau diriger Standjo, vous n'êtes pas qualifiée pour ce genre de travail. Vous vouliez la gloire et vous avez dû vous reposer sur moi, parce que nous partageons le même nom et le même sang – quand bien même nous le déplorons autant l'une que l'autre!

Elizabeth resta impassible, mais le coup avait porté. Les accusations étaient exactes. En partie, du moins.

— Je t'avais accordé cette chance unique parce que je te croyais qualifiée, bien entendu, et aussi parce que tu es une Jones, je l'admets volontiers. Je regrette d'autant plus amèrement que tu aies gâché cette chance et que tu me causes un tort grave par la même occasion.

— Je n'ai rien fait que vous ne m'ayez expressément demandé de faire! Je n'en ai parlé à personne à l'extérieur de l'Institut, ni à aucun collaborateur qui ne satisfasse vos exigences du point de vue de la sécurité.

Elizabeth respira profondément afin de se calmer. Sa décision était prise, elle n'y reviendrait pas. Il était donc inutile de discuter plus longtemps.

— Tu quitteras l'Italie tout à l'heure. Tu ne remettras plus les pieds au laboratoire ni ne parleras à âme qui vive. Si tu refuses, je me verrai contrainte de te destituer du poste que tu occupes au musée.

— Ni père ni vous ne le dirigez plus, mère. C'est Andrew et moi qui en sommes responsables.

— Fais ce que je te dis si tu veux que cela continue. Que tu le croies ou non, je m'efforce de t'épargner des situations humiliantes.

Lui épargner des situations humiliantes! Miranda faillit éclater. Elle était chassée, privée de la mission la plus excitante de sa vie, traitée comme une enfant désobéissante qu'on punit en l'envoyant au coin. Ce n'était pas une situation humiliante, ça?

— Pas de faveurs, de grâce! Ce serait contraire à votre nature et à vos principes.

— Je t'ai laissé le choix, Miranda. Si tu restes, tu en subiras les conséquences. Tu n'auras plus accès ni à Standjo ni à l'Institut d'histoire de l'art de Nouvelle-Angleterre.

Miranda parvint à maîtriser le tremblement de peur et de rage qui montait en elle.

— Je ne vous le pardonnerai jamais, dit-elle d'une voix sourde. Jamais. Mais je pars, parce que l'Institut a trop d'importance dans ma vie. Et surtout parce que, lorsque tout cela sera fini et que vous serez obligée de me présenter vos excuses, je pourrai vous dire d'aller vous faire foutre! Ne prenez pas cet air choqué, il m'arrive de dire des grossièretés, elles soulagent. Oui, je vous dirai d'aller vous faire foutre, et ce seront les dernières paroles que je vous adresserai de ma vie.

Avec un regard de défi, Miranda arracha le verre de cognac de la main de sa mère, le vida d'une lampée, le posa sur une table si brutalement qu'il se brisa. Sur quoi, elle tourna les talons et sortit sans se retourner.

4

Andrew Jones sirotait un Jack Daniel's sec en ruminant de sombres pensées de mariage raté et d'échecs en tout genre. Ses amis et connaissances estimaient qu'il aurait dû depuis longtemps tourner la page de son divorce et passer à autre chose, il le savait pertinemment. Il n'avait pourtant aucune envie de passer à autre chose, quand il est tellement plus facile et réconfortant de s'apitoyer sur son propre sort.

Bien qu'il ait été follement amoureux, le mariage avait représenté pour lui un si grand pas qu'il n'avait pu le franchir sans avoir longuement tergiversé devant un engagement d'une telle portée. L'idée même de transformer un sentiment en un document légal lui avait fait subir de nombreuses nuits blanches. Car aucun membre de la famille Jones n'avait jusqu'alors connu la réussite dans le domaine conjugal.

Miranda et lui appelaient cela la «damnation des Jones».

Sa grand-mère avait survécu plus de dix ans à son mari sans qu'Andrew l'ait jamais entendue proférer un mot aimable sur l'homme dont elle avait partagé la vie trente ans durant.

Nul, il est vrai, n'aurait songé à le lui reprocher. Feu Andrew Jones, appelé dans un monde meilleur au grand soulagement de ses proches, était notoirement connu pour sa dévotion exclusive envers les nymphettes blondes et le Jack Daniel's Étiquette noire. Depuis son plus jeune âge, son petit-fils savait que l'aïeul, dont il portait le nom comme une croix, était une ordure. Intelligent, certes, prospère à n'en pas douter, mais un franc salaud quand même.

Pour sa part, le père d'Andrew avait toujours préféré les fouilles archéologiques au foyer familial, et consacré le plus clair de son temps à brosser de vénérables ossements pour les dégager de l'antique poussière dont il les exhumait. Lors de ses rares apparitions au domicile conjugal, il approuvait par principe tout ce que disait son épouse, posait sur ses rejetons un regard ébahi, comme s'il avait oublié par quel concours de circonstances ils se trouvaient en sa présence, et s'enfermait des heures d'affilée dans son cabinet de travail.

Contrairement à son père, Charles Jones n'était pas porté sur les femmes légères et les alcools capiteux. C'est avec la Science qu'il commettait ses adultères à répétition.

L'illustre Dr Elizabeth Standford-Jones, à vrai dire, s'en était toujours moquée, disait Andrew avec amertume en attaquant son deuxième verre. Elle se déchargeait sur les domestiques du soin d'élever ses enfants, dirigeait sa maison avec la poigne d'un général et témoignait à l'existence de son époux une indifférence aussi profonde que celle qu'il lui manifestait.

Andrew ne pouvait s'empêcher de frémir lorsqu'il lui arrivait de penser que ces deux êtres insensibles, uniquement préoccupés de leurs propres personnes, avaient batifolé dans un lit le temps de concevoir deux enfants. Parfois, quand il était petit, il se demandait non sans angoisse si Charles et Elizabeth ne les avaient pas achetés, sa sœur et lui, à un couple de miséreux qui avaient versé des torrents de larmes en acceptant leur argent. Un peu plus tard, il s'amusait à imaginer que Miranda et lui avaient été créés en laboratoire, à l'issue d'expériences dans lesquelles le sexe ne jouait aucun rôle.

Mais depuis, force lui avait été de constater qu'il y avait en lui trop de gènes Jones pour ne pas avoir été transmis par des voies naturelles. Oui, pensa-t-il en portant son verre à ses lèvres, Charles et Elizabeth ont bel et bien folâtré il y a trente-trois ans et procréé une nouvelle génération de paumés...

Andrew laissa le whiskey couler dans sa gorge comme une lente et chaude caresse. Il avait pourtant fait de son mieux, lui. Il avait tout essayé pour que son ménage marche, pour rendre Élise heureuse, pour être le mari dont elle rêvait. Pour conjurer enfin la malédiction héréditaire.

Et il avait tout raté. Tout foiré. Tout.

— J'en prendrai un autre, Annie.

— Pas question.

Andrew se tortilla sur son tabouret en poussant un soupir résigné. Il connaissait Annie McLean depuis toujours, il savait comment s'y prendre avec elle.

Le bel été de leurs dix-sept ans, ils s'étaient étendus sur une couverture jetée sur les galets de la plage et avaient fait l'amour, avec l'Atlantique pour témoin et le grondement du ressac en fond sonore. Ces ébats malhabiles – les premiers pour l'un et l'autre, ils s'en étaient alors rendu compte – devaient autant à la bière qu'ils venaient d'ingurgiter qu'à la douceur de la nuit, à l'inconscience de la jeunesse et aux frissons qui les parcouraient chaque fois que leur peau s'effleurait. Ni l'un ni l'autre ne pouvait prévoir quelles conséquences auraient sur eux deux les quelques heures torrides passées cette nuit-là, enlacés sur la plage.

— Allons, Annie, sers-m'en un autre.

— Tu en as déjà bu deux.

— Et alors ? Un de plus ne me fera pas de mal.

Annie finit de tirer une bière puis, d'un geste sûr, lança la chope qui glissa gracieusement sur le comptoir verni jusque dans la main tendue d'un consommateur.

Avec son mètre soixante pour soixante kilos de muscles fermes et efficacement répartis, Annie McLean présentait l'image même de la compétence qu'on ne discute pas. De rares privilégiés, parmi lesquels un ex-mari aussi sournois que volage, connaissaient l'existence d'un délicat papillon bleu tatoué sur sa fesse gauche. Ses cheveux couleur de blé mûr, courts et indisciplinés, encadraient un visage plus intéressant que joli. Elle avait le menton pointu, le nez légèrement de travers et parsemé de taches de son, une voix pure côte Est qui avait tendance à avaler les voyelles.

Elle était capable, et elle l'avait prouvé, d'éjecter de son bar à mains nues des gaillards deux fois plus costauds qu'elle.

Le bar Chez Annie était à elle parce qu'elle avait fait ce qu'il fallait pour cela. Elle y avait englouti ses économies de barmaid jusqu'au dernier sou – celui, du moins, que son ex ne lui avait pas subtilisé avant de prendre le large – et mendié ou emprunté le reste. Elle avait trimé jour et nuit pour transformer un caveau guère plus salubre qu'un trou à rats en un bar confortable et accueillant.

Annie tenait avec doigté une maison de confiance. Elle connaissait ses habitués, n'ignorait rien de leurs familles et de leurs ennuis. Elle savait quand elle pouvait tirer une bière ou verser un whiskey de plus, quand elle devait imposer du café noir, quand il devenait impératif d'exiger les clefs de voiture et d'appeler un taxi.

Elle regarda Andrew et fit non de la tête. Si elle l'écoutait, il boirait jusqu'à rouler sous la table.

— Rentre plutôt chez toi, Andrew, et prépare-toi à manger.

— Je n'ai pas faim, Annie, plaida-t-il en lui décochant son sourire le plus charmeur, celui avec des fossettes. Dehors, il pleut, il fait froid. J'ai juste besoin d'un petit quelque chose pour me réchauffer le sang.

Elle se tourna vers le percolateur, remplit une tasse de café, la lui tendit.

— Tiens, bois. Il est brûlant et tout frais moulu.

— Enfin, bon Dieu, je pourrais me faire servir ce que je veux au bout de la rue sans autant d'histoires !

— Bois ton café et arrête de pleurnicher, répliqua Annie en s'éloignant vers l'autre bout du comptoir.

Le mauvais temps avait découragé le plus gros de sa clientèle, ce soir-là. Ceux qui avaient bravé les intempéries restaient vissés sur leurs sièges, faisaient durer leur bière, regardaient la chaîne sportive à la télé ou bavardaient entre eux. Un feu flambait gaiement dans la petite cheminée. Quelqu'un avait bourré de pièces le juke-box, qui dévidait la collection complète des disques d'Ella Fitzgerald.

Exactement le genre d'atmosphère qui plaisait à Annie, douillette, paisible, amicale. C'était pour cela qu'elle avait risqué ses maigres avoirs, passé des nuits sans sommeil à se ronger les sangs, et qu'elle s'usait encore les mains au travail. Ceux qui avaient alors cru à la réussite d'une femme de vingt-six ans seule au monde, dont l'expérience des affaires se limitait à servir des bières et empocher des pourboires, se comptaient sur les doigts d'une main.

Six ans plus tard, Chez Annie était une institution à Jones Point.

Andrew avait cru en elle, lui, se rappela-t-elle avec une bouffée de remords en le voyant sortir, vexé, sans même la saluer. Il lui avait prêté l'argent que les banques lui refusaient. Il lui avait apporté des sandwiches et donné un coup de main quand elle peignait les murs et vernissait les boiseries. Il l'avait écoutée parler de ses rêves, que les autres méprisaient ou dont ils se moquaient.

Il croyait sans doute lui devoir quelque chose. Et en honnête homme, il payait ses dettes.

Pour elle, rien pourtant n'effacerait le souvenir de cette nuit, quinze ans plus tôt, lorsque aveuglée par son amour pour lui elle lui avait fait don de son innocence en lui prenant aussi la sienne. Andrew ne lui ferait jamais oublier qu'en découvrant tous deux l'amour physique ils avaient créé une vie, même si celle-ci n'avait été qu'une lueur fugitive.

Il ne pourrait pas non plus lui faire oublier l'expression apparue sur son visage lorsque, déchirée entre la terreur et la joie, elle lui avait annoncé qu'elle était enceinte. Les traits figés, pétrifié comme le rocher sur lequel il était assis, il avait longuement contemplé la mer. Puis, d'une voix blanche, impersonnelle, il lui avait proposé le mariage.

Autrement dit, il honorait une dette. Rien de plus, rien de moins. Et c'était en lui offrant cette solution trop manifestement honorable qu'il lui avait brisé le cœur, alors que tout le monde l'aurait loué d'accomplir son devoir.

Le destin avait voulu qu'elle perde l'enfant quinze jours plus tard. Certes, ce coup du sort leur avait épargné à tous deux des décisions difficiles. Il n'empêche qu'Annie avait éprouvé pour le petit être qui croissait en elle autant d'amour que pour Andrew.

Une fois résignée à la perte de l'enfant, elle avait cessé d'aimer Andrew. Et cela, elle le savait, lui avait procuré un soulagement égal au sien.

Tout compte fait, pensa-t-elle, il est plus facile de danser sur l'insouciant fredonnement de l'amitié qu'aux sons déchirants des violons de la passion.

— Décidément, grommela Andrew en ouvrant la portière de sa voiture et en se glissant au volant, ces maudites bonnes femmes sont la plaie de mon existence. Toujours à me dire ce que je dois faire, comment il faut le faire et, surtout, que je fais tout de travers. Je suis content d'en avoir fini avec elles une fois pour toutes. Bon débarras !

Il se trouvait pourtant bien de son régime habituel, consistant à se noyer le jour dans son travail à l'Institut et à noyer ses peines le soir dans le whiskey. Cela ne faisait de mal à personne. Surtout pas à lui-même.

Et maintenant, il était encore beaucoup trop sobre, au seuil d'une nuit qui s'annonçait beaucoup trop longue.

En roulant sous la pluie, il se demanda ce qu'il adviendrait s'il ne s'arrêtait pas. S'il continuait droit devant lui jusqu'à ce qu'il tombe en panne d'essence et recommence sa vie de zéro à l'endroit où le hasard l'aurait amené. Il changerait de nom, trouverait de l'embauche dans le bâtiment. Il avait le dos solide, des mains fortes et habiles. Le travail manuel serait peut-être la solution.

Il savait pourtant qu'il n'irait pas jusqu'au bout de ce rêve-là. Jamais il ne déserterait l'Institut. Il s'y sentait chez lui plus et mieux que n'importe où ailleurs. Il avait besoin de l'Institut au moins autant que l'Institut avait besoin de lui.

Après tout, il lui restait encore une ou deux bouteilles à la maison. Plutôt que de traîner n'importe où, rien ne l'empêchait de boire tranquillement un verre chez lui, devant sa cheminée, en attendant que le sommeil vienne.

Du bout de l'allée, il vit les lumières de la maison clignoter derrière le rideau de pluie. Miranda? Sa sœur ne devait pourtant pas rentrer avant quelques jours... En l'imaginant à Florence avec Élise, ses mains se crispèrent sur le volant. Il lui fallut plusieurs minutes après s'être arrêté pour réussir à les en détacher.

Le vent l'empoigna à bras-le-corps quand il ouvrit la portière. La pluie le gifla au visage et lui dégoulina dans le cou. Au-dessus des pignons et des gâbles de la maison, des éclairs embrasaient le ciel. Miranda devait être ravie, se dit-il. Elle n'aimait rien tant que les nuits d'orage et les éléments déchaînés. Pour sa part, il préférait le silence, la paix. L'oubli.

Il courut jusqu'à la porte, s'ébroua comme un chien mouillé dans le vestibule, pendit son imper trempé au vieux portemanteau et se passa une main dans les cheveux. Les mélodies funèbres du *Requiem* de Mozart s'échappaient du salon par la porte entrouverte. Si Miranda écoutait ce disque, son voyage s'était mal passé.

Il la trouva pelotonnée dans un fauteuil devant la cheminée, drapée dans sa vieille robe de chambre de cachemire gris et sirotant du thé dans une tasse du plus beau service de leur grand-mère. Ses accessoires préférés quand elle avait le moral à zéro et voulait se remonter, nota-t-il.

— Tu es revenue plus tôt que prévu.

— Ça en a tout l'air.

Elle l'observa avec attention. Il avait bu, elle en était sûre, mais son regard était net, son teint normal. Il était donc encore à peu près sobre.

Malgré son envie de boire, il s'assit en face d'elle. Il la connaissait trop bien pour ne pas distinguer, sous les symptômes évidents d'une fureur mal contenue, les signes non moins certains d'une profonde détresse.

— Alors ? se borna-t-il à demander.

Dans l'espoir qu'Andrew rentrerait avant qu'elle soit couchée, Miranda avait sorti deux tasses du buffet. Elle versa donc du thé dans la seconde et la lui tendit, en feignant de ne pas voir sa grimace dégoûtée.

— Elle m'avait fait venir pour expertiser un bronze découvert dans la cave de la Villa della Donna oscura. Tu connais l'histoire de cette maison ?

— Rafraîchis-moi la mémoire.

— Giulietta Buenodarni.

— J'y suis. La maîtresse d'un des Médicis.

La réaction d'Andrew la soulagea. Il connaissait assez bien l'époque pour lui éviter de se perdre dans les détails.

— Oui, de Laurent le Magnifique – il était du moins le premier de ses protecteurs, reprit-elle. Le bronze représentait la dame dans le plus simple appareil. Je devais procéder aux analyses, déterminer une datation.

— Élise aurait pu le faire elle-même, dit-il après une légère hésitation.

— Elle couvre un domaine plus vaste que le mien, répondit Miranda avec un peu d'agacement. Le Quattrocento

et la Renaissance, les bronzes surtout, sont ma spécialité.
Bref, Elizabeth voulait ce qui se fait de plus pointu.

— Comme toujours. Alors ?

— J'ai effectué tous les tests, je les ai refaits deux fois,
trois fois. J'ai comparé, recoupé les résultats. J'ai tout vérifié moi-même une fois de plus. Et le bronze était authentique, Andrew. Dernière décennie du XVe siècle.

Sur les dernières phrases, elle n'avait pu empêcher un
écho de son enthousiasme de faire vibrer sa voix.

— C'est formidable ! Pourquoi n'es-tu pas en train de
fêter ça ?

— Et ce n'est pas tout : le bronze est de Michel-Ange.

Andrew s'empressa de reposer la tasse de thé à laquelle
il n'avait pas touché.

— Pas possible ! Tu en es sûre ? Je ne me rappelle
pourtant rien au sujet d'un Michel-Ange égaré.

— J'en mettrais ma tête à couper. C'est une œuvre de
jeunesse admirablement exécutée, un chef-d'œuvre. Une
pièce de toute beauté du même style, de la même facture
sensuelle que son *Bacchus ivre.* Je travaillais encore sur la
documentation au moment de mon départ, mais ce qui
existe suffit déjà à confirmer l'attribution.

— Ce bronze n'a jamais été répertorié ?

— Giulietta l'avait probablement caché ou voulait le
garder pour elle. Ce serait logique en ces temps troublés,
aux guerres continuelles. J'aurais réussi à le prouver sans
l'ombre d'un doute si elle m'avait laissé le temps.

— Pourquoi ne l'a-t-elle pas fait ?

Incapable de tenir en place, Miranda se leva et alla
tisonner le feu.

— À cause d'une fuite. Quelqu'un a vendu la mèche à
la presse alors que nous étions sur le point de publier le
communiqué officiel. Le ministère de la Culture a pris
peur. Ils ont remercié Standjo, et Elizabeth m'a congédiée comme une malpropre. Elle m'accuse de la fuite !

poursuivit-elle en brandissant le tisonnier avec fureur. Elle m'accuse d'avoir risqué de compromettre toute l'affaire pour être sûre que la gloire en rejaillirait sur moi seule. C'est grotesque ! Je n'aurais jamais fait une chose pareille.

— Bien sûr que non… Ainsi, ajouta Andrew sans pouvoir refréner un sourire, elle a été virée par le ministère ? Ça a dû la secouer.

— Elle était livide de rage. En d'autres circonstances, j'y aurais pris un certain plaisir, je l'avoue. Mais maintenant, non seulement je suis écartée de cette merveille comme une pestiférée mais je ne la reverrai plus que dans un musée ! J'étais à un cheveu de réussir, Andrew. C'est rageant, non ?

— Je parie qu'une fois le bronze authentifié elle s'arrangera quand même pour que le nom de Standjo figure dans le communiqué. Et alors, tu feras bien de veiller à ce que le tien ne passe pas aux oubliettes.

— Ce ne sera pas la même chose.

— Malgré tout, cela vaudra mieux que rien.

Andrew se leva et, sans en avoir l'air, se rapprocha de la cave à liqueurs.

— Tu as vu Élise ? demanda-t-il d'un ton faussement désinvolte.

— Oui. Elle a l'air en forme. Diriger le labo lui réussit, elle est douée pour l'autorité. Elle m'a demandé de tes nouvelles, ajouta Miranda à regret.

— Tu lui as répondu que je me portais comme un charme ?

Miranda le vit se remplir à ras bord un verre de whiskey.

— Devais-je lui dire que tu devenais un ivrogne dépressif et autodestructeur ? répondit-elle sèchement.

— J'ai toujours été dépressif, dit-il en levant son verre. Nous le sommes tous dans la famille, donc ça ne compte pas… Elle voit quelqu'un ?

— Je n'en sais rien, nous n'avons pas eu l'occasion de comparer nos vies sentimentales. Il faut que tu mettes un terme à ton obsession, Andrew.

— Pourquoi?

— Parce que c'est idiot et malsain. Franchement, je l'aime bien, mais elle n'en vaut pas la peine. Personne n'en vaut la peine, ajouta Miranda avec un haussement d'épaules désabusé.

Andrew vida son verre en deux lampées.

— Je l'aimais. Je lui ai donné le meilleur de moi-même.

— T'es-tu jamais demandé si elle t'en avait donné autant, elle? Et si c'était elle, tout compte fait, qui n'était pas digne de toi? Y as-tu pensé?

Il lui lança un regard perplexe par-dessus le bord de son verre vide, avant de le remplir à nouveau.

— Non.

— Tu pourrais quand même te poser la question. Ou bien envisager le fait que le meilleur de toi-même et le meilleur d'elle-même, une fois additionnés, ne faisaient pas le meilleur pour vous deux. Il y a sur Terre au moins un mariage qui échoue chaque minute. Les gens s'en remettent.

— Si on s'en remettait moins facilement, il y aurait peut-être moins de naufrages conjugaux.

— Il se peut aussi que si les gens ne se forçaient pas à croire que l'amour fait marcher le monde, ils choisiraient leurs partenaires avec un peu plus de soin.

— Mais c'est l'amour qui fait marcher le monde, Miranda. C'est bien pourquoi le monde est un tel bordel.

Sur quoi, Andrew lui porta un toast ironique en levant son verre et le vida d'un trait.

Une aube blême et froide ; une mer d'un noir d'encre qui se lançait en rugissant à l'assaut des rochers. Le printemps n'avait pas fini de lutter pour chasser l'hiver.

Rien ne pouvait plaire davantage à Miranda.

L'humeur aussi sombre que les flots qui s'agitaient à ses pieds, elle contemplait du haut de la falaise leurs crêtes écumeuses qui avançaient, reculaient, se brisaient avec fracas. Elle avait mal dormi, d'un sommeil peuplé de mauvais rêves qu'elle attribuait autant à la colère qu'à la fatigue du voyage.

Il faisait encore nuit quand elle s'était levée en abandonnant tout espoir de se reposer. Vêtue d'un épais sweater vert et d'un pantalon de laine beige, elle avait vidé la boîte de café – Andrew serait fou de joie lorsqu'il se réveillerait – pour se préparer un concentré plus noir que la nuit. Elle était sortie le boire dans un grand bol de faïence blanche en regardant le ciel s'éclaircir de mauvaise grâce à l'horizon. La pluie avait cessé, mais elle reviendrait à coup sûr. Probablement sous forme de neige ou de grésil, car la température avait fortement chuté pendant la nuit. Le Maine réservait ainsi d'agréables surprises.

Un océan la séparait de Florence, de son soleil éclatant et de sa brise tiède. Pourtant, dans son cœur plein d'amertume, Miranda en était encore toute proche.

Avec *La Donna oscura*, elle avait eu en main son passeport pour la gloire. Sur ce point-là, du moins, Elizabeth avait raison : la gloire était le seul véritable objectif. Mais s'en était-elle donné, du mal, pour y parvenir ! Elle avait entrepris des études longues et ardues, elle s'était poussée sans pitié pour apprendre, assimiler, enregistrer dans sa mémoire, tandis que ses contemporaines couraient de bals en surprises-parties et de flirts en amourettes.

Jamais, au cours de sa vie, elle n'avait connu d'accès de révolte, défié les règles ni piétiné les convenances, subi le crève-cœur d'amours contrariées. Une camarade de chambre l'avait traitée de refoulée. Ennuyeuse comme la pluie, avait déclaré une autre. Parce que au fond d'elle-même Miranda ne pouvait qu'approuver en secret ces jugements, elle avait résolu le problème en quittant le campus pour se loger seule dans un petit appartement.

Elle s'en était bien trouvée, en fin de compte, car elle n'avait aucune aptitude pour la vie en société. Sous son armure de froideur et de bonne éducation, elle souffrait d'une timidité maladive, et se sentait plus à l'aise en présence de faits et de données que d'êtres humains. Alors, elle s'était retranchée dans la lecture, l'écriture, l'étude des siècles passés, en s'imposant une discipline de fer forgée aux flammes brûlantes de l'ambition.

Cette ambition avait un seul objet : être la meilleure en tout. Atteindre un tel degré d'excellence que ses parents la considéreraient avec un étonnement ravi, avec fierté, avec respect. Oh ! certes, elle enrageait maintenant de savoir que cette motivation était restée enfouie au plus profond d'elle-même : jamais elle n'avait été capable de l'extirper et de s'en libérer une fois pour toutes.

Elle avait près de trente ans, un doctorat, une position prestigieuse à la tête de l'Institut, une solide réputation auprès de ses pairs – et le pitoyable besoin, toujours inassouvi, d'entendre ses parents l'applaudir.

Il faudrait bien qu'elle finisse par s'en passer.

Ses conclusions seraient vérifiées avant peu, elle en était certaine. Alors, elle ferait en sorte que son rôle déterminant soit célébré comme il le méritait. Elle écrirait un article, exposerait en détail les examens auxquels elle avait procédé et sur lesquels elle fondait son attribution de l'œuvre à Michel-Ange. Et surtout, elle ne pardonnerait jamais, non, jamais à Elizabeth de l'avoir évincée, privée de la plus grande joie de sa carrière – et d'exercer sur elle un pouvoir aussi exorbitant.

Le vent se leva, s'insinua sous son sweater tels des doigts glacés. Les premiers flocons commencèrent à tourbillonner. Miranda tourna le dos à la mer et redescendit de la falaise. Au sommet de la tour blanche, le pinceau de lumière tournait inlassablement et balayait les flots. Quand bien même il n'y avait au large aucun bateau assez fou pour se hasarder dans de si périlleux parages un jour de tempête, le phare accomplissait chaque jour son devoir du crépuscule à l'aube, sans jamais faillir.

Certains auraient cherché dans cette fidélité des images romanesques. Pour sa part, Miranda y voyait le symbole d'une vertu trop rare chez la plupart des gens.

Au loin, la maison encore assoupie détachait contre le ciel menaçant sa silhouette d'un autre âge. Miranda sentait sous les semelles de ses bottes craquer l'herbe brûlée par le sel et le froid. Les lamentables ruines du beau jardin de sa grand-mère semblaient l'interpeller au passage sur un ton de reproche. Cette année, se jura-t-elle, elle lui consacrerait du temps et des soins, elle panserait ses plaies. Pour elle qui se promettait toujours de s'inventer un passe-temps utile et délassant, le jardinage serait tout indiqué.

De retour à la cuisine, elle vida dans son bol le reste de café. Puis, sur un dernier regard à la neige qui tombait de plus en plus dense, elle décida de partir pour l'Institut avant que les routes deviennent impraticables.

Dans le confort douillet de sa Mercedes de louage, l'homme vit la Land Rover évoluer sur la fine couche de neige qui recouvrait la chaussée et virer avec maestria sur le parking de l'Institut d'histoire de l'art de Nouvelle-Angleterre. Le véhicule et la conduite, pensa-t-il, étaient dignes d'un général de fantaisie dans une guerre d'opérette.

La conductrice offrait un tableau qui ne laissait pas non plus indifférent, constata-t-il en la détaillant pendant qu'elle mettait pied à terre. D'une taille très supérieure à la moyenne, elle s'était emmitouflée dans un épais manteau de laine grise qui devait moins à la mode qu'à son pouvoir calorifique. Les cheveux flamboyants, s'échappant en mèches anarchiques d'un bonnet de ski noir, étaient sexy en diable. Elle maniait comme une plume un gros porte-documents archibourré. La détermination et la précision de sa démarche auraient fait pâlir d'envie le susdit général. Mais sous cette allure de garçon manqué pointait la sexualité, inconsciemment provocante, d'une femme qui se croyait au-dessus et au-delà de son besoin physique des hommes.

Il l'avait reconnue sans hésiter, malgré la faible lumière du petit jour. Il est vrai, pensa-t-il avec un sourire, qu'une telle femme ne passe pas facilement inaperçue.

Cela faisait plus d'une heure qu'il était assis là en écoutant, pour se distraire, une sélection d'airs de *Carmen*, de *La Bohème* et du *Mariage de Figaro*. En réalité, il avait déjà fait ce qu'il devait et réuni les informations dont il avait besoin, mais il ne regrettait quand même pas de s'être attardé assez longtemps pour assister à son arrivée.

Donc, jugea-t-il, elle est matinale et elle aime son travail au point d'affronter le froid et la neige alors que tout le monde dort encore. Il appréciait qu'une personne prenne plaisir à son travail – Dieu sait s'il aimait le sien !

Mais comment tourner le problème du Dr Miranda Jones ? s'interrogea-t-il en la voyant glisser une carte magnétique dans la serrure électronique de la porte de service et composer son code secret sur le clavier. Elle ne manquerait sûrement pas de réactiver le système d'alarme aussitôt entrée. Tous les rapports mentionnaient son caractère pragmatique et méticuleux. Il aimait les femmes pragmatiques. Elles étaient tellement plus amusantes à corrompre.

Il pourrait au choix l'éviter ou l'utiliser. Dans un cas comme dans l'autre, le travail serait fait. Mais il serait beaucoup plus divertissant de se servir d'elle pour parvenir à ses fins. Comme, de toute façon, ce serait sa dernière mission, il pouvait se permettre d'en agrémenter d'une touche de fantaisie le côté rentable et utilitaire.

Oui, conclut-il, cela vaut la peine de lier connaissance avec Miranda Jones. De se faire plaisir. De la séduire avant de la dévaliser.

Une fenêtre s'éclaira au second étage de l'imposante bâtisse de granit. Une ombre se profila derrière la vitre, disparut. Elle ne flâne pas, se dit-il avec un nouveau sourire. Pas une minute de perdue.

Il était temps qu'il se mette lui aussi au travail.

L'homme lança le moteur, démarra en souplesse et partit s'habiller en vue de sa journée.

L'Institut d'histoire de l'art de Nouvelle-Angleterre avait été fondé par Charles, l'arrière-grand-père de Miranda, mais c'était son grand-père, Andrew, qui l'avait développé au maximum de son potentiel. Ayant toujours eu du goût pour les Beaux-Arts, il s'imaginait aussi avoir un talent de peintre. Il avait surtout eu celui de convaincre nombre de jeunes et jolies filles de se dévêtir pour lui servir de modèles.

Il aimait fréquenter les artistes et jouait volontiers les mécènes quand l'un d'eux, de préférence du sexe féminin, retenait son attention. Qu'il ait été coureur et buveur, nul n'en avait jamais douté ; mais il savait aussi faire preuve de générosité, d'imagination et mettre sans hésiter la main à son portefeuille lorsque son cœur le lui dictait.

À l'origine, le massif bâtiment de granit gris avait été conçu pour devenir exclusivement un musée. Agrémenté de colonnades et d'ailes en retour d'un pur style classique, il était entouré de jardins entretenus avec soin et d'arbres majestueux qui ombrageaient l'austère dignité de ses façades.

Aux yeux d'Andrew, c'était insuffisant. Il voulait faire de l'Institut une vitrine de prestige non seulement pour les arts mais aussi pour les artistes ; une arène où confronter les tendances et les œuvres, les restaurer, les enseigner, les analyser. Il avait donc abattu les arbres, dallé les pelouses et ajouté à la structure primitive des constructions d'un goût souvent gracieux et parfois surprenant.

L'ensemble comportait désormais des salles de classe éclairées par de hautes fenêtres, des laboratoires fonctionnels, de vastes réserves, des bureaux individuels. Quant aux surfaces d'exposition, elles avaient été triplées.

Les étudiants qui souhaitaient s'enrôler étaient sélectionnés sur dossier selon leur mérite. Ceux qui en avaient les moyens payaient leurs études les yeux de la tête ; les autres, s'ils en étaient jugés dignes, bénéficiaient de bourses ou de subventions.

À l'Institut, l'Art était vénéré, et la déesse Science présidait à son culte.

Sculptée dans la pierre au fronton de l'entrée principale s'étalait la devise de Longfellow :
L'ART EST ÉTERNEL, LE TEMPS EST FUGITIF

Selon les conceptions d'Andrew Jones, l'Institut dans son ensemble devait se consacrer à l'étude, à la conservation et à la présentation des œuvres d'art. *Grosso modo*, ces principes demeuraient en vigueur cinquante ans plus tard, sous la houlette de ses petits-enfants.

Les galeries d'exposition de la partie musée étaient sans conteste les plus belles du Maine, voire de toute la Nouvelle-Angleterre. Les œuvres offertes à l'admiration des amateurs provenaient en majorité des collections réunies au fil du temps et acquises à grands frais, mais toujours avec discernement, par Charles puis par Andrew.

Les salles ouvertes au public se déployaient au premier étage, l'étage noble. Le second abritait les salles de classe, les bureaux et les ateliers de restauration, auxquels ne pouvaient accéder que les visiteurs dûment accrédités. Les laboratoires occupaient le rez-de-chaussée du bâtiment principal et se ramifiaient dans les ailes.

Les galeries du musée et les installations éducatives représentaient le prestige. Les labos, eux, constituaient la véritable raison d'être de la fondation. Celle, aussi, de Miranda, pensait souvent cette dernière.

Elle avait à peine posé son porte-documents et branché la machine à café que la sonnerie du fax retentit. Elle prit le temps de relever le store de la fenêtre avant d'extraire la feuille de la machine.

Bon retour à la maison, Miranda. Tu t'es bien amusée
à Florence ? Dommage que tu aies dû déguerpir si
précipitamment. À quel moment t'es-tu fichue dedans, à ton
avis ? Y as-tu réfléchi, au moins ? Ou es-tu toujours aussi sûre
d'avoir raison ?
Prépare-toi, la chute sera brutale.
J'ai attendu longtemps. Je t'ai observée avec patience.
Je te surveille encore et j'ai bientôt fini d'attendre.

Miranda se surprit à se frictionner le bras de sa main libre pendant qu'elle lisait le message. Elle s'interrompit aussitôt, mais la sensation de froid persista.

Pas de signature. Pas de numéro d'expéditeur.

Les mots sonnaient comme un ricanement de défi. Une menace à peine voilée. Mais pourquoi ? Et qui... ?

Sa mère ? Elle eut honte d'avoir évoqué d'instinct le nom d'Elizabeth. Une femme dans sa position ne s'abaisserait pas à des messages anonymes, à des menaces déguisées. D'ailleurs, elle l'avait déjà blessée de la manière la plus cruelle, la plus directe, et sans avoir cherché à mettre des gants.

Qui, alors ?

Un employé vindicatif de l'Institut ou de Standjo, peut-être, qui lui en voulait pour une raison ou une autre ? Oui, se dit Miranda en se forçant à respirer avec calme, c'est sans doute cela. Un technicien réprimandé un peu trop sèchement, ou un élève furieux d'une mauvaise note qu'il estimait injustifiée. Si on tentait de lui faire peur, elle ne se laisserait pas impressionner. Les mauvaises plaisanteries de ce genre se traitaient par le mépris.

Pourtant, plutôt que de jeter le fax au panier, elle le glissa dans le dernier tiroir de son bureau qu'elle ferma à clef. Puis, chassant l'incident de son esprit, elle entreprit de coucher sur le papier son emploi du temps de la journée.

Elle était au milieu de sa liste et la lumière du jour pénétrait jusqu'au fond de la pièce quand des coups frappés à la porte la firent sursauter.

— Miranda ? fit une voix familière.

Un coup d'œil à la pendule lui confirma que Lori, son assistante, était arrivée, ponctuelle comme d'habitude.

— Entrez.

— J'ai vu votre voiture au parking. Je ne savais pas que vous seriez de retour aujourd'hui.

— Non, ce n'était pas… prévu.

Lori faisait déjà le tour de la pièce, vérifiait les corbeilles de courrier, ajustait les stores vénitiens.

— Comment était-ce, à Florence ?

— Chaud et ensoleillé.

Rassurée que tout soit en bon ordre, Lori s'assit, un bloc-notes sur les genoux. C'était une jolie petite blonde, avec la bouche en cœur et la voix de Betty Boop, mais d'une efficacité redoutable.

— On voudrait bien un peu de beau temps, nous aussi ! Cela fait plaisir de vous revoir, ajouta-t-elle en souriant.

La bienvenue était si sincèrement souhaitée que Miranda lui rendit son sourire.

— Merci, Lori. Je suis contente d'être revenue, j'ai tant de retard à rattraper. Il me faudrait le plus vite possible les derniers rapports sur le nu de Carbelo et la restauration du Bronzino.

Apaisée par la reprise de sa routine, Miranda oublia ses préoccupations. Laissant à Lori le soin d'organiser rendez-vous et réunions, elle décida de descendre aux labos en faisant un détour par le bureau d'Andrew, qui se trouvait dans l'aile opposée, proche des locaux publics. Le domaine de son frère englobait la muséographie, les expositions permanentes et temporaires, les nouvelles acquisitions, alors que Miranda préférait œuvrer en coulisse.

Elle s'engagea dans les couloirs dallés de marbre où ses bottes résonnaient. Par les larges fenêtres pénétraient la lumière froide, le ronronnement étouffé de la circulation dans la rue, de brèves visions d'immeubles gris et d'arbres dénudés. Derrière les portes des bureaux filtraient de temps à autre une sonnerie de téléphone, un crissement de fax. Une secrétaire qui sortait de la réserve de fournitures, une rame de papier à la main, lança à Miranda un regard apeuré et bredouilla un salut avant de disparaître très vite.

Suis-je impressionnante à ce point ? se demanda la jeune femme en repensant au fax. Elle n'était pas expansive de nature, et le personnel ne lui manifestait pas l'affectueuse familiarité qu'il réservait à Andrew, certes. Mais elle n'était quand même pas dure. Prenait-on sa réserve pour de la froideur ?

Comme sa mère ?

Non, impossible ! Elle ne pouvait même pas se résoudre à l'envisager. Ceux qui la connaissaient le savaient bien. Elle s'entendait parfaitement avec Lori, elle entretenait avec John Carter de vrais rapports de camaraderie. Elle ne menait pas le laboratoire à la baguette, comme un camp disciplinaire où nul n'aurait le droit de dire ce qu'il pense ou de lâcher une blague pour détendre l'atmosphère.

Quoique… personne n'avait jamais plaisanté avec elle.

Bien sûr, puisqu'elle était la patronne, se rappela-t-elle avec amertume. Pouvait-elle s'attendre à autre chose? Mais elle n'allait tout de même pas se livrer à une séance d'introspection parce qu'une petite dactylo avait fait montre de timidité à son égard?

N'ayant, Dieu merci, ni rendez-vous ni réunions prévus ce jour-là, Miranda avait gardé la tenue rustique enfilée à la hâte avant de sortir sur la falaise voir le lever du jour. Quant à sa coiffure, ses mèches qui partaient dans tous les sens évoquaient fâcheusement la tête de Méduse. Du coup, elle pensa qu'il était près de midi en Italie et que son cher bronze était en train de subir des batteries de tests.

C'est donc les nerfs de nouveau tendus qu'elle poussa la porte de l'antichambre de son frère. La pièce contenait un massif bureau victorien, deux chaises de bois à l'allure d'instruments de torture, une rangée de classeurs métalliques gris, et le cerbère qui veillait sur le tout.

— Bonjour, mademoiselle Purdue.

La secrétaire d'Andrew avait la cinquantaine avancée, l'abord enjoué d'une porte de prison et un chignon sévère du même gris que les classeurs. Son chemisier blanc amidonné et son tailleur bleu marine évoquaient furieusement l'uniforme d'une religieuse sécularisée.

Ainsi interpellée, la vieille demoiselle écarta à regret ses mains du clavier de sa machine à écrire et les joignit comme si elle s'apprêtait à prier pour le salut de l'inconsciente venue la détourner de son devoir d'État.

— Bonjour, docteur Jones. J'ignorais que vous étiez revenue d'Italie.

Miranda lui sourit à tout hasard.

— Je suis rentrée hier soir. Cela fait un choc de se trouver sans transition replongée dans un froid pareil.

La digne secrétaire se bornant à acquiescer d'un signe de tête fort sec, Miranda abandonna sans regret toute idée d'engager la conversation.

— Mon frère est-il arrivé?

— Le Dr Jones vient de descendre au-devant d'un visiteur. Il devrait remonter d'un instant à l'autre. Préférez-vous l'attendre ou lui laisser un message?

— Inutile, je le verrai plus tard.

Des voix masculines résonnèrent alors dans l'escalier tout proche. Si Miranda n'avait pas senti le regard critique de Mlle Purdue posé sur sa personne, elle se serait enfuie précipitamment pour ne pas risquer de rencontrer l'invité d'Andrew attifée comme elle l'était. Elle n'aurait pas été coincée si elle s'était rendue directement au labo...

Déjà sur le pas de la porte, elle chassait nerveusement une mèche qui lui tombait sur les yeux et esquissait un sourire pour couvrir sa retraite quand ce sourire se figea: Andrew et son invité débouchaient de l'escalier. D'un coup d'œil, elle constata avec soulagement qu'il ne restait chez son frère aucune trace de sa beuverie nocturne.

— Ah! Miranda, tu tombes bien! la héla-t-il. J'allais justement appeler ton bureau. Viens que je te présente Ryan Boldari. Tu sais, la galerie Boldari.

Le susnommé s'approcha, lui prit la main et, d'un geste plein de naturel, la porta à ses lèvres.

— Quelle joie de faire enfin votre connaissance!

Il avait un visage digne des meilleurs chefs-d'œuvre de l'Institut. La coupe irréprochable de son complet anthracite et sa cravate de soie, nouée avec un art consommé, ne parvenaient pas à altérer son allure de grand fauve. De somptueuses ondulations animaient son épaisse chevelure noire. Sa peau couleur d'or mat, tendue sur une puissante ossature, était curieusement marquée par une petite cicatrice en forme de croissant de lune au bout de son sourcil gauche. La lumière saupoudrait de paillettes dorées ses yeux bruns, de la nuance riche et profonde du chocolat au lait. Sa bouche, que seul un maître aurait pu sculpter, esquissait un sourire fait pour inciter une femme à l'imaginer sur la sienne. Et à pousser un long soupir.

Miranda entendit dans sa tête un tintement cristallin – un seul, mais plein de gaieté – et sentit son cœur manquer deux battements.

— Bienvenue à l'Institut, monsieur Boldari.

— Je suis enchanté de m'y être rendu.

Il ne lui lâchait pas la main, parce que cela paraissait la troubler et qu'un léger froncement de sourcils démentait son sourire poli. De son côté, Miranda se demandait si elle n'allait pas se dégager d'un coup sec. Jugeant que ce serait une réaction beaucoup trop féminine, elle préféra s'abstenir.

— Mais ne restons pas là, entrons dans mon bureau, dit Andrew, inconscient de la petite comédie qui se jouait sous son nez. Tu as une minute, Miranda?

— C'est-à-dire, je m'apprêtais…

— Je serais très heureux que vous nous accordiez quelques instants, docteur Jones, intervint Boldari avec un sourire éblouissant, tout en faisant prestement glisser sa main sous le coude de Miranda. La proposition que je suis venu soumettre à votre frère devrait vous intéresser, je crois, car elle vous concerne en grande partie. Vous êtes spécialisée dans les œuvres de la Renaissance, n'est-ce pas?

Ainsi prise au piège, Miranda ne put que se laisser entraîner vers le bureau d'Andrew.

— En effet.

— Une grande, une merveilleuse époque pleine de talent, débordante d'énergie! L'œuvre de Giorgio Vasari vous est sans doute familière?

— Bien sûr. Son style est typique du maniérisme de la fin de la Renaissance et annonce le baroque.

— Ryan possède trois Vasari, déclara Andrew.

Il désigna des sièges qui avaient été débarrassés, grâce à la vigilance de Mlle Purdue, des dossiers et des livres dont ils étaient encombrés en temps normal.

Miranda en prit un et imprima à ses lèvres l'apparence d'un sourire. Par goût, Andrew occupait un bureau beaucoup moins spacieux que le sien. Il y régnait un fouillis permanent de paperasses et de vestiges hétéroclites, ossements, tessons de poterie ou de verre, dont il aimait s'entourer. Elle aurait préféré que cette réunion inattendue se déroule dans l'atmosphère ordonnée de son propre territoire.

— Vraiment? s'enquit-elle d'un ton poli.

— Oui, répondit Ryan, qui s'assit à son tour en prenant soin de préserver le pli de son pantalon. Personnellement, je ne raffole pas du maniérisme, je le trouve trop chargé. Trop maniéré, si vous me permettez ce mauvais jeu de mots. Je préfère de beaucoup la rigueur du Moyen Âge et la pureté du Quattrocento. Mais les affaires sont les affaires, n'est-ce pas? conclut-il avec un geste désinvolte.

Elle ne put s'empêcher de noter qu'il avait de belles mains, les paumes larges et fortes, les doigts longs. Elle s'en voulut d'avoir, l'espace d'une seconde, imaginé leur effet sur sa peau. Comme une groupie devant une idole du rock, se dit-elle avec un agacement mêlé de stupeur.

Quand elle détourna le regard de ces mains, ce fut pour croiser celui de Ryan – si visiblement amusé que, par réaction, elle adopta un ton glacial :

— Puis-je savoir ce qui vous amène à l'Institut?

Ryan la dévisagea sans la moindre vergogne : un corps de déesse, des manières de bégueule, attifée comme une réfugiée et, dans ses yeux d'un bleu éclatant, une ombre de timidité qui décuplait son charme. Quelle fascinante combinaison chez une femme! conclut-il.

Son plaisir fut complet en voyant les joues de Miranda rosir sous cette inspection. Dommage que les femmes ne sachent plus rougir à notre époque, pensa-t-il. Il se demanda aussi quelle allure lui donnaient les lunettes sans monture accrochées par une branche à l'encolure de son sweater. Sexy, décida-t-il. Et rien de plus excitant qu'un bas-bleu qui enlève ses lunettes...

— J'ai rencontré votre frère il y a quelques mois à Washington, au gala des Femmes artistes auquel nous assistions. Il s'y était rendu à votre place, je crois?

— Oui, je n'avais pas pu me libérer.

— Miranda était dans son labo jusqu'au cou, commenta Andrew en souriant. Je suis moins indispensable qu'elle... Ryan s'intéresse à notre *Madone* de Cellini.

— C'est une de nos plus belles pièces, observa Miranda, un sourcil levé.

— En effet, approuva Ryan, je viens de la voir. Une splendeur. Votre frère et moi envisageons un échange.

— Le Cellini? s'exclama-t-elle. Voyons, Andrew...!

— Temporaire, se hâta de préciser Ryan – sans dissimuler combien sa réaction offusquée l'amusait. Un échange de trois mois, pour notre plus grand profit mutuel. Je prépare une grande exposition Cellini à notre galerie de New York, votre *Madone* en serait assurément le clou. En contrepartie, je vous prêterais mes trois Vasari pour la même durée.

— Cela te permettrait de réaliser enfin ta fameuse exposition sur les trois périodes de la Renaissance, déclara Andrew. Tu nous en rebats les oreilles depuis des années.

C'était en effet un de ses rêves. Une synthèse complète de son domaine de prédilection, englobant des œuvres d'art et d'artisanat, des documents historiques et littéraires, le tout organisé et présenté selon ses propres conceptions. Elle dut se retenir pour ne pas hurler de joie.

— Ce serait une bonne chose, se borna-t-elle à dire. Vos Vasari sont authentifiés, je pense?

Ryan et elle feignirent de ne pas entendre le grognement d'incrédulité excédée qui échappa à Andrew.

— Bien entendu. Je vous ferai parvenir les copies des documents avant que nous rédigions nos accords. Vous ferez de même pour votre Cellini.

— Rien de plus facile. Ma secrétaire les fera porter à votre hôtel aujourd'hui même.

— Parfait, je vous en remercie.

— Et maintenant, lança-t-elle en se levant, je vous laisse tous les deux mettre au point les détails.

Mais Ryan se leva en même temps qu'elle et lui prit de nouveau la main.

— Puis-je vous imposer la corvée de me servir de guide ? Andrew m'a dit que les laboratoires et les ateliers de restauration sont sous votre responsabilité. J'aimerais beaucoup les visiter, ce doit être passionnant.

— Euh, je…

Avant qu'elle ait pu décliner, Andrew se leva et lui lança sans discrétion un coup de coude dans les côtes.

— Vous ne pourriez pas être en de meilleures mains, Ryan. Retrouvez-moi ici dans deux heures, nous irons tester la soupe de poissons dont je vous ai parlé.

— Avec plaisir, répondit Ryan en entraînant Miranda dans le couloir. Je ne fais qu'exposer des œuvres d'art dans mes galeries, enchaîna-t-il. J'ignore pratiquement tout des sciences ou des techniques qui s'y rapportent. Vous n'avez pas de mal, par moments, à concilier les deux ?

— Non, ces activités sont indissociables…

Elle s'interrompit, consciente de la sécheresse de sa réponse. S'il lui mettait les nerfs à vif, elle ne devait le montrer à aucun prix.

— L'Institut a été fondé pour abriter les deux – pour célébrer le culte des deux, si vous préférez. Je l'apprécie d'autant mieux que je suis une scientifique spécialisée dans l'application des sciences aux arts.

— En sciences, j'étais un élève déplorable, avoua-t-il avec un sourire si communicatif qu'elle l'imita malgré elle.

— Vous aviez sûrement d'autres points forts.

— J'aime du moins à le croire.

En observateur expérimenté, il notait soigneusement au passage les distances entre les ailes, l'emplacement des escaliers, des bureaux, des fenêtres, des réserves et, bien entendu, des caméras de surveillance. Tout concordait avec les informations dont il disposait. Il transcrirait plus tard ses observations sous forme de notes détaillées mais, pour le moment, il se contentait de les enregistrer en humant le délicat parfum qui émanait de Miranda. Ni entêtant ni trop ouvertement féminin, bien sûr. Un arôme léger, boisé, provenant sans doute d'un savon plutôt que d'un flacon. En tout cas, il lui convenait à merveille.

Elle tourna à droite au bout d'un couloir, s'arrêta devant une porte blindée, glissa sa carte magnétique dans la fente *ad hoc*. On entendit un vibreur, des cliquetis de serrures. Ryan lança un regard nonchalant à la caméra placée au-dessus de leurs têtes.

— Nous avons une sécurité interne très stricte, lui expliqua Miranda. On ne peut pénétrer dans cette section qu'avec une clef spéciale ou en étant accompagné. D'autres musées et des collectionneurs privés font souvent appel à nos conseils dans ce domaine.

Elle le fit entrer dans un laboratoire presque identique à celui de Standjo à Florence. Mêmes postes de travail équipés d'ordinateurs et de microscopes, même armée de techniciens en blouses blanches. Miranda s'arrêta devant l'un d'eux, penché sur une poterie qu'il débarrassait de sa gangue de boue séchée.

— Que pouvez-vous nous apprendre sur cette pièce, Stanley?

— Elle appartient à un lot que votre père nous a fait parvenir d'une fouille dans l'Utah. Il s'agit sans doute d'une marmite datant probablement du XIIe siècle. Elle présente un grand intérêt parce qu'elle est presque intacte.

— Qu'est-ce qui vous fait dire que c'est une marmite? voulut savoir Ryan.

Stanley le regarda comme si l'évidence aurait dû lui sauter aux yeux.

— Mais… tout : la forme, la dimension, l'épaisseur.

— Merci, Stanley, intervint Miranda.

Elle faillit se cogner contre Ryan, qui s'était rapproché quand elle lui tournait le dos. Elle s'écarta aussitôt, non sans avoir noté qu'il la dépassait de six bons centimètres et que l'éclair amusé dans son regard le rendait sexy. Oui, c'était bien le mot qui convenait.

Le tintement cristallin résonna de nouveau dans sa tête.

— Mon père s'intéresse essentiellement à l'archéologie, expliqua-t-elle, aussi avons-nous une section spécialisée dans la restauration ainsi que des salles d'exposition. Mais ce n'est pas mon domaine. Venez voir ceci, maintenant.

Elle ouvrit un tiroir de classeur, y prit une petite enveloppe, en fit glisser quelques éclats de peinture et les posa sur une plaque de verre qu'elle inséra dans un microscope.

— Regardez et dites-moi ce que vous voyez.

Il se pencha sur l'appareil, ajusta la mise au point.

— De la couleur, des formes… Intéressant. Cela ressemble à un tableau de Pollock. Qu'est-ce au juste, docteur Jones? demanda-t-il en se redressant.

Elle se força à ne pas remarquer que la couleur de ses yeux était passée du chocolat au lait au cognac hors d'âge.

— Un échantillon d'un Bronzino en cours de restauration. Nous prélevons toujours des échantillons de la matière picturale avant et après l'exécution du travail. De la sorte, nous sommes certains d'avoir reçu une œuvre authentique et de rendre la même à son propriétaire.

— Comment savez-vous que cette matière picturale date réellement du XVIe siècle?

— Voulez-vous une leçon de science, monsieur Boldari?

— Appelez-moi Ryan, je pourrai vous appeler Miranda, c'est un nom ravissant, déclara-t-il d'une voix qui lui donna la chair de poule. Avec un bon professeur, poursuivit-il, je ne dirais pas non.

— Alors, il faudra vous inscrire à un cours.

— Les mauvais élèves comme moi profitent mieux des leçons particulières. Dînez avec moi ce soir.

— Je suis un professeur très médiocre.

Il eut soudain envie de poser la main sur ses cheveux et de jouer avec ses mèches folles. Si je le faisais, songea-t-il, elle détalerait comme un lapin.

— Dînons quand même ensemble. Nous discuterons des rapports de l'art et de la science, je vous parlerai de mes Vasari. Appelons-le un dîner d'affaires, si cela peut vous mettre à l'aise.

— Je ne suis pas du tout mal à l'aise.

— Eh bien, c'est entendu, je passerai vous prendre à sept heures. Montrez-moi donc ce Bronzino, ajouta-t-il en lui reprenant la main, cela me ferait grand plaisir. J'ai toujours admiré la pureté de son style.

Avant qu'elle ait pu décider comment dégager sa main, il lui avait saisi le bras et l'entraînait vers la porte.

6

Miranda se demanda pourquoi elle avait accepté cette invitation à dîner. En repensant à la conversation, il est vrai, elle ne lui avait jamais dit qu'elle acceptait – ce qui rendait encore plus illogique le fait qu'elle soit en train de s'habiller pour sortir.

Ce n'est qu'un dîner de travail, se répéta-t-elle pour mieux s'en convaincre. La galerie Boldari jouissait d'une réputation flatteuse. Une fois, lors d'un de ses passages à New York, elle avait réussi à distraire une heure de son emploi du temps pour la visiter, et son luxe discret lui avait fait une aussi forte impression que la qualité des œuvres qui y étaient exposées. Alors, quel mal y avait-il à établir des rapports cordiaux entre l'Institut et l'une des galeries les plus prestigieuses du pays ? Aucun. L'Institut, au contraire, aurait tout à y gagner.

Il l'avait invitée pour parler affaires ? Eh bien, elle veillerait à ce que la conversation ne dérape pas et reste sur le plan professionnel. Même si son sourire déclenchait en elle des élans de lubricité dont elle ne se croyait pas capable. Et s'il voulait flirter avec elle, pourquoi pas ? Tintements cristallins ou pas, elle était insensible au flirt. Elle n'était pas de ces midinettes qui se pâment pour un oui ou pour un non.

Doués de naissance pour le flirt, les hommes pourvus d'un physique comme celui de Ryan Boldari ne pouvaient s'empêcher d'user et d'abuser de leur charme. Elle, elle était immunisée de naissance contre ce genre de don juan. Même s'il avait des yeux incroyables. Des yeux qui vous donnaient l'impression de pouvoir faire disparaître tout ce qu'ils regardaient – sauf vous…

Quand elle se surprit à fermer les siens en exhalant un soupir d'aise, elle se réprimanda et tira d'un coup sec la fermeture éclair dans le dos de sa robe.

Elle avait choisi pour la circonstance une robe de fine laine noire, au décolleté carré assez bas pour dévoiler la naissance de ses seins fermes, aux manches longues et ajustées, à la jupe étroite s'évasant des genoux aux chevilles. Elle y adjoignit, pour tout ornement, une excellente reproduction d'une croix byzantine, dont la branche verticale reposait de manière suggestive au creux de sa poitrine.

Vouloir soigner son apparence ce soir-là était autant une question d'amour-propre qu'une élémentaire courtoisie professionnelle. Le matin, elle lui avait donné l'image d'une étudiante attardée. Il fallait maintenant lui faire découvrir une femme élégante et sûre d'elle, parfaitement capable d'affronter un homme seul à seul et de lui imposer le respect en cas de besoin.

Elle ramena ses cheveux sur le haut de sa tête, planta quelques épingles au hasard pour les faire tenir. Le résultat, jugea-t-elle, était des plus réussis dans le style chic-désinvolte. Exactement l'allure qu'elle voulait se donner, aux antipodes de la jeune fille coincée qu'elle avait été pendant toutes ses études.

À la vue d'une telle femme, nul ne pourrait se douter que la perspective d'un dîner en tête à tête avec un homme lui nouait l'estomac et lui mettait les nerfs en pelote, ni qu'elle tremblait de peur à l'idée de ne plus savoir quoi dire d'intelligent avant même les hors-d'œuvre. On ne verrait, il ne verrait que ce qu'elle voulait montrer, c'est-à-dire un parangon d'aisance et de dignité.

Elle empoigna son sac, se tordit le cou pour vérifier dans le miroir que sa robe ne conférait pas à son postérieur des proportions trop imposantes. Satisfaite, elle descendit au salon, où Andrew attaquait son deuxième whiskey. En la voyant, il leva les sourcils et poussa un sifflement admiratif.

— Toujours aussi poète, mon cher frère. Je n'ai pas l'air trop grosse, là-dedans?

— Voilà une question à laquelle il n'existe pas de bonne réponse. Ou alors, s'il y en a une, aucun homme ne l'a encore trouvée. Par conséquent, dit-il en levant son verre pour un toast ironique, ne m'en veux pas si je m'abstiens.

— Froussard!

Son estomac refusant de se dénouer, elle se versa un verre de vin blanc.

— Tu n'es pas un peu trop habillée pour un dîner de travail?

— Ne m'as-tu pas sermonnée vingt minutes cet après-midi sur les bienfaits que nous pourrions attendre de nos bonnes relations avec la galerie Boldari?

Andrew avait rarement considéré sa sœur comme une femme. Il ne put faire autrement que de constater, non sans un certain malaise, qu'elle était époustouflante.

— Exact, admit-il. Il t'a tapé dans l'œil, hein?

Elle se retint de justesse de répondre oui.

— Surveille tes paroles, je te prie.

— Allons, sois franche!

— Non. Et quand bien même ce serait le cas, je suis assez grande pour esquiver les coups de ce genre ou les rendre, selon ce que j'aurai décidé.

— Où allez-vous dîner?

— Je ne le lui ai pas demandé.

— Les routes sont encore mauvaises.

— Normal, au mois de mars. Ne joue pas les grands frères protecteurs, Andrew, dit-elle en lui tapotant la joue, amusée de le voir s'inquiéter de son sort. Ce doit être Ryan, enchaîna-t-elle en entendant sonner. Tiens-toi bien.

— Pour trois Vasari, je serai sage comme une image.

Les sourcils froncés, il suivit des yeux Miranda. Il avait oublié qu'elle pouvait être sublime quand elle prenait le temps de s'arranger. Le fait qu'elle l'ait pris ce soir-là lui causa un étrange sentiment de malaise.

Un sentiment qui se serait sans doute exacerbé si Andrew avait vu la flamme jaillie des yeux de Ryan lorsque Miranda ouvrit la porte. De fait, son apparition lui fit l'effet d'un coup de poing dans l'estomac. Un choc auquel il se reprocha de ne pas s'être mieux préparé.

— Si le Titien vous voyait, affirma-t-il en prenant la main qu'elle lui tendait, il voudrait vous peindre sur-le-champ.

Puis, le seuil franchi, il lui effleura les joues de ses lèvres, l'une après l'autre, à l'européenne.

Elle referma la porte en s'y retenant de peur de vaciller. Avec ses talons, elle était de la même taille que lui. Leurs yeux, leurs lèvres se trouvaient alignés au millimètre près. Comme ils le seraient dans un lit, pensa-t-elle.

— Andrew est au salon. Voulez-vous entrer un instant?

— Avec plaisir. Vous avez une maison fabuleuse, ajouta-t-il en regardant autour de lui. Spectaculaire et confortable à la fois. Vous devriez la faire peindre par un artiste.

— Mon grand-père en a réalisé un tableau. Il n'est pas très bon, mais nous l'aimons bien quand même. Voulez-vous boire quelque chose?

— Rien, merci… Ah! Bonsoir, Andrew. Je vous enlève votre sœur pour la soirée, à moins que vous ne vouliez vous joindre à nous.

Joueur dans l'âme, Ryan se maudit d'avoir parié une fois de trop en voyant Andrew hésiter. Sans s'être rendu compte que Miranda, derrière son dos, adressait à son frère des mimiques menaçantes, il éprouva un vif soulagement quand Andrew déclina finalement l'invitation:

— C'est très aimable à vous, mais j'ai d'autres projets. Amusez-vous bien, tous les deux.

Il les accompagna à la porte, aida Miranda à mettre son manteau, puis il prit le sien dans la penderie. Plutôt que de rester à boire seul, il préférait s'enivrer en société.

Miranda fit une moue de surprise devant la longue limousine dont un chauffeur lui ouvrait la portière.

— Vous voyagez toujours comme cela ?

Ryan s'assit à côté d'elle, exhiba une unique rose blanche et la lui tendit.

— Non. Mais je n'aurais pas pu satisfaire mon goût pour le champagne en conduisant moi-même.

Joignant le geste à la parole, il sortit d'un seau à glace une bouteille déjà débouchée et lui remplit une flûte.

— Les repas d'affaires débutent rarement par des roses et du champagne, observa-t-elle.

— Ils le devraient quand une belle femme fait partie des convives. Aux prémices d'agréables rapports, dit-il en se servant une autre flûte qu'il choqua contre la sienne.

— Relations, le corrigea-t-elle. J'ai visité votre galerie de New York.

— Vraiment ? Comment l'avez-vous trouvée ?

— Intime. Luxueuse. Un petit joyau dont les œuvres d'art constituent les facettes.

— Vous me flattez. Notre galerie de San Francisco est plus spacieuse, plus lumineuse. Nous nous y spécialisons dans les œuvres modernes et contemporaines. Mon frère Michael a un faible pour elles et s'y connaît. Mes préférences me portent plutôt vers le classique – et l'intime.

Pour la deuxième fois de la journée, le son de sa voix donna à Miranda la chair de poule. Attention, danger ! pensa-t-elle. Ressaisis-toi !

— Les galeries Boldari sont donc une entreprise familiale ?

— Oui, comme la vôtre.

— Si on veut... Comment en êtes-vous venu au commerce de l'art ? enchaîna-t-elle pour relancer la conversation.

— Mes parents sont artistes. Ils enseignent l'art la plupart du temps, mais ma mère fait des aquarelles superbes. Mon père est sculpteur. Il fabrique des structures métalliques horriblement compliquées que Michael et lui sont les seuls à comprendre et à apprécier, mais il ne peut pas s'en passer.

Il parlait en la regardant dans les yeux, ce qui la fit frissonner davantage.

— Et vous, vous peignez, vous sculptez?

— Non, je n'ai ni la main ni la tête à cela. Imaginez la déception de mes parents en constatant qu'aucun de leurs six enfants n'était doué pour les arts.

— Six enfants?

— Ma mère est irlandaise, mon père italien. Ils ne pouvaient pas faire moins, dit-il en souriant. J'ai deux frères, trois sœurs, et je suis l'aîné de la troupe... Vos cheveux sont vraiment extraordinaires, ajouta-t-il en roulant une mèche autour de son doigt. Comment résister à l'envie de les toucher?

Ainsi qu'il l'avait prévu le matin, elle sursauta.

— Ils sont trop rouges et impossibles à coiffer. Si je n'avais pas peur de ressembler à une azalée au bout d'un manche à balai, je les aurais coupés depuis longtemps.

— Votre chevelure est la première chose qui m'a frappé. Vos yeux, ensuite. Vous êtes une composition de couleurs et de formes contrastées.

Elle réprima à grand-peine l'envie folle de l'empoigner par les revers de sa veste et de plaquer leurs corps l'un contre l'autre sur la banquette.

— Vous me comparez à un tableau moderne?

— Non, répondit-il en riant, il y a en vous trop de classicisme et de sens pratique. J'aime votre allure.

La limousine stoppa le long du trottoir. Quand le chauffeur ouvrit la portière, Ryan prit la main de Miranda pour l'aider à descendre, et sa bouche lui frôla l'oreille.

— Voyons maintenant si nous aimons la compagnie l'un de l'autre, murmura-t-il.

Elle commença à se détendre après son troisième verre de champagne. Il y avait si longtemps qu'elle n'avait pas dîné aux chandelles avec un homme – un homme qui, par-dessus le marché, ressemblait à un portrait de la Renaissance – qu'il était impossible de ne pas apprécier l'instant.

Et il savait écouter. S'il avait été mauvais élève en sciences, il maîtrisait au moins celle de poser des questions pertinentes et de paraître s'intéresser aux réponses. Peut-être cherchait-il simplement à la mettre à son aise en orientant la conversation sur le terrain professionnel. En tout cas, elle lui en savait gré.

Elle se sentait bien dans la douce chaleur du restaurant, près du feu qui flambait dans la cheminée et près de la mer, noire et froide derrière la fenêtre. Elle ne se souvenait pas d'avoir jamais eu le loisir de discourir ainsi sur son travail. Et plus elle en parlait, plus les raisons de l'aimer lui revenaient en mémoire :

— Appelons cela le plaisir de la découverte, si vous voulez. L'étude d'une œuvre d'art et la recherche de son histoire permettent de dévoiler sa personnalité, son individualité.

— En la disséquant ?

— En un sens, oui. La matière proprement dite, la touche, le sujet, la composition, tous ces éléments peuvent être étudiés, analysés pour en dégager une réponse.

— Et vous estimez que cette réponse constitue une sorte de définition de l'art ?

— Sans histoire ni analyse, une œuvre n'est qu'un rectangle de toile peinte ou un morceau de métal.

— La beauté se suffit pourtant à elle-même. Admettons, par exemple, que je veuille analyser votre visage. Je vois des yeux très bleus brillants d'intelligence, j'y discerne une tristesse sous-jacente – et aussi de la méfiance, ajouta-t-il en souriant. Je vois une bouche douce, généreuse, mais peu portée au sourire. Je vois des pommettes hautes et bien marquées ; un nez fin, droit, élégant. Mais j'aurai beau considérer ces éléments l'un après l'autre et les analyser, j'en viendrai toujours à la conclusion que vous êtes belle. J'aurais pu me contenter d'apprécier l'ensemble d'un seul coup d'œil, comme je le fais en ce moment.

Elle avait écouté, le nez dans son assiette, afin de ne pas laisser paraître qu'elle était flattée.

— La démonstration est habile.

— Je suis un habile homme, et vous vous défiez de moi.

Elle releva les yeux, soutint son regard.

— Je ne vous connais pas.

— Que puis-je vous dire de plus ? J'ai une famille envahissante et folklorique, j'ai grandi à New York et suivi sans grande conviction des études à Columbia. Après quoi, n'étant pas doué pour la création artistique, je me suis rabattu sur le commerce de l'art. Je ne suis pas marié, ce qui déplaît tellement à ma mère qu'il m'est arrivé, une fois et très brièvement, d'envisager de sauter le pas.

— Et vous avez reculé ?

— À ce moment-là et avec cette femme-là, oui. Il nous manquait l'étincelle. Croyez-vous aux étincelles, Miranda ?

Les étincelles, se dit-elle, doivent être d'une nature voisine de celle des tintements cristallins.

— Je crois qu'elles allument des flammes au début, mais meurent trop vite pour qu'il soit possible de les entretenir.

— Vous êtes cynique. Moi, je suis romantique. Vous analysez, j'apprécie un tout. Nous formons une combinaison intéressante, vous ne croyez pas ?

Miranda se sentit soudain beaucoup moins détendue. Il se penchait vers elle, jouait avec ses doigts sur la nappe. Son habitude de la toucher à tout bout de champ évoquait trop les étincelles. Et si les étincelles font une jolie lumière, elles peuvent aussi brûler avant de s'éteindre.

L'attirance aussi subite et aussi forte qu'elle éprouvait pour cet homme était non seulement dangereuse mais illogique, car elle devait tout à l'instinct et rien à l'intellect. Il fallait par conséquent la dominer, voire la combattre.

— Je ne comprends pas les romantiques, répondit-elle avec froideur. Ils fondent leurs décisions sur des sentiments plutôt que sur des faits, et après ils s'étonnent d'avoir commis des erreurs.

Comme Andrew, pour son malheur, s'abstint-elle d'ajouter.

— Peut-être, mais nous nous amusons tellement mieux que les pragmatiques.

Il avait conscience d'être attiré vers elle bien plus qu'il ne s'y était attendu. Et cela le troublait, lui aussi.

— Dessert? demanda-t-il une fois la table débarrassée.

— Non merci, j'en serais incapable. Le dîner était délicieux.

— Café?

— Il est beaucoup trop tard.

Sans la quitter des yeux, il fit signe au serveur de préparer l'addition.

— Vous êtes une femme organisée, Miranda, c'est ce qui me plaît chez vous. Si nous faisions un tour à pied? Vous me ferez visiter les quais.

— Jones Point est une ville tranquille…

Ils marchaient dans le vent glacé qui soufflait du large. La limousine les suivait au pas, ce qui amusait Miranda et l'effarait à la fois. Elle venait d'une famille fortunée, certes, elle n'avait jamais eu besoin de compter; mais, de mémoire de Jones, aucun d'entre eux n'aurait poussé l'extravagance jusqu'à se faire accompagner en promenade par une voiture.

— Nous avons beaucoup de parcs et de jardins publics, reprit-elle. Au printemps et en été, ils sont superbes, pleins de fleurs. Les rues principales sont bordées d'arbres. Vous n'étiez encore jamais venu ici?

— Non. Votre famille y vit depuis plusieurs générations, je crois?

— Oui. Il y a toujours eu des Jones à Jones Point.

De sa main gantée, il lui saisit la main, mêla ses doigts aux siens dans un glissement de cuir sur du cuir.

— Est-ce la raison pour laquelle vous y habitez vous aussi? Par respect de la tradition?

— Non. Plutôt... c'est difficile à expliquer. Parce que c'est ici que je suis née, que j'ai mes racines. J'aime voyager, mais c'est toujours ici que j'aime revenir. C'est mon port d'attache, si vous voulez.

— Parlez-moi de Jones Point, alors.

— Ce petit port de pêche à l'origine s'est consacré à la culture et au tourisme en grandissant, mais il y a encore un certain nombre d'habitants qui vivent de la mer. De la langouste, surtout. La conserverie en expédie dans le monde entier.

— Êtes-vous jamais allée à la pêche?

— Non. Du haut de la falaise, derrière la maison, je vois les bateaux et les bouées des casiers. J'aime bien les regarder, mais cela me suffit.

Observer plutôt que participer, nota-t-il.

— Nous sommes ici sur le vieux port, poursuivit-elle. Il y a beaucoup de galeries d'art dans le quartier ancien. Vous devriez en visiter quelques-unes avant de partir.

— Je le ferai peut-être.

— La ville est très agréable au printemps et en été, quand on peut profiter des parcs et des plages. En hiver, la neige et le gel en font un décor de carte postale. On vient de loin patiner sur le lac d'Atlantic Park.

— Et vous, vous patinez?

Il lui passa un bras autour des épaules pour l'abriter d'un coup de vent glacial. Aussitôt, elle eut la gorge sèche et l'impression que son sang se mettait à bouillir.

— Oui. C'est un excellent exercice.

Sa réponse le fit rire. Quand ils eurent dépassé le cercle de lumière d'un réverbère, il s'arrêta, la tourna vers lui, posa les mains sur ses épaules.

— Vous patinez pour prendre de l'exercice ? Pas pour vous amuser ?

— Si, bien sûr. De toute façon, il est trop tard dans la saison pour patiner.

Il sentait sous ses mains vibrer ses nerfs, tendus comme des cordes de violon. Intrigué, il l'attira un peu plus près de lui.

— Alors, comment prenez-vous de l'exercice à cette époque de l'année ?

— Je marche beaucoup, je nage quand je peux. Il fait trop froid pour rester sans bouger.

— Et que diriez-vous d'un exercice consistant à partager notre chaleur corporelle ?…

Il n'avait pas eu l'intention de l'embrasser – pas si tôt, en tout cas. Mais il ne lui avait pas menti en se décrivant comme un romantique. Et tout, en cet instant, appelait le baiser.

Il lui effleura d'abord la bouche de ses lèvres, une fois pour estimer sa réaction, puis une autre, sans insister. N'étant pas homme à se lancer dans une entreprise à son goût sans en avoir maîtrisé les techniques à la perfection, il était passé maître dans celle de séduire les femmes. Aussi prit-il son temps, frôlant ses lèvres jusqu'à ce qu'elles perdent leur rigidité et s'entrouvrent sous les siennes, jusqu'à ce qu'elle batte des paupières et exhale un soupir.

Dans la tête de Miranda, la voix de la raison n'était plus qu'un murmure, étouffé par les sensations nouvelles qui s'éveillaient. Elle commettait peut-être une sottise, mais quel mal y avait-il, au fond ? Comment résister à une bouche aussi persuasive, à la pression de ce corps ferme et puissant ? Elle se laissa aller contre lui, l'étreignit à la taille. Et le plaisir évapora ses derniers atomes de lucidité.

Quand il lui prit le visage entre ses mains, le contact des gants froids dissipa la brume rêveuse où son esprit sommeillait. Elle rouvrit les yeux, vit les siens, consumés d'une passion que la douceur de leur baiser ne justifiait pas.

— Essayons encore, murmura-t-il.

Elle avait beau entendre sa raison protester, sa bouche consentait. Celle de Ryan se fit brûlante, presque brutale, jusqu'à ce qu'elle sente sa tête palpiter avec la fureur de la mer se brisant contre les falaises. Ce baiser exprimait à la fois une exigence et la certitude arrogante que celle-ci serait satisfaite.

Ryan avait toujours beaucoup exigé de la vie et fait en sorte que ses désirs soient comblés. Qu'il la désire était normal, prévisible. Mais la désirer maintenant et avec une telle intensité était trop périlleux. Un joueur, même le plus imprudent, sait qu'il doit éviter certains risques.

Il s'attarda cependant, assez pour se convaincre qu'il passerait dans la solitude une nuit fort désagréable. Mais il ne pouvait se permettre le luxe de la séduire, de la mettre dans son lit. Il avait un travail à accomplir, le compte à rebours était déjà commencé. Il ne pouvait, surtout, se permettre de s'attacher à elle. S'attacher à un pion constituait le moyen le plus sûr de perdre la partie.

Et il n'aimait pas perdre. Il n'avait jamais perdu.

Il s'écarta, la tint à bout de bras. Elle avait les joues rouges, les yeux encore noyés d'une passion qui, pensa-t-il, devait l'avoir surprise autant que lui. Quand il laissa glisser ses mains jusque sur ses épaules, elle frissonna sans mot dire.

— Je devrais vous raccompagner, dit-il à contrecœur, bien que son sourire n'en laissât rien paraître.

Miranda se sentait à bout de forces : elle avait besoin de s'asseoir, de se ressaisir. Toute la chaleur de son corps se concentrait en une petite boule au creux de son ventre. Le reste était glacé.

— Oui, parvint-elle à articuler. Il se fait tard.

— Une minute de plus, il aurait été trop tard, murmura-t-il en lui prenant la main pour la guider vers la limousine. Allez-vous souvent à New York ?

— De temps en temps.

— Prévenez-moi quand vous irez la prochaine fois. Je m'organiserai en conséquence.

— Bien sûr, s'entendit-elle répondre.

Et elle ne se trouva pas le moins du monde ridicule.

Miranda chanta sous la douche, ce qu'elle ne faisait jamais. Nul n'avait besoin de lui dire qu'elle chantait faux, elle s'en apercevait très bien elle-même. Pourtant, ce matin-là, elle braillait à tue-tête une chansonnette idiote dont elle ne savait même pas qu'elle connaissait les paroles.

Elle la fredonnait encore pendant qu'elle se séchait en se trémoussant en cadence. Elle ne dansait pourtant pas mieux qu'elle ne chantait, bien qu'on lui ait enseigné dans sa jeunesse les pas et les figures qu'il fallait pour parfaire son éducation. Les dignes membres du Comité culturel, dont elle écrasait les pieds une fois l'an dans des valses pleines de componction, auraient été choqués de voir la respectable Dr Jones rouler ainsi des hanches dans sa salle de bains.

Cette pensée la fit glousser de rire – un son tellement incongru qu'elle tendit l'oreille, décontenancée, afin d'en déterminer l'origine. Elle prit alors conscience qu'elle était heureuse. Qu'elle débordait de joie, sentiment lui aussi rarissime, pour ne pas dire inconnu. Le contentement d'un travail bien fait, la satisfaction d'un défi relevé, oui, elle les éprouvait souvent. Mais le bonheur, la joie de vivre, la simple gaieté lui échappaient la plupart du temps.

Quelle merveille de se sentir heureuse !

Et pourquoi ne le serait-elle pas ? se dit-elle en s'hydratant la peau avec une crème délicatement parfumée avant d'enfiler un peignoir. Elle s'intéressait à un homme séduisant qui s'intéressait à elle. Il se plaisait en sa compagnie, il appréciait son travail, il la trouvait aussi attirante sur le plan physique qu'intellectuel. Il n'était ni intimidé ni rebuté, comme tant d'autres, par sa position ou sa personnalité. C'était un homme d'affaires prospère, plein de charme, aussi beau qu'un dieu antique – ce qui ne gâtait rien –, et assez civilisé pour n'avoir pas abusé de son avantage manifeste et cherché à l'entraîner dans son lit.

L'y aurait-elle suivi ? se demanda-t-elle en essuyant le miroir embué. Normalement, elle aurait répondu par un non catégorique. Elle n'était pas du genre à s'offrir des passades avec des inconnus, pas même des liaisons amoureuses. Sa dernière aventure remontait à plus de deux ans et s'était si mal terminée qu'elle avait décidé d'éviter désormais jusqu'à la tentation de succomber à nouveau.

Mais la nuit dernière... Oui, elle aurait pu se laisser convaincre. La voix de sa raison aurait protesté à coup sûr, mais elle aurait fini par se taire s'il avait insisté. Et il l'avait respectée suffisamment pour ne pas le faire.

Fredonnant toujours, elle sélectionna un tasilleur de laine bleu acier, avec une jupe courte et une veste longue qui la flattaient. Elle se maquilla avec soin, laissa ses cheveux retomber comme il leur plaisait. Puis, symbole de défi féminin à l'hostilité des éléments, elle glissa ses pieds dans de fines chaussures à talons.

Quand elle sortit dans le petit matin glacial pour aller travailler, elle chantonnait encore.

Andrew se réveilla avec une gueule de bois de proportions himalayennes. Incapable de supporter le bruit de ses propres gémissements, il se cacha sous l'oreiller, suffoqua, se redressa en se tenant la tête pour l'empêcher de tomber – et la lâcha en espérant qu'elle le ferait.

Il parvint à se lever de son lit au prix d'un effort quasi surhumain. Scientifique de formation, il savait que les os ne tombent pas en miettes. Il n'en craignait pas moins que les siens, au mépris des lois de la physique, ne se fracassent quand il poserait le pied par terre.

Tout était la faute d'Annie. Elle avait été assez furieuse contre lui la veille au soir pour le laisser se saouler à mort. Il comptait pourtant sur elle pour le rationner comme à son habitude. Mais non : elle lui avait rempli son verre chaque fois qu'il le lui avait tendu.

Il se rappelait vaguement qu'elle l'avait mis dans un taxi en lui souhaitant d'être malade à crever. Son souhait était exaucé, pensa-t-il amèrement en se cramponnant à la rampe de l'escalier pour ne pas trébucher. S'il avait été à peine plus mal en point, il serait déjà mort.

La vision d'un pot de café déjà prêt sur la plaque chauffante faillit lui tirer des larmes de gratitude éperdue pour sa sœur. D'une main tremblante, il s'en versa un plein bol, fit tomber quatre comprimés en secouant le tube d'aspirine et les avala avec le café, qui lui brûla le palais.

Plus jamais ça, se jura-t-il. Plus jamais il ne se laisserait aller à boire autant, se répéta-t-il alors même que le besoin d'un verre d'alcool, un seul pour stopper le tremblement de ses mains et les sursauts de son estomac, le faisait frissonner de la tête aux pieds.

Mais il n'était pas question d'y céder. Il y avait un monde entre l'alcoolisme et le plaisir de boire un verre. Celui qui boit à sept heures du matin est un alcoolique. À sept heures du soir, non. Il pouvait très bien s'en passer et attendre le soir. Attendre douze heures…

La sonnette de la porte d'entrée résonna dans sa tête comme le fracas d'un marteau piqueur et lui tira un cri de douleur. Hors d'état d'aller ouvrir, il s'assit à la table de la cuisine, posa la tête sur ses bras repliés et pria pour sombrer dans l'inconscience.

Il s'était presque rendormi quand la porte de service s'ouvrit pour laisser pénétrer une bouffée d'air glacial et une voix de femme en colère :

— Je savais que je te retrouverais écroulé quelque part en train de pleurnicher sur ton sort !

Annie claqua la porte, posa un sac à provisions sur la table et l'apostropha, les poings sur les hanches :

— Tu es fier de toi, n'est-ce pas ? Regarde-toi, Andrew ! En caleçon, pas rasé, les yeux injectés de sang. Et tu pues ! Va prendre une douche.

Il leva péniblement la tête, la laissa retomber.

— J'veux pas, bredouilla-t-il d'une voix pâteuse.

— Tu n'as que ce que tu mérites, c'est bien fait ! Va te laver pendant que je te prépare à déjeuner.

Elle l'empoigna par les cheveux pour le forcer à la regarder. Il cligna les yeux, effaré.

— Bon Dieu, Annie, arrête ! Mais qu'est-ce que tu fais ici ? Va-t'en, fous-moi la paix.

Assommé par sa gueule de bois, il ne se serait pas cru capable de rougir de honte. Pourtant, ses joues s'empourprèrent.

Elle lui lâcha les cheveux. Sa tête retomba sur le bois avec un choc qui le fit hurler.

— Je me sens responsable. Tu m'avais agacée au point que je t'ai laissé te mettre dans cet état. Alors, je suis venue te préparer de quoi te retaper et veiller à ce que tu sois présentable pour aller travailler. Maintenant, file prendre une douche, sinon je t'emporte sur mon dos et je te jette dans la baignoire.

Tout valait mieux que de continuer à s'entendre houspiller comme un gamin. Rassemblant de son mieux un restant de dignité, Andrew se leva en rajustant son caleçon.

— D'accord, d'accord... Mais je ne veux rien manger.

— Tu mangeras ce que je te donnerai, répliqua-t-elle en vidant le contenu du sac sur la table. Va te laver, je ne te le répéterai pas trente-six fois. Tu empestes, ça aussi je te l'ai déjà dit.

Quand elle eut entendu ses pas hésitants dans l'escalier, Annie s'appuya à un comptoir, les yeux clos. Il était si pitoyable, si triste, si malheureux ! Elle aurait aimé le dorloter, le consoler, chasser de son corps les poisons qu'il avait ingurgités. Des poisons, pensa-t-elle avec une bouffée de remords, qu'elle lui avait elle-même vendus parce qu'elle lui en voulait et cherchait à le punir.

Mais ce n'était pas vraiment l'alcool qui le rendait malade. C'était son cœur. Et son cœur, elle ne savait pas comment le soigner, le guérir. Elle l'aurait peut-être su si elle s'était fait un peu moins de souci pour lui…

Le bruit des tuyaux de la douche la fit sourire. Au fond, se dit-elle, il ressemblait à la maison. Décrépit en surface, mais encore solide sur ses fondations.

Quand serait-il capable de comprendre qu'Élise, malgré sa beauté et son intelligence, n'était pas faite pour lui ? Ils avaient formé un couple idéal, brillant, séduisant, mais ce n'était qu'une façade. Élise n'avait jamais compris sa nature profonde, sa soif de tendresse, la fêlure secrète de son cœur parce qu'il se croyait indigne d'être aimé.

Il avait besoin d'être entouré de sollicitude.

Et la sollicitude, décida Annie en retroussant ses manches, elle pouvait lui en donner. Si elle arrivait à le secouer suffisamment pour le remettre enfin d'aplomb, ce serait déjà un beau résultat.

Entre amis, on n'a pas le droit de se laisser tomber.

Quand Andrew revint, la cuisine était pleine d'odeurs appétissantes. La douche lui avait fait du bien, l'aspirine avait à peu près vaincu sa gueule de bois. Un malaise au creux de l'estomac en subsistait ainsi qu'un léger mal de crâne, mais il était en état de faire face. Pour toute autre qu'Annie, il serait quand même resté enfermé dans sa chambre.

— Ça sent bon, dit-il en se forçant à sourire.

— Assieds-toi, ordonna-t-elle sans se retourner.

— Je suis désolé, Annie.

— Ce n'est pas à moi qu'il faut demander pardon, mais à toi-même. Tu es le seul à en souffrir.

— De toute façon, je le regrette. Du porridge ? demanda-t-il en voyant le bol qu'elle posait devant lui.

— Oui, il te tapissera les parois de l'estomac et te tiendra au corps jusqu'au déjeuner.

— Mme Patch, notre vieille cuisinière, m'en donnait tous les jours avant l'école. Elle y mettait toujours du sirop d'érable, ajouta-t-il timidement.

Souriant malgré elle, Annie en trouva un flacon dans le placard et le posa sur la table avec une assiette de toasts.

— Voilà. Mange, maintenant.

— Bien, madame.

Il avala la première bouchée avec précaution, incertain de la réaction de son estomac. La deuxième passa mieux.

— C'est très bon, dit-il après la troisième. Merci.

Voyant que l'appétit lui venait et que sa peau grisâtre reprenait une teinte normale, elle s'assit en face de lui. On ne laisse pas tomber les amis, se répéta-t-elle. Et ils avaient toujours été francs l'un envers l'autre.

— Cesse de t'abîmer bêtement, Andrew.

— Je sais. Je n'aurais pas dû boire autant.

Elle tendit la main, la posa sur la sienne.

— Si tu bois un verre, tu en boiras un deuxième, puis un autre et encore un autre.

Il haussa les épaules, agacé.

— Il n'y a pas de mal à boire un verre de temps en temps. Ni même à prendre une cuite à l'occasion.

— Il y en a quand on est alcoolique.

— Je ne suis pas alcoolique !

— Écoute, je tiens un bar et j'ai été mariée à un ivrogne. Je sais de quoi je parle. Entre quelqu'un qui boit un verre de trop et quelqu'un qui ne sait pas s'arrêter, il y a une différence. Une énorme différence.

— Je peux m'arrêter, moi, affirma-t-il en prenant son bol de café. Je ne bois pas en ce moment, n'est-ce pas ? Je ne bois pas dans la journée, quand je travaille. Et je ne me saoule pas non plus tous les soirs.

— Tu ne peux plus te passer de boire tous les soirs.

— Comme les trois quarts de l'humanité, bon sang ! Veux-tu me dire la différence qu'il y a entre deux ou trois verres de vin pendant le dîner et deux ou trois whiskeys dans la soirée ?

— Tu devras trouver la réponse par toi-même. Comme moi. Nous étions tous les deux à moitié ivres le soir où…

Elle ne put finir. Elle s'était crue prête à le dire, mais cela lui faisait trop mal, en fin de compte.

Il sentit une boule de honte et de remords lui tomber douloureusement dans le ventre.

— Bon Dieu, Annie ! Nous n'étions que des gosses.

— Nous étions assez grands pour en faire un. Que nous ayons été des imbéciles, des innocents, des irresponsables, soit, j'ai fini par l'accepter – non sans mal, d'ailleurs. Cela m'a au moins appris qu'on peut beaucoup perdre quand on ne se domine pas. Et toi, Andrew, tu ne te domines pas.

— Une nuit d'il y a quinze ans n'a rien à voir avec maintenant, lâcha-t-il.

Elle sursauta comme s'il l'avait giflée. En voyant sa réaction, il regretta ses paroles et tenta de se rattraper :

— Ne le prends pas comme cela, Annie, ce n'est pas ce que je voulais dire. Je…

— Non ! l'interrompit-elle sèchement. N'en rajoute pas, je t'en prie. Pour nous deux, mieux vaut prétendre qu'il ne s'est rien passé. J'y ai fait allusion uniquement parce que tu es incapable de voir la différence. Tu avais dix-sept ans, et déjà un problème d'alcool. Moi non, et je n'en ai toujours pas. Jusqu'à présent, tu avais réussi à ne pas laisser ce problème prendre le dessus. Maintenant, tu as franchi la limite. Tu te laisses dominer par l'alcool, Andrew, et il devient urgent de te ressaisir avant que tu en crèves.

Elle se leva, se pencha vers lui et lui prit le visage entre ses mains.

— Je te parle en amie, Andrew. Inutile de revenir à mon bar, je ne te servirai plus.

— Annie, voyons… !

— Si c'est pour bavarder, je veux bien. Mais ne me demande pas même un fond de verre, je te le refuserai.

Sur quoi, elle jeta son manteau sur ses épaules et sortit sans se retourner.

7

Les Jones sont de vrais professionnels, pensait Ryan en arpentant la galerie sud du musée. Éclairages, organisation de l'espace, tout était remarquablement conçu. Les œuvres étaient présentées avec élégance; les panneaux explicatifs clairs, lisibles et commodément disposés.

Une dame aux cheveux bleus haranguait un petit groupe devant une superbe Madone de Raphaël. Une bruyante troupe d'écoliers, cornaquée par une brunette réjouie, s'éloignait vers la section des impressionnistes. Ryan se félicita de leur départ. Non qu'il n'aimât pas les enfants, au contraire. Il gâtait ses neveux et nièces, qui étaient pour lui une source constante de joie et d'amusement. Mais les enfants pouvaient se montrer gênants pendant les heures de travail.

Et Ryan était en plein travail.

Il nota la répartition des gardiens, discrets mais nombreux. L'heure du changement de poste approchait, s'il en croyait le coup d'œil furtif que l'un d'eux jeta à sa montre. Paraissant errer au hasard, Ryan s'arrêtait ici et là pour contempler un tableau, une sculpture, se pencher sur une vitrine. En réalité, il comptait ses pas : de l'entrée à la caméra dans l'angle sud-ouest, de la caméra à la baie, de la baie à la caméra suivante et, de là, à son objectif.

Il ne s'arrêta pas plus longtemps devant la vitrine que ne l'aurait fait n'importe quel amateur d'art, séduit par la beauté d'un bronze Renaissance. Ce *David* armé de sa fronde était en effet un petit bijou de jeunesse et de vaillance. S'il n'était pas signé, le style évoquait le grand Léonard. L'œuvre était d'ailleurs attribuée à un de ses élèves.

Fervent admirateur de Vinci, le client de Ryan lui avait passé commande de cette pièce, qui l'avait séduit six mois auparavant au cours d'une visite de l'Institut. Il sera bientôt satisfait et même plus tôt que prévu, pensa Ryan. Car il avait décidé d'avancer son intervention. La sagesse lui dictait d'en finir et de prendre le large avant d'avoir commis avec Miranda une erreur risquant d'être lourde de conséquences.

Il regrettait presque de lui causer des ennuis. Mais après tout, se disait-il pour faire taire ses scrupules, elle était assurée. Et ce bronze n'était pas, et de loin, la pièce la plus précieuse des collections de l'Institut. Pour lui-même, il aurait plutôt choisi le Cellini ou, peut-être, un portrait de femme du Titien qui ressemblait à Miranda. Mais puisque son client avait jeté son dévolu sur le *David*, la petite taille de l'œuvre lui rendrait la tâche sensiblement plus aisée que pour le Cellini ou le Titien.

Mettant à profit sa soirée écourtée de la veille, Ryan avait utilement occupé le temps qu'il n'avait pas passé avec Miranda. Après l'avoir raccompagnée chez elle, il avait changé de tenue et s'était glissé dans le vide sanitaire sous les bâtiments de l'Institut, où il savait que se dissimulait l'essentiel du câblage des systèmes de sécurité, alarmes, caméras, capteurs. Il lui avait suffi de brancher son ordinateur portable sur les circuits pour les reconfigurer selon ses besoins. Ces quelques judicieux ajustements, quasi indétectables, lui simplifieraient grandement le travail le moment venu.

Ce matin-là, ses mesures topographiques terminées, il effectua son premier test de vérification. Les mains dans les poches, l'air de flâner, il dépassa le groupe de la conférencière aux cheveux bleutés, à qui il adressa un sourire aimable, et feignit de s'intéresser à une Annonciation. Il tâta la télécommande au fond de sa poche, pressa le bouton approprié et constata du coin de l'œil que le voyant de la caméra à sa droite s'éteignait comme prévu.

Rien ne valait les technologies de pointe…

Dans son autre poche, il déclencha alors un chrono-mètre et attendit. Près de deux minutes s'écoulèrent avant qu'il entende le « bip, bip » du talkie-walkie du gardien le plus proche. Ryan arrêta le chronomètre d'une main, débloqua la caméra de l'autre et alla étudier la physionomie, affligée mais stoïque, d'un saint Sébastien hérissé de flèches.

Ainsi rassuré sur le bon fonctionnement de son dispo-sitif, il quitta peu après la galerie et sortit sur le perron afin d'utiliser son téléphone portable.

La voix haut perchée et chantante de la secrétaire de Miranda lui tira un sourire amusé.

— Bonjour ! Bureau du Dr Jones.

— Ryan Boldari à l'appareil. Pourrais-je parler au Dr Jones, si elle n'est pas trop occupée ?

— Un instant, monsieur Boldari.

Il recula sous le porche pour s'abriter du vent et regarda autour de lui. La ville lui plaisait : des bâtiments de granit et de brique, une architecture élégante sans rien de mono-tone, des places ornées de statues. Oui, pour une petite ville de province, Jones Point avait du charme. Bien sûr, il préférait New York, son rythme, son atmosphère, mais un séjour ici ne l'ennuierait pas, après tout. Ce serait pour une autre fois, néanmoins…

— Ryan ? Désolée de vous avoir fait attendre.

— Aucune importance. Je me suis accordé une heure de loisir pour admirer votre musée.

Mieux valait qu'elle le sache. À l'évidence, la sécurité scruterait le lendemain les enregistrements vidéo.

— Oh ! Pourquoi ne m'avoir pas dit que vous veniez ? Je vous aurais guidé moi-même.

— Je ne voulais pas vous déranger dans votre travail. Mais je tenais à vous dire que j'ai constaté que mes Vasari seront merveilleusement bien logés. Vous devriez venir voir à New York comment sera accueilli votre Cellini.

Cette dernière phrase lui avait échappé. En s'adressant *in petto* une bordée de jurons, il se rappela qu'il devait désormais garder ses distances – pour un temps, du moins.

— Je ne dis pas non. Voulez-vous monter ? Je peux avertir la réception de vous laisser passer.

— Ce serait avec plaisir si je n'avais des rendez-vous qu'il m'est impossible d'ajourner. J'espérais vous inviter à déjeuner, mais j'ai bien peur d'être bloqué jusqu'à ce soir. En revanche, voudriez-vous déjeuner avec moi demain ?

— Je dois pouvoir m'arranger. Quelle heure ?

— Le plus tôt possible. J'ai très envie de vous revoir, Miranda. Disons midi ?

Il entendit des bruits de papier et l'imagina dans son bureau, en gros sweater sous sa blouse blanche, qui tournait les pages d'un agenda. Oui, il avait très envie de la revoir.

— D'accord pour midi. Au fait, on vient de m'apporter les certificats de vos Vasari. Vous travaillez vite.

— Il ne faut jamais faire attendre les jolies femmes. À demain, Miranda. Je penserai à vous cette nuit.

Il coupa la communication en éprouvant un sentiment si rare qu'il hésita d'abord à l'identifier. Il finit pourtant par se rendre à l'évidence : il se sentait… coupable. Jamais jusqu'alors il n'avait connu de remords. Jamais, en tout cas, à cause des femmes ou des affaires. « On n'y peut rien », soupira-t-il en rempochant son téléphone.

Pendant qu'il regagnait le parking, il regarda son chronomètre : cent dix secondes. Il aurait le temps.

Largement le temps.

Avant de remonter en voiture, il lança un coup d'œil à la fenêtre du bureau de Miranda. Pour elle aussi il prendrait du temps – un jour ou l'autre. D'ici là, ses obligations professionnelles primaient. Et ce n'était sûrement pas une femme aussi pragmatique qui le contredirait.

Ryan passa les heures suivantes à l'hôtel, enfermé dans sa suite. Il se fit monter un déjeuner frugal, régla la stéréo sur une station de musique classique, et étala devant lui ses notes et les plans de l'Institut. Quant aux schémas de câblage du système de sécurité, ils étaient affichés sur l'écran de son ordinateur.

En grignotant des frites et en sirotant de l'Évian, il se mit au travail.

Il n'avait pas eu de mal à se procurer le jeu de plans. Avec de bons contacts et de l'argent, on peut se procurer n'importe quoi. Il maîtrisait les ordinateurs avec virtuosité, talent acquis et perfectionné dès ses années de lycée. Sa mère avait tenu à ce qu'il apprenne la dactylographie. « Cela peut toujours servir », disait-elle. Il s'était vite rendu compte qu'un clavier peut avoir des usages beaucoup plus intéressants que la frappe du courrier.

Il avait assemblé lui-même son ordinateur portable, auquel il avait adjoint un certain nombre de fonctions qui n'étaient pas strictement légales – mais sa profession, il est vrai, ne l'était pas davantage.

La gestion des galeries Boldari, en revanche, était d'une transparence à décourager l'inspecteur des impôts le plus sourcilleux. Elles s'autofinançaient, dégageaient de coquets bénéfices, mais elles n'en devaient pas moins leur existence aux capitaux amassés par Ryan depuis ses débuts dans les rues de New York, quand il n'était encore qu'un gamin aux doigts agiles et à l'esprit vif.

Certains naissent artistes, d'autres comptables ou médecins. Ryan avait le vol dans le sang.

Il avait commencé par piquer dans les poches et aux étalages pour renflouer les finances familiales – l'enseignement du dessin ne rend pas millionnaire, et il y avait beaucoup de bouches à nourrir chez les Boldari. Il s'était ensuite affilié à l'estimable confrérie des monte-en-l'air, parce que le cambriolage lui plaisait et lui procurait des émotions délicieusement pimentées par le risque d'être pris.

Un peu comme de faire l'amour au grand jour dans un lieu public – avec la femme d'un autre.

Mais Ryan ayant des principes qui excluaient l'adultère, sa quête de sensations fortes se limitait au bien d'autrui. Vingt ans plus tard, il éprouvait le même plaisir chaque fois qu'il réussissait à vaincre la résistance d'une serrure et à s'introduire dans un lieu protégé – ou censé l'être.

L'expérience aidant, il avait affiné ses techniques et, depuis une dizaine d'années, se spécialisait dans les œuvres d'art. Car il aimait l'art. À ses yeux, un chef-d'œuvre appartenait de plein droit au domaine public. S'il dérobait un tableau au Metropolitan – et il l'avait fait –, ce n'était que pour fournir un service à un amateur éclairé, service qu'il se faisait grassement payer selon le principe d'équité voulant que toute peine mérite salaire.

Ces gains lui permettaient d'acquérir toujours plus d'œuvres d'art, qu'il offrait dans ses galeries à l'admiration du public. Ainsi, l'un compensait l'autre, et la morale était sauve. De son point de vue, il aurait même été immoral de dédaigner les dons que Dieu lui avait prodigués.

Tout en se remémorant son passé, il introduisit dans l'ordinateur les distances mesurées le matin au musée. En quelques manipulations, il actualisa à l'écran le plan en trois dimensions, où les emplacements des caméras de surveillance étaient indiqués par des points rouges. Puis, pendant que la machine calculait les angles et déterminait le parcours d'approche optimal, il vérifia la batterie de la télécommande d'extinction des caméras, petite merveille de technologie, elle aussi conçue et réalisée par lui-même.

Une fois assimilé le principe du système, qu'Andrew avait eu l'insigne amabilité de lui montrer, il avait eu d'autant moins de mal à ajuster les fréquences et la portée de son appareil qu'il avait pris la précaution, la veille au soir, de trafiquer la centrale de commande. Son essai du matin lui avait apporté la preuve de sa réussite.

Les serrures électroniques ne posaient pas de problème majeur. Une étude attentive des schémas de câblage lui avait permis de fixer son choix sur la porte de service. Fabriquer une fausse carte magnétique n'avait été ensuite qu'un jeu d'enfant. Quant au code secret, c'était encore à l'obligeance d'Andrew – involontaire, cette fois – qu'il le devait : la combinaison figurait sur un bout de papier coincé derrière son permis de conduire dans une pochette de son portefeuille.

Tout au long de sa carrière, Ryan n'avait cessé de s'étonner du nombre d'informations capitales que les gens, par inconscience, conservent sur leur personne. Il ne lui avait fallu qu'une poignée de secondes pour subtiliser le portefeuille d'Andrew, en examiner le contenu, mémoriser la séquence et remettre le tout dans la poche de son légitime propriétaire, sous couvert d'une tape amicale dans le dos.

Ryan estima avoir consacré environ soixante-douze heures au travail de préparation. En comptant une heure de plus pour l'exécution, et déduction faite de ses frais et de sa mise de fonds initiale, l'opération lui laisserait un bénéfice net de quatre-vingt-cinq mille dollars.

Du travail rentable, pensa-t-il en s'efforçant d'étouffer ses regrets, car cette aventure serait sa dernière. Il s'y était engagé et il n'était pas homme à revenir sur sa parole. Pas avec sa famille, en tout cas.

Il lui restait huit heures avant le lever de rideau. Il en consacra une à la destruction des preuves : brûler les plans et les notes dans la cheminée dont sa luxueuse suite était pourvue, verrouiller le disque dur de l'ordinateur par de nouveaux mots de passe et mettre le matériel électronique en sûreté dans sa valise blindée. Cela lui laissait encore le temps d'une séance de gym et de quelques longueurs dans la piscine de l'hôtel avant de s'offrir une sieste.

Celui qui s'introduit par effraction chez autrui doit être alerte de corps et d'esprit. Ryan n'avait jamais dérogé à ce principe et il s'en trouvait bien.

Peu après six heures, seule dans son bureau, Miranda rédigeait une lettre qu'elle préférait taper elle-même.

Bien que son frère et elle soient théoriquement responsables de l'Institut, tout prêt, échange ou cession d'une œuvre des collections permanentes devait être soumis à l'approbation préalable de leurs parents. Elle avait l'intention de présenter l'échange envisagé avec une parfaite froideur professionnelle, mais une froideur agrémentée d'une dose de vitriol, dont le goût rehausserait à merveille celui de la couleuvre que sa mère ne tarderait pas à devoir avaler en recevant les résultats de la contre-expertise.

Elle avait terminé son premier jet et s'attaquait aux fignolages quand le téléphone sonna.

— Dr Jones, s'annonça-t-elle.

— Miranda! Vous êtes encore là, Dieu merci!

— Qui est à l'appareil?

— Giovanni.

Elle jeta un coup d'œil à sa pendule.

— Giovanni? Mais… il est plus de minuit, chez vous! Qu'y a-t-il? Quelque chose de grave?

— Un désastre! Je n'ai pas osé vous appeler plus tôt, mais je voulais absolument vous avertir avant demain matin.

Miranda sursauta.

— Ma mère? Il lui est arrivé quelque chose?

— Oui… non. Enfin, je veux dire, elle va bien, elle n'a rien… Excusez-moi, je suis bouleversé.

— Du calme, Giovanni. Dites-moi ce qui s'est passé.

— Le bronze. Le bronze de Fiesole. C'est un faux.

— Quoi? C'est ridicule! Qui le prétend?

— Les résultats sont arrivés ce matin de Rome, des laboratoires Arcana-Jasper. La contre-expertise était supervisée par le Dr Ponti. Vous le connaissez ?

— Bien sûr… Mais vous avez été mal informé, Giovanni.

— Non, j'ai vu les résultats moi-même. Le Dr Standford-Jones m'a convoqué avec Richard et Élise, les membres de votre équipe. Elle a même incendié Vincente ! Elle est folle de rage, Miranda. Malade d'humiliation. Le bronze est un faux, fondu il n'y a pas plus de quelques mois. La formule de l'alliage était correcte, la patine parfaitement imitée. Tout le monde aurait pu s'y méprendre…

— Pas moi !

Malgré la sécheresse de sa réplique, Miranda sentait la panique ramper comme un crabe le long de sa colonne vertébrale.

— Mais les taux de corrosion étaient erronés, enchaîna Giovanni. Totalement erronés. Je ne comprends pas comment cela a pu nous échapper, Miranda.

— Vous avez vu les analyses, les photos, les radios.

— Je sais, je sais, je l'ai dit à votre mère. Mais…

— Mais quoi, Giovanni ?

— Elle m'a demandé qui avait fait les radios, qui avait programmé l'ordinateur, qui avait procédé aux analyses. J'ai dû lui répondre. Je suis désolé, *cara*. Désolé.

— Je comprends… C'est moi qui ai effectué les tests, rédigé les rapports. J'en suis seule responsable.

— S'il n'y avait pas eu cette fuite dans la presse, nous aurions pu étouffer l'affaire. En partie, du moins.

Assommée, Miranda ne répondit pas aussitôt.

— Ponti n'est pas infaillible ! s'exclama-t-elle. Il s'est sûrement trompé. Je n'ai quand même pas laissé passer un élément aussi fondamental que le taux de corrosion. Il faut que je réfléchisse, Giovanni… Merci de m'avoir prévenue.

— J'ai honte de vous le demander, Miranda, mais si je veux garder mon job il ne faut surtout pas que votre mère apprenne que je vous ai parlé. Je crois savoir qu'elle compte vous appeler elle-même demain matin.

— Soyez tranquille, je ne lui dirai rien. Restons-en là pour le moment, Giovanni, j'ai besoin de réfléchir.

— Bien sûr. Je suis désolé, Miranda. Désolé.

Elle raccrocha lentement et demeura sans bouger, le regard dans le vague. Mais elle eut beau s'efforcer de se remémorer les données, de les réorganiser dans sa tête, de les revoir aussi clairement qu'à Florence, elle ne trouvait devant elle qu'un mur aveugle. Rien. Le néant.

Peu à peu, elle émergea de sa catalepsie et commença à trembler. Un faux? Non, c'était impossible. Invraisemblable! Elle avait pris toutes les précautions. Elle avait agi avec soin, avec précision, avec vigilance…

Sa mère avait-elle quand même eu raison? Se pouvait-il que quelque chose lui ait échappé? Qu'elle n'ait pas été assez soigneuse, assez précise, assez vigilante? En dépit de ses protestations, avait-elle vraiment formé son opinion dès l'instant où elle avait jeté les yeux sur le bronze?

Elle avait souhaité qu'il soit authentique, certes. Elle avait voulu être sûre de tenir entre ses mains un objet aussi rare, aussi précieux. *Ton orgueil*, avait dit Elizabeth. *Ton arrogance, ton ambition…* Avait-elle permis à son ambition, à sa vieille soif de reconnaissance de troubler son jugement, de saboter son travail?

Non, non et non! Elle avait vu les clichés photo et radiographiques, les spectres des radiations, les résultats des analyses chimiques. Elle les avait étudiés, vérifiés. C'étaient là des faits, et les faits ne mentaient pas. Chaque test confirmait, démontrait sa conviction intuitive. S'il y avait une erreur, ce n'était pas elle qui l'avait commise.

Parce que, si elle s'était trompée à ce point, ce serait pire qu'un échec. Personne ne la croirait plus. Elle ne pourrait plus seulement se fier à elle-même.

Elle ferma les yeux, s'affala contre le dossier de son fauteuil. C'est dans cette position qu'Andrew la trouva vingt minutes plus tard.

— J'ai vu ta lumière. J'ai travaillé tard, moi aussi...

Il s'interrompit, hésita sur le pas de la porte. Miranda était livide. Quand elle ouvrit les yeux, ils étaient à la fois vitreux et brillants d'un éclat maladif.

— Eh! Qu'est-ce que tu as? Tu es malade?

Il s'approcha, lui tâta le front.

— Mais oui, tu es glacée. Tu as sûrement attrapé froid. Viens, je vais te raccompagner. Il faut te coucher.

— Non, Andrew...

Les mots lui restaient dans la gorge. Elle devait pourtant les prononcer. À haute voix.

— *La Donna oscura. La Dame noire.* C'est un faux.

Andrew s'apprêtait à lui caresser la joue. Il se figea.

— Quoi? Le bronze de Florence?

— Les résultats de la contre-expertise sont tombés. Le taux de corrosion était erroné. C'est Ponti, à Rome, qui a lui-même supervisé les tests.

Il s'assit sur un coin du bureau. Contre un choc pareil, les caresses fraternelles seraient inopérantes.

— Comment le sais-tu?

— Giovanni vient de m'appeler. Si notre mère l'apprenait, elle le flanquerait à la porte.

— Probable. Est-il certain de ses informations?

— Je me refuse à y croire, mais il n'aurait pas pris sans cela le risque de m'avertir. Mère l'avait convoqué avec Élise et Richard Hawthorne pour le leur annoncer. Vincente aussi. Elle leur a passé un savon. Ils vont dire maintenant que c'est moi qui ai tout raté. Moi seule. Exactement ce qu'elle avait prédit...

Sa voix se brisa. Elle secoua la tête avec force, comme pour nier l'émotion qui l'étouffait.

— Et alors? Avait-elle raison?

Miranda lutta pour se dominer. Elle ne pouvait pas, elle n'avait pas le droit de perdre le contrôle d'elle-même.

— Je ne vois pas comment. J'ai procédé aux examens en suivant scrupuleusement toutes les procédures. J'ai documenté les résultats. Mais je désirais que ce bronze soit authentique, c'est vrai. Peut-être l'ai-je trop désiré.

Il souffrait de la voir dans cet état. Des deux, elle avait toujours été la plus forte.

— Je ne t'ai jamais vue laisser tes désirs interférer avec la réalité, Miranda. Aurait-il pu y avoir un raté technique, du matériel défectueux ?

— Défectueux ? lâcha-t-elle avec un ricanement amer. Dans le royaume d'Elizabeth ? Allons donc !

— Les machines tombent en panne n'importe où.

— Ou alors, ceux qui s'en servent se trompent. L'équipe de Ponti a pu commettre des erreurs, bien sûr. Ce ne serait pas plus invraisemblable que de rejeter la faute sur moi...

Malgré ses jambes flageolantes, elle se leva et commença à faire nerveusement les cent pas.

— Il faut que je relise mes données et mes résultats. Que je prenne connaissance de ceux de Ponti. Que je revoie le bronze lui-même.

— Il faudra aussi que tu parles à Elizabeth.

Elle fit une pause à la fenêtre, ne vit que du noir.

— Je sais. Je l'appellerais tout de suite si je ne craignais de trahir Giovanni. J'aimerais mieux en finir le plus vite possible plutôt que d'attendre son appel.

— Tu as toujours avalé tes potions d'un seul coup. Moi, je préfère remettre les corvées à plus tard.

— Je n'ai pas le choix, Andrew. Dès que cela se saura, je passerai pour une imbécile ou pour une fumiste, ce qui ne vaut pas mieux. Vincente aura beau minimiser l'affaire, la presse s'en emparera. Notre chère mère avait raison sur ce point, Andrew : ce fiasco rejaillira sur Standjo, sur moi et même jusque sur l'Institut.

— Nous nous en sortirons.

— C'est moi seule qui suis en cause, Andrew. Pas toi.

Il s'approcha, la prit par les épaules.

— Non. Nous ferons face ensemble. Comme toujours.

Elle sentit des larmes lui piquer les yeux. Avec un soupir, elle s'appuya contre son frère, se laissa consoler.

Mais elle savait que leur mère ne lui permettrait sans doute pas de lutter. S'il fallait choisir entre l'Institut et sa fille, Elizabeth n'hésiterait pas une seconde.

8

Le vent de minuit était plus cinglant que les imprécations d'une femme outragée. Quand il descendit de sa voiture, garée à trois rues de l'Institut, Ryan ne s'en plaignit pas, au contraire. Sa fureur le stimulait.

Tout ce dont il avait besoin était dissimulé sous son manteau, dans des poches et des sachets, ou dans le petit porte-documents qu'il tenait de sa main gantée. Si la police l'avait interpellé pour une raison ou une autre et avait découvert son attirail, il se serait retrouvé derrière les barreaux avant même d'avoir eu le temps de téléphoner à un avocat. Mais c'était précisément ce genre de risques qui faisait l'intérêt du jeu.

Dieu, que cela lui manquerait! se disait-il en marchant du pas pressé de l'homme qui va rejoindre sa maîtresse. Avec l'achèvement de la période préparatoire se concluait aussi une partie de son existence. La réalisation était imminente, sa dernière. Il voulait en graver les moindres détails dans son esprit, de sorte que lorsqu'il serait très vieux, avec ses petits-enfants réunis à ses pieds, il pourrait faire revivre pour eux l'exaltant sentiment de puissance dont il jouissait du temps de sa jeunesse.

Tout en marchant, il observait les rues. Les arbres dénudés frémissaient sous le vent. La circulation était clairsemée. La lune jouait à cache-cache derrière les nuages. Il sourit en passant devant un bar, dont l'enseigne lumineuse semblait lui adresser un clin d'œil complice. Son travail accompli, il pourrait y revenir pour boire un verre. Porter un toast à la mémoire d'une époque révolue serait la moindre des choses, après tout.

Il attendit le feu rouge pour traverser la rue, comme un honnête citoyen respectueux des lois – du moins tant qu'il était en possession d'un outillage de cambrioleur. Devant lui, l'Institut profilait sa silhouette majestueuse. L'idée de couronner sa carrière en pénétrant par effraction dans ce symbole de la dignité yankee lui causa un plaisir certain.

À l'exception du hall d'entrée, les fenêtres étaient sombres. Laisser des lumières allumées pour dissuader les cambrioleurs lui paraissait à la fois ridicule et touchant de naïveté. Un bon professionnel peut opérer au grand jour avec autant d'aisance qu'à la faveur de l'obscurité.

Et lui, il était un excellent professionnel.

Il regarda une dernière fois la rue, consulta sa montre. Ses observations préliminaires lui avaient permis de déterminer avec précision la fréquence des patrouilles de police. À moins d'un appel d'urgence, il disposait d'un quart d'heure avant le passage de la prochaine voiture pie.

Il s'approcha du bâtiment par la façade sud, d'un pas vif mais sans hâte excessive. Son manteau accroissait sa corpulence, le feutre qui abritait son visage ne laissait entrevoir qu'une chevelure grisonnante. Quiconque le remarquerait décrirait ensuite un homme d'affaires entre deux âges, bien vêtu et doté d'un début d'embonpoint.

À quelques pas de la porte, hors du champ de la caméra, il sortit la télécommande de sa poche et pressa le bouton. Le voyant éteint, il passa à l'action.

La serrure déchiffra sa fausse carte magnétique au troisième essai. Il composa le code et fut à l'intérieur en moins de quarante-cinq secondes. Il réactiva aussitôt la caméra – inutile d'alerter un gardien trop zélé – avant de refermer la porte et de la verrouiller.

Il pendit son manteau au vestiaire du personnel, à côté du distributeur de boissons, et fourra dans une poche ses gants de peau, sous lesquels il portait de fins gants chirurgicaux que le premier venu peut acheter dans toutes les pharmacies. Il recouvrit sa perruque grise d'un bonnet noir. Puis, en artisan consciencieux, il vérifia une dernière fois son outillage.

Alors, immobile dans le noir, il écouta le silence.

Un silence très relatif, à vrai dire, car tous les bâtiments ont leur langage propre fait de grincements, de craquements, de murmures. Son oreille exercée apprécia le léger souffle de la climatisation à travers les grilles et les soupirs rageurs du vent derrière la porte.

Le poste de garde se trouvait à l'étage au-dessus, les planchers étaient épais. Rassuré qu'aucun bruit n'émane de cette direction ni qu'aucun bruit ne puisse non plus y parvenir, Ryan s'attaqua à la serrure de haute sécurité de la porte suivante. Elle requérait l'usage d'un rossignol, d'une lampe électrique tenue entre les dents et de trente secondes d'un travail à la portée d'un débutant.

Étant un expert, il lui en fallut moins de vingt.

La musique harmonieuse des taquets tombant dans leurs gorges lui tira un sourire satisfait pendant qu'il se glissait dans le couloir.

La première caméra était située à l'autre bout du corridor, à l'endroit où celui-ci se séparait en deux branches. Il n'avait pas à s'en soucier outre mesure : il n'était qu'une ombre noire dans la nuit, et la caméra était braquée en direction de la galerie. Il se coula donc le long du mur, hors de portée de l'objectif, et s'engagea dans la branche de gauche. À l'entrée de la galerie, il marqua une pause, s'accroupit, observa. La caverne d'Aladin. Le trésor de la tour de Londres. Un de ces lieux mythiques où se déroulaient les contes de fées qu'il lisait dans son enfance...

Frémissant d'un plaisir anticipé, il balaya la vaste salle d'un regard accoutumé à l'obscurité. S'il le voulait, tout était à lui. Il n'avait qu'à prendre – ce qui l'amena à penser combien il est aisé pour le plus expérimenté des professionnels de succomber à la tentation.

Et d'attirer le désastre sur sa tête.

Il consulta encore une fois sa montre. À cette heure-ci dans un tel lieu, les gardes auraient dû faire encore des rondes. Ils semblaient au contraire estimer que les caméras, les capteurs et les alarmes suffisaient à assurer la surveillance. Or, sa présence apportait la preuve du contraire. S'il avait été responsable de la sécurité, il aurait doublé l'effectif des gardiens et triplé leurs rondes. Mais ce n'était pas son travail.

Il n'était pas question d'utiliser sa lampe-stylo, le plus mince des pinceaux lumineux aurait suffi à activer les capteurs. La précision de ses mesures et son excellente vision nocturne en rendaient de toute façon l'usage inutile. Il reprit donc sa progression et braqua sa télécommande sur la seule caméra gênante, qui s'éteignit docilement.

Tandis que son cerveau égrenait le décompte des secondes, le reste de sa personne agissait avec célérité. Un diamant de vitrier déjà en main, il atteignit la vitrine en deux bonds, découpa un cercle à peine plus grand que son poing, appliqua une ventouse et tira d'un coup sec. Le verre se détacha avec un claquement à peine audible et il le posa soigneusement sur le dessus de la vitrine.

Il ne perdit pas de temps à admirer son butin, encore moins à rêver de s'emparer de plus que ce qu'il était venu prendre. De telles faiblesses sont bonnes pour les amateurs. D'un geste précis, il se contenta de saisir la statuette et de la glisser dans la pochette fixée à sa ceinture. Puis, parce qu'il aimait l'ordre et avait le sens de l'humour, il reboucha l'ouverture en remettant le cercle de verre à sa place. En deux bonds silencieux, il regagna le coin du couloir, réactiva la caméra et repartit par le même chemin.

Le tout avait pris soixante-quinze secondes.

De retour au vestiaire, il transféra le bronze dans son porte-documents, calé entre deux plaques de mousse plastique. Il substitua son chapeau de feutre à son bonnet de laine, enleva ses gants chirurgicaux qu'il roula en boule au fond de sa poche, endossa son manteau, sortit et reverrouilla la porte derrière lui. Il était à deux rues de l'Institut moins de dix minutes après y avoir pénétré.

Du beau travail, net et sans bavures, se dit-il non sans fierté. Digne de couronner une carrière bien remplie.

En passant devant le bar, il faillit y entrer, mais se ravisa au dernier moment. Il allait plutôt regagner son hôtel et commander une bouteille de champagne.

Il y a des toasts qui ne se portent pas en public.

À six heures du matin, alors que Miranda venait de s'assoupir à l'issue d'une nuit sans sommeil, la sonnerie du téléphone la réveilla brutalement. Désorientée, le crâne martelé par la migraine, elle décrocha à tâtons.

— *Pronto...* Non, allô ! bafouilla-t-elle.

— Docteur Jones ? Ici Ken Scutter, sécurité.

Miranda fut incapable de mettre un visage sur ce nom.

— Oui, monsieur Scutter. Qu'y a-t-il ?

— Il s'est produit un incident.

L'esprit encore embrumé, Miranda se débattit en pestant à mi-voix contre ses draps et ses couvertures qui l'entortillaient comme une momie.

— Quel genre d'incident ?

— Nous ne l'avons remarqué qu'au changement de poste il y a quelques minutes, mais je tenais à vous en informer sans délai. Il s'agit d'un cambriolage.

Miranda sentit littéralement son sang se glacer dans ses veines et elle se dressa d'un bond.

— Un cambriolage ? À l'Institut ?

— Oui, mademoiselle. Si vous voulez bien venir...

— Qu'est-ce qui a été volé ? Y a-t-il des dégâts ?

— Non, pas de dégâts. Et il ne manque qu'une pièce, dans la galerie sud. Selon l'inventaire, il s'agit d'un bronze du XVe siècle, auteur inconnu, représentant David.

Encore un bronze ! pensa-t-elle. Suis-je maudite ?

— J'arrive.

Elle sauta à bas de son lit, courut en pyjama dans le couloir, entra en coup de vent dans la chambre d'Andrew et le secoua sans ménagement.

— Andrew, réveille-toi ! Nous avons été cambriolés.

— Hein ? Quoi ?

La bouche pâteuse, il ouvrit les yeux, bâilla. Le sens des mots parvint enfin à son cerveau.

— Qu'est-ce que tu dis ? Cambriolés ? Où ? Quand ?

— Cette nuit, à l'Institut. Un bronze de la galerie sud a disparu. Habille-toi, pressons !

Andrew se frotta les yeux, incrédule.

— Un bronze… ? Tu as fait un cauchemar, Miranda.

— Non, je n'ai pas rêvé ! Un certain Scutter des services de sécurité vient de m'appeler. Je te donne dix minutes, lança-t-elle par-dessus son épaule avant de sortir.

Quarante minutes plus tard, côte à côte dans la grande galerie, le frère et la sœur contemplaient l'espace vide derrière le cercle découpé dans la vitrine. Miranda sentait son estomac lancer des ruades dignes d'un cheval sauvage.

— Appelez la police, monsieur Scutter.

— Bien, mademoiselle, répondit-il en faisant signe à un de ses subordonnés d'obtempérer. J'ai ordonné une fouille complète des bâtiments. Elle est encore en cours mais, jusqu'à présent, nous n'avons rien découvert d'anormal, et il ne manque rien d'autre.

— Je veux visionner toutes les bandes vidéo des dernières vingt-quatre heures, dit Andrew.

— Oui, monsieur. Le chef du poste de nuit a signalé un léger problème sur deux des caméras, ajouta Scutter.

— Un problème ? s'enquit Miranda. Lequel ?

Elle reconnaissait Scutter, maintenant. Un petit trapu, un ancien policier qui avait préféré exercer ses talents dans le secteur privé plutôt que de continuer à battre le pavé sous l'uniforme. Des états de service irréprochables.

Andrew avait mené lui-même l'entretien d'embauche et l'avait engagé.

Scutter désigna de la main la caméra au-dessus d'eux.

— Celle-ci, d'abord. Elle s'est arrêtée pendant un peu plus de quatre-vingt-dix secondes hier matin. Personne n'y a prêté trop d'attention, mais on a procédé aux vérifications d'usage. La nuit dernière, vers minuit, la caméra extérieure de l'entrée de service s'est interrompue elle aussi moins d'une minute. Il y avait du vent, la panne a été attribuée à une bourrasque. Ensuite, cette caméra intérieure est de nouveau tombée en panne, environ quatre-vingts secondes, entre minuit et une heure. Les heures précises apparaîtront sur les bandes.

— Je vois, dit Andrew, les poings crispés au fond de ses poches. Une opinion, monsieur Scutter?

— Pour moi, le cambrioleur est un professionnel qui connaît à fond l'électronique. Il s'est introduit par la porte sud en réussissant à neutraliser l'alarme et les caméras. Il savait ce qu'il voulait, il n'a pas perdu de temps. J'en déduis qu'il connaissait le musée par cœur.

— Ainsi, intervint Miranda avec une fureur mal contenue, un individu entre ici comme dans un moulin, s'empare de ce qui lui plaît et s'en va tranquillement, tout cela malgré un système de sécurité censé être à la pointe du progrès et la présence d'une demi-douzaine de gardes armés!

Scutter accusa le coup.

— Euh oui. En deux mots, c'est bien ça.

— Merci. Voulez-vous aller dans le hall d'entrée attendre la police, je vous prie?

Ulcéré, Scutter s'exécuta. Quand elle fut seule avec Andrew, Miranda laissa éclater sa colère.

— Le sinistre imbécile! s'écria-t-elle en lançant un regard vengeur à la caméra fautive. Il veut vraiment nous faire croire qu'on peut s'introduire ici en neutralisant le système de sécurité et se servir à volonté en dix minutes?

— C'est cependant l'hypothèse la plus plausible. À moins que tu ne soupçonnes les gardiens d'éprouver en bloc une attirance morbide pour les éphèbes italiens dans le plus simple appareil et de comploter pour s'en emparer. On s'en tire relativement bien, Miranda. Ça aurait pu être pire.

Il en était pourtant malade. Il aimait ce petit bronze, sa vitalité, son orgueilleuse jeunesse.

— Notre système de sécurité a été battu en brèche, notre patrimoine pillé. Qu'est-ce qu'il y a de pire, à ton avis ?

— D'après ce qu'on sait, ce type aurait pu vider sans se gêner plus de la moitié de la galerie et repartir avec une pleine hotte de père Noël.

— Une pièce ou une douzaine, c'est pareil, l'Institut a quand même été violé ! Rien n'y avait disparu depuis le vol des six tableaux au début des années 50. Et nous en avions récupéré quatre.

— Alors, il était peut-être temps que cela nous arrive de nouveau, répliqua Andrew avec lassitude. Le calcul des proba...

— Pas d'âneries, je t'en prie ! l'interrompit-elle. Nous avons protégé le musée sans regarder à la dépense.

— Mais sans détecteurs volumétriques, murmura Andrew.

— Tu en voulais, c'est vrai.

— Sauf qu'il aurait fallu démolir les sols et que les autorités n'ont pas voulu en entendre parler.

Il faisait référence à leurs parents. Son père, en effet, avait été autant scandalisé par l'idée de détruire le superbe dallage de marbre que par le coût de l'installation.

— Je sais.

— De toute façon, ce type aurait sans doute réussi à les neutraliser comme le reste, dit Andrew avec un geste fataliste. Et c'est moi qui suis responsable de la sécurité.

— Tu n'y es pour rien. Ce n'est pas ta faute.

Andrew poussa un profond soupir. Il avait furieusement, désespérément besoin d'un verre d'alcool.

— C'est toujours la faute de quelqu'un. Il va falloir que je les mette au courant. Je ne sais même pas comment contacter le paternel dans l'Utah.

— Pas de précipitation. Réfléchissons avant d'appeler. Comme tu le disais, ça aurait pu être pire. Nous n'avons perdu qu'une seule pièce et nous la récupérerons peut-être. D'ici là, elle est assurée. La police arrive, laissons-la faire son travail.

— Et moi, je dois faire le mien et appeler Florence. Au fond, Miranda, ajouta Andrew avec un sourire contraint, à quelque chose malheur est bon. Notre petit problème d'aujourd'hui lui fera peut-être oublier le tien pendant un moment.

— Si j'avais cru que ça pourrait marcher, répliqua Miranda avec un ricanement amer, j'aurais volé moi-même ce fichu bronze.

— Docteur Jones!

Ils se retournèrent. Un homme aux joues rouges de froid et aux yeux fureteurs sous d'épais sourcils gris s'approchait:

— Inspecteur Cook, se présenta-t-il en exhibant un badge. Vous avez perdu quelque chose, m'a-t-on dit?

À neuf heures du matin, la migraine qui lui martelait la tête depuis son réveil atteignit de telles proportions que Miranda s'affala sur son bureau. Ayant résisté de justesse à l'envie de fermer sa porte à clef, elle s'accorda quand même dix minutes de répit pour s'apitoyer sur son triste sort et se complaire dans le découragement.

Elle n'en avait profité que de cinq lorsque son téléphone sonna.

— Miranda, fit la voix de Lori avec compassion, je suis désolée de vous déranger, mais le Dr Standford-Jones est en ligne sur la une. Voulez-vous que je lui dise que vous êtes indisponible ?

La tentation était telle que Miranda fut sur le point d'acquiescer.

— Non, je la prends. Merci, Lori.

Elle se redressa, respira profondément et s'éclaircit la voix avant de presser le bouton.

— Bonjour, mère.

— La contre-expertise du bronze de Fiesole est terminée, déclara Elizabeth sans préambule. Tes résultats sont erronés.

— Je n'en crois pas un mot.

— Crois ce que bon te semble, ils ont été démontrés inexacts. Ce bronze n'est rien de plus qu'un faux habilement exécuté. Les autorités enquêtent sur Carlo Rinaldi, l'homme qui prétend avoir découvert l'objet.

— Je veux prendre connaissance des résultats de cette contre-expertise.

— Il n'en est pas question.

— J'ai le droit de…

— Tu n'as aucun droit, Miranda. Comprenons-nous bien : j'ai pour seule priorité, à ce stade, de limiter les dégâts. Deux contrats officiels sont déjà résiliés par le ministère. Ta réputation et, par contrecoup, la mienne sont mises en cause. Certains estiment que tu as volontairement falsifié les résultats des analyses afin de t'attribuer le mérite d'une importante découverte.

— Le croyez-vous aussi ?

L'hésitation que marqua Elizabeth fut plus lourde de sens que les termes de sa réponse :

— Je crois que tu as permis à l'ambition et à une hâte excessive d'altérer tes qualités de jugement, de logique et d'efficacité. Puisque c'est moi qui t'avais confié cette mission, j'en assume la responsabilité.

— Je suis seule responsable de mes actes. Merci quand même de votre soutien.

— Tes sarcasmes ne sont pas de mise. Les médias vont sans aucun doute chercher à prendre contact avec toi dans les jours qui viennent. Tu te rendras indisponible.

— J'ai pourtant beaucoup de choses à dire.

— Garde tes opinions pour toi-même. Tu serais bien avisée de t'absenter quelque temps.

Miranda serra le poing pour maîtriser le tremblement de ses doigts.

— Vraiment? Ce serait admettre ma culpabilité, et je m'y refuse. J'exige de voir ces résultats. Si j'ai commis une erreur, je veux au moins savoir laquelle et comment.

— Cela ne dépend plus de moi.

Le crissement agaçant du fax détourna un instant l'attention de Miranda.

— Bien. Je m'arrangerai pour me passer de vous. Je prendrai moi-même contact avec Ponti.

— Je lui ai déjà parlé. Tes états d'âme l'indiffèrent. L'incident est clos… Passe-moi le bureau d'Andrew.

— Avec plaisir. Il a des nouvelles à vous apprendre.

Miranda pressa rageusement le bouton, ordonna au standard de transférer l'appel et se leva.

Il fallait d'abord qu'elle se domine. Quand elle irait rejoindre son frère dans quelques minutes, elle devrait se montrer calme et réconfortante. Le seul moyen d'y parvenir consistait à repousser ses propres ennuis à l'arrière-plan et, pour un temps, à ne plus penser qu'au cambriolage.

Espérant se changer les idées, elle alla pêcher le feuillet dans le panier du fax.

Et, pour la seconde fois de la matinée, son sang se glaça dans ses veines.

Tu étais si sûre de toi, n'est-ce pas ? Eh bien non, tu t'es trompée! Comment comptes-tu l'expliquer ?
Que te reste-t-il, Miranda, maintenant que ta réputation est traînée dans la boue ? Rien. Parce que tu n'étais rien d'autre qu'une réputation, un nom, une poignée de diplômes.

Tu es pitoyable. Tu n'es plus rien. Tu n'as plus rien.
Et moi, maintenant, j'ai tout.
Quel effet cela fait, Miranda, d'être accusée de fraude et
d'incompétence ? D'être une ratée ? Une moins-que-rien ?

Sa respiration haletante lui fit tourner la tête, au point qu'elle chancela et dut aller en hâte s'appuyer à son bureau pour ne pas tomber.

— Qui est-ce ? gronda-t-elle avec une rage qui lui redonna son équilibre. Qui diable cela peut-il être ?

Peu importe, se dit-elle. Elle ne se laisserait pas affecter par ces menaces, ignobles dans leur mesquinerie et qui ne méritaient que le mépris.

Elle glissa malgré tout le fax avec le précédent dans son tiroir, qu'elle referma à clef.

Elle finirait par démasquer le corbeau, ces gens se trahissent toujours. Et quand elle l'aurait identifié, se promit-elle en se frictionnant les joues pour y faire revenir le sang, elle le traiterait comme il convenait.

Ce n'était pas le moment de perdre son temps et ses forces avec ce genre de stupidités. Andrew avait besoin d'elle. L'Institut avait besoin d'elle. Non, elle n'était pas qu'un nom, qu'une poignée de diplômes ! Elle valait bien davantage et elle allait en donner la preuve.

La tête haute, elle sortit de son bureau afin de rejoindre Andrew. Il y aurait au moins, dans cette famille, deux personnes qui ne se trahiraient pas et se manifesteraient de la solidarité.

L'inspecteur Cook se tenait dans l'antichambre :

— Puis-je vous déranger encore quelques minutes, docteur Jones ?

Elle parvint à faire bonne figure.

— Bien sûr... Lori, filtrez mes appels. Entrez, détective Cook, asseyez-vous. Un café ?

— Non, merci. J'essaie de limiter la caféine et le tabac. De vrais tueurs, vous savez...

Il prit un siège, sortit son calepin :

— Le Dr Jones, le Dr Andrew Jones, m'a appris que l'œuvre volée était assurée.

— L'Institut est assuré contre le vol et l'incendie.

— Cinq cent mille dollars, ce n'est pas un peu beaucoup pour une aussi petite pièce ? Elle n'était pas signée ni même attribuée, n'est-ce pas ?

— Si le nom de l'artiste est inconnu, il s'agit selon toute probabilité d'un élève de Léonard de Vinci. C'est une excellente étude de David, exécutée vers 1524. Sa valeur estimée à cinq cent mille dollars correspond à ce qu'elle obtiendrait dans une vente aux enchères ou une cession amiable à un collectionneur privé.

Je l'ai expertisée moi-même, pensa-t-elle sombrement. Et personne à l'époque n'a mis mon travail en doute.

— Il vous arrive de vendre des œuvres ?

— Oui, de temps en temps. Et aussi d'en acquérir.

Cook balaya la pièce du regard. Net, efficace, du matériel de pointe. Sans parler du bureau design qui, à lui seul, devait valoir une petite fortune.

— Il faut beaucoup d'argent, je suppose, pour faire tourner un établissement comme celui-ci.

— Oui, beaucoup. Les frais de scolarité, nos honoraires de conseil et les entrées du musée en couvrent une grande partie. Nous disposons également des revenus d'une fondation établie par mon grand-père, ainsi que de donations en espèces ou en nature consenties par des mécènes, déclara-t-elle en pensant confusément qu'elle devrait appeler leur avocat. Tout cela pour vous dire, inspecteur Cook, que nous n'avons pas besoin des cinq cent mille dollars de l'assurance pour faire marcher l'Institut.

— Bien sûr, ce ne serait qu'une goutte d'eau dans l'océan... Cela représente quand même une jolie somme pour quelqu'un qui serait joueur, aurait des dettes ou voudrait simplement s'offrir une voiture de luxe.

En dépit des coups de marteau dans son crâne, Miranda ne cilla pas.

— Je ne joue pas, je n'ai pas de dettes et j'ai une excellente voiture, répliqua-t-elle d'un ton sec.

— Ce n'est pas ce que je voulais dire. Mais si vous me permettez, docteur Jones, ce vol ne paraît quand même pas vous affecter outre mesure.

— Le fait que je sois bouleversée vous aiderait-il à récupérer notre bronze ?

— Non, vous avez raison… Votre frère, par contre, est plutôt secoué.

— Mon frère se sent responsable. Il prend les choses à cœur.

— Pas vous ?

— Me sentir responsable ou prendre les choses à cœur ? Dans le cas présent, ni l'un ni l'autre.

Cook ne se laissa pas démonter.

— Juste pour me fixer les idées, pourriez-vous me donner votre emploi du temps de la soirée d'hier ?

Miranda s'étonna de parler d'un ton mesuré.

— Si vous voulez. Andrew et moi sommes restés travailler jusque vers sept heures du soir. J'avais dit à ma secrétaire de rentrer chez elle à six heures. J'ai reçu un coup de téléphone de l'étranger peu après.

— D'où cela ?

— Florence, en Italie. Un de mes collaborateurs. Nous avons parlé une dizaine de minutes, un peu moins peut-être. Mon frère m'a rejointe dans mon bureau quelques instants plus tard, et nous sommes retournés ensemble à la maison.

— Vous venez et vous repartez ensemble, d'habitude ?

— Non, nos horaires coïncident rarement. Je ne me sentais pas très bien hier soir, c'est pourquoi Andrew m'a raccompagnée. Nous habitons la maison que nous a léguée notre grand-mère. Nous avons dîné, et je me suis couchée vers neuf heures.

— Et vous n'êtes pas ressortie ensuite ?

— Non. Je vous ai dit que je ne me sentais pas bien.

— Votre frère n'est pas sorti lui non plus ?

Miranda n'en avait aucune idée.

— Non. Je l'ai réveillé aussitôt après avoir reçu le coup de téléphone de M. Scutter, à six heures. Nous sommes venus ensemble constater les faits et donner à M. Scutter l'ordre d'appeler la police.

Cook nota tout sur son calepin, puis, l'air songeur, le reposa sur ses genoux.

— Vous avez dans la galerie des pièces d'une bien plus grande valeur que ce bronze. C'est quand même curieux que l'individu n'ait pris que lui, après s'être donné la peine d'entrer.

— En effet, je le pense aussi. Auriez-vous une explication à cette étrangeté, inspecteur Cook ?

Il ne put s'empêcher de sourire. La grande rousse avait de la ressource et l'esprit d'à-propos.

— Je dirais qu'il voulait ce bronze-là et pas un autre. C'est la seule pièce manquante, n'est-ce pas ?

— Les salles d'exposition sont toutes fouillées avec soin mais, jusqu'à présent, rien d'autre ne semble avoir disparu. Je ne sais quoi vous dire de plus.

— Eh bien, cela devrait suffire pour le moment, répondit Cook en se levant. Nous allons maintenant interroger le personnel. J'aurai sans doute encore besoin de vous parler.

— Nous sommes tout disposés à coopérer, croyez-le bien, dit Miranda en se levant à son tour. Vous pouvez reprendre contact avec nous ici ou à la maison.

Dans sa hâte de se débarrasser de lui, elle le raccompagna jusqu'à la porte. Quand elle l'ouvrit, elle vit Ryan qui arpentait l'antichambre.

— Miranda ! s'écria-t-il en lui prenant les mains. Je viens d'apprendre la nouvelle.

Elle eut beaucoup de mal à retenir les larmes qui lui montèrent soudain aux yeux.

— Ce n'est pas mon jour, parvint-elle à articuler.

— Je suis désolé, sincèrement. Que vous a-t-on volé? La police a-t-elle des indices, un début de piste?

— Je... Ryan, je vous présente l'inspecteur Cook, qui est chargé de l'enquête. Inspecteur, Ryan Boldari, un de nos partenaires.

Ryan l'aurait repéré à un kilomètre, le dos tourné.

— Bonjour, inspecteur.

— Monsieur Boldari... Vous travaillez ici?

— Non, je possède des galeries à New York et San Francisco, je ne suis ici que de passage pour mes affaires. En quoi pourrais-je vous être utile, Miranda?

— En rien... Je ne sais pas...

Ryan sentit ses mains trembler dans la sienne.

— Vous devriez vous asseoir, vous êtes à bout de nerfs.

Il entraînait déjà Miranda vers son bureau quand Cook le héla:

— Monsieur Boldari! Comment s'appellent vos galeries?

— Boldari, comme leur propriétaire, répondit-il en sortant de sa poche un étui en argent. Voici ma carte, les adresses des deux y figurent. Si vous voulez bien nous excuser, détective, le Dr Jones a besoin de se remettre.

Sur quoi, il referma la porte au nez du policier sans rien trahir du plaisir que lui causait ce geste.

— Asseyez-vous, Miranda. Dites-moi ce qui s'est passé.

Réconfortée par la fermeté de la main qui ne l'avait pas lâchée, elle lui résuma les événements.

— Une seule pièce disparue? commenta Ryan lorsqu'elle eut terminé. Bizarre.

— Ce voleur n'était qu'un imbécile! Il aurait pu rafler la moitié de la salle sans se donner plus de mal.

Ryan réprima un sourire en se rappelant qu'il ne devait pas se sentir vexé.

— Qu'il ait fait preuve de discernement, à la rigueur, mais de stupidité? J'ai du mal à taxer de bêtise un homme

– ou une femme, pourquoi pas ? – qui a réussi à infiltrer votre système de sécurité avec autant d'aisance et de rapidité.

Incapable de tenir en place, Miranda se leva et alla allumer la machine à café.

— Il s'y connaît peut-être en électronique, sûrement pas en œuvres d'art ! Ce *David* était une jolie petite pièce, mais loin d'être la plus belle de nos collections. Oh ! et puis, peu importe, poursuivit-elle en se passant la main dans les cheveux. Je donne l'impression de regretter qu'il n'en ait pas pris davantage ou n'ait pas mieux choisi. Je suis folle de rage qu'il soit entré, voilà tout.

— Je le serais aussi, à votre place. La police coincera le voleur et retrouvera votre *David*, j'en suis sûr, dit-il en posant un léger baiser sur ses cheveux. Ce Cook m'a donné l'impression d'être efficace.

— Si on veut – une fois qu'il aura éliminé Andrew et moi de sa liste de suspects pour se concentrer sur le vrai voleur.

Un léger pincement de remords taquina Ryan quand elle se tourna vers lui.

— Avec un policier, il faut s'y attendre, je suppose. Vous n'êtes pas inquiète, au moins ?

— Inquiète, pas vraiment. Agacée, plutôt. Vous êtes gentil d'être venu, Ryan. Cela me fait plaisir de… Oh ! Notre déjeuner ! se rappela-t-elle. Je ne vais pas pouvoir.

— Aucune importance, voyons, je comprends très bien. Remettons-le à mon prochain voyage.

— Votre prochain voyage ?

— Oui, je suis obligé de partir tout à l'heure. J'espérais rester encore un ou deux jours, mais je dois rentrer d'urgence à New York. Une affaire de famille.

— Ah bon…

Elle n'aurait pas cru pouvoir se sentir encore plus malheureuse qu'elle l'était déjà.

— Si je vous manque un peu, déclara-t-il en portant sa main à ses lèvres, ce n'est pas un mal. Cela vous distraira de vos soucis actuels.

— Je crois plutôt que je serai trop débordée pour y penser. Je regrette néanmoins que vous partiez si vite, Ryan. Ce qui arrive ne vous fera pas changer d'avis pour notre échange, au moins ? ajouta-t-elle en hésitant.

— Miranda ! Comment pouvez-vous penser une chose pareille ? Je ne reviens jamais sur ma parole. Mes Vasari seront entre vos mains sous un mois.

— Merci, Ryan. Après une matinée comme celle-ci, votre confiance me fait plus de bien que je ne saurais l'exprimer.

— Je vous manquerai quand même un peu ?

— Je crois que oui, répondit-elle en souriant.

— Et maintenant, dites-moi au revoir.

Elle ouvrait la bouche pour parler quand il la fit taire en y posant ses lèvres. En voleur impénitent, il se délecta de vaincre sa surprise, sa résistance instinctive, afin de lui dérober ce baiser. Il ne la reverrait sans doute pas d'ici longtemps – s'il la revoyait jamais. Le cours de leurs vies respectives se séparait en cet instant, mais il voulait en emporter quelque chose. Garder un souvenir.

Alors, il garda d'elle la douceur, la fragilité qu'il percevait sous sa force de caractère. La passion qu'il avait lui-même réveillée sous sa rigide maîtrise de soi.

Il la lâcha enfin, contempla son visage où revenaient des couleurs, laissa ses mains redescendre lentement le long de ses bras en les effleurant du bout des doigts.

— Au revoir, Miranda, dit-il avec un regret si sincère qu'il en fut mal à l'aise.

Puis il la quitta, certain malgré tout qu'elle était assez forte pour surmonter le léger désagrément qu'il avait provoqué dans sa vie.

9

À la fin de sa conversation téléphonique avec sa mère, Andrew aurait trahi sa patrie sans remords pour trois doigts de Jack Daniel's.

Elizabeth lui avait déclaré sèchement qu'il était responsable de la gestion courante de l'Institut et que, à ce titre, la sécurité devait être pour lui une priorité absolue. Il aurait été inutile de répliquer qu'ils n'avaient perdu qu'une seule œuvre, mineure par-dessus le marché : Elizabeth considérait ce cambriolage comme un affront personnel. Le pillage de la moitié des collections ne l'aurait pas plus outragée que la disparition du petit *David*.

Cela, Andrew pouvait l'admettre.

Qu'elle lui enjoigne de traiter seul avec la police, la compagnie d'assurances, le personnel, la presse, rien de plus normal. Il ferait son devoir.

Mais ce qu'il ne pouvait accepter, ce qui le poussait à aspirer au réconfort d'une bouteille, c'était l'indifférence glaciale de sa mère et son manque total de compréhension.

Malheureusement, il n'avait pas de bouteille à portée de la main. En cacher une dans son bureau constituait une limite qu'il n'avait jamais voulu franchir, car cela aurait justifié les soupçons sur ses tendances alcooliques. Il buvait chez lui, dans des bars, à des réceptions, jamais pendant les heures de travail, preuve qu'il se dominait et n'avait pas de problème. Entre s'imaginer qu'il se glissait subrepticement chez le marchand de spiritueux le plus proche et le fait de passer à l'acte, il y avait un monde.

Avec un soupir, il pressa le bouton de l'interphone :

— Mademoiselle Purdue ?

— Oui, docteur Jones.

Très chère demoiselle Purdue, courez toutes affaires cessantes chez Freedom Liquors au bout de la rue et rapportez-moi bien vite une bouteille de Jack Daniel's. C'est une vieille tradition familiale en cas de coup dur...

— Pouvez-vous venir un instant, je vous prie ?

— Tout de suite, monsieur.

Andrew s'écarta de son bureau, se tourna vers la fenêtre. Ses mains ne tremblaient pas. Une houle graisseuse lui soulevait l'estomac, des sueurs froides dégoulinaient le long de son dos, mais ses mains ne tremblaient pas. Donc, il était maître de lui.

Il entendit la porte, un trottinement de souris.

— L'enquêteur de la compagnie d'assurances doit passer à onze heures, dit-il sans se retourner. Vérifiez que je n'ai pas d'autres rendez-vous.

— J'ai déjà annulé ou reporté tous ceux qui n'étaient pas essentiels, monsieur.

— Bien, merci. Il faut prévoir une réunion de tous les chefs de service. Le plus tôt possible dans l'après-midi.

— Je la note pour treize heures.

Andrew se pinça l'arête du nez dans l'espoir de se détendre les nerfs. En vain.

— Parfait. Envoyez une note intérieure à ma sœur pour lui demander de préparer un communiqué, en liaison avec le directeur de la communication. Si des journalistes appellent, répondez que nous n'aurons pas de commentaires jusqu'à la publication de ce communiqué en fin de journée.

— Oui, monsieur. L'inspecteur Cook souhaite vous voir de nouveau dès que vous serez libre. Il est en bas.

— Je descendrai tout à l'heure. Préparez aussi un projet de lettre au Dr Standford-Jones et au Dr Charles Jones pour les informer officiellement de l'incident et de l'avancement de l'enquête. Ils...

Un coup frappé à la porte suivi de l'entrée de Miranda l'interrompirent.

— Excuse-moi, Andrew, tu es occupé. Je reviendrai.

— Non, entre, tu dispenseras Mlle Purdue de t'envoyer une note. Peux-tu préparer un communiqué avec le dircom ?

— Tout de suite… Tu as parlé au téléphone avec mère ?

— Disons plutôt que j'ai écouté, répondit-il avec un pâle sourire. Je prépare une lettre pour l'informer officiellement de nos malheurs, avec une copie pour père.

— Laisse-moi m'en occuper, offrit Miranda, inquiète de lui voir les yeux aussi cernés. Tu as mieux à faire.

— Merci, tu me soulages d'un grand poids. L'enquêteur de l'assurance va bientôt arriver, et Cook veut me revoir.

Miranda joignit ses mains pour les empêcher de trembler.

— Ah, bon… Pouvez-vous nous accorder un instant, mademoiselle Purdue ?

— Certainement, docteur Jones. Je vais préparer la réunion des chefs de service.

Miranda attendit qu'ils soient seuls.

— À propos de Cook, Andrew… Il veut savoir ce que tu faisais la nuit dernière, où tu étais, avec qui. Je lui ai dit que nous étions rentrés ensemble à la maison et que nous n'en avions plus bougé de la nuit.

— Parfait.

— C'est vrai pour toi aussi ?

— Bien sûr. Pourquoi ?

Elle dénoua ses mains, se frotta les joues.

— Comme je ne savais pas si tu étais sorti ou non, j'ai pensé qu'il valait mieux répondre que tu étais resté.

— Inutile de chercher à me protéger, Miranda, je n'ai rien fait. C'est précisément ce que notre mère me reproche.

— Je le sais bien, il ne s'agit pas de cela. Il m'a paru plus simple de dire que tu as passé la nuit à la maison. Et puis, je me suis demandé si tu n'étais pas sorti, si quelqu'un avait pu te voir... :

— ... accoudé à un bar ? l'interrompit-il avec un ricanement amer. Ou en train de rôder autour du musée ?

— Andrew, de grâce, ne nous chamaillons pas ! soupira-t-elle en s'asseyant sur le bras d'un fauteuil. Cook me met les nerfs en pelote. S'il me surprend à lui mentir, même sur un détail insignifiant, j'ai peur qu'il n'en tire des conclusions invraisemblables, voilà tout.

Andrew se laissa tomber dans le même fauteuil.

— J'ai comme l'impression que nous sommes dans les ennuis jusqu'aux genoux, soupira-t-il à son tour.

— Moi, j'y suis jusqu'à la taille. Elle m'a ordonné de prendre un congé d'une durée indéterminée. J'ai refusé.

— Pour te défendre ? Ou simplement pour l'embêter ?

Miranda feignit d'examiner ses ongles. *Quel effet cela fait d'être une ratée ?* Non, elle n'allait pas succomber à une psychose de ce genre...

— Pourquoi pas les deux ? répondit-elle.

— Fais attention de ne pas te retrouver le cul entre deux chaises, ma petite sœur. Hier soir, j'aurais été d'accord avec elle pour te conseiller de prendre des vacances. Plus aujourd'hui. J'ai besoin de toi ici.

— Sois tranquille, je ne vais nulle part.

Il lui tapota le genou, se leva.

— Il faut que j'aille parler à Cook. Envoie-moi une copie du communiqué de presse et de la lettre aux parents. Au fait, elle m'a donné l'adresse de père dans l'Utah, ajouta-t-il en déchirant une page du bloc sur son bureau.

— D'accord... Oh, Andrew ! Ryan m'a chargée de te dire au revoir. Il doit rentrer à New York aujourd'hui.

La main sur la poignée de la porte, il se figea.

— Ryan est venu ici ? Il est au courant ? C'est le bouquet ! Et les Vasari ?

— Il a été parfait, compréhensif. Il m'a affirmé que cela n'affecte en rien nos accords. En fait, improvisa-t-elle, je me demande si je n'irai pas moi-même à New York dans une quinzaine de jours pour superviser l'échange.

— Bonne idée, répondit-il distraitement. Nous en reparlerons plus tard. Après un coup pareil, une exposition de prestige redorerait notre réputation.

Andrew jeta un coup d'œil à sa montre en descendant l'escalier et constata avec étonnement qu'il n'était que dix heures. Il avait pourtant l'impression d'être soumis au même stress depuis des jours.

La galerie grouillait de policiers en uniforme et en civil. La vitrine était couverte d'une poudre blanche servant à relever les empreintes. Le cercle de verre avait disparu, sans doute avait-il été enfermé dans un sachet comme pièce à conviction. Andrew apprit par un policier que l'inspecteur Cook se trouvait à l'entrée de service.

En suivant le chemin qu'avait emprunté le cambrioleur, il essaya d'imaginer l'homme. Vêtu de noir sans doute, le visage dur, balafré peut-être. Armé d'un pistolet – non, plutôt d'un couteau, pour tuer sans bruit en cas de besoin. À l'idée que Miranda restait souvent seule jusque tard dans la nuit pour travailler, il lâcha une bordée de jurons.

Sa rage redoubla quand il poussa la porte et découvrit Cook en train d'examiner le distributeur de biscuits apéritif.

— C'est comme cela que vous espérez retrouver l'enfant de salaud ? gronda-t-il. En mastiquant des chips ?

Cook introduisit calmement une pièce dans la fente et manœuvra le tiroir qu'il avait choisi.

— Non, je préfère les bretzels, il y a trop de matière grasse dans les chips, déclara-t-il en prenant le sachet.

— Il ne nous manquait plus que ça ! Un flic qui chasse les calories.

— Quand on a la santé, vous savez, on a l'essentiel, répondit l'autre sans se démonter.

— Ce que je veux savoir, c'est ce que vous faites au juste pour mettre la main sur le fumier qui s'est introduit ici !

— Je fais mon travail, docteur Jones. Venez donc vous asseoir, ajouta Cook en désignant une des petites tables de la cafétéria. J'ai l'impression qu'un café vous remonterait.

— Je ne veux pas m'asseoir et je ne veux pas de café ! cria Andrew qui aurait tué pour en avaler un litre. Ma sœur reste souvent travailler tard, inspecteur Cook. Si elle n'avait pas été souffrante hier soir, elle aurait pu se trouver seule ici quand l'individu s'y est introduit par effraction. J'aurais pu subir une perte infiniment plus précieuse qu'une statuette de bronze, comprenez-vous ?

Sans tenir compte du refus d'Andrew, Cook introduisit des pièces dans le distributeur de boissons chaudes.

— Je comprends votre inquiétude, j'ai moi-même une famille. Comment le prenez-vous ?

— Je vous ai dit… ! Noir, grommela Andrew. Sans sucre.

— Je le buvais noir, moi aussi, et ça me manque, je ne le cache pas. Permettez-moi de vous rassurer, docteur Jones, poursuivit-il pendant que la machine crachotait un jet de liquide dans le gobelet. Le cambrioleur typique, surtout s'il est bon, ne cherche pas à faire mal aux gens. Il renoncera à un coup plutôt que de devoir affronter quelqu'un. Dans neuf cas sur dix, il n'est pas armé parce que cela aggraverait sa peine s'il se faisait prendre.

Cook posa le café sur une table, s'assit, attendit. Au bout d'un moment, Andrew capitula et vint le rejoindre. À mesure que sa colère faiblissait, ses traits se détendaient, ses épaules reprenaient leur posture légèrement voûtée.

— Et si ce voleur n'était pas typique ?

— Expérimenté comme je le crois, il a respecté la règle. Pas d'armes, pas de contacts avec les occupants. Si votre sœur avait été sur place, il l'aurait évitée.

— Vous ne connaissez pas ma sœur, soupira Andrew.

— Une femme de caractère, il m'a semblé.

— Elle est bien obligée. Mais elle a été agressée il n'y a pas très longtemps, juste devant notre maison, par un énergumène qui la menaçait d'un couteau – et les couteaux la terrorisent. Elle n'a rien pu faire pour se défendre.

— Quand cela s'est-il passé ? demanda Cook, intrigué.

— Il y a une quinzaine de jours, répondit Andrew en buvant une gorgée de café. Le voyou l'a jetée par terre, lui a volé son sac, son porte-documents. Elle a été terriblement secouée, moi aussi d'ailleurs. Alors, quand je pense qu'elle aurait pu tomber nez à nez avec ce cambrioleur…

— Je vous répète qu'il n'était pas du genre à agresser une femme seule pour lui arracher son sac à main.

— Peut-être pas. Mais l'autre n'a jamais été pris, et Miranda en est encore traumatisée. Entre cette agression et ses problèmes à Florence… Mais ce n'est pas de cela que vous vouliez me parler, je pense, enchaîna Andrew, agacé de se surprendre à bavarder de la sorte. C'est sans intérêt.

Une agression et un cambriolage en moins d'un mois ? Et avec la même victime ? Cook jugea ce début de confidence très intéressant, au contraire.

— Pas tant que cela, docteur Jones. Tous les détails peuvent avoir de l'importance. Mais, dites-moi, votre sœur était souffrante, hier soir. Rien de grave, j'espère ?

— Un problème avec notre mère, à Florence. Elle était troublée, énervée.

— Votre mère est en Italie ?

— Elle y habite en permanence. Elle dirige les laboratoires Standford-Jones, spécialisés dans l'expertise des œuvres et des objets d'art. C'est une partie de nos affaires familiales, une filiale de l'Institut.

— Et il y aurait une… mésentente entre votre mère et votre sœur ?

Andrew observa le policier par-dessus le bord de son gobelet. Son regard redevint dur.

— Nos rapports familiaux ne concernent pas la police.

— Je cherche simplement à me faire une idée d'ensemble. L'Institut est une affaire de famille, n'est-ce pas ? Et il n'y a aucun signe d'effraction.

Andrew sursauta et faillit renverser son café.

— Je vous demande pardon ?

— Simple constatation, voilà tout. Les deux portes de cette pièce n'ont pas été forcées et ont été retrouvées verrouillées. Pour ouvrir celle de l'extérieur, il faut une carte magnétique et un code secret, n'est-ce pas ?

— Oui. Les chefs de service sont seuls à en posséder, le reste du personnel arrive après l'ouverture des portes. Cette pièce sert de vestiaire et de cafétéria d'appoint. La cantine principale est au troisième niveau.

— Il me faudra la liste des chefs de service.

— Bien entendu. Parce que, ajouta Andrew, vous pensez qu'il pourrait s'agir d'un membre du personnel ?

Pour la première fois, Cook esquissa un sourire.

— Je ne pense rien, docteur Jones. La plus grosse erreur qu'on puisse commettre est de démarrer une enquête avec une idée préconçue. La routine, sans plus. La routine.

Le cambriolage de l'Institut tint la vedette du journal télévisé local. À New York, il n'eut droit qu'à trente secondes en fin d'émission. Confortablement étendu sur un canapé dans son appartement de Central Park South, Ryan sirotait un cognac, savourait un havane et notait les détails.

Ils étaient sommaires. La Grosse Pomme avait largement son compte de crimes et de scandales pour alimenter la chronique sans avoir besoin de recourir à l'extérieur. Si l'Institut n'avait pas été une sorte de monument historique et les Jones une des premières familles de Nouvelle-Angleterre, l'événement n'aurait pas dépassé les frontières du Maine.

La police enquêtait, déclara le commentateur. Ryan sourit en pensant à Cook. Il l'avait évalué au premier coup d'œil : le flic chevronné, borné mais obstiné, ayant à son actif plus que la moyenne d'enquêtes bouclées. Il était flatteur, tout compte fait, qu'un fin limier soit chargé d'éclaircir son dernier coup de maître.

Les enquêteurs suivaient plusieurs pistes... Foutaises, à l'évidence. Ils ne disposaient d'aucun début d'indice, mais étaient bien obligés de dire le contraire pour sauver la face.

Ryan se redressa en reconnaissant Miranda qui sortait du bâtiment, les cheveux tirés en un chignon bien net. Elle s'était sûrement coiffée pour les caméras, se dit-il au souvenir de sa tignasse en désordre quand il lui avait fait ses adieux en l'embrassant le matin. Elle paraissait calme, maîtresse d'elle-même. Froide. Sa froideur sous-jacente avait éveillé en lui l'envie de la dégeler. Il y serait parvenu, pensa-t-il avec un peu de regret. Faute de temps, il n'avait réussi qu'à la faire fondre en surface.

Il constata avec plaisir qu'elle semblait dominer la situation. En dépit des signes de timidité et de mélancolie qu'il avait décelés en elle, elle était forte, solide. D'ici à deux ou trois jours, sa vie reprendrait son cours habituel. L'accroc qu'il y avait provoqué serait réparé, l'assurance paierait, la police jetterait l'éponge.

Et moi, pensa Ryan en soufflant au plafond un joyeux rond de fumée, j'aurai un client satisfait, une réputation sans tache et des loisirs devant moi.

Peut-être, mais peut-être seulement, ferait-il une légère entorse à ses principes en emmenant Miranda passer une quinzaine de jours aux Antilles. L'amour, le soleil, le sable chaud... Voilà qui lui ferait le plus grand bien.

À lui, en tout cas, cela ne ferait sûrement pas de mal.

L'appartement d'Annie McLean aurait tenu tout entier dans le salon de Ryan. Mais elle avait la vue sur le jardin public – en se penchant à la fenêtre de sa chambre et en se tordant le cou. Elle s'en contentait.

Le mobilier avait connu des jours meilleurs, mais les couleurs des murs étaient vives et gaies. Elle avait monté elle-même les rayons de la bibliothèque, mais ils étaient garnis de livres achetés aux soldes annuels de la librairie.

Des classiques, pour la plupart. Les ouvrages qu'elle avait négligé de lire à l'école et qu'elle brûlait désormais d'envie de découvrir : Steinbeck, Hemingway, Fitzgerald, dans lesquels elle se plongeait dès qu'elle disposait d'une ou deux heures de tranquillité.

Sa chaîne stéréo était un extravagant cadeau de Noël qu'elle s'était offert deux ans auparavant. Depuis, elle collectionnait les CD de tous les genres et de tous les styles afin d'assouvir sa fringale.

Pendant son adolescence et jusqu'après ses vingt ans, elle n'avait pas eu le temps de satisfaire sa curiosité pour les livres et la musique. Une grossesse, une fausse couche et un cœur brisé, le tout avant même d'atteindre dix-huit ans, avaient à jamais altéré le cours de son existence. Et puis, alors qu'elle avait résolu de devenir quelqu'un et d'acquérir quelque chose par et pour elle-même, elle s'était laissé séduire par un propre-à-rien au sourire ravageur et à la langue trop bien pendue.

Les hormones peut-être, à coup sûr le besoin d'un foyer et de fonder une famille, l'avaient aveuglée sur la folie de se marier avec un mécanicien au chômage la plupart du temps, mais en permanence incapable de résister à l'attrait de la bière fraîche et des blondes faciles. Une folie, Dieu lui pardonne, provoquée par son désir d'avoir un enfant – sans doute pour remplacer celui qu'elle avait perdu.

L'expérience aidant, elle était devenue une femme indépendante, seule propriétaire d'une affaire saine et rentable. Une femme qui pouvait se permettre de prendre le temps et de faire l'effort de se cultiver l'esprit.

Elle aimait écouter ses clients, mesurer leurs opinions à l'aune des siennes, élargir ses points de vue sur le monde et les hommes. Depuis six ans, calculait-elle parfois, elle en avait appris sur la politique, la religion, le sexe et l'économie autant, sinon plus, qu'un universitaire.

Si, certains soirs, elle se couchait seule, frustrée de n'avoir personne pour l'écouter, la tenir dans ses bras ou rire avec elle, c'était tout compte fait un petit prix à payer pour son indépendance. Les hommes, elle était bien placée pour le savoir, se moquent en général de ce que vous leur dites et ne vous écoutent même pas. Ils n'aiment que récriminer à tout bout de champ et vous faire l'amour lorsqu'ils en ont envie. Elle vivait cent fois mieux toute seule.

Un jour, elle s'achèterait une maison avec un jardin. Elle aurait un chien pour lui tenir compagnie, elle ne ferait plus des journées aussi longues, elle engagerait un barman et s'offrirait peut-être même des vacances. D'abord en Irlande, bien sûr. Elle avait depuis longtemps envie d'en voir les vertes collines – et les pubs, naturellement.

Mais comme elle avait essuyé l'humiliation de manquer d'argent et de se faire claquer la porte au nez par ceux auprès de qui elle sollicitait un prêt, elle ne voulait plus jamais s'y trouver exposée. Alors, elle remettait ses bénéfices dans son affaire, plaçait en actions et en obligations de tout repos ce qu'elle parvenait à en distraire, et ajournait ses vacances *sine die*. Si elle n'avait pas besoin d'être riche, elle ne voulait plus connaître la pauvreté.

Toute sa vie, Annie avait vu ses parents se débattre dans la gêne. Ils faisaient ce qu'ils pouvaient pour elle, sauf que son père, le cher homme, était un panier percé. L'argent lui filait plus vite que l'eau entre les doigts.

Lorsque, trois ans auparavant, ses parents étaient partis s'installer en Floride, Annie les avait embrassés en versant quelques larmes et avait glissé à sa mère cinq cents de ses dollars durement gagnés. Elle savait au moins que sa mère en ferait bon usage entre les mirifiques projets dans lesquels son père se lançait périodiquement à la poursuite de la fortune.

Elle leur téléphonait le dimanche, lorsque les tarifs étaient le plus bas, et envoyait à sa mère un chèque tous les trimestres. Malgré ses promesses d'aller les voir, elle n'avait réussi à leur rendre que deux brèves visites.

Après avoir refermé le livre qu'elle était en train de lire, Annie regarda la fin du journal télévisé en pensant à ses parents. Ils avaient adoré Andrew. Bien sûr, ils n'avaient jamais rien su de leur fameuse nuit sur la plage, ni du bébé qu'ils avaient conçu et perdu peu après...

Elle s'ébroua pour chasser tout cela de son esprit, éteignit le téléviseur, prit la tasse de thé qu'elle avait laissé refroidir et alla la porter dans le cagibi que son propriétaire avait l'audace de qualifier de cuisine.

On frappa alors qu'elle était sur le point d'éteindre les lumières. Elle lança un coup d'œil à la matraque plombée pendue près de la porte – la sœur jumelle de celle qu'elle gardait à portée de la main derrière son bar. Elle n'avait encore jamais eu l'occasion de se servir de l'une ou de l'autre, mais leur présence la tranquillisait.

— Qui est là ?

— Andrew. Laisse-moi entrer, veux-tu ? Ton propriétaire paraît confondre les couloirs avec des congélateurs.

Bien que sa visite imprévue ne lui causât pas une joie sans mélange, elle défit la chaîne, tourna le verrou et entrouvrit la porte.

— Il est tard, Andrew.

— J'ai vu qu'il y avait de la lumière, expliqua-t-il. Allons, Annie, sois gentille, ne me laisse pas geler dehors.

— Je ne te donnerai rien à boire.

— Pas de problème, répondit-il, une fois à l'intérieur, en tirant une bouteille de sous son manteau, j'ai apporté ce qu'il faut. J'ai passé une journée pénible, tu sais, ajouta-t-il avec une mine de chien battu à faire pleurer un tigre. Je n'avais pas envie de rentrer chez moi.

Résignée, Annie referma la porte et alla chercher un verre à la cuisine.

— Tu es assez grand garçon. Bois si tu y tiens.

— J'y tiens, répliqua-t-il en remplissant le verre. Merci, Annie. Tu connais la nouvelle, je pense ?

— Oui. Je suis désolée pour toi.

Elle s'assit sur le canapé et glissa sous un coussin le *Moby Dick* qu'elle lisait auparavant. Sans savoir pourquoi, elle aurait été gênée qu'il découvre ses lectures.

— La police soupçonne tous les gens de la maison. À commencer par Miranda et moi, dit-il avec un rire amer.

— Pourquoi diable vous soupçonneraient-ils de vous voler vous-mêmes ?

— Beaucoup de gens le font, pour toucher l'assurance.

Émue par son évident désarroi, Annie lui prit la main, le fit asseoir près d'elle.

— Ne t'inquiète donc pas, c'est de la simple routine.

— Ouais, la routine… En attendant, je l'aimais, ce bronze. Il me disait quelque chose. Le petit David défiant le géant Goliath. Un lance-pierres contre une épée. Le symbole de la bravoure. Du courage que je n'ai jamais eu.

— Pourquoi chercher encore à te démolir ? s'exclama-t-elle, agacée.

— Je ne m'attaque jamais à des géants, moi, répondit-il en tendant de nouveau la main vers la bouteille. Je me contente de me laisser porter par le courant et d'obéir aux ordres. Mes parents disent : « Il est temps que tu diriges l'Institut à notre place, Andrew », je réponds : « Quand voulez-vous que je commence ? »

— Mais tu aimes l'Institut !

— Heureuse coïncidence. Ils auraient aussi bien pu m'ordonner d'aller à Bornéo étudier les mœurs des indigènes. Maintenant, au moins, je serais bronzé, ce serait toujours ça… Élise dit : « Il faut nous marier », je réponds : « Fixe la date. » Lorsqu'elle dit : « Je veux divorcer », je réponds : « Bien sûr, ma chérie. Veux-tu que je paie ton avocat ? »

Et quand je te dis que je suis enceinte, pensa Annie, tu me demandes si je veux t'épouser.

Andrew examina un instant son verre en transparence.

— Je ne me suis jamais rebellé contre le système, vois-tu, parce que je n'ai jamais estimé que l'effort en valait la peine. Il n'y a pas de quoi être fier.

— Alors, tu bois parce que c'est plus facile que de faire un effort.

Andrew reposa son verre afin de tester sa capacité à se priver de secours pour dire ce qu'il avait en tête.

— J'ai été un salaud envers toi, Annie. Je t'ai laissée tomber, il y a quinze ans, alors que j'aurais dû te soutenir. Parce que j'étais terrifié de ce qu'ils feraient – de ce qu'ils me feraient.

— Je ne veux plus en parler.

— Nous n'en avons jamais parlé, parce que je croyais que tu ne le voulais pas. Mais c'est toi qui as remis la question sur le tapis, l'autre jour.

— Je n'aurais pas dû. C'est de l'histoire ancienne.

— C'est notre histoire, Annie.

Elle s'écarta, croisa les bras, prit involontairement une posture défensive.

— Laisse tomber, veux-tu?

À quoi bon, en effet, raviver de vieilles blessures quand on en a de toutes fraîches à panser? pensa-t-il.

— D'accord, contentons-nous des tribulations d'Andrew Jones. J'en suis au point d'attendre avec résignation que les flics me disent que je n'irai pas en prison.

Il tendit de nouveau la main vers la bouteille. Cette fois, Annie l'agrippa avant lui, se leva et alla la vider dans l'évier de la cuisine.

— Bon Dieu, Annie, qu'est-ce que…?

— Tu n'as pas besoin de whiskey pour te torturer, Andrew, tu y arrives très bien tout seul! répliqua-t-elle avec une colère qui l'étonna elle-même. Tes parents ne t'ont pas assez aimé? Pauvre gosse! Les miens m'ont aimée sans compter; il n'empêche que je passe encore mes nuits toute seule avec des souvenirs et des regrets qui me brisent le cœur en menus morceaux. Ta femme non plus ne t'aimait pas assez? Pas de veine! Mon mari descendait deux packs de bière et me faisait l'amour sans me demander si j'en avais envie.

Andrew l'écoutait, bouche bée. Il n'avait jamais su, jamais imaginé qu'elle ait eu une vie pareille.

— Écoute, je…

— Ne me dis surtout pas que tu es désolé! Je m'en suis remise, de toi comme de lui, en comprenant que je m'étais trompée et en réparant mes erreurs. Point.

— Ah non! s'écria-t-il en se levant, saisi d'une soudaine bouffée de colère. Ne compare pas ce qu'il y a eu entre nous avec ce qui s'est passé entre ton mari et toi!

— Alors, ne fais pas la même chose avec ce qui s'est passé entre Élise et toi!

— Cela n'avait rien à voir!

— Très juste, parce qu'elle était belle et intelligente, elle! répliqua Annie en lui plantant un doigt dans la poitrine, si fort qu'il recula d'un pas. C'est peut-être toi qui ne l'aimais pas assez. Si tu avais fait ce qu'il fallait, tu ne l'aurais pas perdue. Parce que depuis que je te connais, Andrew, tu as toujours obtenu tout ce que tu voulais! Tu ne te bats pas, tu ne prends pas de fronde, non, mais tu arrives quand même à tes fins.

— C'est elle qui a voulu divorcer! On ne peut pas forcer quelqu'un à vous aimer, bon sang!

Appuyée au comptoir de la cuisine, Annie ferma les yeux et, à la stupeur d'Andrew, éclata de rire.

— Tu parles! s'exclama-t-elle en s'essuyant les yeux. Tu as peut-être de beaux diplômes, docteur Jones, mais tu n'es qu'un imbécile. Moi, je suis fatiguée. Je vais me coucher. Tu peux t'en aller, tu connais le chemin.

Elle passa devant lui au pas de charge, en espérant l'avoir mis assez en colère pour qu'il l'empoigne par un bras. Mais il n'en fit rien, et elle entra seule dans sa chambre.

Et lorsqu'elle l'eut entendu sortir en tirant la porte derrière lui, elle s'affala sur son lit et s'accorda l'amère satisfaction d'une bonne crise de larmes.

10

La technologie moderne plongeait toujours Cook dans l'admiration.

Vingt-trois ans plus tôt, jeune îlotier ambitieux, il avait constaté que le travail d'un enquêteur consistait en heures fastidieuses de paperasserie, de coups de téléphone, de porte-à-porte. Rien d'aussi excitant que ce que Hollywood voulait faire croire ni d'aussi prestigieux que ce qu'il avait espéré en signant son engagement. Depuis, l'ordinateur avait tout changé. Pour sa part, Cook l'abordait avec la prudence et le respect du flic de base qui s'approche d'un toxico dans une impasse obscure. Il fallait y aller, puisque le métier le voulait, mais en sachant que tout pouvait vous péter dans la figure au moindre faux pas.

L'affaire Jones passait en priorité absolue, parce que les Jones étaient riches et connaissaient personnellement le gouverneur. Cook avait donc demandé à la mignonne petite Mary Chaney, à qui l'uniforme allait si bien, de consulter l'ordinateur central afin de rechercher les délits similaires ayant été commis sur le territoire des États-Unis.

Pour profiter de ce beau dimanche après-midi, où le soleil faisait remonter le thermomètre et où la mer retrouvait son calme, il avait projeté d'aller à la pêche. En se rendant au port, la force de l'habitude – à moins que ce ne soit l'instinct – lui fit faire un détour par le commissariat. Il suivait volontiers les idées qui lui passaient par la tête, car elles le menaient souvent où il fallait.

Et là, en effet, dans le fouillis de sa corbeille de courrier Arrivée, il découvrit le rapport de Mary.

Naguère encore, il lui aurait fallu des mois pour réunir les renseignements qu'il avait en main – s'il avait même été capable de les dénicher dans les archives de services de police disséminés d'un bout à l'autre du pays. Aussi, le tableau qui se dégageait de la liasse d'imprimés sous ses yeux lui fit vite oublier son projet de taquiner le poisson.

Sur une période de dix ans, on relevait six cambriolages pratiquement identiques, et deux fois autant qui étaient assez comparables pour figurer dans les statistiques.

New York, Chicago, San Francisco, Boston, Kansas City, Atlanta : dans chacune de ces villes, un musée ou une galerie avait été délesté d'une seule œuvre d'art. La valeur des objets volés allait de cent mille à un peu plus d'un million de dollars. Pas de dégâts, pas d'effraction ni de déclenchement d'alarme. Toutes les pièces étaient assurées. Aucune arrestation n'avait été effectuée.

Un as, ce type, pensa Cook. Un vrai pro.

Dans la douzaine d'autres cas qui ne se conformaient pas au même schéma, les vols portaient sur deux objets ou davantage. Une fois, le ou les malfaiteurs avaient drogué le café d'un garde, et purement et simplement éteint le système d'alarme pendant une demi-heure. Ailleurs, un gardien avait tenté de fourguer un camée du XVe siècle. Appréhendé et interrogé, il avait avoué avoir dérobé le bijou à la faveur du cambriolage. Le Renoir et le Manet volés au même endroit n'avaient toutefois jamais été retrouvés.

Intéressant, pensa Cook. Le profil de sa proie, qui commençait à se former dans sa tête, excluait tout recours à des expédients aussi grossiers, indignes d'un spécialiste.

L'homme – ou la femme, pourquoi pas ? – se serait-il assuré, ici ou ailleurs, la complicité d'un gardien pour obtenir des informations sur la disposition des lieux, le système de sécurité ? Cela méritait d'être vérifié. Pendant qu'il y était, il pourrait aussi se renseigner sur ce que faisaient les Jones au moment des six cambriolages précédents.

C'était, après tout, une autre forme de pêche.

Quand Miranda ouvrit les yeux le dimanche matin, sa première pensée fut pour *La Donna oscura*. Il fallait qu'elle la revoie, qu'elle la réexamine. Sinon, comment saurait-elle pourquoi elle avait commis une erreur aussi monumentale ?

Car plus les jours passaient, plus elle se résignait à accepter la douloureuse évidence qu'elle s'était effectivement trompée. Il ne pouvait y avoir d'autre explication, elle connaissait trop bien sa mère pour en douter. La réputation de Standjo étant mise en cause, Elizabeth avait dû contester point par point les résultats de la contre-expertise. Elle avait dû exiger et recevoir les preuves indiscutables de son exactitude.

Elizabeth ne se contentait jamais d'un à-peu-près.

Pour elle-même, la seule attitude sensée consistait donc à admettre son échec et à sauver comme elle le pouvait son amour-propre en ne disant plus rien jusqu'à ce que la poussière du scandale soit retombée. Le mal était fait, il n'aurait servi à rien de continuer à se débattre.

Elle avait mieux à faire que ressasser ses malheurs, décida-t-elle en endossant un survêtement. Une bonne suée au club de gym éliminerait peut-être en partie ses toxines dépressives.

Quand elle revint deux heures plus tard, elle trouva Andrew, encore sous l'emprise d'une gueule de bois, qui traversait le salon d'une démarche hésitante. Elle allait monter se changer lorsque la sonnette de l'entrée retentit.

— Débarrassez-vous donc de votre manteau, inspecteur Cook, fit la voix d'Andrew dans le vestibule.

Cook, un dimanche ? À deux mains, Miranda remit un peu d'ordre dans sa chevelure et se rassit.

— Avez-vous des nouvelles à nous apprendre ? demanda-t-elle avec un sourire poli quand Andrew introduisit le policier.

— Encore rien de concret, docteur Jones. Une ou deux hypothèses, tout au plus.

— Asseyez-vous, je vous en prie.

— Merci. Vous avez là une belle demeure, observa-t-il en regardant autour de lui. Du sommet de la falaise, la vue est spectaculaire.

Les vieilles fortunes ont une odeur, pensait-il. Ici, c'est la cire. Des meubles centenaires, des tapisseries un peu fanées, des rideaux de soie. La classe, le style, avec juste assez de fouillis pour créer une atmosphère.

— En quoi pouvons-nous vous être utiles, détective ?

— Pour le moment, je travaille sur une théorie que j'aimerais développer un peu, voir si elle mène à quelque chose. Pourriez-vous, par exemple, me dire où vous étiez tous les deux en novembre dernier, la première semaine ?

Andrew se gratta la tête, étonné par cette étrange question.

— En novembre ? J'étais ici, à Jones Point. Je n'ai fait aucun déplacement l'automne dernier. N'est-ce pas, Miranda ?

— Pas que je sache, en effet. Pourquoi voulez-vous le savoir, inspecteur ?

— Je cherche simplement à éclaircir certains détails. Êtes-vous restée ici vous aussi, docteur Jones ?

— Non, au début de novembre j'ai passé quelques jours à Washington. Une mission de conseil auprès du Smithsonian. Mais je devrais vérifier dans mon agenda pour vous donner les dates exactes.

— Cela vous ennuierait de le faire ? dit Cook avec un sourire gêné. Rien que pour ne plus avoir à y revenir.

Miranda se leva. Elle ne voyait pas où cela menait, mais c'était sans conséquence.

— Si vous voulez. Il est là-haut, dans mon bureau.

— Une belle maison, déclara Cook pour meubler la conversation quand Miranda se fut retirée. Dure à chauffer, j'imagine.

— Nous brûlons pas mal de bois, grommela Andrew.

— Vous voyagez beaucoup, docteur Jones ?

— Non, je suis retenu à l'Institut la plupart du temps. Miranda se déplace souvent, missions de conseil, conférences...

Il remarqua avec irritation que le regard de Cook se tournait vers la bouteille de Jack Daniel's, posée sur la table basse devant le canapé.

— Quel rapport y a-t-il entre le mois de novembre et notre cambriolage ? reprit-il d'un ton sec.

— Je ne sais même pas s'il y en a un. Je lance le bouchon, sans plus. Vous pratiquez la pêche ?

— Non, je suis sujet au mal de mer.

— Dommage.

Miranda revint, un agenda à la main.

— J'étais à Washington du 3 au 7 novembre, déclara-t-elle.

Et le casse de San Francisco, nota Cook, avait eu lieu avant l'aube du 5.

— Vous avez pris l'avion, je suppose ?

— Oui, répondit-elle en se reportant à l'agenda. Vol US-Air 4108, départ de Jones Point à 10 h 50, arrivée à Washington National à 12 h 59. J'ai séjourné à l'hôtel Four Seasons. Est-ce assez précis pour vous, détective ?

— Tout à fait. Vous êtes une scientifique, cela se voit à la tenue rigoureuse de vos dossiers.

Miranda alla s'asseoir sur l'accoudoir du fauteuil d'Andrew. Maintenant, ils faisaient bloc.

— En effet, répliqua-t-elle. Pouvons-nous savoir où vous voulez en venir ?

— J'essaie simplement d'organiser des faits dans ma tête. Tenez, tant que vous avez cet agenda, vous serait-il possible de me dire où vous étiez en juin ? Disons, la troisième semaine.

— Bien entendu, répondit-elle en tournant les pages. Je n'ai pas quitté l'Institut pendant tout le mois de juin.

Du travail au labo, des cours. Tu avais toi-même assuré quelques classes, Andrew, quand Jack Goldbloom a dû prendre un congé de maladie de quelques jours.

— C'est vrai, vers la fin juin. Voyons... Ah oui! Art d'Extrême-Orient au XIIe siècle. Tu n'en voulais à aucun prix, et j'ai dû me rafraîchir la mémoire en catastrophe, dit Andrew en souriant. Nous pourrons vous indiquer les dates précises, inspecteur. À l'Institut aussi, nos dossiers sont extrêmement bien tenus.

— Parfait, répondit Cook sans relever le sarcasme.

— Nous sommes prêts à coopérer loyalement, inspecteur, intervint Miranda avec froideur, mais nous aimerions que la réciproque soit vraie. C'est nous les victimes de ce vol. À ce titre, j'estime que nous avons le droit de savoir dans quelles directions vous orientez votre enquête.

— Un désir bien légitime, approuva Cook. J'ai entrepris, voyez-vous, de vérifier un certain nombre de cambriolages ayant des caractéristiques similaires au vôtre. Vous avez sans doute entendu parler, puisque vous êtes du métier, de celui qui a eu lieu à Boston en juin dernier.

Miranda sentit un frisson parcourir sa colonne vertébrale.

— Le Musée de l'université de Harvard. Un *kuang*, objet votif funéraire. Chine, fin du XIIIe, début du XIIe siècle avant J.-C., récita-t-elle. Un bronze...

— Vous avez une excellente mémoire.

— Oui, excellente. Une perte irréparable. Une des plus belles pièces de l'art chinois jamais découvertes, dans un état de conservation exceptionnel. Il avait une valeur mille fois supérieure à celle de notre *David*.

— En novembre, San Francisco: un tableau...

Pour une fois, ce n'était pas un bronze, pensa Miranda avec un sentiment de soulagement tout à fait irrationnel.

— Musée M. H. de Young.

— Exact.

— École américaine, intervint Andrew. Période coloniale. Quel est le rapport ?

— Je n'ai pas dit qu'il y en avait un, mais je le pense néanmoins. Nous avons peut-être affaire à un voleur aux goûts éclectiques. Moi, je préfère les classiques... Merci de m'avoir reçu, dit Cook en se levant. Puis-je vous demander de me prêter votre agenda, docteur Jones ? Si vous pouviez aussi me communiquer ceux de l'année précédente, je vous en serais très reconnaissant.

Miranda hésita, pensa une fois de plus à appeler leur avocat. Finalement, sa fierté l'en dissuada.

— Tenez. Mes agendas des trois dernières années sont à mon bureau de l'Institut.

— Merci. Je vais vous donner un reçu pour celui-ci.

Il sortit son calepin de sa poche, griffonna quelques mots et sa signature sur une page qu'il déchira.

— Je vous ferai porter les miens, déclara Andrew en se levant à son tour.

— Cela me rendra un fier service.

— Il est difficile de ne pas considérer tout cela comme une insulte, inspecteur, affirma Miranda.

— Je le regrette sincèrement, docteur Jones. J'essaie simplement de faire mon travail.

— Je l'espère. J'espère surtout que lorsque vous nous aurez enfin éliminés de votre liste de suspects, mon frère et moi, vous vous consacrerez à votre travail avec un peu plus de diligence et d'efficacité. C'est la seule raison pour laquelle nous tolérons d'être traités de cette manière indigne. Je vous raccompagne.

Cook salua Andrew d'un signe de tête et la suivit.

— Je ne voulais pas vous donner l'impression de..., commença-t-il.

— Oh que si, inspecteur ! Bonne fin de journée.

Un quart de siècle dans la police avait immunisé Cook contre la fureur des femmes outragées. Il ne put cependant retenir une grimace ni s'empêcher de faire le dos rond en entendant la porte claquer bruyamment derrière lui.

Miranda revint au salon. Le spectacle d'Andrew en train de se servir un verre d'alcool aggrava sa colère.

— Cet individu nous prend pour des voleurs! fulmina-t-elle. Il s'imagine peut-être que nous sillonnons l'Amérique afin de dévaliser les musées!

— Tiens, tiens. Ce serait amusant, tu ne trouves pas?

— Quoi?

— Rien, j'essaie de voir le bon côté des choses.

— Ce n'est pas drôle, Andrew! Je n'ai pas envie de me retrouver comme un insecte sous un microscope de la police!

— Cook sera bien obligé de constater la vérité.

— Ce n'est pas la fin qui m'inquiète, mais les moyens. Prends conscience de la situation, bon sang! La police nous soumet à une enquête. Nous! Si la presse n'a pas vent de la chose, cela tiendra du prodige.

— Miranda, Miranda, répliqua Andrew d'une voix douce et avec un sourire apaisant. Fais attention, tu commences à me rappeler fâcheusement notre mère.

— Tu n'as pas de raison de m'insulter, toi aussi!

— Tu as raison, excuse-moi.

Il y eut un silence.

— Bon, je vais nous préparer un bœuf braisé, annonça Miranda en prenant le chemin de la cuisine.

Sa déclaration éclaircit par miracle l'humeur d'Andrew.

— Un bœuf braisé? Avec des pommes de terre et des carottes?

— Oui. Viens éplucher les pommes de terre et me tenir compagnie. Je n'ai pas envie d'être seule, ajouta-t-elle autant pour elle-même que pour l'éloigner de la bouteille.

— Avec plaisir, ma petite sœur.

Il reposa son verre – de toute façon, il était vide – et lui entoura les épaules d'un bras fraternel.

Le dîner et sa préparation les détendirent tous deux. Miranda aimait faire la cuisine, qu'elle considérait comme une science exacte. Mme Patch, leur vieille cuisinière, lui en avait jadis enseigné les principes en se réjouissant de voir que la fillette montrait des dispositions. Le reste de la maison était si froid, si discipliné que Miranda gravitait tout naturellement vers la cuisine, sa chaleur et la compagnie de la vieille domestique. Mme Patch y régnait avec tant d'autorité qu'Elizabeth elle-même n'avait jamais osé s'immiscer dans son domaine.

Ou plutôt était-ce, pensa Miranda en se déshabillant pour se coucher, parce qu'elle n'avait pas envie d'y mettre les pieds. Le fait que sa mère ne se soit jamais donné la peine de préparer un repas l'avait d'autant plus poussée à s'instruire dans l'art culinaire.

Tout plutôt que de ressembler à Elizabeth.

Le bœuf braisé avait rempli son rôle. Un bon plat rustique, nourrissant, qui avait remonté Andrew et lui avait délié la langue. Peut-être avait-il arrosé le dîner avec un peu plus de vin qu'elle ne l'aurait souhaité, mais il n'était pas resté seul avec ses pensées. Et elle non plus.

D'un accord tacite, ils n'avaient abordé aucun sujet épineux, l'Institut ou Florence. Il était beaucoup plus distrayant et stimulant de discuter de leurs préférences respectives en musique ou en littérature.

Ils avaient toujours pris plaisir à ces discussions, se remémora-t-elle en enfilant son pyjama. Ils avaient toujours partagé, comparé leurs goûts, leurs idées, leurs espoirs. Sans Andrew, elle n'aurait sans doute pas pu surmonter les traumatismes de son enfance. Aussi loin que remontaient ses souvenirs, ils avaient été l'un pour l'autre un ancrage solide dans une mer hostile et glaciale.

Si seulement elle parvenait maintenant à le stabiliser, à le convaincre de rechercher de l'aide. Mais chaque fois qu'elle se permettait la moindre allusion à ses excès de boisson, il se refermait comme une huître. Elle ne pouvait que regarder en témoin impuissant et rester à son côté jusqu'à ce qu'il tombe de la falaise, au bord de laquelle il se maintenait encore en équilibre précaire. Après, elle ferait de son mieux pour l'aider à recoller les morceaux.

Elle se mit au lit, arrangea ses oreillers, prit son livre de chevet. Pour certains, la énième relecture d'Homère n'avait rien de particulièrement relaxant. Pour elle, cela fonctionnait à merveille.

À minuit, l'esprit encombré de héros, de combats et de trahisons, mais libéré de soucis immédiats, elle referma le livre et éteignit sa lampe. Un instant plus tard, elle était plongée dans un sommeil profond.

Si profond qu'elle n'entendit pas sa porte s'ouvrir et se refermer, le léger claquement du loquet et les pas étouffés qui s'approchèrent de son lit.

Elle ne s'éveilla en sursaut qu'en sentant une main gantée se plaquer sur sa bouche, une autre l'empoigner à la gorge tandis qu'une voix d'homme lui chuchotait à l'oreille :

— Je pourrais vous étrangler.

DEUXIÈME PARTIE

Le voleur

11

Miranda se figea. Le couteau! L'espace d'un instant de pure terreur, elle aurait juré sentir sur son cou le tranchant d'une lame plutôt que l'étreinte d'une main.

Ce ne pouvait être qu'un cauchemar. Elle rêvait sûrement. Pourtant, ses narines percevaient bien une odeur de cuir et d'homme. Sur sa gorge, la pression qui l'asphyxiait était aussi réelle que la main gantée recouvrant sa bouche pour étouffer ses cris. Elle distinguait vaguement le contour d'une tête, de deux larges épaules.

Les quelques secondes qu'il lui fallut pour enregistrer ces détails lui parurent plus longues que des heures.

Plus jamais ça, s'était-elle juré...

Son poing droit se catapulta de lui-même en direction de l'agresseur. Ou bien il avait des réflexes plus rapides que les siens, ou bien il lisait dans sa tête car il s'écarta juste assez pour que le coup lui effleure à peine le biceps.

— Pas de bruit, restez tranquille, ordonna-t-il en resserrant sa prise de manière convaincante. Je serais ravi de vous faire mal, mais je m'en abstiendrai. Vous aurez beau hurler, votre frère ne vous entendra pas, il ronfle comme un bienheureux à l'autre bout du couloir. D'ailleurs, vous ne crierez pas, ajouta-t-il en relâchant la pression sur sa gorge qu'il caressa du pouce. Ce serait infliger à votre fierté une blessure aussi pénible qu'inutile.

Comme elle remuait les lèvres, il souleva la main de sa bouche sans toutefois libérer sa gorge.

— Qu'est-ce que vous voulez ? bredouilla-t-elle.

— Botter votre ravissant derrière assez fort pour vous expédier à Chicago en vol plané, docteur Jones. Vous m'avez flanqué dans un innommable merdier. Vous allez m'en sortir.

— Je ne comprends rien à ce que vous dites, parvint-elle à articuler d'une voix assez ferme pour sauver son honneur. Lâchez-moi, je ne crierai pas.

Elle ne précisa pas pourquoi elle garderait le silence : si Andrew l'entendait, il ferait irruption tête baissée dans sa chambre, sans songer que l'intrus était sans doute armé. Mais, cette fois, elle l'était aussi. Si seulement elle pouvait tendre la main vers sa table de chevet et prendre le pistolet dans le tiroir.

L'homme parut une fois de plus deviner ses pensées, car il s'assit près d'elle sur le lit et alluma la lampe. Éblouie, elle cligna des yeux – et resta bouche bée de stupeur.

— Ryan !

— Comment avez-vous pu commettre une erreur aussi énorme ? Une pareille idiotie est inexcusable.

Il était en noir de la tête aux pieds, bottes, jean, pull à col roulé, blouson. Son visage était aussi séduisant que jamais, sauf que ses yeux n'avaient plus rien de la chaleur et du charme dont elle gardait le souvenir. Ils brillaient au contraire d'une fureur qu'elle jugea dangereuse.

— Ryan, répéta-t-elle. Que faites-vous ici ?

— J'essaie de réparer vos bourdes – et je suis poli.

De quoi parlait-il ? Avait-il perdu la tête ? Le vol du *David* l'avait-il soudain rendu fou d'inquiétude pour ses Vasari ? Elle devait avant tout garder son calme, ne pas l'exciter. Lentement, elle posa une main sur son poignet qu'elle écarta de sa gorge. Puis elle se redressa, rajusta d'instinct sa veste de pyjama et parvint à donner à ses lèvres le pli d'un sourire, qu'elle espéra rassurant.

— Ryan, que faites-vous dans ma chambre au milieu de la nuit ? Comment êtes-vous entré ?

— Comme je pénètre d'habitude dans une maison qui n'est pas la mienne, en forçant les serrures. Vous devriez changer les vôtres, elles sont au-dessous de tout.

Miranda cligna de nouveau les yeux à plusieurs reprises. Il avait décidément la mine d'un homme en proie à un accès de rage mal contenue plutôt qu'à une crise de démence.

— Vous avez forcé mes serrures ? Vous êtes entré par... par effraction ? Par effraction ? répéta-t-elle, tant le mot, l'idée même, lui paraissait invraisemblable.

— Bien sûr. C'est mon métier.

Il ne put refréner le plaisir de toucher ses mèches en désordre. S'il était fou, c'était de ses cheveux.

— Mais... vous êtes un homme d'affaires ! Un propriétaire de galeries réputé, un amateur d'art... Ah ! je comprends. Vous n'êtes pas Ryan Boldari. Avouez !

Pour la première fois, un sourire effleura ses lèvres, en allumant dans son regard le reflet doré qui avait fait chavirer le cœur de Miranda quelques jours plus tôt.

— N'en doutez pas, je suis Ryan Boldari depuis que ma sainte femme de mère m'a fait baptiser à Brooklyn il y a trente-deux ans... Mais jusqu'à ma rencontre avec vous, ce nom commandait le respect. Il était synonyme de confiance et de travail bien fait. Ce bronze est un faux grossier.

Son sourire s'évanouit sur ces derniers mots. Miranda sentit son sang refluer de son visage.

— Le bronze ? Comment savez-vous ?

— Je le sais parce que c'est moi qui ai volé cette saloperie sans valeur ! Mais peut-être pensez-vous à l'autre, celui de Florence, que vous avez aussi magistralement foiré ? J'ai eu vent de cette affaire-là pas plus tard qu'hier, quand mon client m'a incendié en m'accusant de lui avoir refilé un tas de ferraille qui ne valait pas un clou. Moi, livrer un faux ! s'exclama-t-il en se levant d'un bond, au comble de l'indignation. De quoi pleurer, bon Dieu ! Vingt ans de métier, une réputation sans tache et, pour finir, cette humiliation ! Tout ça parce que je vous faisais confiance !

Chez Miranda, la stupeur fit place à la fureur.

— Me faire confiance ? explosa-t-elle. C'est un comble ! Vous m'avez volée, espèce de salaud !

Il avait beau bouillir de rage lui aussi, il ne put s'empêcher de trouver un attrait extrême à l'éclat de ses yeux bleus et à la soudaine roseur de ses joues.

— Et alors ? Ce que je vous ai pris est tout juste bon à faire un presse-papiers ! Combien y en a-t-il du même acabit dans votre prétendu musée ?

Pour Miranda, l'heure n'était plus à la parole mais aux actes. Elle jaillit de son lit comme un boulet de canon et se jeta sur Ryan. Il vacilla sous le double impact de son poids non négligeable, et de sa fureur, qui ne l'était pas moins. Un réflexe, dicté par son affection innée pour les femmes, lui fit amortir sa chute en tombant sous elle – geste magnanime qu'il regretta aussitôt. Afin de leur épargner à tous deux les conséquences de fâcheux excès, il décida de rouler sur elle afin de l'immobiliser.

Miranda écumait. Mais elle avait beau se débattre, lutter de toutes ses forces, il la maintenait trop fermement pour qu'elle réussisse à se dégager.

— Vous m'avez volée ! Vous vous êtes servi de moi, espèce de salaud ! Vous m'avez... draguée !

Car c'était cela le pire. Il l'avait flattée, lui avait fait une cour éhontée – et elle avait été à deux doigts de céder à la tentation.

— Ce dernier point était la cerise sur le gâteau, si vous me passez l'expression. Vous êtes extrêmement séduisante, cela ne me dérangeait pas du tout.

— Vous n'êtes qu'un voyou! Un vulgaire cambrioleur!

— Si vous croyez m'insulter, vous vous trompez. Je suis un cambrioleur, oui, mais surdoué. Maintenant, soit nous nous asseyons et discutons en personnes sensées, soit nous restons couchés par terre l'un sur l'autre à nous battre comme des chiffonniers. Mais, dans ce dernier cas, je vous préviens que vous me tentez toujours autant en dépit de votre affreux pyjama. À vous de choisir, Miranda.

Elle cessa de lutter, et il vit, non sans admiration pour sa maîtrise d'elle-même, son regard passer en une fraction de seconde du brasier à l'iceberg.

— Lâchez-moi. Levez-vous.

— D'accord.

Il se redressa souplement, lui tendit la main pour l'aider. Elle l'écarta d'une tape et se releva toute seule.

— Si vous avez fait mal à Andrew…

— Pourquoi diable m'en prendrais-je à Andrew? C'est vous qui avez authentifié ce fichu bronze.

— Et c'est vous qui l'avez volé, répliqua-t-elle en enfilant sa robe de chambre. Que comptez-vous faire, maintenant? Me tuer et dévaliser la maison?

— Je ne tue personne. Je suis un voleur, pas un assassin.

— Vous êtes surtout d'une incroyable stupidité. Que croyez-vous que je ferai dès que vous aurez tourné les talons? Je m'empresserai de décrocher le téléphone et d'apprendre à l'inspecteur Cook l'identité du malfaiteur qu'il recherche.

Les pouces dans les poches de son jean, il la toisa d'un regard exercé. La robe de chambre était aussi hideuse que le pyjama. Rien, tout compte fait, ne lui imposait de refréner son envie pressante de ronger ces écorces de flanelle pour atteindre la pulpe...

— Si vous appelez les flics, Miranda, vous vous couvrirez de ridicule. D'abord, parce que personne ne vous croira. Je ne suis même pas ici, je suis à New York, précisa-t-il avec un sourire exaspérant. Une douzaine de témoins dignes de foi sont prêts à l'attester sous serment.

— Des voyous comme vous !

— Ce n'est pas une façon de parler de mes amis et de ma famille, d'autant que vous ne les connaissez pas. Ensuite, poursuivit-il sans se laisser impressionner par ses grincements de dents, il faudra que vous expliquiez à la police pourquoi l'objet volé était assuré pour un demi-million de dollars alors qu'il vaut une poignée de cerises.

— Vous mentez ! Je l'ai expertisé moi-même. C'est un bronze du XVIe siècle.

— Oui, comme celui de Fiesole a été fondu par Michel-Ange en personne. Ça vous coupe le sifflet, n'est-ce pas ? ajouta-t-il en ricanant. Bon. Alors, asseyez-vous. Je vais vous dire comment nous allons nous y prendre pour régler cette pénible situation au mieux de nos intérêts mutuels.

— Non ! Je ne m'assiérai pas. Je vous ordonne de sortir de ma chambre et de quitter cette maison sur-le-champ !

— Ou bien ?

Pour une fois, Miranda céda à son instinct sans réfléchir. Elle plongea sur sa table de chevet, ouvrit le tiroir. Ses doigts se posaient sur le pistolet quand Ryan lui agrippa le poignet et lui arracha l'arme en lâchant un juron tandis que, de sa main libre, il la repoussait sur le lit.

— Connaissez-vous le nombre de victimes d'accidents dus au fait que les gens ont chez eux des armes à feu chargées ?

Il était plus fort et plus rapide qu'elle ne l'avait cru, constata Miranda avec dépit.

— Ce n'aurait pas été un accident, gronda-t-elle.

— Mais si, vous vous seriez bêtement blessée.

Il enleva le chargeur, le glissa dans sa poche, rejeta négligemment le pistolet dans le tiroir. Miranda essaya de se lever. D'une main, il la fit retomber sur le lit.

— Maintenant, restez tranquille et écoutez-moi. Vous me devez une compensation, Miranda.

Elle s'étrangla presque d'indignation.

— Moi ? Je vous... dois ?

— Oui. Jusqu'à présent, j'avais une réputation en or massif, je n'avais jamais pris une commande sans satisfaire mon client. Celui-ci était mon dernier. Et il faut qu'une intellectuelle aux cheveux roux me couvre de honte à la fin de ma carrière, bon Dieu ! Pour respecter les termes du contrat, j'ai dû dédommager le client en lui donnant une œuvre de ma collection personnelle et rembourser son acompte sur mes honoraires. Vous rendez-vous compte du préjudice que vous m'avez fait subir ?

— Je n'en crois pas mes oreilles ! Réputation ? Client ? Honoraires ? Mais vous n'êtes qu'un voleur, bon sang ! Vous prenez-vous pour un marchand d'objets d'art ?

— N'ergotons pas sur des détails de sémantique, les définitions sont trop voisines, rétorqua-t-il avec un calme olympien. Je veux votre *Vénus* de Donatello.

Miranda résista à grand-peine à l'envie de hurler.

— Plaît-il ? Vous voulez... quoi ?

— Le petit Donatello qui était dans la même vitrine que votre *David* d'un hypothétique élève de Vinci. Bien sûr, je pourrais retourner là-bas me servir moi-même, mais le marché serait boiteux. Je veux que vous me le donniez vous-même de votre plein gré. S'il est authentique, nous serons quittes, et je considérerai que l'incident est clos.

— Vous êtes complètement cinglé !

— Si vous refusez, je m'arrangerai pour que le *David* reparaisse sur le marché. Quand la compagnie d'assurances l'aura récupéré – et réexpertisé, cela va sans dire –, votre incompétence éclatera au grand jour. Un coup pareil, ajouté à votre récent fiasco de Florence, mettra, n'en doutez pas docteur Jones, un terme peu glorieux à votre brillante carrière. J'aimerais vous épargner cette humiliation – je me demande d'ailleurs pourquoi.

— Épargnez-moi plutôt vos prétendues faveurs! Vous ne me forcerez pas la main par ce genre de chantage absurde. Je ne vous donnerai ni le Donatello ni quoi que ce soit d'autre. Le *David* est authentique, et vous irez en prison.

— Vous êtes vraiment incapable d'admettre vos erreurs, n'est-ce pas?

Tu étais si sûre de toi, n'est-ce pas? Eh bien non, tu t'étais trompée! Comment comptes-tu l'expliquer?...

— Si j'en avais commis une, je l'admettrais, répliqua Miranda sans pouvoir contenir un frisson.

— Comme à Florence? La nouvelle commence à se répandre dans les milieux du marché de l'art, vous savez. Pour le moment, les opinions se partagent moitié-moitié entre la fraude délibérée et l'incompétence caractérisée.

— Je me moque des opinions.

Sa déclaration manquait toutefois de conviction.

— Si je l'avais appris quelques jours plus tôt, insista-t-il avec un malin plaisir, je n'aurais pas pris le risque de voler un objet authentifié par vos soins.

Elle dut fermer les yeux. Les implications de ce qu'il venait de dire étaient cent fois pires que le fait d'avoir été exploitée par lui à des fins inavouables.

— Je n'ai pas pu me tromper. C'est impossible. Pas à ce point ni de cette manière.

Le frémissement de désespoir dans sa voix le toucha. Elle lui parut soudain lasse et fragile.

— Tout le monde peut se tromper, Miranda. L'erreur est inhérente à la nature humaine.

Elle rouvrit les yeux. Il y vit briller des larmes.

— Pas dans mon travail. Je suis trop prudente, je ne formule jamais de conclusions hâtives, je suis toujours les procédures pas à pas. Je...

Sa voix se brisa.

— Allons, allons, dit-il d'un ton apaisant, ce n'est pas la fin du monde. Ressaisissez-vous.

— Je ne pleurerai pas. Je ne pleurerai pas, répéta-t-elle comme une incantation.

Ses grands yeux bleus brillants de larmes le détournaient par trop de ce qui l'intéressait. Il fallait en finir.

— Voilà une bonne nouvelle, déclara-t-il sèchement. Il est question d'affaires, Miranda. Maintenons-nous sur ce plan, nous nous en trouverons bien tous les deux.

Cette déclaration eut pour effet immédiat de tarir la source de ses larmes. Miranda s'en félicita.

— Soit, monsieur Boldari. Parlons affaires, bien que je ne voie pas comment. Vous prétendez que le bronze est un faux, j'affirme le contraire. Vous m'ordonnez de ne pas appeler la police, je vous réponds que je le ferai. Où cela nous mène-t-il, à votre avis ? Que comptez-vous faire ?

Ryan l'observa un instant. Dans son métier – ses deux métiers –, il devait juger ses interlocuteurs avec rapidité et, si possible, sans se tromper. À l'évidence, Miranda ne démordrait ni de l'exactitude de son expertise ni de son intention d'appeler la police. Si la seconde proposition ne l'inquiétait pas outre mesure, elle entraînerait pour lui quelques inconvénients dont il préférait se dispenser.

— Bien, répondit-il. Habillez-vous.

— Pourquoi ?

— Nous allons au labo. Vous l'expertiserez devant moi.

— Il est deux heures du matin.

— Tant mieux, nous ne serons pas dérangés. Si vous ne voulez pas sortir en pyjama, allez vous habiller.

— Je ne peux pas expertiser ce que je n'ai pas.

— Je l'ai, moi, répondit-il en désignant un sac de cuir posé près de la porte. Mettez des vêtements chauds, il fait un froid de canard.

— Je ne vous ferai pas entrer à l'Institut.

— Soyez logique. Je suis en possession du bronze, et votre réputation dépend de moi. Vous voulez une chance de récupérer le premier et de sauver la seconde? Cette chance, je vous l'offre, affirma-t-il en marquant une pause pour lui laisser le temps d'assimiler ses paroles. Usez de votre intelligence, docteur Jones. Acceptez, c'est un marché honnête.

Oui, elle avait besoin de savoir avec certitude. Et une fois cette certitude acquise, elle le jetterait en pâture à la police avant qu'il ait pu cligner un seul de ses yeux de velours. De fait, sa fierté exigeait qu'elle profite de l'occasion pour lui démontrer qu'il ne lui faisait pas peur et qu'elle était plus forte que lui.

— Je ne me changerai pas devant vous.

— Allons, docteur Jones, si j'avais eu des desseins malhonnêtes, je les aurais assouvis quand nous étions couchés sur le tapis. Au travail, vous dis-je. Et je ne vous quitterai pas des yeux tant qu'il ne sera pas achevé.

— Je vous hais! lâcha-t-elle avec tant de conviction qu'il ne douta pas de sa sincérité.

Il ne put cependant retenir un sourire lorsqu'elle s'enferma dans la penderie et qu'il entendit le cliquetis des cintres qui s'entrechoquaient.

Elle était une scientifique éprouvée, une femme aux antécédents, à l'éducation et à la réputation irréprochables. Elle avait publié une douzaine d'articles dans des périodiques artistiques et scientifiques de renommée mondiale. *Newsweek* lui avait consacré une pleine page. Elle avait donné des conférences à Harvard. Oxford l'avait invitée à enseigner un trimestre de cours magistraux.

Il était donc ahurissant qu'une femme comme elle se retrouve en voiture au beau milieu d'une nuit glaciale en compagnie d'un cambrioleur, avec l'intention avouée de pénétrer frauduleusement dans son propre laboratoire afin d'y effectuer une série de tests clandestins sur un objet volé.

Elle freina en catastrophe et se rangea sur le bas-côté de la route.

— Je n'irai pas plus loin ! Ce n'est pas seulement grotesque, c'est illégal. J'appelle la police, annonça-t-elle en décrochant le téléphone du tableau de bord.

Ryan se borna à hausser les épaules.

— D'accord, mon chou, allez-y. Vous leur expliquerez comment vous vouliez faire passer un morceau de ferraille sans valeur pour une œuvre d'art. Vous expliquerez ensuite à la compagnie d'assurances – vous avez signé la déclaration de vol, n'est-ce pas ? – par quel tour de passe-passe vous espérez toucher une indemnité d'un demi-million de dollars pour un faux. Un faux, qui plus est, que vous avez personnellement authentifié.

— Ce n'est pas un faux, gronda-t-elle.

Elle ne composa cependant pas le numéro de la police. Le sourire de Ryan brilla dans l'obscurité.

— Prouvez-le, docteur Jones. À moi et à vous-même. Si vous y arrivez, eh bien nous négocierons.

Miranda se tourna vers lui, hors d'elle.

— Négocier, vous voulez rire ? Je vous ferai foutre en taule !

De plus en plus amusé, il tendit la main et lui pinça amicalement le menton.

— Ne mettons pas la charrue avant les bœufs. Puisque vous avez le téléphone en main, appelez votre gardien-chef. Dites-lui que votre frère et vous venez travailler au labo.

— Je ne mettrai pas Andrew dans ce coup tordu !

— Il y est déjà, le pauvre. Appelez, vous dis-je. Expliquez simplement que vous ne parvenez pas à dormir, que vous avez du travail en retard et que vous profitez de la tranquillité. Allez, Miranda. Vous voulez connaître la vérité, oui ou non ?

— Je la connais, la vérité. Vous ne seriez même pas fichu de la reconnaître si elle vous sautait à la figure !

— Votre vernis de bonne éducation s'écaille sérieusement quand vous êtes en rogne. Ça me plaît beaucoup, ajouta-t-il en se penchant pour lui donner un baiser sur les lèvres avant qu'elle ait pu réagir.

— Bas les pattes, goujat !

— Ce n'étaient pas mes pattes, répondit-il en lui caressant l'épaule. Ça oui, c'est ma main. Appelez.

Elle le repoussa d'une bourrade, composa le numéro. Les caméras seront branchées, pensa-t-elle. Il ne pourra jamais se faire passer pour Andrew. Si le gardien-chef a deux sous de jugeote, il alertera la police. Elle n'aurait plus alors qu'à raconter à Cook ce qu'elle savait, et Ryan Boldari partirait les menottes aux poignets pour aller croupir en prison jusqu'à la fin de ses jours.

— Ici le Dr Miranda Jones, annonça-t-elle en chassant d'une claque la main de Ryan qui lui tapotait le genou en signe d'approbation. Mon frère et moi sommes en route… Oui, pour travailler. Avec le remue-ménage de ces derniers jours, je suis très en retard au labo… Nous arriverons dans une dizaine de minutes… Oui, par l'entrée principale. Merci.

Maintenant, se dit-elle en coupant la communication, elle le tenait. Il s'était enfermé dans un piège dont il avait lui-même tourné la clef…

Elle passa en première, redémarra en dissimulant sa jubilation.

— Ils éteindront l'alarme quand nous arriverons.

— Parfait. C'est uniquement pour vous que je me donne tout ce mal, vous savez.

— Je ne sais comment vous exprimer ma gratitude.

— Pas de remerciements entre nous, voyons ! répondit-il sur le même ton ironique. Non, c'est vrai. Malgré tous les ennuis que vous me causez, vous me plaisez toujours autant.

— Vous m'en voyez bouleversée.

— Je n'en attendais pas moins de votre part. Vous avez un style inimitable – sans parler d'une bouche qui demande à être savourée de longues heures dans le noir. Je déplore sincèrement de ne pas pouvoir lui consacrer plus de temps.

Ses mains se crispèrent sur le volant. Qu'elle ait soudain le souffle court n'était dû qu'à la colère, elle refusait catégoriquement d'envisager une autre raison.

Ils roulèrent en silence sur la route côtière.

— Belle région, déclara-t-il au bout d'un moment. Spectaculaire, isolée, mais avec la culture et la civilisation à portée de la main. Elle vous va comme un gant. La maison vous vient de votre famille, je suppose ?

Miranda ne répondit pas. Elle agissait de manière assez insensée pour ne pas y ajouter le ridicule de soutenir une conversation avec un cambrioleur dont elle était l'otage.

— Vous avez dans le monde une position enviable, poursuivit-il sans se formaliser de son silence. La tradition, la fortune bien sûr, mais surtout un nom. Être une Jones de Jones Point, Maine, voilà qui a de la classe.

— Pas comme les Boldari de Brooklyn, grommela-t-elle entre ses dents serrées.

— Oh ! Nous avons bien d'autres sujets de satisfaction ! répondit-il en riant. Ma famille vous plairait, il est impossible de ne pas les aimer. Je me demande, d'ailleurs, ce qu'ils penseraient de vous, docteur Jones.

— Nous ferons peut-être connaissance à votre procès.

— Toujours décidée à me traîner devant la justice, hein ? Je suis dans le métier depuis vingt ans, ma chérie, je n'ai nullement l'intention de commettre un faux pas à la veille de prendre ma retraite.

— Quand on est un voleur, on le reste.

— Par la pensée, oui, je suis d'accord. Mais pas par les actes. Une fois ma réputation lavée de son unique souillure, dit-il en soupirant, je raccrocherai. Si vous ne m'aviez pas inutilement compliqué la vie, je serais en train de prendre des vacances bien méritées à St. Barth.

— Quel drame ! Mon cœur saigne.

— Merci. J'espère quand même en sauver quelques jours.

Il déboucla sa ceinture, se tourna pour prendre sur la banquette arrière le sac de cuir qu'il y avait jeté.

— Que faites-vous ?

— Nous arrivons, je me prépare.

En sifflotant avec insouciance, il sortit du sac un bonnet de ski noir dont il se recouvrit les cheveux, une longue écharpe de cachemire noir qu'il s'enroula autour du cou de manière à se couvrir le bas du visage. Il abaissa le pare-soleil pour vérifier le résultat dans le miroir.

— Vous pouvez alerter vos gardiens si cela vous amuse, mais vous ne reverrez plus le bronze. Vous jouerez donc le jeu comme convenu, et nous irons tout droit au labo. Voyons, poursuivit-il en sortant un long manteau sombre de son inépuisable sac, Andrew est un peu plus grand que moi. Pas de problème. Ils verront ce qu'ils s'attendent à voir.

Lorsqu'ils mirent pied à terre sur le parking, Miranda dut admettre qu'il avait raison. Ainsi emmitouflé, Ryan s'était rendu si anonyme que personne ne lui prêterait attention. L'attitude, la démarche, la silhouette un peu voûtée étaient imitées avec tant de perfection qu'elle l'aurait elle-même pris pour Andrew si elle l'avait croisé dans la rue.

Elle introduisit sa carte magnétique dans la fente, pianota son numéro de code. Elle s'imagina en train de faire des grimaces devant la caméra, de bourrer Ryan de coups de poing pendant que les gardes se rueraient à la rescousse. Elle se contenta cependant de tapoter nerveusement sa carte sur sa main en attendant les déclics des serrures.

Ryan la prit aux épaules d'un bras fraternel et ouvrit lui-même la porte.

— Pas de mauvais tours, lui souffla-t-il à l'oreille. Vous ne souhaitez pas provoquer de scandale inutile.

— Ce que je veux, c'est le bronze.

— Vous l'aurez bientôt. Temporairement, du moins.

Du même pas, ils parcoururent les couloirs, descendirent l'escalier jusqu'à la porte du labo. Ryan alluma la lumière, enleva son manteau, mais il garda ses gants pour sortir le bronze du sac et le lui tendre.

— Et maintenant, docteur Jones, exécutez vos tests sans perdre de temps. Je sais en quoi ils consistent, je vous surveillerai de près.

Se retrouver ici avec elle représentait l'un des risques les plus insensés de sa longue carrière. Sans aucune raison logique, il venait s'enfermer de lui-même dans un piège dont il n'était pas certain de pouvoir se sortir.

Sa réputation, sa fierté même étaient en jeu. Cette opération, qui aurait dû couronner sa carrière sans risques et sans histoires, se soldait par une montagne de problèmes ; elle lui avait coûté de l'argent et, surtout, fait perdre la face. Il aurait dû s'en tenir à sa première intention, c'est-à-dire confronter Miranda à ses responsabilités et la forcer à compenser son préjudice avant de disparaître. Pourtant, il n'avait pas pu résister à l'envie de jouer au plus malin.

Elle tenterait sans doute de falsifier les tests pour lui prouver que le bronze était authentique. Il le lui ferait payer cher. Certes, le Cellini serait un prix honnête pour l'indulgence qu'il daignerait lui manifester, mais elle en serait malade de honte et de fureur.

En serait-il plus avancé ?

Après avoir examiné au microscope des rognures de métal et de patine, Miranda se redressa, les sourcils froncés. Elle sentait au creux de son estomac se former une boule qui ne devait plus rien à la colère.

— Je dois maintenant déterminer le taux de corrosion et vérifier la structure interne aux rayons X, annonça-t-elle.

Il la suivit dans une autre partie du laboratoire, en imaginant comment il exposerait le Cellini dans sa galerie.

— On peut faire du café, ici ? demanda-t-il.

— Taisez-vous. Laissez-moi travailler.

À mesure qu'elle enchaînait les examens, la boule de son estomac se métamorphosait en une cascade d'acide qui se répandait dans le reste de son corps. Elle dut faire un effort surhumain pour ne pas laisser échapper des cris de dépit et de douleur. Avant même d'étudier le cliché radiographique à la lumière, elle savait.

— Alors ? s'enquit Ryan.

— Ce bronze est un faux.

Les jambes flageolantes, elle s'assit sur un tabouret sans remarquer l'éclair de surprise dans le regard de Ryan.

— La formule de l'alliage est correcte, reprit-elle, mais la patine est récente, quelques mois tout au plus. La copie est fidèle, le moulage bien exécuté, mais c'est un faux sans aucun doute possible.

— Vous m'étonnez, docteur Jones.

— Ce bronze n'est pas celui que j'ai authentifié il y a trois ans.

— Allons, Miranda, vous vous êtes plantée, avouez-le.

— Je vous répète que ce n'est pas le même bronze ! Je ne sais pas ce que vous espériez prouver en m'apportant une contrefaçon aussi grossière et en m'imposant cette comédie.

— Ce bronze est pourtant celui que j'ai moi-même subtilisé dans la grande galerie en me fiant à votre réputation d'infaillibilité. Alors, docteur Jones, pas de baratin, je vous prie. Négocions sérieusement.

— Je n'ai rien à négocier ! Si vous avez cru qu'il vous suffisait d'entrer chez moi et de me faire avaler que cette chose m'appartient pour réussir à m'en extorquer une autre, vous êtes complètement fou ou d'une insondable stupidité. Plutôt les deux.

— J'ai pourtant volé ce bronze de bonne foi.

— Oh ! ça suffit ! J'appelle les gardes.

Il l'empoigna par un bras pour l'immobiliser.

— Écoutez, ma chérie, je suis allé au bout de cette comédie, comme vous dites, en dépit de mon propre jugement. Ce qui est fait est fait. Peut-être ne cherchiez-vous pas à faire passer un faux pour une œuvre authentique, peut-être vous étiez-vous trompée de bonne foi. Néanmoins...

—Je ne me suis pas trompée ! Je ne commets pas d'erreurs !

— Le nom de Fiesole ne vous rappelle rien ?

Elle pâlit soudain, se raidit, son regard devint vitreux.

—Je ne me suis pas trompée, répéta-t-elle d'une voix tremblante. Je peux le prouver. J'ai les résultats de toutes les analyses, les rayons X, mes notes.

Sa détresse était si évidente qu'il la lâcha et la suivit sans discuter dans une pièce remplie de classeurs.

—J'ai tout de suite senti que c'était un faux, marmonna-t-elle en ouvrant un tiroir. Rien qu'au poids... Où diable est passé le dossier ?

Avec une nervosité croissante, elle referma le tiroir, en ouvrit un autre, un autre encore.

— Rien. C'est invraisemblable ! Les photos, les notes, les rapports, tout ce qui concerne le *David* a disparu ! C'est vous qui les avez pris.

— Pour quoi faire ? demanda-t-il avec une patience qu'il jugeait méritoire. Si j'étais entré ici pour voler un faux, j'aurais aussi pu prendre ce que je voulais d'autre. Dans quel but me serais-je encombré de ces dossiers, Miranda ?

— Il faut que je réfléchisse. Taisez-vous.

Sois logique, s'ordonna-t-elle. Considère les faits. Rien que les faits. Il a volé le bronze, et ce bronze était un faux. Quel intérêt aurait-il eu à voler un faux pour le rapporter ensuite ? Aucun. Si le bronze avait été authentique, quelle raison aurait-il eu de revenir ? Aucune non plus. Par conséquent, pour absurde qu'elle paraisse, l'histoire qu'il m'a racontée est bel et bien véridique.

Elle avait examiné le bronze et reconnu qu'il était faux. Alors, aurait-elle commis une erreur en l'expertisant trois ans plus tôt ? Si oui, grand Dieu...

Non. Pas de sentiments, la logique. Rien que la logique.

Et la logique, quand on en use à bon escient, se révèle d'une simplicité et d'une efficacité admirables.

— Un autre vous a pris de vitesse, déclara-t-elle. Quelqu'un a volé le vrai bronze avant vous et l'a remplacé par le faux.

À l'expression de son regard, elle comprit qu'il était en train de parvenir à la même conclusion.

— Eh bien, docteur Jones, j'ai l'impression que nous avons tous deux reçu une gifle magistrale. Et maintenant, qu'allons-nous faire ?

12

Lorsqu'elle se retrouva à six heures du matin dans un relais de routiers au bord de la grand-route, Miranda comprit qu'une journée débutant de manière aussi anormale ne lui réserverait que de mauvaises surprises.

— Que faisons-nous ici ? voulut-elle savoir.

Une serveuse posa devant eux un pot de café, deux bols en faïence, deux menus plastifiés, et s'éclipsa. Sans répondre, Ryan versa du café dans les bols, huma, goûta.

— Hmm ! Du bon café, pour une fois.

— Que sommes-nous venus faire ici, Boldari ?

— Déjeuner, répondit-il en étudiant un menu.

— Écoutez, il est six heures du matin. J'ai eu une nuit éprouvante, je suis fatiguée, j'ai besoin de mes forces pour réfléchir sérieusement. Je n'ai ni l'envie ni le courage de perdre mon temps dans un bouge à plaisanter avec un cambrioleur.

— Jusqu'à présent, vous ne m'avez guère régalé de vos traits d'esprit. Mais puisque vous dites avoir passé une nuit éprouvante, je ne vous en tiens pas rigueur. Risquez-vous de tomber ici sur des gens de connaissance ?

— Bien sûr que non !

— Nous avons besoin de manger et nous avons surtout besoin de parler. C'est donc l'endroit idéal.

Sur quoi, il convoqua d'un sourire la serveuse qui vint noter leur commande.

— Résumons la situation, reprit Ryan lorsqu'ils furent de nouveau seuls. Il y a trois ans, l'Institut a acquis une statuette de bronze représentant David. Selon mes sources, elle provenait de fouilles effectuées aux environs de Rome et vous est parvenue par l'intermédiaire de votre père.

— C'est exact. Les œuvres découvertes ont été données pour la plupart au Musée national de Rome. Mon père a apporté le *David* à l'Institut aux fins d'étude, d'authentification et de présentation au public.

— Vous l'avez donc étudié et authentifié.

— Oui.

— Qui travaillait avec vous à ce moment-là ?

— Sans mes notes, c'est difficile à dire.

— Un petit effort, essayez de vous en souvenir.

Elle but un peu de café pour s'éclaircir l'esprit.

— Voyons, il y a trois ans... Andrew, naturellement. Il aimait beaucoup ce petit bronze, je crois même qu'il en a fait quelques croquis. Mon père venait souvent superviser les résultats des tests. John Carter, le chef du labo...

Elle s'interrompit, pressa son pouce contre son front dans l'espoir de chasser un début de migraine.

— Qui d'autre ?

— Pratiquement tous ceux qui travaillaient au labo à cette époque. L'opération n'était pas confidentielle.

— Cela représente combien de personnes ?

— Douze à quinze, en fonction des travaux en cours.

Le retour de la serveuse avec leurs commandes interrompit un instant l'interrogatoire de Ryan.

— Avaient-ils tous accès aux coffres, aux dossiers ?

— Non. Les assistants et les laborantins n'en ont pas forcément les clefs.

— Les clefs n'ont pas grande utilité, croyez-moi sur parole, répliqua-t-il avec un sourire entendu. Nous supposerons donc que tout le monde y avait accès. Il faudrait la liste complète des membres du personnel.

— Pourquoi ?

— Nous devons couvrir une période de trois ans, entre le moment où vous avez expertisé la pièce jusqu'à celui où je vous en ai, disons... soulagée. Celui qui a opéré la substitution s'est servi de l'original afin de réaliser la copie, cela tombe sous le sens. La méthode la plus simple consiste à prendre une empreinte au silicone pour en tirer une reproduction en cire qui servira de matrice au moule de fonderie.

— Je constate que vous n'ignorez rien de la fabrication des faux, dit-elle avec un ricanement dédaigneux.

— J'en sais ce que n'importe qui dans mon… dans mes domaines doit savoir, rétorqua-t-il avec une indifférence si totale à ses piques qu'elle se demanda pourquoi elle se donnait la peine de lui en lancer. Donc, puisqu'il était indispensable de disposer de l'original pour fabriquer le moule, le moment le plus propice était nécessairement celui où le bronze se trouvait encore au labo. Une fois installé dans une vitrine d'exposition, il aurait fallu neutraliser la sécurité – et la vôtre est plutôt efficace.

— Trop aimable, merci.

— De rien. Voici comment je reconstitue le scénario. Quelqu'un travaillant au labo à cette époque prend connaissance de vos analyses et en tire des conclusions. C'est une belle petite pièce, de celles qu'un collectionneur paierait un bon prix. Ce quelqu'un a peut-être des dettes, ou en veut à votre famille ou, tout simplement, saisit une occasion de tenter sa chance. Il réalise l'empreinte une nuit – rien de plus facile quand on est déjà dans un labo. S'il ne sait pas comment fondre lui-même la pièce, il connaît sûrement quelqu'un qui le sait. De plus, travaillant au labo, il sait comment vieillir la patine et fignoler l'aspect. Quand c'est fait, sans doute juste avant que le bronze soit transféré au musée, il exécute son tour de passe-passe, ni vu ni connu, et personne ne se rend compte de rien.

— Ce quelqu'un n'a pas pu agir sur un coup de tête. Il lui a fallu du temps, des préparatifs, des complicités.

— Je n'ai pas parlé d'un coup de tête, mais il ne lui a pas non plus fallu très longtemps pour effectuer le tout. Combien de temps le bronze est-il resté au labo ?

— Je ne sais pas au juste. Quinze jours, trois semaines…

— Plus que suffisant. À votre place, je vérifierais l'authenticité des autres bronzes.

Horrifiée, Miranda sursauta, le souffle coupé. Pourquoi n'y avait-elle pas pensé plus tôt ?

— Oh ! grands dieux ! Les autres… ?

— Mais oui. Sa réussite a très bien pu lui donner l'envie de récidiver. Allons, ne prenez pas cette mine catastrophée, je suis là pour vous aider.

— M'aider ? gémit-elle avec amertume. Pourquoi donc ?

— Parce que je tiens à récupérer ce *David*. Je l'avais promis à mon client.

Miranda se demanda si elle devait rire ou hurler.

— Vous voulez m'aider à le retrouver pour le voler encore une fois ?

— Bien sûr, je n'ai pas l'habitude de jeter mes investissements par les fenêtres. Finissez votre petit déjeuner, partenaire, conclut-il en levant son bol de café avec un large sourire, nous avons du pain sur la planche !

Partenaire… Le mot la faisait frémir, mais elle était trop fatiguée pour penser clairement. Et, pour le moment du moins, elle ne voyait pas comment récupérer son bien sans le concours de Ryan.

Il s'était servi d'elle, se rappela-t-elle en ouvrant la porte d'entrée. Eh bien, à son tour de l'exploiter. Et quand elle serait parvenue à ses fins, elle ferait en sorte de l'expédier dans un de ces établissements fédéraux réputés pour leur inconfort afin d'y passer ses vingt prochaines années.

— Vous attendez quelqu'un, aujourd'hui ? Femme de ménage, réparateur de machines à laver, livreur d'épicerie ?

— Non. Le service de nettoyage vient le mardi et le vendredi.

— Un service de nettoyage ? s'étonna-t-il en enlevant son manteau. Ce ne sont pas ces gens-là qui vous mitonneront de bons petits plats ou vous donneront de sages conseils. Il vous faut plutôt une gouvernante du nom de Mabel, qui porte un tablier à fleurs et des chaussures pour pieds sensibles.

— Le service est aussi efficace et plus discret.

— Dommage… Il est huit heures un quart, Andrew est déjà parti. Quand votre secrétaire arrive-t-elle au bureau ?

— Lori ? À neuf heures, souvent un peu plus tôt.

— Appelez-la. Vous avez son numéro personnel ?

— Oui, mais…

— Appelez-la, répéta-t-il. Dites-lui que vous ne pourrez pas aller à l'Institut aujourd'hui.

— Bien sûr que si ! J'ai des rendez-vous, des réunions.

— Elle les annulera. Vous êtes en réseau, je pense ? Oui ? Bon. Demandez-lui aussi de vous envoyer par ordinateur l'état du personnel du labo pour ces trois dernières années. Puisque nous devons commencer par un bout, celui-ci me paraît le plus logique.

Tout en parlant, il avait pénétré au salon comme s'il était chez lui, empilé du petit bois et des bûches dans la cheminée, et allumé le feu avec l'efficacité d'un boy-scout. Quand il se releva, Miranda l'observait avec un sourire aussi engageant qu'un poignard dégainé.

— Que voulez-vous encore que je fasse ?

— Écoutez, mon chou, il va falloir vous habituer à accepter les ordres avec un peu plus de bonne grâce.

— Parce que c'est vous qui commandez ?

Il s'approcha, la prit par les épaules.

— Bien sûr. Sans me vanter, j'en connais plus long que vous sur les manœuvres frauduleuses en tout genre.

— Pour la plupart des gens, cela ne prédispose pas à exercer une quelconque autorité.

— La plupart des gens n'essaient pas non plus d'attraper un filou. Notre collaboration serait plus efficace et plus agréable si vous vous montriez un peu plus amicale.

— Amicale ?

Il la dévisagea avec un sourire amusé. Son regard s'attarda sur sa bouche.

— Disons, un peu moins rigide… Dans certains domaines, ajouta-t-il en l'attirant vers lui.

Elle se laissa aller contre lui, papillonna des cils.

— Lesquels, par exemple ?

— Eh bien, pour commencer...

Il baissa la tête, huma son parfum, prêt à savourer le goût de ses lèvres – et lâcha un cri de douleur en recevant un magistral coup de poing dans le ventre.

— Bas les pattes. Je croyais vous l'avoir déjà dit.

— En effet. Vous avez du punch, docteur Jones.

Il reprit son souffle et massa son abdomen endolori, en songeant avec inquiétude que si elle avait visé un peu plus bas, elle aurait sérieusement compromis sa virilité.

— Remerciez-moi d'avoir retenu mon coup, Boldari, mentit-elle avec aplomb, sinon vous seriez à quatre pattes en train de suffoquer comme un poisson hors de l'eau. J'espère que nous nous comprenons.

— Tout à fait. Et maintenant, Miranda, téléphonez à votre secrétaire et mettons-nous au travail.

Parce qu'il était logique de commencer par le commencement, elle s'exécuta sans plus protester.

À neuf heures et demie, elle reçut la liste demandée sur l'ordinateur de son cabinet de travail, aussi fonctionnel et à peine plus douillet que son bureau de l'Institut. Ryan y avait allumé du feu, bien qu'elle n'ait pas jugé qu'il fît assez froid pour le justifier. Les bûches crépitaient gaiement dans la cheminée, et le soleil encore hivernal pénétrait à flots entre les rideaux, que Ryan avait ouverts en grand.

Assis hanche contre hanche sur la même chaise, ils parcoururent la liste qui défilait sur l'écran.

— Vous avez eu il y a dix-huit mois une rotation de personnel supérieure à la normale, observa-t-il.

— En effet. Ma mère réorganisait son laboratoire de Florence. Plusieurs de nos collaborateurs ont demandé à être mutés là-bas, et d'autres à être rapatriés ici.

— Je m'étonne que vous n'ayez pas sauté sur l'occasion de partir pour Florence.

Elle lança la commande d'impression. Une liste sur papier lui éviterait de rester collée contre Ryan.

— Je n'avais pas le choix. Andrew et moi sommes chargés de diriger l'Institut, ma mère se réserve Standjo.

— Je vois... Des frictions entre la *mamma* et vous ?

— Nos rapports familiaux ne vous regardent pas.

— De sérieuses frictions, donc. Seriez-vous, en revanche, la chouchoute de votre cher papa ?

Elle lâcha malgré elle un éclat de rire amer et se leva pour aller chercher la liasse sortie de l'imprimante.

— Je n'ai jamais été la chouchoute de personne.

— C'est grand dommage, dit-il avec sincérité.

— Ma famille n'est pas en cause dans tout cela.

— Ce n'aurait pourtant rien d'absurde. Vos entreprises sont entièrement familiales. Quelqu'un aurait pu vouloir se venger de l'un de vous en dérobant ce bronze.

— Vos origines italiennes ressortent, répondit-elle avec un sourire froid.

— Les Irlandais sont tout aussi portés sur la vengeance, ma chérie... Parlez-moi plutôt des gens de cette liste.

Elle s'assit sur un canapé en s'efforçant de concentrer son attention. Les noms dansaient sous ses yeux fatigués.

— John Carter, chef du laboratoire. A eu son doctorat à l'université de Duke. Travaille à l'Institut depuis seize ans. Spécialisé dans l'art d'Extrême-Orient.

— Non, les détails personnels. Est-il marié ? Doit-il verser des pensions alimentaires ? Est-il joueur, buveur ? Se travestit-il en femme le samedi soir ?

— Ne dites pas d'âneries. Il est marié, père de deux enfants. L'aîné vient d'entrer à l'université.

— Élever des enfants et payer leurs études coûtent cher. Je vois qu'il gagne convenablement sa vie, mais un salaire convenable ne suffit pas à tout le monde.

— Sa femme est avocate et gagne sans doute plus que lui. Pour eux, l'argent ne pose pas de problèmes.

— L'argent pose toujours des problèmes. Dans quel genre de voiture roule-t-il ?

— Je n'en ai aucune idée.

— Comment s'habille-t-il ?

Elle commença à pousser un soupir excédé. À la réflexion, elle comprit cependant où il voulait en venir.

— De vieilles vestes de tweed, des cravates ridicules. La Rolex offerte par sa femme pour leur vingtième anniversaire de mariage est son seul luxe.

Elle se tassa dans les coussins, étouffa un bâillement.

— Faites une sieste, Miranda.

— Non, ça ira. Voyons le nom suivant... Ah ! Élise, l'ex-femme de mon frère.

— Un vilain divorce ?

— Je n'en imagine pas de jolis, mais Élise n'a pas été trop méchante avec Andrew. Elle était l'assistante de John avant de demander sa mutation à Florence. Depuis, elle est chef de labo pour ma mère. Andrew et elle avaient fait connaissance à l'Institut, c'est même moi qui les ai présentés. Andrew a eu le coup de foudre, ils se sont mariés six mois plus tard, dit-elle en bâillant encore une fois.

— Combien de temps le sont-ils restés ?

— À peu près deux ans. Au début, ils avaient l'air heureux, et puis tout s'est très vite détérioré.

— Qu'attendait-elle de lui ? Des toilettes de haute couture, des vacances en Europe, une maison luxueuse ?

— Non, rien que son attention. Elle voulait qu'il soit sobre et pense davantage à leur ménage. Mais les Jones en sont incapables, c'est une malédiction de famille... Il faut que je me repose les yeux quelques minutes.

— Bien sûr. Dormez un peu.

Elle se pelotonna sur le canapé, ferma les yeux, et Ryan revint à l'étude de la liste. Pour le moment, il n'y voyait que des noms dépourvus de substance. Il voulait tout savoir de ces gens, les détails les plus intimes, leurs comptes en banque, leurs vices, leurs habitudes. D'instinct, il ajouta aux autres les noms d'Andrew Jones, de Charles Jones et d'Elizabeth Standford-Jones.

Son regard se tourna vers Miranda. Elle n'avait pas l'allure d'une innocente jeune fille plongée dans un sommeil réparateur, mais celle d'une femme terrassée par l'angoisse et l'épuisement. Il se leva sans bruit, déplia la couverture posée sur le dossier du sofa et l'étendit sur elle avec douceur. Il la laisserait dormir une heure ou deux, le temps de recharger ses batteries physiques et mentales. Les réponses étaient enfouies quelque part en elle, il en était sûr. C'était elle qui tenait le fil conducteur.

Pendant que Miranda dormait, il téléphona à New York. À quoi bon avoir un frère surdoué en informatique si on ne met pas de temps en temps son génie à contribution ?

— Patrick ? Ryan. J'ai pas mal de choses à faire ici, notamment un petit travail de bidouillage dont je n'ai pas le temps de m'occuper. Ça t'intéresse ?... Mais oui, ça paie ! conclut-il en riant.

Les toits de tuile et les collines au loin renvoient l'écho d'un carillon. L'air est doux, le ciel aussi bleu qu'un souhait exaucé. Mais les ombres sont épaisses dans la cave humide de la villa. Elle frissonne en tirant sur la marche d'escalier.

C'est là, elle le sait. Là, qui attend sa venue.

Le bois vermoulu cède, s'émiette. Vite ! Plus vite ! Son souffle se fait haletant, la sueur ruisselle le long de son dos tandis que, de ses mains tremblantes, elle saisit l'objet, l'extrait de l'obscurité, l'expose à la lumière de sa torche électrique.

Deux bras levés, des seins fermes et orgueilleux, une chevelure en cascade. Le bronze luisant, vierge de la patine vert-de-grisée déposée par l'âge. Le métal froid et lisse sous ses doigts qui le caressent.

La musique d'une harpe, un rire de femme. Les yeux de la statue qui brillent soudain de l'éclat de la vie, les lèvres de bronze qui sourient et prononcent son nom.

Miranda!

Elle se réveilla en sursaut, le cœur battant. Un instant, elle aurait juré sentir un parfum floral, entendre l'écho assourdi d'une harpe égrenant une mélodie. Mais ce n'était que la sonnette de la porte d'entrée qui tintait avec impatience.

Désorientée, elle rejeta la couverture, se leva d'un bond et sortit de la pièce en courant – pour s'arrêter net en haut de l'escalier. À la stupeur de voir Ryan debout devant la porte ouverte s'ajouta le choc de découvrir son père sur le seuil.

— Père… ?

Elle s'éclaircit la voix, se frotta les yeux.

— Bonjour, père. Je ne savais pas que vous veniez.

— Je suis arrivé tout à l'heure, répondit-il. Je vois que tu as de la compagnie. Je ne te dérange pas, j'espère ?

C'était un homme grand et mince, tanné par le soleil et le grand air. Une chevelure drue, un collier de barbe et une moustache gris acier étoffaient son long visage étroit. Derrière les lunettes à monture de métal, ses yeux, du même bleu profond que ceux de sa fille, dévisageaient Ryan avec méfiance et curiosité.

Celui-ci jaugea la situation et se hâta d'intervenir.

— Enchanté de faire votre connaissance, docteur Jones, déclara-t-il sourire aux lèvres et main tendue. Rodney J. Pettebone. Je suis un correspondant de votre fille et aussi un ami, je l'espère du moins. Je suis moi-même arrivé de Londres il y a moins d'une heure. Miranda a eu la bonté de m'accorder un peu de son temps pendant mon bref séjour.

Tout en parlant, il s'effaçait pour laisser entrer Charles Jones et lançait un coup d'œil en direction de l'escalier. Miranda restait figée et le fixait du regard comme s'il était un extraterrestre. Elle ne savait ce qui la stupéfiait le plus, de son sourire angélique ou de l'irréprochable distinction de son accent britannique, qui lui coulait des lèvres aussi naturellement que s'il avait été élevé à la cour de Buckingham.

Charles fronça légèrement les sourcils :

— Pettebone ? Un fils de Roger ?

Miranda se sentit métamorphosée en une statue de bronze.

— Non, son neveu.

— J'ignorais que Roger avait un frère.

— Un demi-frère. Clarence, mon père. Puis-je prendre votre pardessus, docteur Jones ?

— Oui, merci. Je suis passé par l'Institut, Miranda. On m'a dit que tu étais souffrante, aujourd'hui.

— Je l'étais. Rien de grave. Une migraine.

Ryan monta quelques marches, lui prit la main – et la serra avec une poigne à lui pulvériser les os.

— Nous voilà démasqués, dit-il en la gratifiant d'un nouveau sourire béat. Votre père comprendra, j'en suis sûr.

— Non, répondit-elle sombrement. Il ne comprendra pas.

— Ne lui en veuillez surtout pas, docteur Jones, c'est entièrement ma faute, déclara Ryan en déposant un baiser plein d'une respectueuse adoration sur les doigts de Miranda. N'étant de passage dans la région que pour quelques jours, j'ai réussi à convaincre votre fille de m'accorder une journée entière. Elle m'apporte une aide inestimable dans mes recherches sur la peinture flamande du XVIIe siècle. Sans elle, je n'en viendrai jamais à bout.

— Je vois, répondit Charles d'un ton réprobateur. Je crains cependant que…

— J'allais justement préparer le thé, l'interrompit Miranda, qui avait le plus urgent besoin d'un moment pour se ressaisir. Voulez-vous attendre au salon, père ? Ce ne sera pas long. Rodney voudra bien m'aider, n'est-ce pas ? ajouta-t-elle en lui prenant à son tour la main dans un étau.

— Avec joie, répondit-il sans ciller.

— Êtes-vous devenu complètement fou ? gronda-t-elle en claquant derrière eux la porte de la cuisine. Rodney J. Pettebone ! Qui diable est cet individu ?

— Moi. Ryan Boldari est loin d'ici, ne l'oubliez pas.

Il lui pinça facétieusement le menton.

— Bas les pattes ! fulmina-t-elle en remplissant la bouilloire au robinet de l'évier. Vous donnez à mon père l'impression que nous faisons l'école buissonnière.

Pendant qu'elle lui tournait le dos, il ne put résister à l'envie de la ceinturer et de la serrer contre lui.

— L'école buissonnière... Vous êtes trop mignonne, Miranda, susurra-t-il sans protester contre son violent coup de coude dans les côtes.

— Je ne suis pas mignonne et je n'apprécie pas le moins du monde ce mensonge ridicule !

— Auriez-vous préféré que je me présente à votre père comme le voleur du bronze ? Que nous lui expliquions ensuite que c'est un faux et que l'Institut se trouve dans un cas classique de fraude à l'assurance ? À mon avis, faire l'école buissonnière avec un jeune gringalet anglais est de loin moins choquant pour ce cher homme.

— Pourquoi ce personnage grotesque de gringalet anglais ? demanda-t-elle en lui lançant un regard noir.

— C'est le premier qui m'est passé par la tête. Mais le problème n'est pas là. Votre père est ici, il est passé par l'Institut et, à l'évidence, il a des questions à vous poser. À vous de trouver quelles réponses lui donner.

— Croyez-vous que je ne le sache pas ? Me prenez-vous pour une idiote ?

— Pas du tout, au contraire. Je vous crois seulement trop foncièrement honnête. Savoir mentir est un art qui se cultive. Aussi vous conseillerais-je de lui dire la vérité

ou, du moins, tout ce que vous savez jusqu'au moment
où j'ai fait irruption dans votre chambre la nuit dernière.

— Je n'ai pas eu besoin de vos lumières pour arriver à la
même conclusion… Rodney !

Son estomac ne commençait pas moins à se nouer à
l'idée de devoir mentir par omission.

— Vous avez dormi à peine trois heures, vous n'êtes pas
en pleine possession de vos moyens, Miranda. Il est de
mon devoir de vous aider par de judicieuses suggestions…
Où sont les tasses ? demanda-t-il en ouvrant un placard.
Ici ?

— Non, ne prenez pas celles de tous les jours. Le beau
service est dans le dressoir de la salle à manger.

Ryan leva un sourcil intrigué et s'exécuta sans commentaire. On sort un « beau service » pour les étrangers,
pas pour la famille. Ce détail lui dévoila un nouvel aspect
de la personnalité de Miranda Jones.

— Je n'ai rapporté que deux tasses. Rodney aura sûrement compris que votre cher papa souhaite s'entretenir
avec sa fille hors de portée d'oreilles indiscrètes.

— Froussard ! grommela-t-elle.

Elle disposa avec un soin méticuleux la théière, les sou-
coupes et les tasses sur le plateau, en s'efforçant de ne pas
s'offusquer du fait que Ryan se soit déjà éclipsé en la laissant
affronter l'épreuve seule. Les épaules redressées, la tête
haute, elle prit le plateau et l'emporta au salon. Debout
devant la cheminée, son père attendait en consultant un
petit calepin à la reliure de cuir.

Il est si beau, ne put-elle s'empêcher de penser en marquant une pause sur le pas de la porte. Quand elle était
toute petite, elle le croyait sorti d'un livre de contes de
fées. Elle ne le voyait pas en prince ou en chevalier mais
en enchanteur, plein de sagesse et de dignité.

Elle avait désespérément désiré qu'il l'aime. Qu'il
la prenne sur son dos pour de folles chevauchées,

sur ses genoux pour la cajoler. Qu'il la borde le soir dans son lit et lui raconte de belles histoires. Mais elle avait dû se contenter des marques épisodiques d'une affection distraite. Personne ne l'avait jamais emmenée à califourchon sur son dos ni ne lui avait raconté de belles histoires pour l'endormir.

D'un soupir, elle chassa ses regrets et entra.

— J'ai demandé à Rodney de nous laisser seuls. Vous voulez sans doute me parler du cambriolage.

— En effet. C'est très contrariant, Miranda.

Elle posa le plateau, s'assit, servit le thé selon les règles du savoir-vivre qu'on lui avait inculquées.

— Nous en sommes tous très *contrariés*, père. La police enquête. Nous avons bon espoir de récupérer ce bronze.

— En attendant, la publicité autour de ce vol porte gravement préjudice à l'Institut. Ta mère est bouleversée, et j'ai dû quitter mon chantier de fouilles à un moment crucial pour venir ici.

— C'était inutile, répondit-elle en lui tendant sa tasse. Nous faisons tout ce qui peut et doit être fait.

— À l'évidence, notre sécurité n'est pas à un niveau satisfaisant. Elle est sous la responsabilité de ton frère.

— Ce n'est en rien la faute d'Andrew.

— Nous avons placé l'Institut entre vos mains à tous les deux, lui rappela-t-il en buvant distraitement son thé.

— Andrew accomplit un travail remarquable. Les inscriptions aux cours ont augmenté de dix pour cent, les recettes des entrées sont en progression constante. La qualité de nos acquisitions des cinq dernières années suscite l'admiration unanime de la profession et du public.

Elle fulminait intérieurement de devoir se défendre et se justifier devant celui qui s'était déchargé avec une égale désinvolture de ses responsabilités à l'Institut et de ses devoirs envers sa famille.

— L'Institut n'a jamais constitué une de vos priorités, reprit-elle faute de réponse à son plaidoyer, vous préfériez le travail sur le terrain. Andrew et moi y avons investi tout notre temps et toutes nos forces.

— Nous venons de subir notre premier vol, Miranda. Il ne faut pas l'oublier.

— Non, certes. Mais le temps, le travail, les efforts que nous y avons consacrés, les améliorations que nous y avons apportées, tout cela mérite le dédain, n'est-ce pas?

— Personne ne met en cause votre dévouement, Miranda. Ce qui vient de se produire n'en est pas moins regrettable. Ajouté à la contre-publicité entourant ton faux pas de Florence, nous nous trouvons dans une position délicate.

Mon faux pas! Pour la litote et l'euphémisme dans les situations de crise, il est décidément imbattable, pensa Miranda avec amertume.

— J'ai fait à Florence tout ce que je devais faire, répondit-elle en se forçant à garder le ton calme et objectif qu'il attendait d'elle. Tout. Si au moins je pouvais prendre connaissance des résultats de la contre-expertise, je serais en mesure d'analyser mes propres résultats, et de voir où et comment les erreurs éventuelles ont été commises.

— Tu devras en discuter avec ta mère. Tout ce que je peux te dire, c'est qu'elle est extrêmement mécontente. Si la presse n'avait pas été alertée prématurément...

Incapable de feindre plus longtemps le calme, elle se leva d'un bond.

— Ce n'est pas moi qui ai alerté la presse! Je n'ai pas touché un mot de *La Donna oscura* à quiconque en dehors du laboratoire. Pourquoi en aurais-je parlé?

Charles Jones reposa sa tasse de thé. Il avait une sainte horreur des querelles, des débordements d'émotions tout juste bons à altérer le jugement et à compromettre l'efficacité d'un travail. S'il était conscient que des émotions bouillonnaient depuis longtemps chez sa fille, qui faisait la plupart du temps des efforts méritoires pour les maîtriser, il n'avait jamais compris où elles prenaient leur source.

— Je te crois.

— Me voir accusée de… Comment?

— Je te crois, répéta-t-il. Tu es souvent entêtée et présomptueuse dans tes jugements, à mon avis du moins, mais je t'ai toujours connue honnête et sincère. Par conséquent, si tu me dis que tu n'as pas parlé de cette affaire à la presse, je te crois.

Miranda déglutit avec peine.

— Je… Merci.

— Cela, néanmoins, ne change rien à la situation. Toute cette fâcheuse publicité doit être étouffée. Du fait des circonstances, tu te trouves dans l'œil du cyclone, si je puis dire. Nous estimons donc, ta mère et moi, qu'il serait bénéfique pour nous tous que tu t'absentes un moment.

Les larmes qu'elle sentait monter à ses yeux se tarirent d'un seul coup.

— Nous en avons déjà parlé, elle et moi. Je lui ai dit que je refusais de me cacher comme une coupable. Je n'ai rien à me reprocher, je n'ai rien fait de mal.

— Il ne s'agit pas de ce que tu as fait ou non, Miranda. Tant que ces deux problèmes ne seront pas réglés, ta présence à l'Institut nous est préjudiciable, voilà tout. Aussi, poursuivit-il en se levant, tu prendras un mois de congé à partir d'aujourd'hui. Si nécessaire, tu concluras certaines affaires pendantes, mais il vaudrait mieux que tu le fasses d'ici et que tout soit terminé sous quarante-huit heures.

— Autant me marquer au fer rouge sur le front!

— Tu dramatises, comme d'habitude.

— Et vous vous en lavez les mains, comme d'habitude. Au moins, je sais maintenant sur qui compter. Sur personne… Pour une fois, plaida-t-elle en ravalant son humiliation, une seule fois, ne pouviez-vous prendre mon parti?

— Il n'est pas question de prendre parti en faveur de l'un ou l'autre, Miranda. Tu n'es pas non plus victime d'attaques personnelles. Pour tous ceux que cela concerne, tant à l'Institut qu'à Standjo, cette solution est la meilleure.

— Elle me fait mal. Très mal.

— Quand tu prendras le temps d'y réfléchir à tête reposée, tu te rendras compte que c'est la plus logique, dit-il en évitant le regard de Miranda. Je serai au Regency jusqu'à demain, si tu as besoin de me joindre.

— Je n'ai jamais réussi à vous joindre, répliqua-t-elle entre ses dents. Je vais chercher votre manteau.

Honteux malgré tout, il la suivit dans le vestibule.

— Tu n'as pas pris de vacances depuis longtemps, je crois. Profites-en pour voyager, aller au soleil. Ton, euh... jeune ami serait peut-être heureux de te tenir compagnie?

— Mon quoi?... Ah oui, bien sûr! s'exclama-t-elle en éclatant d'un rire sous lequel elle sentait poindre l'hystérie. Ce cher vieux Rodney serait ravi de voyager avec moi!

Elle accompagna son père jusqu'au perron, puis elle s'assit sur la dernière marche de l'escalier et continua de rire comme une folle – jusqu'à ce que les éclats de son rire dégénèrent en sanglots.

13

Un homme que la nature a pourvu de trois sœurs n'ignore rien des variétés de larmes féminines.

Il y a les douces, qui glissent sur des joues de femme comme des diamants liquides avec la gracieuse lenteur d'un aveu et qui jettent un homme à genoux, implorant.

Il y a les brûlantes, qui jaillissent des yeux d'une femme avec la fureur d'un torrent de lave et incitent tout homme sensé à chercher son salut dans la fuite.

Et puis, il y a celles maintenues si longtemps captives au plus profond d'un cœur de femme que, lorsqu'elles rompent enfin leurs digues, elles se répandent en un déluge de peine et de chagrin auquel nul homme au monde ne sait remédier.

Il la laissa donc seule, prostrée sur la marche, tandis que ruisselaient les larmes issues du fond de son cœur. L'intensité de la douleur qui les faisait remonter à la surface la retranchait aussi du monde extérieur, il le savait. Il ne pouvait rien faire que respecter son intimité et attendre.

Quand ses sanglots s'espacèrent et se firent moins déchirants, il descendit l'escalier, fourgonna dans la penderie du vestibule jusqu'à ce qu'il trouve un manteau à sa taille, revint vers elle et le lui tendit.

— Tenez. Allons prendre l'air.

Miranda leva des yeux gonflés, brouillés de larmes. Elle avait complètement oublié qu'il était là.

— Hein ?

— Allons prendre l'air, répéta-t-il.

Puis, parce qu'elle était encore trop désemparée pour réagir, il la releva d'une main, lui enfila les manches du manteau et la fit pivoter pour le boutonner.

— Je préfère être seule.

— Vous êtes restée seule assez longtemps. Venez.

Il se vêtit à son tour, ouvrit la porte et poussa Miranda dehors.

L'air frais la stimula, la lumière du soleil lui piqua les yeux. Son humiliation commençait à se dissiper. Pleurer ne servait à rien. Au moins, pensa-t-elle, personne ne l'avait vue perdre le contrôle d'elle-même.

Ils marchèrent main dans la main – ou, plutôt, Ryan serra celle de Miranda sans tenir compte de ses efforts pour se libérer.

Le délabrement du parc le peina, car, s'il était citadin dans l'âme, il aimait la nature. Au bout de la pelouse, deux beaux grands arbres côte à côte semblaient pleurer le hamac qui aurait dû les unir – mais Miranda avait-elle jamais goûté au plaisir d'un hamac à l'ombre par un bel après-midi d'été? Il imagina les buissons, que l'hiver avait dénudés, couverts de fleurs au printemps sans que nul ne se soit soucié de les tailler. Le gazon pelé par plaques implorait qu'on le replante et qu'on le nourrisse. Le fait qu'il y ait du gazon, des buissons et des arbres indiquait toutefois que quelqu'un s'était donné la peine de les planter – ou de payer des jardiniers pour le faire.

— Vous ne prenez pas soin de votre propriété, Miranda, cela m'étonne de votre part. Une femme à l'esprit aussi pratique que le vôtre devrait entretenir et sauvegarder un patrimoine tel que celui-ci.

— C'est une maison, dit-elle avec un haussement d'épaules.

Elle aurait voulu rentrer, prendre de l'aspirine, s'étendre dans l'obscurité, mais elle n'eut pas la force de lui résister quand il l'entraîna sur le sentier de la falaise.

— Ce devrait être un foyer. Vous y avez grandi?

— Non, la maison appartenait à ma grand-mère.

— Je comprends mieux. Je n'imaginais pas votre père choisissant de vivre ici. Le lieu ne lui aurait pas convenu.

— Vous ne connaissez pas mon père.

Le vent les fouettait, les poussait. Polis par des siècles d'intempéries, les rochers luisaient comme du vieil étain sous les rayons du soleil.

— Bien sûr que si. Il est pontifiant, arrogant. Il a l'étroitesse de vue qui lui permet de briller dans sa spécialité et le rend incapable de comprendre les êtres humains. Il ne vous a pas même entendue, ajouta Ryan quand ils débouchèrent sur l'étroite plate-forme face au large. Parce qu'il ne sait pas écouter.

Miranda arracha sa main à son étreinte.

— Mais vous, vous le savez ! fulmina-t-elle. À vrai dire, je ne vois pas pourquoi je devrais être surprise qu'un homme qui dérobe le bien d'autrui s'abaisse à écouter aux portes.

— Je ne le vois pas non plus, mais la question n'est pas là. Le fait est qu'il vous abandonne seule dans la tempête. Alors, que comptez-vous faire ?

— Que voudriez-vous que je fasse ? Quelle que soit l'autorité que je suis censée exercer à l'Institut, c'est d'eux que je la tiens, pour eux que je travaille, à eux que je dois rendre des comptes. J'ai été mise à pied comme une employée indélicate. Un point, c'est tout.

— Ce n'est jamais tout quand on a le courage de ne pas se laisser faire.

Un accès de colère balaya son abattement.

— Qu'en savez-vous, d'abord ? C'est eux seuls qui tirent les ficelles depuis toujours. J'aurai beau me faire illusion tant que je voudrai, j'obéis aux ordres et je n'ai que le droit de me taire ! Je dirige l'Institut avec Andrew pour la simple raison qu'ils n'ont voulu ni l'un ni l'autre s'imposer l'ennui d'un train-train quotidien indigne d'eux ! Andrew et moi savions depuis le début qu'ils pourraient nous flanquer dehors lorsque cela leur conviendrait. Maintenant, ils l'ont fait.

— Et vous tolérez d'être congédiée de cette manière-là, Miranda ? Réagissez, que diable ! Montrez-leur ce que vous avez dans le coffre! L'Institut n'est pas le seul endroit au monde où vous puissiez mettre vos talents en valeur!

— Citez un seul musée, un seul laboratoire digne de ce nom qui voudrait encore de moi! Le bronze de Fiesole m'a démolie, anéantie. J'aurais aimé ne jamais le voir.

De nouveau accablée, elle s'assit sur un rocher, le regard tourné vers la pointe où le phare se dressait comme une colonne de marbre blanc contre le bleu du ciel.

— Fondez votre propre laboratoire.

— Utopie.

— Beaucoup de gens m'ont dit la même chose quand j'ai envisagé d'ouvrir ma galerie à New York.

— Je n'ai pas l'intention de voler pour financer une affaire, moi, dit-elle avec un ricanement sarcastique.

— Chacun use de ses dons pour le mieux, répondit-il sans s'offusquer. Vous êtes intelligente, n'est-ce pas? Vous avez de l'argent, des contacts.

— La tête, l'argent, à la rigueur. Quant aux contacts... Inutile d'y compter, désormais. Pourtant, j'aime mon travail, poursuivit-elle en s'animant. Les gens croient que la science est un escalier de pierre que l'on gravit pas à pas jusqu'à la certitude. En réalité, c'est un puzzle qu'on n'est jamais certain d'avoir assemblé dans le bon ordre. Mais si des morceaux s'emboîtent, si on voit une image se former, il n'y a rien de plus exaltant. Et cela, je ne veux pas le perdre.

Il s'assit près d'elle, croisa les jambes.

— Vous ne le perdrez que si vous jetez l'éponge.

— Dès l'instant où j'ai vu, où j'ai touché le bronze de Fiesole, enchaîna-t-elle sans même avoir entendu sa remarque, j'ai ressenti cette exaltation. Ambition, vanité peut-être, mais qu'importe? Je brûlais d'envie de l'authentifier, de montrer à ma mère combien j'étais intelligente et douée, de l'entendre m'applaudir comme les mères applaudissent leurs enfants sur la scène de l'école, dans la représentation de fin d'année. Avec amour, avec fierté. C'est pitoyable...

— Non, pas du tout. Même adultes, nous jouons tous un rôle dans l'espoir d'entendre nos parents applaudir.

Elle avait baissé la tête, le front sur ses genoux. Elle se redressa, se tourna vers lui.

— Vous aussi?

— Je n'oublierai jamais l'ouverture de ma galerie, le moment où mes parents y sont entrés. Leur expression de joie, de fierté – mêlée d'une certaine stupeur, ajouta-t-il en riant. Cet instant a beaucoup compté pour moi.

Le menton dans les mains, elle contempla la mer qui moutonnait à perte de vue.

— Moi, je n'oublierai jamais l'expression de ma mère quand elle m'a chassée de Florence, soupira-t-elle. J'aurais mieux supporté sa déception, ses regrets, sa colère même, que ce dédain glacé.

— Ne pensez plus à ce bronze.

— Impossible! C'est lui qui a déclenché mes malheurs en cascade et provoqué ma chute. Si seulement je pouvais retourner là-bas, voir où et comment je me suis trompée. Le réexaminer comme le *David*...

Miranda s'interrompit, les mains soudain moites.

— Oh! grands dieux!... Comme le *David*...

Elle se leva si brusquement qu'il craignit qu'elle ne se jette dans le vide et la retint par une main.

— Du calme. Vous êtes trop près du bord pour mon goût.

Elle se dégagea, l'agrippa par les revers de son manteau.

— Comme le *David*! répéta-t-elle. J'ai respecté les procédures à la lettre, je savais ce que j'avais en main, j'en étais certaine! J'ai tout mesuré, tout calculé, tout vérifié, les analyses, les taux de corrosion. J'avais toutes les réponses, tout était juste. Quelqu'un l'a remplacé.

— Remplacé?

— Comme le *David*! s'écria-t-elle en lui assenant un coup de poing dans la poitrine comme pour y faire pénétrer la vérité. Le labo de Ponti a expertisé un bronze, mais pas celui que j'avais authentifié. C'était un faux! Une copie!

— Vous allez un peu loin...

— Non! Tout concorde. Tout s'explique. C'est même la seule explication logique.

— Pourquoi serait-elle plus logique que celle de l'erreur?

— Parce que je n'ai pas commis d'erreur. Penser que je me suis laissé aveugler à ce point! Où avais-je la tête? Quand on vous serine avec assez d'insistance et de conviction que vous avez tort, vous finissez par le croire. Même lorsque vous avez raison. Sans le *David*, j'aurais fini par m'en persuader moi-même.

Tout en parlant, elle avait pris le chemin du phare à longues et souples enjambées.

— Au fond, dit-il, j'ai bien fait de le voler.

Elle lui lança un regard en coin. Il marchait du même pas, de l'air dégagé et insouciant du promeneur.

— Si on veut, grommela-t-elle. Pourquoi voler cette pièce-là plutôt qu'une autre?

— Je vous l'ai déjà dit, pour le compte d'un client.

— Qui est-ce?

— Voyons, Miranda, et le secret professionnel!

— Il peut y avoir un rapport.

— Entre votre *Dame noire* et mon *David*? C'est tiré par les cheveux.

— Entre mon *David* et ma *Dame noire*, et ce n'est absolument pas tiré par les cheveux. Ce sont tous deux des bronzes de la Renaissance, Standjo est une filiale de l'Institut, je les ai tous les deux expertisés, et ils ont l'un et l'autre été remplacés par des faux. Les faits sont les faits.

— Pour le moment, parlons plutôt d'une hypothèse.

— Non, une théorie logique et raisonnée, sur laquelle fonder des conclusions préliminaires.

— Je connais ce client depuis des années, il n'est pas du genre à se lancer dans des intrigues ou des complications, croyez-moi. Quand quelque chose lui plaît, il m'en passe commande. Si je l'estime réalisable, je l'exécute. C'est aussi simple que cela. De toute façon, il ne lui serait jamais venu à l'idée de me commander un faux.

Les sourcils froncés, elle réfléchit un instant.

— Je persiste à croire que celui qui a substitué un faux au *David* en a fait autant avec *La Donna*.

— C'est une éventualité intéressante, je l'avoue.

— J'en fournirais la preuve formelle si je pouvais examiner et comparer les deux pièces.

— D'accord.

— D'accord, quoi?

— Nous allons les comparer. Nous en avons déjà une. Il suffit de se procurer l'autre.

Elle s'arrêta au pied du phare, se tourna vers lui.

— En la volant? Ne dites pas de bêtises!

Il l'agrippa par un bras avant qu'elle s'éloigne.

— Vous voulez savoir la vérité, n'est-ce pas?

— Oui, mais je ne vais pas prendre l'avion jusqu'en Italie et pénétrer par effraction dans un musée national pour voler un faux sans valeur.

— Pendant que nous y serons, rien ne nous empêchera de prendre aussi quelques objets de valeur… Une simple idée qui me passait par la tête, se hâta-t-il d'ajouter en la voyant rougir d'indignation. Si vous avez raison et si vous êtes capable de prouver vos dires, poursuivit-il d'un ton persuasif, vous ferez mieux que sauver votre réputation: vous la hisserez sur un piédestal.

C'était absurde, invraisemblable, infaisable. Pourtant, l'éclair qu'elle voyait dans ses yeux la fit hésiter.

— Pourquoi vous donneriez-vous tout ce mal? Qu'auriez-vous à y gagner?

— Si votre théorie se vérifie, elle me mettra sur la piste du vrai *David*. Ma réputation est en cause, elle aussi.

Et s'il découvrait du même coup la vraie *Donna*, s'abstint-il de préciser, sa collection personnelle s'enrichirait d'une œuvre bien séduisante...

— Je ne me rendrai pas complice d'un délit!

Il posa un bras amical sur ses épaules et l'entraîna en direction de la maison.

— Vous l'êtes déjà. Je ne vous menaçais pas d'un pistolet ni d'un couteau quand vous m'avez introduit la nuit dernière dans votre laboratoire. Vous êtes en ce moment avec moi en sachant pertinemment que je suis votre voleur. Vous êtes dans le bain jusqu'au cou, docteur Jones. Autant aller au bout de l'aventure.

Il ponctua ses paroles d'un petit baiser sur ses cheveux. Ébranlée par l'argument, Miranda ne répondit pas.

— Montez préparer votre valise, reprit-il en consultant sa montre. Nous ferons d'abord escale à New York, je dois y régler quelques détails, prendre mes affaires, mes outils.

Le mot outils la fit tiquer, mais elle préféra ne pas approfondir.

— Je ne peux pas partir aussi précipitamment, voyons! Il faut que je voie Andrew, que je lui explique.

Il ouvrit la porte, la poussa à l'intérieur.

— Laissez-lui un mot, dites-lui que vous vous absentez une quinzaine de jours, sans plus. Moins il en saura, mieux cela vaudra pour lui si la police devient trop curieuse.

— Mais si je disparais de cette manière avant la fin de l'enquête, la police me soupçonnera!

— Cela donne de l'intérêt à la partie, non? Ne vous servez pas de votre téléphone, il est peut-être sur écoute. Je vais appeler mon cousin Joey sur mon portable.

— Votre cousin Joey?

— Il est agent de voyages, il nous obtiendra des places sur le premier vol. Allez vite faire votre valise et n'oubliez pas votre passeport. Ni votre ordinateur portable, ajouta-t-il. Nous n'avons pas fini d'étudier la liste du personnel.

Miranda sentit sa tête tourner.

— Que faut-il emporter d'autre ?

— Un gros appétit. Nous serons à New York à l'heure du dîner. Ma mère nous préparera ses célèbres *linguine*, vous m'en direz des nouvelles.

Quand Andrew parvint enfin à se libérer, il était plus de six heures du soir. Une dizaine de fois, il avait essayé de joindre Miranda pour ne tomber que sur le répondeur. Il se demandait avec inquiétude dans quel état il la trouverait, bouillante de fureur ou accablée de chagrin, et il espérait se montrer capable d'affronter l'un ou l'autre, voire les deux.

Tout ce qu'il découvrit fut un court billet manuscrit scotché sur le réfrigérateur.

Tu sais sûrement que j'ai reçu l'ordre de prendre un congé. Désolée de te laisser seul dans le pétrin. Plutôt que prétendre n'avoir pas le choix, je préfère te dire que j'opte pour la seule solution valable. Je serai absente une quinzaine de jours. Ne t'inquiète surtout pas. Je te ferai signe dès que je pourrai. N'oublie pas de sortir les poubelles. Il reste assez du bœuf de dimanche dans le frigo pour te faire un ou deux repas. Force-toi à manger, tu en as besoin.

Je t'embrasse, Miranda

— Et merde ! s'exclama-t-il. Où t'es-tu envolée ?

14

Lorsqu'elle fut descendue d'avion à La Guardia pour monter à bord du fringant coupé BMW que Ryan pilotait avec maestria dans les embouteillages, Miranda avait eu le temps de recouvrer ses esprits et de se poser des questions.

— Je ne vois pas pourquoi nous n'allons pas directement à Florence. Ce détour par New York est inutile.

— Ce n'est pas un détour, mais une escale programmée. J'ai besoin de prendre mes affaires.

— Vous auriez pu vous en acheter en Italie.

— Je me laisserai sans doute tenter : le monde serait plus gai si les Italiens l'habillaient. Mais il y a quand même un certain nombre d'articles qu'on ne trouve pas dans les boutiques, même les mieux fournies.

— Ah oui ! Vos… outils.

— Entre autres choses.

— Très bien, très bien, grommela-t-elle en pianotant nerveusement sur son genou.

Elle devait se résigner au fait qu'elle était désormais à la merci d'un délinquant, immoral par définition. Sans son concours, elle ne reverrait jamais le bronze, ni le vrai ni le faux. Car il y avait eu substitution, elle en était plus que jamais persuadée. Mais si l'hypothèse était logique, elle ne pourrait l'étayer et la démontrer qu'à l'aide de données indiscutables et d'examens rigoureux.

Et si, toute honte bue, elle soumettait l'hypothèse à sa mère ? L'idée la fit presque rire. Elizabeth l'écarterait avec dédain en la mettant au compte de l'orgueil, de l'entêtement aveugle – de l'affolement, aussi. Et elle n'aurait peut-être pas entièrement tort, s'avoua Miranda.

La seule personne disposée à l'écouter et à suivre son raisonnement jusqu'au bout était un voleur professionnel, qui poursuivait du même coup ses propres objectifs – et exigeait, par-dessus le marché, la *Vénus* de Donatello à titre d'honoraires. Il pouvait toujours y compter !

D'ici là, elle aviserait. Il n'était qu'un facteur de l'équation, rien de plus. Retrouver et expertiser *La Donna oscura* lui importait davantage que les moyens dont elle userait pour parvenir à cette fin.

Tout en se faufilant dans la circulation, Ryan épiait Miranda du coin de l'œil, amusé. Lorsqu'elle ne se croyait pas observée, elle avait un visage si expressif qu'il lisait en elle à livre ouvert. À l'évidence, elle était sur des charbons ardents, soupesait le pour et le contre, s'efforçait de trouver des justifications à la décision qu'elle avait prise et qu'une partie d'elle-même réprouvait.

Le silence s'éternisa. Ce fut elle, finalement, qui le rompit en voyant la direction qu'il prenait.

— Nous n'avons pas de raison d'aller à Brooklyn.

— Si, plusieurs. La cuisine de ma mère me manque, et j'aurai quelques questions d'ordre familial à régler avant de partir pour l'Italie. Ma sœur, par exemple, voudra que je lui rapporte des chaussures. Elle est insatiable.

— En tout cas, je n'ai rien à y faire. Laissez-moi donc à un hôtel, nous nous reverrons demain.

— Vous n'allez pas à l'hôtel. Vous descendez chez moi.

Elle sursauta, lui lança un regard furibond.

— Chez vous ? Il n'en est pas question !

— Si. Et vous m'accompagnez à Brooklyn parce que, comme vous semblez l'avoir oublié, docteur Jones, nous resterons aussi soudés l'un à l'autre que des frères siamois jusqu'à la fin de notre petite aventure. Là où j'irai, vous irez.

— C'est ridicule ! Vous ne me laissez pas le temps de me retourner ! Vous m'avez dit vous-même que je suis dans le bain jusqu'au cou et que je ne peux faire autrement que de coopérer. Vous méfier de moi compliquera tout !

— Vous faire confiance compliquerait tout, la corrigea-t-il. L'ennui, voyez-vous, c'est que vous avez une conscience. Il lui arrivera de temps en temps de ruer dans les brancards et de vous inciter à tout confesser à la police. Alors, dit-il en lui tapotant affectueusement la main, considérez-moi comme le méchant démon, perché sur votre épaule gauche, qui bottera le derrière du gentil ange gardien de votre épaule droite chaque fois qu'il essaiera de vous faire entendre la voix de la vertu et des bons sentiments.

— Je n'irai pas chez vous. Si vous vous imaginez que je coucherai avec vous, vous vous faites des illusions !

— Quel dommage ! À quoi bon vivre, si c'est pour se priver des plaisirs que l'existence nous réserve ?

— Je sais très bien que vous voulez m'attirer dans votre lit ! gronda-t-elle, et l'éclat de rire dont il salua sa réplique la mit en rage. N'y comptez pas !

— Et voilà, encore un rêve anéanti. Je me demande si je pourrai survivre à un coup aussi cruel.

— Oh ! Je vous… je vous méprise !

Son rire qui redoublait la décida, faute de mieux, à se draper dans sa dignité et à regarder par la vitre de la portière sans plus lui accorder d'attention.

Elle ne savait trop à quoi elle s'était attendue, mais ce n'était sûrement pas à cette jolie maison blanche, aux linteaux jaune pastel et à la pelouse bien entretenue, dans un quartier cossu.

— Vous avez… grandi ici ?

Son évidente stupeur le fit sourire. Elle avait sans doute imaginé qu'il l'emmènerait dans quelque taudis, où les braillements d'ivrognes et les relents d'ail ou de poubelles mal lavées étaient un mode de vie.

— Non, la famille n'y est installée que depuis une dizaine d'années. Venez, nous sommes attendus, et la *mamma* a sans doute déjà préparé les *antipasti*.

— Que signifie «nous sommes attendus»?

— Que j'ai annoncé notre arrivée par téléphone.

— Vous avez... quoi? Et qui suis-je censée être?

— Chacun, j'en suis sûr, trouvera à cette question la réponse qui lui conviendra le mieux.

— Mais enfin, qu'avez-vous dit à votre mère?

Elle s'accrocha à la poignée de sa portière, vers laquelle il tendait la main pour l'ouvrir de l'intérieur. Il était penché vers elle, leurs corps pressés l'un contre l'autre, leurs visages proches à se toucher.

— Tout simplement que j'amenais une charmante jeune femme dîner à la maison. Ne soyez pas intimidée, ils sont accueillants et très sympathiques, vous verrez.

En dépit de ses efforts, elle sentait déjà peser au creux de son estomac la boule qui s'y formait chaque fois qu'elle devait affronter des inconnus.

— Je ne suis pas intimidée, mentit-elle. Je veux seulement savoir comment vous avez expliqué... Arrêtez! ajouta-t-elle en voyant ses lèvres prêtes à effleurer les siennes.

— Excusez-moi, j'étais ailleurs. Vous avez un parfum... troublant, docteur Jones.

Elle se vit l'empoigner par les cheveux, plaquer sa bouche sur la sienne. Il lui fallut une seconde pour chasser cette image de sa tête, repousser Ryan d'une main, ouvrir la portière de l'autre et descendre sur le trottoir.

Ryan eut un bref éclat de rire, qui apaisa la tension qu'il avait sentie monter dans la région de son bas ventre, et il sortit à son tour de la voiture.

Un gros chien d'une race et d'une teinte indéfinissables, qui faisait la sieste dans le jardin, lâcha un aboiement sonore et se rua sur Ryan avec une évidente adoration. Puis, quand il eut reçu les caresses attendues, il tourna son regard vers Miranda et tira en son honneur une longue langue rose, équivalent canin d'un sourire épanoui.

— Toujours aussi mal élevé, Remo, dit Ryan en riant. Vous n'avez pas peur des chiens, j'espère ?

— Non, je les adore.

Elle joignit le geste à la parole en grattant Remo entre les oreilles, ce qui lui valut des frétillements de queue frénétiques accompagnés de jappements ravis.

Ils traversèrent la pelouse en file indienne, et Ryan ouvrit la porte d'entrée. À l'intérieur, les échos d'une violente dispute avaient peine à couvrir ceux du journal télévisé réglé à pleine puissance. D'appétissantes odeurs mêlées d'ail rôti et d'herbes exotiques les assaillirent, tandis qu'un gros chat tigré leur filait entre les jambes, avant d'entamer avec le chien la énième reprise d'un atavique pugilat.

—J'ai l'impression que nous arrivons à un mauvais moment, observa Miranda.

— Au contraire, tout est normal.

Et il l'entraîna jusqu'au seuil d'un vaste living qui constituait la source du bruit. À leur vue, le jeune homme – à peine vingt ans, estima Miranda, mais doté du sourire ravageur de Ryan – et la jeune femme qui se lançaient avec véhémence des noms d'oiseaux à la tête interrompirent leurs exercices de style.

Le garçon rejoignit son frère en deux enjambées et lui assena un coup de poing sur l'épaule, sans doute en signe de virile affection. Sous ses cheveux bruns et bouclés, des yeux d'une nuance dorée brillaient dans un visage qui devait amener les filles de sa classe à soupirer la nuit dans leurs oreillers.

— Te voilà, Ryan ?

— Me voilà, Pat, répondit-il en lui faisant une clé au cou pour lui manifester à son tour ses sentiments fraternels. Mon petit frère Patrick, Miranda Jones. Tiens-toi bien, Pat.

— Sûr. Salut, Miranda. Ça va ?

Avant que Miranda ait pu répondre, la jeune femme s'approcha et la toisa d'un long regard scrutateur tout en étreignant Ryan de deux bras possessifs. Elle possédait elle aussi la séduction des Boldari.

— Tu nous manquais, Ryan. Bonjour, Miranda. Moi, c'est Colleen, se présenta-t-elle sans toutefois tendre la main.

— Enchantée de faire votre connaissance, dit Miranda.

Elle gratifia Colleen d'un sourire plutôt froid, qui se réchauffa sensiblement à l'adresse de Patrick.

— Vous allez laisser cette fille à la porte ou vous vous décidez à la faire entrer, que je la voie également ? clama une voix masculine du fond de la pièce.

— Voilà, papa, voilà !

Giorgio Boldari se leva de son fauteuil et baissa poliment le son du téléviseur. Ce n'était pas de son père que Ryan tenait son physique, constata Miranda, car l'homme qui l'examinait avec une attention soutenue était petit et trapu. Sa lèvre supérieure disparaissait sous une épaisse moustache grise, et son cou s'ornait d'une médaille de la Madone au bout d'une chaîne en or.

Un long moment, personne ne dit mot. Miranda sentit ses nerfs menacer de la trahir.

— Vous n'êtes pas italienne, constata-t-il enfin.

— Non, admit Miranda.

— Avec des cheveux comme ceux-là, vous devez avoir du sang irlandais.

— Ma grand-mère paternelle était une Riley.

Un sourire éclatant apparut alors, qui le transforma.

— Elle est belle et elle a de la classe, Ryan, déclara l'auteur de ses jours. Colleen, qu'est-ce que tu attends pour lui servir à boire ? Tu ne vas pas laisser cette malheureuse se dessécher toute la soirée, que diable !

Il s'interrompit, le temps de serrer son fils sur sa large poitrine.

— Tu devrais passer plus souvent à la maison, Ryan.

— Bientôt, papa. Maman est à la cuisine ?

— Oui. Maureen ! cria Giorgio d'une voix à pulvériser un mur de béton armé. Ryan est arrivé avec sa bonne amie ! Tu vas te décider à venir la voir ? C'est une beauté !

Sur quoi, il entreprit Miranda sur les prouesses de Ryan au base-ball, qui avait été champion quand il était à l'école.

Colleen apporta un plateau chargé de verres tout en reprenant, un ton plus bas, sa polémique avec Patrick. Le chien Remo aboyait sans arrêt derrière la porte. De temps à autre, Giorgio poussait une clameur pour enjoindre son épouse de se décider enfin à s'extraire de la cuisine et à venir admirer *de visu* l'amie de leur fils. Au moins, pensa Miranda avec soulagement, on ne comptait pas sur elle pour alimenter la conversation.

Les Boldari poursuivant le cours de leur existence comme s'ils étaient seuls, elle en profita pour regarder autour d'elle. La pièce était spacieuse, lumineuse, encombrée de meubles, d'œuvres d'art, d'objets hétéroclites. Ryan avait raison : les aquarelles de sa mère, des scènes de rue à New York exécutées avec maîtrise, étaient pleines de poésie. Derrière un canapé couvert de poils de chien, une étrange structure de métal noir était à l'évidence l'œuvre de son père. On voyait un peu partout des bibelots, des photos encadrées. Les coins du tapis témoignaient des intenses activités dentaires de Remo dans sa prime jeunesse. La table basse disparaissait sous des piles de journaux et de magazines, que nul ne songeait à débarrasser en s'excusant du désordre.

Ryan prit deux verres sur le plateau, en tendit un à Miranda et lui porta un toast en souriant.

— Bienvenue chez les Boldari, déclara-t-il à mi-voix. Votre vie s'en trouvera peut-être transformée à jamais.

Elle était prête à le croire.

Ils buvaient la première gorgée quand une femme entra en coup de vent, en s'essuyant les mains sur son tablier couvert de taches de sauce. Plus grande d'une tête que son mari, Maureen Boldari avait une silhouette de jeune fille, la beauté brune des Celtes d'Irlande et des yeux bleus pétillants de gaieté.

— Te voilà enfin, mon garçon ! dit-elle à Ryan en lui tendant les bras. Viens embrasser ta mère.

Ryan s'exécuta avec empressement et la fit éclater d'un rire sonore en la soulevant de terre.

— Où sont vos manières à tous ? enchaîna-t-elle. Patrick, Colleen, cessez de vous chamailler si vous ne voulez pas recevoir chacun une paire de claques ! Giorgio, éteins cette télévision ! Remo, arrête d'aboyer !

Ce qui fut fait par les uns et les autres avec une célérité et une docilité indiquant sans ambiguïté qui, dans la famille, détenait l'autorité suprême.

— Et maintenant, reprit-elle une fois le calme revenu, présente-moi ta jeune amie, Ryan.

— Avec plaisir, maman. Voici le Dr Miranda Jones. Elle est belle, n'est-ce pas ?

— Oui, très. Bienvenue chez nous, Miranda.

— Merci de bien vouloir m'accueillir, madame.

— Enfin une jeunesse bien élevée, approuva Maureen. Patrick ! Va chercher les *antipasti*. Ryan ! Montre à Miranda où elle peut se rafraîchir.

Ryan la guida jusqu'à un cabinet de toilette rose et blanc au fond d'un petit couloir. Miranda l'empoigna par sa chemise avant qu'il se retire.

— Qu'est-ce que vous leur avez dit à mon sujet ? chuchota-t-elle en dominant sa fureur à grand-peine.

— Que nous faisions un bout de chemin ensemble, répondit-il de son air le plus innocent.

— C'est ridicule ! Ils nous croient fiancés ?

— Je n'ai rien insinué de semblable. Seulement, voyez-vous, j'ai trente-deux ans, mes chers parents rêvent de me voir marié pour que je leur donne des petits-enfants. Ils jugent que nous allons bien ensemble, voilà tout.

— Pourquoi n'avoir pas précisé que nous n'étions rien de plus que des relations d'affaires ?

— Vous êtes une femme jeune, belle et célibataire. Si je le leur avais dit, ils ne m'auraient jamais cru. De toute façon, il n'y a pas de quoi en faire une montagne.

— Si ! D'abord, votre sœur m'a regardée avec l'air de vouloir me boxer si je ne me pâmais pas d'adoration devant vous. Et ensuite, c'est une tromperie indigne. Pour vous, évidemment, un détail comme l'honnêteté ou la franchise ne compte pas.

— Je ne mens jamais à ma famille.

— Ah oui ? Votre mère doit être très fière de savoir que son fils aîné est un cambrioleur !

— Bien sûr.

Miranda en oublia la suite de sa tirade vengeresse et le dévisagea, bouche bée.

— Quoi ? Vous voudriez me faire croire que votre mère est au courant de vos activités ?

— Naturellement. A-t-elle l'air d'une idiote naïve ? Je n'ai jamais menti à ma mère. Et maintenant, dépêchez-vous. Je meurs de faim.

Il ne resta pas longtemps affamé. Les autres non plus, d'ailleurs : le repas aurait pu rassasier une armée.

En l'honneur de Miranda, la table avait été dressée dans la salle à manger : on avait sorti la fine porcelaine, les couverts en argent et les verres en cristal. La conversation ne souffrit d'aucun temps mort. En fait, celui qui voulait placer un mot devait parler vite et fort, faute de quoi il était condamné au mutisme. Miranda ne fit pas d'efforts particuliers pour s'immiscer dans ce torrent de paroles. De plus, ayant constaté que son verre de vin était systématiquement rempli chaque fois qu'elle y trempait les lèvres, elle préféra ne plus y toucher et accorder son attention à la cuisine.

Ryan avait eu raison sur ce point-là aussi : les *linguine* de sa mère touchaient au sublime.

Se bornant à écouter, Miranda n'ignora bientôt plus rien des nouvelles de la famille. Michael, le deuxième fils, qui dirigeait la galerie de San Francisco, était marié à son amie d'enfance. Il avait deux beaux enfants qui faisaient la joie et la fierté de leur grand-père, affirma ce dernier avec un clin d'œil appuyé en direction de Ryan et un sourire complice à l'adresse de Miranda.

— Vous aimez les enfants ? s'enquit Maureen.

— Euh... oui, répondit l'interpellée.

Avec prudence et sans excès, s'abstint-elle d'ajouter.

— Ils donnent un sens à la vie, déclara Maureen en lui tendant la corbeille à pain. Ils témoignent de l'amour que se portent un homme et une femme.

— Oui, sans doute, opina Miranda.

— Prenez ma Mary Jo, par exemple...

Miranda eut alors droit au catalogue circonstancié des vertus de l'aînée des filles, qui accomplissait le tour de force de posséder une boutique chic à Manhattan en élevant trois enfants. Quant à Bridget, elle s'était mise en congé de sa prometteuse carrière dans la publicité pour rester chez elle afin de s'occuper de sa fillette.

— Vous devez être fière de vos filles, hasarda Miranda.

— Garçons et filles, je n'ai que de bons enfants. Ils ont tous fait de brillantes études, ajouta Maureen avec un sourire épanoui destiné à Ryan. Patrick est en première année de faculté. Il sait tout sur les ordinateurs.

— Ah oui ? dit Miranda, soulagée de changer de sujet. C'est sans doute passionnant.

— C'est super ! renchérit Patrick. Je ne travaille pas, je m'amuse. Au fait, Ryan, j'ai les informations que tu m'avais demandées.

Colleen cessa de dévisager Miranda pour poser un regard soupçonneux sur son frère aîné.

— Quelles informations ? s'enquit-elle.

— Rien d'important, mon chou... Tu t'es surpassée ce soir, maman, enchaîna Ryan.

— Ne détourne pas la conversation, Ryan, le rabroua sa sœur d'un air sévère. Quelles informations ?

— Colleen, nous avons une invitée, intervint sa mère avec une douceur trompeuse. Aide-moi à débarrasser la table. J'ai fait un *tiramisu* – ton dessert préféré, Ryan.

Colleen se leva docilement.

— Tu ne t'en tireras pas comme ça, chuchota-t-elle à son frère. Nous en reparlerons.

— Je peux vous aider ? proposa Miranda.

D'un geste impérieux, Maureen lui intima l'ordre de rester assise.

— Chez nous, déclara-t-elle, les invités ne débarrassent pas les assiettes. Viens, Colleen.

— Ne vous inquiétez pas, Miranda, la rassura Patrick dès que sa sœur eut disparu. Nous la mettrons au pas.

— Tais-toi, Patrick, ordonna Ryan. Nous ne vous avons pas encore dit, je crois, le métier de Colleen…

Malgré le sourire dont il la gratifiait, Miranda distingua dans son regard une sorte d'inquiétude.

— Non, en effet.

— Elle est flic.

Sur quoi, il se leva en soupirant.

— Je vais les aider à préparer le café.

Miranda le suivit des yeux, effarée, et vida d'un trait son verre de vin.

Après le dessert, elle se conforma aux usages de la maison en allant attendre le café au salon. L'interrogatoire serré auquel Giorgio la soumit – en quoi consistait sa profession ? Pourquoi n'était-elle pas encore mariée ? – lui interdit de penser à autre chose. Par ailleurs, les éclats de voix qui émanaient de la cuisine ne semblaient affecter ni Ryan, ni Patrick, ni leur père.

Lorsque Colleen reparut enfin, écumante, Patrick se contenta de lever les yeux au ciel.

— C'est reparti, grommela-t-il.

— Tu avais promis, Ryan! s'exclama-t-elle. Tu avais donné ta parole!

— Je la tiens! répliqua-t-il, excédé. Je liquide ce que j'ai commencé, un point c'est tout. Après, c'est fini.

— Et qu'est-ce qu'elle vient faire là-dedans? voulut savoir sa sœur en pointant sur Miranda un index accusateur.

— Colleen, la fustigea Giorgio, ce n'est pas poli de montrer quelqu'un du doigt.

Elle lâcha en italien une bordée de propos fort peu amènes et sortit en trombe.

Ryan soupira, s'excusa d'un sourire et se leva:

— Je reviens tout de suite.

Le silence retomba. Gênée, Miranda se leva à son tour:

— Je vais voir si Mme Boldari n'a quand même pas besoin d'un coup de main.

Les derniers arômes du dîner rendaient la vaste cuisine encore plus accueillante. Avec ses comptoirs de couleurs vives, ses rideaux à carreaux et son carrelage d'un blanc étincelant, elle méritait les honneurs d'un magazine de décoration.

Enfin un lieu normal, pensa Miranda.

— J'espère que vous voudrez bien faire une exception à vos règles et me permettre de vous aider.

— Asseyez-vous, prenez du café, répondit Maureen en lui indiquant une chaise. Ils auront bientôt fini de se disputer. Faire une scène pareille devant vous… ils mériteraient tous les deux une bonne fessée. Ah, mes enfants! soupira-t-elle. Ils ont bon cœur et la tête bien faite, mais ils sont têtus comme des mules. Ils tiennent cela de leur père.

— Vous croyez? Je retrouve beaucoup de vous chez Ryan.

Sans le savoir, Miranda avait dit exactement ce qu'il fallait. Un éclair de fierté et d'affection fit briller le regard de Maureen.

— Bien sûr, il est l'aîné. On a beau en avoir d'autres et les aimer autant, l'aîné reste le premier dans le cœur de sa mère. Vous le comprendrez un jour, vous aussi.

Miranda s'abstint de commenter ces derniers mots.

— Vous devez être inquiète pour votre fille. Policier est un métier dangereux.

— Elle sait ce qu'elle veut, ma Colleen. Cette fille va de l'avant, rien ne l'arrête. Elle finira capitaine, vous verrez ce que je vous dis. Elle est furieuse contre Ryan, poursuivit-elle en posant devant Miranda un espresso mousseux, mais il saura lui faire du charme.

— Je n'en doute pas. Il a beaucoup de charme.

— Toutes les filles lui courent après, mais mon Ryan a toujours eu bon goût. Vous lui plaisez, vous savez.

Il est temps, décida Miranda, de mettre une bonne fois les choses au point.

— Je crains qu'il n'ait pas été très clair à ce sujet, madame Boldari. Nous ne sommes qu'en relations d'affaires.

Sans s'émouvoir, Maureen se retourna pour charger le lave-vaisselle.

— Pourquoi? Mon Ryan n'est pas assez beau garçon pour votre goût?

— Il est très bel homme, mais…

— Peut-être jugez-vous qu'il manque de classe parce qu'il vient de Brooklyn et pas de Park Avenue?

— Ce n'est pas du tout ça! C'est simplement que… que nous sommes en affaires ensemble, sans plus.

— Il ne vous embrasse pas, alors?

— Il… Je…

Faute de trouver une réponse appropriée, Miranda avala une gorgée de café et garda le silence.

— Je me disais, aussi. Je m'inquiéterais pour ce garçon s'il n'avait pas envie d'embrasser une belle fille comme vous. Il apprécie autant l'intelligence que la beauté chez une femme, il n'est pas superficiel. Mais vous n'aimez peut-être pas sa façon d'embrasser? Cela compte, vous savez. Si un homme ne vous échauffe pas le sang par ses baisers, vous ne serez pas heureuse avec lui, c'est connu. L'amour physique est important dans le mariage. Celles qui prétendent le contraire n'ont jamais bien fait l'amour.

— Euh, c'est-à-dire que…

De plus en plus désemparée, Miranda piqua de nouveau du nez dans sa tasse.

— Quoi? Vous croyez que j'ignore les liaisons de mon fils?

— Mais… je n'ai pas fait l'amour avec Ryan!

Toujours impassible, Maureen referma le lave-vaisselle et mit les casseroles à tremper dans l'évier.

— Pourquoi?

Miranda se sentit sombrer dans des abîmes d'incrédulité. Cette conversation ne pouvait pas être vraie! Elle rêvait…

— Pourquoi? répéta-t-elle. Je le connais à peine! Je ne couche pas avec tous les hommes séduisants que je rencontre!

— Tant mieux. Je n'aimerais pas que mon fils fréquente une femme facile.

— Mais, madame Boldari, nous ne nous fréquentons pas, je vous assure! Nous n'avons que des relations de travail.

— Ryan n'amène pas ses relations de travail à la maison pour manger mes *linguine*, rétorqua Maureen d'un ton sans réplique.

Miranda était prête à se taper la tête sur la table en signe de désespoir quand, à son vif soulagement, le retour de Ryan et de sa sœur créa une diversion.

Comme prévu, il avait usé et abusé de son charme envers elle. Ils étaient tout sourires et se tenaient tendrement par la taille. Pour la première fois, Colleen gratifia Miranda d'un regard amical.

— Il fallait que nous nous expliquions, Ryan et moi. Désolée pour tout à l'heure.

— De rien, voyons, bredouilla Miranda.

Colleen s'assit près d'elle, posa les pieds sur la chaise voisine et s'accouda à la table.

— Alors, demanda-t-elle d'un ton professionnel, avez-vous une idée de celui qui a volé l'original du bronze?

Miranda cligna les yeux, ahurie.

— Hein?

— Oui, Ryan m'a mise au courant de tout. Je peux peut-être vous aider à y voir clair.

Ryan se pencha vers elle, l'embrassa dans les cheveux.

— Elle se prend pour Sherlock Holmes, dit-il en riant. Veux-tu que j'essuie les casseroles, maman?

— Non, c'est le tour de Patrick… Quelqu'un a volé quelque chose à ton amie?

— Oui, moi, répondit-il en s'asseyant à côté des deux jeunes femmes. Mais nous nous sommes aperçus que c'était un faux et nous allons essayer de récupérer le vrai.

— Tant mieux.

Miranda sursauta, effarée.

— Attendez! Vous avez dit «Tant mieux»? Vous savez que votre fils est un voleur?

— Me prendriez-vous pour une imbécile? s'indigna Maureen, les poings sur les hanches. Bien sûr que je le sais!

— Je vous l'avais bien dit, précisa Ryan.

— Oui, mais… je ne pouvais pas y croire! Cela ne vous fait rien? Vous l'approuvez? Et vous, Colleen, vous êtes dans la police, votre frère viole la loi et vous…

— Il prend sa retraite. Avec un peu de retard, je l'admets, mais il a donné sa parole.

— Je n'y comprends rien… Vous, sa propre mère, vous encouragez votre fils à se conduire comme un malfaiteur?

— L'encourager? répondit Maureen en éclatant de rire. Il n'a besoin de personne pour l'encourager!

Puis, comprenant qu'elle devait à son invitée une explication, elle ôta son tablier et s'assit en face d'elle.

— Croyez-vous en Dieu?

— Mais quel est le rapport?

— Ne discutez pas, répondez. Croyez-vous en Dieu?

Un sourire épanoui apparut sur les lèvres de Ryan. Miranda ne pouvait pas savoir que quand sa mère adoptait ce ton-là, c'était signe qu'on était dans ses bonnes grâces.

— Oui, j'y crois, admit-elle en soupirant.

— Eh bien, lorsque Dieu vous offre un don, c'est un péché de ne pas le faire fructifier, déclara Maureen.

— Un instant! Vous me dites que Dieu a donné à Ryan le talent de s'introduire par effraction chez les autres et que ce serait un péché de ne pas voler le bien d'autrui?

— Dieu aurait pu lui conférer le don de la musique, comme à ma Mary Jo qui joue du piano aussi bien qu'un ange. Il a préféré lui donner celui-ci.

— Madame Boldari...

— Ne discutez pas, lui conseilla Ryan à mi-voix, vous ne feriez qu'attraper une bonne migraine.

Elle le rabroua d'un regard furibond.

— Écoutez, madame Boldari, je comprends que vous cherchiez à excuser votre fils, mais...

Maureen ne la laissa pas terminer:

— Savez-vous comment il utilise ce don de Dieu?

— Je pense en avoir une assez bonne idée, oui!

— Je vais vous le dire, moi. Il achète cette maison pour sa famille, parce que l'ancien quartier n'est plus sûr. Il paie les études de ses frères et sœurs. Sans lui, rien de tout cela n'existerait. Giorgio et moi aurions beau nous tuer au travail, on ne paie pas les études supérieures de six enfants avec des salaires d'enseignants. Dieu lui a offert ce don, conclut-elle en posant une main tutélaire sur l'épaule de Ryan. Allez-vous discuter les décisions de Dieu?

Ryan ne s'était pas trompé sur un point : Miranda avait une bonne migraine, qu'elle supporta en silence pendant le trajet en voiture jusqu'à Manhattan. Elle se demandait encore ce qui l'avait le plus déconcertée, les arguments de Maureen pour justifier la carrière que son fils avait choisie ou les embrassades débordantes d'affection dont chaque membre de la famille l'avait gratifiée au moment du départ.

Arrivé devant son immeuble, Ryan donna au portier les clefs de la voiture, discrètement accompagnées d'un billet de vingt dollars qui tira du cerbère un large sourire.

— Bonsoir, Jack. Pouvez-vous faire rendre la voiture à l'agence de location et monter les bagages du Dr Jones à l'appartement ? Ils sont dans le coffre.

— Bien sûr, monsieur Boldari. Bonne soirée.

Miranda suivit Ryan dans un hall élégant, décoré de meubles anciens et de copies de toiles de maîtres.

— Votre mode de vie m'échappe, soupira-t-elle.

Il la fit entrer dans un ascenseur qu'il manœuvra à l'aide d'une clef pour accéder au dernier étage.

— Aucune importance, répondit-il, je ne comprends pas mieux le vôtre. Vous devez tomber de sommeil. Jack montera vos bagages dans cinq minutes.

— Votre mère voulait savoir pourquoi je ne couchais pas avec vous.

— Je me pose la même question.

Les portes de l'ascenseur s'ouvrirent sur un vaste living, communiquant avec une terrasse par de larges baies vitrées qui dévoilaient un somptueux panorama de New York. Miranda constata qu'il avait du goût et ne se refusait rien. Lampes Arts déco, meubles Chippendale, vases en cristal, tout était à la fois luxueux et sobre. Elle ne put s'empêcher de se demander combien de ces objets précieux étaient le fruit de ses larcins.

— J'ai tout acheté le plus régulièrement du monde, dit-il comme s'il avait deviné ses pensées. À part cette lampe d'Erté qui avait une origine un peu douteuse, je l'avoue, mais je n'ai pas pu résister. Un dernier verre?

— Non, merci.

Le parquet de chêne blond mettait en valeur un des plus beaux tapis d'Orient qu'elle eût jamais vus. Aux murs, une impressionnante collection de tableaux, d'une indiscutable authenticité, allait d'un Corot poétique à une aquarelle presque abstraite évoquant un paysage d'Irlande.

— Je crois reconnaître la facture de votre mère.

— Exact. Elle est bonne, n'est-ce pas?

— Très.

— Vous lui plaisez beaucoup, vous savez.

— Je sais, soupira Miranda en se dirigeant vers les baies vitrées. Je l'aime bien, moi aussi.

Sa propre mère ne l'avait jamais serrée dans ses bras comme Maureen, avec une fermeté capable de communiquer affection et approbation. Son père ne lui avait jamais souri avec la lueur de gaieté complice qu'elle avait vue pétiller dans le regard du père de Ryan. Pourquoi, en dépit de tout, cette famille lui avait-elle paru tellement plus normale que la sienne?

Un vibreur retentit. Ryan alla débloquer la porte de l'ascenseur. Il prit les valises des mains du portier, les déposa et rejoignit Miranda près de la baie.

— Détendez-vous, murmura-t-il en lui massant les épaules. J'espérais qu'une soirée dans ma famille vous changerait les idées.

— Comment pourrait-on se détendre au milieu d'une telle débauche d'énergie? Vous avez dû avoir une enfance intéressante.

— J'ai eu une enfance fabuleuse.

Cent fois moins privilégiée mais, si j'en crois les apparences, mille fois plus riche en amour que celle que vous avez connue, s'abstint-il d'ajouter.

Comme elle se décontractait peu à peu, il posa les lèvres sur sa nuque, lui mordilla l'oreille.

— Non, pas ça…

— Je pensais plutôt à ça, en fait.

Il la fit pivoter vers lui, couvrit sa bouche de la sienne. Elle émit une nouvelle protestation, mais si peu convaincante qu'ils n'en tinrent compte ni l'un ni l'autre.

Maureen lui avait dit que les baisers d'un homme devaient réchauffer le sang. Le sien bouillonnait sous sa peau, lui montait à la tête jusqu'à lui donner le vertige, un vertige auquel elle ne demandait qu'à céder.

Le désir que Ryan sentait vibrer en elle alimentait le sien. Il voulait être celui qui briserait sa carapace de glace, qui déchaînerait le volcan qu'il était sûr de découvrir au-dessous. Quelque chose en elle l'attirait avec une force obstinée contre laquelle il ne pouvait lutter.

Il lui lâcha les épaules, fit descendre ses mains le long de son corps, lui effleura les seins.

— Laissez-moi vous toucher.

Oh oui! Touche-moi, prends-moi…

— Non!

Le son de sa propre voix la choqua moins que de se rendre compte qu'elle s'arrachait à son étreinte alors même que tout son être aspirait à s'approcher de lui davantage.

— Non, reprit-elle, ça ne marchera pas.

— Cela marchait pourtant très bien. Pour nous deux.

— Je ne me laisserai pas séduire, Ryan. Si nous voulons que notre association fonctionne avec succès jusqu'à son terme, ce ne peut être qu'au niveau professionnel.

— C'est un niveau qui me déplaît.

— Nous avions conclu un marché. On ne revient pas sur un marché conclu.

Frustré, il fourra les mains dans ses poches, la dévisagea avec un dépit évident.

— Vous n'attrapez jamais d'engelures à la langue quand vous prenez ce ton-là? D'accord, docteur Jones. Le travail avant tout. Venez, je vais vous montrer votre chambre.

Il retourna chercher ses valises près de l'ascenseur et la précéda dans un escalier intérieur en métal.

— Vous voilà chez vous, dit-il en déposant les bagages près de la porte. Vous y serez confortablement installée, je pense. Nos places d'avion sont retenues pour demain soir, ce qui me laissera le temps de régler les derniers détails. Dormez bien, conclut-il.

Et il lui ferma la porte au nez avant qu'elle ait eu le temps de la claquer au sien.

Miranda haussa les épaules – et écarquilla les yeux, horrifiée, en entendant cliqueter la clef dans la serrure. Elle bondit, agita frénétiquement la poignée.

— Espèce d'infâme salaud! Vous n'avez pas le droit de m'enfermer!

— Simple précaution, docteur Jones, répondit-il avec une douceur qui la fit grincer des dents. Je préfère m'assurer que je vous retrouverai au même endroit demain matin.

Sur quoi, il s'éloigna en sifflotant tandis qu'elle martelait la porte à coups de poing et lui promettait une vengeance éclatante.

15

Bien qu'elle sût son geste inutile, Miranda s'enferma le lendemain matin dans sa salle de bains. Elle se doucha en hâte sans cesser de surveiller la porte, pour le cas où Ryan aurait décidé de lui jouer un tour à sa façon – elle l'en croyait tout à fait capable.

Une fois drapée dans son peignoir, elle prit son temps. Elle voulait être habillée, coiffée et maquillée avant de l'affronter. Pas question de petit déjeuner en pyjama dans l'amicale intimité de la cuisine.

Mais il fallait d'abord qu'il la libère.

— Ouvrez, Boldari ! cria-t-elle en cognant sur la porte.

Seul le silence lui répondit. Furieuse, elle frappa à coups redoublés, cria de plus en plus fort, en émaillant ses appels de menaces de représailles qui témoignaient d'une imagination fertile.

Ainsi, pensa-t-elle, il ajoutait la séquestration à la liste de ses crimes ! Elle pria avec ferveur que ses futurs compagnons de cellule soient des sadiques, condamnés eux aussi à la perpétuité, qui se délasseraient en lui infligeant des tortures raffinées.

Au comble de la colère, elle agita alors la poignée de la porte… qui tourna docilement sous sa main.

Sa fureur décuplée par un profond embarras, elle passa la tête, regarda dans le couloir, vit des portes ouvertes et s'avança avec précaution vers la première, prête à sortir ses griffes. Elle découvrit une douillette bibliothèque aux murs tapissés de livres, de confortables fauteuils de cuir, un cartel ancien sur une cheminée de marbre, une collection de tabatières dans une vitrine. Mais s'il avait du goût et de la culture, il n'était malgré tout qu'un voyou ! décréta-t-elle.

La porte suivante était celle de sa chambre. Sur le large lit Louis XV, le couvre-lit de soie gris perle sans un faux pli signifiait soit qu'il n'avait pas dormi là, soit que sa mère l'avait bien dressé – ayant fait la connaissance de Maureen, elle pencha pour cette dernière proposition. Là encore, le choix des meubles et du décor trahissait un goût irréprochable. Elle résista à la tentation de fouiller la penderie et les tiroirs de la commode. C'eût été le comble qu'il surgisse à ce moment-là et la surprenne en flagrant délit d'indiscrétion !

La troisième pièce était le bureau d'un homme qui, pour travailler à la maison, ne se refusait rien. Deux ordinateurs, chacun pourvu d'une imprimante laser, fax, photocopieur dernier cri, téléphones, rien ne manquait à la panoplie du décideur, toujours à la pointe du progrès technologique.

Une douzaine de photographies de sa famille étaient disposées dans un savant désordre sur les classeurs et les étagères. Intriguée, Miranda s'en approcha : elle vit des enfants en bas âge, sans doute ses neveux et nièces ; une jeune femme au visage de madone avec un nouveau-né sur les genoux, en qui elle crut deviner sa sœur Bridget ; le bel homme aux yeux Boldari, un bras amoureusement posé sur les épaules d'une jeune femme, devait être son frère Michael qui vivait en Californie. Sur une photo, Ryan et Colleen faisaient assaut de sourires. Un portrait de groupe réunissant la famille au complet avait dû être pris au moment de Noël, car on distinguait les lumières du sapin derrière la forêt de visages.

Ils avaient tous l'air heureux d'être ensemble, plus naturels en tout cas que la plupart des gens qui posent devant un objectif. Un sentiment d'envie lui noua la gorge malgré elle. Il n'y avait jamais eu chez elle de photos commémorant la moindre réunion de famille. Elle se surprit à souhaiter se glisser, par quelque sortilège, dans un de ces clichés, se blottir entre ces bras accueillants, éprouver ce qu'ils éprouvaient – en un mot, se sentir aimée.

Au prix d'un effort, elle s'en détourna. Ce n'était pas le moment de se demander pourquoi la famille Boldari était aussi chaleureuse et la sienne aussi froide. Tant que sa fureur était encore fraîche, elle devait trouver Ryan et lui dire ce qu'elle avait sur le cœur.

Elle descendit l'escalier en se retenant de justesse de crier son nom. Il n'était ni dans le grand salon ni dans la pièce adjacente, où trônaient un écran géant de télévision, une stéréo d'allure compliquée et un flipper des années 60, la bonne cuvée.

Il ne se trouvait pas davantage à la cuisine, où il avait quand même eu la prévenance de laisser sur la plaque chauffante une cafetière plus qu'à demi pleine.

Il n'était nulle part dans l'appartement.

Elle décrocha le téléphone avec l'idée folle d'appeler Andrew et de tout lui raconter. Mais elle n'entendit pas de tonalité dans l'écouteur. En grommelant une bordée de jurons entre ses dents serrées, elle se précipita vers l'ascenseur, pressa le bouton. Rien. Enrageant, elle courut à la porte de l'escalier de secours. Fermée à clef.

Au bord de la crise de nerfs, elle activa l'interphone afin d'alerter le portier. Elle n'entendit qu'un grésillement.

Il avait ouvert la porte de sa chambre, certes, mais ce n'était que pour agrandir sa cage !

Il était plus de une heure de l'après-midi quand Miranda entendit enfin le ronronnement de l'ascenseur.

Elle avait occupé sa matinée à fouiller chaque recoin de l'appartement. Trouvant tous les tiroirs des bureaux fermés à clef, elle avait perdu son temps à tenter de les crocheter avec une épingle à cheveux. Des mots de passe indécodables rendaient les ordinateurs inaccessibles. La vaste terrasse, en revanche, l'avait accueillie avec urbanité, et la caféine dont elle s'était abreuvée avait fini de lui mettre les nerfs à vif. Elle était donc plus qu'en état de l'affronter lorsqu'il émergea de la cabine.

— Comment avez-vous eu le culot de m'enfermer ? Je ne suis pas votre prisonnière !

— Simple précaution, répondit-il en posant les paquets et le porte-documents dont il était chargé.

— Et après, que comptez-vous faire ? M'enchaîner ? Me mettre les menottes ?

— Plus tard, peut-être, quand nous nous connaîtrons mieux. Vous avez passé une bonne matinée ?

— Je vous...

— Déteste, méprise, etc., enchaîna-t-il en enlevant son pardessus. Je sais, nous avons déjà abordé la question. J'avais quelques courses à faire. J'espère que vous ne vous êtes pas trop ennuyée en mon absence ?

— Je m'en vais ! Je devais avoir perdu la raison lorsque j'ai cru que nous pourrions travailler ensemble.

Il attendit qu'elle ait posé le pied sur la première marche de l'escalier pour la rappeler.

— *La Donna oscura* est stockée dans une réserve du Bargello en attendant que soit déterminée son origine exacte.

Ainsi qu'il l'avait escompté, elle s'immobilisa, hésita, se tourna lentement vers lui.

— Comment le savez-vous ?

— Mon métier consiste à tout savoir. Écoutez, Miranda : avec ou sans vous, j'irai en Italie et je libérerai *La Dame*. Je n'aurai pas grand mal à trouver un autre expert au-dessus de tout soupçon, et à découvrir pour finir ce qui s'est passé et pourquoi. Si vous partez maintenant, vous vous mettez en dehors du coup. Définitivement.

— Vous ne la sortirez jamais du Bargello !

— Oh, mais si ! affirma-t-il en souriant. Vous pourrez alors soit l'examiner à votre aise quand je l'aurai, soit retourner vous morfondre dans le Maine en attendant que vos parents décident de ne plus vous laisser au coin.

Elle ne releva pas cette dernière pique, un peu trop proche de la réalité pour qu'elle s'en offusque.

— Comment comptez-vous vous y prendre?

— C'est mon affaire.

— Si vous voulez mon accord sur ce projet stupide, j'exige des détails.

— Je vous informerai de l'indispensable à mesure que nous progresserons. À prendre ou à laisser, docteur Jones. Décidez-vous, le temps presse.

Il attendit sa réponse en l'observant avec juste assez d'arrogance pour la piquer au vif. C'était là, comprendrait-elle plus tard, qu'elle avait dépassé le point de non-retour.

— Si vous réussissez à accomplir le miracle de vous introduire au Bargello, vous n'y prendrez que ce bronze et rien d'autre. Nous ne partons pas là-bas faire votre marché.

— D'accord.

— Si nous entrons en possession du bronze, c'est moi et moi seule qui en aurai la charge. Est-ce clair?

Il n'avait aucune raison de la priver de la copie. Lui, c'était l'original qui l'intéressait.

— Bien entendu, vous êtes l'expert, répondit-il avec un sourire ironique. Alors, vous restez ou vous partez?

— Je reste, dit-elle avec un soupir à fendre l'âme. Et que Dieu me pardonne.

— Bien. Voici pour vous.

Il ouvrit son porte-documents, en sortit des papiers. Miranda prit un livret bleu foncé, fronça les sourcils.

— Ce passeport n'est pas à moi.

— Maintenant, si.

— Ce n'est pas mon nom! Mais… où avez-vous trouvé cette photo? C'est celle de mon passeport!

— En effet.

— Et celle-ci… mon permis de conduire! Vous avez volé mon portefeuille?

— J'ai emprunté certains documents contenus dans votre portefeuille, la corrigea-t-il.

Elle frémissait, littéralement, de fureur.

— Vous avez pénétré dans ma chambre pendant mon sommeil et vous m'avez volé mes affaires?

— Vous dormiez très mal, vous vous agitiez beaucoup. La méditation vous détendrait peut-être, vous devriez essayer.

— C'est… c'est odieux!

— Non, c'était indispensable. J'aurais été odieux si j'en avais profité pour me couler dans votre lit. Amusant, sans aucun doute, mais méprisable de ma part.

Elle exhala une sorte de hennissement.

— Qu'avez-vous fait de mes vrais papiers?

— Ils sont en lieu sûr, vous n'en aurez plus besoin jusqu'à notre retour. On ne prend jamais trop de précautions, ma chérie. Si la police s'avise de fouiner, il vaut mieux qu'ils ne sachent pas que vous quittez le pays.

— Je ne suis pas Abigail O'Connell! déclara-t-elle en jetant le faux passeport sur la table.

— *Madame* Abigail O'Connell. Nous faisons notre second voyage de noces. Je crois que je vous appellerai Abby, c'est plus affectueux.

— Je ne ferai pas semblant d'être votre femme! J'aimerais mieux être mariée à un… à un psychopathe!

Elle est encore neuve dans le métier, dut-il se rappeler pour lui manifester un peu de patience.

— Écoutez, Miranda, nous voyagerons ensemble, nous partagerons la même suite à l'hôtel. Un couple marié ne soulève pas de curiosité ni n'attire de questions. Restons simples. Pour les quelques jours à venir, je serai donc Kevin O'Connell, votre époux attentionné. Je suis agent de change, vous êtes dans la publicité. Nous sommes mariés depuis cinq ans, nous habitons l'Upper East Side et, à ce stade de nos carrières respectives, nous envisageons de fonder une famille.

— Comment vous êtes-vous procuré ces faux papiers ?

— J'ai des contacts, répondit-il évasivement.

Elle l'imagina dans une arrière-boutique sordide, où un gangster mal rasé s'adonnait au trafic d'armes volées et de papiers frauduleux. Elle n'aurait pu concevoir qu'il sortait de la luxueuse villa de New Rochelle, New Jersey, où un sien cousin issu de germain, expert-comptable de son état, s'amusait dans sa cave à fabriquer des pièces d'identité plus vraies que nature à des tarifs défiant toute concurrence.

— Il est illégal de pénétrer dans un pays étranger avec de faux papiers, déclara-t-elle à bout d'arguments.

Il la dévisagea un instant, ébahi, avant d'éclater d'un rire sonore.

— Oh ! Miranda, vous êtes merveilleuse ! Mais soyons sérieux. Il me faut une description précise du bronze. Je dois pouvoir le reconnaître au premier coup d'œil.

Elle se demanda comment quiconque parvenait à suivre un homme capable de passer en un clin d'œil de l'hilarité la plus franche au plus grand sérieux.

— Il mesure 30 centimètres de haut, pèse 10 kilos. Patine vert-de-grisée.

Elle dut s'interrompre. L'image lui était apparue avec une telle clarté qu'elle en fut un instant aveuglée.

— Une femme nue qui se tient sur la pointe des pieds, reprit-elle, les bras tendus au-dessus de la tête… Non, ce serait plus simple de vous en faire un dessin.

— Parfait. Aussi précis que possible, j'ai horreur de me tromper.

Il alla lui chercher un bloc de papier et un crayon. Avec une rapidité et une habileté qui étonnèrent Ryan, elle transcrivit sur le papier l'image qui ne cessait de la hanter. Tout y était, jusqu'au sourire sensuel, à l'élan du corps tendu comme un arc.

— Superbe, murmura-t-il en se penchant sur son épaule. Absolument superbe. Vous êtes douée. Peignez-vous ?

— Non.

— Pourquoi pas ?

— Parce que je ne peins pas, voilà tout.

— Vous possédez pourtant un réel talent. Vous devriez le cultiver.

— C'est ce que je fais. Dans mon travail, un bon croquis est souvent très utile.

— Certes, mais pratiquer un art donne un plaisir dont on a tort de se priver.

— Le dessin est précis. Si vous avez la chance de tomber dessus, vous devriez la reconnaître sans difficulté.

Elle reposa le crayon, se leva. D'un doigt, il lui caressa presque distraitement la joue.

— La chance n'a rien à voir dans l'affaire… Vous lui ressemblez un peu, vous savez. La forme du visage, les pommettes. Ce serait intéressant de vous voir sourire comme elle. Vous ne souriez pas souvent, Miranda.

— Je n'en ai pas eu beaucoup l'occasion, ces derniers temps, dit-elle avec amertume.

— J'espère que cela changera bientôt. Une voiture viendra nous chercher dans une heure, poursuivit-il. Profitez-en pour vous habituer à votre nouveau nom, chère Abby. Et si vous avez du mal à vous souvenir de m'appeler Kevin, dites simplement mon chéri, conclut-il avec un clin d'œil.

— Sûrement pas !

— Ah ! une dernière chose.

Il prit dans sa poche un petit écrin, l'ouvrit. Un éclair de lumière en jaillit.

— En vertu des pouvoirs qui me sont conférés, etc., etc., énonça-t-il en lui passant l'anneau au doigt.

— Non !

Elle ne put cependant s'empêcher de baisser les yeux sur l'alliance en or, sertie de quatre brillants baguettes qui scintillaient comme des glaçons au soleil.

— Ne soyez pas si sotte, ce n'est que pour le décor.

— Quel décor! Volé, je suppose?

— Là, sincèrement, vous me vexez. J'ai un ami grossiste en bijouterie qui me fait des prix. Bon, je vous laisse, j'ai tout juste le temps de m'occuper de mes bagages.

Elle tripota l'anneau pendant qu'il s'éloignait. Sans raison valable, elle aurait préféré qu'il ne soit pas aussi parfaitement à sa taille.

Il s'engageait déjà dans l'escalier quand elle le héla:

— Ryan! Croyez-vous vraiment y arriver?

— Vous verrez bien, dit-il en lui décochant par-dessus l'épaule un nouveau clin d'œil.

Il se rendit compte aussitôt qu'elle avait fouillé ses affaires. Si elle avait pris soin de ne rien déranger, elle n'avait pas remarqué les pièges disposés un peu partout – un cheveu en travers des portes de la penderie, un fragment de Scotch transparent sur chaque tiroir de la commode. C'était une vieille habitude dont il ne s'était jamais défait, même dans un immeuble de haute sécurité comme le sien. De toute façon, elle n'avait rien trouvé qu'il n'ait voulu lui laisser découvrir.

Dans la penderie, il pressa un bouton dissimulé sous une étagère et pénétra dans sa chambre secrète. Ayant déjà tout prévu, il ne lui fallut pas longtemps pour prendre le matériel dont il avait besoin. Il le disposa avec soin dans le double fond de sa valise et plaça au-dessus les vêtements qu'un jeune cadre dynamique emporterait pour des vacances romantiques en Italie. Revenu dans son bureau, il choisit un certain nombre de disquettes qu'il mit dans l'étui de son ordinateur portable, y ajouta quelques objets d'allure et de fonctions plus ésotériques. Satisfait, il alla enfermer ses vrais papiers d'identité dans le coffre-fort, dissimulé dans la bibliothèque derrière les œuvres complètes d'Edgar Allan Poe, inventeur du mystère de la porte close.

Avec une brève hésitation, il y prit un simple anneau d'or. C'était l'alliance de son grand-père, que sa mère lui avait donnée deux ans auparavant à la fin de la veillée funèbre. Il avait déjà eu maintes occasions de porter une alliance pour compléter un déguisement, mais il ne s'était jamais encore servi de celle-ci. Plutôt que de s'interroger sur les raisons qui l'y incitaient cette fois-ci, il la glissa à son doigt et referma le coffre.

Il descendait avec ses bagages quand le portier annonça leur voiture par l'interphone. Miranda attendait déjà près de l'ascenseur, ses valises à ses pieds.

— Bravo! lui lança-t-il. J'apprécie qu'une femme soit prête à l'heure.

— Allons-y, répondit-elle avec un soupir résigné. J'ai horreur d'être obligée de courir dans un aéroport.

— Vous avez cent fois raison, ma chérie.

Galamment, il se pencha pour prendre une de ses valises. Elle lui écarta la main d'une tape.

— Je suis assez grande pour porter moi-même mes bagages. Et je ne suis pas votre chérie.

Il recula d'un pas, la regarda avec un sourire ironique se démener pour passer des bandoulières à ses épaules et saisir les poignées des valises.

— Vous y êtes? demanda-t-il en ouvrant la porte de l'ascenseur. Bien. Après vous, docteur Jones.

Elle ne songea même pas à s'étonner qu'il ait réussi en si peu de temps à leur réserver deux places de première classe. Comme elle sursautait chaque fois que l'hôtesse l'appelait Mme O'Connell, elle jugea prudent de se plonger dans un livre aussitôt après le décollage.

Ryan feuilleta un roman policier, sirota du champagne, regarda sur l'écran vidéo les dernières prouesses d'Arnold Schwarzenegger. Miranda but de l'eau minérale et tenta de s'intéresser à un documentaire sur la nature, mais la fatigue nerveuse des dernières quarante-huit heures la rattrapa au milieu de l'Atlantique. Faisant de son mieux pour ignorer la présence de son voisin, elle abaissa le dossier de son siège, étendit les jambes et donna à son cerveau l'ordre de se mettre en sommeil.

Elle rêva du Maine, des falaises, de la mer qui s'écrasait à leur pied. Une lumière clignotait dans un brouillard gris qui estompait les formes. Elle se guidait sur elle pour aller au phare. Elle était seule. Totalement seule. Et elle avait peur. Affreusement peur.

Elle avançait à tâtons, trébuchait, luttait pour ne pas laisser échapper les sanglots qui lui brûlaient la poitrine. Elle entendait un rire de femme, grinçant, menaçant, qui la défiait, la poussait à courir plus vite.

Elle courait si vite et si fort sans rien distinguer dans le brouillard qu'elle se trouva tout à coup au bord de la falaise, au-dessus des flots déchaînés.

Elle sentit une main agripper la sienne et s'y accrocha avec la force du désespoir. *Ne me laissez pas seule!*

Ryan baissa les yeux sur leurs mains jointes. Celle de Miranda se crispait, blanche aux articulations. Qu'est-ce qui la hante? s'interrogea-t-il. Qu'est-ce qui l'empêche de s'ouvrir aux autres, de demander de l'aide?

Du pouce, il lui caressa doucement les phalanges jusqu'à ce que ses doigts se détendent. Mais il ne lui lâcha pas la main, dont le contact lui apporta un étonnant réconfort tandis qu'il se laissait lui-même glisser dans le sommeil.

16

De la suite luxueuse et pleine de charme, Miranda ne remarqua que le fait qu'elle comportait une seule chambre à coucher, où trônait un imposant lit double.

— Il n'y a qu'une chambre ! s'exclama-t-elle, indignée.

Ryan ouvrit à deux battants la porte-fenêtre du salon, qui donnait sur une immense terrasse. Les toits de tuiles roses luisaient sous le soleil, et les senteurs du printemps embaumaient l'atmosphère.

— Venez voir la vue ! lui cria-t-il de dehors. C'est à cause d'elle que j'ai réservé cette suite. La terrasse est si belle qu'on pourrait y vivre.

— Tant mieux, vous y serez à l'aise, dit-elle en le rejoignant par la porte-fenêtre de la chambre.

À aucun prix, elle ne se laisserait séduire par le somptueux panorama de la ville, par les bacs de géraniums qui bordaient la balustrade, encore moins par l'homme qui s'y accoudait comme s'il était destiné de toute éternité à se trouver en cet endroit et dans cette pose.

— Il n'y a qu'une chambre, répéta-t-elle.

— Bien sûr, nous sommes mariés. Au fait, si vous alliez me chercher une bière dans le minibar ?

— Je suppose qu'un certain type de femmes vous trouve irrésistible, Boldari. Je n'en fais pas partie. Et il n'y a qu'un seul lit dans l'unique chambre à coucher.

— Si vous êtes timide à ce point, nous pourrons nous relayer sur le canapé du salon. Commencez ce soir, vous me direz si on y dort bien… Allons, Miranda, poursuivit-il en posant un bras amical sur ses épaules, ne vous affolez pas. Vous mettre dans mon lit serait sûrement très agréable, mais j'ai à l'esprit des choses plus urgentes. Et puis, une vue comme celle-ci valait bien huit heures d'avion, non ?

— J'ai autre chose en tête que la vue, moi.

— De toute façon, elle est là, autant en profiter.

— Vous êtes déjà venu ici, si je comprends bien.

— Kevin O'Connell y a en effet passé quelques jours l'année dernière, c'est pourquoi je me sers encore de lui. Dans un hôtel bien tenu comme celui-ci, le personnel se souvient des clients, surtout s'ils donnent de généreux pourboires. Et ce cher Kevin est la libéralité même.

— Qu'étiez-vous venu faire sous le nom de Kevin ?

— M'occuper d'un reliquaire contenant un morceau d'os du bon San Giovanni Battista.

— Vous avez volé une relique ? Un os de saint Jean-Baptiste ?

Il se retint de justesse d'éclater de rire devant sa mine scandalisée.

— Un fragment, tout au plus. Ce cher Johnny est disséminé en pièces détachées dans toute l'Italie. Un petit bout de plus ou de moins ne change rien à la dévotion qu'il inspire.

— J'en suis sans voix, murmura Miranda, accablée.

— Mon client avait un cancer, il s'était persuadé que la relique le guérirait. Il est mort, bien entendu, mais il a quand même vécu neuf mois de plus que ce que les médecins lui accordaient. Qui pourrait lui jeter la pierre ? Allons défaire nos valises, poursuivit-il en lui prenant le bras. Je ferai un brin de toilette, et nous nous mettrons au travail.

— Au travail ?

— J'ai des courses à faire.

— Je ne passerai pas ma journée à courir les marchands de chaussures pour votre sœur.

— Ce ne sera pas long. Je dois aussi rapporter quelques souvenirs au reste de la famille.

— Écoutez, Boldari, vous avez dit vous-même que nous avions des choses plus urgentes au programme que…

Il l'interrompit en lui posant un petit baiser sur le bout du nez.

— Rassurez-vous, ma chérie, je ne vous oublierai pas dans mes achats de cadeaux. Mettez des chaussures confortables, lui conseilla-t-il. Je vais me préparer.

Sur quoi il la laissa, seule et folle de rage.

Dans une boutique du Ponte Vecchio, il acheta pour sa mère, dont l'anniversaire approchait, un bracelet d'or orné de cabochons d'émeraudes. Dans une autre, il choisit des chaînes d'or guilloché ; des boucles d'oreilles en marcassite dans une troisième ; des broches ailleurs encore – pour ses sœurs, précisa-t-il – et fit livrer le tout à l'hôtel. Miranda refusait de céder aux tentations des étalages rutilants et l'attendait en trépignant d'impatience.

— Vous ne savez donc jamais vous détendre ni profiter du moment qui passe, docteur Jones ? dit-il en posant un bras affectueux sur ses épaules. Nous sommes à Florence, le soleil brille, il fait doux. Respirez, vivez un peu.

Elle faillit céder et s'appuyer contre lui.

— Je ne suis pas venue ici pour l'atmosphère, répondit-elle d'un ton qu'elle espéra assez froid pour doucher à la fois son enthousiasme et ses propres tendances à s'alanguir.

— L'atmosphère est pourtant là. Nous aussi. Alors ?

Elle préféra ne pas répondre et se laissa entraîner par la main vers le bout du pont.

Il s'amusa comme un enfant au spectacle bigarré des touristes et des flâneurs autour des échoppes. Près de la Piazza della Repubblica, il marchanda des sacs, des petites boîtes de cuir ouvragé. Miranda ne voulut rien accepter. Et s'il avait espéré que les somptueuses boutiques de mode de la Via dei Tornabuoni la feraient fléchir, il avait sous-estimé sa force de volonté. Elle n'y jeta pas même un regard.

Il acheta trois paires de chaussures chez Ferragamo. Elle résista à son envie folle d'une superbe paire d'escarpins gris perle. Les cartes de crédit dans son sac n'étaient pas à son nom, elle irait nu-pieds plutôt que de s'en servir.

— N'importe quelle femme aurait déjà une douzaine de paquets dans les bras, lui fit-il observer quand ils sortirent du magasin.

— Je ne suis pas n'importe quelle femme.

— Je m'en suis aperçu, répliqua-t-il d'un air narquois.

Un peu plus loin, il s'arrêta devant une vitrine.

— Cela ne vous suffit pas ? demanda-t-elle aigrement.

— On ne peut pas venir à Florence sans acheter une œuvre d'art, voyons.

— Nous ne sommes pas venus ici dans le seul but de faire des emplettes, que je sache !

Avant de pousser la porte, il lui prit la main et la porta galamment à ses lèvres.

— Du calme. Faites-moi confiance.

— Voilà des termes tout à fait incompatibles !

En maugréant, elle le suivit quand même à l'intérieur.

Les rayons étaient bourrés de reproductions d'œuvres célèbres en marbre ou en bronze. Dieux, déesses, nymphes et héros faisaient assaut de séduction pour éveiller la convoitise des touristes. Se forçant à la patience, Miranda s'apprêtait à perdre encore une heure précieuse pendant que Ryan s'acquittait de ses obligations familiales lorsque, à sa surprise, il lui montra au bout de cinq minutes à peine une gracieuse Vénus.

— Qu'en pensez-vous ?

Elle examina rapidement la statue, fit la moue.

— Médiocre, sans plus. Si un de vos parents cherche à décorer sa pelouse, elle devrait faire l'affaire.

— C'est ce que je pense aussi.

Sur quoi il fit signe à une vendeuse et, à la stupeur de Miranda, s'exprima dans un laborieux baragouin.

Jusque-là, il avait conduit ses marchandages dans un italien irréprochable, parsemé à l'occasion d'idiotismes ou de mots d'argot. Elle l'entendait maintenant massacrer les phrases les plus élémentaires, avec un accent à couper au couteau qui provoqua le sourire condescendant de la vendeuse.

— Vous êtes américain, monsieur ? Nous parlons anglais.

— Vraiment ? Tant mieux ! Ma femme et moi cherchons une belle statue à rapporter chez nous comme souvenir. Celle-ci nous plaît beaucoup. Elle irait bien sur la cheminée du salon, n'est-ce pas Abby chérie ? dit-il en tirant Miranda par la main. Qu'en penses-tu ?

Elle ne répondit que par un « Hmmm » qui laissait le champ libre à l'interprétation.

Cette fois non plus, il ne chercha pas à marchander. Il se borna à faire la grimace en entendant le prix et attira Miranda à l'écart comme pour la consulter.

— Que signifie cette comédie ? demanda-t-elle à mi-voix.

— Kevin n'achèterait rien sans l'accord de son épouse.

— Vous n'êtes qu'un sinistre imbécile.

— Voilà ce que je gagne à jouer les maris attentionnés.

Il planta fermement un baiser sur ses lèvres – et, par un réflexe providentiel, évita de justesse un coup de dents qui l'aurait condamné au mutisme.

— D'accord, nous la prenons, déclara-t-il à la vendeuse.

L'achat réglé et la statue emballée, il déclina l'offre de la faire livrer à l'hôtel. Il empoigna le sac d'une main et, de son bras libre, prit Miranda par la taille – en lui meurtrissant la hanche avec l'un des deux appareils photo qu'il portait en bandoulière.

— Et maintenant, Abby chérie, annonça-t-il avant de franchir la porte, allons déguster une de ces glaces qui te faisaient tant envie tout à l'heure.

— Je n'ai pas envie d'une glace, gronda-t-elle en posant le pied sur le trottoir.

— Mais si, c'est bon et nourrissant. Il nous reste un dernier arrêt avant de rentrer nous reposer.

— Écoutez, je suis fatiguée et j'en ai plus qu'assez de courir les magasins. Je retourne à l'hôtel.

— Vous vous priveriez du plus amusant ? Nous allons au Bargello.

Elle sentit un frisson de terreur mêlée d'excitation lui titiller la colonne vertébrale.

— Quoi ? Nous allons le… le faire maintenant ?

— Non, simplement continuer de jouer les touristes. Reconnaître les lieux, prendre quelques photos, repérer les caméras de surveillance, voir où les gardiens sont postés. Le travail préliminaire, quoi, expliqua-t-il.

Il s'abstint toutefois de préciser que cette visite serait loin d'être sa première et qu'il connaissait déjà le musée comme sa poche.

— Bon, j'ai compris. Je me demande d'ailleurs pourquoi nous n'avons pas commencé par là.

— Chaque chose en son temps, ma chérie. Abby et Kevin auraient voulu se promener en ville le jour de leur arrivée.

Elle ne protesta pas. Avec leurs appareils photo, leurs paquets, leurs guides, ils incarnaient en effet jusqu'à la caricature les typiques touristes américains.

Il lui acheta un cornet de glace, un sorbet au citron, qu'elle lécha dans l'espoir d'apaiser l'appréhension qui commençait à lui nouer l'estomac. En marchant d'un pas de flâneurs, ils s'arrêtaient pour admirer un monument, regarder une vitrine, consulter la carte d'une *trattoria*. Personne ne leur prêtait attention. Sans trop se forcer, Miranda parvenait presque à se convaincre qu'elle se promenait dans Florence pour la première fois de sa vie.

En arrivant devant la cathédrale, Ryan lui saisit la main. Leurs doigts se mêlèrent. Elle ne retira pas les siens.

— Splendide, n'est-ce pas ?

— Le dôme de Brunelleschi construit sans échafaudage était révolutionnaire à l'époque, récita-t-elle. Giotto a dessiné le campanile, il est mort avant de l'avoir vu terminé. La façade néogothique a été plaquée au XIXᵉ siècle.

— Vous feriez un bon professeur d'histoire, docteur Jones. Ne le prenez pas mal, c'est un compliment, ajouta-t-il en la voyant froncer les sourcils. Apprenez-m'en davantage.

Miranda hésita. Comme il ne semblait pas se moquer d'elle, elle poursuivit.

— Michel-Ange a sculpté son *David* dans la cour du Museo dell'Opera del Duomo. Il a aussi copié le *saint Jean* de Donatello pour son *Moïse*. Mais l'orgueil du musée, à mon avis, c'est sa *Pietà*... Ne m'embrassez pas, Ryan, dit-elle en voyant sa bouche s'approcher de la sienne. Cela compliquerait tout.

— Faut-il que tout soit simple?

— Dans le cas présent, oui.

Du pouce, il lui caressa les lèvres.

— Normalement, je serais d'accord avec vous. Nous sommes attirés l'un par l'autre – rien de plus simple, n'est-ce pas? Et pourtant...

Sa main descendit le long de son cou, de son bras. Il sentit son pouls battre furieusement.

— Bien, soupira-t-il en reculant d'un pas, restons simples. Allez vous mettre là-bas.

— Pourquoi?

— Pour que je vous prenne en photo, Abby. Il faudra montrer aux amis où nous avons passé nos vacances.

C'était pousser un peu loin le souci de la mise en scène, mais elle s'exécuta et alla poser devant la façade, au milieu d'une centaine d'autres visiteurs.

Il la rejoignit, lui tendit son Nikon.

— À mon tour, maintenant. La mise au point est automatique, il suffit de viser et...

— Je sais me servir d'un appareil... Kevin, répliqua-t-elle, agacée.

Elle recula, le cadra dans le viseur. Il était si beau, son sourire si éclatant qu'elle sentit malgré elle son cœur s'emballer quand elle déclencha l'obturateur.

— Voilà. Satisfait, maintenant ?

— Pas tout à fait.

Il héla un couple de touristes, qui acceptèrent avec empressement d'immortaliser sur la pellicule ces jeunes et sympathiques Américains.

— C'est ridicule, à la fin, grommela Miranda.

Elle reprit cependant la pose. Ryan lui entoura la taille et la serra contre lui.

— Celle-ci est pour ma mère, murmura-t-il avant de l'embrasser comme s'il cédait à une soudaine impulsion.

Au même moment, une nuée de pigeons s'envola dans un grand bruit d'ailes. Miranda n'eut pas le temps de résister : déjà que ses lèvres chaudes et fermes prenaient possession des siennes, son bras plaquait leurs corps l'un contre l'autre. Le gémissement qui lui échappa ne devait rien à la protestation. La main qu'elle posa sur sa joue cherchait moins à le repousser qu'à le retenir. Et son cœur frémissait sur le seuil d'un inconnu vertigineux.

Se sentant lui-même prêt à basculer, Ryan préféra s'écarter. Sa bouche glissa de la bouche de Miranda vers sa joue pour se poser au creux de sa main.

— Désolé, murmura-t-il sans parvenir à sourire. Je crois m'être laissé emporter par l'instant qui passait.

Il alla chercher son Nikon et remercier le complaisant photographe. De retour près de Miranda, il prit le sac de la statuette, lui tendit sa main libre. Elle avait presque oublié pourquoi ils étaient là. Sans mot dire, elle se laissa entraîner.

Arrivés devant le vieux palais du Bargello, Ryan sortit le guide de sa poche, en touriste consciencieux.

— Il a été bâti en 1255, annonça-t-il. Il a servi de prison du XVIe au milieu du XIXe siècle. Les exécutions capitales avaient lieu dans la cour.

— Je connais l'histoire, grommela-t-elle.

— Le Dr Jones connaît l'histoire, Abby chérie, la corrigea-t-il.

Un fois entrés dans les salles du rez-de-chaussée, il dégaina son caméscope et s'esbaudit bruyamment devant le grand bronze de *Bacchus ivre*.

— Regarde, Abby! En voilà un qui savait boire. Jack et Sally crèveront de jalousie quand ils le verront... Arpentons la salle, lui enjoignit-il à voix basse en braquant discrètement le caméscope vers un passage où se tenait un gardien. Jouez les petites bourgeoises béates d'admiration.

Miranda avait les mains moites. C'était une réaction absurde, bien entendu. Elle se répétait qu'ils avaient parfaitement le droit d'être là et que nul n'était capable de deviner ce qu'ils avaient en tête, mais elle ne pouvait empêcher son cœur de bondir dans sa poitrine.

Ils allèrent de salle en salle, s'arrêtant ici et là devant un tableau, une sculpture, échangeant des commentaires admiratifs ou blasés. Au bout d'une heure de ce manège, elle commença à penser que les activités délictueuses rimaient avec fastidieuses. Elle allait sombrer dans une semi-torpeur quand la vue de la superbe collection de petits bronzes de la Renaissance, dont s'enorgueillissait le musée, lui rappela fâcheusement son *David* et lui remit les nerfs à vif.

— N'en avons-nous pas assez vu?

— Presque. Allez aguicher le gardien là-bas.

— Quoi?

Il défit prestement deux boutons de son corsage.

— Attirez son attention, posez-lui des questions idiotes, baragouinez l'italien, papillonnez des cils, faites-lui jouer l'important. *Capisce, cara?*

— Qu'allez-vous faire?

— Rien si vous n'accaparez pas son attention. Au bout de cinq minutes, pas une de moins, demandez-lui où sont les toilettes, partez dans cette direction et attendez-moi dans la cour, je vous y rejoindrai dans dix minutes.

— Mais...

— Faites ce que je vous dis, l'interrompit-il d'un ton sans réplique. Il y a assez de monde pour que je réussisse.

— Seigneur… Bon, d'accord.

L'estomac noué, les jambes flageolantes, elle s'approcha du gardien.

— Euh… *scusi… per favore…*, commença-t-elle en exagérant son accent américain à la limite du ridicule.

Le gardien baissa les yeux sur son décolleté, remonta vers son visage et fit un sourire égrillard.

— Euh… *parla inglese?* reprit-elle.

— *Si, signora.* Un petit peu.

— Ah ! C'est le ciel qui vous envoie !

Sur quoi, elle papillonna des cils et constata, en voyant s'élargir le sourire du gardien, qu'un truc aussi vieux et aussi éculé n'avait rien perdu de son efficacité.

— J'ai appris un brin d'italien avant de venir, mais tout se mélange dans ma tête. J'ai une vraie tête de linotte, vous savez, c'est lamentable ! Les Américains sont incapables de parler une seconde langue, comme la plupart des Européens.

À sa mine perplexe, elle comprit avec soulagement qu'il n'avait pas suivi la moitié de ce qu'elle lui avait dit.

— Tout est si beau ici ! reprit-elle avec un débit à peine moins volubile. Je me demandais si vous pouviez me donner quelques explications sur cette œuvre, ajouta-t-elle en désignant une statue au hasard.

Une fois certain que le regard du gardien était rivé sur la poitrine de Miranda, Ryan fit trois pas de côté, deux autres en arrière, s'adossa nonchalamment au mur près d'une porte et sortit de sa poche un rossignol.

Même en opérant derrière son dos, il n'eut aucun mal à vaincre la résistance de la serrure. La direction du musée, il est vrai, ne s'attendait guère que ses visiteurs soient munis de tels outils, encore moins qu'ils aient l'audace de s'en servir au grand jour.

Ryan avait eu tout loisir d'étudier le plan détaillé du musée, stocké sur une disquette – ainsi que ceux de quelques dizaines d'autres. Selon sa source, qu'il avait tout lieu de croire bien informée, l'objet de ses recherches se trouvait derrière cette porte, car elle permettait d'accéder au labyrinthe des réserves situées à cet étage du bâtiment.

Un œil sur Miranda et le gardien, Ryan attendit qu'une horde de visiteurs s'interpose entre eux et lui. La troupe n'avait pas fini de s'écouler qu'il avait déjà franchi la porte et l'avait refermée sans bruit.

À bon droit satisfait de lui-même, il enfila ses gants et jaugea la situation. Devant lui s'étendait un corridor bordé de petites pièces encombrées de statues et de tableaux, la plupart ayant grand besoin d'être restaurés. Il ne s'étonna pas du désordre qui y régnait : l'expérience lui avait appris que ceux pour qui l'art est un métier sont souvent imperméables aux notions d'organisation.

Quelques objets lui attirèrent l'œil au passage, parmi lesquels une madone au visage triste et à l'épaule cassée, mais ce n'était pas pour cette dame-là qu'il était venu.

Sa quête était déjà bien avancée quand un sifflotement distrait et des bruits de pas l'incitèrent à se mettre en toute hâte à couvert.

Miranda attendit dix minutes, puis quinze. À vingt, elle se tordait les mains d'angoisse sur le banc de la cour où elle feignait de se reposer, en imaginant comment se déroulerait son long séjour forcé dans une geôle italienne.

La cuisine n'y serait peut-être pas trop infecte…

À notre époque, certes, on ne pendait plus les voleurs aux balcons du Bargello, en témoignage d'une justice fort peu soucieuse des droits de l'Homme. Mais c'était quand même une piètre consolation.

Elle consulta sa montre pour la énième fois. Il s'était fait prendre, elle en était maintenant certaine. Il devait déjà subir un interrogatoire et avoir donné sans le moindre scrupule le nom de sa complice. Le lâche ! Le salaud !

C'est alors qu'elle le vit traverser la cour, de la démarche de l'homme au cœur pur qui n'a nul souci en tête ni rien à se reprocher. Elle en éprouva un soulagement si intense qu'elle se leva d'un bond et se jeta dans ses bras.

— Où étiez-vous ? Je vous croyais…

Il la bâillonna d'un baiser, autant pour la faire taire que pour profiter de l'occasion.

— Allons boire quelque chose, je vous raconterai.

— Comment avez-vous pu me laisser me morfondre ? Vous aviez dit dix minutes, cela fait presque une demi-heure.

Ils étaient encore enlacés.

— J'ai été un peu retardé. Je vous ai manqué, mon ange ?

— Non ! Je me demandais ce qu'il y aurait ce soir au menu de la prison.

— Femme de peu de foi…

Main dans la main, ils se dirigèrent vers la sortie.

— Au fait, reprit-il, j'ai un petit creux. Pas vous ? Vin et fromage nous feront le plus grand bien. La Piazza della Signoria n'est pas la plus pittoresque, mais c'est la plus proche. Allons-y.

— Mais enfin, où étiez-vous passé ? J'ai bavardé aussi longtemps que j'ai pu avec le gardien, et quand je me suis retournée vous aviez disparu.

— Je voulais voir ce qu'il y avait derrière la porte numéro 3. Cet endroit a peut-être été un palais et un repaire de carabiniers, mais les serrures sont au-dessous de tout.

— Comment avez-vous pu prendre un risque aussi insensé, avec un gardien à moins de dix pas !

— En général, c'est le meilleur moment. J'ai trouvé notre belle *Dame*, ajouta-t-il sans changer de ton.

— C'est effarant, irresponsable… Quoi ?

— Je l'ai trouvée, répéta-t-il avec un sourire plus éblouissant que le soleil de Toscane. Elle paraissait bien malheureuse, la pauvre, enfermée là à prendre la poussière. Patience, nous parlerons plus tard. Je meurs de soif.

— Vous avez soif? Vous pensez à boire alors que nous devrions déjà être en train de prévoir les prochaines mesures à prendre? Nous n'allons tout de même pas perdre notre temps à une terrasse de café…

— C'est pourtant ce que nous allons faire. Et cessez de regarder tout le temps par-dessus votre épaule comme si nous avions un régiment de *carabinieri* à nos trousses.

Tout en parlant, il l'entraîna vers la terrasse d'une *trattoria* bondée et la guida jusqu'à une table libre.

— Vous êtes complètement cinglé! fulmina-t-elle. Passer des heures à courir les boutiques de souvenirs, à marchander, à se promener dans le Bargello comme si vous n'y aviez jamais mis les pieds. Et pour finir…

Il la fit taire en la poussant sur une chaise et lui étreignit la main sans aucune tendresse. Le sourire qu'il lui décocha était aussi glacial que le ton de sa voix:

— Nous restons ici un moment, et vous vous tenez tranquille. Est-ce clair?

Son sourire redevint aimable pour le serveur, auquel il commanda en un italien irréprochable une bouteille de chianti millésimé et un assortiment de fromages.

— Je ne tolérerai pas que vous me donniez des ordres comme si j'étais votre domestique, gronda-t-elle quand ils furent de nouveau seuls.

— Vous tolérerez ce que je vous dirai de tolérer, mon cher ange. J'ai votre *Dame*.

— Vous vous faites des illusions si… Quoi? Que voulez-vous dire?

Les couleurs que la rage lui avait mises aux joues s'évanouirent en un clin d'œil.

— Qu'elle est sous la table.

— Sous la… ?

Il l'empêcha de plonger en lui serrant la main assez brutalement pour lui tirer un cri de douleur.

— Regardez-moi, *cara*, et faites semblant d'être amoureuse, dit-il en portant à ses lèvres ses doigts endoloris.

— Vous voulez me faire croire que vous êtes sorti de ce musée avec le bronze ? En plein jour ?

— Je suis très fort, je vous l'ai déjà dit.

— Mais… là, tout à l'heure ? Vous êtes parti à peine une demi-heure !

— Si un gardien n'était pas venu se planquer dans les réserves pour boire un coup au mépris des règlements, il m'en aurait fallu moitié moins.

— Enfin, vous disiez que nous devions d'abord reconnaître les lieux, mesurer, repérer…

— Je mentais.

Il porta encore une fois sa main à ses lèvres et la fixa béatement des yeux pendant que le serveur disposait leur en-cas sur la table en souriant avec indulgence.

— Vous mentiez ? demanda-t-elle, outrée.

— Si je vous avais annoncé que je comptais passer à l'action, vous auriez été un paquet de nerfs et vous auriez sans doute tout fait rater. Le vin de Toscane est vraiment délicieux, poursuivit-il en remplissant leurs verres. Vous ne voulez pas goûter celui-ci ?

Il l'avait donc rendue complice d'un vol commis dans un établissement public ! Un musée national !

Sans le quitter des yeux, elle vida son verre d'un trait. Amusé, il lui tendit une tartine de fromage.

— Si vous avez l'intention de liquider la bouteille à ce rythme, il vaut mieux ne pas rester l'estomac vide. Prenez.

Elle écarta sa main, remplit de nouveau son verre.

— Vous saviez que vous le feriez quand nous y sommes entrés, n'est-ce pas ?

— Je savais seulement que, si l'occasion se présentait, j'en profiterais pour procéder à la substitution.

— Quelle substitution ?

— J'ai mis à sa place la Vénus de bronze achetée tout à l'heure. Les gens voient ce qu'ils s'attendent à voir, je crois vous l'avoir déjà dit. Il y avait dans cette réserve une femme nue en bronze. Elle y est toujours, mais il y a de fortes chances pour que nul ne se rende compte avant un bon moment que ce n'est pas la même...

Il s'interrompit le temps de se préparer une tartine de fromage, d'y mordre, de savourer une gorgée de vin.

— Quand ils s'en apercevront, reprit-il, ils chercheront l'autre, qu'ils croiront déplacée par erreur. Et quand ils ne la retrouveront pas, personne alors ne sera plus capable de déterminer avec précision la date de sa disparition. Cela peut demander des jours, des semaines. De toute façon, lorsque le pot aux roses sera découvert, nous serons de retour aux États-Unis depuis belle lurette.

— Il faut que je la voie.

— Bien sûr, le moment venu. En tout cas, je peux vous dire que voler un faux en connaissance de cause n'a rien de très exaltant. On n'éprouve pas le petit... coup au cœur.

— Pas possible ? soupira-t-elle, accablée.

— Si. Et je ne vous cache pas non plus que ce coup au cœur me manquera quand j'aurai pris ma retraite. Au fait, vous avez fait un excellent travail avec le gardien.

Le compliment ne lui procura aucun plaisir.

— Tenez, reprit-il en lui tendant une appétissante tartine. Remontez-vous, vous en aurez besoin. Nous avons encore du travail devant nous.

Tenir *La Donna oscura* entre ses mains dans une chambre d'hôtel fut pour elle une expérience quasi surréaliste.

Son effarement calmé, elle la soupesa, l'examina avec soin, nota les endroits grattés pour les prises d'échantillons, puis la posa sur la table à côté du *David*.

— Elle est superbe, commenta Ryan. Votre croquis était d'une remarquable précision jusque dans les moindres détails, mais je crains que vous n'en ayez pas bien rendu l'esprit. Vous seriez une grande artiste si vous mettiez un peu plus de cœur dans votre ouvrage.

— Je ne suis pas une artiste, je suis une scientifique. Et ce bronze n'est pas celui que j'ai expertisé.

— Comment le savez-vous ?

N'ayant pas de mots pour dépeindre sa certitude que la statue était un faux, encore moins pour décrire l'absence du choc électrique qu'elle avait ressenti dans ses doigts lorsqu'elle avait touché pour la première fois le bronze authentique, elle se rabattit sur les seuls faits tangibles.

— Un œil exercé est capable de reconnaître l'époque à laquelle un travail a été exécuté, mais c'est un élément trop subjectif pour que j'en tienne compte. En revanche, je me souviens clairement d'avoir prélevé des échantillons ici et là, dit-elle en montrant un mollet et une épaule. Or, ces endroits sont intacts. Le labo de Ponti a opéré ses prélèvements dans le dos et sur le socle. Il me faudrait du matériel et mes notes pour le vérifier, mais je puis d'ores et déjà affirmer que ceci n'est pas le bronze que j'ai examiné.

— Eh bien, vérifions.

— Personne ne me croira.

— Si, quand nous aurons remis la main sur l'original.

— Comment… ?

— Pas si vite, docteur Jones. Une chose à la fois. Vous allez commencer par vous changer. Habillez-vous en noir, c'est ce qui convient le mieux pour s'introduire quelque part sans se faire remarquer. Je me charge du transport.

— Nous allons à Standjo ?

— Naturellement. À moins, poursuivit-il pour prévenir sa protestation, que vous ne préfériez appeler votre mère, lui expliquer la situation et lui demander d'avoir la bonté de vous prêter un labo une heure ou deux.

Les yeux de Miranda lancèrent des éclairs.

— Je vais me changer, dit-elle avec froideur.

La porte de la chambre n'ayant pas de serrure, elle bloqua le dossier d'une chaise sous la poignée et se sentit mieux. Une seule pensée l'obsédait : il se servait d'elle comme d'un de ses outils ! L'idée d'être de loyaux partenaires n'était qu'une illusion.

Il l'avait rendue complice d'un vol ; maintenant, il s'apprêtait à la faire entrer par effraction dans une propriété de sa famille sous prétexte de procéder à des examens. Autant introduire le loup dans la bergerie ! Comment l'empêcher de faire main basse, si la fantaisie l'en prenait, sur les œuvres précieuses qui s'y trouvaient ?

L'entendant parler au téléphone dans le salon, elle prit son temps pour se changer. Il fallait qu'elle mette au point son propre plan, qu'elle s'assure la coopération d'une personne à laquelle elle puisse se fier aveuglément.

— Je descends deux minutes à la réception ! lui cria-t-il à travers la porte. Ne traînez pas là-dedans, il faut que je me change moi aussi.

— Je serai prête.

À peine eut-elle entendu la porte se refermer qu'elle alla prendre son carnet d'adresses dans son sac resté au salon. Elle le feuilleta fébrilement, trouva le numéro, le composa en murmurant : « Pourvu qu'il soit là. » À l'autre bout du fil, la sonnerie retentit trois fois, quatre fois.

Elle allait abandonner, désespérée, quand on décrocha.

— *Pronto.*

— Giovanni ! Miranda.

— Miranda ? s'étonna-t-il avec moins de plaisir que de prudence inquiète. Où êtes-vous ? Votre frère…

— Je suis à Florence. Il faut que je vous voie sans délai, Giovanni. Rejoignez-moi à l'intérieur de Santa Maria Novella dans dix minutes au plus tard.

— Mais…

— Je vous en prie, Giovanni ! C'est crucial.

Elle raccrocha sans attendre sa réponse, fourra les deux bronzes dans le sac du magasin d'objets d'art, attrapa son sac à main au passage et quitta la suite.

Malgré le poids des bronzes, elle dévala l'escalier et s'arrêta à l'entrée du hall, le cœur battant. Elle vit Ryan qui bavardait amicalement avec le réceptionniste ; il lui tournait le dos mais, ne pouvant prendre le risque de traverser le hall, elle pria Dieu de la rendre invisible et se glissa le long du mur vers la porte du jardin intérieur, qu'elle parcourut à toutes jambes.

Son lourd chargement avait beau lui arracher le bras, Miranda ne ralentit pas avant d'être sortie de l'enceinte de l'hôtel. Une fois dans la rue, elle changea le sac de main, lança un bref coup d'œil derrière elle et prit sans hésiter la direction de l'église.

Bien que Santa Maria Novella soit à moins de cent mètres de l'hôtel, elle dut faire appel à toute sa volonté pour ne pas courir. Ce n'est qu'après avoir atteint la pénombre fraîche du sanctuaire et s'être laissée tomber sur une chaise près du chœur, hors d'haleine et les jambes flageolantes, qu'elle prit le temps de s'interroger sur les conséquences de sa décision.

Elle ne pouvait deviner ce que la façade policée de Ryan dissimulait de violence, mais, à l'évidence, il allait être fou de rage. Toutefois, elle était sûre de faire ce qu'elle devait, parce que c'était la seule solution logique. Il fallait que la copie elle-même soit en lieu sûr jusqu'à la solution du problème. Elle n'avait pas le droit de se fier à un voleur.

Giovanni répondrait à son appel, elle le connaissait depuis trop longtemps pour douter de lui. Qu'il soit coureur de jupons, excentrique, soit, mais il était avant tout un scientifique de haut niveau. Et il avait toujours compté parmi ses amis sûrs. Il l'écouterait, il l'épaulerait.

Les yeux clos, elle s'efforçait de se calmer lorsqu'un bruit de pas précipités au fond de la nef la fit sursauter. Il l'avait retrouvée !... Elle se leva d'un bond et se retourna.

— Giovanni !

Elle se jeta dans ses bras en retenant des larmes de soulagement. Il lui donna l'accolade avec une sorte d'exaspération affectueuse.

— Que fabriquez-vous ici, *cara* ? Pourquoi m'appeler d'une voix tremblante de peur pour me dire de vous rejoindre comme si nous étions des espions ? Et dans une église !

Elle s'écarta, parvint à sourire.

— Parce que c'est tranquille et sûr. Je voudrais tout vous expliquer, mais je ne sais pas de combien de temps je dispose. Il est sûrement déjà en train de me chercher.

— Qui vous cherche ?

— Trop compliqué. Asseyez-vous une minute, dit-elle à voix basse. Voilà : le bronze, *La Donna*. C'est une copie.

— Écoutez, Miranda, pour faire une copie, il faut avoir quelque chose à copier. Dès le début, ce bronze était un faux. Les autorités ont interrogé le plombier. Il semble bien qu'il ait cherché à faire passer la statue pour une œuvre authentique et qu'il ait presque réussi.

— Non, Giovanni. Elle était authentique.

— Je sais que vous avez du mal à admettre...

— Vous avez vu les résultats des analyses.

— Oui, mais...

— Croyez-vous que je les aie falsifiés ? l'interrompit-elle, ulcérée de voir le regard de son ami exprimer le doute et les soupçons.

— Je crois que des erreurs ont été commises. Nous avons tous travaillé avec trop de précipitation, Miranda.

— La rapidité ne change rien aux résultats. Le bronze que nous avons examiné était authentique. Celui-ci est un faux, ajouta-t-elle en sortant *La Dame noire* du sac posé à ses pieds.

— Qu'est-ce que c'est?

— La copie. Celle que Ponti a contre-expertisée.

— *Dio mio!...*

Son éclat de voix fit tourner quelques têtes et lui attira les regards indignés de dévotes en prières.

— Comment avez-vous eu ce bronze? reprit-il en chuchotant. Il était au Bargello.

— Peu importe. Ce qui compte, c'est que ce n'est pas celui sur lequel nous avons travaillé. Vous le constaterez vous-même au laboratoire.

— Au labo... Avez-vous perdu la tête, Miranda?

— Je n'ai jamais été plus sensée, au contraire. Écoutez, Giovanni, je suis interdite de séjour à Standjo, tous les dossiers y sont, l'équipement aussi. J'ai besoin de votre aide. Il y a un autre bronze dans ce sac – la copie d'un *David* que j'avais également authentifié. Je vous demande de les examiner l'un et l'autre, d'effectuer tous les essais et toutes les analyses, puis de comparer les résultats à ceux du bronze de Fiesole. Vous aurez ainsi la preuve que ce ne sont pas les mêmes.

— Réfléchissez une seconde, Miranda. Si je fais ce que vous me demandez, je réussirai seulement à prouver que vous vous êtes trompée.

— Non. Vous disposerez de mes notes, des vôtres, de celles de Richard, vous recommencerez la série de tests. Nous n'avons pas pu nous tromper tous, Giovanni. Je le ferais moi-même si je pouvais, mais on m'accuserait encore de falsifier les résultats. Il faut que ce soit objectif, indiscutable. Et vous êtes le seul à qui je puisse faire confiance. C'est ma réputation qui est en jeu, Giovanni. Mon travail. Ma vie entière, dit-elle en lui prenant les mains.

Elle jouait sciemment la carte de la confiance et de l'amitié, ses points faibles, mais les larmes qui sourdaient à ses yeux n'étaient pas feintes.

Giovanni grommela une bordée de jurons, fit la grimace en se souvenant de l'endroit où il était et s'empressa de se signer en marmonnant un acte de contrition.

— Bon, je ferai ce que vous me demandez.

Miranda sentit son cœur se gonfler de gratitude.

— Merci, Giovanni. Le plus tôt possible, n'est-ce pas ?

— Ce soir même. Le labo est fermé jusqu'à lundi, personne n'en saura rien.

— Fermé ? Pourquoi ?

— Parce que demain est le Vendredi saint, ma charmante païenne, répondit-il en souriant pour la première fois. (Et parce que je n'ai pas l'intention de gâcher mon week-end au labo, précisa-t-il en son for intérieur.) Où pourrai-je vous joindre quand ce sera fini ? demanda-t-il à voix basse.

— C'est moi qui vous téléphonerai demain matin. Oh ! merci, Giovanni, mille fois merci. Je ne saurai jamais comment vous témoigner ma reconnaissance.

— Vous pourriez commencer par une explication lorsque je vous communiquerai les résultats.

— Je vous raconterai tout en détail, je vous le promets. Oh ! Giovanni, que je suis heureuse de vous avoir revu ! J'aurais voulu rester un peu plus longtemps, mais c'est impossible. À demain matin – et soignez-les bien, dit-elle en poussant du pied le sac vers lui. Attendez une ou deux minutes avant de partir, on ne sait jamais, ajouta-t-elle.

Elle lui donna un baiser et s'en fut sans se retourner.

Parce qu'elle descendit la nef en regardant droit devant elle, elle ne remarqua pas une silhouette qui se tenait dans l'ombre d'un bas-côté en feignant de contempler une fresque. Elle ne perçut pas non plus les ondes de fureur menaçante qui en jaillirent à son passage.

Se sentant allégée du fardeau écrasant qui lui avait pesé sur la tête, le cœur, la conscience, elle sortit dans la lumière dorée du soleil qui fondait au couchant. Pour le cas improbable où Ryan la chercherait à pied, elle ne prit pas la direction de l'hôtel mais celle de l'Arno. Mieux valait avoir mis une bonne distance entre Giovanni et elle avant qu'il la repère.

Sa longue marche lui permit de se calmer, de réfléchir et, pour la première fois, de s'intéresser aux couples qui flânaient la main dans la main, échangeaient des œillades amoureuses ou des baisers passionnés. Giovanni lui avait dit une fois qu'à Florence l'amour imprégnait l'air et qu'il suffisait de respirer pour se griser de son parfum.

Ce souvenir la fit sourire – puis soupirer.

Elle n'était décidément pas faite pour l'amour et pour le romanesque. Ne venait-elle pas d'en administrer encore une fois la preuve ? Le seul homme qui ait jamais éveillé en elle des sentiments assez puissants pour la faire souffrir était un voleur, doté d'autant de moralité qu'un champignon.

Oui, tout compte fait, elle était beaucoup mieux seule. Comme elle l'avait toujours été.

Arrivée au bord du fleuve, elle contempla les derniers rayons du soleil qui miroitaient sur les eaux. Lorsque, quelques instants plus tard, elle entendit derrière elle un moteur rugir avec impatience, elle comprit qu'il l'avait retrouvée.

— Montez !

Elle se retourna sans hâte. Son visage exprimait une colère qu'il ne cherchait pas à maîtriser. Ses yeux aux reflets d'or étaient plus froids que la glace, plus durs que l'acier. Vêtu comme elle d'un pantalon et d'un polo noirs, il chevauchait une moto bleu nuit. Ébouriffé par le vent, il paraissait dangereux, capable de tout – et incroyablement séduisant.

— Je peux encore marcher, merci.

— Montez, Miranda. Parce que si vous me forcez à vous mettre sur cette machine, je vous préviens, ça va faire mal.

Son seul choix consistant à prendre lâchement la fuite et courir le risque d'être écrasée par-dessus le marché, elle haussa les épaules, s'approcha et enfourcha la selle en prenant appui derrière elle afin de ne pas même le frôler.

Mais quand il démarra comme un boulet de canon, l'instinct de conservation fut le plus fort, et elle le ceintura des deux bras en s'accrochant à lui avec l'énergie du désespoir.

17

Après une course démente dans des rues étroites et sinueuses, Ryan arrêta sa machine Piazzale Michelangelo. La place était presque déserte. Les marchands et camelots qui l'encombraient pendant la journée avaient démonté leurs étals, de gros nuages d'orage s'amoncelaient à l'ouest, où le soleil finissait de sombrer sous l'horizon.

— Je me demande pourquoi je ne vous ai pas passé les menottes, gronda-t-il. Descendez.

Miranda lui étreignait la taille comme un étau. Il lui fallut un moment pour dénouer ses bras. Si elle avait eu peur, pensa-t-il, tant mieux. Il l'avait fait exprès.

— Vous êtes un fou dangereux !

— C'est normal, je suis moitié italien, moitié irlandais. À terre, vous dis-je.

Il la traîna à travers la place jusqu'à la balustrade d'où l'on dominait la ville entière, offerte aux regards comme un joyau dans son écrin de collines. Quelques touristes s'attardaient encore à photographier la fontaine monumentale. Comme ils étaient japonais, Ryan jugea qu'il pouvait se permettre de parler sans précautions particulières.

— Où sont les bronzes ?

— En sûreté.

— Je ne vous demande pas comment, mais où ! Qu'avez-vous fait des bronzes ?

— Ce qui devait raisonnablement être fait. L'orage est sur le point d'éclater, ajouta-t-elle en voyant un éclair zébrer le ciel. Nous devrions nous mettre à l'abri.

Il la repoussa contre la balustrade, se plaqua contre elle pour l'immobiliser.

— Je veux ces bronzes, Miranda.

Elle soutint son regard sans fléchir.

— Pourquoi ? Ils n'ont aucune valeur pour vous.

— C'est à moi seul d'en juger. Je vous faisais confiance, bon sang !

— Dites plutôt que vous n'avez pas pu m'enfermer dans la suite comme vous l'avez fait dans votre appartement ! répliqua-t-elle d'une voix enrouée par la fureur. Vous n'avez pas pu me faire lanterner comme au Bargello, où vous avez agi à votre guise sans même me consulter ! Eh bien, cette fois, c'est moi qui ai pris les devants.

Il la serra dans ses bras à l'étouffer. Aux yeux des passants, ils n'étaient que deux amoureux trop absorbés par eux-mêmes pour se soucier de la beauté du panorama ou de l'orage qui menaçait.

— Pris les devants pour faire quoi ?

— Le nécessaire… Vous me faites mal.

— Non, pas encore, mais ça ne tardera pas. Vous les avez donnés à quelqu'un, n'est-ce pas ? Votre mère ? Non. Vous espérez encore la faire ramper à vos pieds pour la punir d'avoir douté de vos capacités. À un bon ami, alors ? Un type à votre dévotion, qui s'est laissé convaincre de les cacher jusqu'à ce que je jette l'éponge ? Je veux ces bronzes, docteur Jones. Les deux.

Le tonnerre gronda de nouveau, plus proche.

— Je vous ai dit qu'ils étaient en lieu sûr. J'ai pris les dispositions que j'estime les plus sages.

— Je me fous éperdument de ce que vous estimez !

— Je veux démontrer que ce sont des copies. Vous aussi. Si j'effectuais moi-même les examens, on m'accuserait encore de les avoir falsifiés, et nous ne serions pas plus avancés. Votre rôle consistait à sortir *La Donna* du Bargello, le mien à déterminer la manière de prouver que c'est un faux.

Il s'écarta juste assez pour lui prendre le visage entre ses mains.

— Vous les avez donc confiés à quelqu'un de Standjo. Vous rendez-vous compte que c'est une monstrueuse idiotie ?

— Je les ai donnés à quelqu'un que je connais depuis des années, quelqu'un en qui j'ai toute confiance. Il fera le travail parce que je le lui ai demandé. Je dois reprendre contact avec lui demain, il me communiquera les résultats.

Il résista à l'envie de lui cogner la tête contre la balustrade de pierre pour vérifier si elle était aussi dure qu'elle lui en donnait l'impression.

— Vous croyez à la logique, docteur Jones. Alors, suivez mon raisonnement. *La Donna oscura* est un faux. C'est donc une personne de Standjo qui en a exécuté la copie. Une personne qui sait comment trafiquer des résultats d'analyses. Une personne qui a sans doute agi pour le compte d'un client prêt à payer l'original un bon prix.

— Ce n'est pas lui. Il aime trop son travail pour faire une chose pareille.

— Moi aussi, j'aime le mien. Allons-y.

— Où cela ?

Il l'entraîna vers la moto. Les premières gouttes de pluie commençaient à tomber.

— Au labo, mon ange. Nous verrons où votre cher ami en est de son travail.

— Mais enfin, vous ne comprenez donc rien à rien ? Si nous nous introduisons au labo, les résultats seront disqualifiés. Personne ne me croira !

— Si, moi je vous crois déjà, ne l'oubliez pas – c'est d'ailleurs tout le problème. Montez, sinon je vous laisse ici et je règle la question moi-même.

Elle n'hésita qu'un instant. La dernière chose dont Giovanni avait besoin, c'était d'affronter un Ryan fou furieux faisant irruption dans son laboratoire.

— Laissez-le effectuer les tests, plaida-t-elle. Les résultats doivent être indiscutables.

— Montez.

Elle grimpa en selle en espérant réussir à lui faire entendre raison une fois parvenus à destination.

Il démarra en trombe. À quelques dizaines de mètres du laboratoire, il gara la moto au milieu d'autres deux-roues et sortit des sacoches deux sacs de toile.

— Portez ceci, dit-il en lui mettant un sac dans les mains. Nous entrerons par la porte de derrière pour éviter les curieux éventuels et nous couperons à travers le labo photo pour prendre l'escalier.

— Comment connaissez-vous la disposition des lieux ?

— J'ai les plans détaillés sur disquette, se borna-t-il à répondre. Maintenant, taisez-vous et faites ce que je vous dis, vous m'avez causé assez d'ennuis comme cela. Je vais neutraliser l'alarme dans ce secteur, ce qui signifie que vous me suivrez sans vous éloigner d'une semelle quand nous serons à l'intérieur.

Arrivé devant la porte, il enfila des gants chirurgicaux, lui en tendit une paire. Il semblait ne pas se soucier de la pluie qui redoublait de violence.

— Si nous devons accéder à un autre secteur du bâtiment, reprit-il, je neutraliserai de l'intérieur l'alarme correspondante, ce sera plus facile. Il n'y a pas de gardiens de nuit, nous ne risquons donc pas de tomber sur quelqu'un d'autre que votre vieux copain. Si ni lui ni les bronzes n'y sont, vous le regretterez amèrement, croyez-moi.

Elle ravala la protestation qui lui montait aux lèvres. Une fois dedans, elle aurait Giovanni de son côté. À eux deux, ils devraient pouvoir ramener Ryan à la raison.

— Il y sera, il m'a donné sa parole.

— Oui, comme vous m'avez donné la vôtre…

Il posa son sac à l'abri de la pluie et s'apprêta à opérer en examinant le panneau électrique près de la porte.

— L'alarme est débranchée, constata-t-il, les sourcils froncés. Votre ami est bien négligent, docteur Jones. Il aurait dû la remettre en service après être entré.

— Il a sans doute pensé que c'était inutile.

— Ouais… La porte est verrouillée, en tout cas, mais ce doit être automatique quand on la referme. Voyons cela… Je n'en aurai pas pour longtemps. Faites le guet.

Il déroula une trousse à outils en cuir souple et se mit au travail en fredonnant un air d'*Aïda*. Les bras croisés, Miranda lui tourna le dos et regarda la pluie tomber dans la rue déserte.

— Prenez le sac et suivez-moi, l'entendit-elle ordonner moins de cinq minutes plus tard.

Il poussa la porte, elle entra derrière lui. À la lumière de sa lampe-stylo, ils gagnèrent l'escalier.

— Votre ami aime travailler dans le noir, grommela Ryan. Votre labo est ici ?

Tout l'étage était en effet plongé dans l'obscurité.

— Oui. Il n'est peut-être pas encore arrivé…

— Qui a débranché l'alarme, alors ?

— Euh… Il est sans doute au labo de chimie.

— C'est ce que nous allons vérifier. En attendant, voyons si vos notes sont toujours dans votre ancien bureau. C'est par là ?

— Oui, la deuxième porte à gauche dans le labo. Mais je ne l'ai pas occupé très longtemps.

— Vous avez quand même sauvegardé les données sur le disque dur du serveur ?

— Bien sûr.

— Nous pourrons donc les récupérer.

La porte n'était pas fermée à clef, ce qui l'étonna. Par prudence, il éteignit sa lampe électrique.

— Restez derrière moi.

— Pourquoi ?

— Taisez-vous et faites ce que je vous dis.

Sur le seuil du laboratoire, il marqua une pause, tendit l'oreille. Au bout d'une minute, n'entendant que le murmure de la climatisation, il alluma la lumière.

Derrière lui, Miranda ne put retenir un cri de stupeur horrifiée et s'appuya à l'épaule de Ryan pour ne pas vaciller.

— Et moi qui croyais que les scientifiques étaient des gens soigneux, murmura-t-il.

On aurait dit que la vaste pièce avait été balayée par un ouragan ou saccagée par une horde de vandales. Les tables étaient renversées, les ordinateurs éventrés; les éclats de verre des écrans jonchaient le sol, mêlés aux cornues et aux tubes à essai pulvérisés. L'âcre puanteur des produits chimiques mélangés au hasard rendait l'air irrespirable.

— Ce n'est pas un cambriolage, déclara Ryan. Les ordinateurs n'ont pas été emportés, mais systématiquement détruits. J'ai l'impression, docteur Jones, que si votre ami est venu il est déjà reparti.

— Giovanni n'aurait jamais fait une chose pareille. C'est du vandalisme pur et simple. Tout ce matériel ravagé, toutes ces données perdues…

Des vandales? Non, pensa-t-il. Pas de graffiti en signe de défi. Ce saccage a été exécuté avec une violence méthodique qui ne tardera pas à se retourner contre nous.

— Allons-nous-en.

— Je veux d'abord vérifier les autres locaux. S'ils ont fait la même chose au labo de chimie…

Elle s'interrompit, soudain atterrée à l'idée d'une horde de jeunes voyous, ivres ou drogués, lâchés dans la nature en possession d'un stock de produits dangereux.

— Vous n'y pourrez rien, grommela-t-il.

Il la suivit quand même. Lorsqu'il la rejoignit devant une porte ouverte, elle se cramponnait au chambranle et chancelait, prête à tomber.

Giovanni avait tenu parole: il était venu, mais il ne partirait jamais plus. Il était couché sur le dos, la tête dans une mare de sang. Ses yeux grands ouverts fixaient encore *La Donna oscura*, étendue près de lui, ses mains délicates et son visage souriant barbouillés de sang.

— Bon Dieu !

C'était moins un juron qu'une prière qui échappa à Ryan. Il tira Miranda en arrière et la tourna vers lui pour l'arracher au macabre spectacle.

— C'est votre ami ?

— Je… Oui… Giovanni.

Les pupilles dilatées, le visage crayeux, elle semblait au bord de l'évanouissement ou de la crise de nerfs.

— Ressaisissez-vous, Miranda, tout de suite. Nous n'avons sans doute pas beaucoup de temps devant nous. Ce bronze n'est plus un simple faux, c'est l'arme du crime. Il est couvert de nos empreintes, les seules que la police y trouvera. C'est un coup monté délibérément contre nous, comprenez-vous ?

Assourdie par un grondement semblable à celui de l'océan se brisant sur les falaises, Miranda n'entendit rien.

— Giovanni est mort, répétait-elle. Giovanni est mort.

— Oui. Bon. Restez ici.

Il l'adossa au mur et entra en respirant par la bouche afin de ne pas inhaler l'odeur de mort qui régnait dans la pièce. Une odeur atroce, obscène, encore fraîche. Avec une grimace de dégoût, il ramassa le bronze, le fourra dans son sac. Puis, en s'efforçant d'échapper au regard sans vie qui le fixait, il procéda à une fouille rapide.

Le *David* avait été jeté dans un coin. Une profonde entaille dans la cloison de plâtre marquait l'impact.

Bien joué, pensa-t-il rageusement en mettant le bronze avec l'autre dans son sac. Laisser les deux pièces sur le lieu du crime afin d'établir un lien entre elles. Un lien en forme de nœud coulant autour du cou de Miranda.

Il la rejoignit dans le couloir, livide et agitée de tremblements convulsifs.

— Vous êtes en état de marcher, lui dit-il sans ménagement. Vous allez même courir, parce que nous devons filer sans perdre une seconde.

— Nous ne pouvons pas le laisser comme cela. Il est mort, gémit-elle. Giovanni est mort.

— Vous ne pouvez plus rien pour lui. Venez.

— Je ne peux pas le laisser.

Plutôt que de perdre son temps à discuter, il l'empoigna par la taille et la jeta sur son épaule comme un paquet. Inerte, elle se laissa faire, en se bornant à répéter : «Je ne peux pas le laisser. Je ne peux pas le laisser.»

Quand il atteignit enfin la porte extérieure, haletant et les muscles à demi tétanisés, il entrebâilla le vantail, jeta un coup d'œil dans la rue. Tout lui parut normal, mais il ne parvenait pas à se débarrasser de la pénible sensation d'être épié.

Une fois dehors sous la pluie, il reposa Miranda sur ses pieds et la secoua sans douceur.

— Tenez le coup jusqu'à ce que nous soyons loin d'ici. Vous comprenez, Miranda ? Pas de crise de nerfs.

Sans attendre sa réponse, il l'entraîna en courant jusqu'à la moto. Comme un automate, elle enfourcha la selle et se serra si fort contre lui qu'en roulant sous la pluie il sentait résonner dans son dos les battements désordonnés de son cœur.

Il aurait voulu la mettre au plus vite à l'abri de la pluie et du froid, mais il se força à rouler à travers la ville en faisant des détours continuels par les petites rues jusqu'à ce qu'il soit certain de ne pas avoir été suivi. L'assassin de Giovanni avait fort bien pu rester pour attendre leur sortie, caché à proximité du bâtiment.

Il s'arrêta enfin devant l'hôtel, prit ses sacs et aida Miranda à mettre pied à terre.

— Écoutez-moi, dit-il en écartant de son visage ses mèches collées par la pluie. Nous allons traverser le hall. Je vous demande simplement de vous diriger tout droit vers l'ascenseur. Tout droit vers l'ascenseur, répéta-t-il jusqu'à ce qu'une lueur de compréhension apparaisse dans ses yeux vitreux.

— Oui, marmonna-t-elle enfin.

Elle marcha comme si elle nageait dans un liquide sirupeux, le regard rivé sur la porte de l'ascenseur. Elle entendait vaguement derrière elle les voix de Ryan et du réceptionniste, des rires masculins, mais elle avançait sans rien voir que cette porte – son unique repère et son seul objectif.

Elle posait la main sur sa surface lisse et brillante quand Ryan la rejoignit. Ses joues, constata-t-il, étaient plus exsangues que celles du cadavre qu'ils avaient laissé derrière eux, et elle commençait à claquer des dents. Il l'imagina glacée jusqu'aux os, car il était lui-même transi d'un froid dont la pluie et la vitesse n'étaient pas seules responsables.

Arrivé à l'étage, il attrapa ses sacs d'une main et, de son bras libre, la soutint par la taille jusqu'à leur suite. Après avoir fermé la porte à clef, il entraîna Miranda dans la chambre, l'assit sur le lit. Il l'aurait directement plongée dans un bain chaud s'il n'avait craint qu'elle se laisse glisser dans la baignoire et se noie.

— Débarrassez-vous vite de ces vêtements trempés et mettez un peignoir, lui conseilla-t-il.

Il alla s'assurer que toutes les portes-fenêtres de la terrasse étaient elles aussi verrouillées, puis il sortit une bouteille de cognac du minibar sans même se donner la peine de prendre des verres.

Quand il revint dans la chambre, Miranda était assise sur le lit comme il l'avait laissée.

— Il faut vous déshabiller, vous êtes trempée.

— Je… mes doigts ne fonctionnent pas.

— Tenez, avalez ça.

Il déboucha le flacon, lui planta le goulot entre les lèvres. Elle obéit distraitement jusqu'à ce que l'alcool lui brûle la gorge et la fasse tousser.

— Je déteste le cognac, protesta-t-elle.

— Je n'aime pas non plus les épinards, mais ma mère me forçait à en manger. Allons, encore une gorgée.

Il parvint à lui en faire ingurgiter une forte dose avant qu'elle s'étrangle et lui repousse la main.

— Ça suffit! Je vais mieux, merci.

Il en prit à son tour une longue lampée pour calmer les sursauts de son estomac.

— Voilà au moins une bonne nouvelle. Vos vêtements, maintenant, dit-il en entreprenant de déboutonner son polo.

— Ryan, non…!

Se sentant lui-même flageoler sur ses jambes, il s'assit à côté d'elle.

— Écoutez, Miranda, est-ce que j'ai l'air de vouloir abuser de la situation? Vous êtes en état de choc, il faut vous sécher et vous réchauffer. Moi aussi.

— D'accord. Je peux le faire moi-même.

Elle se leva pesamment et se rendit d'un pas mal assuré dans la salle de bains. Quand elle en ferma la porte, Ryan refréna l'envie d'aller la rouvrir afin de s'assurer qu'elle ne s'était pas écroulée sur le carrelage.

Une fois seul, il posa la tête sur ses mains jointes et se força à respirer profondément. Il venait pour la première fois de sa vie d'être confronté à la mort violente – une expérience qu'il ne souhaitait renouveler à aucun prix, se promit-il en avalant une autre gorgée de cognac.

— Je vais commander quelque chose de chaud à manger, annonça-t-il à travers la porte.

Il ôta ses vêtements trempés et les jeta dans un coin, enfila un pantalon et une chemise.

— Miranda! Vous m'entendez?

Pas de réponse. Les mains dans les poches, il hésita un instant. Au diable la pudeur, se dit-il en ouvrant la porte.

Elle avait mis un peignoir sec, mais ses cheveux ruisselaient toujours. Debout au milieu de la pièce, elle se balançait sur place, les bras serrés autour de la poitrine. À l'entrée de Ryan, elle lui lança un regard si malheureux qu'il en eut le cœur serré.

— Giovanni…, murmura-t-elle.

— Vous avez été brave, vous avez le droit de vous laisser aller, maintenant. Pleurez, cela vous fera du bien.

Il la prit dans ses bras, lui appuya la tête au creux de son épaule. Il sentait sur son dos les mains de Miranda s'ouvrir et se crisper tour à tour, et il lui caressait les cheveux avec douceur, autant pour l'apaiser que pour tenter de se réconforter lui-même.

— Qui a pu lui faire cela ? Il n'a jamais nui à personne. Qui a pu commettre une pareille horreur ?

— Nous le découvrirons, je vous le promets. Nous allons en parler calmement, essayer de reconstituer les faits pas à pas. Mais il faut pour cela que vous retrouviez votre lucidité. J'ai besoin de votre esprit, de votre logique.

— Je ne peux pas réfléchir. Je le vois étendu là. Tout ce sang. Il était mon ami. Il est venu quand je l'ai appelé à l'aide. Il… Oh ! Ryan, je l'ai tué. Je l'ai tué…

— Non ! s'écria-t-il avec force en la regardant dans les yeux. C'est celui qui lui a fracassé le crâne par-derrière qui l'a tué, pas vous. Chassez ces idées de votre tête, elles ne lui sont d'aucun secours, à vous non plus.

— C'est à cause de moi qu'il était là ce soir. Si je ne lui avais pas demandé de venir, il serait resté chez lui ou sorti s'amuser avec une fille, des amis… Il est mort parce que je lui ai demandé de m'aider. Parce que je n'ai pas eu confiance en vous et que ma réputation a tant d'importance pour moi que j'ai voulu tout faire à ma façon… Je ne m'en remettrai jamais. Jamais je ne me le pardonnerai.

Son regard exprimait une horreur indicible, mais les couleurs revenaient à ses joues, et sa voix s'affermissait. Le remords peut paralyser, ou redonner des forces.

— Vous le devrez pourtant, si nous voulons progresser. Séchez-vous les cheveux pendant que je commande le dîner. Nous avons beaucoup de choses à nous dire.

Elle se sécha les cheveux, mit un pyjama, un peignoir et décida de manger quelque chose. Elle n'avait pas le droit d'être malade, elle devait être forte et avoir l'esprit clair afin de venger Giovanni.

Venger ? pensa-t-elle avec un frisson. La vengeance lui avait toujours fait horreur. Maintenant, la loi du talion lui paraissait logique et légitime. L'assassin de Giovanni l'avait utilisée pour commettre son crime avec autant de froide cruauté qu'il s'était servi du bronze. Quels que soient, se jura-t-elle, les moyens qu'il lui faudrait employer et le temps qu'elle devrait y consacrer, elle veillerait à ce que le criminel expie son forfait.

Quand elle sortit de la chambre, elle vit que le dîner était servi sur la terrasse. La pluie avait cessé, l'air était pur et doux. La table était dressée sous le store aux rayures vertes et blanches, les flammes des bougies se reflétaient gaiement sur les verres et l'argenterie.

Comprenant que Ryan avait organisé cette mise en scène afin de lui remonter le moral, elle lui en fut reconnaissante et prit sur elle pour le convaincre qu'il avait réussi.

— C'est ravissant, déclara-t-elle en parvenant à imiter un sourire. Qu'y a-t-il au menu ?

— Du *minestrone* pour commencer, puis des steaks à la florentine. Cela devrait vous faire du bien.

Elle prit place en face de lui, goûta le potage. La première cuillerée se bloqua dans sa gorge comme de la colle, mais elle se força à avaler et constata que Ryan avait raison. Le liquide chaud et parfumé faisait fondre le bloc de glace au creux de son estomac.

— Je vous dois des excuses, commença-t-elle en le regardant dans les yeux.

— Bien. Je ne refuse jamais les excuses d'une femme.

— J'ai manqué à ma parole envers vous, car je n'avais jamais eu l'intention de la tenir. Je m'étais dit qu'une promesse faite à un homme tel que vous ne méritait pas d'être respectée. J'avais tort et je le regrette.

La simplicité de l'aveu, la sincérité du ton le touchèrent plus qu'il ne l'aurait voulu.

— Nous avions au départ des arrière-pensées incompatibles, répondit-il, c'est vrai. Mais nous avons toujours eu un objectif commun : retrouver les originaux des bronzes. Maintenant, quelqu'un a placé la barre beaucoup plus haut. Je dirais même trop haut. Vous devriez peut-être quitter la partie avant qu'elle dégénère. Prouver que vous aviez raison ne vaut pas de mettre votre vie en jeu.

— J'y ai perdu un ami. Je n'abandonnerai pas, Ryan, je ne pourrais plus vivre avec ma conscience si je le faisais. Je n'ai pas beaucoup d'amis, voyez-vous. Par ma faute, sans doute : je n'ai jamais été douée pour les rapports humains.

— Vous vous jugez trop sévèrement, Miranda. Vous êtes capable d'avoir de très bons rapports avec les autres quand vous baissez votre garde. Comme avec ma famille, par exemple.

— Je n'ai pas baissé ma garde, c'est eux qui n'en ont tenu aucun compte. J'envie ce qui existe entre vous, dit-elle en avalant une cuillerée de potage pour dissimuler le soudain tremblement de sa voix. L'amour inconditionnel que vous vous portez, votre plaisir d'être ensemble. C'est un cadeau qu'on ne peut acheter à aucun prix. Ni même voler, ajouta-t-elle en souriant.

— On peut le créer. Il suffit de le désirer.

— À condition que quelqu'un veuille bien en accepter le don, soupira-t-elle. Si mes parents et moi nous entendions mieux, nous ne serions pas ici en ce moment, vous et moi. Le vrai problème vient de là, au fond. La mésentente entre les êtres ne se manifeste pas toujours par des éclats de voix et des poings brandis. Une politesse insidieuse et glacée est souvent plus insoutenable.

— Leur avez-vous jamais exprimé vos sentiments ?

Elle but une gorgée de vin en regardant, au-delà de la balustrade, les lumières de la ville qui scintillaient dans le ciel pur où la lune se levait.

— Pas de la manière à laquelle je suppose que vous pensez. Jusqu'à très récemment, je n'avais même aucune idée de ce que j'éprouvais au fond de moi. Désormais, mes sentiments n'ont plus d'importance. Ce qui compte, c'est de trouver l'assassin de Giovanni.

Il jugea plus sage de ne pas insister et de passer aux choses pratiques, comme elle venait de le suggérer.

— Personne ne sait accommoder la viande mieux que les Florentins, affirma-t-il en enlevant les cloches qui protégeaient les steaks. Parlez-moi de Giovanni.

Elle le dévisagea, déconcertée.

— Que voulez-vous que je vous en dise ?

— D'abord, ce que vous savez à son sujet, comment vous l'avez appris.

— Il est... il était un chimiste de grande valeur. Il est né à Florence. Standjo l'a engagé il y a dix ans environ, mais il venait de temps à autre à l'Institut du Maine. C'est là que j'ai travaillé avec lui pour la première fois, il y a à peu près six ans. C'était un homme plein de charme et de vraie bonté, drôle, serviable. Il avait beaucoup de succès auprès des femmes. Il les entourait d'attentions et remarquait les détails – une nouvelle blouse, par exemple, un changement de coiffure.

— Avez-vous été amants ?

Elle ne put réprimer une grimace.

— Non. Nous étions amis, c'est tout. Je respectais sa compétence, je me fiais à son jugement, je comptais sur son dévouement. J'en ai même abusé...

Elle se leva, alla s'accouder à la balustrade. Elle avait besoin d'un instant de solitude pour assimiler le fait que Giovanni était mort et qu'elle n'y pouvait rien changer. Combien de fois encore, pendant combien d'années, devrait-elle faire l'effort de l'admettre?

— C'est lui, reprit-elle, qui m'a téléphoné pour m'apprendre le résultat de la contre-expertise. Il ne voulait pas que j'encaisse le coup sans y avoir été préparée lorsque ma mère m'appellerait le lendemain.

— Il avait donc la confiance de votre mère?

Un peu rassérénée, elle retourna s'asseoir à table.

— Il faisait partie de mon équipe, c'est pourquoi il a été mis sur la sellette quand mes résultats ont été contestés. Lorsque j'ai eu besoin de lui, j'ai fait appel à son dévouement et à notre amitié. Je savais pouvoir compter dessus.

— Lui avez-vous dit aujourd'hui pour la première fois que le bronze n'était pas seulement un faux, mais une copie?

— Oui. Après que vous êtes descendu à la réception, je lui ai téléphoné pour lui demander de me rejoindre d'urgence à Santa Maria Novella.

— Où l'avez-vous appelé?

— Au labo, je savais qu'il y serait à cette heure-là. Il est venu aussitôt. Il n'avait pas dû s'écouler plus de dix minutes – un quart d'heure depuis mon appel.

Assez longtemps, pensa Ryan, pour avertir quelqu'un.

— Que lui avez-vous raconté?

Elle cessa de déchiqueter son steak. Manger constituait un effort au-dessus de ses forces.

— Presque tout. Je lui ai aussi parlé du *David*. Je ne crois pas qu'il m'ait crue, mais il m'a écoutée. Je lui ai dit que je l'appellerais demain pour connaître les résultats. Je ne lui ai pas donné le numéro de l'hôtel, de peur qu'il ne m'y téléphone ou qu'il ne vienne lui-même. Je ne tenais pas à ce que vous sachiez ce que j'avais fait des bronzes.

L'appétit coupé, Ryan repoussa lui aussi son assiette.

— Voilà sans doute la raison pour laquelle nous sommes assis ici en train d'admirer le clair de lune, déclara-t-il en allumant un cigare.

— Que voulez-vous dire ?

— Réfléchissez, docteur Jones. Votre ami était en possession des bronzes et il est mort. L'arme du crime, *La Donna*, a été laissée sur les lieux ainsi que le *David*. Quel rapport y a-t-il entre les deux ? Vous.

Il tira quelques bouffées de son cigare pour laisser à Miranda le temps de digérer ses paroles.

— Si la police avait trouvé ces deux statues, reprit-il, vous auriez immédiatement été soupçonnée. L'assassin sait que vous possédez assez d'informations pour souhaiter éclaircir l'affaire par vous-même et que vous vous êtes mise dans une situation assez délicate pour refuser d'y impliquer la police.

— On a tué Giovanni pour me compromettre ?

L'hypothèse était à la fois trop abominable pour se résigner à l'accepter et trop logique pour la rejeter.

— C'est plausible. D'autant que, si votre ami a eu le temps d'effectuer les tests et s'il était aussi honnête que vous l'assurez, il a dû se poser des questions et vouloir revoir vos résultats.

— Et c'est pourquoi le labo a été saccagé, murmura-t-elle, accablée. Nous ne retrouverons jamais mes notes.

— Volées ou détruites, elles ont disparu. Et on s'est débarrassé de votre ami parce qu'il gênait. Parce qu'il était de trop. Comme vous, Miranda.

— Je comprends. Il est donc plus important que jamais de retrouver l'original de *La Donna*. Celui qui a procédé à la substitution est l'assassin de Giovanni.

— Vous savez ce qu'on dit : tuer n'est difficile que la première fois. Après, c'est de la routine.

Elle réprima de son mieux un frisson.

— Si vous désirez annuler notre marché, je ne vous le reprocherai pas.

— Vraiment?

Il tira quelques bouffées de cigare en se demandant si le fait qu'elle risquait de le prendre pour un lâche avait influé sur sa décision. Ou s'il l'avait déjà prise par désir de la protéger.

— Je vais toujours au bout de ce que j'entreprends, déclara-t-il.

Soulagée, elle leva son verre, esquissa un sourire.

— Moi aussi… partenaire.

18

Il n'était pas encore minuit lorsque Carlo sortit du café pour reprendre le chemin de la maison, car il avait promis à sa femme de ne pas rentrer tard. Sofia et lui avaient adopté un *modus vivendi* équitable : Carlo avait droit à une sortie par semaine pour boire et faire assaut de hâbleries avec ses amis, Sofia à une soirée entre femmes chez sa sœur. Ils s'en trouvaient bien l'un et l'autre.

D'habitude, Carlo profitait de sa permission de minuit jusqu'au bout, voire au-delà. Ces derniers temps, toutefois, il n'avait plus le cœur à s'attarder. Il était trop souvent en butte aux sarcasmes de ses compagnons depuis que les journaux avaient traité sa *Donna oscura* de mauvaise farce.

Lui n'en croyait rien, bien sûr. Il l'avait caressée de ses mains et senti sur sa joue le souffle de son haleine. Mieux que personne, un artiste sait reconnaître un chef-d'œuvre. Mais lorsqu'il le disait, les rires redoublaient.

Les autorités l'avaient interrogé comme un criminel. Il n'avait pourtant rien fait de mal, *per Bacco* ! Tout au plus avait-il commis une petite erreur de jugement en sortant la statue de la villa. Mais c'était quand même bien lui qui l'avait découverte, oui ou non ? Lui qui, par honnêteté, l'avait livrée à qui de droit – le cœur brisé.

On racontait maintenant qu'elle n'était qu'un bout de ferraille sans valeur ! Jusque dans la moelle de ses os, Carlo savait que c'était un mensonge. Un complot ourdi par des trafiquants d'art. Quant aux journalistes auxquels il s'adressait pour rétablir la vérité, ils le faisaient passer pour un imbécile. Eux aussi, on les payait pour mentir !

Il avait essayé de rencontrer l'Américaine, la patronne du laboratoire qui avait examiné sa *Donna*. Elle n'avait pas même voulu l'entendre. Il avait eu beau crier, tempêter, exiger de parler au Dr Miranda Jones, la femme qui avait prouvé l'authenticité de sa *Donna*, les gardes l'avaient jeté dehors comme un chien galeux. Quelle humiliation !

Il aurait dû écouter Sofia et garder la statue, pensait-il amèrement en marchant d'un pas mal assuré – le chianti était traître, cette année – sur l'étroite route de campagne qui le ramenait chez lui. C'est lui qui l'avait trouvée, lui qui l'avait arrachée à l'humidité de la cave obscure où elle se morfondait, pour lui redonner vie à la lumière du jour. Elle lui appartenait de plein droit.

Mais même maintenant qu'on la prétendait fausse, on refusait de la lui restituer !

Il avait téléphoné au laboratoire de Rome en exigeant qu'on lui rende son bien, il les avait traités de menteurs et de voleurs. Autant cracher en l'air ! Il avait appelé le Dr Miranda Jones en Amérique et laissé un message sur son répondeur, parce qu'elle était son dernier lien avec sa *Donna* et qu'elle seule était en mesure de l'aider. Rien. Pas de réponse.

Il ne connaîtrait plus le repos tant qu'il n'aurait pas revu, tenu de nouveau entre ses mains sa merveilleuse *Donna*. Il engagerait un avocat pour faire valoir ses droits. Il rappellerait la *Dottoressa* américaine, dans cet endroit qu'on appelle le Maine. Il avait vu sa photo dans les journaux, elle avait l'air honnête. Il lui dirait, preuves à l'appui, qu'il était victime d'une bande d'aigrefins qui le spoliaient sans vergogne. Elle serait forcée de le croire, elle l'aiderait à obtenir justice.

Absorbé par ses réflexions, Carlo ne se retourna pas en entendant une voiture s'approcher derrière lui. La route était déserte, et il marchait sur le bas-côté, très à l'écart de la chaussée. Il n'avait aucune raison de se méfier.

Et c'est l'esprit tout entier occupé de Miranda Jones et de *La Donna oscura* que Carlo fut fauché par la voiture, qui poursuivit sa route dans un rugissement de moteur emballé.

De la terrasse, Miranda contemplait la ville sous la lumière du matin et, pour la première fois peut-être, en appréciait pleinement la beauté. La mort de Giovanni avait irrévocablement transformé sa vie. Au plus profond d'elle-même subsisterait désormais une niche obscure, habitée par le deuil et le remords. Mais, en même temps, elle découvrait que le choc l'avait rendue plus sensible à la lumière qu'elle ne l'avait jamais été jusqu'alors. Elle éprouvait avec force le besoin d'empoigner, d'absorber le monde extérieur, de prendre son temps, de savourer les détails de l'existence – le baiser de la brise sur ses joues, le reflet du soleil sur une fenêtre, la tiédeur de la pierre sous ses pieds nus.

Elle eut une soudaine envie de sortir, de flâner dans les rues sans but précis, sans une de ces raisons impérieuses qui, naguère encore, guidaient chacun de ses pas. De marcher pour le seul plaisir de faire du lèche-vitrine, de se promener au bord du fleuve. De se sentir en vie.

— Miranda !

Elle lança un coup d'œil par-dessus son épaule. Ryan s'encadrait dans la porte-fenêtre.

— Quelle belle matinée ! lui cria-t-elle. Le printemps, la renaissance. Je crois ne l'avoir jamais autant apprécié.

Il traversa la terrasse et lui prit la main. Elle lui aurait souri si elle n'avait remarqué l'expression de son regard.

— Seigneur !… Qu'est-il encore arrivé ?

— Carlo Rinaldi, le plombier. Il est mort. Écrasé par un chauffard la nuit dernière. Je viens de l'apprendre aux informations, à la radio. Il avait trois enfants et en attendait un quatrième.

Elle le sentait habité d'une rage froide. Leurs mains se crispèrent l'une sur l'autre.

— Un accident ? hasarda-t-elle. Non, bien sûr… Mais pourquoi le tuer ? Il n'avait aucun lien avec le laboratoire. Il ne savait sûrement rien d'important.

— Il faisait beaucoup parler de lui, ces derniers temps. Peut-être était-il dans le coup depuis le début, nous n'en savons rien. En tout cas, il a découvert le bronze, il l'a gardé plusieurs jours, il a eu le temps de l'étudier. On s'est débarrassé de lui parce qu'il devenait trop encombrant. Les gêneurs sont toujours éliminés, Miranda.

Elle devrait apprendre à s'accommoder des vérités de ce genre, pensa-t-elle en réprimant un frisson.

— Comme Giovanni... Parlait-on de lui aux informations ?

— Non, mais cela ne saurait tarder. Habillez-vous, nous sortons.

Sortir, oui. Mais pas pour flâner sans but, pour se sentir en vie.

— D'accord, dit-elle avec un soupir.

— Pas de discussion ? s'étonna-t-il. Pas de questions ?

— Non, pas cette fois-ci.

Une demi-heure plus tard, dans une cabine téléphonique, Ryan fit ce qu'il avait évité toute sa vie comme la peste : il appela la police.

En chuchotant nerveusement d'une voix de fausset, il signala la présence d'un cadavre dans un laboratoire de l'Institut Standford-Jones et s'empressa de raccrocher.

— Cela devrait suffire à les mettre en branle, dit-il à Miranda. Ne traînons pas ici, ils ont peut-être eu le temps de repérer le numéro et de localiser l'appel.

— Nous retournons à l'hôtel ?

— Non, répondit-il en enfourchant la moto. Nous allons chez votre mère. Vous me guiderez.

— Chez ma mère ? Vous êtes complètement fou ! Je ne peux pas vous emmener chez elle !

— Je ne m'attends pas à ce qu'elle nous accueille à bras ouverts avec de délicieuses *linguine*. Aussi allons-nous grignoter une pizza en cours de route, cela devrait laisser assez de temps à tout le monde.

— De temps à qui ? Pour quoi ?

— Aux flics de découvrir le corps, à elle d'en être avertie. À votre avis, que fera-t-elle en l'apprenant ?

— Elle se précipitera au labo.

— C'est bien ce que je pensais. Nous aurons donc le temps de fouiller sa maison.

— Vous... nous allons forcer la porte de ma mère ?

— Oui, à moins qu'elle n'ait laissé la clef sous le paillasson, ce qui m'étonnerait. Mettez cela, ajouta-t-il en sortant d'une sacoche une casquette de base-ball. Les voisins repéreraient votre tignasse à un kilomètre.

Une heure plus tard, après avoir non pas grignoté une quelconque pizza mais savouré de succulents spaghettis *alla fiorentina*, ils s'embusquèrent à un coin de rue d'où ils pouvaient surveiller la porte d'Elizabeth.

— Je ne vois vraiment pas à quoi cela nous avancera de nous introduire chez elle comme des voleurs et de fouiller dans ses affaires, dit Miranda. Et c'est injustifiable.

— Tous vos résultats conservés au labo ont disparu, n'est-ce pas ? Elle en a peut-être gardé des copies.

— Pour quelle raison ?

— Parce que vous êtes sa fille.

— C'est bien le cadet de ses soucis.

Mais pas le vôtre, s'abstint-il de commenter.

— Peut-être... C'est elle, là-bas ?

Miranda tourna son regard vers la maison et se cacha en hâte derrière le dos de Ryan, comme une écolière prise en flagrant délit d'école buissonnière. Elizabeth, en strict tailleur sombre, ouvrait la portière de sa voiture.

— Oui.

— Belle femme. Vous ne lui ressemblez pas.

— Trop aimable !

Il pouffa de rire. Elizabeth démarra, s'éloigna.

— En tout cas, observa-t-il, elle sait garder son sang-froid. À la voir, on ne se douterait pas qu'elle vient d'apprendre la mise à sac de son laboratoire et la mort violente d'un de ses collaborateurs.

— Ma mère n'est pas du genre expansif.

— Comme je le disais, vous ne lui ressemblez pas. Bien, poursuivit-il en mettant pied à terre, allons-y. Elle en a sans doute pour deux bonnes heures, mais nous limiterons par précaution notre petite visite domiciliaire à une heure.

Pendant qu'il prenait son sac à outils. Miranda pensa que sa vie ne serait, en effet, plus jamais la même. Elle était devenue une délinquante endurcie. Une récidiviste.

Ryan s'avança jusqu'à la porte, sonna.

— A-t-elle du personnel? Un chien? Un amant?

— Une femme de ménage, je crois, qui vient seulement quelques heures par jour. Elle n'aime pas les animaux. J'ignore tout de sa vie amoureuse – si elle en a une.

Il donna un nouveau coup de sonnette. Rien de plus gênant que de pénétrer dans un logement qu'on croit inoccupé pour tomber sur le propriétaire au lit avec la grippe. Cette mésaventure lui était arrivée une fois. Depuis, il se méfiait.

Rassuré par l'absence de réponse, il prit son rossignol et vint à bout de la serrure en à peine plus de temps qu'il ne lui en aurait fallu s'il s'était servi de la clef.

— Y a-t-il une alarme? demanda-t-il.

— Je ne sais pas. C'est probable.

— Bon, on va s'en occuper.

Il pénétra dans le vestibule, vit le panneau au mur. Un témoin lumineux lui indiqua qu'il fallait composer un code pour désactiver le système. Il disposait donc d'une minute de battement. Plutôt que de perdre un temps précieux, il dévissa la façade du panneau et coupa deux fils en deux coups de pince.

Son esprit scientifique ne pouvant s'empêcher d'admirer l'efficacité et l'économie de moyens dont il faisait preuve, Miranda s'efforça de n'en rien laisser transparaître.

— En vous voyant, je me demande pourquoi les gens se donnent la peine d'installer à grands frais des systèmes de ce genre. Autant laisser les portes et les fenêtres ouvertes.

— C'est exactement mon avis, dit-il avec un clin d'œil amusé. Bel endroit, poursuivit-il en regardant autour de lui. De bon goût, mais trop froid. Où est son bureau ?

Miranda s'en voulut d'approuver son jugement sans appel sur le goût de sa mère en matière de décoration.

— Premier étage à gauche, je crois. Je ne suis pas venue ici très souvent.

Il s'engagea dans l'escalier. Ce qu'il voyait confirmait sa première impression. Tout était aussi net, aussi ordonné que dans une maison témoin – et donnait le même sentiment d'absence de présence humaine. Il préférait de loin son appartement de New York, ou l'élégance négligée de la maison de Miranda dans le Maine. Le décor du bureau, fonctionnel avant tout, avait une touche féminine, mais artificielle. À l'image de la femme qu'il avait aperçue.

— Où est le coffre ?

— Aucune idée.

— Cherchons, dit-il en commençant à regarder derrière les tableaux. Le voilà, derrière cette reproduction de Renoir, annonça-t-il une minute plus tard. Je m'en charge, occupez-vous du bureau.

Miranda hésita. Même dans son enfance, elle n'avait jamais eu l'audace d'entrer sans permission dans la chambre de sa mère, encore moins de fouiller ses tiroirs. Eh bien, pensa-t-elle, il fallait rattraper le temps perdu. Et elle s'attaqua à cette tâche sacrilège avec un enthousiasme dont elle ne se serait pas crue capable.

— Il y a surtout des dossiers personnels, annonça-t-elle au bout d'un moment. Reçus, factures, correspondance.

— Continuez.

Assise pour la première fois de sa vie dans le fauteuil maternel, elle fourgonna dans un autre tiroir avec une jubilation décuplée par un sentiment de culpabilité.

— Tiens, tiens, des copies de contrats, des rapports. Elle rapporte donc du travail ici... «Le Bronze de Fiesole!» Ryan, le dossier est là!

— Prenez-le, nous l'étudierons plus tard.

L'oreille tendue, Ryan entendit le dernier plot de la serrure tomber dans son logement.

— Ah! Je t'ai eue, ma jolie. Voyons voir cela...

Il ouvrit un écrin de velours bleu contenant un double rang de perles et poussa un sifflement admiratif.

— Des bijoux de famille? Ils vous iraient à merveille.

— Remettez-les en place! le rabroua Miranda.

— Je n'ai pas l'intention de les voler, je ne travaille pas dans la bijouterie. Ces boucles d'oreilles iraient bien avec votre alliance, ajouta-t-il en faisant scintiller des diamants baguettes. Au moins trois carats. Une eau superbe.

— Mon alliance n'est qu'un accessoire de mise en scène.

— Très juste... Regardez, dit-il en exhibant une chemise en plastique opaque. Ça ne vous rappelle rien?

Le cœur battant, Miranda bondit, le rejoignit en deux enjambées et lui arracha presque les documents des mains.

— Les clichés des rayons X, les listings d'ordinateur, les graphiques! Voyez, tout est là! Tout, même les taux de corrosion. Regardez, tout y est!...

Bouleversée, elle ferma un instant les yeux.

— Tout y est, répéta-t-elle. Je ne m'étais pas trompée, je n'avais pas commis d'erreur.

— J'en ai toujours été convaincu.

Elle rouvrit les yeux, sourit.

— Menteur! L'autre soir, vous avez fait irruption dans ma chambre en menaçant de m'étrangler.

— Faux, répondit-il en lui prenant le cou à deux mains. J'ai dit que je pourrais vous étrangler. Mais c'était avant de vous connaître. Rangeons tout et partons, mon chou. Nous tenons là de quoi nous occuper un bon moment.

Ils passèrent les heures suivantes à l'hôtel, Miranda penchée sur ses rapports qu'elle épluchait ligne par ligne, Ryan sur le clavier de son ordinateur.

— Le dossier est complet, il ne manque aucun résultat. La documentation historique est un peu sommaire pour confirmer l'attribution, certes, mais les données scientifiques sont assez solides pour étayer mes conclusions. Pourquoi a-t-elle refusé de voir l'évidence ? Elle crève pourtant les yeux.

— Venez voir ceci, dites-moi ce que vous en pensez.

— Voir quoi ?

— J'ai déterminé par recoupements les noms de ceux qui ont eu accès aux deux bronzes. Il y en a sans doute davantage, mais ceux-ci tiennent les premiers rôles.

Elle alla regarder l'écran de l'ordinateur par-dessus l'épaule de Ryan. Elle tiqua à peine en découvrant son nom au sommet de la liste, qui comportait ceux de sa mère, de son père, d'Andrew, de Giovanni, d'Élise, de John Carter, de Richard Hawthorne et de Vincente.

Une mèche de cheveux mal épinglée lui retomba sur la joue. Ryan réprima un soupir. À eux seuls, ses cheveux avaient de quoi le rendre fou avant la fin de leur expédition – sans parler du reste de sa personne.

— Andrew n'a jamais vu *La Donna,* observa-t-elle.

— Il est proche de vous, de votre mère et d'Élise. C'est suffisant.

— C'est injurieux ! protesta-t-elle en remontant ses lunettes qui avaient glissé sur le bout de son nez.

— Je vous demande si cette liste est assez précise. Épargnez-moi vos commentaires.

— Elle est précise, complète. Et injurieuse.

Les cheveux, les lunettes et, maintenant, ce ton de mijaurée… Il se demanda s'il réussirait à se dominer ou s'il ajouterait le viol au catalogue de ses forfaits.

— La femme de Hawthorne vit-elle avec lui à Florence? demanda-t-il d'une voix qu'il s'étonna d'entendre normale.

— Non, il est divorcé depuis des années. D'ailleurs, je le connais à peine. Je ne l'ai identifié que quand il m'a rappelé que nous nous étions déjà rencontrés. Pourquoi? ajouta-t-elle avec une moue agacée. Quel est le rapport?

Cette bouche! pensa-t-il. Il la voulait, cette bouche.

— Parce que les hommes font volontiers des confidences à leur épouse ou à leurs maîtresses. L'amour est un grand moyen de communication.

N'y tenant plus, il tendit la main, enroula la mèche folle autour de son doigt. Leurs visages étaient si proches qu'il lui suffirait de tirer dessus un tout petit peu pour que leurs bouches se joignent. Ensuite, il s'accordait deux minutes, trois au maximum, pour la dépouiller de ses vêtements – sauf ses lunettes. L'image de Miranda nue, vêtue en tout et pour tout de ses lunettes, faisait naître depuis plusieurs jours en lui d'incroyables fantasmes…

En étouffant un soupir de regret, il lâcha la mèche de cheveux et se tourna vers l'écran de l'ordinateur.

— Il faudrait aussi regarder de plus près les seconds rôles, mais nous avons grand besoin d'une récréation.

Depuis quelques minutes, elle n'avait plus une pensée cohérente. Les nerfs tendus au point qu'elle les sentait vibrer comme des cordes de harpe, elle savait que s'il la touchait de nouveau, s'il lui effleurait les lèvres, elle ne répondrait plus de rien.

Elle se redressa, ferma les yeux.

— À quel genre de récréation songez-vous?

— Sortir dîner, par exemple.

Absorbé par la tâche de refermer les fichiers et de verrouiller le disque dur par des mots de passe, il ne la vit pas se frotter le visage à deux mains, derrière lui, comme pour s'éveiller d'un rêve.

— Dîner?

— Oui, dîner. Nous nourrir, docteur Jones.

Une envie de rire peut-être ou, plutôt, de pleurer lui fit trembler la voix.

— Nous… nourrir. Bonne idée.

— Qu'aimeriez-vous faire pour notre dernière soirée à Florence ?

— Notre dernière soirée ? répéta-t-elle.

— Ici, la situation risque de devenir délicate. Nous travaillerons plus à l'aise sur notre propre territoire.

Rentrer… Oui, elle était prête à rentrer chez elle, à tout revoir avec son regard neuf.

— Mais si *La Donna oscura* était encore ici…

— Eh bien, nous reviendrions la chercher.

Il éteignit l'ordinateur, se leva.

— Florence n'est pas une grande ville, docteur Jones, reprit-il. Tôt ou tard, vous tomberez sur quelqu'un de connaissance. Vous ne passez pas vraiment inaperçue, vous savez, ajouta-t-il en lui effleurant les cheveux. Alors, que préférez-vous ce soir ? Classique ou canaille ?

— Pourquoi pas canaille, pour changer ?

— Excellente idée, approuva-t-il. Je connais l'endroit qu'il faut, vous m'en direz des nouvelles.

C'était bruyant et bondé. Des croûtes aux couleurs criardes couvraient les murs, des jambons et des chapelets de gousses d'ail pendaient du plafond. Les tables étaient si serrées qu'amis ou étrangers dévoraient au coude à coude leurs copieuses portions de *pasta* et n'ignoraient rien de leurs conversations respectives.

Un gros homme au tablier douteux les casa face à face dans un coin et prêta une oreille distraite à Ryan qui lui commandait une fiasque de vin en guise d'apéritif. À sa gauche, Miranda hérita d'un Américain gay qui sillonnait l'Europe en compagnie de son ami. Ce dernier, assis à la droite de Ryan, offrit de partager leur corbeille à pain en attendant qu'ils soient servis. Ryan engagea aussitôt la conversation, avec une aisance et une cordialité que Miranda ne put s'empêcher d'admirer. Jamais elle n'aurait osé parler à des étrangers dans un restaurant.

La première bouteille de vin était à peine entamée qu'elle savait déjà qu'ils étaient de New York, possédaient un restaurant à Greenwich Village, vivaient ensemble depuis dix ans et s'offraient ce voyage pour leur anniversaire.

— Nous, déclara Ryan en posant un tendre baiser sur la main de Miranda, c'est notre seconde lune de miel. N'est-ce pas, Abby chérie ?

— Euh... oui, Kevin, répondit-elle après un rappel à l'ordre sous forme d'un coup de pied dans la cheville. Nous n'avions pas les moyens de voyager quand nous nous sommes mariés. Kevin démarrait à la Bourse, j'étais au début de ma carrière à l'agence. Alors, nous avons voulu visiter le monde avant d'avoir des enfants.

Stupéfaite d'en avoir tant dit, elle vida son verre d'un trait. Ryan la gratifia d'un sourire épanoui.

— Et cela valait la peine d'attendre. Ah, Florence ! En Italie, on respire l'amour dans l'air, n'est-ce pas ?

Les tendres restaurateurs new-yorkais approuvèrent avec chaleur.

Un serveur vint s'enquérir de ce qu'ils désiraient manger. Une demi-heure plus tard, Miranda exigea une seconde bouteille de vin. Depuis la moitié de la première, elle souriait aux occupants de toutes les tables à la ronde.

— Je ne vais jamais dans des endroits comme celui-ci. Je me demande pourquoi, c'est follement amusant.

— Voulez-vous un dessert ? s'enquit Ryan.

— Bien sûr ! répondit-elle en remplissant de nouveau son verre. Mangeons, buvons, réjouissons-nous !

Ryan plaça discrètement hors de sa portée la bouteille à demi vide et fit signe au serveur.

— *Zabaglione,* lui dit-il, tandis que Miranda fredonnait à l'unisson d'une tablée d'Allemands qui manifestaient leur approbation pour la bière toscane par de bruyantes vocalises. Et deux cappuccinos.

— Non, intervint-elle, je préfère le vin.

— Vous ne devriez pas.

— Pourquoi? Il est délicieux.

— Votre tête vous le reprochera demain dans l'avion.

— Pas du tout! Je vole très bien, moi aussi! répliqua-t-elle en s'esclaffant.

Sur quoi, elle s'empara de la bouteille, vida son verre d'un trait et entreprit de le remplir jusqu'à un millimètre du bord.

— Voyez? La main ferme comme un roc. Le Dr Jones est toujours ferme comme un roc. Mais Abby est une pocharde de la pire espèce, ajouta-t-elle en pouffant une nouvelle fois de rire.

— Justement, Kevin commence à craindre qu'elle ne tourne de l'œil et qu'il soit obligé de la porter sur son dos.

— Mais non! Le Dr Jones ne la laisserait jamais faire ça, ce serait trop gênant. Allons nous promener au bord de l'Arno. J'ai envie de marcher au clair de lune. Abby permettra même à Kevin de l'embrasser.

— C'est tentant, je l'avoue, mais il serait plus sage de vous coucher pour être en état de rentrer chez vous.

— J'adore le Maine, les falaises et le brouillard, les vagues qui déferlent sur les rochers, les bateaux de pêche. Cette année, je vais replanter le jardin. Si, c'est vrai... Miam-miam! s'exclama-t-elle à la vue du dessert crémeux apparu devant elle. C'est bon, la gourmandise, poursuivit-elle en plongeant sa cuiller dans l'assiette. Je ne me savais pas aussi gourmande.

— Essayez avec une gorgée de café, c'est encore meilleur.

— Non, je préfère le vin.

Elle tendit la main vers la bouteille, qu'il écarta de justesse.

— Que pourrais-je vous proposer d'autre?

Elle feignit de réfléchir.

— Voyons... Oui, apportez-moi la tête de Jean-Baptiste ! dit-elle en éclatant de rire. C'est vrai que vous avez volé ses os ? Je n'aurais jamais cru qu'on puisse voler les os d'un saint et je trouve ça passionnant.

Il est grand temps de partir, décida Ryan. Il sortit de sa poche assez de lires pour couvrir le montant de l'addition, les déposa sur la table et se leva.

— Allons faire cette promenade au clair de lune, Abby.

— D'accord...

Elle se leva – et dut se retenir au mur derrière elle.

— Oh ! La gravité a des effets curieux, ici.

— Ils seront peut-être plus normaux dehors.

Il la prit par la taille et l'entraîna vers la sortie, sans pouvoir s'empêcher de rire à la vue des saluts et des sourires qu'elle distribuait autour d'elle. Quand ils sortirent dans la rue, il se félicita qu'ils soient venus à pied. S'il avait pris la moto, il aurait dû l'attacher sur la selle.

— Vous êtes un sacré numéro, docteur Jones, dit-il en la soutenant sur les pavés inégaux. Attention au trottoir...

— Vous savez, j'ai cambriolé ma mère aujourd'hui.

— Oui, je crois en avoir entendu parler.

— Je couche à l'hôtel dans la chambre d'un cambrioleur et j'ai cambriolé ma mère. On aurait pu la dévaliser.

— Vous n'aviez qu'à demander... À gauche, par ici. Voilà. Nous sommes presque arrivés.

— C'était formidable.

— Quoi donc ?

— Le cambriolage chez ma mère. Je ne voulais pas vous le dire sur le moment, mais vous ne savez pas à quel point ça m'a fait plaisir. Vous m'apprendrez un de ces jours à forcer les serrures. Dites, Ryan, vous m'apprendrez ?

— Comptez là-dessus, grommela-t-il en mettant le cap sur l'entrée de l'hôtel.

— Si ! Je vous séduirai si bien que vous ne pourrez pas me le refuser. Tenez, comme ça...

À peine avaient-ils franchi la porte qu'elle se pendit à son cou et écrasa sa bouche sur la sienne.

— Miranda…

— Non, Kevin, on dit Abby, chuchota-t-elle. Alors?

Le réceptionniste détournait discrètement les yeux. Gêné, Ryan entraîna de son mieux Miranda vers l'ascenseur.

— Nous parlerons là-haut.

Elle se plaqua contre lui, lui mordilla l'oreille.

— Mais je ne veux pas parler, moi! protesta-t-elle. Je veux faire l'amour. L'amour à la sauvage. Tout de suite.

— Voilà un programme alléchant, commenta un homme en tenue de soirée qui quittait l'ascenseur au même moment.

— V'voyez? renchérit Miranda que Ryan poussait dans la cabine. Le monsieur est d'accord avec moi. J'ai envie de vous sauter dessus depuis le premier tintement.

— Le… quoi?

— Avec vous, j'ai des ding-dong qui me tintent dans la tête. En ce moment, ils font un vrai carillon. Embrassez-moi encore, Ryan. Vous en mourez d'envie, vous le savez bien.

Elle commençait à lui déboutonner sa chemise. Il tenta désespérément de la faire cesser.

— Arrêtez, voyons. Vous êtes complètement paf.

— Et alors? répliqua-t-elle en s'esclaffant. Depuis le temps que vous essayez de m'entraîner dans votre lit, c'est l'occasion ou jamais, non?

— Il y a quand même un minimum de convenances…

Arrivés à l'étage, elle s'accrocha à lui de telle sorte qu'il titubait lui-même comme un ivrogne. L'un d'eux, pensa-t-il, avait le plus urgent besoin d'une douche froide.

— Ah! Parce qu'il y a des convenances, maintenant?

En riant aux éclats, elle lui sortit la chemise du pantalon. Ses mains lui caressèrent le dos, le ventre, descendirent plus bas pendant qu'il s'évertuait à viser le trou de la serrure avec la clef.

— Bon sang, Miranda… J'ai dit non ! Tenez-vous correctement.

Elle était collée à lui comme une liane à un tronc d'arbre lorsqu'ils entrèrent enfin, et il referma la porte d'un coup de pied.

— J'peux pas, bafouilla-t-elle en riant. C'est vous que je tiens…

L'étreignant à bras-le-corps, elle noua les jambes autour de sa taille, lui empoigna les cheveux à deux mains, colla la bouche sur la sienne.

— Je te veux, murmura-t-elle en le couvrant de baisers. Fais-moi l'amour. Touche-moi. Je veux sentir tes mains sur moi. Partout.

Elles y étaient déjà. La faible lueur de raison qu'il s'était efforcé de préserver en lui eut un dernier sursaut avant de s'éteindre tout à fait.

— Vous allez nous détester tous les deux demain matin.

— La belle affaire ! Demain est demain. Ce soir est un moment qui n'existera plus demain. Je veux profiter du moment qui passe, Ryan.

Ses yeux bleus brillaient d'un éclat si éblouissant qu'il ne pouvait en détacher le regard.

— Vous l'aurez voulu, murmura-t-il. Voyons combien de temps le moment durera…

Il la porta jusqu'à la chambre, ils tombèrent ensemble sur le lit, à la lumière de la lune qui s'introduisait par les portes-fenêtres et faisait danser des ombres dans les coins.

Son poids sur elle la combla de bonheur. Leurs bouches étaient soudées en un baiser exacerbé par le désir, leurs langues s'affrontaient, leurs haleines se mêlaient. La tête lui tournait, mais d'une ivresse qui n'était plus due au vin. Elle était libre comme elle n'avait jamais été libre, elle vivait plus intensément qu'elle n'avait jamais vécu.

Elle voulait tout et plus encore. Tout – et l'impossible en plus. Avec lui, elle savait l'avoir enfin trouvé.

19

Le soleil déjà brûlant réveilla Miranda. L'espace d'un instant, horrifiée, elle crut ses yeux en feu et les frotta avec énergie avant de retrouver un semblant de lucidité. Non, constata-t-elle alors, elle n'était pas victime d'un phénomène de combustion spontanée ni couchée sur un bûcher. Elle était dans un lit – et elle n'y était pas seule. Avec un gémissement étouffé, elle s'empressa de refermer les yeux.

Qu'avait-elle fait, grands dieux?

C'était pourtant assez évident. Si sa mémoire ne la trahissait pas, elle l'avait même fait deux, non, trois fois. Entre chaque épisode, Ryan l'avait abreuvée d'aspirine dans des litres d'eau minérale, grâce à quoi elle avait encore la tête sur les épaules.

Elle rouvrit les yeux, coula un regard de côté. Ryan gisait à plat ventre, le visage enfoui dans l'oreiller. Il n'appréciait sans doute pas plus qu'elle l'éclat aveuglant du soleil, mais ils avaient tous deux eu autre chose en tête que de tirer les rideaux, la veille au soir.

La veille au soir... Elle lui avait sauté dessus comme une folle, elle lui avait arraché ses vêtements. Et, même à la lumière du jour, l'eau lui venait à la bouche à l'idée de recommencer.

Espérant sauvegarder sa dignité au moins le temps de gagner la salle de bains, elle se leva avec précaution. Ryan ne bougea pas, n'émit pas un son. Soulagée, elle s'esquiva sur la pointe des pieds. Heureusement pour sa tranquillité d'esprit, elle ne le vit pas ouvrir un œil et décocher un sourire coquin à son postérieur sans voiles.

Sous la douche, elle se livra à une longue autocritique. L'eau chaude lui faisait du bien, sans toutefois effacer les saines douleurs qu'un amour débridé avait infligées à ses muscles quelque peu rouillés et que, tout bien pesé, elle ne regrettait pas. Par acquit de conscience, elle reprit quand même une double dose d'aspirine.

Quand elle émergea enfin de la salle de bains, Ryan était déjà sur la terrasse. En pantalon gris et chemise de soie noire, il bavardait amicalement avec le serveur venu apporter le petit déjeuner. Son élégance désinvolte rendit Miranda péniblement consciente de son peignoir informe et de ses cheveux mouillés, qui pendaient en mèches disgracieuses. Comme il était trop tard pour battre en retraite, elle s'approcha et parvint à leur adresser un vague sourire.

Le serveur empocha son pourboire, dit *Mille grazie*, leur souhaita *Buon appetito* et les laissa seuls avec un pigeon qui faisait les cent pas sur la balustrade en dardant des regards de convoitise sur la nourriture.

— Eh bien, je…, commença-t-elle.

— Buvez donc d'abord du café, l'interrompit Ryan.

N'étant pas femme à esquiver ses responsabilités, elle ne saisit pas la perche qu'il lui tendait.

— Ryan, je vous dois des excuses pour hier soir.

— Vraiment?

— J'avais trop bu. Ce n'est pas une excuse, juste une constatation.

Il s'assit à table, remplit leurs deux tasses.

— Vous étiez rétamée, ma chérie. Mignonne tout plein, ajouterai-je. Et d'une agilité proprement admirable.

Honteuse, elle ferma les yeux, mais l'arôme du café la fit fléchir. Elle s'assit en face de Ryan, charmé par la rougeur qui lui montait aux joues.

— Ma conduite a été déplorable, inexcusable. Je la regrette sincèrement. Je vous ai mis dans une position des plus… embarrassantes.

— Je garde le souvenir d'un certain nombre de positions dont aucune, à vrai dire, n'était embarrassante.

Elle rougit de plus belle, se donna une contenance en avalant une gorgée de café et se brûla la langue.

— À quoi bon des excuses? reprit-il en étalant de la confiture sur un croissant qu'il posa dans l'assiette devant elle. À quoi servent les regrets? Avons-nous causé du tort à qui que ce soit?

— La question n'est pas là, mais...

— La question, s'il en faut une à tout prix, est très simple. Nous sommes majeurs, libres comme l'air, en bonne santé et fortement attirés l'un vers l'autre. Hier soir, nous avons agi en conséquence. Pour ma part, j'y ai pris un plaisir extrême... Et vous? conclut-il en déposant sur chacune de leurs assiettes une portion d'œufs brouillés.

Son devoir lui imposait de battre sa coulpe et d'assumer la pleine responsabilité de sa conduite. Pourquoi ne la laissait-il pas faire amende honorable?

— Vous êtes à côté du problème!

— Pas du tout. Je réfute ce problème que vous essayez laborieusement de soulever. Ah! je vois apparaître dans vos yeux un éclair de votre fichu caractère! J'aime mieux cela. Si j'apprécie que vous soyez assez raisonnable pour ne pas me reprocher d'avoir abusé de la situation, puisque c'est vous qui m'avez déshabillé, il serait parfaitement idiot de vouloir vous en attribuer le blâme à vous seule.

— Je ne blâme que le vin...

— Non, vous avez dit vous-même que ce n'était pas une excuse. J'ai eu envie de faire l'amour avec vous dès l'instant où je vous ai vue pour la première fois. Plus je vous ai connue, plus j'en ai eu envie. Vous me fascinez, Miranda. Et maintenant, mangez vos œufs avant qu'ils refroidissent.

Il était décidément impossible de lui en vouloir. Elle baissa les yeux sur son assiette.

— Je ne fais pas l'amour à... à la légère.

Il poussa un long sifflement incrédule.

— Vous appelez cela «à la légère»? Que Dieu me protège quand nous en viendrons aux choses sérieuses!

Elle sourit malgré elle et capitula.

— Bon, d'accord. C'était fabuleux.

— Je me réjouis que vous vous en souveniez ce matin, j'avais peur que vous n'ayez pas l'esprit assez clair. J'aurais bien aimé que nous puissions rester ici un peu plus longtemps, ajouta-t-il en jouant avec une de ses mèches. Florence réussit aux amoureux.

Elle le regarda dans les yeux et respira à fond afin de se donner le courage de prendre ce qui, pour elle, constituait un engagement sans précédent.

— Le Maine est très beau au printemps, vous savez.

Il sourit, lui caressa la joue du bout des doigts:

— Je suis sûr de beaucoup m'y plaire.

Un unique pinceau de lumière éclairait *La Donna oscura*. La personne qui la contemplait se tenait dans l'ombre. Son esprit était aussi calme, aussi froid que lorsque le crime avait été commis.

Ce crime n'avait pas fait partie de ses projets. Seules les circonstances l'avaient exigé. Si tout s'était déroulé normalement, nul n'aurait eu besoin de faire appel à la violence. Mais rien n'avait été conforme aux prévisions, et il avait fallu improviser afin de résoudre le problème.

Car l'enchaînement d'événements ayant entraîné la perte de deux vies humaines découlait directement du vol du *David*. Qui aurait pu prévoir ce genre d'impondérable?

En soi, le crime n'est pas un acte aussi abominable qu'on le pense d'habitude. Il exprime une forme de pouvoir, sans plus. Or, aucun objet, aucune personne susceptibles de démontrer l'existence de la véritable *Donna* n'avaient le droit de survivre, c'était aussi simple que cela.

Le problème serait donc résolu. Proprement, totalement, définitivement. Par, le moment venu, la mort de Miranda.

Dommage, en un sens, de devoir anéantir un esprit aussi brillant. Il aurait pu suffire de détruire sa réputation. Maintenant, il fallait aussi l'éliminer physiquement. Dans le domaine de la science, comme dans celui du pouvoir, les sentiments n'ont pas voix au chapitre.

Un accident, peut-être? Un suicide vaudrait mieux. Oui, le suicide serait plus satisfaisant, à tous points de vue. Curieux, quand même, de n'avoir pas pressenti dès le début que sa mort procurerait un tel plaisir.

La préparation demanderait de la réflexion, du soin, de la patience. Beaucoup de soin. Un peu de patience...

Un sourire apparut sur les lèvres de la personne qui, seule dans l'ombre, admirait *La Donna*. Un sourire aussi triomphant, aussi malicieux que celui de la statue. Et quand celle-ci fut laissée seule sous le pinceau de lumière, nul n'était là pour entendre s'éteindre un rire étouffé.

Le rire des damnés. Ou des déments.

Le printemps flottait au-dessus du Maine. Il y avait dans l'air une douceur encore inexistante une semaine plus tôt – Miranda, du moins, ne l'avait pas sentie alors. Perchée sur sa pointe, la vieille maison tournait le dos à la mer, ses fenêtres teintées d'or par le soleil couchant.

C'était bon d'être de retour.

Quand elle entra, sa bonne humeur s'évanouit en trouvant Andrew au petit salon, le regard flou, les vêtements fripés, le menton mal rasé, en compagnie d'une bouteille de Jack Daniel's. Elle comprit aussitôt qu'il n'avait sans doute pas dessaoulé depuis deux jours.

À sa vue, il se leva, fit deux pas en titubant, la prit maladroitement dans ses bras.

— Où étais-tu? Je m'inquiétais à ton sujet. J'ai appelé partout, personne ne savait où tu avais filé.

En dépit des vapeurs de whiskey qui s'exhalaient de sa personne, elle le savait sincère. Elle décida cependant, et non sans regret, qu'il n'était plus question de le mettre au courant de tout comme elle en avait eu l'intention. Comment faire confiance à un ivrogne ?

— Tu sais bien que je suis en congé forcé, répondit-elle. Je t'avais laissé un mot avant de partir. L'as-tu lu ?

— Oui, et je n'ai pas été plus avancé. Quand père a débarqué à l'Institut, j'ai compris qu'on était dans la mélasse jusqu'au cou. Je suis rentré ici aussi vite que j'ai pu, mais tu t'étais déjà envolée.

— Je n'avais pas le choix. Il a été dur avec toi ?

Malgré son ivresse, il se rendait compte depuis un instant qu'il y avait chez sa sœur quelque chose de changé.

— Pas plus que je ne m'y attendais. Qu'est-ce qui t'arrive, Miranda ? Tu n'es pas comme d'habitude.

Elle préféra se détourner. Elle ne savait pas mentir et n'avait jamais menti à Andrew.

— Je me suis absentée quelques jours, voilà tout... Au fait, j'ai rencontré Ryan Boldari à New York. Il est revenu avec moi et il va passer quelques jours ici.

— Ici ? À la maison ?

— Oui. Je... c'est-à-dire que... nous sommes...

Andrew mit un moment à comprendre.

— Vous deux ? C'est plutôt rapide, non ?

— Pas vraiment. Nous avons beaucoup de choses en commun. Où en est l'enquête ? enchaîna-t-elle.

— Il y a un gros pépin : nous n'arrivons pas à mettre la main sur les dossiers du *David*.

Elle avait beau s'y être attendue, son estomac réagit par un désagréable sursaut. Elle se passa nerveusement la main dans les cheveux et espéra réussir à jouer la comédie de manière assez convaincante.

— Pourquoi ? Ils doivent être classés...

— Je sais où ils devraient être, l'interrompit-il en remplissant son verre. Le fait est qu'ils n'y sont pas, ni nulle part ailleurs à l'Institut. La compagnie d'assurances se rebiffe. Si nous ne fournissons pas les documents, nous en serons pour nos frais. C'est toi qui l'avais expertisé.

— Oui. Je l'ai examiné, authentifié, et j'ai classé les dossiers correspondants où il fallait. Tu le sais aussi bien que moi, Andrew, tu as travaillé dessus toi aussi.

— Eh bien, ils se sont envolés, et moi, je suis dans de beaux draps. L'assurance refuse de payer, notre mère menace de venir voir par elle-même pourquoi nous sommes idiots au point de nous faire faucher une œuvre et d'égarer la paperasse, et Cook me regarde de travers.

— Je suis désolée de t'avoir laissé te débattre seul avec ces problèmes. Je t'en prie, Andrew, arrête de boire ! ajouta-t-elle en le voyant vider encore une fois son verre.

Elle regrettait surtout de voir comment il réagissait.

— Je ne suis pas saoul ! affirma-t-il avec un sourire béat. Pas encore, en tout cas.

Elle l'avait elle-même été trop récemment pour ne pas reconnaître les symptômes.

— Si. Je ne peux pas te parler quand tu es dans cet état. Tu as besoin d'une cure de désintoxication.

Le sourire d'Andrew s'effaça. Par défi, il remplit son verre et le vida en deux longues gorgées.

— Ce dont j'ai besoin, c'est d'un peu de coopération et de soutien ! Tu es peut-être *désolée* de m'avoir laissé seul dans ce merdier, mais tu as quand même pris la fuite. Et si j'ai envie de boire un verre ou deux pour me remonter à la fin d'une journée atroce où j'ai dû subir la police, diriger l'Institut et faire le beau devant les parents, ça ne regarde personne que moi !

— Je t'aime, Andrew, dit-elle, le cœur serré. Te voir te tuer sous mes yeux, cela me regarde.

— Bon, j'irai me tuer seul dans mon coin. Comme ça, tu ne te croiras pas obligée de te mêler de mes affaires.

Il empoigna la bouteille et quitta la pièce, furieux de se sentir coupable, enragé contre lui-même de blesser et de décevoir la seule personne au monde à laquelle il avait jamais pu se fier. Mais c'était sa vie, bon Dieu ! Il était assez grand garçon pour décider tout seul comment la mener !

Il claqua derrière lui la porte de sa chambre, se laissa tomber dans un fauteuil, avala une lampée au goulot. Il avait le droit de se détendre, oui ou non ? Il faisait son boulot – pour ce que ça lui rapportait ! Pourquoi aurait-il dû s'excuser de boire un coup ou deux – ou même deux douzaines ? Ces derniers temps, bien sûr, il lui arrivait d'avoir un trou, un blanc complet dans son emploi du temps. Mais ça, c'était le stress. Pour en venir à bout, rien de tel qu'un bon coup de fouet. Un verre et ça allait mieux.

Il se disait aussi parfois que sa femme lui manquait, même s'il avait de plus en plus de mal à revoir clairement son image ou à se rappeler le son de sa voix. Et puis, lorsqu'il était sobre, il constatait en un éclair de vérité qu'il n'aimait plus Élise et que, peut-être, il ne l'avait jamais aimée autant qu'il se plaisait à le croire. Alors, il noyait ces déplaisantes vérités dans l'alcool. Ça aidait.

Depuis qu'Annie l'avait interdit de séjour dans son bar, il découvrait aussi l'avantage de boire seul. Seul, on peut boire jusqu'à ce qu'on ne tienne plus debout. Et quand on ne tient plus debout, on n'a qu'à se coucher. Comme ça, au moins, on passe la nuit tranquille. Et un homme a le droit de passer ses nuits sans cauchemars, pensa-t-il en portant de nouveau le goulot à ses lèvres.

De toute façon, il ne buvait pas par besoin, non. Il se dominait parfaitement, il était capable de s'arrêter dès qu'il le voudrait. Il ne voulait pas s'arrêter, voilà tout. Un de ces jours, il stopperait net, sans préambule, rien que pour prouver à Miranda, à Annie, à toutes ces femmes qui lui cassaient les oreilles en le traitant d'alcoolique qu'elles se fourraient le doigt dans l'œil à son sujet.

D'ailleurs, tout le monde l'avait toujours mal jugé. À commencer par ses parents. Ils ne s'étaient jamais donné la peine de comprendre qui il était, ce qu'il désirait, encore moins ce dont il avait vraiment besoin dans la vie. Alors, qu'ils aillent se faire foutre ! Tous !

Une lumière à l'extérieur balaya soudain sa chambre. Andrew cligna les yeux. Des phares de voiture ? Une gorgée de Jack Daniel's lui remit les idées en place. De la visite. Boldari sans doute.

Un large sourire lui vint aux lèvres : Miranda avait un petit ami ! Il allait pouvoir s'en donner à cœur joie. Il n'avait pas eu depuis longtemps l'occasion de la taquiner sur un sujet aussi sensible. Autant commencer tout de suite.

Quand il se leva, la chambre se mit à tourner. Il éclata de rire, se rattrapa de justesse au dossier du fauteuil sans lâcher sa bouteille, et se dirigea en titubant vers la porte. Il allait lui demander ses intentions, à ce Boldari. Il allait lui montrer, à ce gandin de New York, que la petite Miranda avait un grand frère qui veillait sur elle, mais oui ! Pour qui se prenait-il, celui-là ?

Il avala une nouvelle dose de whiskey pour se donner du cœur à l'ouvrage, ouvrit la porte, traversa le couloir en se cognant aux murs, agrippa la rampe de l'escalier, regarda en bas et découvrit, au pied des marches, sa petite sœur et Boldari en train d'échanger un baiser brûlant.

— Holà ! cria-t-il en agitant sa bouteille.

Miranda sursauta, se retourna. Andrew éclata de rire.

— Dis donc, New York, qu'est-ce que tu fricotes avec ma frangine, hein ?

— Bonsoir, Andrew.

— Bonsoir Andrew, tu parles ! Tu couches avec ma sœur, enfant de salaud ?

— Pas pour le moment, répondit Ryan en gardant un bras sur les épaules de Miranda, pétrifiée par l'horreur.

— Attends un peu, mon pote, j'ai deux mots à te dire.

Andrew réussit à rester sur ses pieds jusqu'à mi-chemin et termina sa descente par une dégringolade digne de la chute d'un rocher au flanc d'une falaise abrupte.

Miranda bondit, s'agenouilla près de lui. Elle poussa un cri en voyant son visage en sang et lui palpa les membres de crainte qu'il ne se soit brisé quelque chose.

— Ça va, ça va, j'suis pas mort, grommela Andrew en repoussant sa main. J'suis tombé, c'est tout.

— Tu aurais pu te rompre le cou !

Accroupi à côté de Miranda, Ryan nota qu'Andrew n'avait qu'une coupure au front et un œil au beurre noir. Miranda, en revanche, tremblait comme une feuille.

— Rien de plus traître qu'un escalier, observa-t-il avec calme. Les plaies au visage saignent beaucoup. Vous devriez remonter vous nettoyer, mon vieux.

Andrew se passa une main sur le front :

— Merde ! Regarde, je saigne !

— Je vais chercher la trousse à pharmacie, dit Miranda.

— Laissez, répliqua Ryan, je m'en charge. Allons, Andrew, debout. Mon frère a buté contre un trottoir le soir où il enterrait sa vie de garçon, il était bien plus esquinté.

Il souleva Andrew par les aisselles, le remit debout. Miranda voulut les suivre dans l'escalier. Ryan l'en empêcha :

— Pas de femmes, c'est une affaire entre hommes. N'est-ce pas, Andrew ?

— Foutre oui ! approuva-t-il en se cramponnant à Ryan. Les femmes sont la cause de tous nos malheurs ! J'en ai eu une pendant un bout de temps. Elle m'a plaqué, la garce !

— Bon débarras, opina Ryan.

— C'est bien vrai ! J'y vois rien, mon vieux.

— Normal, vous avez du sang dans les yeux.

— Tant mieux, je me croyais devenu aveugle. Tu sais quoi, Ryan, mon vieux copain ?

— Quoi donc, Andrew ?

— Je vais être malade.

— Je m'en doutais. Par ici…

Il l'aiguilla vers la salle de bains. Quand la crise fut passée, Ryan l'assit sur le bord de la baignoire afin de soigner sa coupure.

— C'est la chute qui m'a rendu malade, dit Andrew sans conviction.

— Vous venez de vomir près de deux bouteilles de bourbon, vous faites honte à votre sœur, vous vous couvrez de ridicule, vous vous seriez cassé la moitié des os s'ils n'étaient pas ramollis par l'alcool, vous sentez mauvais et vous avez une tête de déterré. Oui, mon vieux, c'est sûrement la chute qui en est la cause.

— Bon, j'ai peut-être bu un coup de trop, admit Andrew en maugréant. Mais je ne l'aurais pas fait si Miranda ne m'avait pas provoqué.

— Pas de mauvaises excuses, répliqua Ryan en le badigeonnant d'antiseptique sans tenir compte de ses grimaces de douleur. Vous êtes un ivrogne, Andrew. Assumez-en au moins la responsabilité, comme un homme digne de ce nom.

— Je vous emmerde, Boldari !

— Très original comme réplique. Votre coupure au front ne nécessite pas de points de suture, mais vous allez avoir un beau coquard à l'œil pendant quelques jours. Maintenant, déshabillez-vous, poursuivit-il en tirant sur sa chemise. Vous avez grand besoin d'une bonne douche, croyez-moi.

— Non, je veux me coucher… Merde, je vais encore être malade…

Il fallut à Ryan près d'une heure pour mettre Andrew au lit. Lorsqu'il redescendit, il constata que les débris de la bouteille avaient été balayés, le mur et les marches éclaboussés de bourbon nettoyés. Il chercha Miranda puis, ne la voyant nulle part dans la maison, il prit sa veste et sortit.

Il la trouva sur la falaise. Un instant, il contempla de loin sa silhouette longue et fine qui se découpait contre le ciel nocturne. Les cheveux ébouriffés par le vent, le visage tourné vers la mer, elle lui parut moins seule que solitaire. Une statue de la solitude.

Il la rejoignit, lui drapa la veste sur les épaules. Elle avait réussi à reprendre contenance. L'incessante agitation des flots avait toujours eu sur elle un effet apaisant.

— Je regrette profondément de vous avoir traîné dans une situation aussi déplaisante.

Raide, sur la défensive, elle lui tournait le dos et parlait d'un ton froid, impersonnel.

— Personne ne m'a traîné. J'étais là, voilà tout.

Il lui posa les mains sur les épaules. Elle se déroba.

— Vous subissez pour la seconde fois en deux jours l'ivrognerie d'un membre de la famille Jones.

— Il y a loin entre une petite folie d'un soir et la manière dont votre frère s'empoisonne, Miranda.

— Peut-être, mais cela ne change rien aux faits. Nous nous sommes mal conduits, et vous en avez subi les conséquences. Je ne crois pas que j'aurais été capable de m'occuper seule d'Andrew ce soir. J'aurais pourtant préféré.

Agacé, il la força à le regarder.

— Tant pis pour vous. J'ai été là quand il fallait et je compte y rester encore un bout de temps.

— Jusqu'à ce que nous retrouvions les bronzes, précisa Miranda.

— Exact. Mais si je n'en ai pas fini avec vous à ce moment-là, dit-il en lui dérobant un baiser, vous serez bien obligée de vous y accoutumer.

— Je ne saurai pas comment, Ryan. Je ne suis pas équipée pour faire face aux situations de ce genre. Ni à vous. Mes rapports avec les hommes ont toujours mal tourné. Aucun membre de ma famille n'a jamais su maîtriser ses émotions. Ils ont toujours pris la fuite au premier prétexte.

— Vous n'en avez pas encore eu l'occasion avec moi.

Elle se détourna, contempla la ronde obstinée du faisceau lumineux du phare sur la houle. Quand ce sera fini, se dit-elle, c'est lui qui s'éloignera. Et cette fois, contrairement aux autres, elle avait peur, très peur d'en souffrir. Elle avait beau savoir pourquoi il était avec elle et admettre sans illusions qu'elle ne représentait pour lui qu'un moyen et non une fin, elle ne souffrirait pas moins de le perdre.

— Tout ce qui m'arrive depuis que je vous connais m'est étranger, déclara-t-elle. Je fonctionne mal sans repères.

— Vous vous êtes plutôt bien débrouillée jusqu'à présent.

— Deux hommes sont morts à cause de moi, Ryan. Ma réputation est en miettes, ma famille plus divisée que jamais. J'ai violé la loi, piétiné la morale…

— Mais vous ne vous êtes pas ennuyée, n'est-ce pas ?

Un éclat de rire amer lui échappa.

— Non… Maintenant, je ne sais plus que faire.

Il lui saisit la main, l'entraîna en direction du phare.

— Soyez tranquille, j'y pourvoirai. Il sera bien assez tôt demain pour décider de la suite.

— Non, je dois m'organiser. Et d'abord, il faut que je voie où en est Andrew.

— Andrew dort à poings fermés, il ne fera pas surface d'ici à demain matin. Pour s'organiser, il faut avoir l'esprit clair. Le vôtre est loin de l'être.

— Pardon, j'ai l'organisation dans le sang, moi ! Je suis capable de mettre trois projets au point, préparer une conférence et donner un cours simultanément.

— Vous êtes une femme redoutable, docteur Jones. Disons donc, si vous préférez, que moi je n'ai pas l'esprit assez clair pour me pencher sur des problèmes d'organisation. Je ne suis jamais non plus entré dans un phare, et celui-ci pique ma curiosité. De quand date-t-il ?

Miranda poussa un soupir résigné. Il préférait éluder les problèmes immédiats ? Soit, ils éluderaient.

— Il a été construit en 1853. Mon grand-père en a aménagé l'intérieur dans les années 40 pour en faire son atelier de peinture. En réalité, selon ma grand-mère, il s'en servait surtout pour y recevoir ses conquêtes, parce qu'il jugeait amusant de pratiquer l'adultère en vue de sa propre maison et dans un évident symbole phallique.

— Un joyeux luron, votre cher bon-papa.

— Il appartenait à la lignée d'infirmes sentimentaux de la famille Jones. Toujours selon ma grand-mère, qui était la seule à bien vouloir aborder de tels sujets, son père se plaisait à exhiber en public ses maîtresses, dont il a eu un certain nombre d'enfants illégitimes qu'il a toujours refusé de reconnaître. Mon grand-père ne faisait que maintenir cette noble tradition familiale.

— Les Jones de Jones Point sont innombrables, si j'ose paraphraser un verset des Écritures.

Elle aurait dû s'offusquer de son sarcasme. Elle s'en amusa, au contraire.

— Si on veut... En tout cas, mon arrière-grand-mère préférait ignorer les habitudes de son cher époux. Elle passait le plus clair de son temps en Europe, où elle se vengeait en dilapidant sa fortune sans compter. Pour l'un de ses voyages de retour aux États-Unis, elle a eu la regrettable inspiration de choisir un navire tout neuf, réputé pour son luxe. Il s'appelait le *Titanic*.

— Pas possible ! s'exclama Ryan en s'esclaffant.

— Si. Par chance, elle a pu embarquer avec ses enfants sur un canot de sauvetage et être repêchée, mais elle est morte quelques semaines plus tard d'une pneumonie contractée dans le froid. Son mari a manifesté son chagrin en séduisant peu après une cantatrice. Malheureusement pour lui, le mari de la diva a exprimé son mécontentement en mettant le feu à la maison où ils abritaient leurs amours coupables. C'est ainsi que mon valeureux bisaïeul est parti en fumée.

— Une belle mort pour un don Juan, commenta Ryan.

Pendant le récit de Miranda, il avait observé la serrure rouillée de l'épaisse porte en chêne. Il sortit de sa poche un couteau suisse, sélectionna l'outil approprié et se mit au travail.

— Mais non ! protesta Miranda. Si vous voulez le visiter, j'ai la clef à la maison.

— C'est plus amusant et plus rapide. Vous voyez ?

Il rempocha le couteau, poussa la porte et alluma sa lampe-stylo dont il balaya la pièce obscure.

On distinguait des murs lambrissés de pin naturel, quelques meubles recouverts de housses. Au fond, une petite cheminée de pierre au foyer plein de cendres grises. Ryan regretta que la pièce ait été aménagée en carré plutôt que d'avoir conservé sa forme circulaire.

— Humide, mais intime, observa-t-il. C'est donc ici que votre irrésistible grand-père faisait des folies avec ses bonnes amies ?

Elle entra, ajusta en frissonnant la veste autour de ses épaules. L'air humide et froid sentait le renfermé.

— Oui, je suppose. Ma grand-mère le détestait. Pourtant, elle n'a pas divorcé. Elle a élevé mon père et soigné son mari durant les deux dernières années de sa vie. C'était une femme remarquable. Elle m'aimait beaucoup.

— Bien sûr, dit-il en lui caressant la joue. Qui ne vous aimerait pas ?

— Dans ma famille, l'amour n'a rien d'évident ni de naturel… Vous verriez mieux les lieux à la lumière du jour, poursuivit-elle en se détournant, gênée par la lueur de compassion qu'elle distinguait dans son regard.

Il garda le silence. Comment, lui qui se vantait de sa sûreté de jugement, avait-il pu se méprendre à ce point sur son compte ? Ce qui lui était apparu, au début, comme de la froideur était en réalité une défense contre les blessures de la vie. Contre l'indifférence, la solitude, la froideur des autres.

En faisant le tour de la pièce, il découvrit dans un coin une lampe à pétrole et un candélabre garni de bougies. Il s'empressa de les allumer. Sous leur lumière dansante, la pièce prit une allure irréelle.

— Brrr! fit-il en riant. Vous n'êtes jamais venue ici rencontrer des fantômes, quand vous étiez petite?

— Ne soyez pas ridicule!

— Pas du tout, ma chérie. Vous avez eu une enfance beaucoup trop raisonnable, il serait grand temps de vous rattraper. Venez donc.

Il s'empara de la lampe à pétrole et commença à gravir l'escalier à vis en métal.

— Que faites-vous?

— Vous voyez, je monte.

— Ne touchez à rien là-haut! cria-t-elle en s'élançant derrière lui. Tout est automatique.

Il arriva dans une chambre exiguë, ayant pour seul mobilier un matelas hors d'usage et une commode ver-moulue. La grand-mère avait, semblait-il, récupéré tous les objets de valeur. Du côté du large, une ouverture en forme de hublot commandait une vue spectaculaire sur la mer, balayée par la lumière du phare, qui se brisait en grondant sur un chapelet d'îlots rocheux dans le prolongement de la côte. Des bouées oscillaient çà et là au gré de la houle.

— Quel site! La fureur, le péril, le défi des éléments. Tout cela est romantique en diable.

— L'océan est rarement calme, observa-t-elle derrière lui. L'autre fenêtre donne sur la baie. Parfois, la nuit surtout, elle est lisse comme un miroir.

— Quel côté préférez-vous?

— Je les aime autant l'un que l'autre, mais je suis plus volontiers attirée par l'océan.

— La tourmente attire les esprits tourmentés.

Elle fronça les sourcils, déconcertée. Il ne serait venu à l'idée de personne, d'elle-même moins que de toute autre, de qualifier le Dr Miranda Jones d'esprit tourmenté. Elle était aussi solide que le granit – et, trop souvent il est vrai, tout aussi ennuyeuse…

Ryan quitta la chambre pour pénétrer dans la salle des machines. Avec un haussement d'épaules, elle le suivit.

— Ah ! s'exclama-t-il. Voilà un endroit extraordinaire !

Au mépris de la mise en garde de Miranda, il tripotait déjà le matériel avec la curiosité d'un enfant devant un jouet mécanique. Le ronronnement du moteur électrique, la mélodie lancinante des engrenages bien huilés entraînant les miroirs dans leur ronde régulière, la forme circulaire de la salle, l'étroit balcon qui la ceinturait, la rambarde d'acier rouillé, tout l'enchantait.

Il ouvrit la porte, sortit. Le vent le gifla comme une femme outragée, et il éclata de rire.

— Fabuleux ! Votre grand-père avait bon goût. Je m'en serais voulu de ne pas avoir amené moi aussi mes conquêtes dans un endroit pareil. Romantique, sensuel, juste assez effrayant… Si vous le remettiez en état, vous auriez un atelier sensationnel.

— Je n'ai pas besoin d'un atelier.

— Vous en auriez besoin si vous vous appliquiez un peu mieux à peindre, comme vous le devriez.

— Je ne suis pas une artiste.

— Moi, j'ai la réputation d'être un éminent marchand d'œuvres d'art et je vous affirme que vous seriez un grand peintre si vous vous en donniez la peine.

Il rentra en s'arc-boutant contre le vent pour refermer la porte et vit que Miranda frissonnait.

— Vous avez froid ?

— Un peu. Il fait humide, surtout.

— Tout moisira si vous laissez les choses à l'abandon. Ce serait un crime – et dans ce domaine-là aussi, je suis un expert, comme vous le savez déjà, ajouta-t-il en lui frictionnant les bras pour la réchauffer. Le bruit de la mer n'est pas le même à l'intérieur. Plus mystérieux, presque menaçant.

— Vous le jugeriez infiniment plus effrayant pendant une bonne tempête d'équinoxe. En principe, le phare évite aux bateaux de trop s'approcher des hauts-fonds et des brisants. Malgré tout, il y a toujours eu un certain nombre de naufrages dans les parages depuis le siècle dernier.

— J'entends d'ici gémir les esprits des marins perdus en mer qui hantent ces rivages! dit-il d'un ton sépulcral en la prenant dans ses bras.

— Vous n'entendez que le vent. En avez-vous assez vu?

— Loin de là! répondit-il en lui mordillant les lèvres. J'ai la ferme intention d'en voir davantage.

Elle tenta vainement de se dégager.

— Si vous croyez pouvoir me séduire dans un vieux phare poussiéreux et pourri d'humidité, vous rêvez, Boldari.

— Est-ce un défi?

— Non, c'est un fait.

Mais ses jambes flageolaient déjà. Comment faisait-il pour avoir un tel pouvoir sur elle?

— Écoutez, reprit-elle, il y a dans la maison des chambres confortables, bien chauffées, pourvues de lits moelleux à souhait...

— Nous les essaierons plus tard – et même l'une après l'autre, si vous le souhaitez. Vous ai-je déjà dit, docteur Jones, que vous avez un corps particulièrement délectable?

Joignant le geste à la parole, il en explora les délices. Ses doigts fureteurs avaient dégrafé son pantalon avant que Miranda ait eu le temps d'émettre une protestation.

— Ryan, non... Ce n'est pas l'endroit pour...

— Votre cher bon-papa s'en contentait pourtant.

Elle ne songea même plus à protester. Son corps décidait pour elle, l'entraînait sur la crête d'une vague de plaisir à laquelle elle s'abandonna avec un soupir.

— Encore froid ? murmura-t-il.

— Non. Oh ! non...

Elle sentait sa peau brûler, son sang palpiter comme un fleuve de feu. La montée impérieuse du désir effaçait en elle toute notion de temps et de lieu. Au contact de ses mains savantes, elle découvrait le bonheur librement consenti d'abdiquer sa volonté pour se plier à celle d'un autre. Par l'impudeur même de ses caresses, il ébranlait la rigide ordonnance de son esprit rationnel, aiguillonnait sa curiosité, provoquait un désir toujours renouvelé et d'une intensité toujours croissante qui exigeait d'être assouvi.

Miranda se révélait à lui sous un jour qu'il n'aurait pu imaginer. Qu'une femme aussi forte, aussi prudente se soumette avec un tel abandon constituait pour lui un aphrodisiaque d'une puissance inconnue. Elle se livrait à lui sans restriction pour prendre du plaisir et pour lui en donner. Le trouble qu'il en éprouvait n'émanait pas d'un sentiment malsain de domination, mais au contraire d'une tendresse si profonde qu'elle devenait presque insoutenable.

Les reflets du phare glissaient sur elle, donnant à sa peau la blancheur de l'ivoire, à ses cheveux dénoués l'éclat de l'or en fusion. Sa bouche entrouverte était douce et chaude sous la sienne. Leur baiser se prolongeait, se faisait plus brûlant, leur apportait une ivresse plus exaltante que celle du désir dont ils frémissaient.

Le froid, l'humidité avaient cessé d'exister. Le sol dur et couvert de poussière sur lequel ils s'étendirent eut pour eux la douceur d'un lit de plume. Elle lui défit sa chemise, posa les lèvres sur son cœur et s'y attarda, parce qu'elle savait que ce cœur lui avait volé le sien.

Alors, avec lenteur, avec d'infinis égards, il voulut combler ses sentiments autant que son désir, lui donner de l'amour plus encore que du plaisir. Dans un murmure, un soupir à peine esquissé, ils se laissèrent emporter par une longue vague tiède, qui berçait plutôt qu'elle ne frappait.

Et quand il la dressa sur lui, en la soutenant aux hanches jusqu'à ce qu'elle l'ait accueilli au plus profond d'elle-même, elle sut ce que c'était que d'aimer son amant.

20

Pour la seconde fois en deux jours, Miranda se réveilla à côté de Ryan, mais sur un autre continent. Un sourire lui vint aux lèvres. Quitte à vivre dans le péché, autant le faire en grand style…

Elle mourait d'envie de lui passer la main dans les cheveux, d'examiner de près son intrigante petite cicatrice en demi-lune au coin de l'œil, de le couvrir de baisers et de caresses, de se livrer avec lui à de tendres enfantillages préludant à une longue et nonchalante séance d'amour matinal.

Se découvrir tant de sentiments nouveaux la déroutait. Ils occupaient en elle un espace dont elle ne soupçonnait pas l'existence, ils réchauffaient des lieux qu'elle avait crus à jamais froids et inhabités. Ils étaient plus puissants que les brûlantes bouffées de sensualité pure auxquelles elle avait d'abord cédé. Ils étaient si nouveaux, si divers et si chargés de signification que cet excès même la rendait vulnérable. Trop vulnérable.

Et cette perspective la terrifiait.

Aussi, refrénant son désir, elle se leva sans bruit et alla sur la pointe des pieds dans la douche, comme elle l'avait fait la veille à Florence. Cette fois, cependant, elle était à peine sous le jet qu'elle sentit deux bras lui encercler la taille.

— Pourquoi fais-tu cela ? lui chuchota-t-il à l'oreille.

Elle dut attendre que son cœur ait repris son rythme.

— Faire quoi ?

— Te lever furtivement. Je t'ai déjà vue nue, tu sais.

Elle tenta de se dégager, mais il la retint fermement et lui mordilla l'épaule.

— Je ne me suis pas levée furtivement. Je ne voulais pas te réveiller, voilà tout.

— Je m'y connais en démarches furtives. Et ne me parle pas de paille et de poutre, poursuivit-il en l'entendant marmonner, la comparaison est fausse. Moi, en tout cas, je n'ai jamais agi sournoisement pour quitter le lit d'une femme. Pour y entrer, je l'admets, mais jamais pour en sortir.

— Très drôle. Maintenant, si tu veux bien m'excuser, je voudrais prendre ma douche.

— Eh bien, je vais t'aider.

Il attrapa le savon et commença à lui frotter le dos. Un dos, pensa-t-il, qui aurait sûrement inspiré les sculpteurs.

— Je maîtrise depuis des années l'art de me savonner, protesta-t-elle. Je peux le faire moi-même.

— Pourquoi?

— Parce que se laver, c'est… intime.

Elle l'avait dit d'un ton si délicieusement pudique qu'il ne put résister à l'envie de la faire pivoter pour la serrer contre lui.

— Ah bon? Alors, faire l'amour n'est pas intime?

Elle s'en voulut de se sentir rougir.

— Ce n'est pas pareil.

Avec un sourire amusé, il lui caressa les seins de ses mains savonneuses.

— En effet. Eh bien, si nous procédions à l'expérience de combiner les deux?

Ce qui s'ensuivit fut assez différent de la brève et efficace séance d'hygiène corporelle à laquelle elle avait pensé sacrifier.

— Ça, déclara-t-il lorsqu'elle reprit son souffle en s'accrochant à lui pour ne pas tomber, c'était intime. Et maintenant, ajouta-t-il avec un soupir de regret, il faut que j'aille à la messe.

Elle s'ébroua, se planta un doigt dans chaque oreille, les secoua pour en chasser l'eau qui, elle en était sûre, lui troublait l'audition.

— Quoi? As-tu dit que tu devais aller à la messe?

— Nous sommes le dimanche de Pâques.

— Oui. Et alors? N'est-ce pas un peu... étrange d'y penser maintenant, compte tenu des circonstances?

— Les personnages bibliques ne bénéficiaient peut-être pas des bienfaits de l'eau courante, mais ils n'ignoraient rien de ceux de l'amour.

Bien que fondamentalement véridique, cette assertion laissa Miranda sans voix. Mêler la religion à des activités aussi profanes – surtout pendant qu'il lui pétrissait affectueusement les hanches – lui semblait friser le sacrilège.

— J'aurais dû m'en douter, soupira-t-elle. Moitié italien, moitié irlandais, tu ne pouvais être que catholique. Mais je ne savais pas que tu pratiquais.

Il sortit de la douche, lui tendit une serviette, en prit une autre et commença à se frictionner.

— La plupart du temps, je suis un affreux mécréant – et si tu t'avisais de le répéter à ma mère, je n'hésiterais pas à te traiter de menteuse et à te rouler dans la boue. Mais si je n'allais pas à la messe le jour de Pâques, ma mère me tuerait de ses propres mains.

— Je vois. Je me sens toutefois dans l'obligation de te signaler que ta mère n'est pas ici en ce moment.

— Peu importe, elle le saura, elle est toujours au courant de mes errements. Elle fera même le nécessaire pour que j'aille tout droit en enfer, je la connais, précisa-t-il d'un air lugubre en nouant la serviette autour de sa taille.

Miranda se drapa dans la sienne, en aligna les deux bouts et les noua à hauteur de ses seins avec une précision qui donna à son geste une irrésistible sensualité. Son parfum de subtile fraîcheur emplissait la salle de bains. Ryan n'eut soudain plus aucune envie de s'éloigner d'elle, même pour une heure.

— Viens donc avec moi. Tu arboreras un beau chapeau.

— D'abord, je ne possède aucun chapeau. Ensuite, j'ai grand besoin de remettre de l'ordre dans mes idées. Je dois surtout avoir une sérieuse conversation avec Andrew, déclara-t-elle en branchant un sèche-cheveux.

Ryan formait déjà le projet d'aller à la messe de l'après-midi à seule fin de dénouer la serviette que Miranda avait drapée autour d'elle. Non sans regret, il y renonça.

— Qu'as-tu l'intention de lui dire ?

— Pas grand-chose. Le voir boire de cette façon m'est insupportable. Et hier soir, j'ai honte de l'avouer, je l'ai haï. Il est ma seule vraie famille, et je n'ai pas pu m'empêcher de le détester.

— Non. Tu ne détestes que ce qu'il fait.

— C'est vrai. De toute façon, il faut que je lui parle, que je le mette au courant au moins d'une partie de la vérité. Je ne lui avais encore jamais menti.

Mieux que quiconque, Ryan comprenait la solidité des liens familiaux et les sentiments qu'ils inspirent.

— Sois quand même prudente. Tant qu'il n'aura pas surmonté son problème, il n'est pas lui-même, et tu ne peux pas lui faire confiance.

— Je sais.

C'était précisément ce qui lui brisait le cœur.

À l'autre bout du couloir, dans sa salle de bains où flottaient encore des relents de vomissure, Andrew s'appuya au lavabo et se força à étudier son reflet dans le miroir.

Il vit un visage grisâtre et bouffi, des yeux injectés de sang, le gauche entouré d'un large cerne violacé, marbré d'un jaune maladif. Au-dessus, l'estafilade qui commençait à se cicatriser l'élançait comme une forte migraine.

De ses souvenirs de la veille, seules surnageaient des bribes, mais le peu qui lui revint à l'esprit fit sur son estomac délabré l'effet d'un jet d'acide. Il se revit tituber en haut des marches et brandir une bouteille aux trois quarts vide en braillant d'une voix pâteuse des propos dont il était hors d'état de se rappeler la teneur.

Ce dont il se souvenait clairement, en revanche, c'était du regard de Miranda. Un regard plein de honte et de répulsion.

Il ferma les yeux. Pas de quoi s'affoler, il était tout à fait capable de se reprendre en main. Il avait dépassé les bornes la veille au soir, d'accord, mais il ne recommencerait pas. Il allait même se mettre au régime sec pendant deux ou trois jours, rien que pour prouver aux autres que sa volonté demeurait intacte. Ce dont il souffrait réellement, c'était du stress. Et il avait de bonnes raisons d'être stressé.

Il avala de l'aspirine avec un verre d'eau en feignant de ne pas remarquer que ses mains tremblaient. Quand le tube lui échappa et que les cachets se répandirent sur le carrelage, il ne songea même pas à les ramasser avant de sortir.

Miranda était dans son bureau, assise devant l'ordinateur. Il fallut à Andrew plus longtemps qu'il n'aurait aimé l'admettre pour se donner le courage d'entrer.

Elle leva les yeux, sauvegarda son travail en cours et le masqua par un économiseur d'écran.

— Bonjour, déclara-t-elle avec une froideur qu'elle regretta de ne pouvoir contrôler. Il y a du café à la cuisine.

— Je voulais te dire... je suis désolé...

— Il y a de quoi. Tu devrais mettre de la glace sur ton œil, il a vilaine allure.

— Je t'ai dit que je regrettais! protesta-t-il, agacé. J'ai trop bu, je t'ai fait honte, je me suis conduit comme un imbécile. Voilà, ça te suffit? En tout cas, cela ne se reproduira pas.

— Vraiment?

— Oui! J'avais dépassé ma limite, c'est tout.

— Un seul verre dépasse déjà ta limite, Andrew. Tant que tu ne l'auras pas compris, tu recommenceras à te couvrir de ridicule, à te tuer à petit feu et à faire mal à ceux qui se soucient de ton sort.

L'intransigeance de sa sœur le mit hors de lui.

— Écoute, pendant que tu batifolais Dieu sait où avec Boldari, j'étais ici dans la mélasse jusqu'au cou, seul à me débattre avec des emmerdements provoqués en grande partie par ton fiasco de Florence, permets-moi de te le dire !

Miranda se leva avec lenteur.

— Je te demande pardon ?

— Tu m'as très bien compris, Miranda. C'est moi qui ai subi les sermons des parents au sujet de ton fameux bronze. C'est moi qui ai passé des jours à chercher les papiers de ce foutu *David* dont tu étais responsable. C'est sur moi que tout est retombé parce que toi, tu avais pris le large ! Si tu crois qu'il suffit de passer ton temps à baiser avec…

Le bruit sec de la gifle les laissa l'un et l'autre muets de stupeur.

Miranda ferma le poing, s'en frappa la poitrine comme en signe de contrition, se détourna. Figé sur place, Andrew s'étonna que les excuses qui pesaient sur son cœur depuis le début de leur conversation refusent de monter jusqu'à ses lèvres. Alors, plutôt que de rester sans rien dire, il tourna les talons et sortit. Elle entendit un instant plus tard claquer la porte d'entrée et vit par la fenêtre sa voiture qui s'éloignait.

Toute sa vie, Andrew avait été son roc, son ancrage. Et maintenant, parce qu'elle ne savait pas faire preuve d'un minimum d'indulgence et de compréhension, elle l'agressait alors qu'il avait le plus besoin d'elle. Elle le repoussait, Dieu seul savait jusqu'où ou vers quoi.

Et elle doutait d'avoir en elle la force, voire le simple désir, de le repêcher.

Le téléphone-fax sonna une fois avant de faire entendre son couinement strident. En se massant la nuque pour tenter de détendre ses muscles tétanisés, Miranda s'en approcha au moment où le message tombait dans la corbeille.

Tu croyais peut-être que je n'en saurais rien, Miranda. Alors, tu t'es bien amusée à Florence ? Le printemps, les fleurs, le soleil, c'est agréable, n'est-ce pas ?

Je sais partout où tu vas, je sais tout ce que tu fais, je connais toutes tes pensées. Je suis en permanence dans ta tête. Rien ne m'échappe.

C'est toi qui as tué Giovanni. Tu as son sang sur les mains. Tu ne le vois pas ? Moi, je le vois.

Avec un grondement de fureur, Miranda froissa le papier en boule, le jeta contre un mur. Un instant, les paumes pressées sur ses yeux, elle attendit que se dissipe la rage qui l'aveuglait d'une brume rouge, que s'apaise la terreur qui lui affolait le cœur. Puis, quand elle eut recouvré son calme, elle alla ramasser la feuille, la défroissa avec soin et la rangea dans un tiroir.

Ryan revint de ses dévotions avec une brassée de jonquilles si fraîches et si ensoleillées qu'elle ne put faire autrement que de sourire. Mais d'un sourire si visiblement contraint qu'il lui prit le menton pour la forcer à le regarder dans les yeux.

— Qu'est-ce qui ne va pas ?

— Rien. Elles sont superbes.

— Qu'est-ce qui ne va pas ? répéta-t-il.

Il vit qu'elle tentait de surmonter sa répugnance habituelle à partager ses soucis.

— Andrew et moi nous sommes querellés. Il est parti je ne sais où. Tout ce que je sais, c'est que je n'y peux rien.

— Il faut le laisser trouver ses marques.

— J'en suis consciente... Je vais mettre les fleurs dans l'eau.

Elle prit d'instinct le plus beau vase de sa grand-mère. Ryan la suivit dans la cuisine, où elle arrangea le bouquet sur la table.

— Je n'ai pas perdu mon temps, reprit-elle. J'ai dressé quelques listes.

Elle pensa au fax, se demanda si elle devait lui en parler. Plus tard, décida-t-elle. Après y avoir réfléchi.

— Des listes ?

— Oui. Elles sont imprimées, je vais les chercher.

Il ouvrit le réfrigérateur, en inspecta le contenu.

— Tu veux un sandwich ? demanda-t-il sans se retourner.

Mais elle était partie. Avec un haussement d'épaules, il choisit les aliments avec lesquels un esprit inventif pourrait improviser quelque chose de mangeable.

— Les viandes froides et le pain sont limites, dit-il quand elle revint. Mais c'est ça ou mourir de faim.

Il découpait déjà des tomates, aussi à l'aise que s'il était chez lui.

— Andrew aurait dû aller faire les courses... Tu sais faire la cuisine, je suppose ?

— Aucun de nous n'aurait eu le droit de quitter la maison sans savoir se débrouiller. Et toi ?

— Je suis une excellente cuisinière, répondit-elle non sans agacement.

— Eh bien, prouve-le.

— C'est toi qui as décidé de préparer quelque chose. Je me permets d'observer en passant que tu sembles faire une fixation sur les heures régulières des repas.

— Manger est une de mes passions, répondit-il en se léchant les doigts pleins de jus de tomate. Et je fais une fixation sur toutes mes passions.

— Je m'en doutais. Maintenant, pour revenir à...

— Moutarde ou mayonnaise ?

— Aucune importance. Je disais que...

— Café ou boisson fraîche ?

Elle poussa un soupir excédé.

— N'importe. Afin de...

— Il n'y a plus de lait, déclara-t-il en exhibant une brique de carton vide.

— Eh bien, jette-la à la poubelle et viens t'asseoir !
s'exclama-t-elle. Fais-tu exprès de m'interrompre pour
me faire enrager ?

— Oui, la colère te donne de trop jolies couleurs.

Cette fois, elle ne put s'empêcher de rire. Comment
défendre son cœur contre de tels assauts ?

— Ah ! J'aime mieux cela ! commenta-t-il. Quand je te
vois triste, je suis incapable de penser à autre chose.

Il s'assit en face d'elle, lui tendit l'assiette, prit à son
tour un sandwich et mordit dedans avec appétit.

— Oh, Ryan… Je ne suis pas triste, voyons.

— Tu es la femme la plus triste que j'aie jamais connue,
répliqua-t-il en lui embrassant la main. Mais nous allons
arranger ça. Alors, parle-moi de tes listes.

Il lui fallut un moment pour renouer le fil.

— Voici d'abord, dit-elle en lui tendant la première
feuille de la pile, une version révisée de l'état que tu avais
dressé du personnel ayant eu accès aux deux bronzes.

— Révisée ?

— Oui, j'y ai ajouté un laborantin de Florence venu
travailler avec Giovanni à la même époque sur un autre
projet. Il ne figurait pas sur la liste initiale parce qu'il
appartenait au personnel de Florence et n'a passé que
peu de temps ici, mais je l'ai inclus par souci de précision.
J'ai aussi fait figurer les dates d'embauche, qui peuvent
constituer un facteur de fidélité, ainsi que le montant des
salaires susceptible de déterminer la vénalité éventuelle.

Elle avait même remis la liste par ordre alphabétique,
remarqua-t-il. Dieu la bénisse…

— Ta famille paie bien ses employés, commenta-t-il.

— Si on veut s'attacher des collaborateurs de qualité,
c'est la moindre des choses. Cette liste-ci, poursuivit-elle
en lui tendant la feuille suivante, est établie par ordre de
probabilité. J'y ai laissé mon nom, mais avec un quotient
très faible. Tu sais aussi bien que moi que je n'ai pas volé

les originaux. J'en ai supprimé Giovanni, il ne pouvait pas être dans le coup.

— Pourquoi ?

Elle leva les yeux, scandalisée. *Tu as son sang sur les mains...*

— Parce qu'il a été assassiné ! Il est mort.

— Pardonne-moi, Miranda, mais sa mort ne le blanchit pas automatiquement : il a pu se faire tuer pour nombre de raisons.

— Mais il examinait les bronzes quand il a été tué !

— Il ne pouvait pas faire autrement. Peut-être a-t-il alors paniqué, exigé une plus grosse part du gâteau, menacé de dénoncer un complice. Il faut laisser son nom.

— Impossible ! Giovanni n'était pas dans le coup.

— C'est du sentiment, docteur Jones. Pas de la logique.

Les dents serrées, Miranda écrivit le nom de Giovanni.

— Soit. Que tu sois d'accord ou non, j'ai placé les membres de ma famille en queue de liste. À mon avis, ils ne devraient même pas y figurer. Quel intérêt auraient-ils à se voler eux-mêmes ?

Pour toute réponse, il la dévisagea, un sourcil levé. Au bout d'un long moment, elle reposa la liste.

— Bon, soupira-t-elle, laissons les probabilités de côté pour l'instant. Voici maintenant un état chronologique allant de l'acquisition du *David* à la fin de son passage au laboratoire. Sans mes notes, je n'ai pu que retracer des dates et des périodes approximatives, mais je ne crois pas m'être trop écartée de la réalité.

Ryan laissa échapper un petit sifflement admiratif.

— Superbe ! Avec des graphiques en couleurs et tout et tout. Quelle femme !

— Ce genre de sarcasme est superflu, dit-elle sèchement.

— Mais je suis tout à fait sincère : c'est un travail remarquable. Je note, toutefois, que tu te bases sur une durée de deux semaines. Vous n'y avez quand même pas travaillé sept jours sur sept ni vingt-quatre heures par jour.

— Bien entendu, répondit-elle en lui tendant un autre graphique. Voici les périodes de battement pendant lesquelles le *David* a été enfermé dans le coffre du labo. Pour l'en sortir, il aurait fallu disposer d'une carte magnétique, d'une seconde clef et connaître la combinaison. Ou bien, ajouta-t-elle, être un cambrioleur de premier ordre.

— J'étais à Paris à cette époque-là, dit-il en la caressant d'un regard moqueur.

— Vraiment?

— Peut-être, peut-être pas. Mais de toute façon, je me considère hors de cause, parce que si j'avais déjà pris l'original, je n'aurais eu aucune raison de voler un faux et de me trouver entraîné dans cette sombre histoire.

— Et si tu l'avais fait rien que pour arriver à coucher avec moi? répliqua-t-elle avec un sourire angélique.

— Là, j'avoue, c'est un mobile sérieux.

— Mais moi, je plaisante. Voici maintenant l'état chronologique concernant *La Donna oscura*. Il est encore frais dans ma mémoire, donc exact à l'heure près.

Il le parcourut rapidement du regard.

— Il se termine de manière, disons... abrupte.

Miranda cligna les yeux. Sa fierté et ses sentiments n'étaient toujours pas guéris de son injuste disgrâce.

— Oui. Le bronze a été transféré à Rome le lendemain matin. La substitution n'a donc pu avoir lieu que dans un étroit créneau de temps, puisque j'effectuais encore des examens en fin d'après-midi.

— Elle a aussi pu se passer à Rome. Le bronze était-il convoyé par quelqu'un de Standjo?

— Je l'ignore. Un agent de sécurité, sans doute, ou peut-être même ma mère. Il devait y avoir des papiers à signer au départ comme à l'arrivée.

— C'est une éventualité qui ne donne que quelques heures de plus, de toute façon. Le ou les faussaires devaient donc être prêts et disposer déjà de la copie. Remontons plus haut dans le temps. Le plombier a conservé le bronze moins d'une semaine, c'est en tout cas ce qu'il prétendait. Les autorités l'ont eu en main une autre semaine, le temps de confier l'expertise à Standjo et de préparer la paperasse. Ta mère t'a ensuite appelée pour te proposer le travail.

— Elle ne me l'a pas proposé, elle m'a donné l'ordre de venir à Florence sur-le-champ.

— Hmm… Pourquoi, dans ces conditions, s'est-il écoulé six jours entre son coup de téléphone et ton départ? D'après ce que tu m'en as dit, ta mère n'est pas femme à compter la patience parmi ses principales qualités.

— Je devais partir le lendemain. J'ai été retardée.

— Pourquoi?

— J'ai été agressée. Un individu masqué m'a menacée en me mettant un couteau sur la gorge.

D'instinct, elle y porta la main comme pour s'assurer que le filet de sang qui en avait coulé n'était réellement plus qu'un mauvais souvenir.

Ryan lui prit la main. Son regard devint dur.

— Que s'est-il passé, au juste?

— Je revenais de voyage. En descendant de voiture devant la maison, ce type m'a sauté dessus, m'a volé mon sac et mon porte-documents. J'ai cru qu'il allait me violer… et je ne suis pas sûre que j'aurais été capable de me défendre. J'ai une sorte de phobie des couteaux.

Il sentit sa main trembler dans la sienne et la serra plus fort.

— T'a-t-il fait mal?

— Un peu. Assez pour m'effrayer. Ensuite, il m'a jetée par terre, il a lacéré mes pneus et il a disparu.

Enragé à l'idée qu'une brute l'ait terrorisée en lui posant une lame sur la gorge, il lui caressa la joue avec une tendresse qui lui fit monter les larmes aux yeux.

— T'es-tu blessée en tombant?

— Rien de grave. Des bleus, des écorchures.

Elle baissa la tête de peur de lui montrer les émotions qui la submergeaient. À l'exception d'Andrew, nul au monde ne l'avait regardée avec une aussi profonde affection. Et quand il se pencha vers elle pour poser un baiser sur chacune de ses joues, une larme lui échappa, qu'il essuya du pouce.

— Mon pauvre chou, murmura-t-il.

— Ne me plains pas. Je ne sais pas comment réagir à la gentillesse.

Il l'embrassa de nouveau, sur les lèvres cette fois.

— Il est grand temps d'apprendre. Avais-tu déjà été victime de ce genre de mésaventures ?

— Non, jamais. C'est pourquoi j'en ai été tellement secouée. La région est si tranquille que mon agression a fait plusieurs jours la une de la presse locale.

— Ton agresseur n'a jamais été pris ?

— Non. Je n'ai pas pu en donner un signalement précis, il portait un masque. Je n'ai vu de lui que son allure.

— Tu t'en souviens ? Décris-le-moi.

Sachant qu'il insisterait, Miranda s'exécuta malgré sa répugnance à se remémorer l'incident.

— Blanc, 1,85 ou 1,90 mètre, près de 100 kilos, les yeux marron, les bras longs comme ceux d'un singe, des mains épaisses, gaucher je crois, un cou de taureau. Ce qui m'a le plus terrifiée, c'est qu'il a tout fait sans dire un mot. Il a pris mon sac avec mes pièces d'identité, passeport, permis de conduire. Même en faisant intervenir nos relations officielles, il m'a fallu plusieurs jours pour en obtenir d'autres.

Un pro, en déduisit Ryan. Avec un contrat précis.

— Andrew était furieux, reprit-elle en esquissant un sourire. Pendant une semaine, il a fait des rondes de nuit autour de la maison, armé d'un club de golf, dans l'espoir que l'homme reviendrait et qu'il le réduirait en bouillie.

— Je le comprends tout à fait.

— C'est une réaction d'homme. J'aurais préféré le faire moi-même. Il est humiliant d'être incapable de lutter. Je suis restée figée, paralysée.

— Quand on a un couteau sur la gorge, se figer n'a rien d'humiliant. C'est même la seule réaction intelligente. Il n'a pas essayé de pénétrer dans la maison?

— Non. Il a empoigné mes affaires et il est parti.

— Portais-tu des bijoux?

— Une chaîne en or et cette montre. La police s'est étonnée qu'il ne les ait pas prises. Mais peut-être ne les a-t-il pas remarquées sous mon manteau.

Ryan examina brièvement la montre à son poignet. Une Cartier en or massif, que le premier amateur venu aurait fourguée au bas mot mille dollars.

— Un pickpocket même débutant n'aurait pas manqué des choses aussi faciles à écouler. Un vrai voleur t'aurait forcée à le laisser entrer dans la maison et aurait raflé des objets de valeur.

— La police pense qu'il s'agissait d'un vagabond à court d'argent liquide.

— Combien espérait-il trouver sur toi? Cent, deux cents dollars? On ne commet pas un vol à main armée pour si peu.

— Des toxicomanes en manque tuent pour moins que cela.

— Non, ma chérie, rien à voir avec le cas présent. Ce type avait une mission précise: te voler tes papiers, parce que quelqu'un ne voulait pas que tu arrives trop tôt à Florence. Quelqu'un qui avait besoin de temps pour réaliser la copie et qui ne pouvait pas se permettre de t'avoir dans les jambes avant d'avoir fini. Quelqu'un qui a engagé un homme de main, un pro capable d'exécuter le contrat sans commettre d'erreur idiote et assez grassement payé pour ne pas céder à la tentation de faire ensuite chanter son commanditaire.

L'explication était si simple, si évidente que Miranda se demanda pourquoi elle n'avait pas eu l'idée de faire le rapprochement.

— Mais... la police n'a même pas envisagé cette hypothèse !

— Parce que la police ne disposait pas de toutes les données. Nous, si.

Elle hocha la tête, lentement, tandis que la colère montait en elle à mesure qu'elle assimilait les implications de ce qu'elle venait d'entendre.

— Il m'a terrorisée, il m'a coupé la gorge simplement pour me voler mon passeport, murmura-t-elle d'une voix vibrante de fureur. Pour me retarder. Pour leur donner le temps de fabriquer le faux...

— C'est plus que vraisemblable. Décris-moi de nouveau cet individu, sans rien omettre de ce qu'il a fait, de ses gestes, de son comportement. Sans pousser le bouchon trop loin, je crois que certaines de mes relations devraient être capables de localiser ton homme.

— Si tu as des relations de ce genre, dit-elle sombrement, je refuse de les rencontrer.

Il tourna sa main qu'il tenait toujours et posa un long baiser sur la paume.

— Rassurez-vous, docteur Jones, répondit-il en riant. Je n'ai pas l'intention de vous les présenter.

Andrew roulait depuis près d'une heure et commençait à trembler. Impossible de trouver un magasin ouvert un dimanche de Pâques pour acheter une bouteille. Non qu'il en ait besoin. Il en avait envie, ce n'était pas du tout la même chose. Juste une ou deux gorgées pour arrondir les angles, rien de plus.

C'est vrai, non ? Tout lui retombait dessus ! Il en avait marre, plus que marre ! et il se le répétait en martelant le volant à coups de poing. Qu'ils aillent tous se faire foutre ! Tous ! Et plutôt que de tourner en rond dans ce trou sinistre, il ferait mieux de prendre la route vers le sud jusqu'à ce qu'il arrive dans un endroit civilisé où il y aurait une foutue boutique ouverte un foutu dimanche !

Son regard tomba sur le poing qui continuait de marteler le volant. Un poing sanguinolent, déchiqueté, qui paraissait appartenir à quelqu'un d'autre. Un inconnu qui le terrifia.

Grands dieux ! Il était en train de perdre les pédales pour de bon...

De son autre main, il réussit à se ranger le long du trot-toir, s'affaissa contre le volant sans couper le contact et pria que quelque chose ou quelqu'un lui vienne en aide.

Au bout d'un certain temps, il sursauta en entendant frapper et reconnut Annie, qui lui faisait signe de baisser sa vitre. Il se rendit alors compte qu'il s'était arrêté devant chez elle.

— Qu'est-ce que tu fais là, Andrew ?

— Rien.

Elle considéra son visage tuméfié.

— Tu t'es bagarré avec quelqu'un ?

— Ma sœur.

— C'est Miranda qui t'a mis l'œil au beurre noir ?

Honteux, il palpa délicatement son hématome.

— Non, non. J'ai... glissé dans l'escalier.

— Vraiment ? Et ta main ? Tu as aussi boxé l'escalier ?

— Non, je...

Effaré, il contempla sa main en sang. Il n'avait pas même senti la douleur. De quoi un homme devient-il capable quand il perd conscience de la douleur physique ?

— Je peux entrer chez toi ? reprit-il. Je n'ai pas bu, s'empressa-t-il d'ajouter. J'en ai envie, mais je te jure que je n'ai rien bu.

— Il n'y a rien à boire chez moi.

— Je sais. C'est pour cela que je te le demande.

Annie l'observa encore un instant avant d'acquiescer d'un signe de tête.

Elle ouvrit sa porte, posa sur la table le petit sac en papier qu'elle portait, entre des piles de dossiers et de formulaires d'où émergeait une machine à calculer.

— Je prépare ma déclaration d'impôts, c'est pour cela que je suis allée à la pharmacie, expliqua-t-elle en sortant du sac un flacon d'aspirine de taille économique. Il y a de quoi attraper un mal de crâne carabiné.

— J'en ai déjà un.

— Je m'en doutais. Droguons-nous ensemble.

Elle remplit deux verres d'eau, y jeta pour chacun une double dose qu'ils avalèrent solennellement. Elle alla ensuite prendre dans le congélateur un sachet de petits pois surgelés qu'elle tendit à Andrew.

— Pose ça sur ta main pour le moment, je te la nettoierai plus tard.

— Merci, Annie.

La douleur sourde qu'il éprouvait jusqu'alors éclata brutalement quand il appliqua le plastique glacé sur sa main, mais il parvint à ravaler le cri et à refréner la grimace qui lui venaient aux lèvres. Annie McLean avait été trop souvent témoin de ses faiblesses pour qu'il se permette de lui en infliger une nouvelle démonstration.

— Alors, qu'as-tu fait pour exaspérer ta sœur?

Sous son regard lucide, il ne put mentir comme il en avait eu un instant la tentation.

— J'étais ivre mort hier soir et je lui ai fait honte devant son petit ami.

— Miranda a un petit ami?

— Oui, ça l'a prise d'un coup. Un type bien, d'ailleurs. Je lui ai offert le spectacle édifiant de me casser la figure dans l'escalier et de me vider de mes boyaux pendant qu'il me tenait le front.

Annie ressentit un élan de compassion qu'elle s'empressa de réprimer.

— Tu ne fais pas les choses à moitié, Andrew.

Énervé, il jeta le sac de petits pois dans l'évier et se mit à faire les cent pas.

— Oh non... Ce matin, pour tout arranger, je n'ai rien trouvé de mieux que de l'entreprendre sur notre travail, nos problèmes de famille, sa vie sentimentale, dit-il en portant d'instinct une main à la joue que Miranda avait giflée.

— C'est sans doute ce qui a mis le feu aux poudres. Les femmes n'aiment pas que leurs frères fourrent leur nez dans leur intimité.

— Tu as peut-être raison. Il n'empêche qu'il y a des tas de problèmes en ce moment à l'Institut et que j'ai de quoi être stressé.

— Se saouler à mort n'a rien à voir avec le stress.

Annie alla prendre un flacon d'antiseptique dans un placard et jeta un regard résigné aux factures, aux reçus et aux feuilles de calculs qui devraient encore attendre.

— Écoute, j'ai un petit problème de ce côté-là, je ne dis pas non. Mais je vais le régler. Il me faut juste un peu de temps pour me reposer le système et...

— Tu as un gros problème et tu ne le régleras que si tu le veux bien. Viens t'asseoir, que je t'arrange les phalanges, espèce de brute.

— Merci, Annie.

Il lui donna un léger baiser sur la joue, appuya sa tête contre la sienne parce qu'elle était toute proche. Ses doigts qui lui tenaient le poignet étaient forts et habiles, ses cheveux sentaient bon. Il y posa les lèvres, descendit vers la tempe. Puis, sans savoir comment, sa bouche trouva la sienne, et son goût se répandit en lui comme la lumière du soleil dans une caverne obscure.

Il libéra sa main pour lui prendre le visage, attirer contre lui son petit corps robuste, dont la chaleur lui fit l'effet d'un baume bienfaisant sur une plaie à vif. Il en reconnut la douceur et la force, si chères, si nécessaires aussi. Annie était là quand il avait besoin d'elle. Il avait toujours su qu'il pourrait compter sur elle.

Elle dut faire appel à toute sa volonté pour se dégager. Non de son étreinte – les mains qu'il posait sur elle étaient plus légères que des ailes d'oiseau – mais du magnétisme de ce long baiser plein de tendresse qui implorait sans exiger, qui prenait sans rien forcer. Qui réveillait en elle des aspirations qu'elle croyait oubliées, des désirs qui ne déboucheraient pour l'un et l'autre que sur des désillusions.

Lorsqu'elle s'écarta, il sursauta comme s'il avait reçu une nouvelle gifle. Comment avait-il pu gâcher la seule amitié sans laquelle il serait incapable de survivre?

— Oh! Annie, excuse-moi. Je ne voulais pas... Je n'ai pas réfléchi... Je te demande pardon.

Elle le laissa mijoter un instant dans sa contrition.

— Écoute, Andrew, hier soir j'ai jeté du bistrot un costaud qui croyait pouvoir m'acheter pour le prix de sa bière, dit-elle en lui saisissant le pouce. Nous n'avons plus dix-sept ans, nous ne sommes plus aussi bêtes et encore moins innocents. Si je n'avais pas voulu que tu me touches, j'aurais pu te mettre à genoux en tournant comme ça.

Andrew étouffa un cri de douleur.

— Euh... tu peux me lâcher?

— Bien sûr. Un Coca? Tu es tout pâle.

— Écoute, je ne voudrais pas tout gâcher, mais...

— Gâcher quoi? demanda-t-elle en ouvrant le frigo.

— Toi. Nous. J'ai toujours tenu à toi, tu sais.

— Tu ne m'es pas indifférent non plus. Quand tu gâcheras quelque chose, je te le ferai savoir.

— J'aimerais qu'on parle de... de... avant.

Il la regarda décapsuler les deux bouteilles en admirant ses gestes précis, gracieux. Un squelette d'acier dans un corps de velours, pensa-t-il. L'avait-il remarqué, avant? Avait-il déjà été aussi sensible aux reflets d'or dans ses yeux? Ou avait-il enfoui ces détails dans un recoin de sa mémoire jusqu'à ce qu'ils reviennent en bloc le submerger dans un moment tel que celui-ci?

— Pourquoi? demanda-t-elle.

— Peut-être pour regarder certaines choses en face. Des choses dont je me rends compte plus que jamais qu'elles me sont longtemps restées en travers de la gorge. Je ne suis pas au mieux de ma forme en ce moment, c'est vrai, mais il faut bien que je commence par un bout.

Elle posa les bouteilles sur le comptoir, se força à se tourner vers lui, à soutenir son regard. Le sien débordait d'émotions qu'elle craignait de ne pouvoir contenir.

— C'est un sujet pénible pour moi, Andrew.

Il eut du mal, lui aussi, à lâcher sa première phrase. Il n'avait jamais parlé de leur enfant. Jamais à haute voix.

— Tu désirais cet enfant, n'est-ce pas? Je l'ai vu sur ton visage quand tu m'as annoncé que tu étais enceinte. Sur le moment, j'ai eu affreusement peur.

— Oui, je le désirais, cet enfant. Je rêvais comme une idiote que tu serais fou de joie et que nous... Bref, le rêve n'a pas été plus loin. Tu ne voulais pas de moi. Tu ne m'aimais pas, Andrew. Pour toi, je n'étais qu'une fille avec laquelle tu as eu de la chance un soir sur la plage.

Il avait la bouche comme de l'étoupe, les entrailles nouées. Un verre l'aurait remis d'aplomb. Honteux d'avoir une telle pensée en un pareil moment, il empoigna une bouteille de Coca. Le liquide doucereux faillit lui donner la nausée, et il reposa la bouteille, furieux.

— Ce n'était pas ça du tout! Tu le sais bien, bon sang!

— C'était exactement ça. Je t'aimais, Andrew, et je savais en me couchant sur cette couverture que tu n'étais pas amoureux de moi. Mais ça m'était égal. Je n'attendais rien. Andrew Jones de Jones Point et Annie McLean du bas bout des quais? Allons donc! J'étais jeune, mais je n'étais pas complètement idiote.

— Je t'aurais épousée.

— Vraiment? Ta proposition manquait de chaleur.

Depuis quinze ans, il en était cruellement conscient.

— Je sais. Ce jour-là, je ne t'ai pas donné ce dont tu avais besoin. Je ne savais pas comment...

— Si je t'avais pris au mot, tu m'aurais haïe. Tu m'en voulais déjà en me le proposant. À la réflexion, je ne peux pas te le reprocher. J'aurais gâché ta vie.

Elle prit sa bouteille, la porta à ses lèvres, et suspendit son geste en voyant Andrew s'approcher, le regard étincelant de colère. Il lui ôta la bouteille des mains, la posa sur le comptoir, l'empoigna aux épaules.

— J'ignore ce qu'aurait été ma vie avec toi, c'est une question que je me suis posée plus d'une fois, crois-moi ! Peut-être n'étais-je pas amoureux de toi à ce moment-là... Mais faire l'amour avec toi a compté pour moi. Beaucoup ! Même si je me suis mal conduit ensuite, cette nuit-là a été importante. Capitale. Et puis, bon sang, tu aurais pu me faire réussir ma vie, toi !

— Je n'étais pas celle qu'il te fallait, Andrew.

— Comment le sais-tu ? Nous n'avons jamais eu l'occasion de le vérifier. Tu m'annonces un beau jour que tu es enceinte et puis, sans même me laisser le temps de digérer la nouvelle, tu te fais avorter !

— Je ne me suis jamais fait avorter !

Assourdi par sa colère, il ne l'entendit même pas.

— Avec moi, tu pensais avoir commis une erreur, Annie, et tu t'es empressée de la corriger. J'étais pourtant prêt à m'occuper de toi, de vous deux. J'aurais fait l'impossible ! cria-t-il en lui serrant douloureusement les épaules. Mais ça ne te convenait pas, non ! Tu as pris ta décision toute seule, c'était ton corps, soit. Mais, sacré bon Dieu, cela me concernait aussi !

Il était livide. Elle leva les mains pour se dégager, le repoussa et le retint en même temps.

— Andrew, écoute-moi. Ce n'était pas un avortement. J'ai fait une fausse couche, je te l'ai déjà dit.

Il recula d'un pas.

— Une... fausse couche?

— Oui. Je te l'ai dit quand elle s'est produite.

— Mais... j'ai toujours cru... toujours supposé...

Il alla ouvrir la fenêtre, aspira l'air frais à grandes goulées, comme s'il suffoquait.

— Je croyais que tu me l'avais dit pour me convaincre plus facilement. Je croyais que tu n'avais pas confiance en moi pour m'occuper de toi et de l'enfant. Après, tu m'as longtemps évité, et nous n'en avons jamais reparlé. Si j'avais su...

— Tu aurais souhaité cet enfant? murmura-t-elle.

— Je ne sais pas. Je ne le sais toujours pas, à vrai dire. Mais je n'ai jamais rien tant regretté de ma vie que de ne pas m'être accroché à toi pour te retenir, depuis cette nuit-là sur la plage. Après, tout s'est désagrégé, comme s'il ne s'était rien passé.

— J'en ai souffert, Andrew. Il fallait que je l'oublie. Que je t'oublie.

Il referma la fenêtre, se tourna de nouveau vers elle.

— As-tu réussi?

— Je me suis fait une vie. Un mauvais mariage. Un divorce horrible.

— Ce n'est pas une réponse.

Elle soutint son regard.

— Ce n'était pas non plus une bonne question. Je refuse de me lancer avec toi dans une aventure fondée sur ce qui était.

— Alors, nous devrions peut-être considérer sérieuse-ment où nous en sommes aujourd'hui, et partir de là.

21

Miranda révisait ses listes, composait de nouveaux graphiques. Ce travail avait au moins le mérite de lui occuper l'esprit, sauf quand elle se surprenait à guetter par la fenêtre le retour d'Andrew.

Ryan était installé dans la chambre avec son téléphone portable. Il voulait sans doute passer un certain nombre de communications dont il préférait que les numéros n'apparaissent pas sur le relevé de la maison. Elle avait décidé de ne pas s'en soucier.

Car il lui avait donné de sérieux motifs d'inquiétude. Si son hypothèse était juste, elle n'avait pas été agressée au hasard par un vagabond en quête d'une poignée de dollars. Il s'agissait bel et bien d'un complot soigneusement préparé, orchestré dans les moindres détails et dont elle avait été la cible. On n'avait reculé devant rien pour retarder son arrivée en Italie et son expertise du bronze.

Celui qui l'avait dérobé afin de le copier avait donc décidé à l'avance de la discréditer. Était-ce par vindicte personnelle ou un simple coup du sort ? Miranda se connaissait très peu d'amis sincères, encore moins d'ennemis acharnés. Elle avait toujours évité, d'ailleurs, de nouer des relations trop étroites pouvant susciter les uns ou les autres.

Pourtant, les messages haineux qui lui parvenaient par fax étaient tout à fait personnels…

Son agresseur aurait donc agi sur instructions précises. Le silence, le couteau sur la gorge faisaient-ils partie de ses méthodes habituelles, ou avait-il reçu formellement la mission de la terroriser ? En tout cas, il avait réussi à ébranler sa confiance en elle, à l'humilier dans sa dignité – et surtout à ajourner son départ de près d'une semaine. Un retard qui l'avait mise en porte à faux vis-à-vis de sa mère dès avant le début de son travail.

Oui, la préméditation paraissait évidente. Car, en réalité, le processus n'avait pas débuté avec l'agression, mais avec le vol et la contrefaçon du *David*.

Que se passait-il dans sa vie à cette époque-là? Quel élément lui permettrait de la relier au présent?

Elle travaillait à son doctorat et partageait son temps entre ses études, l'Institut et sa thèse. Sa vie sociale, aujourd'hui bien terne, était alors inexistante. Et autour d'elle? Ce serait plus difficile à reconstituer. Prêter attention aux autres n'avait jamais été son fort, lacune qu'elle se promit de combler au plus tôt.

Les yeux clos, elle s'efforça de solliciter sa mémoire et de remonter le temps.

Élise et Andrew étaient mariés et, selon les apparences, encore très amoureux. Elle ne gardait le souvenir d'aucune querelle entre eux. Andrew buvait, bien sûr, mais pas plus que n'importe laquelle de leurs relations, et elle n'avait pas lieu de s'en inquiéter. De toute façon, elle faisait de son mieux pour respecter leur intimité.

Lori avait succombé au charme de Giovanni pendant son séjour. Miranda savait qu'ils couchaient ensemble, mais comme leur liaison n'interférait pas avec leurs obligations professionnelles ni ne nuisait à la qualité de leur travail, elle avait jugé plus sage de ne pas s'en mêler.

Sa mère avait fait une brève apparition à l'Institut, pas plus de quarante-huit heures. Elles avaient participé ensemble à quelques ennuyeuses réunions, à un dîner de famille guindé et s'étaient séparées sans regret.

Son père n'était resté que le temps de consulter les résultats des examens préliminaires du bronze. Il n'avait assisté qu'en partie aux réunions et avait trouvé un prétexte pour échapper au dîner de famille.

Vincente et sa femme y étaient venus à sa place, sans que leurs personnalités exubérantes aient réussi à réchauffer l'atmosphère. Sauf erreur, Gina n'avait fait que passer une fois au labo, par simple curiosité.

Richard Hawthorne ne laissait dans sa mémoire qu'une silhouette falote, plongée dans des livres ou penchée sur un clavier d'ordinateur.

John Carter, lui, avait été constamment présent. En tant que chef du labo, il lui incombait de superviser les travaux en cours, de vérifier les rapports...

Miranda essaya de se concentrer davantage. Était-il au mieux de sa forme à ce moment-là? Non, c'est vrai. Il avait la grippe, mais il tenait à travailler quand même.

Découragée, elle abandonna. Comment se rappeler tant de détails, tant de personnages? Pour elle, il ne s'agissait que de la routine quotidienne du travail – son seul centre d'intérêt. Dès qu'elle avait tenu entre ses mains cette merveilleuse statuette, rien d'autre n'avait plus compté.

L'expertise du *David* avait constitué une étape décisive de sa carrière. Son authentification lui avait fourni un excellent sujet d'article, ayant obtenu une attention flatteuse dans les milieux professionnels et universitaires. Il avait entraîné plusieurs invitations à donner des conférences, qui avaient recueilli un accueil enthousiaste.

Si elle devait au *David* le véritable démarrage de sa carrière, le bronze de Fiesole aurait dû la propulser au sommet de la profession, attirer sur elle non seulement l'attention du milieu restreint des spécialistes, mais aussi celle du grand public. Il n'était plus question d'une œuvre belle, sans doute, mais relativement mineure. Il s'agissait de la résurrection d'un chef-d'œuvre de Michel-Ange, d'une sculpture oubliée, entourée de mystère et de romanesque.

Les yeux clos, Miranda se força à réfléchir une fois de plus à l'enchaînement des faits. Les deux œuvres, le *David* et *La Donna,* étaient en quelque sorte ses enfants. Elle leur devait sa réputation. Et les deux œuvres s'étaient révélées des faux – ou, du moins, on avait substitué des faux aux originaux authentifiés par elle.

Donc, quelqu'un voulait sa perte.

Elle joignit les mains, attendit que ses nerfs se calment. C'était logique, plausible. Vraisemblable.

Mais qui nourrissait contre elle une haine assez forte pour chercher à la discréditer ? Et surtout, pourquoi ? Pour quel obscur mobile ?

Quelles autres pièces authentifiées par elle pourrait-elle réexaminer sans provoquer l'étonnement à l'Institut ? Les Cellini ? Cette seule idée lui noua l'estomac. Oui, il fallait qu'elle retourne au labo, qu'elle vérifie qu'aucune de ces œuvres n'avait été remplacée par un faux...

La sonnerie du téléphone la fit sursauter. Il lui fallut plusieurs secondes pour réagir.

— Miranda ? J'ai de pénibles nouvelles à t'apprendre.

— Bonjour, mère. De quoi s'agit-il ?

Moi aussi, j'ai de pénibles nouvelles. Quelqu'un cherche à me détruire. Le bronze était authentique, on l'a remplacé par un faux. Écoutez-moi, pour une fois !

— Des malfaiteurs se sont introduits au laboratoire dans la nuit du jeudi au Vendredi saint. Le laboratoire a été saccagé, des données et du matériel détruits. Et Giovanni... Giovanni a été tué.

Un long silence suivit. Pour la première fois, Miranda entendait dans la voix de sa mère l'écho d'une sincère émotion. Elle ne put refréner les larmes qui lui montaient aux yeux.

— Giovanni ? répéta-t-elle.

— Oui. Il semblerait qu'il ait voulu profiter du week-end pascal pour avancer un travail en cours, mais nous n'avons pu déterminer lequel. La police ne dispose encore d'aucune piste. Je coopère de mon mieux avec elle depuis deux jours. Les obsèques auront lieu demain.

— Demain ?

— J'ai pensé qu'il valait mieux que tu apprennes cette nouvelle de ma bouche plutôt que par les journaux. Je sais que tu avais beaucoup d'amitié pour Giovanni, comme nous tous d'ailleurs. Je compte sur toi pour en informer

Andrew. Inutile de venir, le service se déroulera dans l'intimité.

— Sa famille ?

— J'ai pris contact avec ses parents. Ils apprécieraient des fleurs, je crois. Nous vivons des jours difficiles, en ce moment. J'espère que nous pouvons oublier nos différends, toi et moi, pour envoyer une gerbe au nom de notre famille.

— Bien entendu. Je peux prendre l'avion ce soir...

La voix d'Elizabeth retrouva sa sécheresse coutumière :

— Ce ne serait ni nécessaire ni souhaitable. La presse sait déjà trop bien que vous avez travaillé ensemble sur le bronze de Fiesole, ta présence ne ferait que relancer les rumeurs. Pour la famille de Giovanni, mieux vaut préserver la paix et la dignité du service funèbre.

Les mots atroces du dernier fax lui revinrent en mémoire : *Tu as son sang sur les mains...*

— Vous avez raison. Ma présence ne ferait qu'aggraver les choses. La police a-t-elle découvert pourquoi le labo a été saccagé ? Y a-t-il eu des objets volés ?

— C'est encore difficile à déterminer, mais il semblerait que rien n'ait été dérobé. Les dégâts sont toutefois considérables. L'alarme était neutralisée de l'intérieur. Il se peut que Giovanni ait connu son ou ses agresseurs.

— J'aimerais que vous me teniez au courant des progrès de l'enquête. J'avais beaucoup d'affection pour Giovanni.

— Vous aviez des rapports personnels, je sais.

— Nous n'étions pas amants, mère, soupira Miranda. Nous étions amis. Bons amis.

— Je ne cherchais pas à... Bien, je veillerai à ce que tu sois informée, reprit Elizabeth après un silence. Si tu prévois de t'absenter à nouveau, fais en sorte qu'Andrew puisse te joindre, cette fois.

— Je compte rester à la maison. Faire du jardinage, ajouta Miranda en esquissant un sourire. Ce congé forcé me donne le temps de pratiquer autre chose que mon métier. C'est bon pour l'esprit, paraît-il.

— Je me réjouis d'apprendre que tu occupes ton temps à des activités utiles plutôt qu'à ruminer tes déconvenues. Dis à Andrew de m'informer sans tarder de la progression de l'enquête sur le vol du *David*. J'envisage de venir dans quelques jours, j'aimerais disposer de tous les éléments.

Merci de m'avertir, je lui dirai de se méfier...

— Je le mettrai au courant.

— Bien. Au revoir, Miranda.

— Au revoir, mère.

Elle se rendit compte en raccrochant que Ryan se tenait derrière elle depuis quelques instants. Quand il posa les mains sur ses épaules, son premier réflexe fut de se raidir, et elle s'en voulut de sa réaction. Elle devait au contraire se détendre, céder au bienfait de ce contact apaisant.

— J'ai d'abord cru qu'elle s'était humanisée, dit-elle avec un soupir. Elle m'avait donné l'impression d'être sincèrement peinée de la mort de Giovanni. Et puis, l'instant d'après, elle est redevenue elle-même... J'ai reçu l'ordre de demeurer ici – ma présence aux obsèques de Giovanni risquant, selon elle, de perturber la cérémonie. Et si je compte m'absenter encore, je dois indiquer à Andrew ma destination.

— Elle a beaucoup de soucis en tête, Miranda. Comme tous tes proches en ce moment.

— Et les tiens, que font-ils en situation de crise?

Il s'accroupit, fit pivoter son fauteuil vers lui.

— Ta famille et la mienne sont différentes, Miranda. Elles ne peuvent pas réagir de la même manière.

— Non, en effet, admit-elle avec amertume. Envers et contre tout, ma mère reste le Directeur Général. Mon père ne se mêle de rien et garde ses distances. Andrew se noie dans l'alcool. Quant à moi, je feins de tout ignorer tant que cela n'affecte pas ma bienheureuse routine quotidienne.

— Ce tableau ne correspond pas à ce que j'ai constaté.

— Parce que tu n'en vois que des détails... Je vais faire un peu de jogging, déclara-t-elle en se levant.

Ryan la retint par le bras.

— Si tu t'en moquais comme tu le prétends, Miranda, si rien ni personne n'avait vraiment d'importance pour toi, tu ne serais pas aussi triste.

— Je ne suis pas triste, Ryan. Je suis résignée.

Elle se dégagea et alla se changer.

Miranda courait rarement. Elle considérait la marche comme un exercice plus efficace et, surtout, moins ridicule. Ce n'était que lorsque les événements la dépassaient, ou que le bouillonnement de ses émotions atteignait une pression excessive, qu'elle recourait à la course comme soupape de sûreté.

Elle choisit ce jour-là la plage au pied des falaises, parce que la marée était basse et l'air vivifiant. Les mouettes semblaient l'encourager de leurs cris perçants. Ses muscles échauffés au bout de quelques foulées, elle enleva le blouson qu'elle avait enfilé sur son survêtement et le jeta sur le sable sans ralentir l'allure. Personne ne le lui volerait. Il n'y avait pas de malfaiteurs à Jones Point, pensa-t-elle avec un ricanement ironique.

Des bouées orange dansaient à la surface de l'eau. Un ponton abandonné se penchait vers les flots, comme ulcéré de son inutilité. Profitant des premières douceurs printanières, les voiles blanches de bateaux de plaisance évoluaient au large. Miranda poursuivit sa course sur la plage en dédaignant la brûlure dans ses mollets et le ruisseau de sueur qui lui coulait le long du dos et de la poitrine.

Un langoustier qui relevait ses casiers la salua de la main. Venant d'un inconnu, ce simple geste d'amitié lui fit monter les larmes aux yeux. Elle s'arrêta, lui rendit son salut puis, pliée en deux, elle reprit laborieusement son souffle. Elle n'avait pas parcouru une grande distance, mais elle avait couru trop vite, sans penser à se ménager.

Tout dans sa vie arrivait trop vite, elle peinait à suivre l'allure que lui imposaient les événements. Pourtant, elle n'osait pas ralentir. Et surtout, grands dieux, elle ne savait même pas où elle allait.

Il y avait chez elle un homme qu'elle ne connaissait que depuis quelques semaines à peine. Un homme qui était un voleur à coup sûr, un menteur peut-être, en tout cas un homme dangereux. Et, malgré tout, elle avait mis en partie sa vie entre ses mains. Elle avait noué avec lui des relations d'une intimité infiniment plus grande que toutes celles qu'elle s'était permises avec quiconque jusqu'alors.

Elle se retourna, leva les yeux vers la colonne blanche du phare perché sur le promontoire. C'est là qu'elle était littéralement tombée amoureuse de lui. Peu importait qu'elle y ait été prête depuis le début, c'était là qu'elle avait basculé. Et elle ne savait toujours pas si elle retomberait un jour sur ses pieds.

Car une fois terminée la mission qu'il était venu accomplir, il s'en irait, à l'évidence. Il le ferait avec élégance, avec charme, sans cruauté. Mais il reprendrait le cours de son existence, tandis que la sienne, elle en avait douloureusement conscience, en serait à jamais bouleversée.

Ils auraient beau résoudre l'énigme, retrouver les bronzes, rétablir leurs réputations respectives au pinacle et même démasquer un assassin, sa vie à elle resterait un champ de ruines. Et elle ne disposait d'aucun précédent, d'aucune formule, d'aucune donnée lui permettant non pas de prévoir, de calculer, mais simplement de deviner à peu près combien de temps il lui faudrait pour la rebâtir…

Elle se détourna en direction du large, laissa le vent lui fouetter le visage, lui emmêler les cheveux. Qu'allait-elle faire, maintenant qu'elle savait ce que c'était d'aimer d'amour ? D'aimer jusqu'à en souffrir et de préférer cette souffrance au vide, au néant qui lui était devenu si familier qu'elle n'en avait même plus conscience?

Assise sur un gros rocher, elle replia ses genoux afin d'y appuyer le front. Voilà ce qui arrivait quand on permettait au cœur de l'emporter sur la tête, de commander aux actes et aux décisions. Son univers s'écroulait autour d'elle, et elle ne trouvait rien de mieux à faire que de contempler la mer en ressassant des pensées déprimantes sur un amour à peine né et déjà condamné…

Une mouette se posa sur le sable humide et parada devant elle d'un air important. Regarde-moi, semblait-elle lui dire, vois comme je suis belle.

Miranda ne put s'empêcher de sourire.

— Tu ne serais pas aussi digne si je te jetais des miettes de pain, lui déclara-t-elle. Tu te précipiterais pour les avaler avant que tes camarades viennent te les disputer.

— J'ai entendu dire que les gens qui boivent trop croient les oiseaux doués de parole, fit derrière elle la voix d'Andrew. Tiens, tu as laissé tomber cela sur la plage, ajouta-t-il en posant le blouson sur ses genoux.

— J'avais trop chaud.

— Si tu restes dans le vent sans bouger après avoir couru, tu vas attraper la mort.

— Je vais très bien, merci.

— À ton aise…

La mouette s'envola. Andrew rassembla tout son courage pour s'asseoir près de sa sœur sur le rocher.

— Miranda, je te présente mes excuses.

— Je croyais que tu l'avais déjà fait ce matin.

— Écoute, Miranda…

— Je suis venue ici pour être seule.

Il tenta de lui prendre la main. Elle se dégagea avec tant de brusquerie qu'il comprit combien il l'avait blessée et jusqu'où pouvait aller son intransigeance.

— J'ai quand même plusieurs choses à te dire. Lorsque j'aurai fini, tu me gifleras de nouveau si tu le désires. Ce matin, j'ai passé les bornes. Je ne cherche pas d'excuses aux propos que j'ai tenus. Je refusais d'entendre ce que tu avais à me dire et j'ai frappé au-dessous de la ceinture.

— Compris. Évitons donc à l'avenir de nous mêler de nos affaires personnelles, cela vaudra mieux.

— Non ! protesta-t-il en réussissant à lui saisir la main. Jusqu'à présent, nous avons toujours été capables de compter l'un sur l'autre.

— Sauf que je ne peux plus compter sur toi, Andrew.

Livide, son œil amoché dissimulé derrière des lunettes noires, il lui fit pitié.

— Je t'ai déçue, je sais.

— C'est surtout à toi-même que tu fais du mal.

— Je t'en prie, Miranda ! J'ai un problème, j'en suis conscient et j'essaie de le dominer. Je... je vais ce soir à une réunion des Alcooliques Anonymes...

L'éclair d'espoir, de compassion, d'affection aussi, qu'il vit dans son regard l'incita à poursuivre.

— Je ne suis pas encore certain que ce soit ce qu'il me faut. J'y vais pour écouter, voir si j'en tire quelque chose.

— C'est un bon début. Tu as pris une bonne décision.

Il lui lâcha la main, se leva, fit un pas vers l'eau.

— J'étais parti ce matin à la recherche d'une bouteille. Je ne le faisais pas consciemment. Je ne m'en suis rendu compte qu'en me mettant à trembler comme une feuille parce que je ne trouvais rien d'ouvert un dimanche matin. Et j'ai eu peur, ajouta-t-il en baissant les yeux. Très peur.

— Je t'aiderai, Andrew.

Elle le regardait en tordant le blouson entre ses mains. Il se tourna vers elle, constata dans ses yeux que la lueur d'espoir se faisait plus vive.

— J'avais peur, aussi, que tu aies commencé à me détester.

— J'ai essayé. Je n'ai pas pu. J'étais furieuse contre toi de me priver du frère que j'aime. Quand tu es parti, je croyais que tu rentrerais de nouveau ivre mort, ou bien que tu serais idiot au point de conduire dans cet état et de te tuer. Je t'en aurais vraiment voulu si tu l'avais fait.

— Je suis allé chez Annie – sans même en avoir conscience, à vrai dire. Je ne m'en suis aperçu qu'une fois garé devant son immeuble. Elle... je... je vais passer quelques jours chez elle. Comme cela, nous ne serons pas dans les jambes l'un de l'autre, toi et moi. Et tu seras un peu plus tranquille à la maison avec Ryan.

— Tu vas rester chez Annie ?

— Je ne couche pas avec elle.

— Annie McLean ? répéta-t-elle, stupéfaite.

— Oui. Ça te dérange ?

Sa mine d'enfant pris en faute la fit sourire.

— Pas du tout ! Cela me fait plaisir, au contraire. Elle a de la volonté, de l'ambition. Elle ne te laissera pas lui marcher sur les pieds.

— Annie et moi, vois-tu... nous avons un passé. Nous voudrions maintenant voir si nous avons un présent. Peut-être aussi un avenir, pourquoi pas ?

— Je vous croyais seulement bons amis.

Andrew regarda au loin, sur la plage, l'endroit où deux adolescents insouciants avaient perdu leur innocence.

— Nous l'étions, puis nous ne l'avons plus été. Je ne sais pas trop ce que nous sommes en ce moment. Le découvrir me donnera un but, je n'en ai pas eu depuis tellement longtemps, dit-il comme s'il se parlait à lui-même. Bref, je coucherai sur son canapé le temps de me remettre sur pied, ou du moins d'essayer. Il y a malgré tout de fortes chances que je te déçoive encore avant d'y arriver.

— Écoute, Andrew, j'ai lu tout ce qui a été écrit sur la question, les rechutes, les échecs. C'est difficile et je n'attends pas de miracle. Aujourd'hui, tu ne me déçois pas, affirma-t-elle en lui tendant la main. Tu me manquais.

Il attrapa sa main tendue, releva sa sœur. Quand il la serra contre lui, il la sentit trembler de sanglots silencieux.

— Je vais faire des efforts, je te le promets. Ne me jette pas avec l'eau du bain, d'accord?

— Je n'ai pas pu. Ce n'est pas faute d'avoir essayé.

Il rit, l'embrassa sur les joues.

— Dis donc, ton truc avec New York…

— Tu l'appelais Ryan il y a deux minutes. Pourquoi devient-il New York, tout d'un coup?

— Parce qu'il fricote avec ma petite sœur et que je réserve mon jugement. Alors, votre histoire? répéta-t-il. Ça marche, pour toi?

Elle se dégagea, recula d'un pas.

— Ça marche aujourd'hui.

— Bon. Puisqu'on est réconciliés, rentrons arroser ça. Non, je plaisante… Pourquoi pas un bon bœuf braisé?

— Il est trop tard pour le préparer. Mais je peux faire un hachis parmentier tout ce qu'il y a de reconstituant.

— Pas mal.

Lorsqu'ils prirent le chemin du retour, Miranda dut se résoudre à gâcher l'ambiance.

— Andrew, notre mère a téléphoné tout à l'heure.

— Elle ne peut pas se reposer les jours fériés, comme tout le monde?

Miranda s'arrêta, le retint par un bras.

— Le labo de Florence a été saccagé. Giovanni y était à ce moment-là, seul. Il a été tué.

— Quoi? Giovanni? Grands dieux…

Il alla jusqu'au bord de l'eau, sans prendre garde au ressac qui lui trempait les chaussures.

— Giovanni? répéta-t-il. Mort, assassiné? Mais qu'est-ce que ça signifie, bon Dieu?

Elle ne put prendre le risque de le lui révéler, il était trop instable pour qu'on se fie à ses réactions.

— Je voudrais bien le savoir. Elle a dit que le labo avait été dévasté, du matériel et des données détruits.

— Un cambriolage?

— Je l'ignore. Selon ce qu'elle a pu déterminer jusqu'à présent, rien de valeur ne semble avoir disparu.

— C'est invraisemblable ! Quelqu'un s'introduit ici, vole un bronze et disparaît sans laisser l'ombre d'une trace. Et maintenant, quelqu'un ravage le labo de Standjo, assassine Giovanni et s'en va sans prendre quoi que ce soit. Ça ne tient pas debout !

— Je n'y comprends rien non plus.

— Quel est le rapport entre les deux ? grommela-t-il.

— Le rapport ? répéta-t-elle, effarée.

Andrew pivota sur lui-même puis fit nerveusement les cent pas en jouant avec des pièces de monnaie au fond de sa poche.

— Bien sûr, ce n'est pas une coïncidence ! Deux cambriolages en quinze jours dans deux établissements du même organisme. L'un discret et lucratif, l'autre violent et sans mobile apparent – mais il y a toujours une raison. Giovanni a travaillé aux deux endroits à un moment donné. Il a même travaillé sur le *David*, n'est-ce pas ?

— Euh… oui, en effet.

— Le *David* a été volé, sa documentation a disparu, et maintenant Giovanni est mort. Alors, quel est le rapport ?

Sa question n'appelant pas de réponse, Miranda n'eut pas à se creuser la tête pour improviser un mensonge.

— Je vais prévenir Cook, reprit Andrew. Il aura au moins quelque chose à se mettre sous la dent. Je devrais peut-être aussi aller voir ce qui se passe à Florence.

Miranda refréna un sursaut. Elle ne supporterait pas qu'il s'expose à l'assassin de Giovanni.

— Ce n'est pas une bonne idée, Andrew. Il vaut mieux, pour le moment, rester ici, retrouver la forme. Laisse la police faire son travail.

— De toute façon, nous disposons ici d'assez d'éléments pour essayer de comprendre. Bon, je rentre appeler Cook. Il se rendra peut-être enfin utile à quelque chose.

— Je te rejoins dans une minute, dit-elle en parvenant à esquisser un sourire.

Il s'éloigna, trop préoccupé pour voir ce sourire s'évanouir. Mais il repéra Ryan sur le sentier et sentit monter en lui une agressivité nourrie par un mélange détonnant d'amour-propre masculin, de honte rétrospective et d'instinct protecteur fraternel.

— Boldari.

— Andrew.

Ayant subodoré son humeur, Ryan décida de ne pas se lancer dans une confrontation stérile. Il s'écarta, mais Andrew était trop remonté pour laisser passer l'occasion.

— Vous croyez peut-être que personne ne veille sur elle parce qu'elle est adulte et qu'elle a une famille de cinglés, mais vous vous trompez. Si vous lui causez la moindre peine, je vous casserai la gueule. Compris… ? Vous trouvez ça drôle ? ajouta-t-il en voyant un large sourire apparaître sur les lèvres de Ryan.

— Non, mais votre dernière phrase est à peu près textuellement celle que j'ai dite au mari de ma sœur Mary Jo quand je l'ai surpris en train de l'embrasser dans sa voiture. Sauf que je l'en avais déjà sorti pour lui assener un direct sur le nez, au profond déplaisir de Mary Jo.

— Vous n'êtes pas le mari de ma sœur.

— Il n'était pas non plus marié avec la mienne à ce moment-là. Euh… Je voulais dire que…

Soudain conscient de la portée de ce qu'il venait de lâcher comme une boutade, Ryan s'interrompit, gêné.

— Ah oui ? Que vouliez-vous dire, au juste ? s'enquit Andrew, amusé par sa mine déconfite.

Un homme doué d'un esprit vif peut réfléchir beaucoup pendant les quelques secondes qu'il lui faut pour s'éclaircir la voix.

— Je voulais dire que votre sœur m'inspire autant d'affection que de respect. Elle est extraordinairement belle, intelligente et séduisante.

— Vous feriez un bon équilibriste, Ryan, vous savez retomber sur vos pieds.

Ils baissèrent tous deux les yeux vers Miranda, toujours debout au même endroit sur la plage étroite qu'envahissait peu à peu la marée montante.

— Elle n'est pas aussi forte qu'elle veut bien le croire, reprit Andrew. Et elle a toujours évité de trop se rapprocher des gens, parce que, lorsque cela lui arrive, son noyau tendre est mis à nu et elle se retrouve sans défense.

— Elle compte beaucoup pour moi. C'est ce que vous souhaitiez m'entendre dire ?

— Ouais, ça ira... Au fait, j'apprécie ce que vous avez fait pour moi hier soir. Je vous sais surtout gré de ne pas m'en reparler aujourd'hui.

— Comment va votre œil ?

— Il me fait un mal de chien.

— Vous voilà donc suffisamment puni.

— Peut-être... Elle va nous préparer un hachis par-mentier pour le dîner. Faites-lui remettre son blouson, voulez-vous ? ajouta Andrew en s'éloignant. Sans quoi elle attrapera la crève.

Ryan reprit sa descente en glissant sur les cailloux, tan-dis que Miranda entamait la montée, le pied aussi sûr qu'un chamois.

— Tu n'as pas les chaussures qu'il faut, observa-t-elle en le rejoignant à mi-pente.

Il l'attira par les épaules, la serra contre lui.

— Il est temps de m'en informer... Tu as froid. Pourquoi n'as-tu pas mis ton blouson ?

— Le soleil est bien assez chaud... Andrew assiste ce soir à une réunion des Alcooliques Anonymes.

— Tant mieux. C'est un bon début.

— Il s'en sortira, j'en suis sûre. Il va passer quelques jours chez une amie, le temps de se remettre d'aplomb. Je crois surtout qu'il n'est pas très à l'aise de dormir sous le même toit que nous.

— Bel exemple de conservatisme yankee.

— Ne crache pas sur les traditions. Autre chose : je lui ai appris la nouvelle, pour Giovanni. Il a fait le rapprochement.

— Que veux-tu dire ? Quel rapprochement ?

— Le voir se brûler les cellules grises dans l'alcool m'avait fait oublier qu'il est intelligent. Il ne lui a pas fallu cinq minutes pour comprendre qu'il y a un rapport entre les deux affaires. Il compte en parler à l'inspecteur Cook.

— Parfait ! Nous aurons donc les flics dans les jambes.

— La réaction d'Andrew est logique. Je ne lui ai rien révélé de ce que je sais, je ne me fie pas encore à son état d'esprit, mais je ne pourrai pas lui mentir indéfiniment.

— Dans ce cas, nous devrons travailler plus vite… Viens, poursuivit Ryan en posant le blouson sur les épaules de Miranda, le vent se lève. J'ai entendu parler d'un hachis parmentier ?

— Tu ne mourras pas de faim chez moi, Boldari. Je te garantis que ma cuisine est passionnante – et passionnée.

— Dans certaines civilisations, le hachis parmentier est considéré comme un aphrodisiaque.

— Vraiment ? C'est curieux, le sujet ne figurait dans aucun de mes cours d'ethnographie.

— Grave lacune. Il est même précisé que, pour être efficace, on ne doit en aucun cas user de purée instantanée.

— Vous m'insultez, monsieur !

— Nullement, docteur Jones. Je suis trop fou de vous.

Miranda pouffa de rire. Mais le noyau tendre dont avait parlé son frère était bel et bien mis à nu.

TROISIÈME PARTIE

La rétribution

La fureur est cruelle, le courroux redoutable.
Mais quelle force peut résister à l'envie ?
LIVRE DES PROVERBES

22

Ryan ne parvenait pas à trouver le sommeil. Le silence trop profond lui donnait la nostalgie de New York, du constant bourdonnement de la circulation, du rythme effréné qui vous fouette le sang et vous fait allonger le pas, rien que pour arriver au prochain coin de rue et traverser au feu vert sans ralentir. Ici, bercé par l'océan, on ralentissait malgré soi. Et, une fois qu'on a ralenti, on s'installe et on plante des racines avant même de s'en être rendu compte.

Il avait besoin de retourner à New York, à sa galerie depuis trop longtemps confiée à d'autres mains. Il l'avait déjà fait, bien sûr, mais parce qu'il voyageait, parce qu'il bougeait. Pas pour rester… planté de cette manière.

Il fallait qu'il se secoue. Et le plus tôt possible.

Miranda dormait, sa respiration accordée au rythme lent du flux et du reflux de la mer. Plutôt que de se blottir contre lui, elle n'occupait que sa place et lui laissait la sienne. Il avait beau tenter de se convaincre qu'il aurait dû apprécier cette forme de bienséance, il enrageait qu'elle garde ses distances sans même feindre de s'accrocher à lui, de chercher à le retenir.

Si elle s'était montrée un peu plus possessive, il aurait résisté beaucoup plus facilement à la tentation de rester...

Il lui était impossible de se concentrer dans de telles conditions. Par sa seule présence, par le seul fait d'être à portée de la main, elle le distrayait sans arrêt du travail qu'il fallait accomplir. Car aucune femme de sa connaissance n'appelait davantage les caresses, ne serait-ce qu'à cause de l'étonnement que lui causait le moindre geste de tendresse, comme si elle croyait ne pas le mériter.

Et parce que cette pensée lui donnait l'envie de la réveiller, de la caresser, de couvrir son corps de petits baisers et de tendres agaceries, il préféra se lever. L'amour physique était une excellente chose, mais pas au point de tourner à l'obsession, bon sang !

Il enfila un pantalon, prit un cigare et son briquet, ouvrit la porte-fenêtre et sortit sur le balcon.

L'air frais lui fit l'effet d'un verre de vin blanc, moelleux et frappé, auquel il pourrait facilement prendre goût jusqu'à ne plus être capable de s'en passer. Devant lui se déployait le vaste panorama de l'océan à perte de vue et de la côte déchiquetée s'étendant de chaque côté de la pointe, au bout de laquelle le phare projetait son faisceau de lumière, blanc et raide comme une lance.

Il se dégageait de ce décor un sentiment de permanence, de sécurité par lequel, une fois encore, il serait prêt à se laisser envoûter. Pour celui qui le verrait chaque jour, rien ici ne semblerait devoir changer, ou avec une lenteur qui rendrait l'évolution insensible. Nuit après nuit, les mêmes étoiles scintilleraient à la même place dans le même ciel de velours. La distance, l'air humide et salin émousseraient les contours de la lune déclinante.

Comme s'émoussaient déjà ses propres réflexes...

Agacé, il alluma le cigare, exhala une bouffée dont la brise obstinée dispersa la fumée.

Ils tournaient en rond. Ils piétinaient sans aboutir à rien. Miranda aurait beau faire des tableaux et des graphiques, introduire et manipuler de nouvelles données dans la mémoire de son ordinateur, imprimer des rames et des rames d'états et de listes, rien de tout cela n'approcherait, même de loin, l'essentiel : le cœur et l'esprit des personnages en cause. Rien ne pouvait illustrer les sentiments et les passions, la cupidité, la rancune, la jalousie ou la haine. Aucun calcul, si savant soit-il, ne permettait d'expliquer pourquoi un être humain prenait la vie d'un autre pour la possession d'un morceau de métal.

Il avait besoin de tout connaître des acteurs, de pénétrer leur mentalité, et il avait à peine abordé le sujet.

Miranda, il croyait au moins commencer à la connaître. Sa nature pragmatique, efficace, distante aussi, pouvait, à l'aide de la clef adéquate, être débloquée pour révéler la chaleur humaine et la fragilité sous-jacentes. À la froideur de son éducation elle avait réagi en évitant de se frotter aux autres, en cultivant son intellect, en se donnant des objectifs ambitieux vers lesquels elle se dirigeait sans dévier de la ligne de conduite qu'elle s'était fixée. Pour ne pas souffrir, elle s'était revêtue d'une cuirasse.

Mais celle-ci avait un défaut : son frère.

Ils présentaient un front commun, initialement soudés par un réflexe de défense, de rébellion peut-être, à coup sûr de réelle affection. Mais ce qui avait forgé entre eux de tels liens importait moins que leur profondeur et leur solidité.

Ryan avait constaté par lui-même l'effet dévastateur de l'alcoolisme d'Andrew sur Miranda. Il avait aussi été témoin, au cours du dîner pris en commun la veille au soir, de l'espoir et du bonheur qui brillaient de nouveau dans le regard de Miranda. Elle reprenait foi en son frère, elle croyait en la sincérité de ses efforts pour redevenir celui qu'elle avait toujours connu et aimé.

Elle avait tant besoin de cette foi que Ryan reculait devant le risque de la décevoir. Il garderait donc pour lui ses soupçons. Mais il connaissait trop bien les ravages qu'une dépendance, que ce soit l'alcool ou la drogue, était capable d'exercer sur l'esprit d'un homme. Elle pouvait l'amener à commettre des actes qu'il n'aurait jamais envisagés, encore moins perpétrés dans son état normal.

Andrew dirigeait l'Institut. Il jouissait du pouvoir et de la liberté de manœuvre au sein de l'établissement qui lui auraient permis de procéder à la substitution du *David*. Il aurait pu avoir pour mobile l'appât du gain ou le désir avide de posséder seul une œuvre à laquelle, de son propre aveu, il était attaché. Il aurait également pu céder à un chantage. En tout état de cause, personne n'était mieux placé qu'un Jones pour orchestrer le vol et la contrefaçon des bronzes.

Charles Jones était celui qui avait découvert le *David*. Il n'était donc pas absurde de penser qu'il aurait souhaité s'approprier ce petit chef-d'œuvre. Pour parvenir à ses fins, il lui aurait fallu de l'aide. Andrew? Ce n'était pas impossible. Giovanni était aussi plausible, comme n'importe lequel des plus fidèles collaborateurs de la maison.

Elizabeth Standford-Jones, orgueilleuse, froide, ambitieuse, avait dédié son existence à l'art, mais sur le plan scientifique plutôt qu'esthétique. De même que son mari, elle avait sacrifié sa famille sur l'autel de son prestige personnel, auquel elle voulait consacrer son temps et ses facultés. Une œuvre inestimable ne constituerait-elle pas un trophée digne de couronner les efforts d'une vie entière?

Giovanni, collaborateur de confiance et assez brillant scientifique pour avoir fait partie de l'équipe de Miranda. Un charmeur, selon elle, un célibataire toujours prompt à flirter avec toutes les femmes. Aurait-il séduit celle qu'il n'aurait pas dû? Aurait-il eu des ambitions auxquelles sa position à Standjo ne lui permettait pas d'accéder?

Élise, l'ex-femme d'Andrew – les ex sont volontiers vindicatives. Mutée de l'Institut à Standjo après son divorce, elle occupait un poste de confiance et d'autorité. Elle aurait pu se servir d'Andrew avant de le rejeter, une fois devenu inutile. Directrice du laboratoire ayant accès à toutes les données, elle avait eu en main les deux bronzes. Les aurait-elle convoités en guise de dédommagement?

Richard Hawthorne, un rat de bibliothèque toujours plongé dans des livres, rompu à la recherche et n'ignorant rien des données historiques. C'est parfois sous les eaux dormantes que font rage les courants les plus violents. Les personnages falots tels que lui sont souvent laissés dans l'ombre au profit de ceux qui savent se faire valoir ou revendiquer haut et fort. Le sentiment d'être victime d'une injustice peut pousser un homme à des vengeances terribles.

Vincente Morelli, ami et collaborateur de longue date, pourvu d'une épouse jeune et exigeante. Il avait donné aux Jones des années de sa vie, de ses compétences, de ses efforts. Aurait-il été tenté d'obtenir davantage qu'une accolade et un chèque en reconnaissance de ses services?

John Carter, le caricatural savant distrait avec ses godasses éculées et ses cravates ridicules. Solide comme le granit. Pourquoi pas aussi dur? Depuis plus de quinze ans, il se rendait utile et obéissait aux ordres sans poser de questions. Aurait-il obéi une fois de trop ou rendu, par crainte ou fidélité, un service qu'il n'aurait pas dû rendre?

N'importe lequel de ces personnages, conclut Ryan, aurait été en mesure de concevoir le projet. Mais pas de le réaliser de manière aussi parfaite. L'exécution ne pouvait être que le fruit d'un travail d'équipe. Une équipe dirigée par un esprit clair, habile, froid. Oui, il allait lui falloir bien plus que les informations contenues dans les dossiers du personnel pour démasquer cet esprit-là.

Une étoile filante, ou peut-être un débris de satellite, parut lui faire un signe d'encouragement en traçant dans le ciel un sillon lumineux.

Il entreprit alors de concevoir son propre plan.

— Tu veux appeler ma mère ? s'exclama Miranda, effarée.

— J'appellerais ton père, si je n'avais l'impression qu'elle est plus au courant des affaires que lui, répondit-il en regardant l'écran de l'ordinateur par-dessus son épaule. Qu'est-ce que tu fais là ?

— Rien. Pourquoi veux-tu l'appeler ?

— Qu'est-ce que c'est, ce truc ? insista-t-il. Une page Internet sur le jardinage ?

— Je charge quelques informations, c'est tout.

— Sur des fleurs ?

Ayant déjà imprimé plusieurs pages sur la préparation des sols, les saisons de plantations et les engrais, elle referma le site d'un clic de souris.

— Oui. Alors, ma mère ?

— Une minute. Pourquoi cherches-tu des informations sur les fleurs et le jardinage ?

— Parce que je veux arranger le jardin et que je n'y connais rien.

— Donc, tu abordes le sujet de manière scientifique. Tu es vraiment adorable, Miranda, dit-il en posant un baiser espiègle sur le haut de sa tête.

— Je suis ravie de t'avoir amusé. Et maintenant, vas-tu te décider à répondre à ma question ?

Il approcha une chaise, s'assit en face d'elle.

— Je compte exposer à ta mère mes conditions pour le prêt des Vasari, ainsi que d'un Raphaël et d'un Botticelli.

— Raphaël, Botticelli ? Mais… il n'était question que des Vasari.

— J'ai changé d'avis. Je prête cinq tableaux – et je me laisserai peut-être convaincre d'ajouter une sculpture de Donatello par-dessus le marché – pour trois mois, et la galerie Boldari devra figurer en bonne place dans la littérature publicitaire et promotionnelle, étant entendu que les fonds collectés iront à la Fondation nationale pour les arts.

— Quels fonds collectés ?

— J'y viendrai dans un instant. Je choisis de traiter avec l'Institut d'histoire de l'art de Nouvelle-Angleterre à cause de sa réputation de sérieux dans l'accomplissement de ses missions, consistant non seulement à exposer les chefs-d'œuvre de ses collections pour l'éducation du public, mais aussi à enseigner l'art, et à étudier, restaurer et conserver des œuvres. J'ai été très favorablement impressionné par ma visite d'il y a quelques semaines et les commentaires passionnants du Dr Miranda Jones, qui a eu l'obligeance de me servir de guide. Bon début, non ?

Il lui ébouriffa les cheveux sans tenir compte de son grognement de protestation.

— J'ai été, reprit-il, particulièrement intéressé par son idée d'exposition synoptique sur l'évolution de la Renaissance italienne considérée dans son contexte social, politique et religieux.

— C'est vrai ?

— Non. Intéressé est inexact. Fasciné convient mieux, répondit-il en lui prenant la main. L'idée m'est alors venue de présenter la même exposition dans ma galerie de New York à l'issue de la période initiale de trois mois.

— Une sorte d'association, si je comprends bien ?

— Exactement. Étant tous deux d'accord sur le principe, le Dr Miranda Jones m'a suggéré, au cours de nos entretiens préliminaires, l'idée d'un gala au bénéfice de la FNA. Les galeries Boldari étant elles-mêmes zélatrices convaincues de cet organisme, auquel elles contribuent généreusement, je n'ai pu que partager son enthousiasme. C'était très futé de ta part d'avoir fait miroiter cet appât, tu sais.

— Oui, très. Dommage que je n'y aie pas pensé moi-même.

— Bref, je suis prêt, mieux, impatient de mettre en œuvre ce projet conjoint. Ayant appris entre-temps que le Dr Miranda Jones est actuellement en congé, je m'inquiète à bon droit, car je ne puis en aucun cas travailler avec quelqu'un d'autre. Le retard que provoquerait son absence m'inciterait plutôt à envisager de collaborer avec l'Institut de Chicago, qui manifeste un vif intérêt pour ce concept.

— Ma mère ne s'y résignera jamais.

— C'est bien ce que je pense.

Tout en parlant, il lui enleva ses épingles à cheveux, les jeta négligemment derrière lui et fit cascader sa crinière sur ses épaules.

— Ryan, je t'en prie !

— Ne m'interromps pas. Primo : il faut que tu réintègres d'urgence l'Institut. Deuzio : celui qui a manigancé les substitutions doit apprendre que tu as repris ton poste. Tertio : une fois le dispositif en place, nous réunirons ici, en un même lieu, tous ceux qui ont été de près ou de loin en contact avec les deux bronzes.

Elle aurait voulu se lever pour ramasser ses épingles, mais il continuait à jouer avec ses cheveux, à entortiller des mèches autour de ses doigts.

— Tu réussiras probablement la première partie de ton programme. Une exposition comme celle que tu viens de décrire est extrêmement prestigieuse, et ma mère y sera sensible. La deuxième partie ira de soi. Mais je ne vois pas comment tu comptes t'y prendre pour la troisième.

— Facile, dit-il en lui caressant la joue. Nous organiserons une fête à tout casser.

— Une fête ? Un gala au bénéfice de la Fondation ?

— Exact. En hommage à la mémoire de Giovanni.

Miranda sentit son sang se glacer dans ses veines.

— Giovanni ? Tu te servirais de lui ? Il est mort.

— Tu n'y peux plus rien, Miranda. Mais nous ferons en sorte que son assassin soit obligé de venir, et cela nous rapprochera d'un grand pas des vrais bronzes.

— Je ne te comprends pas.

— Je n'ai pas encore mis les détails au point. As-tu un carnet de croquis ? Oui ? Bien. Prends-le et viens.

— Où cela ?

— Sous la véranda. Tu dessineras les plans de ton jardin pendant que je passerai quelques coups de téléphone.

— Tu me demandes de dessiner un jardin pendant que tu poseras tes bombes à retardement ?

— Mais oui, cela te détendra. N'oublie pas tes lunettes.

Il l'attrapa par la main, l'entraîna dehors.

— Quand as-tu mijoté tout cela ? s'enquit-elle.

— La nuit dernière, je ne pouvais pas dormir. Nous tournions en rond alors que nous aurions dû avancer. Nous laissions quelqu'un d'autre tirer les ficelles alors que c'était à nous d'appuyer sur les boutons.

— Tes métaphores sont passionnantes, Ryan, mais organiser un gala à la mémoire de Giovanni ne garantit pas que son assassin y viendra. Ni qu'il fera automatiquement tomber les bronzes entre nos mains, ajouta-t-elle.

— Une chose à la fois, mon chou. Tu n'auras pas froid ?

— Peu importe ! Dessiner ne me détendra pas le moins du monde. Si nous voulons réussir cette exposition, je devrais déjà être en train d'y travailler.

— Tu te mettras à l'ouvrage bien assez tôt.

Résignée, elle sortit sous la véranda. Avril célébrait son avènement dans la douceur d'une brise tiède et d'un ciel bleu ensoleillé. Miranda savait d'expérience que ce temps printanier cédait en un clin d'œil la place à des averses de neige et des bourrasques glacées. Ces caprices climatiques constituaient peut-être en partie l'attrait de la région – pour qui l'appréciait…

— Autrement dit, soupira-t-elle en s'asseyant, sois belle, tais-toi et ne fatigue pas ta petite tête.

— Tout ce qu'il y a de petit en toi, mon chou, c'est ta patience, répliqua-t-il en riant. Mais cela ajoute à ton charme. Quel est le numéro de ta mère?

Comment, se demanda-t-elle, pouvait-il se montrer aussi séduisant et aussi exaspérant – souvent les deux ensemble?

— C'est son numéro personnel, précisa-t-elle après avoir récité une série de chiffres. Avec le décalage horaire, elle est sans doute rentrée chez elle à cette heure-ci.

Il séduira Elizabeth, pensa-t-elle tandis qu'il composait le numéro sur son portable. Il charmera la mère comme il a su charmer la fille. Ryan exerçait sur les femmes un pouvoir quasi irrésistible, auquel elle préféra ne pas trop réfléchir. Il n'existait sans doute pas une femme sur Terre qu'il ne soit capable de faire manger dans sa main…

Quand elle l'eut entendu prononcer avec suavité le nom d'Elizabeth, Miranda n'écouta plus.

Le ciel bleu et le scintillement de la mer donnaient à la pelouse pelée une allure pitoyable. La peinture de la balustrade s'écaillait, des mauvaises herbes pointaient entre les dalles disjointes du sentier menant à la falaise. Sa grand-mère avait entretenu la maison et les jardins avec un soin jaloux, se rappela-t-elle. Sous prétexte de se consacrer à leurs responsabilités, Andrew et elle les avaient honteusement négligés.

Les gros travaux d'entretien et de réparation ne posaient pas de problème, il suffisait de payer quelqu'un pour les exécuter. Mais Andrew et elle avaient-ils jamais tondu la pelouse, ratissé les feuilles mortes, arraché une mauvaise herbe? Ce serait une bonne chose de s'y mettre enfin. La saine fatigue du travail manuel, la satisfaction d'en constater les résultats tangibles seraient pour lui une excellente thérapie. Pour elle aussi, d'ailleurs: d'une manière ou d'une autre, son actuel mode de vie touchait à sa fin, et elle aurait bientôt grand besoin de combler le vide.

Elle s'efforça de se rappeler l'aspect du jardin quand elle était enfant et que sa grand-mère était encore assez valide pour s'en occuper elle-même. Alors, à mesure que les souvenirs affluaient, son crayon se mit en mouvement. Ici, un massif de grandes fleurs pourpres et rouges, là des fleurs jaunes. Et là, émergeant de la verdure, des sortes de trompettes bleues. Ah oui! Et aussi des gueules-de-loup...! Retrouver le nom d'une fleur lui causa un plaisir enfantin.

Tout en s'entretenant au téléphone avec la mère, Ryan observait la fille. Elle se détendait, nota-t-il avec satisfaction. Elle souriait même, en dessinant à grands traits sûrs et rapides, comme seuls en sont capables ceux qui possèdent un talent inné et un œil exercé. Avec ses cheveux en désordre, ses lunettes sur le bout du nez, son sweater informe et son vieux pantalon tire-bouchonné, elle était la femme la plus radieusement belle qu'il eût jamais vue.

Mais parce que sa contemplation lui faisait perdre le fil de la conversation, il se détourna et alla à l'autre bout de la véranda.

— Appelez-moi Ryan, voyons! Vous m'accorderez, j'espère, le privilège de vous appeler Elizabeth... Avec joie... Vous savez sûrement déjà combien votre fille déborde de charme, mais surtout d'une intelligence et d'une culture qui, je le répète, m'ont très fortement impressionné. Aussi, lorsque j'ai appris qu'elle était en congé pour une durée indéterminée, vous dire que j'ai été déçu serait un euphémisme...

Sourire aux lèvres, il écouta un instant la réponse.

— Certes, je ne doute pas le moins du monde qu'il y ait à l'Institut des collaborateurs tout à fait compétents pour mettre en œuvre l'idée que je vous ai soumise, mais, très franchement, je n'ai pas l'habitude de travailler avec des subalternes. J'en parlais dernièrement à Loïs Berenski, de l'Institut de Chicago – vous connaissez Loïs, je pense?... Oui, elle s'intéresse beaucoup à cette idée, elle aussi. Je lui ai promis de la rappeler sous quarante-huit heures, c'est pourquoi je me suis permis de vous importuner chez vous à une heure aussi indue... Mes préférences vont à une collaboration avec l'Institut et Miranda, je ne vous le cache pas. Mais si nous ne pouvions concrétiser le projet avant la limite que m'imposent mes obligations, je serais sincèrement navré, croyez-le, de devoir...

Laissant sa phrase en suspens, il écouta, sourire aux lèvres, Elizabeth entreprendre avec conviction de lui vendre le projet qu'il avait lui-même conçu. Une cuisse sur la balustrade, le dos contre un pilier, il suivait distraitement les évolutions des mouettes tandis que son interlocutrice dissertait longuement pour l'amener à lui consentir très précisément ce qu'il désirait obtenir d'elle.

La négociation dura près de trois quarts d'heure, pendant lesquels il alla à la cuisine se préparer une assiette de fromage, d'olives et de crackers qu'il rapporta sous la véranda. En conclusion, Elizabeth accepta, la veille du gala puisque gala il y aurait, de porter un toast au champagne au plein succès de leur collaboration.

Ryan coupa la communication et fit habilement sauter une olive dans sa bouche.

— Miranda?

Plongée dans la troisième esquisse de son futur jardin, elle ne leva pas les yeux.

— Hmmm?

— Va répondre au téléphone.

Agacée d'être dérangée, elle lui lança un regard distrait.

— Hein? Le téléphone ne sonne pas.

— Attends une seconde.

Il n'avait pas fini de parler que la sonnerie retentit.

— C'est ta chère mère. À ta place, je prendrais l'air étonné et je me ferais un peu tirer l'oreille.

— Quoi? Elle est d'accord?

— Décroche, tu verras bien.

Elle se précipitait déjà vers l'appareil de la cuisine.

— Allô! Ah! C'est vous, mère?

Puis, le cœur battant, elle écouta.

Comme prévu, la requête prit la forme d'un ordre, et le projet fut présenté comme un fait accompli. Son congé se terminait séance tenante, elle devait sans délai prendre contact avec M. Boldari et organiser avec lui les mesures exigées par la réalisation du projet. Celui-ci étant prioritaire, elle ajusterait son emploi du temps en conséquence. L'exposition devait être conçue, préparée, mise en place pour la deuxième semaine de mai, date de l'inauguration.

— Mais cela nous laisse à peine un mois. Comment...

— C'est un délai très court pour une manifestation de cette envergure, je sais, mais M. Boldari a d'autres engagements par ailleurs. Il travaillera avec Andrew pour la publicité et la promotion, Vincente viendra les assister. Pour les quatre prochaines semaines, tu te concentreras uniquement sur l'exposition. Il compte beaucoup sur toi, Miranda. Moi aussi. Est-ce clair ?

— Oui, bien sûr, je m'y mets sans tarder. Giovanni...

— Le service était très émouvant. Je resterai en contact avec toi sur la réalisation de ce projet, Miranda. Je pense pouvoir m'arranger pour venir dans la première semaine de mai afin de superviser les derniers détails. N'oublie pas de m'envoyer entre-temps des rapports détaillés.

— Vous les aurez. Au revoir, mère... C'est fait, murmura-t-elle en raccrochant. J'ai peine à y croire.

— Je n'ai pas parlé de Giovanni : l'idée ne pouvait pas venir de moi. Tu l'auras demain, par exemple. Après me l'avoir soumise et avoir obtenu mon accord, tu enverras une note à ta mère, ajouta Ryan en posant son assiette sur le buffet. De là naîtra le projet de réunir les principaux collaborateurs des deux maisons, dans une manifestation d'unité, de soutien et de respect à la mémoire de leur collègue tragiquement disparu.

— Oui, ils viendront, ma mère y veillera. Mais je ne vois toujours pas à quoi cela nous mènera.

— C'est de la logistique élémentaire, ma chérie, dit-il en avalant avec gourmandise un cube de fromage. Rassembler tous les protagonistes au même moment en un même lieu. Je m'en réjouis d'avance.

— En tout cas, il faut que je me mette au travail.

— Louable initiative. Au fait, j'arriverai de New York demain matin.

Elle marqua une pause sur le pas de la porte, se tourna vers lui, un sourcil levé.

— Puis-je savoir comment?

— Oui : par le premier avion. Et je serai enchanté de vous revoir, docteur Jones.

23

— Quel plaisir de vous voir de retour! s'exclama Lori en posant devant Miranda une tasse de café fumant.

— J'espère que vous n'aurez pas changé d'avis à la fin de la semaine. Je vais vous tuer au travail.

— Soyez tranquille, je tiendrai le coup. Pour Giovanni, je voulais vous dire... C'est affreux. Vous étiez bons amis, je sais. Nous l'aimions tous beaucoup.

Miranda soupira. *Tu as son sang sur les mains...*

— Il nous manquera. Et maintenant, au travail.

Lori s'assit, le crayon et le bloc en batterie.

— Par quoi commençons-nous?

— Par le commencement, bien sûr.

Les instructions suivirent en rafale: réunion avec le service menuiserie pour la fabrication des panneaux, avec le service juridique pour l'étude des contrats. L'avertir dès l'arrivée de M. Boldari. Déjeuner avec Andrew et lui à treize heures à la cantine de la direction. Inviter à déjeuner Mme Collingsforth le jour de la semaine qui lui conviendra...

— Vous voulez lui demander de prêter sa collection? ne put s'empêcher de dire Lori, amusée.

— Je pense réussir à la convaincre que ses tableaux auront grande allure au milieu d'autres chefs-d'œuvre.

Sinon, s'abstint d'ajouter Miranda, je lui lancerai Ryan aux trousses, il en fera deux bouchées.

La litanie reprit son cours: mesures exactes des salles d'exposition, consultation d'un décorateur, etc., etc.

— Et dans un mois, conclut Miranda, demandez-moi une augmentation.

— Je n'y manquerai pas, répondit Lori avec un large sourire. Ah! encore une chose, ajouta-t-elle. Il y a eu un curieux message sur votre répondeur pendant votre absence, je ne l'ai pas effacé. Comme il est en italien, je n'y ai pas compris grand-chose.

Elle lança la machine, qui dévida aussitôt un flot de paroles. Miranda écouta, bouleversée :

Dottore Jones, il faut que je vous parle, personne d'autre que vous ne peut me croire. Je suis Carlo Rinaldi, c'est moi qui ai trouvé La Dame. Je l'ai eue en main, je sais qu'elle est authentique. Vous savez que c'est vrai, les journaux l'ont dit. Personne ne veut m'écouter, personne ne fait attention à un homme comme moi. Mais vous, vous avez du poids, vous êtes savante, on vous écoutera. Je vous en prie, appelez-moi, nous en parlerons. Nous sommes sûrs tous les deux de ce que nous savons, mais il faut le prouver. Personne ne me laisse parler. Votre mère m'a jeté dehors comme un mendiant ou un voleur. Le gouvernement me traite comme si j'avais voulu frauder. Mais c'est un mensonge, un affreux mensonge ! Vous le savez, vous. Alors, appelez-moi. Nous seuls pouvons dire la vérité à tout le monde.

Il avait conclu en donnant deux fois son numéro de téléphone. Maintenant, il était mort. Il lui avait lancé un appel au secours, et elle n'avait pas été là pour l'entendre...

Devant la mine accablée de Miranda, Lori lui toucha le bras, inquiète.

— Qui était-ce ? Une mauvaise nouvelle ?

— Non. Ce n'est plus une nouvelle. Et je suis arrivée trop tard.

Elle pressa le bouton d'effacement, mais elle savait que ce message d'outre-tombe resterait longtemps gravé dans sa mémoire.

Ryan avait raison : elle avait besoin d'agir. Avec des objectifs définis, des tâches précises à accomplir, elle se sentait déjà mieux.

John Carter la rejoignit à l'atelier, où elle voulait voir comment avançait la restauration d'un Bronzino.

— Je vous cherchais, Miranda. Content de vous revoir.

— Merci, John. Je suis heureuse d'être de retour.

— C'est terrible, ce qui est arrivé à Giovanni. Je n'arrive pas encore à y croire.

En un éclair, elle revit le corps gisant dans une mare de sang, le regard mort qui la fixait.

— Je sais. Il avait beaucoup d'amis, ici.

— J'ai dû l'annoncer hier au personnel du labo. Depuis, l'atmosphère est lugubre. À chacune de ses visites, il nous mettait tellement de bonne humeur... Nous avons cherché à faire quelque chose en sa mémoire, et tout le monde est tombé d'accord pour planter un arbre dans le parc. Nous sortons souvent déjeuner dehors quand il fait beau : ce sera une façon de marquer son souvenir.

— Excellente idée, John. Elle lui aurait certainement plu. J'espère que le fait d'appartenir à la direction ne m'empêchera pas de participer à la collecte.

— Bien sûr que non. Nous savons que vous étiez bons amis, c'est ce qui compte avant tout.

— Vous le fréquentiez beaucoup, je crois, quand il venait ici ou que vous alliez à Standjo...

— Oui. Il voulait m'apprendre à sortir de mon trou, comme il disait. À profiter de la vie, à boire du bon vin, à flirter avec les jolies filles. Après quoi, il demandait à voir les dernières photos de mes enfants... Bon, je vais m'occuper de l'arbre, déclara John, les yeux soudain embués de larmes.

Miranda eut honte d'avoir partagé les soupçons de Ryan.

— Merci, John.

— D'ici là, j'espère que nous vous reverrons au labo. Vous nous manquez...

— J'y ferai des apparitions, bien sûr, mais j'ai un travail urgent pour les semaines qui viennent.

— Je suis au courant : l'exposition Renaissance, dit-il en retrouvant le sourire. Tout le monde en parle déjà dans la maison. C'est exactement ce qu'il nous faut pour faire oublier le cambriolage. Très bonne idée.

— Eh bien, nous...

L'apparition de l'inspecteur Cook l'interrompit.

— Désolée de vous quitter si vite, John, reprit-elle en baissant la voix, il faut que je m'occupe de lui.

— Je m'en doute. J'ignore pourquoi, chuchota-t-il avant de s'esquiver, mais il me donne la chair de poule. Il a toujours l'air de nous soupçonner de je ne sais quoi.

Elle ne put que l'approuver intérieurement.

— Bonjour, docteur Jones. Une belle installation que vous avez là. C'est une peinture ancienne, je suppose ? s'enquit Cook en se penchant vers le tableau en cours de restauration.

— Oui, de Bronzino, un peintre important du XVIe siècle. Les propriétaires ont bien voulu nous le prêter pour notre exposition sur la Renaissance italienne.

— Je peux vous demander ce que fait cette jeune femme ?

La restauratrice daigna à peine lui lancer un regard.

— L'œuvre a beaucoup souffert de mauvaises conditions de conservation, répondit Miranda. Nous avons procédé à son nettoyage, opération longue et délicate en soi, car nous ne pouvons risquer d'attaquer la matière picturale. Nous nous efforçons maintenant de réparer les parties endommagées, en n'utilisant que des pigments et des matériaux en usage à l'époque où l'œuvre a été créée. Si nous voulons accomplir notre travail correctement et rendre au tableau son aspect originel, il faut de longues recherches, du talent, beaucoup de patience surtout.

— Comme un travail de police, en un sens, commenta Cook. Pour ne pas risquer de compromettre l'enquête, il faut faire des recherches, avoir un peu de talent et beaucoup, beaucoup de patience. Si on travaille comme il faut, quand on arrive au bout on voit le tableau complet.

— Intéressante comparaison, inspecteur, dit Miranda en sentant la chair de poule lui hérisser la nuque. Commencez-vous à voir le tableau complet?

— Des détails, des fragments, docteur Jones. Rien de plus pour le moment. Un chewing-gum? ajouta Cook en lui tendant un paquet sorti de sa poche.

— Non, merci.

— Je me suis arrêté de fumer, je n'arrive pas encore à m'en remettre. Vous fumez?

— Non.

— Vous avez raison. Avant, je grillais deux paquets par jour. Maintenant, c'est défendu de fumer un peu partout, il faut se cacher comme un criminel pour tirer deux bouffées dans un placard ou sortir sous la pluie. Ce n'est pas drôle.

Miranda avait du mal à se dominer.

— C'est sûrement une habitude difficile à perdre.

— Parlez plutôt d'une dépendance. Rien de pire que la drogue ou l'alcool. On en devient esclave, on est poussé à faire des choses qu'on ne ferait jamais autrement.

Il est au courant pour Andrew, comprit-elle. L'allusion est trop transparente. Où veut-il en venir?

— Je n'ai jamais fumé, déclara-t-elle sèchement. Désirez-vous venir dans mon bureau?

— Pas la peine, je ne vais pas vous retenir longtemps. Je ne m'attendais d'ailleurs même pas à vous trouver, j'avais entendu dire que vous étiez absente. Vous avez pris des petites vacances?

Miranda allait acquiescer quand, crainte ou instinct, elle se reprit.

— Vous savez certainement, inspecteur Cook, que j'ai été mise à pied. Tant à cause du cambriolage perpétré ici que par suite de certains problèmes survenus à Florence, où je m'étais rendue le mois dernier.

Elle a des réflexes rapides, pensa Cook. Et elle est plus coriace que je le pensais.

— C'est vrai, j'en ai entendu parler. Il s'agissait d'un autre bronze, n'est-ce pas ? Vous avez eu des difficultés pour l'authentifier, je crois.

— Moi, aucune. D'autres oui, sans doute.

Autour d'eux, les oreilles se tendaient discrètement. Miranda s'éloigna de quelques pas, Cook sur ses talons.

— Celui-là vous a quand même donné du fil à retordre. Deux bronzes d'un coup, c'est drôle, vous ne trouvez pas ?

— Que ma réputation soit compromise n'a rien de drôle, inspecteur Cook.

— Là, je vous comprends. Au moins, vous n'avez pas eu besoin de rester trop longtemps à l'écart.

— Mes « vacances » se seraient prolongées si je n'avais pas été chargée d'un projet important qui concerne ma spécialité.

— Ah oui, on m'en a parlé. J'ai aussi entendu dire qu'un de vos employés avait été assassiné en Italie. C'est dur pour vous, un coup pareil.

— Très. C'était un ami. Un bon ami, précisa-t-elle en se détournant pour cacher son désarroi.

— Vous avez une idée sur celui qui lui a fait ça ?

— Si je savais qui lui a fracassé le crâne, répondit Miranda sèchement, je serais à Florence en train de faire part de mes soupçons à la police.

D'un coup de langue, Cook fit passer son chewing-gum d'une joue à l'autre.

— Je ne savais pas qu'ils avaient rendu la nouvelle publique. Le crâne défoncé, je veux dire.

— Ma mère en a été informée, de même que la famille de la victime, répliqua Miranda du même ton glacial en espérant que ce soit la vérité. Êtes-vous chargé d'enquêter sur son assassinat ou sur notre cambriolage ?

— Simple curiosité. Les flics sont toujours curieux de nature, vous savez. Je suis venu justement parce que votre frère pense qu'il y a peut-être un rapport entre les deux événements.

— Oui, il m'en a parlé. Vous le voyez, ce rapport?

— On ne le voit quelquefois que quand on a le nez dessus. Vous aviez aussi authentifié… voyons, ajouta Cook en ouvrant son calepin. Ah oui! Une statuette en bronze représentant *David*, XVIe siècle, école de Léonard de Vinci.

Miranda sentit ses paumes devenir moites.

— C'est exact.

— Personne ne peut remettre la main sur la paperasse concernant ce *David* – vous savez, rapports, résultats d'analyses, photos. Curieux, non?

— Andrew m'en a aussi parlé. Je peux seulement supposer que le voleur du bronze s'est également emparé des documents.

— Ce serait logique, mais il aurait fallu qu'il sache d'avance où les trouver, n'est-ce pas? Parce que, continua Cook en feuilletant son calepin, selon les relevés des caméras de surveillance, il n'est pas même resté dix minutes à l'intérieur. J'ai fait le trajet moi-même, il m'a fallu plus d'une minute dans chaque sens. Cela fait beaucoup, pour quelqu'un de pressé. Qu'en pensez-vous?

— Rien. Les dossiers étaient classés, maintenant ils ont disparu. Je n'en sais pas davantage.

— Bien sûr. C'est vexant, je suppose, d'égarer des dossiers importants dans un endroit aussi ordonné. On aurait du mal à trouver un trombone par terre. Votre frère et vous avez l'habitude de l'organisation.

— Dites plutôt… la maladie. Excusez-moi, inspecteur, mais j'ai un rendez-vous dans quelques instants et je n'ai plus beaucoup de temps devant moi.

— Je comprends, je ne voulais pas vous retenir longuement. En tout cas, merci de votre accueil et de vos explications. C'est un gros travail que vous faites là, ajouta-t-il en montrant le Bronzino. Ce serait presque plus simple de le repeindre complètement, non ?

— Dans ce cas, ce serait un faux.

— Bah ! La plupart des gens ne s'en rendraient sans doute même pas compte. Sauf vous, bien sûr. Je parie que vous êtes capable de détecter un faux rien qu'en le regardant.

Jusque-là, Miranda se félicitait de jouer son rôle à la perfection. Comment Cook avait-il si vite mis le doigt sur la faille ? Elle se sentit pâlir et pria pour que ce soit simplement une impression.

— Pas toujours. Un examen visuel ne suffit pas si le faux est assez bien exécuté. Il faut le soumettre à des études plus poussées, des analyses de laboratoire.

— Comme celles que vous faisiez à Florence le mois dernier ?

Un filet de sueur glacé lui coula dans le dos.

— Exactement, répondit-elle en accomplissant un effort surhumain pour ne pas frémir. Si cela vous intéresse, je peux vous faire assister à une démonstration, mais pas en ce moment, ajouta-t-elle en consultant ostensiblement sa montre. Si vous voulez bien m'excuser...

Elle s'interrompit, submergée par un intense soulagement en voyant Ryan franchir la porte.

— Ah ! Miranda, quel plaisir de vous revoir ! Votre assistante m'a dit que je vous trouverais sans doute ici, expliqua-t-il en lui prenant la main pour la porter à ses lèvres. Pardonnez-moi mon retard. Les embouteillages.

— C'est sans importance. L'inspecteur Cook...

— Mais oui, nous avons déjà fait connaissance, enchaîna Ryan en lui tendant la main. Le lendemain du cambriolage, je crois. Votre enquête avance, inspecteur ?

— Nous y travaillons.

— Je n'en doute pas. Mais je ne voudrais pas vous interrompre. Désirez-vous que je vous attende dans votre bureau, Miranda ?

— Inutile, nous avions terminé. N'est-ce pas, inspecteur ?

— En effet. Je me réjouis de constater que vous n'êtes pas découragé, monsieur Boldari. Peu de gens consentiraient à prêter des œuvres de valeur si tôt après un vol.

— Je n'ai jamais perdu confiance dans le Dr Jones et je suis certain que mes œuvres seront très bien protégées.

— Ce serait quand même une bonne idée de renforcer les effectifs de gardiens pour l'occasion.

— C'est déjà prévu, intervint Miranda sèchement.

— Eh bien, il ne me reste plus qu'à vous dire au revoir. Docteur Jones, monsieur Boldari.

Il y a quelque chose entre ces deux-là, pensa Cook en se dirigeant vers la porte. Du sexe, autre chose peut-être ? Et Boldari n'est pas aussi innocent qu'il souhaite le paraître. Oui, il y a quelque chose.

— Ryan..., commença Miranda.

Il la fit taire d'un signe de tête.

— Je suis navré d'apprendre que vous n'avez pas encore récupéré votre bien, docteur Jones.

— Nous n'avons pas perdu tout espoir... J'ai commandé le déjeuner dans la salle à manger privée. Nous aurons ainsi le temps d'étudier nos projets pour l'exposition.

— Parfait. J'ai hâte de découvrir en détail ce que vous avez prévu.

Il lui attrapa le bras, l'entraîna vers l'escalier tout en poursuivant à haute voix un bavardage anodin.

— Cook te mettait sur le gril depuis longtemps ? lui demanda-t-il quand ils furent enfin seuls dans la pièce.

— Une éternité... Il voulait savoir si je suis capable de reconnaître des faux rien qu'en les regardant.

— Vraiment ? Voilà un flic futé, bien que son numéro de Columbo commence à être lassant. Mais il se rendra peut-être utile d'ici à la fin de cette affaire.

— S'il établit le rapport entre les deux, Ryan, s'il creuse davantage, il remontera jusqu'à toi. C'est toi qui as les deux copies.

— Il ne remontera ni à toi ni à moi. D'ici à un mois, à deux ou trois jours près, je n'aurai plus les copies mais les originaux. Et nous aurons tous deux effacé la souillure de nos réputations respectives.

— Je ne vois toujours pas comment cela marchera.

— Il faut me faire confiance, docteur Jones, c'est moi l'expert dans ce domaine. Qui déjeune avec nous? demanda Ryan en montrant la table dressée pour trois couverts.

— Andrew.

— Il ne faut rien lui dire, Miranda.

— Je sais. Il est en train d'essayer de s'en sortir, je ne vais pas aggraver son stress en lui racontant que je suis mêlée à des préparatifs de vol.

La sentant tendue, il lui prit les mains et les caressa.

— Si tout se déroule comme prévu, nous ne ferons que récupérer des objets volés. Il s'agira donc d'une opération de restitution, ce qui est le contraire d'un vol.

— Ce n'est pas en jouant sur les mots que je me sentirai moins coupable quand Cook me fera de nouveau son numéro du limier le nez sur la piste de son gibier, et qu'il recommencera à me cuisiner sur les faux et les copies.

— Tu as su le tenir à distance.

— Oui – et je prenais même plaisir à jouer au chat et à la souris avec lui. Je ne comprends plus ce qui m'arrive. Rien de ce que je fais ou prépare ne se trouve du bon côté de la loi.

— Du bon ou du mauvais côté, qu'importe? La limite entre légalité et illégalité est plus fluctuante que tu ne l'imagines.

— Pas la mienne, Ryan... Il y avait un message sur mon répondeur, poursuivit-elle en se détournant. De Carlo Rinaldi.

— Rinaldi? Qu'est-ce qu'il disait?

— Il m'appelait au secours. Personne ne voulait le croire au sujet du bronze. Il a dû s'adresser à ma mère, car il disait qu'elle l'avait jeté dehors. Il implorait mon aide parce que, pour lui, j'étais la seule capable de prouver que le bronze était authentique.

— C'est précisément ce que tu vas faire.

— Mais il est mort, Ryan ! Et Giovanni est mort. Je ne peux plus les aider en rien, ni l'un ni l'autre.

— Tu n'es pas responsable de ce qui leur est arrivé. Comprends-tu, Miranda ? insista-t-il en la saisissant aux épaules pour la forcer à le regarder en face. Pose-toi une question, une seule : crois-tu que l'un ou l'autre aurait voulu que tu t'arrêtes avant d'avoir fini ? Avant d'avoir prouvé que le bronze est authentique ? Avant d'avoir du même coup démasqué le criminel qui les a assassinés ?

— Je ne sais pas... Tout ce que je sais, c'est que je n'aurai pas la conscience en repos tant que je n'aurai pas été au bout de ce que nous avons entrepris. L'un d'eux m'a appelé au secours, l'autre m'a rendu service. Je n'ai pas le droit de m'arrêter en chemin. Et puis... je veux les venger. Je devrais avoir honte de me sentir assoiffée de vengeance, mais je n'ai pas honte. Je ne peux pas.

— Faut-il toujours que tu décortiques tous les sentiments que tu éprouves, ma chérie ?

— J'en éprouve beaucoup trop, ces derniers temps. Ils m'empêchent de raisonner logiquement.

— Tu veux de la raison, de la logique ? Soit, je vais t'aider. Commence par me dire ce que tu as prévu pour l'exposition, je suis impatient de l'apprendre.

— Mais non...

— Si. La galerie Boldari te prête plusieurs œuvres d'art de première importance, je veux savoir ce que tu as l'intention d'en faire. C'est logique, déclara-t-il en portant sa main à ses lèvres.

— Écoute, Ryan...

Elle n'eut pas l'occasion de poursuivre, car Andrew entra à ce moment-là et observa sans aménité la manière dont Ryan picorait les doigts de sa sœur.

— Les événements se précipitent, à ce que je vois.

Ryan cessa d'embrasser la main de Miranda, mais ne la lâcha pas.

— Bonjour, Andrew.

— Allez-vous m'informer de ce qui se passe, vous deux ?

— Avec plaisir. Nous avons décidé de réaliser le projet d'échanges croisés entre nos entreprises et de le pousser plus loin, ce qui aura le double mérite de collecter des fonds au bénéfice de la Fondation nationale pour les arts et de réintégrer Miranda à sa place. Votre mère approuve ce projet avec enthousiasme, ajouterai-je.

— En effet, je viens de l'avoir au téléphone. Elle m'a dit que vous l'avez appelée de New York.

La mauvaise humeur d'Andrew s'expliquait donc par sa récente conversation avec Elizabeth, pensa Ryan.

Il remplit trois verres d'eau, les passa à la ronde.

— Vraiment ? répliqua-t-il en souriant. Eh bien, ne la détrompons pas, cela simplifiera tout. Miranda et moi préférons entourer d'une certaine discrétion nos rapports personnels.

— Dans ce cas, vous feriez mieux de ne pas vous balader dans les couloirs en vous tenant par la main. Les racontars vont déjà bon train.

— Cela vous dérange, Miranda ? Pas moi. Miranda était sur le point de m'exposer ses projets, enchaîna Ryan sans laisser à la jeune femme le temps de répondre. J'ai quelques idées de mon côté, ainsi que pour l'organisation du gala. Asseyons-nous et voyons, à nous trois, ce que nous pourrons imaginer.

— Écoute, Andrew, intervint Miranda, cette exposition est importante pour nous tous, mais surtout pour moi. Elle met fin à mon exil. J'ai besoin d'être ici, je ne supporte pas de rester sans rien faire, tu le sais. Je suis très reconnaissante à Ryan de bien vouloir réaliser ce projet qui me trottait dans la tête depuis des années. Après ce qui s'est passé à Florence, conclut-elle en lui prenant le bras, notre mère ne m'en aurait jamais laissé la chance si Ryan n'avait pas exigé de travailler avec moi.

— D'accord... Mes réflexes sont peut-être plus lents en ce moment, voilà tout.

— Mais tu te sens mieux?

— Je n'ai pas bu une goutte depuis trois jours.

Et deux nuits de sueurs froides, de tremblements, de cauchemars et de désespoir, s'abstint-il d'ajouter.

Ils se regardèrent un instant dans les yeux. Chacun d'eux avait désormais ses propres secrets.

— Je vais prévenir que nous sommes prêts à nous mettre à table, dit enfin Miranda.

C'est injuste! Ce n'est pas normal qu'elle soit de retour à son poste comme si de rien n'était! Je ne peux pas le permettre. Des années, j'ai attendu, j'ai fait des sacrifices. La Donna oscura *est à moi. Dans son sourire, j'ai reconnu l'âme sœur, l'esprit résolu que rien ne rebute pour parvenir à ses fins – capable d'attendre, de calculer, d'accumuler le pouvoir par bribes, comme des piécettes dans un coffre jusqu'à ce qu'elles constituent un trésor. Dans ce sourire, j'ai vu le moyen de triompher enfin de mes ennemis. De reprendre ce qui m'a toujours appartenu de plein droit.*

La main qui tenait le stylo se mit à trembler, à frapper la page de l'agenda comme avec une lame. La pièce résonna d'une respiration rauque, haletante, qui s'apaisa peu à peu. L'esprit froid et compétent qui guidait ces doigts habiles semblait sur le point de perdre sa maîtrise. Mais il suffisait d'un effort pour la retrouver.

Ce sera donc un sursis, une accalmie de quelques semaines dans la tempête. Je découvrirai le moyen de la faire payer plus cher encore, de les faire tous payer pour ce qui m'a été iniquement arraché. La Donna *est toujours à moi et le restera. Nous avons tué ensemble, elle et moi.*

Miranda a pris la copie, c'est la seule explication puisque la police n'a pas retrouvé l'arme. Qu'elle soit allée à Florence, qu'elle ait eu l'idée et l'audace de faire main basse sur le bronze me stupéfie. Ne la croyant pas capable d'un tel comportement, je ne l'avais pas prévu, je n'avais pas introduit ce facteur dans l'équation. C'est une erreur, une grave erreur que je ne commettrai plus.

Est-elle restée pétrifiée devant le cadavre de Giovanni ? Ses yeux étaient-ils pleins d'horreur, de terreur ? Oui, oh oui, je l'espère ! La peur la pourchasse-t-elle comme un chien enragé qui fait claquer ses crocs ? Oui, sans doute, puisqu'elle est repartie en courant se terrer dans le Maine. Sent-elle la mort rôder autour d'elle, dans les majestueuses salles de l'Institut ? Sait-elle que son temps est compté ?

Qu'elle profite donc de son sursis, qu'elle se rengorge d'une gloire qu'elle n'a rien fait pour mériter. Sa chute me sera plus douce encore. Au début, je n'avais pas envisagé de la faire mourir. Maintenant, il le faut.

Quand elle sera morte, quand sa réputation sera anéantie par le scandale et la honte, je pleurerai sur sa tombe. Mais ce seront des larmes de joie et de triomphe.

24

La fausse moustache le démangeait peut-être en pure perte, comme les lentilles de contact qui donnaient à ses yeux une teinte noisette délavé. Mais quitte à se déguiser, autant bien faire les choses. Sa chevelure noire disparaissait donc sous une perruque blonde nouée en catogan, et un fond de teint conférait à son visage hâlé, comme à toutes les surfaces visibles de sa peau, la pâleur blafarde du casanier qui fuit les ardeurs du soleil. Le lobe de son oreille droite arborait trois anneaux, et de petites lunettes rondes à monture de fer, perchées sur son nez, lui faisaient voir la vie en rose à travers leurs verres teintés.

Sa mise n'était pas moins soignée : pantalon moulant vermillon, chemise de soie safran à manches bouffantes, bottines vernies noires à talons. Ainsi accoutré, il avait l'allure d'un de ces personnages équivoques qui croient se donner l'air artiste en osant le mauvais goût – et il en avait assez vu au cours de sa carrière pour en adopter sans problème les tics de langage et de comportement.

Ryan vérifia une dernière fois son apparence dans le rétroviseur de l'anonyme berline de louage qui l'avait amené à destination. Satisfait, il mit pied à terre et prit le carton à dessins contenant une douzaine de croquis empruntés à Miranda – qui n'avait pas soulevé d'objection pour la bonne raison qu'elle n'en savait rien.

Compte tenu des impératifs de temps, la copie du *David* n'avait pu être exécutée qu'à proximité de l'Institut. Ryan s'était donc rendu à la fonderie, toute proche, à laquelle le personnel et les élèves faisaient le plus volontiers appel, comme le lui avait confirmé une rapide vérification.

Son carton à dessins sous le bras, il s'avança d'une démarche chaloupée, rendue quasi obligatoire par les talons des bottines, vers le bâtiment de tôle rouillée aux verrières

crasseuses. Une haute cheminée de brique noirâtre cra-
chait une fumée qui aurait dû déchaîner les foudres des
inspecteurs de la Protection de l'environnement.

À l'intérieur, au bout d'un long comptoir métallique
derrière lequel s'alignaient des casiers chargés d'objets
indéfinissables, une employée entre deux âges compulsait
un magazine féminin. Elle interrompit sa lecture à l'entrée
de Ryan et le toisa avec un sourire dont elle ne daigna pas
dissimuler le caractère sarcastique.

— Vous désirez?

— Voilà, je m'appelle Francis Kowalski et je suis étudiant
à l'Institut des beaux-arts.

— Vous êtes pas un peu vieux pour aller à l'école?

Ryan piqua un fard admirable de naturel.

— Vous comprenez, je n'ai réussi que maintenant à
m'inscrire... Les frais sont si élevés...

Sa mine honteuse la rendit compatissante.

— Oh! la vie n'est pas toujours facile, j'en connais un
rayon sur ce chapitre. Alors, comme ça, vous désirez nous
faire fondre quelque chose?

Paraissant reprendre confiance en lui, Ryan ouvrit le
carton à dessins.

— Un élève m'a parlé d'un petit bronze qui a été fondu
ici il y a à peu près trois ans pour un de ses amis qui
en a été très content. Peut-être pourrez-vous m'aider à
retrouver le fondeur? Je veux être sûr que mon travail
sera fait comme il faut, vous comprenez. Tenez, voici un
croquis du bronze en question, ajouta-t-il en exhibant le
David.

— C'est vous qui avez fait ce dessin? Beau travail.

— Merci, madame, vous êtes vraiment gentille, répondit-
il avec un sourire modeste.

— Trois ans, vous dites? Ça remonte loin.

— Oui, je sais. Mais mon camarade m'a dit que ce
bronze était digne d'un musée. Et je tiens à ce que mon
travail de fin d'année soit impeccable, vous comprenez?

poursuivit-il en lui montrant le dessin de *La Donna oscura*. J'y ai consacré tant de soin, tant d'efforts...

Les larmes lui montaient presque aux yeux.

— Ah ça, pour du beau travail, c'est du beau travail ! s'exclama l'employée en poussant un sifflement admiratif. Vous devriez vendre vos dessins, jeune homme.

Ryan se tortilla avec embarras.

— Il m'arrive de faire des portraits. Mais juste pour boucler les fins de mois, vous comprenez ? Ma vocation, c'est d'être sculpteur. J'ai mis de l'argent de côté, je suis prêt à payer sans discuter. J'ai tellement envie de réussir !

— Soyez tranquille, on vous fera avoir une bonne note et on vous ruinera pas... Alors, vous disiez trois ans ? Voyons voir, reprit-elle en se tournant vers un ordinateur. Je parierais que c'est Whitesmith, il a souvent travaillé pour les élèves de l'Institut. Laissez-moi chercher cinq minutes.

Elle pianota avec énergie sur le clavier et, six minutes plus tard, poussa un cri de triomphe.

— C'est bien ce que je pensais ! Ce *David* a été fondu par Pete Whitesmith ; le client s'appelait Harrison Mathers. Je m'en souviens maintenant, du gamin. Il avait un sacré coup de crayon, lui aussi. Quand même pas aussi bon que le vôtre, ajouta-t-elle avec un sourire maternel.

— Oh ! merci, madame. C'est formidable de l'avoir retrouvé si vite ! M. Whitesmith travaille toujours ici, au moins ?

— Bien sûr, Pete est un pilier de la maison. Allez lui parler à l'atelier, et dites-lui que c'est Babs qui vous envoie. Vous aurez droit au traitement de faveur.

— Je ne sais comment vous remercier, madame Babs, bredouilla Ryan en rougissant comme une jeune fille.

— Pas de merci, voyons. Ou alors, tenez, combien vous me prendriez pour faire le portrait de mes gosses ?

— Pour vous, ce sera gratuit, déclara-t-il en lui décochant son sourire le plus ravageur.

On aurait pu croire que Pete Whitesmith avait été taillé à coups de serpe dans le granit, si les caractéristiques notoirement inconciliables de l'outil et du matériau avaient permis l'emploi d'une pareille technique.

Il considéra le croquis du *David* en s'épongeant le visage sous la visière de sa casquette graisseuse.

— Oui, je m'en souviens de celui-ci, cria-t-il pour se faire entendre dans le vacarme. Harry m'a assez cassé les pieds ! Je devais respecter au poil près la formule de l'alliage, une formule ancienne tout ce qu'il y a de classique, mais avec un peu plus de plomb pour accélérer la prise. Sortons deux minutes, on ne s'entend pas.

Soulagé d'échapper à la chaleur des fours, Ryan le suivit sans discuter.

— Je suis dans le métier depuis vingt-cinq ans, reprit Whitesmith en allumant une Camel, et je peux vous dire que cette pièce-là est un petit bijou. Une de mes préférées.

— Vous en avez fondu d'autres pour lui ?

— Pour Harry ? Quatre ou cinq en deux ans de temps. Maintenant que j'y pense, celle-ci a été la dernière. Oui, je l'ai plus revu après. Mais les petits gars de l'Institut, vous savez, ils vont, ils viennent.

— Travaillait-il avec d'autres fondeurs ?

— Pas que je sache. Il s'intéressait vraiment au métier, lui. Il y en a d'autres qui s'en fichent et se prennent pour des artistes parce qu'ils crayonnent des dessins et tripotent du plâtre. Laissez-moi vous dire que ce que je fais, moi aussi, c'est de l'art. Un bon fondeur est un vrai artiste. En tout cas, je connais la technique, je fais mon travail jusqu'au bout, y compris les finitions, mais j'aime pas qu'on me bouscule.

— Ah ! ça, je suis bien d'accord : la réussite d'une œuvre dépend surtout du fondeur. C'est pour cela que j'avais tellement envie de retrouver l'artiste qui a fondu ce merveilleux *David*.

Whitesmith apprécia le compliment en se fendant d'un sourire, avant d'écraser son mégot sous sa botte.

— Mais vous dites que Harrison vous a bousculé ? reprit Ryan. Il était pressé ?

— Pour cette pièce-là, oui. À croire qu'il se prenait pour Léonard de Vinci en personne allant livrer son bronze à un roi ou à je ne sais qui. Mais je lui en veux pas, c'était un brave petit gars et il avait du talent.

À tout hasard, Ryan exhiba le croquis de *La Donna*.

— Et celle-ci, qu'en pensez-vous ?

— Joli petit lot ! fit le fondeur avec une moue gourmande. Apportez-la-moi, je vous garantis qu'elle sera bien traitée. J'ai pas souvent l'occasion de travailler sur des bijoux de cette classe.

— Vous ne pouviez pas me faire plus plaisir, répondit Ryan avec un sourire ravi. Je n'ai pas encore terminé le moule, mais je reviendrai dès que j'aurai fini.

— Si vous avez besoin de tuyaux techniques, n'hésitez pas. On est là pour ça.

— Merci encore, monsieur Whitesmith.

Sur quoi, ils se serrèrent la main, le fondeur retourna dans l'atelier, et Ryan s'éloigna en sifflotant gaiement.

Il se félicitait de son succès quand une voiture s'arrêta sur le parking. Cook en descendit, se dirigea vers le bâtiment. En croisant Ryan, il lui lança un regard distrait, et les deux hommes échangèrent poliment un signe de tête. Ryan rajusta ses lunettes roses, se glissa au volant et démarra en poussant un soupir de soulagement.

Bien qu'il n'ait pas remarqué le moindre éclair particulier dans le regard du policier, il l'avait échappé belle. Mais il avait encore un pas d'avance sur lui.

De retour à la maison de la falaise, Ryan se débarrassa de la moustache qui commençait à se décoller, des importunes lentilles de contact, de la perruque. Tout compte fait, se dit-il en enlevant sa chemise ridicule, son déguisement n'avait pas constitué une précaution inutile.

Ainsi, Cook était déjà sur la piste des faux. Tant mieux, après tout. Que son enquête l'amène à découvrir une partie de la vérité serait, à terme, un avantage. Pour le moment, ce n'était qu'un léger inconvénient.

Après s'être démaquillé, Ryan se prépara un pot de café frais et se mit au travail à l'ordinateur.

Il avait relevé les noms des huit élèves ayant fait appel aux services de la fonderie pendant la période critique. Grâce à l'obligeance de Babs et de Pete, il tenait maintenant celui qui l'intéressait. Une rapide consultation des données en mémoire lui fournit le sujet des cours suivis par Harrison Mathers durant le semestre en question : les bronzes de la Renaissance italienne, la représentation du corps humain. Et son professeur n'était autre que Miranda.

Ryan ne s'y attendait pas. Il aurait préféré découvrir un autre nom – Carter, Andrew peut-être, n'importe lequel de ceux qu'il aurait pu s'attacher à démasquer. À la réflexion, rien n'était pourtant plus prévisible. En les authentifiant, Miranda avait mis au monde, pour ainsi dire, le *David* et *La Donna*. Elle était la clef, le noyau de toute l'intrigue. Ryan entrevoyait à présent qu'elle en était aussi la cause.

Un de ses anciens élèves avait donc moulé le *David* et fait exécuter la copie. Un élève, lui apprit la consultation des dossiers de scolarité, qui avait été le seul de la classe à ne pas rester jusqu'à la fin du semestre.

Pourquoi diable cet élève, d'ailleurs très bien noté, avait-il abandonné si près du but, après s'être donné la peine de faire exécuter – aux frais de qui ? – ce qu'il avait présenté au fondeur comme son travail de fin d'études ?

Un numéro de téléphone figurait dans le dossier. Ryan le composa sur son téléphone cellulaire.

— Allô ? fit une voix de femme.

— Ici Dennis Seaworth, au secrétariat de l'Institut de Nouvelle-Angleterre. Je cherche à joindre Harrison Mathers.

— Je suis Mme Mathers, sa mère. Harry n'habite plus ici depuis longtemps.

— Nous procédons à un sondage auprès de nos anciens élèves afin de déterminer nos prochains programmes d'études. Pourriez-vous me dire comment le contacter ?

— Il s'est installé en Californie. Il n'a jamais terminé ses cours à votre Institut, ajouta-t-elle tristement.

— Je sais, madame, c'est pourquoi nous aimerions savoir s'il avait lieu d'être mécontent de nos programmes.

— Si vous arrivez à le faire parler, dites-le-moi. Il réussissait si bien, il était si content chez vous…

— Nous nous réjouissons de l'apprendre. Voudriez-vous me communiquer ses coordonnées ? J'essaierai de savoir pourquoi il nous a quittés.

Mme Mathers récita un numéro comportant l'indicatif de San Francisco. Ryan le composa aussitôt après.

Un enregistrement lui répondit que le numéro demandé n'était plus en service. Eh bien, pensa-t-il, un petit voyage en Californie lui offrirait au moins l'occasion de revoir son frère Michael.

— Harrison Mathers.

La tête encore pleine des préparatifs de l'exposition, Miranda le regarda sans comprendre.

— Hein ?

— Harrison Mathers. Parle-moi de lui.

Elle enleva son manteau, le pendit dans le vestiaire.

— Suis-je censée le connaître ?

— C'était un de tes élèves il y a quelques années.

— Donne-moi autre chose qu'un nom, Ryan. J'ai eu des centaines d'élèves.

— Il suivait ton cours sur les bronzes de la Renaissance il y a trois ans. Il l'a quitté avant la fin.

Elle fouilla sa mémoire.

— Harry Mathers... Oui, je m'en souviens maintenant. Il fréquentait l'Institut depuis deux ou trois ans. Un garçon très doué en dessin, qui faisait aussi d'excellentes dissertations. Et puis, la dernière année, il a commencé à manquer des cours ou à arriver complètement dans les nuages, comme s'il n'avait pas dormi de la nuit. Ses notes s'en sont ressenties.

— Drogue?

— La drogue, la famille, les filles... Il avait dix-neuf-vingt ans, ce pouvait être n'importe quoi. J'ai essayé de le secouer, il a fait un effort, mais cela n'a pas duré. Vers la fin, il n'assistait même plus aux cours et il n'a jamais soumis ses derniers travaux pratiques.

— La deuxième semaine de mai, il a pourtant fait exécuter par la fonderie Pine State une statuette en bronze. Elle représentait David menaçant Goliath de sa fronde.

Tout en parlant, ils étaient entrés au salon. Miranda se laissa tomber dans un fauteuil.

— Veux-tu dire qu'il serait mêlé à cette affaire?

— Il était présent à l'Institut pendant l'expertise du *David* et il a disparu peu après. Allait-il au labo?

Miranda sentit se former au creux de son estomac la boule désormais familière.

— La classe entière a dû y passer au moins une journée, comme à l'atelier de restauration ou à la recherche. Cela fait partie du programme.

— Qui fréquentait-il?

Un début de migraine élança les yeux de Miranda.

— Je n'en sais rien, je ne m'occupe pas de la vie privée des élèves. Je me souviens de lui seulement parce qu'il avait un réel talent et que je déplorais qu'il le gâche... Voyons, Ryan, ce n'était qu'un gamin de vingt ans!

Comment pourrait-il avoir été mêlé à une histoire de ce genre ?

— À vingt ans, j'ai volé une Madone du XIIIe siècle dans une collection privée de Westchester. Une heure après, j'ai invité ma copine Alice à manger une pizza.

— Et tu t'en vantes ?

— Non, je constate un fait pour te rappeler que l'âge n'a rien à voir avec certains comportements.

La voyant tout à coup céder à la lassitude, il s'assit sur le bras de son fauteuil et commença à lui masser doucement le cou et les épaules.

— Comment es-tu au courant pour Harry ?

— Quelques recherches élémentaires, une vérification sur le terrain… Je vais devoir m'absenter quelques jours.

— Pour aller où ?

— À New York, d'abord. Des détails à régler, notamment pour le transport des œuvres. Ensuite, à San Francisco pour tenter de retrouver ton jeune Harry.

— Il vit là-bas ?

— Oui, d'après sa mère, mais son téléphone a été coupé.

— Et tu as appris tout cela aujourd'hui ?

— Tu as ton travail, j'ai le mien. Le tien avance ?

Elle pensa qu'il avait de la magie au bout des doigts. Ses muscles crispés se dénouaient délicieusement.

— J'ai choisi les tissus des tentures, déterminé les panneaux et les estrades avec les menuisiers, donné le bon à tirer des cartons d'invitation et des affiches.

— Parfait. Le planning est respecté.

— Naturellement. Et quand pars-tu ?

— Demain matin de bonne heure. Je serai de retour dans huit ou dix jours, mais je garderai le contact. Tu pourrais demander à ton frère de revenir pour ne pas rester seule.

— La solitude ne me dérange pas.

— Moi, si. Mais puisque Andrew n'est pas encore là…

Il la souleva dans ses bras, se glissa à sa place et la rassit sur ses genoux. D'une main sur la nuque, il attira sa bouche contre la sienne.

Il avait pensé en rester là, un baiser, un câlin, un court instant de tendresse. Mais le goût de ses lèvres était trop délectable, son léger parfum de sous-bois matinal trop enivrant. Et quand il sentit ses bras l'étreindre et sa bouche se faire plus exigeante, il ne voulut plus que se perdre, se fondre, se dissoudre en elle.

— Je ne peux pas me rassasier de toi, murmura-t-il avec plus d'étonnement que de plaisir. Quand je crois en avoir assez, il me suffit de te voir pour te désirer encore.

Personne ne l'avait désirée aussi intensément. Ce fut sa dernière pensée consciente avant de se laisser emporter par un flot de sensations où la pensée et la raison n'avaient plus leur place. Seul subsistait en elle un désir, un besoin aussi vital que celui de respirer.

Leurs bouches soudées, leurs souffles mêlés, leurs mains explorant leurs corps avec avidité, les dépouillant de tout ce qui faisait obstacle au contact de leurs peaux nues, ils roulèrent du fauteuil sur le tapis. Et ils se donnèrent l'un à l'autre dans une possession mutuelle si profonde, si absolue qu'elle balaya tout le reste.

À cet ultime instant, juste avant de basculer à son tour dans une bienheureuse inconscience, une pensée frappa l'esprit de Ryan avec force : elle incarnait, elle *était* son destin. Jamais auparavant il ne s'était senti fondu à ce point en une femme ni aussi étroitement lié à elle.

Beaucoup plus tard, épuisés, haletants, ils reprirent pied dans la réalité.

— Miranda, murmura-t-il. Tu ne peux pas savoir combien tu me manqueras.

Elle garda le silence, les yeux clos. Parce qu'une partie d'elle-même se refusait à croire qu'il reviendrait.

Quand elle se réveilla le lendemain matin, il était déjà parti. Elle trouva un court billet posé à côté d'elle sur l'oreiller :

Bonjour, docteur Jones. J'ai préparé du café, il sera encore frais si tu ne fais pas la grasse matinée. Il n'y a plus d'œufs dans le frigo. À bientôt.

Consciente d'être ridicule comme une écolière amoureuse recevant son premier billet doux, elle le relut dix fois avant d'aller le cacher dans sa boîte à bijoux.

L'alliance qu'il lui avait passée au doigt avant leur départ pour Florence, et qu'elle conservait précieusement depuis dans le compartiment secret, avait disparu.

Son avion atterrit à New York à neuf heures trente. À onze heures, Ryan était à sa galerie. Il consacra trois heures à travailler avec son assistante, examiner les ventes et les acquisitions effectuées en son absence, régler les problèmes d'assurance et de transport des œuvres à expédier dans le Maine, prévoir des interviews avec les médias pour promouvoir l'exposition et le gala, prendre rendez-vous avec son tailleur pour un smoking neuf et appeler sa mère pour lui dire d'acheter une nouvelle robe, car il comptait envoyer sa famille au complet à Jones Point.

Ensuite, il téléphona à son cousin agent de voyages.

— Salut, Ryan. Tout va bien ?

— Pas trop mal, Joey. Il me faudrait un vol pour San Francisco après-demain, retour ouvert.

— Pas de problème. Sous quel nom ?

— Le mien.

— C'est nouveau, ça. D'accord, je te faxerai les détails. Où es-tu ?

— Chez moi. Il me faut aussi des billets pour toute la famille. Pour le Maine, ajouta-t-il en indiquant les dates.

— Vu. Tous en première, je suppose ?

— Bien sûr.

— Ça fait toujours plaisir de travailler avec toi.

— Je suis content de te l'entendre dire, parce que j'ai un petit service à te demander.

— Vas-y, je t'écoute.

— Je vais te donner une liste de noms. Je voudrais savoir si ces gens-là ont voyagé, où, quand et comment, depuis environ trois ans et demi.

— Trois ans et demi ? Tu te fous de moi, Ryan ?

— Non. Recherche surtout les vols transatlantiques, à destination et en provenance de l'Italie. Prêt ?

— Écoute, Ryan, je t'aime comme un frère, mais ce genre de truc peut prendre des semaines et c'est plutôt scabreux ! Il ne suffit pas de pianoter sur un ordinateur et de passer quelques coups de fil ! Les compagnies aériennes n'ont pas le droit de divulguer leurs listes de passagers.

— Je sais. Au fait, j'ai des abonnements pour la saison des Yankees. Loges VIP et coupe-file d'accès aux vestiaires.

Il y eut un silence.

— Envoie les noms.

— Je savais pouvoir compter sur toi, Joey.

Ainsi rassuré, Ryan se détendit dans son fauteuil, sortit de sa poche l'alliance qu'il avait donnée à Miranda et fit jouer dessus la lumière du soleil. Il demanderait peut-être à son ami bijoutier de dessertir les diamants et de les remonter en boucles d'oreilles. Une bague, une alliance surtout, risque de donner de drôles d'idées aux femmes, même les plus intelligentes et les plus pragmatiques.

Miranda apprécierait son geste, et, d'ailleurs, il lui devait au moins cela. Oui, il ferait fabriquer les boucles d'oreilles et les lui enverrait une fois lui-même – et les bronzes – à distance respectable. Si elle prenait le temps de la réflexion, et elle le prendrait, elle serait forcée de conclure, en bonne logique, qu'il se conduisait de manière tout à fait rationnelle. Personne ne pouvait lui demander de revenir les mains vides de sa dernière opération.

Agacé, il remit la bague dans sa poche pour ne plus se rappeler l'allure qu'elle avait au doigt de Miranda.

Après tout, elle obtiendrait satisfaction sur l'essentiel. À eux deux, ils allaient prouver que les bronzes étaient authentiques, démasquer un faussaire, un assassin. Du coup, elle reviendrait sur l'avant-scène, sa réputation reprendrait tout son éclat. De son côté, il avait plusieurs clients prêts à débourser une somme coquette pour acquérir un joyau tel que *La Donna*. Il pourrait même faire monter les enchères de manière à couvrir largement son temps, ses frais, ses efforts – et s'assurer un joli bénéfice.

À moins qu'il ne décide de la garder pour lui. Ce serait à coup sûr le clou de sa collection personnelle.

Oui, mais les affaires sont les affaires. Avec *La Donna*, il tenait de quoi ouvrir une nouvelle galerie à Chicago ou à Atlanta. Ou même dans le Maine ? Non. Une fois tout réglé, mieux vaudrait rester à l'écart de la région. Il le regretterait, à vrai dire. Il s'attachait à ce pays rude et envoûtant, à l'océan qui rugissait au pied des falaises, aux senteurs d'iode et de pin. Ils lui manqueraient.

Elle lui manquerait.

Mais qu'y faire ? Il fallait maintenant clore un chapitre de sa vie et en ouvrir un autre, dans la peau d'un marchand d'objets d'art au-dessus de tout soupçon. Il devait tenir sa parole envers sa famille, comme il tenait ses promesses envers Miranda – plus ou moins. À la fin du dernier acte, chacun devait reprendre sa place.

S'il n'avait pas su maîtriser ses sentiments, c'était entièrement sa faute. Mais comment faire autrement, après avoir vécu plusieurs semaines avec elle ? Il aimait trop se réveiller à son côté, se promener en sa compagnie au sommet des falaises, entendre le son de sa voix, voir se former sur ses lèvres un de ses trop rares sourires, de ceux qui lui faisaient pétiller les yeux et en effaçaient la tristesse.

De fait, et c'était un réel sujet d'inquiétude, tout en elle exerçait sur lui un attrait magnétique. Un attrait auquel il ne parvenait à imaginer aucune raison sérieuse de se soustraire. Tout compte fait, il avait raison de se donner un peu d'air pendant quelque temps. Avec le recul, ils remettraient l'un et l'autre les choses en perspective…

Mais alors même qu'il réussissait, non sans mal, à s'en convaincre, pourquoi ce méchant pincement au cœur refusait-il de se dissiper?

Le premier jour, Miranda s'efforça de ne pas penser à lui, de ne pas se demander à chaque instant s'il pensait à elle. De s'absorber exclusivement dans son travail. Il était d'ailleurs vraisemblable qu'elle n'aurait bientôt plus d'autre sujet d'intérêt dans la vie.

Elle y parvint presque. Par dizaines, des détails à régler, des décisions à prendre accaparaient son attention. S'il arrivait à son esprit de s'égarer, elle était assez disciplinée pour le remettre aussitôt sur le droit chemin. Et si elle atteignait en une seule journée un tel degré de solitude, elle serait bien obligée d'apprendre à s'y adapter.

Miranda était sur le point de quitter son bureau en emportant à la maison quelques dossiers à revoir quand son ordinateur lui signala la réception d'un message e-mail. Machinalement, elle cliqua pour obtenir l'affichage.

Tu as la fausse Dame. Elle a déjà du sang sur les mains. Elle veut maintenant que ce soit le tien.
Reconnais ton erreur, paie le prix, et tu auras la vie sauve.
Continue à agir comme tu le fais, et rien ne pourra plus l'arrêter. Elle a pris le goût de tuer.

Miranda lut et relut le message jusqu'à ce qu'elle se rende compte qu'elle claquait des dents. Si on cherchait à la terroriser, le résultat était un franc succès.

Puisqu'on savait qu'elle détenait la copie, il fallait donc qu'on l'ait vue avec Giovanni, ou que ce dernier ait rapporté leur rencontre à quelqu'un. Quelqu'un qui l'avait tué et voulait maintenant sa mort à elle.

Elle se reprit de son mieux, regarda l'indicatif de l'expéditeur : *Lost1*. Qui était Lost1 ? Le message étant passé par le serveur de Standjo, elle lança une recherche d'identification. Dix secondes plus tard, la réponse du serveur s'afficha à l'écran : *Utilisateur non identifié*.

L'auteur du message avait dû agir très vite. Mais il avait quand même pris un gros risque. Tout ce qui transitait par le serveur de Standjo pouvait être retracé.

Par réflexe, Miranda imprima le message et ouvrit un fichier spécial pour le recopier sur son disque dur.

Il était six heures passées. Il n'y avait plus personne à l'Institut susceptible de l'aider. Personne non plus ne l'attendait à la maison pour la rassurer, la consoler.

Elle était seule. Vraiment seule.

25

— Alors, s'enquit Andrew, as-tu des nouvelles de Ryan?

L'équipe de manutention enlevait des œuvres de la grande galerie pour faire place à celles de l'exposition. Miranda affecta de vérifier la liste avant de répondre.

— Oui, son bureau vient de faxer les bordereaux d'expédition. La livraison doit avoir lieu mercredi. J'enverrai à l'aéroport une équipe de nos agents de sécurité prendre le relais des siens.

Ryan était parti depuis déjà huit jours. Andrew observa sa sœur un instant et eut un haussement d'épaules fataliste. Ils savaient tous deux que ce n'était pas la réponse qu'il attendait.

Il puisa une poignée de bretzels dans le sachet qui ne le quittait plus. Les bretzels lui donnaient soif, et la soif lui faisait boire des litres d'eau qu'il devait ensuite éliminer. Il se consolait de ce dérivatif en se persuadant que son système se débarrassait en même temps de ses toxines.

— Mlle Purdue a reçu le devis du traiteur, elle voudrait que tu l'approuves. C'est ton gala, après tout.

— Non, le nôtre, le corrigea-t-elle.

— Espérons qu'il sera réussi. La fermeture de la grande galerie à cette époque de l'année indispose les visiteurs.

— S'ils reviennent dans quinze jours, ils en auront largement pour leur argent.

Après avoir donné des instructions à un chef d'équipe, elle enleva ses lunettes, se frotta les yeux avec lassitude.

— Tu finiras par te tuer au travail, Miranda.

— Il y a beaucoup à faire, et le temps passe trop vite. De toute façon, je n'aime pas me tourner les pouces.

— Ouais… Ni toi ni moi n'aimerions rester inactifs en ce moment.

— Tout va bien pour toi ?

— Si c'est une façon subtile de me demander : As-tu recommencé à boire ?, la réponse est non. Je ne bois pas.

— Je sais. Et je n'essayais pas d'être subtile.

— Excuse-moi. Je ne m'en sors pas trop mal.

— Je suis contente que tu sois revenu à la maison, mais je ne voudrais pas que tu te sentes obligé de me tenir compagnie si tu préfères rester chez Annie.

— Le fait de préférer rester chez Annie est difficilement compatible avec celui de devoir coucher sur son canapé, si tu vois ce que je veux dire.

— Oui, je vois très bien ce que tu veux dire...

Miranda tendit la main à son tour vers le sachet de bretzels, et ils mastiquèrent en silence, considérant chacun de son côté les frustrations de la chasteté forcée.

— Si nous sortions prendre une bonne cuite pour nous consoler ? dit enfin Andrew avec un large sourire. Juste un peu d'humour de convalescent, ajouta-t-il.

Elle plongea de nouveau la main dans le sachet, n'y récolta que quelques miettes et des grains de sel.

— Ha, ha ! Très drôle, conclut-elle avec un soupir. Tu en as encore, de ces étouffe-chrétien ?

À son arrivée à San Francisco, Ryan se rendit d'abord à sa galerie. Il l'avait installée dans un entrepôt désaffecté des quais, parce qu'il cherchait un vaste espace et voulait en même temps se différencier des dizaines d'autres galeries groupées dans le centre. Ce pari hasardeux lui avait réussi. La galerie Boldari était réputée pour son originalité et sa politique de soutien aux jeunes artistes, dédaignés par les galeries plus traditionnelles – ou plus âpres au gain.

Plutôt que l'élégance raffinée de ses locaux de New York, Ryan avait opté pour une atmosphère décontractée et conviviale. Les tableaux étaient présentés sur les murs de brique nue ou des panneaux de planches, les sculptures sur des billots de bois brut ou des blocs métalliques. Les larges verrières offraient des échappées spectaculaires sur la baie. Le premier étage en encorbellement était aménagé en terrasse de café ; les amateurs d'art pouvaient y déguster un espresso en ayant une vue plongeante sur les œuvres exposées au rez-de-chaussée ou, s'ils levaient les yeux, sur les ateliers occupant le niveau supérieur, loués pour un loyer symbolique aux artistes sous contrat.

Pour leurs retrouvailles, Ryan et Michael choisirent de s'installer à une de ces tables.

— Alors, comment vont les affaires ? s'enquit Ryan en souriant avec affection à son frère.

— Tu te souviens de cette sculpture de métal dont tu disais qu'elle ressemblait à un wagon après une catastrophe ferroviaire ? Eh bien, nous l'avons vendue hier vingt mille dollars et des poussières.

— Ce qui prouve que beaucoup de gens ont plus d'argent que de goût. Et la famille ?

— Tu verras par toi-même, tu dînes ce soir à la maison.

— J'y compte bien ! Au fait, j'ai vu maman hier, elle se plaint amèrement de ne pas avoir reçu de photos des enfants depuis une éternité.

— Ce culot ! Je lui en ai envoyé un énorme paquet pas plus tard que le mois dernier !

— Eh bien, tu lui donneras le prochain en mains propres. Toute la famille viendra au gala de l'Institut. Tu as reçu mon petit mot à ce sujet ? Pas de problème de dates ?

— A priori, aucun. Les enfants sont toujours ravis d'aller à New York se bagarrer avec leurs cousins et se faire bourrer de bonbons en cachette par leur grand-père. Et j'aurai enfin l'occasion de voir la fameuse Dr Jones, dont maman nous a rebattu les oreilles. Comment est-elle ?

— Miranda ? Intelligente. Compétente.

Michael but son café en notant la soudaine nervosité de Ryan qui pianotait sur la table. Son frère n'étant pas porté sur les gestes inutiles, cela signifiait que la jeune femme qu'il qualifiait d'intelligente et de compétente lui trottait dans la tête au point de lui faire perdre son sang-froid.

— Maman nous a dit qu'elle était belle et rousse. Tu t'intéresses aux blondes, d'habitude. Allons, Ryan, pas de cachotteries : qu'y a-t-il derrière tout ça ?

— Elle est belle, oui. Compliquée, aussi. Entre elle et moi, ce n'est pas simple. Je n'ai pas envie d'en parler.

Michael refréna un sourire ironique.

— Vraiment ?

— Disons que nous collaborons sur deux opérations, dont une est l'exposition, et que nous avons aussi des rapports plus personnels. Que nous nous entendons bien, si tu préfères. Rien de plus.

— Si c'était vraiment tout, tu ne prendrais pas cette mine d'enterrement. Qu'est-ce qui te tracasse ?

— Rien ne me tracasse ! C'est compliqué, voilà tout. Je te l'ai déjà dit.

Michael pensa que ce serait amusant d'apprendre à sa femme que son séducteur de frère était bel et bien tombé amoureux d'une belle rousse bardée de diplômes.

— Tu as toujours su te tirer des situations compliquées, se borna-t-il à commenter.

— Oui, bon… De toute façon, je ne suis pas venu te parler d'elle. Je voudrais retrouver un jeune sculpteur, Harrison Mathers. Si par hasard tu l'avais déjà rencontré, tu pourrais peut-être me renseigner sur son compte.

Michael réfléchit un instant.

— Mathers ? Non, ça ne me dit rien, mais je vérifierai dans les fichiers s'il nous a proposé quelque chose.

— Tu me rendrais service. Je ne sais pas si l'adresse que j'ai est toujours bonne.

— S'il habite encore San Francisco et cherche à vendre, nous le retrouverons. Tu as déjà vu son travail ?

— Je crois, oui… Une copie d'ancien.

L'adresse de Harrison Mathers correspondait à un immeuble délabré d'un quartier pouilleux. Dans l'entrée où flottaient des relents d'urine et de graillon, l'étiquette d'une boîte aux lettres indiquait : « H. Mathers, 3B ».

Ryan gravit l'escalier. La porte de l'appartement 3B s'ornait de la représentation minutieuse d'un château fort au pont-levis relevé. À l'étroite fenêtre du dernier étage d'une tour crénelée apparaissait le visage horrifié d'un homme appelant au secours à grands cris. Le jeune Harry était non seulement un bon dessinateur, pensa Ryan, mais il avait conscience de sa situation. Son domicile était son royaume, certes, mais aussi sa prison.

À peine eut-il frappé qu'il entendit s'ouvrir une porte derrière lui. Il se retourna – et se figea.

La femme était jeune et aurait pu être jolie si elle ne s'était pas déjà maquillée pour son travail de la soirée. Sous le rimmel et les faux cils, ses yeux bleus avaient la dureté glacée de la banquise. Ses cheveux courts, presque ras, suggéraient qu'une perruque complétait sa tenue de travail.

Tandis qu'il enregistrait sa physionomie, l'attention de Ryan se concentra moins sur ses formes voluptueuses, généreusement dévoilées par un déshabillé à fleurs quasi transparent, que sur le Colt 45 que la belle de nuit pointait d'une main ferme dans sa direction. Il en déduisit qu'il valait mieux laisser ses mains bien en vue et se présenter de manière aussi simple qu'intelligible :

— Je ne suis pas un flic. Je n'ai rien à vendre ni à demander. Je voudrais juste parler à Harry.

— J'ai cru que vous étiez l'autre mec, répondit l'accueillante voisine avec un pur accent du Bronx qui ne contribua pas à rassurer Ryan.

— Je me félicite de ne pas l'être. Pourriez-vous pointer votre artillerie ailleurs que sur moi?

Elle le toisa, hésita, soupira, abaissa son arme.

— Bon, d'accord. L'autre avait une gueule qui ne me revenait pas. Je n'aimais pas non plus son attitude.

— Tant que vous avez cet outil en main, je suis tout disposé à adopter l'attitude qui vous plaira.

Elle réagit par un sourire qui, l'espace d'un instant, parvint presque à faire oublier son maquillage outrancier.

— Tu me bottes, Gueule d'Amour. Qu'est-ce que tu lui veux, à mon copain Rembrandt?

— Une petite conversation amicale.

— Il n'est pas là, et je ne l'ai pas vu depuis plusieurs jours. C'est ce que j'ai dit à l'autre.

— Savez-vous où il est?

— Je me mêle de mes oignons, pas de ceux des autres.

— Je vous approuve sans hésiter...

Avec une prudente lenteur, Ryan sortit son portefeuille. L'apparition d'un billet de cinquante dollars lui valut un regard chargé de considération.

— Vous avez cinq minutes? reprit-il.

— Avec cinquante de plus, tu aurais droit à une heure. Non, enchaîna-t-elle avec une moue désabusée, tu n'es pas le genre de mec qui paie pour la bagatelle.

— Je veux bavarder un peu, c'est tout.

Il tendit le billet, qu'une main aux ongles rouges et pointus harponna avec avidité.

— OK, viens chez moi.

Il la suivit dans un studio meublé d'un lit, d'une chaise, de deux tables indignes d'un marché aux puces de troisième zone et d'une penderie bourrée de vêtements aux couleurs voyantes. Deux perruques, une blonde longue et bouclée, une brune courte et raide, attendaient leur entrée en scène sur des têtes en plastique. Un petit bureau promu au rang de coiffeuse arborait un miroir et un assortiment de fards de supermarché. Pourtant, en dépit de sa nudité, la pièce était aussi nette qu'un bilan d'expert-comptable.

— Pour ce prix-là, je t'offre une bière, annonça la maîtresse de céans.

— Ce n'est pas de refus.

Pendant qu'elle se dirigeait vers le coin où un réchaud sur une étagère et un minuscule frigo tenaient lieu de kitchenette, Ryan examina un dragon de bronze qui semblait monter la garde sur une des deux tables bancales.

— Une belle pièce, observa-t-il.

— Un objet d'art, oui. C'est Rembrandt qui l'a fait.

— Il a du talent.

Elle revint vers lui sans se donner la peine de refermer son peignoir entrebâillé. Après tout, il avait le droit d'inspecter la marchandise s'il lui prenait envie d'investir un autre billet de cinquante.

— Pour ça, oui. Le dragon m'avait tapé dans l'œil, alors on a fait un troc, expliqua-t-elle en lui tendant une canette décapsulée.

— Vous êtes bons amis, Mathers et vous ?

— Il est sympa, le petit Rembrandt. Il n'a jamais abusé du fait qu'on est voisins pour me demander de lui faire des gâteries à l'œil. Il n'est pas toujours marrant, d'accord, il fume trop d'herbe pour son bien, mais c'est un truc d'artiste, je suppose.

— Il a beaucoup d'amis ?

— Personne n'en a dans ce piège à rats, mon mignon. Il vit ici depuis bientôt deux ans, et c'est la première fois que je vois deux mecs à sa porte le même jour.

— Parlez-moi de l'autre.

— Il a prétendu qu'il voulait acheter une sculpture, mais il avait plus une mine de truand que d'amateur d'art et il avait un pétard sous sa veste, je l'ai tout de suite repéré. Quand il a commencé sa chansonnette après que je lui ai dit que je ne savais pas où était Rembrandt, je lui ai claqué la porte au nez et j'ai sorti mon copain de son tiroir, précisa-t-elle en désignant du menton le Colt 45 posé sur une table. Tu l'as loupé de cinq minutes. C'est pour ça que j'ai cru que c'était lui qui revenait quand tu es arrivé.

— Comment était-il?

— Grand, gros, une vraie sale gueule. Un mètre quatre-vingts ou quatre-vingt-cinq, dans les cent dix kilos. Des bras de gorille, des battoirs à assommer un bœuf, des yeux à flanquer la trouille. Un mec comme ça me fait signe sur mon trottoir, je me tire vite fait, bien fait.

— Sagement raisonné, approuva Ryan.

La description concordait point par point avec celle de l'agresseur de Miranda. Harrison Mathers avait eu de la chance de n'être pas chez lui.

— Et toi, qu'est-ce que tu lui veux, à Rembrandt?

— Je suis directeur d'une galerie d'art, répondit Ryan en lui tendant sa carte. Quand Harry reviendra, donnez-la-lui, voulez-vous? Dites-lui que son travail m'intéresse et que j'aimerais qu'on en discute.

Impressionnée, elle caressa du doigt les caractères gravés avant de glisser la carte sous la queue du dragon.

— Bien sûr. Tu sais, poursuivit-elle en s'approchant avec un sourire affriolant, dehors il pleut, il fait froid. Si tu voulais rester… bavarder encore un peu, je te ferais un prix d'ami.

En mémoire d'une fille du Bronx qui avait jadis eu des bontés pour lui, Ryan tira de son portefeuille un autre billet de cinquante dollars.

— À titre de remerciement pour le coup de main et pour la bière. Si un jour vous étiez un peu juste, ajouta-t-il en désignant le dragon, allez voir Michael Boldari à la galerie sur les quais, il vous en donnera un bon prix.

— Je n'oublierai pas. Reviens quand tu voudras, Gueule d'Amour. Je te dois une séance gratuite, je ne suis pas une ingrate.

Ryan traversa le palier, chatouilla la serrure et entra chez Harrison Mathers avant même que son second billet ait disparu dans sa cachette.

Quant aux dimensions, le studio était la copie conforme de celui que Ryan venait de quitter, sauf qu'il y régnait une crasse et un désordre défiant la description. Le matériel de soudure à l'arc qui trônait en bonne place n'avait sûrement pas obtenu l'accord préalable du propriétaire. Quelques sculptures étaient à divers stades de finition, mais aucune ne reflétait l'inspiration ou le talent contenus dans le dragon troqué contre une heure – ou peut-être une nuit – en compagnie d'une professionnelle. À l'évidence, Mathers ne s'exprimait pleinement que par le bronze.

Il ne fallut pas dix minutes à Ryan pour opérer une fouille complète du local.

L'ameublement se résumait à un matelas posé par terre, une commode parsemée de brûlures de mégot et une douzaine de carnets de croquis empilés dans un coin. Miranda avait raison, pensa Ryan en les feuilletant, Mathers possédait un excellent coup de crayon. Des fournitures de peinture et de dessin étaient rangées avec soin sur des étagères métalliques.

L'inventaire de la cuisine livra une boîte de céréales, un pack de bière, trois œufs, deux tranches de bacon moisi, soixante-trois *cents* dans une soucoupe et quatre pétards soigneusement roulés et dissimulés dans une jarre de sachets de thé Lipton. Aucune trace, en revanche, de correspondance ni même de factures en retard, à l'exception d'un avis de coupure du téléphone dans la poubelle.

Nulle part, en tout cas, Ryan ne découvrit le moindre indice concernant l'endroit où Mathers aurait pu se rendre, la raison de son départ ou la date de son retour éventuel.

Il reviendra quand même, pensa-t-il en jetant un dernier coup d'œil autour de lui. Il n'abandonnera ni son stock de cannabis ni ses fournitures de dessin. Et il se précipitera sur un téléphone dès qu'il aura la carte en main. Les jeunes artistes faméliques sont souvent imprévisibles, sauf sur un point : ils vendraient père et mère pour avoir un mécène.

— Donne-nous vite signe de vie, Harry, murmura Ryan en refermant la porte derrière lui.

26

L e fax qui sortit de la machine était entièrement en capitales, comme si son auteur voulait crier les mots.

JE NE T'AI PAS TOUJOURS HAÏE, MIRANDA. MAIS JE T'AI
TOUJOURS ÉPIÉE. TE SOUVIENS-TU DE L'ÉTÉ DE TA LICENCE
– AVEC MENTION, BIEN SÛR – ET DE TON AVENTURE AVEC CRAIG
ROWE, L'AVOCAT QUI T'A LARGUÉE PARCE QUE TU ÉTAIS TROP
FROIDE ET QUE TU TE FICHAIS DE SES BESOINS À LUI ? TU T'EN
SOUVIENS ?
IL A RACONTÉ À TOUS SES AMIS QUE TU BAISAIS MAL. TU NE LE
SAVAIS PAS, JE PARIE ? EH BIEN, MAINTENANT, TU LE SAIS.
MOI, JE N'ÉTAIS PAS LOIN. PAS LOIN DU TOUT. AS-TU JAMAIS
SENTI QUE JE TE SURVEILLAIS ? LE SENS-TU À PRÉSENT ?
TU N'AS PLUS BEAUCOUP DE TEMPS DEVANT TOI. TU AURAIS
DÛ FAIRE CE QU'ON TE DISAIT. TU AURAIS DÛ ACCEPTER QUE
LES CHOSES SOIENT COMME ELLES DEVAIENT ÊTRE. COMME JE
VOULAIS QU'ELLES SOIENT. GIOVANNI SERAIT PEUT-ÊTRE ENCORE
EN VIE SI TU AVAIS OBÉI. Y AS-TU PENSÉ, AU MOINS ?
JE NE T'AI PAS TOUJOURS HAÏE, MIRANDA. MAINTENANT, SI.
ES-TU CONSCIENTE DE MA HAINE QUI TE POURSUIT ?
TU LE SERAS BIENTÔT.

Le feuillet trembla dans ses mains. Il y avait quelque chose d'immonde et de puéril à la fois dans cette écriture en capitales, dans ces provocations mesquines, fielleuses, formulées avec pour seul dessein de la blesser, de l'humilier, de l'angoisser. Elle ne devait pas se laisser déstabiliser de la sorte. Elle ne devait pas donner à l'autre le plaisir d'une victoire facile. Elle devait réagir, rester calme…

Pourtant, quand résonna le vibreur de l'interphone, elle ne put s'empêcher de sursauter ni ses doigts de se crisper sur le fax.

— Oui ?

— Docteur Jones, fit la voix de Lori, M. Boldari est là. Il demande si vous pouvez lui accorder quelques minutes.

Elle se retint de justesse de bondir, de crier son nom.

— Dites-lui d'attendre un instant, s'il vous plaît.

Ainsi, Ryan était revenu…

Miranda se frotta les joues pour y ramener des couleurs. Elle avait sa fierté. Elle ne courrait pas se jeter dans ses bras comme une amoureuse éperdue. Il était parti depuis près de quinze jours et ne lui avait pas téléphoné. Pas une fois. Oh ! oui, bien sûr, il avait gardé le contact ! pensa-t-elle en ouvrant son poudrier pour se recoiffer et se remettre une touche de rouge à lèvres devant le minuscule miroir. Mémos, Télex, fax, e-mail avaient afflué, tous rédigés par une quelconque secrétaire qui signait son nom « par ordre ».

Il n'avait pas même eu l'élégance de lui signifier avec un minimum d'égards qu'il en avait terminé avec elle. Non, il s'était déchargé de cette corvée sur son personnel !

Elle n'allait pas piquer de crise ni lui faire une scène. Il leur restait des affaires à conclure, elle irait jusqu'au bout. Elle ne lui accorderait pas la satisfaction de constater à quel point elle avait eu besoin de lui au cours de ces quinze jours. À quel point, jour et nuit, elle avait souffert de son absence.

Miranda plaça le fax dans le tiroir où elle conservait les autres et la copie du message e-mail, bien que Lost1 ne se soit plus manifesté. Elle recevait désormais presque tous les jours des fax, certains d'une ou deux lignes, d'autres longs et délirants comme le dernier.

Le tiroir refermé à clef, elle alla ouvrir la porte avec un sourire poli.

— Bonjour, Ryan. Désolée de vous avoir fait attendre. Voulez-vous entrer ?

Lori lui lança un regard perplexe.

— Euh… faut-il filtrer vos appels ?

— Ce ne sera pas nécessaire.

Elle avait à peine refermé derrière lui qu'il l'étreignit et lui écrasa la bouche en un baiser vorace, qui ébranla la muraille protectrice qu'elle avait eu tant de mal à ériger. Parvenant malgré tout à se dominer, elle demeura inerte, les poings serrés, sans rien lui concéder, pas même une résistance. Et quand il la lâcha, visiblement désarçonné, elle se borna à un signe de tête fort sec avant d'étaler une grande feuille de papier sur la table à dessin.

— Vous avez fait bon voyage, j'espère ?

— Plus long que prévu… Où étais-tu, Miranda ?

— Je n'ai pas bougé d'ici… Voici les plans définitifs. Je vous montrerai ensuite les aménagements de la galerie, je pense qu'ils vous conviendront.

— Cela peut attendre.

— Vous pensiez peut-être à autre chose ?

— Oui, de très différent. Mais je constate que cela aussi devra attendre.

Il la dévisageait comme s'il la voyait pour la première fois et désirait graver son image dans sa mémoire. Enfin, il s'approcha, tendit la main, lui prit le menton.

— Tu m'as manqué, dit-il avec l'étonnement de celui qui découvre soudain la solution d'une énigme. Tu m'as manqué plus que je ne m'y attendais. Plus que je ne le souhaitais.

Elle s'écarta d'un pas. Le contact de ses doigts sur son visage la faisait flageoler.

— Vraiment ? C'est sans doute la raison pour laquelle vous m'avez si souvent téléphoné.

Il se sentit soudain maladroit, mécontent de lui-même. Frustré, il se fourra les mains dans les poches.

— J'ai veillé à ce que tu saches en permanence où me joindre. Pourquoi ne m'as-tu pas appelé ?

Miranda jouit un instant du spectacle aussi rare qu'incongru d'un Ryan Boldari gauche et mal à l'aise.

— Vos divers collaborateurs m'ont en effet informée de vos coordonnées. Mais comme tout se déroulait conformément aux prévisions, il me semblait inutile de vous importuner. Et puisque vous aviez décidé par ailleurs de vous occuper à votre idée de nos autres affaires en cours, je n'avais pas de raisons de m'en mêler.

— Tu n'étais pas censée prendre une telle importance dans ma vie ! s'exclama-t-il. Je ne peux pas me le permettre, c'est un… un handicap.

Elle se détourna – assez vite, espéra-t-elle, pour lui cacher son regard qui trahissait la profondeur de la blessure infligée par sa réplique.

— Si vous vouliez mettre fin à nos rapports personnels, Ryan, vous auriez pu le faire avec moins de froide cruauté.

Il l'empoigna aux épaules, la força à lui faire face.

— Ai-je l'air de vouloir y mettre fin ? Et cela, dit-il en l'embrassant de nouveau tandis qu'elle se débattait en vain, est-ce une preuve que je veuille y mettre fin ?

— Ne jouez pas avec moi de cette manière, répondit-elle avec lassitude. Je ne suis pas armée pour ce genre de jeux.

Il appuya son front contre le sien, desserra un peu son étreinte tout en la maintenant contre lui.

— Je ne me doutais pas que je pouvais te faire mal. Peut-être ai-je cherché à voir si j'en étais capable. Si c'est vrai, je n'ai pas de quoi en être fier.

Elle se dégagea avec douceur, s'écarta d'un pas dans l'espoir que la distance lui permettrait de se ressaisir.

— Je croyais que tu ne reviendrais pas, dit-elle d'une voix sourde. Personne n'a jamais paru éprouver de difficulté à s'éloigner de moi.

Il prit alors conscience d'avoir failli détruire quelque chose de fragile, de précieux, dont il n'avait pas su estimer la valeur : la confiance qu'il avait réussi à lui inspirer.

— Je suis plus qu'à moitié amoureux de toi, Miranda, déclara-t-il d'instinct. Peut-être même le suis-je tout à fait. Pour moi, c'est loin d'être facile. Et pour toi ?

Elle pâlit, s'appuya d'une main à son bureau comme si elle perdait soudain l'équilibre. Malgré les milliers de mots qui tourbillonnaient dans sa tête, elle fut incapable de formuler une pensée cohérente.

— Ryan… Je…

Il se rapprocha, lui saisit les mains.

— Tu n'as pas de solution logique à cette situation, n'est-ce pas ? Qu'allons-nous faire ?

— Je ne sais pas.

— Quoi que nous décidions pour la suite, je préfère y réfléchir ailleurs qu'ici. Peux-tu t'absenter une heure ?

— Euh… oui, sans doute.

Il sourit, lui embrassa le bout des doigts.

— Alors, viens avec moi.

Elle s'attendait qu'il l'emmène dans un endroit où ils pourraient parler, analyser à loisir des sentiments qui, à l'évidence, leur étaient aussi étrangers à l'un qu'à l'autre. Un restaurant tranquille, peut-être, ou un banc du parc que le printemps baignait de douceur. Mais il prit la route côtière, où ils roulèrent sans mot dire.

Quand ils abordèrent la langue de terre aboutissant à la pointe, la mer toute proche était bleue et paisible sous le soleil de midi. Sur la plage de la rive est, une femme surveillait un petit garçon qui courait dans le ressac en jetant du pain aux mouettes. La route longeait la plage d'assez près pour que Miranda distingue son sourire, entende ses cris de joie. Au large, un schooner cinglait vers le sud, ses voiles rouges gonflées par la brise. Avait-elle jamais connu la gaieté innocente du petit garçon, la paisible assurance du bateau ? se demanda-t-elle.

Les arbres revêtaient leur livrée d'avril, plus proche d'un halo vert tendre que d'une solide parure de feuilles. Et là, au pied du promontoire où se dressait la vieille maison, apparut un océan d'un jaune éclatant. Une mer de jonquilles, une forêt de forsythias qui existaient déjà bien avant sa naissance.

Ryan la déconcerta en arrêtant la voiture. Il contempla le spectacle avec un sourire ravi.

— Fabuleux ! s'écria-t-il. Quelle merveille !

— Ma grand-mère les a plantés. Elle disait que le jaune est une couleur qui rend gai et fait sourire.

Il descendit, alla au bord du champ cueillir une poignée de corolles d'or.

— Ta grand-mère me plaît, affirma-t-il en lui tendant le bouquet. J'espère qu'elle ne m'en aurait pas voulu de puiser dans ses trésors.

— Sûrement pas.

Il posa une main sur sa joue jusqu'à ce qu'elle se tourne vers lui.

— Je t'ai déjà offert des jonquilles. Pourquoi ne te font-elles pas sourire ?

— Je ne sais que faire ou penser des sentiments que j'éprouve. J'ai besoin de repères, de logique.

— N'as-tu jamais eu envie de te jeter dans le vide sans savoir où tu retomberas ?

— Non, répondit-elle. Je suis trop lâche.

C'était pourtant ce qu'elle avait fait.

— Tu es tout, sauf lâche.

— Si. Quand je m'aventure dans le domaine des sentiments, j'ai peur. Et j'ai surtout peur de toi.

Partagé entre le désir et le remords, il s'écarta, agrippa le volant à deux mains.

— Tu ne devrais pas me le dire, c'est dangereux. Je suis capable d'en profiter sans scrupule.

— Je sais. Comme tu es tout aussi capable de t'arrêter pour cueillir des fleurs au bord d'une route. Je n'aurais pas peur de toi si tu n'étais capable que de l'un ou de l'autre. Les deux en même temps m'effraient.

Il redémarra en silence, remonta à faible allure la longue allée sinueuse et s'arrêta devant la maison.

— Je refuse de revenir en arrière, de n'avoir avec toi que des relations de travail. Si tu crois avoir encore le choix, tu commets une erreur. Une grave erreur, ajouta-t-il en s'emparant de son menton.

Elle repoussa son poignet d'un geste brusque.

— Quels que soient mes sentiments, je refuse de me laisser influencer, répliqua-t-elle. Et j'entends rester seule juge de mes choix.

Sur quoi, elle ouvrit sa portière et mit pied à terre – sans avoir remarqué son sourire éclatant.

— C'est ce que nous verrons, docteur Jones, murmura-t-il avant de la suivre sur le perron.

— Quoi qu'il arrive, déclara-t-elle en prenant ses clefs, nos rapports personnels n'ont pas le droit d'empiéter sur nos obligations professionnelles. Nous devons terminer en priorité la mise au point de l'exposition.

— Nous la terminerons, affirma-t-il en jouant avec des pièces de monnaie au fond de sa poche pendant qu'elle déverrouillait la porte.

— Je dois connaître en détail ce qui se passera quand tout le monde sera là.

— Tu le connaîtras.

— Nous en discuterons point par point. Je veux que ce soit parfaitement organisé à l'avance dans ma tête.

— Je sais.

Ils entrèrent dans le vestibule silencieux. Elle referma la porte. Il enleva son blouson de cuir en la fixant des yeux – comme le prédateur guette sa proie, pensa-t-elle, étonnée que cette sensation lui paraisse aussi délectable.

— J'ai une copie des plans dans mon bureau. Je garde ici un double de tous les dossiers.

— Je n'en doute pas un instant, dit-il en s'avançant vers elle. Je n'en attends pas moins de l'efficace Dr Jones. Mais as-tu idée de ce que je veux faire, moi? Ici même et tout de suite?

Il s'arrêta devant elle, proche à la toucher. Elle sentit son cœur battre furieusement.

— Nous n'avons encore rien décidé à ce sujet. Et j'ai dit que le travail devait passer en priorité...

Elle n'eut pas le temps de finir sa phrase. Déjà ils se jetaient dans les bras l'un de l'autre, saisis par un même désir irrépressible. Leurs mains arrachèrent fébrilement leurs vêtements, leurs bouches se heurtaient, se soudaient, se séparaient de nouveau pour mieux se reprendre. S'étreignant avec une sorte de fureur, ils parvinrent à traverser le vestibule en titubant jusqu'au pied de l'escalier, à gravir deux marches, puis deux autres.

Ils n'allèrent pas plus loin que le palier.

C'est de la folie, songea Miranda, la peau brûlante, le corps parcouru d'ondes de plaisir. Puis il vint en elle et elle oublia tout. Transportée dans un monde de pures sensations, elle s'abandonna à ce déferlement de passion, jusqu'à ce qu'un orgasme d'une intensité inouïe lui fasse perdre conscience au moment même où elle s'entendait crier de plaisir.

Longtemps plus tard, le corps et l'esprit encore alanguis, ils se munirent d'une bouteille de vin frais et allèrent s'asseoir au sommet de la falaise. Le printemps s'installait pour de bon. L'air était doux, la brise caressante, le soleil déjà chaud. La mer, bleu pâle à l'horizon, devenait vert foncé près de la côte frangée d'écume. Ryan se félicita que la plage soit déserte au-dessous d'eux et que, au large, les voiles des bateaux apparaissent comme des jouets. Ils étaient seuls, et c'était bien ainsi.

Derrière eux, autour de la maison, le jardin reprenait forme. Le plus gros du bois mort et des herbes sèches avait été nettoyé. La terre était retournée et ratissée de frais, des semis pointaient dans les massifs. Miranda avait annoncé qu'elle jardinerait, et elle n'était pas femme à délaisser un travail en cours de route. Ryan eut hâte de voir éclore le fruit de ses efforts et de son imagination.

— Nous devrions être en train de travailler dans mon bureau, remarqua-t-elle d'un ton plein de remords. Je devrais te soumettre les plans définitifs.

— Si je ne me fiais pas aveuglément à toi, Miranda, je ne t'aurais pas confié des œuvres précieuses. De toute façon, tu as transmis à mon bureau des rapports quasi quotidiens. Je crois avoir une idée claire de l'avancement du projet.

— Travailler dessus m'a donné le temps de mettre les choses en perspective. L'exposition est une manifestation de prestige, sans bénéfice immédiat. Quant au reste...

— Le reste, comme tu dis, progresse.

— Nous devrions communiquer nos informations à la police, Ryan. Nous aurions dû le faire dès le début. Je me suis laissé entraîner dans cette aventure par amour-propre, je l'avoue, mais aussi à cause de mes sentiments pour toi.

— Tu ne m'as encore rien dit de tes sentiments. Te décideras-tu à le faire?

Un instant, elle fixa les bouées qui se balançaient au rythme de la houle.

— Je n'ai jamais éprouvé pour quiconque ce que je ressens pour toi. J'ignore de quoi il s'agit au juste, ni même comment y faire face. Dans ma famille, nous ne sommes pas doués pour les relations personnelles.

— Qu'est-ce que ta famille a à voir là-dedans?

— La malédiction des Jones, soupira-t-elle. Nous gâchons toujours tout. Négligence, indifférence, égoisme, je ne sais pas. Les trois, sans doute. Nous sommes congénitalement hors d'état d'avoir des rapports normaux avec les autres.

— Tu te considères donc comme esclave de ton hérédité plutôt que comme un être humain doté de son libre arbitre.

Elle sursauta comme s'il l'avait giflée. Devant son sourire narquois, elle se reprit aussitôt.

— Tu as raison. Il n'empêche que j'aurai bientôt trente ans, que je n'ai jamais réussi à nouer de relations durables et que je ne suis même pas sûre d'en être capable.

— Il faudrait d'abord avoir envie d'essayer. L'as-tu ?

— Oui…

Il lui saisit les mains, la força à le regarder.

— C'est au moins un point de départ. Je ne suis pas plus que toi dans mon élément, tu sais.

— Tu es toujours dans ton élément, grommela-t-elle. Tu en as un stock de rechange.

Sa réplique le fit éclater de rire.

— Eh bien, conduisons-nous en couple normal dans son élément, et je te raconterai mon voyage à San Francisco.

— Soit. Tu as vu ton frère ?

— Oui. Il assistera au gala avec sa famille. Les autres viendront de New York.

— Tu as invité toute ta famille ? s'étonna-t-elle.

— Bien sûr, c'est une grande occasion. D'ailleurs, tes parents y seront aussi. À propos, ton père posera un petit problème, vu qu'il me prend pour quelqu'un d'autre.

— Oh, Seigneur, j'avais oublié ! Qu'allons-nous faire ?

— C'est très simple, nous tomberons des nues. Mais si ! poursuivit-il en riant de sa mine effarée. Rodney est anglais, moi pas. Et il est loin d'être aussi beau garçon que moi.

— T'imagines-tu vraiment que mon père avalera une histoire aussi énorme ?

Ryan se croisa les jambes, aspira une grande bouffée d'air pur et frais. Il ne s'était pas senti aussi détendu depuis des semaines.

— Bien sûr, si nous nous montrons assez convaincants. Pourquoi diable me serais-je présenté à lui sous un faux nom puisque j'étais à New York au moment de sa visite ? Il se posera peut-être des questions, mais je le vois mal traiter Ryan Boldari de menteur devant cinq cents témoins.

— Nous n'avons pas le choix, et mon père est distrait, bien sûr, mais quand même...

— Contente-toi de m'emboîter le pas et de sourire, tout se passera sans problème, tu verras. Maintenant, je reprends. Quand j'étais à San Francisco, j'ai cherché Harrison Mathers.

— Tu l'as trouvé ?

— Je n'ai trouvé que son logement vide. Mais j'ai passé une intéressante demi-heure avec une petite pute qui est sa voisine de palier. Elle m'a appris qu'il était parti depuis quelques jours et que...

— Une seconde ! s'écria-t-elle en pointant sur lui un index accusateur. Veux-tu répéter ce que tu viens de dire ?

— Qu'il était parti depuis quelques jours.

— Non. Tu as passé une demi-heure avec une prostituée ?

— Cela valait bien cinquante dollars – cent, en réalité. J'en ai ajouté cinquante lorsque nous avons terminé.

— À titre de gratification pour services exceptionnels ?

— Évidemment. Jalouse, ma chérie ? demanda-t-il avec un large sourire.

— Aurais-je tort de l'être ?

— Rien de plus sain qu'une pointe de jalousie.

— C'est bien ce que je pensais.

Sur quoi, elle lui assena au creux de l'estomac un coup de poing magistral qui lui coupa le souffle un bon moment.

— Correction : la jalousie est un sentiment très malsain, dit-il enfin. Je payais cette fille pour la faire parler.

— Si j'avais pensé autrement, monsieur Boldari, vous seriez déjà en train de vous écraser en bas sur les rochers, répliqua-t-elle avec un sourire narquois. Alors, qu'as-tu appris de cette accueillante personne ?

— Vous savez, docteur Jones, votre sang-froid yankee est franchement terrifiant, par moments. Bref, elle m'a dit que j'étais le deuxième homme à s'enquérir de Harry ce jour-là. Et tout en me parlant, elle braquait sur ma poitrine un très gros revolver.

— Pourquoi diable te menaçait-elle ?

— Parce que l'allure du premier visiteur lui avait déplu. Dans une profession comme la sienne, on a intérêt à juger les hommes vite et bien. Or, d'après sa description, elle avait raison de se méfier de cet individu, car j'ai tout lieu de croire que c'est celui qui t'a agressée.

Une fois de plus, Miranda porta une main à sa gorge.

— Celui qui m'a volé mon sac ? Il était à San Francisco ?

— Oui, et il cherchait le jeune Harry. Ton ancien élève a eu de la chance, à mon avis, de n'être pas chez lui. Il est bel et bien dans le coup, Miranda. La personne pour le compte de laquelle il a copié le bronze, ou à laquelle il l'a vendu, veut se débarrasser de lui, c'est évident.

— S'ils le retrouvent...

— Je me suis arrangé pour le faire surveiller. Il faut que nous mettions la main dessus avant les autres.

— Il s'est peut-être enfui, s'il se savait recherché.

— Non. J'ai fouillé son logement, il y a laissé ses fournitures de dessin, son matériel de sculpture et sa réserve de cannabis, ce qui ne donne pas l'impression d'un départ précipité. Nous avons l'avantage de savoir que quelqu'un le recherche alors que personne ne sait, jusqu'à présent du moins, que nous sommes nous aussi à ses trousses. D'autre part, si j'en crois son train de vie, ou bien on ne lui a pas payé cher le faux *David*, ou bien il a tout claqué et n'a pas encore exploré le royaume enchanté du chantage.

— Aurait-on commencé par le menacer ?

— Dans quel but ? On ne voulait pas le faire fuir pour qu'il se perde dans la nature, mais l'éliminer vite et avec discrétion. Mais pourquoi cette question ? ajouta Ryan en remarquant une étrange lueur dans le regard de Miranda.

Elle chercha un mot assez neutre pour ne pas aggraver sa peur en le prononçant.

— J'ai reçu des… communications.

— Des quoi ? Quelles communications ?

— Des fax pour la plupart et aussi un e-mail, ici ou au bureau. Depuis ton départ, j'en reçois tous les jours.

Il se redressa, le regard dur.

— Des menaces ?

— Pas vraiment, sauf ces derniers temps.

— Pourquoi ne m'avoir rien dit ?

— Je suis en train de t'en parler.

Enragé par son expression butée, il se leva avec tant de brusquerie que son verre tomba du parapet où il était posé en équilibre et s'écrasa au pied de la falaise.

— Pourquoi ne m'en as-tu pas informé dès le début ? Il ne t'est même pas venu à l'idée, n'est-ce pas, de me dire que tu étais traquée de cette manière ? Terrorisée ? Et n'essaie pas de me faire croire que tu n'as pas peur, c'est écrit sur ta figure ! Visible à l'œil nu !

Il voyait beaucoup trop de choses en elle – et beaucoup trop facilement, pensa-t-elle.

— Qu'aurais-tu pu y faire ? répondit-elle d'un ton las.

Les yeux brillants de colère, il la dévisagea un instant et se détourna sans répondre.

— Qu'y a-t-il, dans ces messages ? demanda-t-il enfin.

— Un peu de tout. Certains sont courts, froids, à peine menaçants. D'autres plus longs, parfois incohérents, mais très personnels. Ils font allusion à des événements de ma vie passée, à des faits que je croyais être seule à connaître. J'en ai reçu un après… après Giovanni. Il disait que… j'avais son sang sur les mains.

Elle se leva à son tour, si désemparée qu'il ne put que faire taire sa peine et son amertume. Car il s'étonnait de souffrir à ce point qu'elle se soit défiée de lui. Qu'elle ne se soit pas tournée vers lui, qu'elle n'ait pas aussitôt compté sur lui pour lui venir en aide.

— Si tu laisses un salaud anonyme te pousser à croire ce genre d'infamies, non seulement tu te conduis comme une imbécile, mais tu réagis exactement comme il le souhaite.

— Je sais, Ryan, dit-elle d'une voix qui se brisa malgré elle. Je sais aussi qu'il s'agit de quelqu'un qui me connaît assez bien pour se servir contre moi de ce qui peut me blesser le plus sûrement. Et cela fait mal. Très mal.

Il la prit dans ses bras, la serra contre lui.

— Tu n'es pas seule, Miranda. Comprends-tu ? Tu n'es pas seule à lutter.

Elle l'avait été si longtemps... Un homme tel que lui comprendrait-il jamais ce qu'on éprouve quand on se sent absolument seule au milieu d'une foule ? Étrangère ? Inutile ?

— Giovanni était un des rares êtres humains grâce à qui j'avais l'impression d'être... normale. C'est son assassin qui m'a envoyé ce message, je le sais. Je le sais dans ma tête, Ryan. Mais dans mon cœur, c'est moi seule que je blâme de sa mort. Et l'autre en est conscient.

— Alors, ne lui permets pas de se servir de Giovanni comme d'une arme contre toi.

Les yeux clos, elle s'abandonna au réconfort qu'il lui apportait par sa présence, sa force, sa chaleur.

— Tu as raison, murmura-t-elle, je le laisse utiliser Giovanni pour me blesser. Celui qui le fait me hait, il me le dit en toutes lettres dans le fax d'aujourd'hui.

— As-tu gardé une copie de ce message et des autres ?

— Oui.

— Je veux les voir.

Elle tenta de se dégager, il la retint. N'avait-elle pas conscience de trembler comme une feuille ?

— As-tu réussi à tracer l'e-mail ? reprit-il.

— Non. L'indicatif de l'expéditeur n'apparaît pas dans la mémoire du serveur que nous utilisons ici et à Florence.

— L'as-tu sauvegardé dans ton ordinateur ?

— Oui, dans un fichier spécial du disque dur.

— Bien, nous le tracerons. Je regrette du fond du cœur de n'avoir pas été là, Miranda, poursuivit-il en la serrant plus fort dans ses bras. Je suis de retour, et personne ne te fera du mal puisque je serai avec toi. Je ne fais pas de promesses à la légère, parce que je ne reviens jamais sur ma parole une fois que je l'ai donnée. J'irai avec toi jusqu'au bout de cette affaire et je veillerai à ce qu'il ne t'arrive rien. Et maintenant, ajouta-t-il après avoir marqué une pause, veux-tu toujours tout raconter à Cook ?

Elle avait eu la certitude que c'était la seule démarche sensée – jusqu'à ce qu'il la regarde dans les yeux et lui fasse cette promesse. Qu'il la convainque, contre toute raison, qu'elle pouvait se fier à lui et à lui seul.

— Nous irons jusqu'au bout, Ryan. Nous ne pourrions ni toi ni moi nous contenter de moins que cela.

Deux hercules des services d'entretien posèrent la colonne de marbre à l'endroit précis que désignait Miranda.

— Ce sera tout, docteur Jones ? s'enquit l'un d'eux en s'épongeant le front.

— Pour cette salle, oui, je vous remercie.

Tandis qu'ils s'éloignaient, elle regarda autour d'elle d'un œil critique. La *Vénus* de Donatello, auquel ce socle était destiné, constituait le pivot autour duquel s'articulait l'exposition. Un dessin rare de Brunelleschi sous verre et deux tableaux de Masaccio richement encadrés étaient accrochés aux murs, près d'une *Vierge à l'enfant* de Botticelli et d'un Bellini ayant jadis orné une villa vénitienne. Dans des vitrines, Miranda avait disposé elle-même les outils des créateurs de l'époque, ciseaux et gouges de sculpteur, pinceaux et palettes de peintre. Sur un imposant lutrin de bois doré trônait une bible ouverte sur une double page enluminée. D'autres vitrines abritaient un assortiment de bijoux de l'époque. Une paire de hauts candélabres en fer forgé encadrait l'arcade menant à la salle adjacente, par laquelle Ryan fit son apparition.

— Impressionnant, dit-il en guise d'entrée en matière.

— Presque parfait, mais il y a encore une quantité de détails à revoir.

Il attrapa sa main, la sentit glacée.

— Nerveuse?

— Anxieuse, plutôt. As-tu vu les autres salles?

— Je pensais que tu me les ferais visiter.

— D'accord, mais je n'ai pas beaucoup de temps. Ma mère doit arriver dans moins d'une heure, j'aimerais que tout soit en place d'ici là.

Un quart d'heure après, il avait vu l'essentiel de la grande galerie – au pas de course.

— Beau travail, docteur Jones, commenta-t-il.

— Cela ne se présente pas trop mal, admit-elle. Les deux Titien seront à la place d'honneur, de chaque côté de ton Raphaël. Il est superbe, Ryan. Un chef-d'œuvre.

— J'avoue qu'il me plaît beaucoup. Veux-tu l'acheter? demanda-t-il avec un large sourire. Ce qu'il y a de bien dans mon métier, vois-tu, c'est que tout a un prix. Il suffit de payer pour posséder l'objet de ses désirs.

— Si tu envisages sérieusement de t'en défaire, je soumettrai une proposition au conseil d'administration. Je te signale toutefois que la plupart des œuvres de nos collections sont en prêt permanent ou acquises par donation.

— Je ne ferai cadeau du Raphaël à personne, pas même à toi, ma chérie! dit-il en riant.

Elle se contenta d'un haussement d'épaules. De sa part, elle n'en attendait pas moins.

— Veux-tu voir la salle suivante? Tes Vasari sont déjà installés.

Il s'approcha d'elle, hésita un instant. Il fallait qu'il lui parle. Il aurait déjà dû la mettre au courant.

— Plus tard… Écoute, Miranda, mon frère Michael m'a appelé de San Francisco. La police a repêché hier soir un cadavre dans la baie. Celui de Harry Mathers.

Elle le fixa des yeux sans mot dire, se détourna.

— Ce n'était pas un accident, n'est-ce pas ?

— Les informations dont disposait mon frère ne donnaient pas beaucoup de détails. Simplement que Mathers était mort avant d'avoir été jeté à l'eau.

À quoi bon ajouter qu'il avait été égorgé ? Miranda connaissait déjà la cause. Inutile d'aggraver sa terreur en précisant la manière.

— Trois morts… Trois hommes assassinés. Et pour quelle raison, dans quel but ? murmura-t-elle. Pour l'argent, pour l'art, pour l'orgueil ? Les trois, peut-être ?

— Ou pour aucun des trois. Tu es peut-être la seule vraie raison.

Elle frissonna. Quand elle se tourna de nouveau vers lui, la peur lui assombrissait le regard.

— Quelqu'un me haïrait donc à ce point ? Mais pourquoi ? J'ai beau chercher, je ne vois personne sur qui j'aurais produit une aussi forte impression, personne que j'aurais blessé au point de l'inciter à commettre des crimes pour couvrir un mensonge destiné à détruire ma réputation professionnelle ! Harry n'était qu'un gosse, poursuivit-elle d'une voix qui tremblait maintenant moins de peur que de fureur contenue. Un gosse dont on s'est débarrassé comme on écraserait une fourmi ! Auprès de qui aurais-je pris une importance telle qu'on veuille assassiner un gamin de cette manière ? Je n'ai jamais compté pour personne.

C'était la phrase la plus triste, la plus pitoyable qu'il eût jamais entendu prononcer par quiconque. Et le pire, pensa-t-il, c'était qu'elle en paraissait convaincue.

— Tu produis sur les gens une impression plus forte que tu te l'imagines, Miranda. Tu es brillante, tu réussis.

Tu te concentres sur tes objectifs et tu fonces droit devant toi jusqu'à ce que tu les atteignes.

— Je n'ai jamais piétiné qui que ce soit pour avancer.

— Peut-être l'as-tu fait sans t'en rendre compte. Mon frère Patrick, enchaîna-t-il sans transition, a cherché à tracer l'e-mail que tu as reçu.

Elle se passa une main dans les cheveux. Était-elle si distante, si froide, si obsédée par son travail qu'elle se soit attiré une haine aussi forte sans en être consciente ?

— Ah, oui, l'e-mail... Tu l'en as chargé depuis plus d'une semaine, je croyais qu'il avait abandonné.

— Jamais quand il s'attaque à une énigme informatique.

— Et alors ? Parle ! Qu'essaies-tu de me cacher ?

— Rien. Un indicatif d'utilisateur est apparu très brièvement au compte de l'abonné avant d'être annulé et camouflé sous des lignes de langage binaire incohérent, ce qui n'est manifestement pas le fait d'un spécialiste. Nous connaissons, en revanche, le nom de cet abonné.

Sentant la boule d'angoisse se former une fois de plus au creux de son estomac, elle se prépara au pire.

— Qui était-ce ?

Il lui posa une main sur l'épaule.

— Ta mère. Le message émis de Florence sous le numéro d'abonné d'Elizabeth Standford-Jones a été autorisé par son mot de passe personnel.

Elle se dégagea d'un geste brusque.

— C'est impossible ! Inconcevable ! Quels que soient son... ses... Non, elle n'a pas pu faire ça. Elle ne peut pas me haïr à ce point. Je refuse de l'envisager.

— Elle a eu les deux bronzes en main, lui fit-il observer avec douceur. Elle était au-dessus de tout soupçon. Elle t'a convoquée à Florence et t'en a congédiée. Elle t'a mise à pied de ton poste à l'Institut. Je suis désolé, Miranda, mais tu dois considérer les faits avant tout.

C'était logique. C'était abominable.

Elle se blottit dans les bras de Ryan, ferma les yeux.

— Je vous demande pardon, déclara une voix sèche.

Il sentit Miranda sursauter comme si elle avait été frappée dans le dos par des balles plutôt que par des mots. Elle se retourna lentement, prit une profonde inspiration.

— Bonjour, mère.

À voir Elizabeth, personne n'aurait pu deviner qu'elle venait de passer de longues heures dans un avion. Pas un cheveu de sa coiffure n'était déplacé, aucun faux pli ne marquait son tailleur bleu acier.

Comme toujours lorsqu'elle se trouvait confrontée à la perfection maternelle, Miranda se sentit gauche, négligée, inadéquate. D'atroces soupçons aggravaient son malaise. Cette femme, qui, toute sa vie, avait fait de l'intégrité son cheval de bataille, avait-elle réellement pu trahir sa propre fille ?

— Veuillez m'excuser d'interrompre votre séance de... travail.

Trop accoutumée aux remontrances parentales pour réagir, Miranda se borna à faire les présentations :

— Ryan Boldari, Elizabeth Standford-Jones.

Elizabeth avait déjà évalué la situation. À l'évidence, le galeriste avait requis la collaboration de sa fille pour d'autres raisons que ses seules qualifications professionnelles. Mais puisque l'opération en cours bénéficiait à l'Institut, elle mit une certaine chaleur dans son sourire.

— Enchantée de vous rencontrer enfin, monsieur Boldari.

Ryan s'inclina et prit sa main tendue, en notant au passage que la mère et la fille ne s'étaient pas donné la peine de feindre un de ces baisers du bout des lèvres dont les femmes, même les pires ennemies, sont pourtant friandes d'offrir le spectacle en public.

— Tout le plaisir est pour moi, chère madame. Votre voyage s'est bien passé, j'espère ?

Bel homme, pensa-t-elle, plein de charme et de suavité. Les photos de lui, vues au fil des ans dans les magazines artistiques, étaient impuissantes à rendre la séduction qui se dégageait de sa personne.

— Très bien, merci. Je regrette de n'avoir pu arriver plus tôt ainsi que j'y comptais. L'opération progresse-t-elle comme vous l'aviez prévu, monsieur Boldari ?

— Appelez-moi Ryan, voyons. Et pour répondre à votre question, l'opération dépasse déjà mes espérances. Quant à votre fille, elle est tout ce dont je n'osais pas rêver.

Elizabeth s'abstint de relever cette dernière phrase et regarda autour d'elle.

— Je constate en effet que tu as beaucoup travaillé, dit-elle à Miranda sans rien trahir de sa surprise favorable. Il reste encore beaucoup à faire, bien entendu, mais tu pourras compter sur l'appoint des talents de Standjo. Plusieurs de nos collaborateurs sont venus avec moi, les autres arriveront demain. Ils savent qu'ils seront à ton entière disposition. Élise et Richard doivent nous rejoindre d'un moment à l'autre, ainsi que Vincente et sa femme.

— Andrew est-il au courant de la présence d'Élise ?

— Il le sera sous peu, répondit Elizabeth d'un ton glacial signifiant qu'il n'était pas question d'évoquer une affaire familiale devant un étranger. Ton père est attendu ce soir. Ses conseils te seront précieux pour le choix définitif des objets artisanaux et des outils d'époque.

— J'ai déjà procédé à la sélection, déclara Miranda.

— Il serait étonnant qu'une opération de cette importance ne puisse bénéficier d'un regard neuf.

— Avez-vous l'intention de m'exclure aussi de celle-ci ?

Un instant, Elizabeth parut sur le point de riposter. Elle ouvrit la bouche, puis la referma avant de se tourner ostensiblement vers Ryan.

— J'aimerais maintenant admirer vos Vasari.

— Oui, Ryan, allez donc lui montrer les Vasari, déclara Miranda, ils sont dans la salle à côté. Si vous voulez bien m'excuser tous les deux, j'ai une réunion dans une minute.

— Je me sens tenu de vous dire, Elizabeth, commença Ryan quand Miranda se fut éloignée, que cette remarquable exposition n'aurait jamais pu voir le jour sans votre fille. Elle l'a conçue, organisée et réalisée de bout en bout.

— Je n'ignore rien des talents de Miranda.

— Vraiment? s'étonna-t-il d'un ton volontairement ironique. J'ai donc dû me méprendre. Ne vous ayant pas entendue la féliciter sur le résultat d'un mois de travail intensif, je pensais que vous le jugiez insuffisant, voire critiquable.

La lueur qu'il vit apparaître dans les yeux de son interlocutrice exprima l'embarras, peut-être le remords – il l'espéra pour elle.

— Pas le moins du monde, répondit-elle. J'ai toute confiance dans les capacités de Miranda. Si on devait lui reprocher un défaut, ce serait sa propension à s'enthousiasmer d'une manière parfois irréfléchie et à s'impliquer trop personnellement dans ce qu'elle entreprend.

— La plupart des gens considéreraient qu'il s'agit là d'une qualité plutôt que d'un défaut.

À l'évidence, il la provoquait, jugea Elizabeth sans parvenir à en discerner la raison.

— Dans le travail ou les affaires, il importe de savoir rester objectif. Vous êtes d'accord sur ce point, je pense?

— Certes. Pour ma part, je préfère cependant mettre de la passion en tout. Si on s'expose à de plus grands risques, les bénéfices sont infiniment plus gratifiants. Miranda déborde d'une passion qu'elle a trop tendance à réprimer – dans l'espoir, je suppose, de mériter votre approbation et vos encouragements. Lui en avez-vous jamais prodigué?

Ce fut, cette fois, une colère froide qui fit étinceler le regard d'Elizabeth.

— Mes rapports avec Miranda ne vous concernent en rien, monsieur Boldari. De même que vos relations avec elle ne sont pas de mon ressort.

— Je dirais plutôt le contraire, vu que votre fille et moi sommes amants.

La main d'Elizabeth se crispa sur la poignée de son sac.

— Miranda est en âge de faire ce que bon lui semble. Je n'ai pas à me mêler de sa vie privée.

— Seulement de sa vie professionnelle, alors ? Parlez-moi donc de *La Donna oscura*.

— Plaît-il ?

— *La Donna oscura*, répéta Ryan en la regardant dans les yeux. Où est-elle ?

— Le bronze de Fiesole a été volé dans les réserves du Bargello il y a quelques semaines. Ni les autorités ni moi n'avons idée de l'endroit où elle se trouve actuellement.

— Je ne vous parlais pas de la copie, mais de l'original.

— L'original ?

Derrière son impassibilité, il discerna quelque chose – stupeur, choc, calcul, respect ? Allez savoir, avec une femme aussi froide et maîtresse d'elle-même...

— Ah ! Vous êtes là, Elizabeth !

Un groupe fit son entrée, piloté par Élise. Ryan vit une jeune femme jolie et menue, aux grands yeux lumineux. Derrière elle s'avançaient un homme au teint blafard et à la calvitie prononcée, sans doute Richard Hawthorne, puis un sosie de Sophia Loren au bras d'un homme corpulent à la chevelure d'un blanc éclatant, les Morelli, pensa Ryan. John Carter fermait la marche, un sourire bienveillant aux lèvres.

— Oh ! excusez-moi, enchaîna Élise. Je ne savais pas que vous étiez occupée.

Dissimulant le soulagement que lui causait cette arrivée, Elizabeth procéda aux présentations.

— Je suis ravie de vous rencontrer enfin, déclara Élise en serrant la main de Ryan. J'ai visité votre galerie de

New York l'année dernière, une merveille ! Et ici, quels chefs-d'œuvre ! Richard, décollez votre nez de cette vieille carte d'Italie et admirez plutôt les tableaux.

— Vous savez que je ne résiste pas aux vieilles cartes, répondit Hawthorne d'un air contrit. Mais l'exposition est superbe.

— Vous avez tous dû travailler comme des forçats, commenta Vincente en assenant une claque amicale sur le dos de John Carter.

— Miranda nous menait à la baguette. Depuis quinze jours, nous nous bourrons tous de tranquillisants. Sauf elle. Cette femme a des nerfs d'acier.

— Elle a fait un travail remarquable, constata Élise en lançant autour d'elle un regard admiratif. Où est-elle ?

— En réunion, je crois, l'informa Elizabeth.

— Je lui parlerai plus tard. Euh... je voudrais voir si Andrew dispose d'un petit moment, dit Élise. Si vous n'avez pas besoin de moi tout de suite, bien entendu.

— Non, non, allez-y. Richard, je sais que vous mourez d'envie de vous précipiter à la bibliothèque.

Penchée sur les vitrines de bijoux anciens, Gina poussait des exclamations que Vincente salua d'un sourire indulgent.

— Quand elle aura fini, elle me traînera chez tous les bijoutiers de la ville, affirma-t-il avec philosophie.

— Vous avez quartier libre, décréta alors Elizabeth. Mais je compte sur vous tous ici dans deux heures.

À la porte du bureau d'Andrew, Élise marqua une pause en se félicitant que sa secrétaire ne soit pas à son poste. Dévouée à Andrew corps et âme, la revêche Mlle Purdue aurait sûrement réprouvé cette visite imprévue de son ex-femme.

Un large sourire aux lèvres, elle frappa, entra. Andrew était au téléphone. Au bruit, il leva les yeux et se figea, en laissant sa phrase en suspens.

En un éclair, ses souvenirs d'elle l'envahirent par fragments. Leur première rencontre, quand elle venait d'être engagée au laboratoire sur la recommandation de son père. La manière dont elle avait relevé ses lunettes sur sa tête quand Miranda les avait présentés l'un à l'autre. Le tintement de son éclat de rire, la musique de sa voix quand elle lui avait dit, en réponse à sa première invitation à sortir dîner, qu'il avait mis du temps à se décider.

Il se rappela la première fois qu'ils avaient fait l'amour – et la dernière. Il revit son allure à la fois radieuse et fragile le jour de leur mariage. Sa froideur distante le jour où elle lui avait signifié que tout était fini entre eux. Sans compter ses humeurs intermédiaires, glissant inexorablement de l'espoir et du bonheur à la déception, l'animosité et l'indifférence.

Il n'écoutait plus la voix qui bourdonnait dans l'écouteur. Sur son bureau, son poing se crispait. Il aurait donné n'importe quoi pour que ce soit sur un verre plein.

— Oui, nous reviendrons sur les détails, déclara-t-il au hasard d'un silence, mais l'essentiel est déjà dans le communiqué de presse. C'est cela. Merci mille fois.

Il raccrocha lentement.

— Je suis désolée de te déranger, Drew, déclara-t-elle du pas de la porte. Mlle Purdue n'était pas à son bureau, je me suis permis de…

— Aucune importance. Ce n'était qu'un journaliste.

— La presse dit beaucoup de bien du gala.

— Nous en avons besoin.

Voyant qu'il ne se levait pas ni ne lui faisait signe d'entrer, elle s'avança jusque devant son bureau.

— Je ne serais pas venue si Elizabeth n'avait pas insisté. Mais puisque j'y suis, j'ai pensé qu'il valait mieux que nous nous parlions quelques minutes tranquillement.

En dépit du mal que cela lui faisait, il ne pouvait s'empêcher de la dévorer du regard.

— Nous tenions à ce que tous nos principaux collaborateurs soient présents, répliqua-t-il sèchement.

— Tu es toujours fâché contre moi, n'est-ce pas ?

— Je ne sais pas…

— Tu as l'air fatigué.

— Organiser un événement de cette importance en un mois n'accorde pas beaucoup de loisirs pour se détendre.

Elle lui tendit la main, la retira aussitôt comme si elle se rendait compte que son geste serait repoussé.

— Ne le prends pas mal, Drew, mais la dernière fois que nous nous sommes vus, c'était…

— Dans le bureau d'un avocat, compléta-t-il.

— Oui, dit-elle, les yeux baissés. J'aurais tant voulu, vois-tu, que tout se passe autrement. J'espérais que nous aurions au moins pu rester…

— Amis, peut-être ?

Le ricanement amer qui lui échappa lui fit moins mal que les mots banals qu'il s'était forcé à articuler.

— Non, pas amis. Disons plutôt… j'espérais que nous ne serions plus des ennemis l'un pour l'autre.

Ses grands yeux s'embuèrent de larmes. Elle ne s'était pas attendue à la froideur avec laquelle il la dévisageait. Elle s'était préparée à des regrets, du chagrin, un éclat de colère, voire un peu des trois. À tout, sauf au bouclier qu'il dressait entre eux et sur lequel se brisaient ses efforts de bonne volonté. Il l'avait aimée, pourtant. Elle en était certaine – alors même qu'elle apposait sa signature sur les documents de leur divorce.

— Pourquoi serions-nous ennemis, Élise ? Nous ne sommes plus rien l'un pour l'autre.

Elle cligna deux fois les yeux. Comme par magie, ses larmes se tarirent.

— Soit, j'ai eu tort de vouloir te parler. Je cherchais simplement à éviter tout problème susceptible de compromettre la réussite de la fête de demain. Si ma présence, par exemple, t'avait troublé au point que tu te mettes à boire…

— J'ai cessé de boire.

— Vraiment ? Où ai-je déjà entendu dire la même chose ?

Il avait oublié ce sourire moqueur, cette ironie froide qui tranchait dans le vif, comme une lame.

— À une différence près, c'est que tu n'as plus rien à voir dans ma décision. Maintenant, je suis seul en cause. J'ai vidé beaucoup trop de bouteilles à cause de toi, Élise. C'est fini. Terminé. Si tu es déçue que je ne sois plus une loque, si tu te considères offensée parce que je ne rampe pas à tes pieds ou que je ne me suis pas effondré en te voyant, sache que tu n'es plus au centre de mon existence.

À ces mots, elle perdit contenance.

— Je n'ai jamais compté pour toi ! gronda-t-elle. Sinon, je serais encore à toi.

Elle tourna les talons, partit en courant. Arrivée à l'ascenseur, de vraies larmes lui brouillaient tant la vue qu'elle dut appuyer sur le bouton à coups de poing.

Lorsque le cliquetis de ses talons dans le couloir se fut estompé, Andrew se permit enfin de se laisser aller. Son estomac à vif implorait une gorgée d'alcool pour se dénouer.

Élise était si belle… Comment avait-il réussi à l'oublier ? Elle avait été sienne et il n'avait pas su ni pu la retenir, sauver leur ménage, être l'homme dont elle avait besoin. Il l'avait perdue parce qu'il s'était montré incapable de donner avec assez de générosité, d'aimer avec assez d'intensité. En un mot, d'être digne d'elle.

Il éprouva soudain le besoin de sortir, de marcher, de respirer l'air frais pour chasser de ses narines les effluves de son parfum. Évitant les derniers visiteurs, il descendit par un escalier de service, laissa sa voiture au parking et avança droit devant lui, jusqu'à ce que la sensation de brûlure qui lui tordait les entrailles se soit un peu apaisée. Jusqu'à ce qu'il n'ait plus à faire d'effort conscient pour imprimer un rythme normal à sa respiration. Jusqu'à ce qu'il soit parvenu à se convaincre qu'il avait de nouveau l'esprit clair et lucide.

Quand il s'arrêta devant la vitrine du caviste, quand son regard se posa sur les bouteilles qui promettaient l'euphorie, le plaisir, l'évasion, il était sûr de pouvoir s'offrir sans risques une cure d'oubli. Mieux : il la méritait. Il en avait gagné le droit en sortant victorieux de ce face-à-face avec la femme qu'il s'était solennellement engagé à chérir, protéger, honorer, et qui avait prononcé le même serment à son égard – jusqu'à ce que la mort les sépare.

À l'intérieur, des rangées de bouteilles aux étiquettes multicolores faisaient assaut de séduction. Essaie-moi ! lui disaient-elles. Tu te sentiras bien et fort, tu deviendras un surhomme capable de réaliser tous ses rêves !

Il prit une bouteille de Jack Daniel's, caressa son étiquette noire, palpa sa forme carrée si familière. Un filet de sueur ruissela le long de son dos. Cher vieux Jack... Sa bouche en goûtait déjà la saveur, son ventre s'apprêtait à en accueillir le chaleureux réconfort.

Il posa la bouteille près de la caisse.

— Ce sera tout ? demanda le commis.

— Oui, cela me suffit.

Il paya, sortit. Dans son sac en papier, la bouteille pesait au creux de son bras. Débouche-moi, chuchotait-elle. Une gorgée de mon nectar, et tes souffrances s'envoleront, tes chagrins sombreront dans l'oubli.

Le soleil baissait sur l'horizon, l'air se faisait plus frais. Andrew franchit la grille du jardin public.

Un parterre de jonquilles sonnait une joyeuse fanfare, soutenue par les accents plus graves d'un massif de tulipes et l'innocent pépiement d'une fontaine. Sur sa gauche, les balançoires et les toboggans du terrain de jeux étaient désertés. À cette heure, les enfants se lavaient les mains en prévision du dîner. Avait-il souhaité des enfants ? Oui, bien sûr. Il avait rêvé de fonder une famille, une vraie, dont les membres auraient su s'aimer, s'embrasser, se quereller. Une famille pleine de rires et de cris de joie, de repas bruyants, de contes de fées à l'heure du coucher.

Cela non plus, il n'avait pas été fichu de le réaliser.

Il s'assit sur un banc, contempla les balançoires immobiles, écouta la petite musique de la fontaine et caressa la bouteille carrée dans son sac en papier.

Une gorgée au goulot, pensa-t-il. Juste une, et rien de tout cela n'aura plus autant d'importance.

Deux, et tu t'étonneras que cela en ait jamais eu.

Annie tirait des bières pendant que le mixer malaxait les ingrédients pour un pichet de margaritas. La télé diffusait en sourdine un match de base-ball. Comme tous les vendredis soir, le bar était bondé. Des hommes d'affaires, surtout, venus se détendre entre eux avant le week-end en famille. Une ou deux tablées d'étudiants, aussi, qui assassinaient leurs professeurs à coups d'éclat de rire.

Derrière le bar, Annie surveillait ses serveuses et préparait les consommations en luttant de son mieux contre l'insidieux mal de dos causé par des heures de piétinement. Lorsqu'elle vit entrer Andrew et reconnut ce qu'il tenait, elle sentit son estomac se nouer. Elle le suivit des yeux tandis qu'il traversait la salle, s'asseyait sur un tabouret libre, posait le paquet devant lui. Leurs regards se croisèrent au-dessus du sac en papier.

— Je ne l'ai pas débouchée.

— C'est bien.

— J'en avais... j'en ai encore envie.

Annie ôta son tablier, fit signe à sa première serveuse de la remplacer.

— Allons marcher cinq minutes, Andrew.

Il reprit sa bouteille avant de la suivre.

Dehors, les réverbères s'allumaient, les embouteillages du vendredi soir bloquaient les rues. Une cacophonie de radios et de cassettes à pleine puissance s'échappait des voitures aux vitres ouvertes.

— Je me suis assis sur un banc du jardin public près de la fontaine. Il n'y avait presque plus personne. Je pensais pouvoir m'offrir une gorgée. Juste de quoi me réchauffer.

— Mais tu ne l'as pas fait.

— Non. Tu ne me demandes pas pourquoi ? J'ai revu Élise.

— Ah…

— Je m'y attendais, je savais qu'elle devait venir pour l'exposition. Mais quand elle est entrée dans mon bureau, tout m'est revenu en bloc, comme un coup de massue. Elle voulait arrondir les angles, je pense. Mais peut-être avait-elle autre chose en tête. Je n'ai pas marché.

Annie se voûta, fourra ses mains dans ses poches. Elle avait été folle de croire qu'elle avait une chance avec Andrew. Naïve d'avoir espéré qu'elle réussirait à lui faire oublier son passé.

— Ce n'est pas à moi de te dire ce que tu dois faire, Andrew, mais, à mon avis, si tu ne résous pas le problème d'une manière ou d'une autre, tu continueras d'en souffrir.

— Je sais.

— Elle n'est ici que pour quelques jours. Si tu parvenais à faire une croix sur votre divorce, à te réconcilier avec elle, tu t'en trouverais mieux. Je n'ai jamais fait la paix avec mon salaud d'ex-mari et je m'en mords les doigts.

Elle ponctua sa phrase d'un sourire, dans l'espoir qu'il le lui rendrait. Faute de réaction, elle poursuivit :

— Je veux dire, je n'ai jamais accompli l'effort qu'il fallait pour que nous soyons au moins polis l'un envers l'autre. Il n'en valait pas la peine, évidemment, mais je m'en veux encore, Dieu sait ! Il me faisait du mal au point qu'à la fin je ne pensais qu'à lui rendre la pareille – en pire, si possible. Bien sûr, je n'y suis jamais arrivée, pour la bonne raison qu'il s'en moquait éperdument.

— Pourquoi es-tu restée si longtemps avec lui, Annie ?

— Parce que je le lui avais promis, voilà tout. Prononcer ses vœux conjugaux à la mairie pendant sa pause déjeuner ou dans une église avec une belle robe blanche, c'est exactement pareil, tu sais.

— Oh oui, je sais… Crois-moi ou non, je souhaitais respecter les miens, prouver que j'en étais capable. Sinon, ç'aurait été admettre devant tout le monde que je ne valais pas mieux que mon père, mon grand-père et les autres.

— Tu n'es pas comme eux. Tu es toi-même, Andrew.

— C'est ce qui m'effraie.

Parce qu'elle sentit qu'il avait besoin de tendresse, elle posa ses lèvres sur les siennes. Mais ce baiser, dans lequel elle n'avait voulu mettre que douceur et amitié, éveilla en elle des désirs dont elle craignit qu'ils ne leur soient à tous deux d'aucun secours. Elle s'écarta, en laissant cependant sa joue contre la sienne.

— Tu n'es pas comme eux, Andrew, répéta-t-elle.

— Pas ce soir, en tout cas. Tiens, poursuivit-il en lui tendant la bouteille avec un sourire triste. Vends-la au détail, tu feras cent pour cent de bénéfice net.

Il en éprouva le soulagement hypocrite de l'homme qui préfère s'imaginer victime d'un accident plutôt que coupable d'un suicide, et croit leurrer sa conscience en braquant le volant de sa voiture au moment où cette dernière franchit le bord du ravin et plonge dans le vide.

— Au fait, Annie, pour demain soir… Tu me ferais vraiment plaisir si tu changeais d'avis. Viens.

— Avec ces gens huppés, ces artistes ? Je ne serais pas à ma place, Andrew, tu le sais bien.

— Tu es à ta place avec moi. Tu l'as toujours été.

— Je fais mes plus grosses recettes le samedi soir… (Tu te cherches de mauvaises excuses, espèce de lâche, pensa-t-elle. Un soupir lui échappa.) Bon, j'y réfléchirai, reprit-elle. Maintenant, il est tard, il faut que j'y aille.

— Je te raccompagne jusqu'à la porte, déclara-t-il en lui prenant la main. Mais viens demain soir, Annie. Je compte sur toi. Promis ?

— Je t'ai dit que j'y réfléchirai, répondit-elle en sachant pertinemment qu'elle n'en ferait rien.

Car elle ne voulait à aucun prix affronter Élise sur son propre terrain.

27

— Vas-tu enfin sortir d'ici, bon sang? s'écria Ryan depuis le pas de la porte.

— Impossible, répondit Miranda en levant les yeux des paperasses étalées devant elle. J'ai trop de travail.

— Pourquoi te sens-tu obligée de tout faire toi-même?

— Mes méthodes ne te conviennent pas?

Excédé, il vint se planter devant son bureau, s'y appuya des deux mains, se pencha vers elle:

— Ce n'est pas ce que j'ai dit! Tu n'as pas besoin de t'évertuer à lui prouver quoi que ce soit.

— Il n'est pas question de plaire à ma mère, mais de faire en sorte que la soirée de demain soit réussie. Il me reste une foule de détails à régler.

Il lui arracha rageusement son crayon des mains, le cassa en deux. Miranda cligna les yeux, désarçonnée.

— C'est un geste digne d'un gamin, déclara-t-elle sèchement.

— Aurais-tu préféré que j'inflige le même sort à ton cou pour t'apprendre à vivre?

Son visage se ferma. Si elle avait abaissé un rideau de fer, il n'aurait pas constitué entre eux d'obstacle plus tangible. La colère de Ryan redoubla:

— Si tu penses réussir à me claquer la porte au nez de cette manière, tu te fourres le doigt dans l'œil! Arrête de tripoter tes foutues listes comme s'il n'y avait rien de plus important au monde que de cocher ci ou ça! Je ne suis pas une putain de ligne à cocher sur une putain de liste, moi! Je sais ce qui se passe dans ta tête de mule!

— Soyez poli, je vous prie, monsieur Boldari.

Il tourna les talons, fonça vers la porte. Elle s'attendait qu'il la franchisse et disparaisse, comme tant d'autres avant lui, mais il la claqua, la verrouilla et mit la clef dans sa poche. Effarée, furieuse, elle se leva.

— Je ne vois pas ce qui justifie ton accès de rage.

— Ah, oui ? Crois-tu que je n'ai pas vu ta tête quand je t'ai appris la provenance de ce courrier électronique ? T'imagines-tu assez maîtresse de toi pour refouler tes émotions au point de les rendre invisibles ?

Il en était malade. Il n'en pouvait plus de se heurter sans cesse à la complexité de sa personnalité, de lutter pour se faire comprendre d'elle.

— Je ne pense pas t'avoir accusé de…, commença-t-elle avec hauteur.

— Ah, non ! Pas de grands airs avec moi, ça ne prend pas ! Je t'ai observée à l'arrivée de ta mère. J'ai vu la manière dont tu t'es repliée sur toi-même, dont tu as mis tes sentiments en chambre froide. Dont tu t'es abstraite de la réalité. Était-ce par peur ? Par faiblesse ?

Ces derniers mots la piquèrent au vif.

— Tu me demandais d'admettre l'éventualité, pire, la probabilité que ma mère m'ait exploitée, trahie ! Qu'elle ait engagé un homme de main pour me terroriser ! Qu'elle soit impliquée dans un vol et une contrefaçon d'œuvres d'art ayant déjà provoqué trois morts ! Tu voulais que je l'accepte comme une évidence, et tu oses maintenant me reprocher la manière dont je m'efforce d'encaisser un coup pareil ?

— J'aurais mieux aimé te voir la bourrer de coups de poing et exiger qu'elle s'explique.

— Ce genre d'attitude a peut-être cours dans ta famille. Dans la mienne, nous ne sommes pas aussi… démonstratifs.

— Non, en effet, répliqua-t-il avec un ricanement. Vous autres, vous préférez le coup de poignard dans le dos. Mais je peux te dire une bonne chose, Miranda, c'est que la franchise brutale est plus propre et, surtout, plus humaine.

Elle balaya du bras son bureau. Les dossiers, les crayons empilés dessus volèrent dans toute la pièce.

— Que voulais-tu que je fasse, bon Dieu? cria-t-elle sans plus se dominer. Dis-moi quoi! Que je hurle, que je trépigne, que je lui jette des accusations à la figure? Que je la mette en demeure d'avouer la vérité? Que j'exige un aveu formel ou un démenti catégorique? Si elle me hait au point de m'avoir fait ce que tu prétends, crois-tu qu'elle se gênerait pour me mentir sans scrupule?

Hors d'elle, elle repoussa avec violence son fauteuil de bureau à roulettes, qui alla s'écraser contre le mur.

— Elle ne m'a jamais aimée! Elle ne m'a jamais accordé la moindre preuve, le moindre geste d'affection! Pas plus elle que lui, ni à moi, ni à Andrew, ni même l'un envers l'autre. De ma vie entière, je ne les ai jamais entendus me dire qu'ils m'aimaient, et pas davantage prendre la peine de mentir pour m'en donner l'illusion! Tu ne sais pas, tu ne peux pas comprendre ce que c'est de n'avoir jamais pu se blottir dans les bras de ses parents, de n'avoir jamais entendu sortir de leur bouche un mot d'amour ni même un mot gentil! Et d'en avoir souffert si cruellement et pendant si longtemps qu'il a fallu cesser de le désirer, pour ne pas en mourir...

Elle s'interrompit, haletante, les poings pressés sur sa poitrine comme si elle parvenait ainsi à adoucir sa souffrance.

— Non, je ne sais pas ce que c'est, dit-il sans élever la voix. Explique-le-moi.

— J'ai grandi dans une espèce de laboratoire stérile où chaque chose avait sa place, où tout était calculé, documenté, sans aucune des joies de la découverte. Il n'y avait que des règles, rien d'autre. Des règles pour le langage, la conduite, l'éducation. Il fallait faire telle chose de telle manière et pas de telle autre, parce que aucune autre n'était convenable ni même acceptable. Combien de ces règles a-t-elle violées, si elle m'a fait ce dont tu la soupçonnes ?

Depuis le début, il l'écoutait, il l'observait sans un geste, sans un mot. Quand elle se tut, un silence absolu retomba. On ne perçut plus que sa respiration haletante, tandis qu'elle regardait avec effarement les dégâts qu'elle avait provoqués autour d'elle. Pour la première fois, elle prit conscience des larmes brûlantes qui ruisselaient sur son visage.

— C'est pour entendre ce genre de confession que tu m'as provoquée ? demanda-t-elle enfin avec lassitude.

— Oui. Il fallait que tu extériorises tout ce poison.

— Eh bien, c'est fait. Les crises de rage me donnent la migraine, ajouta-t-elle en portant les mains à ses tempes.

— Ce n'était pas une crise de rage.

Un rire amer lui échappa.

— De quoi la qualifierais-tu, alors ?

— D'explosion de franchise. Malgré mon métier, dit-il en souriant, le mot ne m'est pas tout à fait étranger. Tu n'es ni froide ni insensible, Miranda, tu as peur. Tu n'es ni antipathique ni repoussante, tu es incomprise.

Elle garda le silence un instant, sans plus chercher à retenir ses larmes qui coulaient de plus belle.

— Je donnerais n'importe quoi pour que ce ne soit pas ma mère qui soit en cause, Ryan, murmura-t-elle.

Il s'approcha, dénoua ses mains jointes, glissa ses doigts entre les siens.

— Il y a de fortes chances pour que nous obtenions les réponses d'ici à deux jours, Miranda. Après, ce sera fini.

— Oui. Mais moi, je devrai vivre avec ces réponses. Et je ne sais pas encore comment.

Il la reconduisit à la maison, la persuada de se coucher de bonne heure et de prendre un somnifère. Le fait qu'elle lui obéît sans protester trahissait son épuisement nerveux.

Une fois assuré qu'elle était endormie et Andrew claquemuré dans sa chambre, Ryan changea son costume de ville pour une tenue sombre et discrète adaptée à ses projets. Puis il se munit de quelques outils et d'un porte-documents de cuir souple pourvu d'une bandoulière, pour le cas où il découvrirait quelque chose méritant d'être emporté.

Il trouva les clefs de Miranda dans une pochette de son sac, sortit sans bruit, s'installa au volant de sa voiture, débloqua le frein à main et se laissa rouler au point mort sans allumer les phares. Bien sûr, si Andrew ou elle l'avait entendu démarrer, il aurait pu prétendre souffrir d'insomnie et s'être permis d'emprunter une voiture pour se promener. Mais à quoi bon mentir lorsque ce n'est pas indispensable ? Il attendit donc d'avoir parcouru une bonne distance avant de lancer le moteur et d'allumer les phares.

La circulation, quasi inexistante, se fit juste un peu plus dense aux abords de la ville. Il était pourtant à peine minuit. Jones Point, pensa-t-il, amusé, doit être vacciné contre la fièvre du samedi soir – ou même du vendredi.

Il se gara dans un coin obscur du parking de l'hôtel, assez loin de l'entrée. Si le gros de la population dormait déjà, estima-t-il, les visiteurs venus de Florence, assommés par le décalage horaire et la fatigue du voyage, étaient encore plus sûrement dans les bras de Morphée.

Ayant séjourné dans cet hôtel lors de sa première visite à Jones Point, Ryan connaissait parfaitement la disposition des lieux. Du pas pressé de celui qui a hâte de retrouver son lit, il traversa le hall vers les ascenseurs sans que nul ne lui prête attention.

Il avait pris soin de noter au préalable les numéros des chambres. Ceux auxquels il comptait rendre une discrète visite étaient logés au dernier étage, auquel l'ascenseur n'accédait qu'à l'aide d'une clef. En homme prévoyant – ou, plutôt, par la force de l'habitude –, il avait négligé de rendre ladite clef à la réception quand il avait lui-même quitté l'hôtel. Il arriva donc sans encombre à destination.

Elizabeth et Élise partageaient une suite composée de deux chambres et d'un petit salon. Il s'en approcha, ne vit de rai de lumière sous aucune des trois portes, n'entendit pas filtrer de bruits de voix ou de télévision. Moins de trente secondes plus tard, la porte du petit salon refermée derrière lui, il se tint un instant immobile, l'oreille aux aguets, en laissant à sa vision le temps d'accommoder. Ensuite, il alla débloquer la fermeture de la baie coulissante qui donnait sur la terrasse, afin de se ménager une voie de retraite supplémentaire si le besoin s'en faisait sentir. Cela fait, il se mit à l'ouvrage.

La fouille du salon ne lui livra rien d'intéressant. Il pénétra ensuite dans la première chambre, où une femme dormait paisiblement. S'aidant de sa lampe-stylo, il s'empara d'un sac à main et d'un porte-documents, qu'il emporta au salon afin de les inventorier à son aise.

La femme endormie était Elizabeth, constata-t-il en examinant le contenu du portefeuille et les pages de l'agenda. Une pochette du sac à main dissimulait une clef de coffre bancaire dont il nota le numéro de code. Les tampons, les visas apposés sur le passeport confirmaient les dates et les destinations obtenues par l'intermédiaire de son cousin. Elizabeth revenait aux États-Unis pour la première fois depuis plus d'un an, mais elle avait effectué deux courts séjours en France dans les six derniers mois.

Il remit tout en place, fouilla avec le même soin les valises, la penderie, la commode, la salle de bains sans rien y découvrir, puis il passa à la chambre suivante.

L'ex-femme d'Andrew n'eut plus de secret pour lui quand il en eut terminé avec elle. Élise avait une prédilection pour les dessous en soie et se parfumait avec Opium d'Yves Saint Laurent. Sa garde-robe, de style plutôt sobre, ne portait que des griffes de grands couturiers. Il fallait de l'argent pour satisfaire des goûts aussi dispendieux. Ryan se promit de vérifier ses revenus dès que possible.

Elle avait emporté du travail en voyage, comme semblait l'indiquer la présence de l'ordinateur portable sur le bureau de la chambre. Simple conscience professionnelle ? se demanda-t-il, intrigué. Un ordre rigoureux régnait dans son sac à main et son porte-documents. Un petit coffret à bijoux en cuir ouvragé recelait quelques belles pièces de joaillerie italienne récente, ainsi qu'un médaillon ancien en argent où Ryan trouva les portraits d'un homme et d'une femme. Les photos en noir et blanc étaient un peu passées, les costumes et les coiffures dataient des années 40. Ses grands-parents sans doute, pensa-t-il. Si Élise avait un côté sentimental, en tout cas elle le cachait bien.

Moins d'une heure plus tard, Ryan quitta la suite des deux femmes, fit quelques pas dans le couloir et s'introduisit chez Richard Hawthorne, profondément endormi lui aussi.

Il lui fallut dix minutes pour tomber sur la quittance de loyer d'un local à Florence, qu'il empocha. Trois minutes de plus le mirent en présence d'un pistolet de calibre 38, auquel il ne toucha pas. Sept minutes après, il dénicha un petit calepin dissimulé dans une paire de chaussettes. À l'aide de sa lampe-stylo, il en déchiffra au hasard quelques pages couvertes de pattes de mouche, dont la lecture lui tira un sourire sans gaieté.

Il glissa le calepin dans sa poche avec la quittance et s'en fut aussi silencieusement qu'il était entré. Hawthorne dormait toujours.

Il allait avoir, pensa Ryan, un réveil difficile.

— Quoi ? s'exclama Miranda. Tu t'es introduit dans la chambre de ma mère la nuit dernière ?

Il était midi, et Miranda était assise à son bureau pour la première fois depuis six heures du matin. Ryan avait dû la menacer de l'y emmener de force si elle ne s'y rendait pas de son plein gré.

— Sois logique. Il n'aurait servi à rien de les réunir tous ici si je n'en avais pas profité. J'ai découvert dans son sac une clef de coffre. Il m'a paru bizarre qu'elle l'emporte en voyage, mais il s'agit d'un coffre dans l'agence de Jones Point d'une banque américaine.

— Je ne comprends pas, Ryan. Quelle importance peut avoir une vulgaire clef de coffre ? Beaucoup de gens en ont.

— Oui, lorsqu'ils veulent y conserver des objets précieux à l'abri des regards indiscrets ou des mains fureteuses. De toute façon, je vérifierai.

Miranda ouvrit la bouche, la referma sans rien dire.

— Je n'ai rien trouvé chez Élise, reprit-il, à part son ordinateur portable. Il est pour le moins étrange d'emporter un instrument de travail pour un voyage de quatre jours, d'autant qu'elle passera le plus clair de son temps ici. J'y retournerai si je peux et j'essaierai de décrypter le disque dur quand elle ne sera pas dans sa chambre.

— Il vaudrait mieux, en effet, qu'elle n'y soit pas, commenta Miranda avec résignation.

— Les Morelli se déplacent avec un stock de bijoux à faire chanceler un éléphant. Si je peux accéder au compte en banque de Vincente, nous verrons de combien il s'est endetté pour complaire à sa ruineuse épouse. Quant à ton père…

— Mon père ? Mais il est arrivé après minuit !

— J'en sais quelque chose, j'ai failli me trouver nez à nez avec lui dans le couloir en sortant de chez ta mère. C'est commode, à vrai dire, d'avoir logé tout le monde au même étage.

— Nous retenons souvent les mêmes chambres.

— Bref, il s'est endormi comme une souche pendant que je rendais visite aux autres. Savais-tu que ton cher père s'est rendu trois fois depuis un an aux îles Caïmans ?

La tête lui tournait au point que Miranda se demanda si elle n'allait pas se dévisser et rouler par terre.

— Les îles Caïmans?

— Oui, un paradis tropical où l'on s'adonne aux joies de la plongée et du bain de soleil, ainsi que du blanchiment de l'argent sale. Pour le moment, ce n'est que conjecture gratuite. Mais j'ai décroché la timbale chez Hawthorne.

— Tu n'as pas perdu ton temps pendant que je dormais.

— Tu avais besoin de repos, et j'ai horreur de me tourner les pouces. Voici ce que j'ai trouvé chez lui, expliqua Ryan en dépliant le reçu. Il a loué cette remise le lendemain de la livraison du bronze à Standjo. Le jour même où ta mère t'a téléphoné pour t'enjoindre de venir à Florence. Que disait Andrew au sujet des coïncidences? Qu'elles n'existent pas.

— On peut louer une remise pour un tas de raisons.

— Certes, mais pas un garage dans les faubourgs de la ville quand on ne possède pas de voiture. J'ai vérifié, Hawthorne n'en a pas. En revanche, il a un pistolet.

— Un... quoi?

— Un pistolet. Ne me demande pas de quel modèle, je préfère ignorer ce genre d'objets. Celui-ci, en tout cas, m'a paru très efficace.

Tout en parlant, il alla humer la cafetière à demi pleine sur la plaque chauffante et constata avec plaisir que son contenu était encore frais.

— Café? Non? Tant pis pour toi, je le termine. Il y a des lois, poursuivit-il, sur le transport des armes à feu dans les avions. Je ne suppose donc pas que Hawthorne est passé par les voies officielles pour apporter cette arme ici. Et quelle raison, d'ailleurs, inciterait un docte et paisible chercheur à se munir d'un pistolet automatique pour assister au vernissage d'une exposition?

— Je n'y comprends rien. Richard, un pistolet? Cela n'a aucun sens! C'est absurde.

— Tu en seras moins convaincue quand tu auras lu ceci, répliqua Ryan en tirant le calepin de sa poche. Tu le liras en entier, bien sûr, mais voici en attendant quelques points intéressants. On y trouve la description d'un bronze, haut de 30,4 centimètres et pesant 10 kilogrammes, représentant une femme nue. On y trouve aussi les résultats complets des essais et analyses effectués sur ledit bronze, fondu à la fin du XVe siècle dans le style de Michel-Ange.

Miranda devint livide. Ryan lui tendit la tasse de café chaud, autour de laquelle elle noua ses mains glacées.

— Les premiers tests, reprit-il, ont été effectués à dix-neuf heures le jour même de la prise en charge officielle de *La Donna* par Standjo. En temps normal, le laboratoire ferme à dix-huit heures, il me semble ?

— Il a donc exécuté les tests, soupira Miranda d'une voix à peine audible. Tout seul...

— Ses notes en donnent la liste détaillée ainsi que les résultats, heure par heure. Deux nuits complètes de travail. Il mentionne aussi ses recherches de documentation – notamment la découverte d'un élément que tu ignorais, et dont il s'est bien gardé de t'informer : l'acte de baptême, signé par l'abbesse du couvent de la Miséricorde, d'un enfant de sexe masculin. La mère y figure sous le nom de Giulietta Buenodarni.

— Je savais qu'elle avait eu un enfant, probablement le bâtard d'un des Médicis. Elle l'avait envoyé à la campagne peu après sa naissance, sans doute pour assurer sa sécurité compte tenu des troubles de l'époque.

— Cet enfant a été baptisé sous le nom de Michelangelo. D'après son père, pourrait-on supposer ?

— Michel-Ange n'a jamais eu d'enfant ! Nul n'ignore qu'il était ouvertement homosexuel.

— Ce qui ne le rend pas inapte à procréer, ni ne veut dire non plus que l'enfant ait été le sien. Mais l'acte de baptême étaie l'hypothèse de liens étroits ayant existé entre Giulietta et Michel-Ange. Dans ce cas...

— Cela, enchaîna Miranda, renforce la possibilité qu'il se soit servi d'elle comme modèle.

— Exact. Hawthorne, en tout cas, a estimé cet indice assez décisif pour le consigner dans ses notes – et omettre de te le communiquer. Qu'ils aient été amants, ne serait-ce qu'une seule fois, ou qu'ils aient noué une amitié platonique assez étroite pour qu'elle ait voulu nommer son enfant d'après lui constitue au moins un début de preuve permettant d'attribuer le bronze à Michel-Ange.

— Comme preuve formelle, ce serait insuffisant, mais cela renforce l'hypothèse et rend plausible le fait qu'il l'ait prise pour modèle. C'est un point de départ capital pour la conduite des recherches.

— Hawthorne ne souhaitait pas que tu t'y engages.

— Non, et je me suis bêtement laissé faire en lui abandonnant la recherche historique, en me contentant des sources qu'il m'indiquait. Mais lui, il avait compris aussitôt de quoi il s'agissait. Sans doute au premier coup d'œil. Comme moi.

— Voilà une déduction qui semble tout à fait plausible, docteur Jones.

— Tout s'enchaîne, maintenant ! Si c'est Richard qui a volé le bronze et l'a fait copier, c'est aussi lui qui a dû voler le *David*. Et encore lui qui a tué Giovanni.

— Comme preuve formelle, ce serait insuffisant, dit Ryan en posant le calepin sur le bureau. Mais, à n'en pas douter, cela renforce l'hypothèse.

— Nous devons en informer la police, Ryan.

Il se hâta de poser la main sur le calepin avant qu'elle s'en empare.

— Pas encore, Miranda. Je me sentirais plus rassuré si nous tenions les deux vrais bronzes avant de lancer la police sur la piste. Écoute, je partirai demain pour Florence voir ce qu'il y a dans ce garage. Si les bronzes n'y sont pas, Hawthorne les garde peut-être dans son appartement, ou j'y dénicherai un indice sur l'endroit où il les cache. Une fois que je les aurai récupérés, nous déciderons ensemble comment présenter les choses à la police.

— Il doit payer pour la mort de Giovanni, Ryan.

— Il paiera, Miranda. Accorde-moi quarante-huit heures. Nous sommes trop près du but pour reculer, maintenant.

— Écoute-moi à ton tour, Ryan. Je ne perds pas de vue le fait que la réapparition des vrais bronzes réhabilitera ma réputation professionnelle et aura un certain retentissement dans le monde de l'art. Je n'oublie pas non plus que nous avons conclu un marché, toi et moi. Mais je te demande de me jurer qu'il sera fait avant tout justice à Giovanni.

— Si Hawthorne est responsable de sa mort, il paiera. Je m'y engage solennellement.

— Bien. Nous attendrons donc ton retour de Florence pour parler à la police. Mais ce soir, comment allons-nous faire ? Il sera au gala. Il est déjà ici.

— La soirée se déroulera comme prévu. Il y aura des centaines d'invités, tout est en place, tu n'auras qu'à te laisser porter par le courant. Voyons, Miranda, ajouta Ryan pour prévenir ses objections, l'Institut et moi-même sommes trop engagés pour faire machine arrière. Et nous ne savons pas encore si Hawthorne a agi seul ou avec des complices.

Elle ne put réprimer un frisson.

— C'est vrai. Ce pourrait être n'importe lequel d'entre eux. Même ma mère…

Il était impuissant contre l'horreur qu'il discerna dans son regard soudain assombri.

— Tu dois faire face, Miranda.

— Oui, bien sûr. Faire face… comme toujours.

— Hawthorne a commis une erreur, nous verrons s'il en commet une autre. Lorsque nous aurons les bronzes, nous le livrerons à la police. S'il a des complices, il se chargera de les dénoncer. Je n'ai pas l'impression qu'il soit homme à accepter de se faire pendre tout seul.

— Se faire pendre ? s'écria-t-elle, horrifiée.

— C'est une image.

— Je sais, mais elle signifie au moins la prison pour des années, à perpétuité peut-être. Ou pire… S'il s'agit d'une personne de ma famille, Ryan, je ne pourrai pas. Non, je ne pourrai pas.

Il tenta de lui prendre les mains. Elle le repoussa.

— Miranda…

— Non, non, pardonne-moi, Ryan. Je sais que ce n'est pas juste. Quand je pense à Giovanni, à ce pauvre plombier qui avait une femme et des enfants, à Harry, je devrais, je le sais, mais… Si nous découvrons un membre de ma famille derrière tout cela, je serai incapable de vivre en sachant que c'est à cause de moi qu'il se retrouve de l'autre côté des barreaux.

Cette fois, il parvint à lui agripper les poignets avant qu'elle lui échappe à nouveau.

— Une minute, bon sang ! Le ou les responsables, quels qu'ils soient, en veulent à ta vie ! C'est moi qui veillerai à ce qu'ils paient ! Comprends-tu, à la fin ?

— Non, pas à ma vie. À ma réputation, à ma carrière.

— Et qui a payé le gorille pour te terroriser avec un couteau, hein ? Qui t'a envoyé ces fax pour t'humilier, te faire peur, te faire mal ?

— C'est sûrement Richard, répondit-elle sans conviction. Et si ce n'est pas lui… Non, je ne peux pas me sentir responsable d'avoir envoyé quelqu'un de ma famille en prison.

— Quelle alternative suggères-tu, alors ? Les laisser filer ? Abandonner *La Donna oscura* à l'endroit où elle est, détruire ce carnet de notes, faire comme s'il ne s'était rien passé ? Comme si leurs victimes étaient toujours en vie ?

Le silence retomba. Miranda soupira avec lassitude.

— Je ne sais pas, Ryan. Je ne sais plus. J'ai besoin d'un peu de temps, moi aussi. Tu m'as demandé quarante-huit heures, accorde-moi le même temps de réflexion. Il doit bien y avoir un moyen de tout concilier...

— J'en doute.

Il saisit le calepin, le soupesa un instant dans sa paume avant de le lui tendre.

— Tiens, garde-le.

Elle le considéra avec méfiance, le prit du bout des doigts comme si la reliure de cuir était susceptible de la brûler.

— Je ne me sens pas capable d'aller jusqu'au bout de la journée, murmura-t-elle. Jusqu'au bout de la soirée.

— Et votre admirable force de caractère, docteur Jones, qu'en faites-vous ? Tu t'en sortiras très bien, j'en suis sûr. Et je ne te quitterai pas d'une semelle. Nous sommes associés dans cette affaire, ne l'oublie pas.

Elle hocha lentement la tête, plaça le calepin dans un tiroir qu'elle ferma à clef. Je dispose de quarante-huit heures, se dit-elle. Deux jours, pas davantage, pour décider de divulguer le carnet – ou de le détruire.

Tout s'arrange à la perfection. Désormais, je sais très précisément comment les choses se passeront. Miranda a tout organisé pour moi mieux que je ne l'espérais. Les invités admireront les œuvres d'art en sirotant le champagne, en se gavant de petits fours. Digne comme toujours, elle évoluera dans la foule, distribuera des sourires. La brillante Dr Jones. L'irréprochable Dr Jones.
La maudite Dr Jones. La lamentable Dr Jones.
Elle sera son propre chef-d'œuvre, elle s'offrira avec complaisance à la douce chaleur des compliments. Quelle merveilleuse exposition, docteur Jones ! Que de splendeurs vous avez réunies ! Oh oui, ils le lui répéteront sur tous les tons, et elle les croira. Ses bourdes, les humiliations dont elle

est responsable, tout disparaîtra dans l'éblouissement de son heure de gloire. Comme si mes efforts, mon travail à moi ne comptaient pour rien.

Son étoile est en train de remonter. Ce soir, elle retombera.

Car j'ai préparé mon propre spectacle pour la soirée. Une représentation qui éclipsera la sienne. Une tragi-comédie que j'ai intitulée Mort d'un traître.

Les critiques, à mon avis, seront enthousiastes.

28

Miranda se félicita d'avoir choisi un long fourreau de soie bleu nuit à manches longues qui dévoilait un minimum de peau, car elle avait froid, terriblement froid. Depuis que Ryan lui avait donné le calepin, elle n'avait pas réussi à se réchauffer.

Elle avait l'estomac noué, elle se voyait trébucher à chaque pas, s'entendait bégayer à chaque syllabe. Pourtant, ses mains restaient sèches et fermes, sa démarche assurée, son sourire aimable. À l'abri de son armure, l'imperturbable Dr Miranda Jones offrait à tous une image plus olympienne que jamais.

Demeurant à l'écart, elle observa sa mère, d'une aisance impériale dans son rôle d'hôtesse, aller de l'un à l'autre, toucher un bras ici, prendre une main là, tendre la joue plus loin, dire au bon moment le mot juste à la personne qu'il fallait. À son côté, son cher époux en smoking lui faisait pendant en incarnant magistralement son personnage d'intrépide globe-trotter doublé d'un homme de science.

Qu'ils étaient bien assortis, les Jones de Jones Point! Beaux, élégants, distingués, sans que la moindre flétrissure ne dépare l'irréprochable perfection d'un vernis de surface qui ne recouvrait rien. Quand ils le voulaient, ils formaient une équipe imbattable – tant qu'il était question de briller pour l'Institut, pour l'art, pour affirmer leur rang social. Par malheur, ils n'avaient jamais voulu former cette équipe pour assurer la réussite de leur vie familiale. Miranda aurait souhaité se contenter de les haïr. En songeant au calepin enfermé dans son tiroir, elle ne ressentait que de l'appréhension.

Elle se détourna d'eux, s'éloigna, franchit la baie de la salle adjacente. Ryan la retint par la main avant qu'elle aborde un petit groupe d'invités.

— Tu devrais être dans un de ces tableaux, lui chuchota-t-il à l'oreille. Tu es éblouissante.

— Je suis morte de peur, répondit-elle sur le même ton. Je le suis toujours au milieu de la foule.

Un sourire lui vint aux lèvres à la pensée que, quelques semaines plus tôt, elle n'aurait jamais osé faire une telle confidence à quiconque.

— Eh bien, imaginons que nous sommes seuls ici, toi et moi. Il te manque toutefois l'essentiel : du champagne.

— Ce soir, je préfère m'en tenir à l'eau.

Mais Ryan tendit la main, prit deux flûtes sur le plateau d'un serveur qui circulait.

— Portons au moins un toast. Au résultat triomphal de vos travaux, docteur Jones.

— J'ai beaucoup de mal à y prendre plaisir.

— Profite du moment qui passe, surtout si le moment est bon, murmura-t-il en lui effleurant la bouche de ses lèvres, ce qui suscita un certain nombre de regards scandalisés. Je trouve ta timidité attendrissante et ton habileté à la camoufler digne d'admiration.

Il eut la satisfaction de voir s'évanouir les ombres qui lui voilaient le regard.

— Est-ce chez toi un don inné ou un talent acquis ?

— Lequel ? J'en ai tant… !

— Celui de savoir exactement ce qu'il faut dire au moment le mieux choisi.

— Disons plutôt que je sais deviner ce que toi tu as besoin ou envie d'entendre. On danse dans le grand hall, et tu n'as encore jamais dansé avec moi.

— Je danse atrocement mal.

— Peut-être parce que tu n'as jamais eu de bons cavaliers. Viens, nous allons nous en assurer.

Une main sur sa taille, il la guida entre les groupes. Il aurait pu, constata-t-elle, en remontrer à ses parents dans l'art de séduire en trois mots de parfaits inconnus avant de passer aux suivants sans ralentir l'allure.

Dans le brouhaha des conversations ponctuées d'éclats de rire, on entendait des bribes de valse en provenance du grand hall. Miranda en avait réalisé elle-même la décoration florale. La lumière ruisselait du grand lustre, dont chaque pendeloque de cristal avait été nettoyée au vinaigre.

Elle fut abordée une douzaine de fois pour s'entendre féliciter. Et si des commentaires désobligeants sur le bronze de Fiesole circulaient dans la foule, nul n'eut le mauvais goût d'y faire allusion devant elle.

Près de l'entrée, elle salua une dame d'âge plus que canonique en robe de velours bordeaux, dont le chef était surmonté d'un étonnant échafaudage de cheveux blancs.

— Mᵐᵉ Collingsforth, chuchota-t-elle à Ryan.

Un léger sifflement lui échappa.

— Des Collingsforth de Portland ?

— Oui. Je vais lui faire un brin de conversation et te présenter. Elle a un faible pour les beaux jeunes gens séduisants.

Miranda s'approcha de la riche douairière qui marquait la mesure en tapant du pied, assise près d'une fenêtre.

— Bonsoir, chère madame. J'espère que vous passez une bonne soirée.

— Excellente, croassa la matriarche. La musique est charmante et le décor superbe. Il était grand temps que vous mettiez un peu d'animation ici, ma chère petite. Les lieux qui abritent des œuvres d'art ne devraient pas être des mausolées. L'art est vivant, que diable ! Qui donc est ce charmant jeune homme ?

— Ryan Boldari, déclara l'intéressé en exécutant dans les règles de l'art un baisemain de grand style sur ses phalanges noueuses. J'ai demandé à Miranda l'honneur de vous être présenté, car je tenais à vous remercier personnellement. Sans la générosité avec laquelle vous avez bien voulu prêter à l'Institut les chefs-d'œuvre de votre collection, notre exposition n'aurait pas un tel éclat.

— Je les aurais prêtés depuis belle lurette si cette petite donnait un peu plus souvent des fêtes comme celle-ci, au lieu de s'enterrer dans son laboratoire.

— Je ne saurais trop vous approuver, chère madame, affirma Ryan avec un sourire si béat que Miranda se sentit soudain de trop. L'art doit être célébré dans la joie, pas seulement étudié dans l'austérité.

Mme Collingsforth le dévisagea avec intérêt.

— Vous me plaisez, jeune homme. Vous parlez bien.

— Mille mercis, chère madame. Oserais-je vous demander la faveur de m'accorder une danse ?

Le regard de la vieille dame se mit à pétiller.

— Ma foi, cher monsieur, cela me ferait grand plaisir.

— Appelez-moi Ryan, de grâce.

Sur quoi, il l'aida à se relever et l'entraîna vers l'estrade de l'orchestre, en lançant à Miranda par-dessus son épaule un sourire carnassier.

— Pour savoir emballer les rombières, murmura Andrew à l'oreille de Miranda, il ne craint personne.

— Il ne craint même pas de tomber sur un bec, répondit-elle en riant. As-tu fait la connaissance de sa famille ?

— Tu plaisantes ? On ne voit qu'eux ! Sa mère m'a coincé tout à l'heure. Elle désirait savoir si nous avions jamais envisagé d'ouvrir des classes d'enseignement artistique pour les enfants, pourquoi nous ne l'avions pas encore fait, si j'aimais les enfants. Et avant que j'aie pu dire ouf, elle m'a présenté une psychologue pédiatre, à moins que ce ne soit une pédiatre psychologue, jeune et célibataire. Elle est remarquable, ajouta-t-il.

— La psy... chose ?

— Non – la pauvre fille était aussi gênée que moi. Je parle de la mère de Ryan. Une force de la nature.

Le voyant tripoter nerveusement sa cravate, Miranda saisit une de ses mains au vol.

— Ce n'est pas trop dur pour toi, ce soir ?

— Disons que je me sens soumis à la question extraordinaire. La foule, les parents, Élise. Et moi au milieu de toutes ces bouteilles d'alcool gratuit…

Pour la énième fois, il lança un regard anxieux vers l'entrée. Annie n'était toujours pas arrivée.

— N'y pense plus. Il faut t'occuper, te changer les idées. Veux-tu danser ?

Andrew passa de la stupeur à une franche hilarité.

— Danser, toi et moi ? Nous finirions aux urgences avec les pieds en miettes !

— J'en prends le risque, si tu le veux bien toi aussi.

Il lui adressa un sourire attendri.

— Tu es une sœur idéale, Miranda. Ne t'inquiète pas pour moi, tout va bien.

Son sourire se crispa soudain. Miranda n'eut pas besoin de suivre son regard pour comprendre qu'Élise s'approchait. Sa robe blanche, longue et vaporeuse lui donnait l'allure d'une fée.

— Je voulais juste vous féliciter tous les deux pour cette merveilleuse exposition. Tout le monde ici s'extasie. Vous avez accompli un fabuleux travail.

— Nous ne l'avons pas réalisé sans aide, déclara Miranda plus sèchement qu'elle ne l'aurait souhaité. Le personnel dans son ensemble a déployé des efforts considérables pour parvenir à ce résultat.

— Quoi qu'il en soit, ce ne pouvait pas être mieux. Andrew, poursuivit Élise avec une gêne évidente, je voulais aussi te présenter mes excuses pour t'avoir compliqué la vie en venant ici. Je sais ce que ma présence peut avoir de… délicat pour toi. Aussi, je ne m'attarderai pas ce soir et j'ai décidé de repartir pour Florence dès demain matin.

— Inutile de modifier tes projets à cause de moi.

— Si, et je le fais pour moi aussi. Je ne voulais pas non plus partir, poursuivit Élise en se tournant vers Miranda avec un sourire contraint, sans te dire combien j'admire ce que tu as accompli pour la réussite de cette exposition. Tes parents sont très fiers de toi.

Miranda ne put s'empêcher d'écarquiller les yeux.

— Mes parents?

— Mais oui. Elizabeth disait à l'instant...

— Annie! s'écria soudain Andrew sur un ton qui fit sursauter Élise. Excusez-moi, vous deux.

Il se précipita à sa rencontre. Annie, qui lui parut plus adorable que jamais avec ses cheveux blonds sagement coiffés, avait l'air perdue dans cette foule d'inconnus. Sa robe rouge jetait une touche de couleur et de vie dans l'uniformité des toilettes traditionnelles et des smokings noirs.

À peine l'eut-il rejointe qu'il lui saisit les mains comme le naufragé s'accroche à une bouée de sauvetage.

— Je suis si heureux que tu sois venue.

— Je me demande pourquoi je t'ai écouté. Je me sens ridicule, attifée comme je suis.

— Je suis si heureux! répéta-t-il en l'embrassant sans se soucier des regards réprobateurs.

— Je ferais mieux de passer les consommations, grommela Annie. Au moins, je serais à ma place.

— Ne dis pas de bêtises, tu es tout à fait à ta place. Viens dire bonsoir à Miranda.

Quand il se retourna, son regard croisa celui d'Élise. Il vit Miranda lui dire quelques mots, Élise faire un signe de dénégation et s'éloigner en courant presque.

— Ta femme n'a pas l'air enchantée de me voir, commenta Annie, la gorge serrée malgré elle.

— Mon ex-femme, la corrigea Andrew, soulagé que Miranda se dirige déjà vers eux.

— Annie! Vous voilà enfin, j'en suis enchantée. Je sais maintenant qui Andrew attendait avec tant d'impatience.

Cédant à son instinct, elle se pencha vers Annie pour l'embrasser sur la joue.

— Il a besoin de vous, lui chuchota-t-elle à l'oreille. Andrew, poursuivit-elle à haute voix, je vois M. et Mme Boldari qui s'approchent. Tu devrais leur présenter Annie.

— Bonne idée, répondit-il en souriant. Viens, Annie. Ce sont les gens les plus sympathiques de la soirée. Je crois qu'ils te plairont.

La métamorphose d'Andrew et son regard heureux rendirent Miranda de si bonne humeur qu'elle laissa Ryan l'entraîner sur la piste de danse. Elle ne s'assombrit même pas en apercevant Richard Hawthorne planté devant un tableau de la Sainte Famille. Pour une fois, elle entendait suivre les conseils répétés de Ryan et profiter de l'instant présent.

Elle envisageait une seconde flûte de champagne et une autre danse quand l'arrivée d'Elizabeth mit fin à son bref intermède d'insouciante euphorie.

— Tu négliges tes devoirs, Miranda. De nombreux invités se plaignent de n'avoir pas encore eu l'occasion de te dire un mot. Préparer l'exposition n'est pas une fin en soi, le suivi de l'opération a autant d'importance, sinon davantage.

— Vous avez raison, bien sûr, répondit-elle sans baisser les yeux sous le regard froid de sa mère. Je ferai mon devoir, comme toujours. L'Institut doit passer avant tout, n'est-ce pas ?

Elle allait s'en tenir là et s'écartait déjà d'un pas lorsqu'elle se ravisa :

— Pour une fois, une seule fois dans ma vie et la vôtre, vous auriez pu me dire que j'ai fait du bon travail. Pas même un encouragement, non : un simple remerciement aurait suffi. Mais il vous serait resté en travers de la gorge, je pense.

Sur quoi, elle tourna les talons et alla se mêler aux invités.

— Un problème, Elizabeth ?

Elle se tourna vers son mari qui l'avait rejointe, lança un regard à Miranda qui serrait des mains.

— Je ne sais pas. Il faudra que je découvre lequel.

— Le sénateur Lamb souhaite te voir. Il est…

— Je le connais, l'interrompit-elle trop sèchement. Oui, je vais lui parler, ajouta-t-elle d'un ton radouci.

Et ensuite, je réglerai son compte à cette petite insolente, s'abstint-elle de conclure à haute voix.

Une heure durant, Miranda se consacra à ses devoirs d'hôtesse. Elle avait perdu la trace de Ryan et supposait qu'Andrew s'occupait d'Annie, ou vice versa. Ses pieds la tuaient, ses lèvres étaient tétanisées à force de sourire. Aussi, quand elle put enfin s'échapper aux toilettes, elle fut profondément soulagée de les trouver désertes.

Trop de monde, constata-t-elle avec un soupir en s'appuyant au lavabo. Elle n'était pas douée pour affronter tant de gens, subir tant de bavardages insipides, de compliments hypocrites, de plaisanteries idiotes…

Elle se ressaisit. De quel droit geignait-elle ? L'exposition, le gala, les réactions du public, la presse, tout était parfait. Un triomphe, qui contribuerait fortement à redorer sa réputation ternie. Elle aurait dû s'en réjouir.

Oui, si elle avait su que faire ensuite.

À demain les décisions, se reprit-elle. Demain, après une explication décisive avec sa mère. C'était la seule mesure logique, la seule susceptible de répondre à ses angoisses. Il était grand temps de vider l'abcès une fois pour toutes. Mais que ferait-elle si elle découvrait alors que sa mère était coupable ? Qu'elle avait inspiré ce complot, qu'elle était responsable ou complice de vols et de crimes ?

Demain, se répéta-t-elle. Nous verrons demain.

Elle plongeait la main dans son sac pour y prendre son rouge à lèvres lorsqu'une double détonation la fit sursauter. Le tube tomba dans le lavabo, ses yeux virent dans le miroir le reflet de leur expression horrifiée.

Des coups de feu? Non, impossible!

Miranda s'efforçait encore de s'en convaincre quand un hurlement de femme lui confirma la réalité du cauchemar.

Elle se rua vers la porte en renversant son sac, dont le contenu se répandit sur le carrelage. Dehors, les gens criaient, couraient. Elle se fraya à coups de coude un chemin dans la cohue et posa le pied sur la première marche de l'escalier au moment où Ryan arrivait par l'autre côté.

— En haut! lui cria-t-elle. Le bruit venait d'en haut!

— Reste ici!

Il aurait pu s'épargner la peine de le dire: sa jupe relevée d'une main, Miranda le suivait déjà. Elle arriva sur le palier du deuxième étage en même temps que lui.

— Va voir de ce côté-là! J'irai...

— Pas question! l'interrompit-il. Si tu ne veux pas rester ici, tu viens avec moi.

Il l'empoigna par une main, l'entraîna de manière à lui faire un écran de son corps. Ils entendirent derrière eux des pas précipités dans l'escalier. Andrew les rattrapa, Annie sur ses talons.

— Miranda, redescends! ordonna-t-il. Toi aussi, Annie!

— Non! répliquèrent-elles d'une même voix.

Constatant qu'aucune des deux ne céderait, Ryan reprit l'initiative.

— Andrew et Annie, allez par là, dit-il en montrant le couloir de gauche. Miranda et moi irons de l'autre côté. L'auteur des coups de feu s'est sans doute évaporé depuis longtemps, ajouta-t-il en ouvrant une porte avec précaution. Mais tu resteras quand même derrière moi.

— Tu n'es pas invulnérable aux balles! protesta Miranda.

Elle se glissa sous son bras, manœuvra l'interrupteur. Ryan la repoussa, entra le premier. Satisfait de trouver la pièce vide, il la laissa entrer à son tour.

— Reste ici, ferme la porte à clef et appelle la police.

— Je l'appellerai lorsque je saurai quoi lui dire.

Elle sortit dans le couloir en écartant Ryan d'un coup de coude et ouvrit le bureau suivant. Ryan la tira en arrière à lui arracher le bras.

— Cela t'amuse de jouer les cibles ? gronda-t-il.

Cette fois, elle se le tint pour dit.

Ils reprenaient avec prudence leur progression le long du couloir quand ils remarquèrent un rai de lumière sous la porte du bureau de Lori, communiquant avec celui de Miranda.

— Tu t'es changée ici avant le début de la soirée, dit Ryan à mi-voix. Y as-tu laissé la lumière allumée ?

— Non, et la porte ne devrait pas être entrebâillée.

— Enlève tes chaussures.

— Hein ?

— Ôte tes chaussures ! Tu te briseras une cheville à cause de ces fichus talons si tu es obligée de courir.

Elle s'appuya à lui le temps de les enlever. Il lui en prit une qu'il brandit de façon comique, le talon aiguille en avant. Miranda n'eut cependant pas envie d'en rire.

Ryan s'avança en rasant le mur, poussa la porte qui buta presque aussitôt sur un obstacle. Miranda tendit la main sous son bras et actionna à tâtons l'interrupteur. Un cri lui échappa en découvrant l'ourlet d'une robe blanche vaporeuse sur une chaussure lamée.

Elle tomba à genoux, poussa la porte jusqu'à ce qu'elle parvienne à se glisser à l'intérieur. Élise gisait à plat ventre sur la moquette. Le sang d'une plaie béante à la base du crâne coulait le long de sa joue. Miranda lui tâta la gorge, sentit le pouls battre faiblement.

— Elle est vivante. Appelle une ambulance, vite !

— Tiens, dit Ryan en lui tendant un mouchoir, applique-le contre la blessure pour tenter de stopper l'hémorragie.

— Je sais. Dépêche-toi.

Miranda plia le mouchoir en compresse, l'appliqua tout en regardant autour d'elle. Ses yeux se posèrent sur un objet ensanglanté gisant près du corps inerte d'Élise : la copie en bronze de la *Vénus* de Donatello qui décorait son bureau. Encore un bronze, pensa-t-elle en frissonnant. Encore un faux. Encore une victime.

— Que se passe-t-il, Miranda ?

Andrew poussa la porte, s'immobilisa.

— Oh ! Grands dieux ! Élise... Elle est morte ?

Il s'agenouilla, tendit une main vers son visage.

— Non, blessée. Ryan est dans mon bureau, il appelle une ambulance. La plaie ne paraît pas profonde, j'essaie d'arrêter le saignement. Donne-moi ton mouchoir.

— Elle est en état de choc, il faut la couvrir, intervint Annie. Avez-vous une couverture ou quelque chose ?

— Dans mon bureau, je crois. La porte au fond.

Annie enjamba Élise, traversa la pièce en hâte.

— Nous devrions la retourner, voir si elle a d'autres blessures, dit Miranda. Aide-moi, Andrew.

— Laisse-moi faire.

Il souleva Élise avec précaution en lui soutenant la nuque, la fit rouler sur le flanc puis sur le dos. Quand il la reposa, il vit ses paupières battre imperceptiblement.

— Je crois qu'elle reprend connaissance. Je ne vois pas d'autre blessure, à part cet hématome à la tempe. Elle a dû se cogner contre le coin du meuble en tombant...

— Miranda, Ryan a besoin de vous, annonça Annie depuis la porte de communication, le visage décomposé. Allez-y, Andrew et moi nous occuperons d'elle.

Miranda se releva.

— Préparez-vous à un choc, lui souffla Annie lorsqu'elle passa devant elle. Ne t'inquiète pas, déclara-t-elle à Andrew en posant la couverture sur Élise, l'ambulance arrive.

Miranda pénétra dans son bureau. Il faudra plus d'une ambulance, pensa-t-elle machinalement. Et une douzaine de mouchoirs ne suffira pas à tout éponger.

Une mare de sang s'agrandissait sur le plateau de son bureau, dégoulinait sur la moquette. Derrière son fauteuil, la fenêtre était éclaboussée de gouttes rouges et visqueuses comme s'il avait plu du sang.

Et sur le bureau, les bras en croix, sa belle chemise de smoking blanche teinte en rouge, s'étalait le cadavre de Richard Hawthorne.

Les agents de sécurité interdirent aussitôt l'accès de l'étage à la presse et aux curieux. Lorsque l'équipe de la brigade criminelle fut sur les lieux, Élise était en route vers l'hôpital, et le plus gros de la foule s'était déjà dispersé.

Miranda fit sa déposition, la répéta en détail. Non, elle n'avait aucune idée de la raison pour laquelle Élise et Richard se trouvaient dans son bureau. Non, elle ne savait absolument pas pourquoi quelqu'un aurait cherché à le tuer. Mentir, pensa-t-elle, devenait pour elle une seconde nature. Et quand on lui signifia enfin qu'elle pouvait se retirer, elle descendit en se demandant si ses jambes la porteraient jusqu'en bas de l'escalier.

Elle trouva Annie assise sur la dernière marche.

— Ils ne vous ont pas encore laissée partir ? s'étonna-t-elle.

— Si, ils m'ont dit qu'ils en avaient terminé avec moi pour le moment. J'attends… je ne sais quoi.

Miranda lança un regard circulaire sur le hall. Des gardes étaient postés devant les issues, des policiers en tenue et en civil allaient et venaient.

— Je ne sais pas quoi faire moi non plus, dit-elle en s'asseyant à côté d'Annie. Ils interrogent encore Ryan, je pense. Je n'ai pas revu Andrew.

— Ils lui ont permis d'accompagner Élise à l'hôpital.

— Ah ? Il s'est sans doute cru obligé.

— Il l'aime encore, Miranda.

— Je suis sûre que non.

— Si, cela crève les yeux. Et moi, pauvre idiote que je suis, je m'en fais du mauvais sang alors qu'il y a un homme mort et qu'Élise est blessée. Je devrais avoir honte.

— On n'est pas toujours maître de ses sentiments, Annie. Je le croyais, mais cela m'est passé.

— Et moi, je croyais tenir les miens en laisse. Allons, ajouta Annie en se levant, je ferais mieux de rentrer chez moi.

— Attendez Ryan, nous vous reconduirons.

— Pas la peine, mon tas de ferraille est au parking. Ne vous tracassez pas pour moi. Dites à Andrew que j'espère qu'Élise va bien et que… qu'on se reverra un de ces jours.

— Écoutez, Annie, ce que je vous ai dit tout à l'heure, c'était sérieux. Andrew a besoin de vous.

Elle enleva ses boucles d'oreilles, massa un instant ses lobes endoloris.

— Il a besoin de pouvoir compter sur lui-même. Il a besoin de savoir qui il est et ce qu'il veut dans la vie. Là, Miranda, je ne peux rien faire pour l'aider. Ni vous non plus.

Et moi, je ne peux rien pour personne, pensa Miranda une fois seule, les yeux baissés sur ses mains jointes. Depuis ces derniers mois, tout ce qu'elle touchait, tout ce qu'elle faisait virait au désastre…

Elle se retourna en entendant des pas dans l'escalier. Ryan dévala les marches, la releva, la serra dans ses bras.

— Oh, Ryan! Combien d'autres, grands dieux…?

— Chut! C'était son pistolet, chuchota-t-il en lui caressant le dos. Celui que j'ai vu dans sa chambre. On s'est servi de son pistolet pour le tuer, ce pauvre imbécile. Tu n'y pouvais rien.

— Non, je n'ai jamais rien pu faire pour personne, dit-elle avec lassitude. Je voudrais aller à l'hôpital. Andrew y est, il ne faut pas le laisser seul.

Il ne l'était pas, constata Miranda en découvrant avec étonnement sa mère devant une fenêtre de la salle d'attente, un gobelet de café à la main.

Andrew cessa de faire les cent pas à leur arrivée, ouvrit la bouche, la referma et recommença son va-et-vient.

— Des nouvelles ? lui demanda Miranda.

— Elle a subi des tas d'examens, mais nous ne connaissons pas encore les résultats. Elle est restée longtemps inconsciente et a perdu beaucoup de sang. Le médecin de garde veut lui faire un scanner du cerveau avant de se prononcer. Tu devrais rentrer à la maison. Ryan, raccompagnez-la donc.

— Je reste avec toi, comme tu serais resté avec moi.

— Si tu veux…

Andrew s'approcha, prit sa sœur dans ses bras, appuya son front contre le sien. Ils restèrent un long moment enlacés, se soutenant l'un l'autre. Elizabeth, qui les observait, rougit légèrement en surprenant le regard de Ryan fixé sur elle.

— Il y a du café dans le distributeur, déclara-t-elle. Il n'est pas bon, mais il est chaud et fort.

Miranda s'écarta d'Andrew, s'approcha d'elle.

— Non, merci. Où est père ?

— Je ne sais pas. Il a dû rentrer à l'hôtel, je pense. Il ne pouvait rien faire d'utile ici.

— Mais vous, vous y êtes. Il faut que nous parlions.

— Docteur Jones ! Excusez le dérangement…

Ils se retournèrent tous trois, ce qui amena un sourire amusé sur les lèvres de Cook.

— J'aurais dû préciser lequel, admit-il.

— Inspecteur Cook, dit Miranda d'un ton glacial. Vous n'êtes pas malade, j'espère ?

— Malade ? Ah oui, l'hôpital… Non, j'attends le feu vert des médecins pour échanger quelques mots avec le Dr Warfield.

— Avec Élise ? s'étonna Andrew. Je croyais que vous vous occupiez des cambriolages. Nous n'avons rien eu de volé.

— Il y a quelquefois des rapports entre les affaires, voyez-vous. Mes collègues de la criminelle vont lui parler en premier, bien entendu. Mais en attendant, vous pourriez peut-être me dire ce que vous savez. Comme cela, je me ferai une idée un peu plus claire avant de rencontrer le Dr Warfield.

— Inspecteur… Cook, n'est-ce pas ? intervint Elizabeth. Est-il bien nécessaire de nous soumettre à un interrogatoire alors que nous attendons des nouvelles avec anxiété ?

— Je comprends votre inquiétude, docteur Jones.

— Standford-Jones.

— Ah oui, en effet. Elizabeth Standford-Jones. Vous êtes la patronne de la victime, je crois ?

— C'est exact. Richard et Élise travaillent dans mon laboratoire de Florence. Travaillait, devrais-je dire dans le cas de Richard.

— Quel emploi occupait-il ?

— Richard était un chercheur et un brillant historien d'art, qui avait une compréhension intime de l'esprit des œuvres qu'il étudiait. Sa mort est une perte irréparable.

— Et le Dr Warfield ?

— Élise est chef de mon laboratoire. C'est une scientifique éprouvée en qui j'ai toute confiance.

Cook affecta de consulter ses notes.

— Elle a été votre belle-fille, il me semble ?

Elizabeth ne cilla pas ni ne lança un coup d'œil en direction de son fils.

— Oui. Nous sommes restées en excellents termes.

— Tant mieux. Les belles-mères ont souvent tendance à reprocher les ennuis de leurs fils à leurs ex-belles-filles. Il est surtout rare de les voir travailler ensemble et rester en… excellents termes, comme vous dites.

— Nous sommes, elle et moi, des scientifiques avant tout, inspecteur Cook. Et je n'ai jamais permis à d'éventuels problèmes personnels ou familiaux de compromettre mon travail ni d'altérer mon jugement sur les compétences des individus. J'ai beaucoup d'estime et d'affection pour Élise.

— Y aurait-il eu quelque chose entre Hawthorne et elle ?

— Quelque chose ? répéta Elizabeth d'un ton si glacial qu'on aurait pu voir du givre se former sur les vitres. Ce sous-entendu est injurieux, méprisable et totalement absurde.

— Je n'y mettais pourtant aucune intention injurieuse. D'après mes informations, ils étaient tous deux libres de leurs actes et sans obligations familiales. En outre, ils se trouvaient seuls ce soir dans un bureau du deuxième étage alors que la réception avait lieu au rez-de-chaussée et au premier étage. Il est normal de se poser la question.

— Je n'ai aucune idée de la raison pour laquelle ils se tenaient dans le bureau de Miranda mais, à l'évidence, ils n'y étaient pas seuls, puisque…

L'entrée d'un médecin l'interrompit.

— Alors ? lui demanda-t-elle.

— Elle récupère bien. Elle a subi un sérieux traumatisme, mais le scanner ne révèle aucune lésion.

— Dieu soit loué ! soupira Elizabeth. Je veux la voir.

— Dans un moment, madame, répondit le médecin, je viens d'autoriser deux policiers à pénétrer dans sa chambre. Elle tenait à leur parler dès ce soir, pendant que les événements sont encore frais dans sa mémoire, m'a-t-elle dit.

— J'aimerais moi aussi avoir un entretien avec elle, déclara Cook en exhibant son badge. Mais je passerai après la famille, j'ai tout mon temps.

Il attendit plus d'une heure, et aurait sans doute été refoulé si Élise n'avait elle-même insisté pour le recevoir. Sa tête disparaissait sous de gros bandages blancs, elle avait les yeux rouges et cernés. Elle lui parut si fragile et épuisée qu'il eut presque des scrupules à l'interroger.

— Je vous suis très reconnaissant de bien vouloir me parler, madame.

— Je ne cherche qu'à rendre service, dit-elle sans parvenir à réprimer une grimace de douleur. On doit me donner des drogues tout à l'heure, je ne serai plus en état ensuite de penser ou de m'exprimer clairement.

— J'essaierai d'être bref. Puis-je m'asseoir ici?

— Bien sûr. Chaque fois que je reprends mon récit, voyez-vous, j'ai l'impression de raconter un cauchemar, quelque chose qui ne s'est pas réellement passé.

— Je comprends. Dites-moi ce que vous vous rappelez.

— Il a tiré sur Richard.

— Qui? Un homme?

— Je n'en suis même pas sûre, je n'ai rien vu. Je n'ai vu que Richard, répondit-elle en laissant couler ses larmes. On m'a dit qu'il est mort. J'espérais, mais... Pauvre Richard.

— Que faisiez-vous en haut avec lui?

— Je n'étais pas avec lui, je le cherchais, répondit-elle en essuyant ses joues. Richard n'était pas très porté sur les mondanités. Il m'avait proposé de me raccompagner à l'hôtel quand je voudrais, nous devions partager un taxi. Je voulais lui donner le signal du départ.

— La soirée était donc si ennuyeuse?

Elle parvint à esquisser un sourire.

— Oh, pas du tout! L'exposition est superbe, mais... Vous savez sans doute déjà qu'Andrew et moi avons été mariés. C'était gênant pour nous deux. Et puis, il avait invité une jeune femme. Je me sentais de trop.

— Pourtant, si j'en crois mes informations, c'est vous qui avez demandé le divorce.

— C'est vrai, et il remonte à plus d'un an. Mais cela n'empêche pas les... les sentiments. Ma situation à cette soirée était délicate, comprenez-vous. Je me suis forcée à rester deux heures pour ne pas blesser Elizabeth. Elle a toujours été très bonne pour moi, et ce gala lui tenait à cœur. Je ne voulais pas non plus, en partant trop vite, donner à Miranda l'impression que je dédaignais le travail remarquable qu'elle a accompli. Mais j'avais vraiment envie de m'en aller. La foule était telle qu'on ne s'en serait pas aperçu.

— Vous avez donc cherché Hawthorne.

— Oui. Je savais qu'il ne connaissait presque personne et qu'il s'ennuyait. Nous étions convenus de partir vers dix heures et demie. Je pensais le trouver seul dans un coin ou le nez sur une carte ancienne. Ne le voyant pas au rez-de-chaussée, je me suis dit qu'il était peut-être monté à la bibliothèque. Il n'y était pas non plus. Alors… De quoi parlais-je, déjà ? Excusez-moi, ma tête me fait si mal…

— Reposez-vous, prenez votre temps.

Élise ferma les yeux, respira profondément.

— Eh bien, j'ai d'abord cherché un peu partout et puis j'ai vu de la lumière dans le bureau de Miranda. Comme je n'avais aucune raison d'y entrer, je m'apprêtais à redescendre quand j'ai entendu la voix de Richard, qui s'écriait quelque chose comme « J'en ai assez ! ». Alors, je me suis approchée et j'ai entendu une autre voix, mais sans comprendre les paroles qu'elle prononçait.

— Une voix d'homme, une voix de femme ?

— Je l'ignore. Sincèrement, je ne peux pas vous le dire, c'était à peine un murmure. Je suis restée près de la porte une ou deux minutes peut-être, sans trop savoir que faire. Je pensais que Miranda et lui étaient montés discuter d'un problème de travail, je ne voulais pas les déranger.

— Miranda ?

— Oui, c'était son bureau, j'ai donc supposé… Bref, j'étais sur le point de redescendre et de partir seule quand j'ai entendu les coups de feu. Cela a été un tel choc que je suis entrée en courant, sans réfléchir, j'ai appelé… non, je ne suis pas sûre d'avoir crié à ce moment-là.

— Peu importe. Dites-moi ce dont vous vous souvenez.

— Je me souviens de Richard affalé sur le bureau, du sang partout, d'une odeur âcre, celle de la poudre, je crois. À ce moment-là, je suis sûre d'avoir hurlé. Et puis, j'ai honte de l'avouer, je partais en courant au lieu d'essayer de secourir Richard quand quelqu'un m'a assommée. Je me rappelle un éclair de douleur. Ensuite, plus rien. Le noir complet jusqu'au moment de mon réveil dans l'ambulance.

Elle termina son récit dans un flot de larmes. Cook lui tendit la boîte de Kleenex qu'elle cherchait à tâtons sur la table de chevet et attendit un instant qu'elle soit calmée.

— Vous rappelez-vous combien de temps vous avez cherché Hawthorne ?

— Je ne sais pas au juste : dix minutes, un quart d'heure…

— Avez-vous vu ou même aperçu quelqu'un à votre entrée dans le bureau ?

— Non, je n'ai vu que Richard…

Sa voix se brisa. Elle s'interrompit, renifla.

— Je n'ai vu que Richard, répéta-t-elle. Et maintenant, il est mort.

29

L'aube pointait quand Annie entendit sonner et
découvrit Andrew devant sa porte. Les yeux cernés et
les traits tirés par la fatigue, il était encore en smoking,
le nœud papillon dénoué, le plastron froissé et souillé de
taches de sang.

— Élise? demanda-t-elle.

— Hors de danger. Ils la gardent en observation,
mais elle a eu de la chance. Aucune trace d'hémorragie
cérébrale interne, elle s'en tirera avec quelques points de
suture. Je voulais te le dire.

— Entre, assieds-toi. J'ai fait du café.

— As-tu dormi, au moins? s'inquiéta-t-il en voyant sa
mine défaite.

— J'ai essayé, je n'ai pas pu fermer l'œil. Entre, te dis-je.
Je vais nous préparer un petit déjeuner.

Il referma la porte, la suivit dans la cuisine où elle sortit
du frigo des œufs et du bacon. Les premières lueurs
du jour filtrant par les fenêtres dessinaient des ombres
irréelles sur le sol. L'appartement embaumait le café frais
et les œillets. L'arôme du bacon vint s'y mêler quand
Annie jeta les tranches dans la poêle. De bonnes odeurs
pour un dimanche matin, pensa Andrew. Les odeurs
d'une vie saine, paisible. Familiale.

— Annie…

— Assieds-toi, Andrew! Tu dors debout.

Il s'approcha, la prit aux épaules, la tourna vers lui.

— Écoute, Annie. Il fallait que j'aille à l'hôpital avec
Élise ce soir…

— Mais oui, je sais.

— Laisse-moi parler. Je voulais m'assurer qu'elle serait
tirée d'affaire. Elle a été ma femme, je lui devais au moins
cela. Notre mariage a été un échec, notre divorce encore

pire. J'y réfléchissais en attendant que le médecin nous rassure sur son état. Je me demandais ce que j'aurais pu faire pour que cela marche entre nous. Et j'ai trouvé la réponse : rien. Rien du tout.

Un éclat de rire amer lui échappa. Il serra Annie plus fort contre lui.

— Rien du tout, reprit-il. À force de me le répéter, je m'étais convaincu de n'être qu'un bon à rien. D'être seul responsable de ces échecs. Je sais maintenant que cela n'a été ni ma faute ni la sienne, mais celle du mariage lui-même qui n'aurait jamais dû avoir lieu. Alors, quand j'ai été sûr qu'elle s'en tirerait, je suis venu parce qu'il fallait que je te le dise.

— Je comprends, Andrew. Lâche-moi, le bacon va brûler.

— Mais je n'ai pas fini de te parler ! Je n'ai même pas commencé.

— À me dire quoi ?

— Je n'ai rien bu depuis un mois, Annie. Tout à l'heure, dans la salle d'attente de l'hôpital, je me demandais si l'alcool était la solution et j'ai conclu qu'il ne l'était pas. Et puis, j'ai pensé à toi et j'ai compris que la solution, la réponse, c'était toi, Annie. Je t'aime.

— Non, Andrew, ce n'est pas moi ta solution. Je ne peux rien t'apporter.

Les yeux humides, elle se dégagea, revint vers la poêle. Andrew éteignit le gaz et la reprit dans ses bras.

— Vas-tu m'écouter ? Je t'aime. Une moitié de moi-même t'a toujours aimée, l'autre a dû attendre de devenir adulte pour le comprendre. Maintenant, je suis sûr de mes sentiments et je sais ce que je veux dans la vie. Si tu n'éprouves pas les mêmes sentiments pour moi, si tu ne veux pas les mêmes choses que moi, dis-le-moi sans crainte. Ta réponse ne me fera pas partir en courant pour acheter une bouteille, mais j'ai besoin de savoir.

— Que veux-tu que je te dise ? Tu as un doctorat, j'ai mon certificat d'études. Tu es Andrew Jones, de Jones

Point, je ne suis qu'Annie McLean de nulle part. Je fais marcher un bar, tu diriges l'Institut. Un peu de sérieux, Andrew !

— Ton snobisme me laisse froid.

— Mon snobisme ? s'écria-t-elle, ulcérée. Si tu...

— Tu n'as pas répondu à ma question. Quels sont tes sentiments à mon égard et que veux-tu de la vie ?

— Je t'aime et je voudrais un miracle.

Un sourire se forma lentement sur ses lèvres, creusa des fossettes dans ses joues. Il la sentait trembler, tandis que son monde à lui, si instable jusqu'alors, trouvait d'un seul coup une assise solide comme le roc.

— Je ne sais si cela méritera le nom de miracle, dit-il en la soulevant dans ses bras, mais je ferai de mon mieux.

— Que fais-tu ?

— Je t'emporte au lit.

Une vague de panique la submergea.

— Mais je n'ai pas dit que je coucherai avec toi !

— Tu n'as pas dit non plus que tu ne le feras pas. Là, je prends un gros risque, je l'avoue.

Elle se débattit, s'accrocha désespérément à la porte.

— Vraiment ? Et pourquoi cela, je te prie ?

— Parce que si tu n'aimes pas plus que la première fois la manière dont je fais l'amour, tu me diras non lorsque je te demanderai de m'épouser.

Ses doigts lâchèrent d'eux-mêmes le montant de la porte.

— Tu... tu pourrais t'épargner le suspense et me le demander tout de suite.

— Non, Annie, répondit-il en la regardant dans les yeux pendant qu'il la déposait avec douceur sur le lit. Après.

Il se laissa tomber sur elle, entre ses bras tendus. Comme rentrer chez soi après une longue absence, pensa-t-il. Retrouver un trésor qu'on croyait à jamais perdu. C'était à la fois si simple et si précieux. Ils n'étaient plus innocents, ils n'étaient plus des enfants curieux et malhabiles.

Les années écoulées avaient donné à ce qui avait toujours existé entre eux le temps de mûrir. De s'épanouir.

Avec une infinie douceur, avec une lenteur attentive, il la couvrit de caresses. Une aurore rose, annonciatrice de tempête, se levait derrière les fenêtres. Mais là, dans le lit étroit où ils s'enlaçaient, régnait le bonheur paisible d'une tendresse partagée dans l'attente du plaisir.

Lorsque, longtemps plus tard, ils en eurent atteint à l'unisson le sommet, ils restèrent blottis l'un contre l'autre.

— J'aime toujours ta manière de faire l'amour, Andrew, chuchota-t-elle contre son épaule. Mais j'avoue que tu as accompli des progrès.

— Et moi, j'adore ton tatouage. Je ne pourrai plus voir un papillon sans des arrière-pensées coquines.

— Oh! Seigneur, je l'avais oublié, celui-là!

Ils pouffèrent de rire comme des collégiens.

— Il m'aura fallu beaucoup de temps, tu sais, dit-il en reprenant son sérieux, avant de savoir ce qu'il me fallait pour être heureux. Donne-moi une chance de te rendre heureuse, toi. Je veux bâtir ma vie avec toi, fonder une famille avec toi.

— Nous avions vraiment raté le coche, la première fois...

— Parce que nous n'étions pas prêts.

— C'est vrai. Nous le sommes maintenant, je crois.

Elle lui caressa la joue. Il lui prit la main, posa ses lèvres au creux de sa paume.

— Sois à moi, Annie, comme moi je veux t'appartenir. Corps et âme. Tu veux bien?

— Oui, Andrew. Je veux bien.

Dans le bureau de Miranda, Ryan n'eut pas de peine à reconstituer la scène macabre de la veille. De tels spectacles laissent dans la mémoire une marque ineffaçable.

La flaque de sang sur la moquette avait viré au noir. Les surfaces des meubles et des murs étaient encore couvertes de la poudre blanche qui avait été répandue par les agents de l'identité judiciaire pour relever les empreintes.

De combien de pas l'impact des projectiles avait-il fait reculer Hawthorne ? se demanda Ryan. À quelle distance se tenait son assassin ? Ils avaient été assez proches l'un de l'autre pour que les coups de feu aient laissé des traces de poudre sur le plastron de la chemise. Assez proches, à coup sûr, pour que Hawthorne ait vu son meurtrier dans les yeux et y ait lu son arrêt de mort.

Ryan revint à la porte, balaya du regard l'ensemble de la pièce, en enregistra les moindres détails.

— Vous ne devriez pas être ici, monsieur Boldari.

Ryan n'eut pas besoin de se retourner pour reconnaître la voix de l'inspecteur Cook.

— La brigade criminelle a levé les scellés.

— Je sais, mais il vaut mieux garder la pièce fermée jusqu'à ce qu'elle soit nettoyée. Inutile que le Dr Jones revoie son bureau dans cet état.

— Vous avez raison.

Ils sortirent dans le couloir. Cook referma la porte.

— Mais vous, vous avez voulu le revoir.

— Je cherchais à éclaircir plusieurs points, en effet.

— Eh bien, les avez-vous éclaircis ?

— Pas tout à fait. Il semble n'y avoir aucune trace de lutte, n'est-ce pas ?

— Non. Tout était en ordre – sauf le bureau, évidemment.

— La victime et son meurtrier devaient se tenir aussi près l'un de l'autre que nous le sommes, vous et moi. Exact ?

— À quelques centimètres près, oui. Je suis d'accord, Boldari, il connaissait celui qui a pressé la détente. Vous aviez fait sa connaissance ?

— Très brièvement le jour de son arrivée, vendredi dernier, et je l'avais aperçu hier soir avant sa mort.

— Jamais rencontré auparavant ?

— Non, jamais.

— Je me posais la question, vu que vous êtes tous les deux dans les arts.

— Il y a des milliers de gens dans divers domaines de ma profession que je n'ai jamais vus de ma vie.

— Bien sûr, mais cela aurait pu arriver, le monde est petit. Dites donc, vous vous déplacez dans cette maison comme chez vous, on dirait.

— Vous aussi, inspecteur. Croyez-vous que je suis monté ici hier soir pour flanquer deux balles dans la poitrine de Richard Hawthorne ?

— Pas du tout. Des dizaines de témoins ont affirmé vous avoir vu en bas au moment des coups de feu.

Ryan s'adossa au mur avec une apparente désinvolture. En fait, l'atmosphère morbide de la scène du crime lui causait encore un malaise.

— Encore heureux que je sois sociable, observa-t-il.

— Oui. Bon nombre de ces témoins étaient de votre famille, mais les autres ne l'étaient pas. Pour moi, vous êtes donc blanc comme neige. Ce qui me chiffonne, c'est que personne ne se rappelle où était le Dr Miranda Jones au moment des coups de feu. Vous êtes devenus bons amis tous les deux, si je ne me trompe ?

Ryan se détacha du mur avec une telle brusquerie que Cook cligna les yeux malgré lui.

— Assez bons amis pour vous affirmer que Miranda est la dernière personne au monde capable de commettre un crime, répondit-il après s'être dominé.

Cook prit un chewing-gum dans sa poche, le déballa avec une nonchalance affectée.

— Vous savez, beaucoup de gens sont capables de drôles de choses quand ils ont de bonnes raisons de les faire.

— Et quelles seraient les siennes, selon vous ?

— J'y ai longuement réfléchi. Il y a cette affaire du bronze volé à l'Institut – un vrai travail de professionnel, entre nous. J'ai relevé un certain nombre de vols commis ailleurs dans des circonstances comparables. Il s'agit donc d'une personne qui sait ce qu'elle fait et qui a des relations.

— Miranda serait, selon vous, un cambrioleur spécialisé dans les œuvres d'art ?

— Comme il se pourrait qu'elle en connaisse un. Un bon ami, ajouta Cook avec un sourire entendu. Vous ne trouvez pas bizarre que la paperasse de ce bronze ait disparu ? Ce qui me paraît encore plus bizarre, c'est qu'en faisant une vérification de routine dans une fonderie de la région j'ai appris que quelqu'un d'autre s'y intéressait aussi. Un individu qui se prétendait élève de l'Institut et se renseignait sur une statuette fondue il y a trois ans.

— Quel est le rapport, au juste ?

— Le nom qu'il a donné à la fonderie ne figure pas dans les registres de l'Institut. Et le bronze auquel il s'intéressait représentait David brandissant sa fronde. Il en possédait même un dessin.

— Dans ce cas, ce que vous dites paraît concerner le cambriolage. Je suis heureux d'apprendre que votre enquête semble enfin progresser.

Cook ne releva pas le ton sarcastique de Ryan.

— J'avance, mais pas à pas, et bien des détails sont encore à approfondir. Tenez, par exemple, l'étudiant qui a fait couler le bronze voici trois ans a disparu aussitôt après. Il y a une quinzaine de jours, quelqu'un qui se prétendait d'ici a pris contact avec sa mère pour savoir où il était. Et savez-vous où on l'a retrouvé ? À San Francisco, dans la baie. Avec la gorge tranchée.

— Pauvre garçon.

— Mais dites-moi, vous avez de la famille à San Francisco…

Cette fois, les yeux de Ryan lancèrent des éclairs.

— Attention à ce que vous dites, inspecteur.

— Simple constatation. Le garçon était un artiste, vous avez une galerie là-bas, vous auriez pu le connaître. Il s'appelait Mathers, Harrison Mathers. Cela ne vous dit rien ?

— Non, rien du tout. Mais je peux facilement vérifier si nous avons exposé ses œuvres à un moment ou un autre.

— Bonne idée. Vous me rendriez service.

— Ce Mathers serait-il un de vos « détails à approfondir » ?

— Oh ! Bien d'autres me turlupinent. Tenez, cette histoire du bronze de Florence qui devait être un chef-d'œuvre et qui a tourné en eau de boudin. À mon avis, cela n'a pas fait plaisir au Dr Jones. Elle a aussi dû en vouloir à sa mère de l'avoir renvoyée comme une malpropre. J'ai même appris que la fausse statue avait été volée dans un musée. Un musée national, vous vous rendez compte ? Qui aurait pris un risque pareil pour un morceau de ferraille sans valeur ?

— L'art est un mystère subjectif, inspecteur. Quelqu'un est peut-être tombé amoureux de la statue.

— Je ne dis pas non, mais celui qui a fait le coup n'était pas un amateur. Un professionnel de ce calibre ne perd pas son temps sans une bonne raison, n'est-ce pas ? Étant vous-même un professionnel de haut niveau, monsieur Boldari, je pense que vous serez d'accord avec moi.

Ryan constata avec surprise qu'il prenait plaisir à jouer au chat et à la souris, et même qu'il trouvait Cook plutôt sympathique.

— Entièrement d'accord, approuva-t-il en souriant. J'ai horreur de perdre mon temps avec des broutilles.

— N'est-ce pas ? Ce qui m'amène à penser que ce bronze avait de la valeur pour quelqu'un.

— Si je tombe dessus au hasard d'une vente, je me ferai un plaisir de l'expertiser et de vous communiquer mon estimation. Mais je puis d'ores et déjà vous affirmer que si cette pièce était authentique et valait des dizaines de millions, Miranda ne tuerait pas pour se l'approprier. Étant vous-même un professionnel de haut niveau, inspecteur Cook, je pense que vous serez d'accord avec moi.

Cook gloussa de rire. Ce Boldari n'était assurément pas net, mais il ne pouvait s'empêcher de le trouver sympathique.

— Non, je ne la crois pas capable de tuer, et je ne la vois pas non plus courir le monde pour voler des tableaux et des statues. Cette femme a l'honnêteté dans la peau, c'est visible à l'œil nu. C'est bien pourquoi je sens, dans mes tripes, qu'elle nous cache quelque chose. Elle en sait plus qu'elle ne veut bien l'admettre. Et puisque vous êtes de ses bons amis, Boldari, persuadez-la donc de me dire de quoi il retourne avant que quelqu'un décide de se débarrasser d'elle.

Au même moment, seule dans la grande galerie, Miranda se demandait jusqu'où elle pouvait risquer de révéler ce qu'elle savait. Cook était monté dans son bureau. Elle l'avait vu arriver et, comme un enfant désireux d'éviter un sermon, elle s'était cachée dans une embrasure de porte. Depuis, prostrée sur une chaise, le visage dans les mains, elle était torturée par l'indécision.

La venue de sa mère lui fit redresser la tête.

— Je me doutais que tu serais ici, déclara Elizabeth.

Miranda se leva, alla prendre une flûte de champagne qui tiédissait avec une douzaine d'autres sur un buffet pas encore débarrassé.

— Bien sûr. Le théâtre de ma gloire passée, n'est-ce pas ? Je ne pouvais être nulle part ailleurs.

Elizabeth ne releva pas le sarcasme.

— Je n'ai pas pu localiser ton frère.

— Il dort, j'espère. Il a eu une nuit pénible.

S'il dormait, s'abstint-elle de préciser, ce n'était pas dans son lit, car elle ne l'y avait pas trouvé en quittant la maison ce matin-là.

— Pénible pour nous tous. Je vais à l'hôpital, ton père doit m'y rejoindre. Élise espère pouvoir en sortir cet après-midi. Elle a le droit de recevoir des visites.

— Présentez-lui mes vœux de rétablissement. J'essaierai d'aller la voir ce soir, à l'hôpital ou à l'hôtel. Dites-lui aussi qu'elle sera la bienvenue à la maison jusqu'à la fin de sa convalescence.

— Ce serait embarrassant, pour Andrew et pour elle.

— Je sais, mais dites-le-lui quand même.

— C'est très généreux de ta part. Réjouissons-nous qu'elle n'ait pas été plus gravement atteinte. Nous aurions pu la retrouver... comme Richard.

Miranda reposa la flûte sans y avoir trempé les lèvres.

— Vous avez toujours eu beaucoup d'affection pour elle, je sais. Plus que vous n'en avez jamais eu pour vos enfants.

— Le moment est mal choisi pour des mesquineries de ce genre, Miranda.

— Vraiment? Pourquoi me haïssez-vous?

— Voilà une question ridicule. Le moment, je te le répète, est particulièrement inopportun.

— Quel est le moment opportun pour demander à ma mère les raisons de sa haine?

— Si cette sortie grotesque est provoquée par la malheureuse affaire de Florence...

— Oh! Elle vient de bien plus loin et de bien plus profond, mais tenons-nous-en là pour l'instant. Vous ne m'avez pas soutenue à Florence, vous ne l'avez d'ailleurs jamais fait. Toute ma vie, j'ai attendu en vain que vous soyez avec moi, derrière moi. Pourquoi n'y avez-vous jamais été?

— Je refuse de me prêter à cette indigne comédie.

Avec un regard glacial, Elizabeth pivota sur ses talons et se dirigea vers la porte. D'un élan incontrôlé, Miranda lui courut après et l'empoigna par le bras avec une violence qui les stupéfia autant l'une que l'autre.

— Vous n'allez pas une fois de plus me tourner le dos sans répondre ! J'en ai plus qu'assez de vous voir toujours vous éloigner de moi, au propre comme au figuré ! Pourquoi n'avez-vous jamais voulu être une mère pour moi ?

Le regard brûlant d'une rage qui échappait pour une fois à son contrôle, Elizabeth dégagea son bras d'un geste brusque.

— Parce que tu n'es pas ma fille ! cracha-t-elle. Tu ne l'as jamais été. Je t'interdis de me parler sur ce ton, après tous les sacrifices que je me suis imposés à cause de toi, après tout ce que j'ai subi parce que ton père a trouvé commode de faire passer sa bâtarde pour ma propre fille !

Miranda crut que le sol tanguait sous ses pieds.

— Bâtarde ? Quoi, je ne suis pas votre fille ?

— Non. J'avais donné ma parole de ne jamais te le révéler, mais après tout tu es en âge de le savoir. Tu as peut-être même le droit d'apprendre la vérité.

Furieuse contre elle-même de s'être laissé aller à perdre ainsi son sang-froid, Elizabeth se posta devant la fenêtre. Un instant assommée, Miranda contempla sans mot dire le dos rigide de cette femme qui n'était plus pour elle qu'une étrangère.

— Qui était ma mère ? demanda-t-elle enfin. Où est-elle ?

Elizabeth se retourna. Le soleil n'est guère indulgent envers les femmes d'un certain âge. Sous sa lumière crue, Miranda vit Elizabeth soudain vieillie, presque pitoyable. Un nuage dissipa le tableau en un clin d'œil.

— Elle est morte il y a plusieurs années. C'était une femme sans importance. Une des brèves aventures de ton père.

— Mon père a eu des aventures ?

— C'est un Jones, n'est-ce pas ? répondit Elizabeth avec un ricanement amer. Dans le cas présent, il s'était montré imprudent et avait engrossé cette femme qui, pour une raison quelconque, n'a pas voulu se laisser abandonner aussi facilement que les autres. Charles n'avait nulle intention de l'épouser, bien entendu. Quand elle l'a compris, elle a exigé qu'il se charge de l'enfant à naître.

Miranda sentit dans sa poitrine une douleur fulgurante, comme un coup de poignard.

— Elle non plus ne voulait donc pas de moi ?

Avec un haussement d'épaules, Elizabeth revint s'asseoir.

— Je n'ai aucune idée de ce qu'elle voulait. Je sais seulement qu'elle exigeait de Charles qu'il la débarrasse de l'enfant. Il m'a mis le marché en main. Soit refuser, ce qui voulait dire essuyer le scandale d'un divorce, perdre tout ce que j'avais commencé à bâtir ici à l'Institut et renoncer à l'espoir de monter mon propre laboratoire. Soit...

Chez Miranda, l'indignation l'emporta sur la douleur.

— Vous êtes restée avec lui ? s'écria-t-elle. Après une trahison pareille, vous avez accepté de rester avec lui ?

— J'avais le choix. J'ai pris la décision qui convenait le mieux à mes intérêts. Oh ! elle n'allait pas sans sacrifices. J'ai dû vivre dans un isolement complet en attendant ta naissance, expliqua Elizabeth avec un rictus de rancune rétrospective. J'ai dû ensuite prétendre que tu étais ma fille. Oui, je t'en ai voulu d'exister, Miranda. C'est injuste, certes, mais c'est un fait.

— Eh bien tenons-nous-en aux faits.

— Je n'ai pas la fibre maternelle et je n'ai jamais prétendu le contraire, poursuivit Elizabeth avec impatience. Après la naissance d'Andrew, je ne voulais plus avoir d'enfant. Et puis, par un concours de circonstances dont je n'étais pas responsable, je me suis vu imposer la responsabilité d'élever la fille de mon mari comme si elle était la mienne. Pour moi, tu étais un constant rappel de son infidélité et de son égoïsme. Pour Charles, celui d'une grossière erreur de calcul.

— Une erreur de calcul... Oui, c'est aussi un fait. Je m'explique mieux, maintenant, pourquoi ni l'un ni l'autre n'avez jamais pu m'aimer – ni même aimer quiconque. Vous en êtes tous deux incapables.

— Tu n'as jamais manqué de rien. Tu as été bien traitée, tu as reçu une excellente éducation.

— Mais jamais une miette d'affection. Et toute ma vie, je me suis évertuée à la mériter. Quelle perte de temps !

Avec un soupir las, Elizabeth se leva.

— Je ne suis pas un monstre, Miranda. Tu n'as jamais été maltraitée ni négligée...

— Ni aimée ni même embrassée.

— J'ai toujours fait de mon mieux, je t'ai ménagé toutes les chances de prouver ta valeur dans ton domaine. Jusque et y compris avec le bronze de Fiesole...

Elle marqua une hésitation et, peut-être pour se donner une contenance, alla se verser un verre d'eau.

— J'avais emporté chez moi tes rapports et la documentation complète, continua-t-elle. Après avoir repris mon calme et une fois le scandale apaisé, j'ai pensé que tu ne pouvais pas avoir commis une erreur aussi grossière, ni délibérément trafiqué les résultats. Je n'ai jamais douté de ton honnêteté foncière...

— Merci quand même, lâcha Miranda avec un ricanement.

— Ces rapports et ces documents ont été volés chez moi dans mon coffre, poursuivit Elizabeth sans relever l'interruption. Je ne m'en serais pas rendu compte si je ne l'avais ouvert pour y prendre quelque chose avant de venir ici. C'est à ce moment-là que j'ai constaté leur disparition.

Elle but son verre d'eau, le reposa sur le buffet.

— Je voulais, reprit-elle, y prendre les perles de ta grand-mère pour les mettre dans le coffre que je conserve à l'agence locale d'une de mes banques, afin de te les donner avant mon départ.

— Pourquoi ?

— Peut-être parce que si tu n'as jamais été ma fille, tu as toujours été la sienne. Je n'entends pas m'excuser de mes actes et de mes choix. Je ne te demande pas de me comprendre mieux que je n'ai été capable de te comprendre.

— Je n'ai donc qu'à me résigner ?

Elizabeth prit un air mi-hautain, mi-étonné.

— Je l'ai bien fait, moi. Ai-je besoin de te prier de garder entre nous ce que nous nous sommes dit aujourd'hui ? Tu es une Jones, tu dois respecter le nom de notre famille.

— Pour ce qu'il vaut… Mais je connais mes devoirs.

— Je le crois, en effet. Je vais rejoindre ton père, ajouta Elizabeth en reprenant son sac. Veux-tu que je lui rapporte notre conversation ?

Miranda se sentit soudain écrasée de lassitude.

— À quoi bon ? Il n'y a rien de changé, n'est-ce pas ?

— Non, rien.

Elizabeth sortit sans se retourner. Avec un éclat de rire douloureux, Miranda la suivit des yeux puis se posta devant la fenêtre. La tempête qui menaçait depuis le matin s'approchait, le ciel se couvrait de lourds nuages noirs.

— Tu te sens bien ?

Elle s'appuya contre Ryan qui était entré sans bruit, l'avait prise par les épaules et lui massait le cou.

— Combien en as-tu entendu ?

— La plus grande partie.

— Je ne sais pas comment je me sens.

— Peu importe ce que tu ressens. Tu es toi-même, Miranda. Tu l'as toujours été. C'est tout ce qui compte.

— Bien obligée… Quelle sorte de gens sont donc mon père, Elizabeth, la femme qui m'a mise au monde ? Qu'ont-ils dans la tête ? Dans le cœur ?

Avec douceur, il la fit pivoter vers lui.

— Je ne les connais pas. Mais toi, je te connais.

— Finalement, dit-elle en posant la tête sur son épaule, je me sens... soulagée. J'ai toujours eu peur d'être comme elle, de ne pouvoir faire autrement que de lui ressembler. Maintenant, je sais que ce n'est pas le cas. Que cela ne le sera jamais. Que je n'ai plus à m'en inquiéter.

— Dommage pour elle, de s'être privée de t'aimer.

— Moi aussi, je le regrette pour elle.

Miranda connaissait désormais le véritable sens du mot aimer, le bonheur, la douleur allant de pair avec lui. Elle devait à Ryan d'avoir fait sauter le verrou qui tenait enfermée en elle sa faculté d'aimer et d'être aimée, dont elle avait ignoré jusqu'à l'existence.

Elle s'écarta à regret.

— Je vais voir Cook avec le carnet de Richard.

— Laisse-moi le temps d'aller à Florence, Miranda. Après ce qui est arrivé, je n'ai pas voulu partir ce matin comme prévu, mais je vais essayer d'attraper un avion ce soir ou de bonne heure demain matin. Trente-six heures devraient me suffire. D'accord?

— Oui, mais pas davantage. J'ai hâte d'en voir la fin.

— Ce sera fini.

— Et promets-moi que tu n'en profiteras pas pour t'introduire la nuit dans des chambres à coucher et voler des bijoux, dit-elle en souriant.

— Je ne volerai rien, promis, juré. N'ai-je pas résisté aux perles de ta grand-mère dans le coffre de ta mère? Et à tout cet or dans la boîte à bijoux d'Élise? Je n'ai même pas été tenté de prendre son médaillon pour une de mes nièces.

— Tes nièces sont trop jeunes pour avoir un médaillon.

Elle poussa un soupir de regret, appuya de nouveau la tête sur son épaule.

— Je n'en ai eu un qu'à seize ans. Un très joli en argent, en forme de cœur. C'est ma grand-mère qui me l'a offert, il lui venait de sa mère.

— Et tu y as mis une mèche de cheveux de ton amoureux ?

— Je n'avais pas d'amoureux. D'ailleurs, elle y avait déjà placé sa photo et celle de mon grand-père pour m'aider, disait-elle, à me souvenir de mes racines… Elizabeth avait raison, tout à l'heure. Je n'ai pas été sa fille mais, en un sens, celle de ma grand-mère. J'ai perdu le médaillon il y a quelques années. J'en ai eu beaucoup de chagrin.

Miranda se redressa, s'écarta.

— Allons, il faut que je dise à l'entretien de venir débarrasser et tout remettre en ordre. Nous devons rouvrir les salles au public dès demain.

— Fais-le, je te rejoindrai tout à l'heure à la maison. Mais rentre directement, d'accord ? Je n'ai pas envie de te chercher partout.

— Où voudrais-tu que j'aille ?

30

Quand il pénétra dans le vestibule, Andrew sifflotait avec un sourire béat qui ne l'avait pas quitté depuis le matin. Ce n'était pas seulement d'avoir fait l'amour qui le mettait d'aussi belle humeur, c'était l'amour lui-même.

Il aimait Annie, Annie l'aimait. Cette journée passée seul avec elle avait été la plus joyeuse, la plus paisible, la plus enrichissante qu'il ait jamais vécue. Une expérience presque… mystique.

Ils avaient préparé le petit déjeuner ensemble avant de le dévorer au lit. Après, ils avaient parlé sans arrêt tant ils débordaient, l'un et l'autre, de mots à se dire, d'idées à exprimer, de pensées à partager. Andrew n'avait jamais été capable de parler à qui que ce soit comme il parlait à Annie.

À part Miranda. Il avait hâte de tout lui raconter.

Annie et lui avaient décidé de se marier en juin. Pas un grand mariage guindé, comme avec Élise. Annie tenait à une cérémonie simple et intime. Quelques amis, de la musique. Il demanderait à Miranda d'être son témoin…

Impatient de se débarrasser de son smoking froissé, Andrew monta dans sa chambre. Tout à l'heure, il sortirait dîner avec Annie. Demain, il lui achèterait une bague de fiançailles – sans tenir aucun compte de ses protestations. Qu'elle le veuille ou non, elle aurait sa bague, et il la lui passerait lui-même au doigt.

Il jeta négligemment sa veste sur une chaise. Cette semaine, il commencerait à déménager sa chambre, car Annie et lui ne s'y installeraient pas après leur mariage. Miranda aurait la maison pour elle seule. Le Dr Andrew et Mme Jones se mettraient en quête d'un logement dès leur retour de voyage de noces. À Venise, bien sûr, le paradis des amoureux…

Il souriait encore en déboutonnant son col lorsqu'il perçut un vague mouvement du coin de l'œil. Une douleur éclata dans sa tête, un éclair rouge fusa derrière ses yeux. Titubant, il tenta de se retourner, de résister. Un second coup, plus violent encore, l'envoya s'écraser contre une table et sombrer dans l'inconscience.

L'orage se déchaîna alors que Miranda était encore à plus d'un kilomètre de chez elle. La foudre tombait si près que l'éclair et le fracas du tonnerre arrivaient en même temps, avec une violence à secouer la voiture. Le brouillard qui se levait estompait les bas-côtés de la route.

Miranda se força à ralentir, même si elle n'aspirait qu'à se retrouver le plus vite possible au sec et au chaud dans la maison. L'attention qu'elle devait porter à la conduite ne la détourna cependant pas du film des événements qu'elle repassait inlassablement dans sa tête.

L'appel téléphonique de Florence, l'agression, le départ de John Carter pendant qu'elle-même était retardée. Le bronze était à ce moment-là dans le coffre-fort du bureau de sa mère. Qui y avait accès? En principe, Elizabeth seule. Mais depuis qu'elle connaissait Ryan, Miranda avait appris que les serrures sont faites pour être forcées. Richard avait effectué les examens du bronze, donc il avait eu accès au coffre.

Qui avait travaillé avec lui? Qui avait apporté le pistolet à l'Institut et s'en était servi pour le tuer? John Carter? Vincente? Et pourquoi dans son bureau à elle? Pourquoi pendant une réception, en présence de centaines d'invités? Pourquoi prendre un risque aussi insensé?

Parce qu'un tel coup aurait un énorme retentissement. Parce qu'il associerait de nouveau son nom à un scandale conçu pour ternir l'éclat du vernissage et rejeter ses efforts dans l'ombre. C'était elle qui était visée. C'était à elle seule qu'on tentait de nuire.

Mais qu'avait-elle fait pour susciter une telle haine? Qui avait-elle blessé à son insu? John Carter? Si sa disgrâce la forçait à quitter l'Institut, il occuperait logiquement à sa place le poste prestigieux et bien payé de directeur du laboratoire. Était-ce un mobile assez puissant? Et Vincente? Pourquoi? Espérait-il obtenir ainsi assez d'argent pour combler les goûts dispendieux de sa femme? Et par quel moyen détourné?

Non, décidément, dans un cas comme dans l'autre, ces hypothèses ne tenaient pas debout.

Qui restait-il, alors? Giovanni et Richard étaient morts, Élise à l'hôpital. Elizabeth? Une vie de rancunes ravalées pouvait-elle déboucher sur un tel machiavélisme?

Que la police trouve les réponses, se dit-elle en freinant devant le perron. Dans trente-six heures, elle passerait le relais à Cook. À lui de débrouiller ce nœud de vipères. C'était son métier, après tout.

Elle se servit de son porte-documents pour s'abriter la tête de la pluie torrentielle. Le calepin de Richard était dedans. Elle avait l'intention de le lire ce soir-là de la première à la dernière page. Un détail, un indice lui avait peut-être échappé à sa première lecture rapide.

Quand elle referma la porte derrière elle, elle était trempée de la tête aux pieds. D'une main, elle s'essora les cheveux de son mieux en appelant Andrew. Elle ne l'avait pas revu depuis qu'ils s'étaient quittés à l'hôpital la veille au soir, mais elle savait qu'il était de retour: sa voiture était rangée à l'endroit habituel. Il était grand temps qu'ils aient une longue conversation et qu'elle lui raconte tout. Elle pouvait, elle devait lui faire confiance.

Elle l'appela de nouveau en montant l'escalier. Pourquoi diable ne répondait-il pas? Il dormait, sans doute. Andrew était homme à dormir comme une souche pendant une bataille. Cette fois, décida-t-elle, il se réveillerait de gré ou de force. Il fallait qu'il soit mis au courant et qu'ils décident ensemble de la conduite à tenir avant de revoir leur mère.

— Andrew! Vas-tu répondre, à la fin?

Elle poussa sa porte entrebâillée et tendit la main vers l'interrupteur en s'attendant à essuyer une bordée de protestations indignées. C'est elle qui lâcha un juron : il n'avait pas même remplacé l'ampoule ! Résolue à le secouer comme il le méritait, elle s'avança à tâtons – et trébucha sur un obstacle. À la lueur d'un éclair, elle vit Andrew couché sur le tapis, encore vêtu du smoking de la veille.

Ce n'était pas la première fois qu'elle le trouvait dans cet état. La colère la saisit.

— Andrew, bon sang !

Son premier mouvement fut de tourner les talons et de l'abandonner. Puis la déception, la tristesse de constater qu'il était retombé dans ses errements l'emportèrent.

— Comment as-tu pu recommencer ? As-tu perdu la raison ?

Elle s'accroupit près de lui, le secoua dans l'espoir qu'il reprenne conscience, au moins le temps de se coucher dans son lit. Intriguée de constater alors qu'il ne sentait pas le whiskey comme par le passé, elle voulut lui soulever la tête et sentit un liquide chaud et poisseux. Du sang.

— Andrew ! Grands dieux, non… !

Elle lui tâtait désespérément le pouls quand la lampe de chevet s'alluma.

— Il n'est pas mort. Pas encore du moins, fit une voix douce d'un ton railleur. Veux-tu le garder en vie, Miranda ?

En temps normal, Ryan n'aimait pas se répéter. Ce soir-là, pourtant, il s'introduisit pour la seconde fois dans la suite qu'occupaient Elizabeth et Élise. Peu lui importait qu'elle soit déserte, il y serait allé de toute façon.

Dans la seconde chambre, il saisit le coffret à bijoux et y prit le médaillon. Il n'obéissait qu'à une vague intuition, mais l'expérience lui avait appris à suivre son instinct.

Il ouvrit le médaillon, étudia les photos fanées, chercha une ressemblance. Là, peut-être, autour des yeux… Avec l'ongle, il fit glisser du cadre la photo de la femme. Au dos, comme il s'y attendait, il trouva la dédicace : *À Miranda, pour tes seize ans. N'oublie jamais d'où tu viens ni où tu veux aller. Bonne-maman.*

— Cette fois, nous te tenons, murmura-t-il en glissant le médaillon dans sa poche.

Il était encore dans le couloir quand il composa un numéro sur le cadran de son téléphone portable.

— Élise…

Au prix d'un effort, Miranda parvint à rester calme et à ne pas baisser les yeux vers le canon du pistolet braqué sur sa poitrine.

— Il est blessé, reprit-elle. Il faut appeler une ambulance.

— Il peut attendre, j'en sais quelque chose, répliqua Élise en tapotant de sa main libre le pansement qui lui couvrait la tête. C'est étonnant comme on se remet vite d'un coup sur le crâne. Tu le croyais encore saoul, hein ? C'est trop drôle ! Si j'y avais pensé, j'aurais vidé une bouteille sur lui, rien que pour assister à la scène ! Mais ne t'inquiète pas, je n'ai cogné que deux fois – ni autant ni aussi fort que j'avais dû frapper Giovanni. Mais Giovanni m'avait vue, lui.

Miranda ramassa une chemise qui traînait par terre, la roula en boule et l'appliqua contre la plaie d'Andrew dans l'espoir d'arrêter l'épanchement de sang.

— Giovanni était ton ami. Comment as-tu pu le tuer ?

— Je m'en serais dispensée si tu ne l'avais pas entraîné toi-même dans ce guêpier. Tu as son sang sur les mains, Miranda, comme tu as maintenant celui d'Andrew.

Derrière son dos, Miranda serra les poings.

— Et Richard ?

— Ah! Richard... Cet imbécile s'est condamné lui-même. Il a perdu les pédales après la mort de Giovanni. Il pleurnichait comme un bébé, il répétait qu'il fallait arrêter, que personne n'était censé mourir. Il ne comprenait pas que les projets doivent s'adapter aux circonstances. Dès qu'il t'a envoyé ce grotesque message par e-mail, il était mort.

— Les autres, les fax, c'était toi, n'est-ce pas?

— Bien sûr. Ils t'ont fait peur, Miranda? Tu as été désorientée, tu t'es posé des questions?

— Oui. Tu as aussi tué Rinaldi?

À gestes prudemment mesurés, Miranda souleva une couverture du lit et l'étendit sur Andrew.

— Ce type devenait une plaie. Il répétait à tout bout de champ que la statue était authentique, comme si un plombier y connaissait quelque chose! Il était même venu faire un scandale à Standjo. Elizabeth l'a fait jeter dehors, bien entendu, mais elle s'est mise à réfléchir, je m'en suis rendu compte. Il fallait se débarrasser de ce pitre.

— Tu as peut-être réussi à t'emparer du bronze, mais tu n'arriveras jamais à le vendre.

— Qui parle de le vendre? Crois-tu que c'est l'argent qui m'intéresse? répliqua Élise avec un rire grinçant. Que j'ai fait tout cela pour gagner trois sous? Il n'est question que de toi et de moi, Miranda. Comme toujours.

Derrière elle, les éclairs illuminaient la fenêtre.

— Je ne t'ai jamais rien fait, Élise.

— Si: tu existes! En naissant, tu avais déjà tout! Tu étais d'avance l'éminent Dr Jones de Jones Point, avec tes parents respectables, ta position sociale, tes domestiques aux petits soins et ta vieille garce de grand-mère dans son château sur la pointe!

L'estomac noué, Miranda la voyait s'échauffer à mesure qu'elle vomissait ses invectives, en agitant son arme dans toutes les directions.

— Tu sais où je suis née, moi ? reprit Élise sur un ton de plus en plus hystérique. Dans un dispensaire, pour vivre ensuite dans un taudis de deux pièces parce que mon salaud de père a refusé de me reconnaître et fui ses responsabilités ! J'avais pourtant droit à tout ce que tu avais et j'ai fini par l'obtenir. Mais j'ai dû lutter, moi, j'ai dû travailler, mendier des bourses d'études. J'ai fait ce qu'il fallait pour aller dans les mêmes écoles, les mêmes facultés que toi. Partout, tout le temps, je t'ai observée, je t'ai épiée, Miranda. Et tu ne savais même pas que j'existais !

Miranda haussa les épaules, tâta la compresse improvisée. L'hémorragie d'Andrew lui parut moins forte.

— Mais tu ne fréquentais pas grand monde, n'est-ce pas ? ajouta Élise. Tu étais trop fière. C'est incroyable que tout cet argent t'ait rendue aussi barbante.

— Laisse-moi appeler une ambulance pour Andrew...

— Tais-toi ! Boucle-la, je n'ai pas fini ! cria Élise en s'avançant d'un pas, le pistolet braqué. Tu vas m'écouter jusqu'au bout si tu ne veux pas que je troue la peau de ton frère !

D'instinct, Miranda s'interposa.

— Non ! Calme-toi, Élise. Je t'écoute.

— Et je t'ai dit de te taire ! Dès que tu ouvres la bouche tout le monde se fige, béat d'admiration, comme si tu crachais des pièces d'or ! C'est moi qui aurais dû tout avoir, moi qu'on aurait dû écouter chapeau bas si le salaud qui a engrossé ma mère en lui promettant la lune n'avait pas été déjà marié à ta grand-mère !

— Ma... grand-mère ? Tu veux me faire croire que tu es la fille de mon grand-père ?

— Le vieux bouc n'était pas fichu de se tenir tranquille, à soixante ans passés. Ma mère était jeune et naïve, elle a cru qu'il plaquerait sa femme pour l'épouser. Quelle idiote !

Elle ponctua sa tirade en empoignant sur la table un presse-papiers d'agate, qu'elle lança à toute volée contre un mur en rasant la tête de Miranda.

— Ah! elle s'est bien fait avoir! Elle ne lui a même pas soutiré un sou, pas un sou, alors que nous vivions dans la misère.

Élise, une Jones, pensa Miranda, effarée. Le produit d'une autre aventure sans lendemain et d'une grossesse importune. Si elle est la fille de mon grand-père, elle est donc... ma tante. Et son mariage avec Andrew, un inceste.

Avec un sourire angélique, Élise braqua le canon de son arme sur le cœur de Miranda avant de poursuivre:

— Oui, je t'ai surveillée, Miranda. Des années. Aussi loin que remontent mes souvenirs, tu as été ma cible. Je me suis spécialisée dans le même domaine que toi, je suis devenue aussi forte que toi, meilleure même. Je me suis fait engager chez toi, j'ai épousé ton minable de frère, je me suis rendue indispensable à ta mère. Je suis bien plus sa fille que tu ne l'as jamais été.

— Oh oui! lâcha Miranda du fond du cœur. Je ne suis rien pour elle, crois-moi.

— Tu étais la reine, et je voulais prendre ta place, continua Élise sans tenir compte de l'interruption. Je voulais que ce soit toi qui rampes, toi qui mendies les miettes. Rappelle-toi le *David*. Pour toi, c'était un beau début.

— Tu l'as volé et tu l'as fait copier par Harry?

— Il était fou de joie, le pauvre! C'est si facile de manipuler les hommes. Ils m'admirent, ils voient une petite chose délicate qu'ils ne pensent qu'à protéger et à baiser. Je leur fais faire ce que je veux... Ton frère avait au moins un bon côté, admit-elle en jetant un regard méprisant à Andrew. Au lit, il se défendait bien. J'en ai profité tant que ça a duré, mais j'ai pris plus de plaisir à lui briser le cœur. À le voir sombrer dans l'alcool parce qu'il n'arrivait pas à comprendre quelle erreur il avait commise pour que je me sois détachée de lui. Pauvre Andrew...

Elle marqua une pause. Son expression s'adoucit.

— Je me demande si je ne vais pas le récupérer, quand j'en aurai fini avec le reste et que je me serai débarrassée de toi. Ce serait drôle, non ? La petite serveuse qu'il voit en ce moment ne fera pas le poids lorsque je me réinstallerai ici. Oui, je vais encore m'amuser avec lui – si je le laisse vivre, bien entendu.

— Tu n'as pas besoin de lui faire du mal, Élise. Ce n'est pas lui qui est en cause. Laisse-moi appeler une ambulance, je n'essaierai pas de partir.

— Tu n'as pas l'habitude de mendier ni de supplier, hein ? Pourtant, tu le fais bien – comme tout ce que tu fais... Attention ! Pas de gestes brusques ! s'écria Élise en voyant Miranda se relever. Je ne te tuerai pas d'emblée, non ; je te rendrai infirme. Pour te faire souffrir.

— Mais qu'est-ce que tu veux, à la fin ? répliqua Miranda.

Son exclamation déclencha un nouvel accès de rage chez Élise, qui brandit son arme avec des gestes désordonnés.

— Je veux que tu m'écoutes ! hurla-t-elle. Je veux que tu restes où tu es, que tu prêtes l'oreille à chaque mot que j'ai à te dire, que tu fasses tout ce que j'ordonnerai et que tu rampes à mes pieds quand j'aurai fini ! C'est clair ?

Miranda se demanda avec angoisse de combien de temps elle disposait avant qu'Élise ne craque définitivement et vide le chargeur du pistolet sur Andrew et sur elle. Au prix d'un effort, elle parvint à dissimuler sa terreur.

— D'accord, je t'écoute. Nous en étions au *David*. Ce n'était pour toi qu'un coup d'essai, je suppose ?

— Toujours aussi futée, n'est-ce pas ? Non, c'était une sécurité. Je savais que, grâce à lui, je pouvais déjà faire une belle tache sur ta réputation. Mais je suis patiente. Il fallait quelque chose de plus gros, qui te plonge dans la boue jusqu'au cou. C'est alors qu'est arrivée *La Donna oscura*. Lorsque Elizabeth m'a dit qu'elle voulait te la faire expertiser, j'ai compris que c'était l'occasion que j'attendais. Elle avait en moi une confiance aveugle

– j'avais avalé assez de couleuvres et subi assez de ses caprices pendant des années pour en arriver là... Tu m'écoutes ? Je veux que tu me regardes quand je parle !

Miranda cherchait désespérément du regard un objet susceptible de lui servir d'arme.

— Je t'écoute, Élise. Tu parlais de *La Donna*.

— As-tu jamais rien vu de plus beau ? De plus puissant ?

Poussée par un vent violent, la pluie crépitait sur les vitres tel un roulement de tambour.

— Non. Je comprends tout à fait que tu aies voulu te l'approprier. Et comme tu ne pouvais pas y parvenir seule, tu t'es assuré le concours de Richard.

— Il était amoureux de moi, ce pauvre idiot. Je l'aimais bien, remarque. J'avais même envisagé de l'épouser, du moins pour quelque temps. Il était serviable, il aurait pu m'être encore utile s'il n'avait pas perdu la tête. Nous avons effectué les tests ensemble pendant deux nuits. C'était un jeu d'enfant, j'avais la combinaison du coffre d'Elizabeth. Il fallait simplement que je m'arrange pour retarder ton arrivée. J'avais bien spécifié qu'on ne t'abîme pas. Je désirais que tu restes en forme jusqu'à ce que je t'achève.

— C'est Richard qui s'est chargé de la copie ?

— Moi aussi, en partie. Il fallait qu'elle soit assez réussie pour ne pas éveiller trop vite les soupçons. Tu as été parfaite, Miranda. Comme moi, tu as compris au premier coup d'œil que *La Donna* était de Michel-Ange.

— Oui, je l'ai senti tout de suite... La fuite dans la presse, c'est toi aussi, n'est-ce pas ?

— Elizabeth est toujours si stricte pour ce genre de choses qu'elle a réagi exactement comme je m'y attendais. Bien sûr, je lui ai répété que tu ne l'avais pas fait exprès, que tu t'étais laissé emporter par ton enthousiasme, etc. J'ai été ton plus fidèle défenseur, Miranda.

La sonnerie du téléphone l'interrompit. Les deux femmes se dévisagèrent en silence.

— Laissons le répondeur s'en charger, déclara enfin Élise en souriant. Nous avons encore tant de choses à nous dire.

Pourquoi diable ne répond-elle pas ? fulmina Ryan.

Il conduisait dangereusement vite dans la tempête qui redoublait de violence. Depuis que Miranda avait quitté l'Institut pour rentrer chez elle, elle ne décrochait ni son portable ni le téléphone de la maison.

Tenant toujours le volant d'une main, Ryan obtint par les renseignements le numéro de l'hôpital.

— Élise Warfield. Elle a été admise hier soir.

— Le Dr Warfield a quitté l'hôpital cet après-midi.

Ryan sentit un bloc de glace se former dans son ventre. Il écrasa l'accélérateur, rattrapa de justesse un début de dérapage et viola la règle sacro-sainte qu'il s'était imposée toute sa vie : il appela la police.

— Passez-moi l'inspecteur Cook... Oui, c'est urgent.

— Il me faut les copies, Miranda. Où sont-elles ?

— Je ne les ai pas.

Élise fit un pas vers elle, menaçante.

— Tu ne sais pas mentir. Je les veux. Où sont-elles ?

— Pourquoi te les donnerais-je ? Tu vas me tuer, de toute façon.

— Bien sûr, c'est la seule solution logique. Mais si j'ai les statues, je ne serai pas forcée de tuer aussi Andrew.

— Non ! s'écria Miranda, les mains levées en un geste implorant. Ne le tue pas.

— Alors, donne-moi les deux copies.

— Elles sont cachées, improvisa Miranda afin de l'éloigner d'Andrew. Dans le phare.

— C'est trop beau ! Tu n'avais pas déjà deviné où j'ai été conçue ? Ma mère m'a raconté qu'il l'avait emmenée là sous prétexte de la peindre. La boucle est bouclée ou, plutôt, le cercle vicieux… Après toi, ma nièce ! passe devant.

Avec un dernier regard à son frère, Miranda se dirigea vers la porte. Elle savait que le pistolet était braqué sur son dos. Dans un espace plus vaste, elle aurait peut-être une chance, à condition de détourner un instant l'attention d'Élise. Elle avait sur elle l'avantage de la taille, de la force. Et, surtout, elle n'était pas folle.

— La police se doute déjà de la vérité, commença-t-elle. Cook est décidé à boucler son enquête.

— Elle le sera dès demain. Avance donc ! Tu as toujours eu une démarche de grenadier. Pourquoi traînes-tu les pieds ?

— Si tu me tues, comment l'expliqueras-tu ?

— J'espère ne pas avoir besoin de m'expliquer. Sinon, je mettrai le pistolet dans la main d'Andrew. Il est logique que vous vous soyez querellés au sujet de cette affaire. Tu l'as frappé, il t'a tiré dessus. Ce pistolet est d'ailleurs le tien, je l'ai pris dans le tiroir de ta table de nuit.

— Je sais. Au fait, cela n'a pas dû être facile de t'assommer toi-même après avoir tué Richard ?

— Très facile, au contraire. J'y ai gagné quelques points de suture, une montagne de commisération et un alibi en or massif. Comment une pauvre petite chose telle que moi aurait pu avoir le culot de feindre un coup pareil ? Sauf que nous savons maintenant, toi et moi, que je suis capable de beaucoup plus fort.

Elles étaient arrivées au bas de l'escalier.

— En effet, approuva Miranda. Il nous faut une lampe électrique, ajouta-t-elle.

— Eh bien, prends-la. Tu la ranges toujours dans le deuxième tiroir de droite, n'est-ce pas ?

Miranda prit la torche, la soupesa. Elle pourrait en faire une massue acceptable, si l'occasion se présentait.

Le canon du pistolet toujours pressé dans le bas de son dos, elle ouvrit la porte, sortit sous la pluie torrentielle.

L'idée de partir en courant dans le brouillard qui s'épaississait lui traversa l'esprit et s'évanouit aussi vite : elle serait morte avant d'avoir fait trois pas.

— Nous allons prendre une bonne douche, dit Élise. Avance donc. Tu as peur de l'eau ?

D'un pas égal, Miranda marcha en direction de la pointe. Il fallait maintenant calculer les distances. On entendait déjà le grondement des vagues qui se brisaient sur les rochers se mêler à celui du tonnerre.

— Ton beau projet ne marchera pas ici, Élise.

— Avance donc au lieu de parler !

— Non, il ne marchera pas. Si tu me tires dessus en dehors de la maison, la police comprendra qu'Andrew n'y est pour rien et elle aura vite fait de te retrouver.

— Tais-toi donc ! Qu'est-ce que cela peut te faire, de toute façon, puisque tu seras morte ?

Se guidant désormais sur la lumière du phare, Miranda assura sa prise sur la torche électrique.

— Richard a gardé dans un carnet la trace écrite de tout ce qu'il a fait avec toi et à cause de toi. Tout, du début à la fin. Morte ou pas, la gloire me reviendra quand même, et tu auras fait tout cela pour rien. En pure perte.

— Menteuse ! Sale menteuse !

— Je ne sais pas mentir, tu le sais bien.

Miranda pivota brusquement, la torche à bout de bras. Déséquilibrée par la force du coup, Élise tomba, et Miranda sauta sur elle pour lui arracher le pistolet.

Elle comprit aussitôt l'étendue de son erreur : sa lucidité ne lui conférait aucun avantage. Avec la fureur d'une bête traquée, Élise lutta à coups de dents, à coups de griffes. Miranda sentit une douleur à la gorge, son sang qui ruisselait. Une seconde plus tard, étroitement enlacées, elles roulèrent ensemble vers le bord de la falaise.

Ryan entra en courant dans la maison, appela Miranda à grands cris. Il se précipita vers l'escalier, gravit les marches deux à deux. Ne trouvant pas la jeune femme dans sa chambre, il courut à l'autre bout du couloir. Quand il découvrit Andrew sans connaissance, sa terreur redoubla.

Dehors, entre les grondements du tonnerre, il entendit alors claquer deux détonations. Couvert d'une sueur froide, il enfonça d'un coup d'épaule la porte-fenêtre de la chambre d'Andrew et sortit sur le balcon. Leurs silhouettes découpées en ombres chinoises par la lumière aveuglante des éclairs, deux femmes luttaient au bord de la falaise.

Au moment même où il faisait une prière muette en enjambant la balustrade pour sauter dans le jardin, Ryan les vit basculer par-dessus bord.

Haletante, meurtrie dans tout son corps au point de ne plus éprouver qu'une douleur diffuse, Miranda parvint enfin à agripper le pistolet. Elle tordait de toutes ses forces le poignet d'Élise pour le lui arracher quand elle sentit l'arme tressauter deux fois dans sa main tandis que le fracas des détonations la rendait sourde d'une oreille.

Elle roula sous Élise, glissa, tenta de planter ses talons dans la terre – et ne rencontra que le vide. À la lumière intermittente des éclairs, elle voyait au-dessus d'elle le visage de son ennemie grimaçant de fureur, la bouche béante, les yeux vitreux, aveuglés par la folie.

Au loin, quelque part, elle crut entendre crier son nom et y puisa la force de se débattre. Elle voulut repousser Élise, ne parvint qu'à accentuer leur glissade, et elles basculèrent ensemble sur la pente presque à pic.

Pendant qu'elle s'efforçait de s'accrocher à la terre, aux rochers, à tout ce que ses doigts crispés rencontraient dans sa glissade mortelle, elle entendait un rire de femme, ou peut-être des sanglots. Mille prières, mille images se bousculaient dans sa tête. Les rochers qui lacéraient ses vêtements et sa peau ralentissaient à peine sa chute.

Affolée par la terreur, elle aperçut près de son épaule le visage livide d'Élise, ses yeux noirs étincelants d'une rage incontrôlée, ses mains crispées sur une aspérité. Elle vit ensuite une de ces mains lâcher sa prise pour braquer le pistolet sur elle... Élise tomba comme une pierre, sans un cri.

Tremblante, secouée de sanglots, Miranda appuya une joue contre la roche froide. Ses muscles étaient tétanisés, ses doigts en feu. Au-dessous d'elle, la mer qu'elle avait tant aimée piaffait d'impatience, avide de l'engloutir.

Une nausée lui remonta à la gorge en l'étouffant presque. Elle leva son visage vers le bord de la falaise, quelques dizaines de centimètres au-dessus d'elle. Le faisceau de lumière du phare tournait fidèlement, comme pour la guider vers le salut. Non, elle ne pouvait pas mourir ainsi ! Elle ne pouvait pas s'avouer vaincue sans lutter ! Ses pieds cherchèrent en vain une prise. Alors, à la seule force de ses bras, elle se hissa d'un centimètre, d'un autre encore.

Elle s'accrochait à la roche par le bout de ses doigts ensanglantés lorsque Ryan se jeta à plat ventre au sommet de la falaise et lui tendit une main.

— Ne lâche pas, Miranda. Regarde-moi, prends ma main.

— Je glisse.

— Prends ma main. Essaie de te hisser un peu, un tout petit peu.

Tout en parlant, il se cala de son mieux sur les rochers mouillés et lui tendit les deux mains.

— Je ne peux pas. J'ai les doigts gelés. Si je lâche une main, je tombe.

— Non, tu ne tomberas pas. Prends ma main, Miranda. Allons, docteur Jones, dit-il en se forçant à sourire, un bon mouvement ! Fais-moi confiance.

Avec un sanglot, Miranda détacha sa main de la roche. Le temps d'un frisson d'horreur, elle se sentit littéralement à deux doigts de la mort...

La main de Ryan agrippa la sienne, affermit la prise.

— L'autre, maintenant. Il me faut les deux.

— Grands dieux... Je ne peux pas, Ryan...

Elle ferma les yeux, desserra ses doigts, commença à tomber.

Le choc brutal de son poids tira Ryan vers le bord et faillit les précipiter tous deux dans le vide. Jurant entre ses dents, il rampa à reculons en maudissant la pluie qui rendait leurs mains glissantes et transformait la roche en patinoire. Miranda trouva une prise pour ses pieds et seconda de son mieux Ryan. Haletante, s'aidant de ses coudes et de ses genoux à vif pour franchir les derniers centimètres, elle s'affala enfin sur lui, et il la serra dans ses bras.

Le visage enfoui contre sa poitrine, elle perçut les battements sourds et désordonnés de son cœur. Au loin, on entendait le hululement de sirènes qui approchaient. La police et les ambulances n'avaient pas perdu de temps.

— J'étais sur le balcon, je t'ai vue passer par-dessus bord. Je t'ai crue morte.

— Je le serais, si tu n'étais pas arrivé. Je n'aurais pas pu tenir beaucoup plus longtemps.

— Mais tu as tenu...

Il releva vers lui son visage ensanglanté, plongea les yeux dans ses yeux bleus, encore assombris par l'horreur.

— Tu as tenu seule, reprit-il. Maintenant, tu n'es plus seule. Tu te tiendras à moi.

Il la souleva dans ses bras, reprit à pas lents le chemin de la maison.

— Ne me laisse pas tomber, Ryan. Ne me lâche plus. Pendant un moment du moins, ajouta-t-elle avec l'ombre d'un sourire.

— Je ne te lâcherai plus, Miranda. Plus jamais.

Épilogue

Il l'avait pourtant fait, le traître! Elle aurait dû s'en douter. «Je ne te lâcherai plus», lui avait-il promis. «Fais-moi confiance»... Ah, oui! Elle lui avait fait confiance, et il lui avait sauvé la vie, c'est vrai. Mais pour mieux la lui rendre invivable!

Il ne l'avait pas abandonnée tout de suite, non. Il avait eu la décence de rester le temps qu'elle soigne ses plaies et ses bosses, et qu'Andrew soit hors de danger. Il l'avait dorlotée, réconfortée, consolée en écoutant le récit de son cauchemar avec Élise.

Il lui avait même tenu la main pendant qu'ils donnaient à Cook une version des événements soigneusement expurgée – expurgée par lui, comme de juste! Et elle l'avait laissé faire. Elle avait confirmé, authentifié tous ses mensonges, passé certains faits sous silence à seule fin de lui éviter de finir en prison. Après tout, elle devait bien cela à celui qui lui avait sauvé la vie.

L'horrible individu!

Et puis, un beau matin, il s'était évanoui. Comme cela, sans un mot, sans un avertissement.

Elle savait où il était parti puisque, à part elle, il était désormais le seul à connaître l'existence du garage dans un faubourg de Florence. Et il n'avait qu'une idée en tête: faire main basse sur *La Donna oscura* et le *David*. Il les avait même sans doute déjà vendus à un prix exorbitant à un de ses clients, Miranda n'en doutait pas une seconde. En cet instant, il devait être en train de se prélasser sur une plage des tropiques, en sirotant des punchs et en séduisant des blondes au crâne vide et aux formes rebondies!

Si jamais elle le revoyait... mais c'était exclu, bien entendu. La seule affaire légale qui les liait encore passerait entre les mains d'un de ses sous-fifres, si ce n'était déjà fait. L'exposition connaissait un succès foudroyant. Et ce triste personnage en tirait bénéfice, comme il profitait sans vergogne de la gloire d'avoir contribué à résoudre plusieurs meurtres. Une honte !

Elle, elle avait recouvré sa réputation, plus éclatante que jamais. La presse unanime chantait les louanges de la brillante, de l'héroïque Dr Miranda Jones. Élise l'avait consacrée en tentant de la détruire. Juste retour des choses.

Mais elle n'avait plus le bronze. Elle n'avait plus Ryan. Et elle devait se résigner au fait qu'elle n'aurait jamais plus ni l'un ni l'autre.

Elle se retrouvait maintenant seule dans cette grande maison vide. Andrew était cajolé par sa fiancée qui veillait sur sa convalescence. Lui, au moins, était heureux. Elle s'en réjouissait pour lui – et en crevait d'envie.

Certes, elle avait des compensations. Sa renommée, l'Institut, le respect de ses parents – enfin ! – à défaut de leur amour. Mais sa vie, dans tout cela ?

Un désert. Le néant.

Eh bien, elle allait s'en refaire une autre, décida-t-elle en arpentant sa chambre, les nerfs à bout. Elle allait suivre le sage conseil que chacun lui donnait et prendre de longues vacances amplement méritées. Elle allait s'acheter un bikini, se dorer au soleil et s'offrir des aventures. Elle était capable de séduire les beaux bruns si cela lui chantait, non ? grommela-t-elle en ouvrant la porte-fenêtre pour profiter sur sa terrasse de la tiède nuit printanière.

Les fleurs qu'elle avait plantées dans la grande urne de pierre répandaient leur parfum. Oui, elle allait se donner le temps d'apprendre des choses inutiles mais délectables, de jouir de l'instant présent. De vivre, quoi !

Il était parti depuis quinze jours et sans idée de retour, elle le savait. Mais tout compte fait, c'était fort bien ainsi. Il avait dans sa vie d'autres intérêts, qui comptaient plus que Miranda Jones? Soit, elle n'en ferait pas une maladie. Elle s'en remettrait – c'était d'ailleurs à moitié fait.

Quant à ses longues vacances, elle n'irait pas s'étourdir au bout du monde, elle les passerait ici. Car c'était ici qu'elle avait besoin d'être, physiquement et moralement. Ici qu'elle se bâtirait le foyer que personne ne lui avait jamais donné. Elle terminerait l'aménagement du jardin, elle rafraîchirait les peintures, elle achèterait de nouveaux rideaux. Et si elle ne ferait jamais plus confiance à aucun homme, elle savait au moins pouvoir se fier à elle-même.

— L'instant serait infiniment plus romantique si tu portais une longue robe vaporeuse.

Elle se retourna avec lenteur, car elle avait encore assez de maîtrise d'elle-même pour ne pas sursauter. Le visage fendu par un large sourire, il se tenait derrière elle.

— J'admets, reprit-il, qu'un jean et un T-shirt mettent tes formes en valeur, mais un si beau clair de lune méritait une robe de soie froufroutante. Bonsoir, docteur Jones.

Du bout des doigts, il lui caressa un hématome tenace qui déparait sa joue.

— Espèce de salaud, dit-elle d'un ton posé.

Et elle lui assena un coup de poing en plein visage.

Sous le choc, il recula de trois pas et vit trente-six chandelles. Mais il reprit son équilibre et se tamponna la lèvre supérieure où perlaient quelques gouttes de sang.

— Curieuse manière de saluer ses amis. Dois-je en déduire que tu n'es pas ravie de me voir?

— La seule manière dont j'aimerais te voir serait derrière les barreaux d'une cellule. Tu m'as exploitée, tu m'as menti, tu m'as dit de te faire confiance alors que, depuis le début, tu ne pensais qu'au bronze.

Il épongea délicatement sa lèvre qui saignait toujours. Elle a, pensa-t-il, un direct du droit qui mérite le respect.

— Ce n'est pas entièrement exact.

Miranda serra le poing, prête à en user de nouveau.

— Tu étais à Florence, oui ou non? Tu es parti d'ici pour sauter dans un avion et t'emparer des statues.

— Bien sûr, comme je te l'avais dit.

— Misérable voleur!

— Erreur: je suis un voleur exceptionnel, Cook lui-même en est persuadé – bien qu'il soit incapable de le prouver. De toute façon, je suis désormais un voleur à la retraite.

Miranda se croisa les bras, afin de soulager son épaule gauche qui lui faisait encore mal.

— Une retraite dorée, j'imagine, grâce à ce que tu as tiré de la vente des deux bronzes, dit-elle avec un ricanement sarcastique.

— Le seul produit du Michel-Ange permettrait à un homme sans scrupule de vivre plusieurs vies dans l'opulence, approuva-t-il en surveillant avec méfiance les poings de Miranda. Cette femme est la plus exquise que j'aie jamais vue de ma vie. La copie était bonne, mais il lui manquait… comment dire? une âme. Je n'en reviens pas qu'on ait pu s'y méprendre ne serait-ce qu'une minute. *La Donna* chante, Miranda. Elle est unique. Incomparable.

— Elle appartient à l'Italie et aux Italiens! Sa place est dans un musée, afin que tout le monde puisse l'admirer, l'étudier.

— Tu sais, c'est la première fois que je t'entends parler d'elle comme d'une femme. Jusqu'à présent, tu disais «le bronze» ou «*La Donna*», jamais «elle».

Elle haussa les épaules et se tourna vers le jardin, son jardin, qu'illuminait le clair de lune.

— Je ne suis pas d'humeur à ergoter sur les mots.

— Il ne s'agit pas de cela, tu le sais très bien. Tu as appris depuis peu quelque chose que ta quête forcenée du savoir scientifique t'avait fait perdre de vue. L'art est vivant, comme disait cette charmante vieille dame dont j'ai oublié le nom. Comment va Andrew? enchaîna Ryan.

— Ah, parce que tu veux parler de ma famille, maintenant? Soit. Andrew va bien. Elizabeth et Charles aussi. Ils ont recommencé à vivre chacun de leur côté. Elizabeth se remet de la perte de *La Donna*. C'est la trahison d'Élise qui la fait souffrir le plus. Je comprends ce qu'elle ressent. Il est pénible d'avoir été exploitée et trompée de cette manière.

Ryan ouvrit la bouche, se ravisa. Dans son humeur actuelle, Miranda ne l'écouterait même pas.

— Nous nous sommes servis l'un de l'autre, se borna-t-il à répondre. Pour notre plus grand bénéfice mutuel.

— Et c'est terminé… Qu'es-tu venu faire?

— Te proposer un marché.

— Qu'est-ce qui te permet de croire que je suis disposée à traiter avec toi?

— Un certain nombre de raisons me viennent à l'esprit. Dis-moi d'abord pourquoi tu ne m'as pas livré à la police.

— Parce que j'ai tenu ma parole, moi.

— Vraiment? Rien d'autre? Bien, passons aux choses sérieuses, poursuivit-il avec un haussement d'épaules. J'ai ici un objet que tu aimerais voir, je pense.

Il rentra dans la chambre, revint avec un sac de voyage d'où il sortit un paquet enveloppé avec soin. Avant même qu'il l'ait déballé, Miranda comprit et en resta sans voix.

— Elle est belle, n'est-ce pas? dit-il en la tenant dans ses bras comme s'il s'agissait d'une maîtresse tendrement aimée. J'ai eu le coup de foudre, je l'avoue. C'est une femme devant laquelle les hommes se jettent à genoux – et elle le sait. Elle est cruelle, mais elle fascine. Rien d'étonnant à ce qu'on ait tué pour la posséder.

Il s'interrompit afin d'observer Miranda, qui semblait littéralement en extase.

— Tu sais, reprit-il, quand je l'ai découverte dans une vieille boîte de fer au fond de ce garage poussiéreux – où Élise cachait aussi sa voiture, à propos – et quand je l'ai tenue sous la lumière comme je la tiens en ce moment, j'aurais juré entendre les harpes d'une musique céleste. Crois-tu en ce genre de phénomène, Miranda ?

Elle aussi l'entendait, comme dans ses rêves.

— Pourquoi l'as-tu apportée ici ?

— Je pensais que cela te ferait plaisir de la revoir, et que tu aimerais aussi être sûre que je l'avais récupérée.

Malgré elle, Miranda s'approcha, caressa d'un doigt le visage souriant de la statue.

— Je savais que tu l'avais, depuis quinze jours. Je l'ai su dès que tu t'es esquivé. Mais je ne m'attendais pas à ce que tu reviennes. Encore moins avec elle.

— Pour être tout à fait franc, moi non plus, avoua-t-il en posant la statue sur la table de pierre. Nous avions l'un et l'autre obtenu ce que nous voulions, toi ta réputation – tu es devenue une célébrité, hein ? Je suppose que tu croules sous les propositions des éditeurs et de Hollywood ?

Elle s'abstint d'acquiescer. Ces attentions intéressées la mettaient mal à l'aise.

— Tu n'as pas répondu à ma question.

— J'y viens. De mon côté, j'ai tenu mes engagements. Je ne t'avais jamais promis de rendre le *David*. Quant à elle, je n'étais d'accord que pour la retrouver. Je l'ai retrouvée, elle est à moi, mais il y a une nouvelle donne sur la table : jusqu'à quel point tiens-tu à elle ?

Il fallut à Miranda toute sa réserve de volonté pour ne pas exploser.

— Tu voudrais me… vendre un objet volé ?

— En fait, j'envisage plutôt un échange.

Elle pensa aussitôt au Cellini qu'il convoitait. Au Donatello aussi, peut-être. Son poing la démangea.

— Un échange ? Et que veux-tu contre elle ?

— Toi.

La stupeur la rendit muette.

— Plaît-il ? articula-t-elle enfin.

— Une femme contre une autre, c'est équitable, non ?

Hors d'elle, Miranda alla au bout de la terrasse, revint sur ses pas. Il était décidément méprisable !

— Tu me demandes de coucher avec toi en me payant avec un Michel-Ange ?

— Ne dis pas de bêtises, je t'en prie. Tu fais bien l'amour, d'accord, mais pas à ce point-là. Ce que je veux en échange, c'est le tout. Le paquet-cadeau. *La Donna* est à moi. Puisque, en fait de meubles, possession vaut titre, je devrais même pouvoir en revendiquer la propriété légale – bien que ce soit un peu délicat à argumenter. Mais le fait est que je l'ai et que tu ne l'as pas. Or, ces derniers temps, j'ai pris conscience – non sans chagrin, il est vrai – que je tiens à toi infiniment plus qu'à elle.

— Je n'y comprends rien.

— Mais si, tu comprends très bien ! Ne te fais pas plus bête que tu n'es. Si tu la veux, elle est à toi. Que tu la mettes sur ta cheminée, que tu en fasses don à Florence ou que tu t'en serves comme butoir de porte, je m'en moque éperdument. Mais si tu l'acceptes, tu devras me donner en échange ce que je désire. Il se trouve que j'ai très envie de vivre dorénavant dans cette maison.

Miranda se demanda si elle était encore capable de respirer.

— Tu veux vivre dans cette maison ? répéta-t-elle.

— Vous savez, docteur Jones, vous jouez très mal les imbéciles. Oui, cette maison me plaît. Elle est idéale pour élever des enfants, par exemple... Allons bon, te voilà toute pâle ! Ce que j'adore, chez toi, c'est que tu es désarçonnée dès qu'on bouscule ta chère logique. Et je t'aime, toi, Miranda. À la folie.

Elle s'entendit émettre des sons inintelligibles, sentit son cœur cesser de battre. Amusé, il s'approcha.

— En ce qui concerne les enfants, Miranda, j'insiste. Je suis moitié italien, moitié irlandais, ne l'oublie pas. Qu'attendre d'autre d'un individu comme moi ?

Elle émergea enfin de sa torpeur.

— Tu me... tu me demandes en mariage?

— J'y arrive, mais ce n'est pas plus facile pour moi que pour toi, tu peux me croire. Je t'ai dit que je t'aimais.

— J'ai entendu.

— Espèce de tête de mule... Reprenons. Tu veux ce bronze, n'est-ce pas? Et tu es amoureuse de moi. Ne me dis pas le contraire, poursuivit-il en souriant, ça ne prend pas. Sinon, tu m'aurais dénoncé sans hésiter quand tu t'es rendu compte que j'avais pris le large pour m'assurer la possession de la statue.

— Je m'en suis remise.

— Menteuse... Accepte mon marché, Miranda, ajouta-t-il en lui mordillant la lèvre. Tu ne le regretteras pas. Tiens, faisons les choses officiellement.

D'une main, il la saisit par la taille, plongea l'autre dans sa poche. Elle tenta de se débattre quand il entreprit de lui glisser au doigt une bague qu'elle reconnut avec un étonnement ravi: c'était celle qu'il lui avait déjà offerte.

— Laisse-toi faire, bon sang! Accepte.

Il fallut un instant à Miranda pour comprendre que le bruit de galop qui lui martelait les oreilles était celui de son cœur battant dans sa poitrine.

— As-tu payé cette bague?

— Oh! Seigneur... Oui. Rubis sur l'ongle.

Elle prit le temps de réfléchir – et de le plonger dans l'inquiétude. Du moins l'espéra-t-elle.

— Je rendrai *La Donna* à l'Italie. La manière dont je l'ai retrouvée sera cependant délicate à expliquer.

— Nous inventerons une histoire plausible. Alors, tu acceptes, oui ou non?

— Combien d'enfants?

Le sourire reparut sur les lèvres de Ryan.

— Cinq.

— Ah non, de grâce! Deux.

— Trois, avec option sur un quatrième.

— Trois. C'est mon dernier mot.

— Tope là !

Il se penchait pour l'embrasser lorsqu'elle le repoussa d'une claque sur la poitrine.

— Je n'ai pas fini ! Plus de… travail au noir, compris ? Plus aucun, quelle que soit la raison.

— Il peut y en avoir d'excellentes, protesta-t-il avec une grimace de dépit.

— J'ai dit : aucun.

— Bon, d'accord, maugréa-t-il. De toute façon, j'ai pris ma retraite.

— Tu me donneras toutes les fausses pièces d'identité dont tu as usé au cours de ta douteuse carrière.

— Mais… Si tu veux, admit-il avec un soupir. Ensuite ?

Les faux papiers ne posaient pas de problème. Il pourrait toujours s'en procurer, en cas de besoin.

— C'est tout.

Elle lui prit tendrement le visage entre les mains, lui frôla la bouche de ses lèvres.

— Je t'aime, Ryan. Je t'aime à la folie, dit-elle en répétant les mots mêmes qu'il avait prononcés. J'accepte ton marché, je te prends pour ce que tu es. Mais cela signifie que tu me prends moi aussi pour ce que je suis. La malédiction des Jones est en moi, Ryan. Je porte la poisse.

Avec un large sourire, il posa un long baiser au creux de sa paume.

— Docteur Jones, ta chance est sur le point de tourner. Fais-moi confiance.

Achevé d'imprimer chez
Imprimerie Norecob
en mars 2015